Ullstein

D1666487

Michael Engels

DAS BUCH

Ein Serienkiller mordet in den Straßen New Yorks. Ein Verrückter? Jemand, der Prostituierte haßt? Ein krankhaft Perverser? Für Brett Grant, den Privatdetektiv, der aus einer vielversprechenden Karriere beim Morddezernat ausstieg, liegen die Dinge selten so, wie sie vorzugeben scheinen. Als er Fragen stellt, um einem alten Freund im Police Department zu helfen, kommt Bewegung in den Fall. Die Angels, eine religiöse Sekte, die den Anschein vermittelt, den verlorenen Kindern der Großstadt ein Zuhause zu geben, sind zu sehr darauf bedacht, ihre Friedfertigkeit unter Beweis zu stellen. Doch sie reagieren erstaunlich brutal, wenn man versucht, ihnen zu nahe zu kommen. Aber Grant läßt sich durch blanken Terror nicht abschrecken. Je mehr er in Erfahrung bringt, umso größer wird seine Abneigung gegenüber den Angels und ihren ausgerasteten Freaks, die tief ins organisierte Verbrechen verstrickt sind und jeden rücksichtslos vernichten, der sich ihnen in den Weg stellt. Der nahezu aussichtslos erscheinende Machtkampf spitzt sich unerträglich zu – bis zum alles entscheidenden apokalyptischen Finale...

DER AUTOR

Howard Wilson, ein einst erfolgreicher Rugbyspieler und Polizist, verbüßt in Schottland seit 25 Jahren eine lebenslange Haftstrafe: Bei einem Banküberfall hatte er zwei Kollegen erschossen. Für seinen Thriller, an dessen Fortsetzung er zur Zeit schreibt, wurde er mit dem *Koestler Award* ausgezeichnet.

Howard Wilson

Engel des Todes

Roman

Aus dem Englischen
von Marion Kagerer

Ullstein

Ullstein Buchverlage GmbH & Co. KG,
Berlin
Taschenbuchnummer: 24598
Originaltitel:
Angels of Death
Englische Originalausgabe 1994 by Argyll Publishing

Juli 1999

Umschlaggestaltung:
Simone Fischer und Christof Berndt
Bild:
Photonica
Alle Rechte vorbehalten
Copyright © by Howard Wilson
Übersetzung © 1997 by Ullstein Buchverlage
GmbH & Co. KG, Berlin
Printed in Germany 1999
Gesamtherstellung:
Ebner Ulm
ISBN 3 548 24598 6

Gedruckt auf alterungs-
beständigem Papier mit
chlorfrei gebleichtem Zellstoff

Die Deutsche Bibliothek –
CIP-Einheitsaufnahme

Wilson, Howard:
Engel des Todes : Roman / Howard Wilson.
Aus dem Engl. von Marion Kagerer. –
Berlin : Ullstein, 1999
ISBN 3-548-24598-6

TEIL EINS

KILLER

1

Bei Einbruch der Dunkelheit kroch ein dichter Novembernebel vom Atlantik herüber. Langsam legte er seinen Würgegriff um die Wolkenkratzer von Manhattan und versetzte die Metropole in eine Art Totenstarre. Unter dem kalten, grauen Leichentuch waren die normalen, abendlichen Geräusche der Stadt fast völlig verstummt. Straßenlaternen und Neonreklamen waren nur noch einzelne, phosphoreszierende Flecken, die schaurig im Nebel glühten, und der Verkehr, das Blut der Stadt, schlich blind durch die verstopften Adern.

Am dicksten war der Nebel über den Docks, wo sich die Schwaden am mächtigen Hudson und seinen beiden Zuflüssen East und Harlem River entlangzogen. Das schlechte Wetter hatte die meisten gesetzestreuen Bürger von der Straße getrieben oder ganz davon abgehalten, das Haus zu verlassen. Es war eine böse Nacht – und eine Nacht, in der das Böse die Straßen heimsuchte.

Gegen Mitternacht kam Mary-Lou Evans aus der Schwingtür einer schummrigen Hafenbar an der Lower East Side und trat unsicheren Schrittes auf den Bürgersteig. Sie torkelte ein kleines Stück die Straße entlang, dann blieb sie stehen und blinzelte in die Gegend, in dem vergeblichen Versuch, den Schleier vor den Augen loszuwerden. Es dauerte eine Weile, bis sie erleichtert feststellte, daß sie die alarmierend schlechte Sicht dem dichten Nebel zu verdanken hatte und nicht dem billigen Wein, den sie intus hatte.

Obwohl sie ziemlich betrunken war, fröstelte sie, als die grauen Nebelschwaden sie in ihre eisigen Arme nahmen und durch die trügerische Wärme des Alkohols drangen. Sie schlang den dünnen Mantel enger um sich und hielt sich mit einer Hand den Kragen vor Nase und Mund, um wenigstens einen Teil des stechenden Smogs von den Lungen fernzuhalten. Jetzt begriff sie, warum das Geschäft in den vergangenen zwei Stunden so lau gewesen war und ihre Kundschaft so spärlich.

»Scheißnebel«, murmelte sie betrunken. »Hat kein' Zweck, hier rumzuhängen, Mary-Lou. Kannste dein' Arsch auch nach Haus ins Bett transportiern. Eins steht fest, kauft dir niemand was ab, wenn sie nichmal sehn, was Du anzubieten hast!«

Ihrer Meinung nach hatte sie immer noch einiges zu bieten. Für eine achtundzwanzigjährige schwarze Hafennutte war sie noch gut in Form. Es war ein hartes Leben, aber das war sie gewohnt. Sie hatte ihr Gewerbe auf den Straßen und Seitengassen von Harlem erlernt und kam damit zurecht.

Mary-Lou sah sich um, wie sie in der Kälte am besten zur nächsten Subway-Station käme. Von dort würde sie bis ganz in die Nähe ihres Apartments in East Harlem fahren können. Herzlich wenig Aussicht auf ein Taxi heut abend, je schneller sie sich auf den Weg machte, desto besser.

Die Nebelschwaden waren so dick, daß sie das Gefühl hatte, von ihnen erdrückt zu werden. Panisch glaubte sie für einen Moment, das klaustrophobische, graue Nichts umhülle sie mit einem erstickenden Kokon und schnitte sie vom Rest der Menschheit ab. Eine plötzliche, unerklärliche Ahnung drohender Gefahr lief ihr eiskalt den Rücken hinab und drängte sie, in die Geborgenheit der spärlich besuchten Bar zurückzukehren. Wärme und Licht waren nur wenige Meter von dem Gehweg entfernt, auf dem sie stand, unentschlossen, betrunken, wankend. Dann setzte sich ihr angeborenes Selbstvertrauen durch, und sie unterdrückte das seltsame, ungute Gefühl.

»Reiß dich zusammen, blöde Kuh«, brummte sie verärgert. »Der Scheißnebel sitzt fest. Und du auch, wenn du dich nicht bald verpißt.«

Sie entschied sich für die Subway-Station Ecke East Broadway und Canal Street. Es war die nächste, die ihr einfiel, trotzdem war sie noch mehrere Blocks entfernt. Sie sprach sich Mut zu mit dem Gedanken, daß sie dort vielleicht noch einen späten Freier aufgabeln könnte, dann wäre der Abend kein komplettes Verlustgeschäft.

Entschlossen marschierte sie in die anvisierte Richtung. Da ihr der kalte Wind ins Gesicht schlug, hielt sie sich torkelnd an der Innenseite des Gehwegs und tastete sich an den Häusern entlang. Die undurchdringliche, grauschwarze Dunkelheit begrenzte die Sicht auf einen Meter, und so arbeitete sie sich im schwachen Schein der unsichtbaren Laternen langsam von einem vergleichsweise hellen

Fleck zum nächsten vor. Gelegentlich spürte sie, mehr als es zu sehen, daß noch andere Leute unterwegs waren. Wie Phantome des Nebels schwebten sie an ihr vorbei, und die Lautlosigkeit ihrer Schritte trug nur zu Mary-Lous Unbehagen bei.

Eine halbe Stunde später hatte sie sich hoffnungslos verlaufen. Sie hatte die geplante Route einzuhalten versucht, indem sie die Blocks und Kreuzungen zählte, doch vergeblich. Das Problem war, daß im Nebel alles gleich aussah. An einem bestimmten Punkt war sie sogar davon überzeugt, im Kreis gelaufen zu sein, da sie an zwei Läden vorbeikam, die ihr verdächtig bekannt vorkamen. Und nicht nur das, seit mindestens zehn Minuten war ihr keine Menschenseele mehr begegnet, die sie nach dem Weg hätte fragen können, und das völlige Ausbleiben selbst flüchtigen menschlichen Kontakts verstärkte in ihr das Gefühl von Isolation und Unbehagen.

Schließlich beschloß sie, sich ein paar Minuten Rast zu gönnen, um die strapazierten Nerven zu beruhigen und die schmerzenden Füße zu entlasten, die pochend ihren Unmut darüber kundtaten, daß sie in Stöckelschuhen steckten, die eine Nummer zu klein und drei Zentimeter zu hoch waren. Sie lehnte sich dankbar gegen die nächste, beruhigend massive Hauswand, zog ein zerknautschtes Päckchen Zigaretten aus der Handtasche und schüttelte mit unbeholfenen, fahrigen Bewegungen einen Glimmstengel heraus. Sie steckte sich das Filterende in den knallrosa Mund und fluchte heftig, als das Kondenswasser aus ihrer klitschnassen Afrofrisur tropfte und die Zigarette aufweichte. Sie warf die Packung in die Tasche zurück und wühlte nach dem Feuerzeug.

Mary-Lou war so sehr mit der Suche nach dem unauffindbaren Feuerzeug beschäftigt, daß sie gar nicht merkte, wie eine hochgewachsene Gestalt aus dem Nebel auftauchte und sie aus nächster Nähe beobachtete. Der Mann war ganz in Schwarz gekleidet und trug einen Homburg, der einen tiefen Schatten auf die obere Hälfte seines Gesichts warf. Ein weißer Seidenschal, der Mund und Nase bedeckte, bildete den einzigen Kontrast zu der sonst dunklen Gestalt. Bot der Schal den Lungen des Fremden zweifellos Schutz vor dem Nebel, so verlieh er ihm auch etwas ausgesprochen Unheimliches. Im schwachen Schein einer unsichtbaren Laterne zeichnete sich die große, schwarze Silhouette scharf ab.

Erst als eine tiefe Stimme sagte: »Erlauben Sie...«, gleichzeitig aus dem Nichts eine schwarzbehandschuhte Hand vor ihrer Nase auftauchte und ein Gasfeuerzeug aufflammte, merkte Mary-Lou, daß sie in der Dunkelheit nicht mehr allein war.

Die Nerven bereits bis zum Zerreißen gespannt, stieß sie einen spitzen Schrei aus, preßte sich gegen die unnachgiebige Hauswand und hielt schützend die Tasche vor sich. Vor Schreck fiel ihr die aufgeweichte Zigarette aus dem Mund, und sie starrte mit großen, angsterfüllten Augen die unheimliche Gestalt an. Der Mann mußte ihrer überhitzten Phantasie entstiegen sein, so lautlos war er vor ihr aus dem nächtlichen Nebel aufgetaucht. Auch der Anblick des maskierten Gesichts trug nicht gerade zu ihrer Beruhigung bei. Dann brach der Mann den Bann.

»Entschuldigen Sie. Hab ich Sie erschreckt? Bitte erlauben Sie...«

Er knipste das Feuerzeug aus, zog ein schlankes, goldenes Zigarettenetui aus der Brusttasche, klappte es auf und hielt es ihr hin. Seine Stimme klang eher amüsiert als besorgt über ihre Reaktion auf sein plötzliches Auftauchen.

Der Unmut, daß man sich über sie lustig machte, half Mary-Lou, die Fassung wiederzugewinnen. Sie streifte den Riemen der Handtasche über die Schulter und griff mit einer fahrigen Bewegung in das angebotene Zigarettenetui.

»Erschrecken? Mich? Sonst noch was.« Die Mischung aus Alkohol und Erleichterung löste ihr die Zunge. »Jesus, aber ich hab gedacht... offen gestanden, ich weiß auch nicht genau, was ich gedacht hab. Lauter gruslige Sachen hab ich mir vorgestellt. Das Scheißwetter, verstehn Sie?« Sie deutete fahrig auf den Nebel.

Da fiel ihr ein, daß sich mit dieser zufälligen Begegnung vielleicht das Abendessen verdienen ließ, und der Gedanke zerstreute die letzten Bedenken. Sie setzte ihren Bambi-Blick auf und meinte: »Is schließlich ganz schön gefährlich für 'n armes, schutzloses Mädel an 'nem Abend wie heute... danke...« Dabei beugte sie sich nach vorn, um sich für die Zigarette, die sie aus dem teuren Etui gefummelt hatte, Feuer geben zu lassen.

Der Mann war näher herangetreten, und als sie sich nach

vorne lehnte, bemerkte sie im kurzen Schein der Flamme, daß die Hand, die das Feuerzeug hielt, in einem dünnen, schwarzen Lederhandschuh steckte, offenbar nichts Billiges, wie der dicke, schwarze Mantel auch. Genaugenommen roch an dem Knaben alles nach Geld – und für Männer mit Geld hatte sich Mary-Lou schon immer interessiert.

Spiel deine Karten gleich hier aus, Mary-Lou Baby, sagte sie sich, sieht aus, als könntste 'n dicken Fisch an Land ziehen.

Mit einem tiefen, genüßlichen Zug pumpte sie sich den Rauch in die Lungen und stieß ihn langsam wieder aus. Dabei sah sie mit verführerischem Blick aus den falschen Wimpern zu dem Mann empor.

Seine schmalen Augen leuchteten kurz auf, und sie nahm es als Zeichen sexueller Erregung. Sie überlegte gerade, welche Variante aus ihrem reichhaltigen Repertoire sie anwenden sollte, um den Funken seines Interesses in eine Flamme der Leidenschaft zu verwandeln, als er plötzlich fragte: »Sagen Sie, stünden Sie zur Verfügung? Wenn ja, würde ich Ihre Dienste gern in Anspruch nehmen.« Die Frage war so beiläufig, so sachlich gestellt, daß Mary-Lou für einen Augenblick dachte, er spräche mit einem Taxifahrer, nicht mit ihr.

In ihrer Laufbahn als vielbeschäftigte Nutte war Mary-Lou durch mehr Hände gegangen als ein Rosenkranz. Sie hatte geglaubt, sämtliche Anmachtouren bei ihren Freiern kennengelernt zu haben. Aber die hier war ganz was Neues und brachte sie vorübergehend aus dem Konzept. Verständnislos glotzte sie zu ihm hinauf.

»Hä? Wie bitte?«

»Ich fragte, ob Sie zur Verfügung stünden«, antwortete er ruhig. »Wenn ja, hätte ich Interesse, Ihre Dienste in Anspruch zu nehmen.«

Sie nickte sprachlos. »Ja, das haben Sie, glaub ich, gesagt«, erwiderte sie schwach. Dann meldete sich ihr Sinn für Humor zurück, sie grinste ihn an und meinte: »Okay, du Teufel mit den drei silbernen Zungen. Hast mich überredet.«

»Gut.« Er schien ihren leisen Sarkasmus nicht bemerkt zu haben. »Wieviel verlangen Sie für das, was Sie, glaube ich, einen Quickie nennen?«

»Dreißig«, antwortete sie ganz automatisch. Sie hätte sich ohrfeigen können, daß sie den Preis nicht nochmal um einen Zehner erhöht hatte, und sagte schnell: »Aber für'n Hunderter könnten wir zu dir gehn und 's uns richtig gemütlich machen, du verstehst schon«, sie deutete auf den dichten Nebel, »is nich gerade lauschig hier, oder?«

Als er nicht sofort antwortete, sondern sie weiter unverwandt ansah, wurde sie deutlicher. »Ehrlich gesagt, bei dem Wetter mach ich's normalerweise nich draußen.«

Sie hatte ihr Angebot gemacht und sah ihn hoffnungsvoll an. Doch er schüttelte den Kopf. »Nein, meine Wohnung kommt nicht in Frage«, entgegnete er.

Klar doch, hätt ich drauf wetten können! Mit erstaunlicher Klarheit dachte sie in ihrem beduselten Kopf, Niggerfleisch eignet sich zum Ficken in 'ner dunklen Gasse, aber 'n feiner Pinkel mit Tuchmantel und Seidenschal schleppt doch keinen schwarzen Arsch in seine schöne, saubere Nobelhütte! Doch sie ließ sich nichts anmerken.

»Okay«, sagte sie achselzuckend. »Wer zahlt, bestimmt.« Sie nahm einen letzten Zug und trat die Zigarette aus.

»Weißt du was Passendes ... Diskretes hier in der Gegend, wo wir hingehn können?« Er streifte den Ärmel seines Mantels zurück und sah auf eine schmale, goldene Armbanduhr. »Ich habe nicht viel Zeit ...«

»Ach so, klar«, meinte sie verständnisvoll. »Hier gehn 'ne Menge Seitengassen ab. Wir könnten uns 'n netten kleinen Hintereingang suchen, wenn du willst.«

Sekundenlang starrte er sie an, und im Schatten der Hutkrempe sah sie seine Augen funkeln. Dann nickte er, bot ihr, ganz Kavalier der alten Schule, den Arm und sagte: »Na denn, wollen wir? ...«

Mary-Lou hakte sich kichernd ein und erwiderte mit falschem Südstaatlerakzent: »Huch, vielen Dank, gnädiger Herr. Ich komm mir vor wie 'ne Southern Bell, das sag ich Ihnen.«

Ohne im Schritt innezuhalten, schielte ihr Begleiter sie von der Seite an, und diesmal war sie überzeugt, tödliche Verachtung in seinen abgeschirmten Augen zu lesen. Ohne erkenntlichen Grund fühlte sie sich in seiner Gesellschaft plötzlich unwohl. Sie nahm sich vor, ihm zu geben, was er wollte, abzukassieren und den Knaben so schnell wie möglich loszuwerden.

Eine Zeitlang gingen sie wortlos nebeneinander her. Jedesmal, wenn sie an einem nebelverhangenen Hauseingang vorbeikamen, verstummte das dumpfe Echo ihrer Schritte. Plötzlich tauchte rechter Hand ein gähnendes schwarzes Loch auf und kündete davon, daß sie die Einfahrt zu einer der zahlreichen Seitengassen erreicht hatten, die Lieferwagen und Müllastern die Zufahrt zu den Hintereingängen ermöglichte. Sie blieben an der Einfahrt stehen.

Mit einer Kopfbewegung auf die dunkle, wenig einladende Öffnung fragte ihr Begleiter: »Hatten Sie an so etwas gedacht?«

»Ich ... glaub schon«, antwortete sie zögernd.

Mary-Lou konnte noch immer nicht sagen, woher ihr Unbehagen kam. Sie bediente sich häufig solcher Orte, wenn sie ihrem Gewerbe nachging, das konnte es nicht sein. Lag es also an ihrem Begleiter? Im Vergleich zum üblichen Niveau ihrer Freier war er 'n Glückstreffer – doch aus irgendeinem Grund trugen die kultivierte Ausdrucksweise und die höflichen Manieren nicht dazu bei, ihr Unbehagen zu zerstreuen. Ihr beduselter Kopf hatte keine Erklärung dafür, obwohl ihre geistigen Finger nur knapp an der Antwort vorbeizutasten schienen.

»Na dann, los.« Die Stimme ihres Begleiters riß sie aus ihren Gedanken, und sie wurde in die dunkle Öffnung dirigiert.

Schon nach wenigen Schritten in die Dunkelheit blieb ihr Begleiter stehen. Mit einem kurzen »Entschuldigen Sie mich einen Augenblick« trat er einen Schritt zur Seite und zog ein kleines Päckchen aus der Manteltasche. Verwundert sah sie ihm zu, wie er das Päckchen mit einem Schlenker aus dem Handgelenk zu einem langen Streifen ausrollte und den Streifen zu einem schwarzen Plastikmantel auseinanderfaltete.

»Damit Hose und Mantel sauber und trocken bleiben«, antwortete er auf ihre unausgesprochene Frage. Dann sagte er mit einem Blick auf das leuchtende Zifferblatt seiner Armbanduhr energisch: »Los, gehn wir. Die Zeit ist knapp.«

Mary-Lous Begleiter knipste eine bleistiftdünne Taschenlampe an, und sie tasteten sich langsam vorwärts. Obwohl der dünne Lichtstrahl fast vom Nebel verschluckt wurde, reichte er aus, um sie um die Müllhaufen vor den Hintereingängen herumzuführen.

Mary-Lous Unbehagen verstärkte sich erheblich, als es in einem umgefallenen Müllhaufen neben ihrem Fuß plötzlich raschelte und quiekte. Sie stieß einen spitzen Schrei aus und blieb zitternd stehen. Zugleich half ihr der Schreck, sich dem ernüchternden Gedanken zuzuwenden, der schon zuvor versucht hatte, ihre alkoholisierte Aufmerksamkeit zu gewinnen.

Der Knabe war zu gut gekleidet, sprach zu gebildet für jemanden, der sich in der eisigen Dunkelheit einer von Abfall übersäten Seitengasse einen schnellen, unbequemen Fick holt. Leute mit Geld und guter Kinderstube wollten bei heimlichem Sex Komfort. Nicht Kälte, Dreck und Ratten. Irgendwas war faul.

Bei dieser Erkenntnis blieb sie wie angewurzelt stehen, trotz des eisernen, drängenden Griffs an ihrem Oberarm.

Um Zeit zu gewinnen, sagte sie hastig: »Moment mal, ... du hast noch nicht bezahlt... und... ich arbeite nur gegen Vorkasse.«

Wenn er die vereinbarten dreißig Dollar rausrückte, überlegte sie, hätte sich ihre obskure Angst als grundlos erwiesen. Vielleicht war er lediglich ein vornehmer weißer Pinkel, der auf billige Abenteuer und 'ne schmutzige Story aus war, um die Jungs im Umkleideraum seines Golfclubs zu unterhalten. Doch die Reaktion ihres Freiers zerstreute ihr Unbehagen keineswegs. Im Gegenteil, die nackte Angst begann durch ihre immer noch benebelten Gehirnzellen zu sickern, als der Griff um ihren Arm fester wurde und ihr seine Antwort ins Gesicht peitschte.

»Nicht jetzt. Keine Angst, du bekommst deinen Lohn... ohne Abstriche.« Seine Stimme wurde so hart wie sein Griff. »Los, gehen wir. Das ist reine Zeitverschwendung.«

Notgedrungen ging Mary-Lou weiter. Dabei warf sie ihm einen verstohlenen Blick zu. Im matten Licht, das der Nebel vom Strahl der Taschenlampe zurückwarf, sah sie zum ersten Mal deutlich seine Augen. Unter dem Schatten der Krempe blickten sie direkt in die ihren. Sie glühten, als würden sie auf merkwürdige Weise von innen beleuchtet, und fixierten sie mit genau dem starren Blick, den sie sich bei Wahnsinnigen immer vorge-

stellt hatte. Sie beschloß kurzerhand, keinen Schritt mehr weiterzugehen. Nicht für 'ne Million und dreißig Dollar!

Sie versuchte sich dem Druck auf ihren Arm zu widersetzen,
als ihr ein erneutes Rascheln und Quieken den erhofften Vorwand lieferte, aus der Gasse auf die Straße zu laufen. Dort wäre
sie vergleichsweise in Sicherheit und könnte dem Kerl leichter
entkommen, dessen Gefährlichkeit ihr instinktiv bewußt war.

»Halt... können wir nicht woanders hingehen?« stieß sie verzweifelt hervor. »Mir gefällt's hier nicht. Die Ratten... ich kann
Ratten nicht ausstehn.«

Sofort verwandelte sich sein Griff in einen schmerzhaften
Schraubstock. Ihr wimmernder Protest wurde ignoriert. Dann
wich ihre schleichende Angst blankem Entsetzen. Die Stimme
ihres Begleiters fauchte ihr ins Ohr: »Warum hast du Angst vor
ihnen, Hure? Sie sind Ungeziefer... genau wie du. Los, vorwärts.«

Ein heftiger Stoß gegen den Arm zwang sie tiefer in die fin-
stere Gasse hinein, im Vorwärtsstolpern durchpflügten ihre
Füße den verstreuten Abfall eines umgefallenen Müllhaufens.
Zu allem Überfluß brannte auch die Taschenlampe nicht mehr.
Doch ihr Entführer brauchte sie offenbar nicht, als er sie vor
sich her stieß. Sie leistete keinen Widerstand und bekam weiche
Knie, da sich soeben ein grauenhafter Gedanke wie eine unheil-
volle Sternschnuppe den Weg in ihr Gehirn gebahnt hatte.

In den letzten Jahren hatte sie ab und zu schauerliche Presseberichte gelesen und von ihren Kolleginnen Gerüchte gehört
über eine Reihe ungeklärter Sexualmorde in verschiedenen Ge-
genden der Stadt. Es war zwar seit einigen Monaten kein Ver-
stümmelungsmord mehr gemeldet worden, aber es konnte ja
sein, daß der wahnsinnige Killer – wenn es tatsächlich immer
derselbe war – beschlossen hatte, wieder zuzuschlagen. Und es
konnte sein, daß das grausame Schicksal sie zu seinem nächsten
Opfer erkoren hatte. Bei diesem Gedanken entfuhr ihrer zuge-
schnürten Kehle ein Stöhnen des Entsetzens.

»O Gott... nein... nicht ich... bitte, lieber Gott...«

Im Vorwärtsstolpern wurde ihr ersticktes Flehen immer hysterischer, dann wurde es durch den Wortschwall, der ihr ins
Ohr zischte, zum Schweigen gebracht.

»Halt's Maul, Hure!« Sie spürte den heißen Atem an ihrer Wange. »Wie kann eine Pest wie du es wagen, den Namen des Herrn mit ihrem aussätzigen Mund zu besudeln. Deine Verderbtheit hat dich zur Hölle verdammt, du schmutzige Schlampe. Du hast noch die Frechheit, für deine dreckige Hurerei Geld zu verlangen? Oh, du sollst deinen Lohn bekommen, Hure... oh ja... den vollen Lohn! Den Lohn der Sünde sollst du haben!«

Wie ein Komet brannten sich die haßerfüllten Worte einen Weg durch das Chaos der horrorerfüllten Gedanken in Mary-Lous Hirn. Und wie der dazugehörige Schweif blitzte in seinem Gefolge ein Satz aus ihrer Kindheit auf. Er stammte aus einem Bibeltraktat, wie sie damals an der alten John The Baptist Mission verteilt worden waren. Mary-Lou erinnerte sich mit erstaunlicher Klarheit an ihn. Er lautete: DER LOHN DER SÜNDE IST DER TOD.

Halb wahnsinnig vor Angst machte sie einen letzten, verzweifelten Versuch, sich von ihrem Angreifer zu befreien. Umsonst. Es war, als hielten keine menschlichen Finger, sondern fünf Stahlbänder ihren Arm umklammert.

Plötzlich wurde sie in einen tiefen Eingang gestoßen. Der Klammergriff löste sich so unerwartet, daß sie im Dunkeln zu einem schluchzenden Häuflein Elend zusammensackte. Sie merkte nicht, daß sie mit dem Kopf gegen eine Metalltür knallte.

Verzweifelt versuchte sie, auf die Füße zu kommen, doch ihre schlotternden Beine wollten den Befehlen, die das Gehirn ihnen zubrüllte, nicht gehorchen, und sie plumpste an die Metalltür zurück. In ihrer Angst hielt sie sich schützend die Hände vors Gesicht und fing hysterisch zu schluchzen an. Heiße Tränen rannen ihr über die Wangen, und ihr blauer Lidschatten lief in Schlieren zum Kinn hinab.

»Bitte tun Sie mir nichts... ich mach alles, was Sie wollen... Sie brauchen nicht...«

Die schwarzbehandschuhte Faust machte Mary-Lous Flehen ein Ende. Sie schlug ihr mit solcher Brutalität auf den Mund, daß die Lippen platzten und die Zähne krachten. Vor ihren Augen drehte sich alles wie verrückt. Als sie wieder zu sich kam, merkte sie, daß sie auf ihren Beinen stand, hochgehalten und gegen die Stahltür gepreßt von einem Würgegriff um ihren Hals.

Von ihrem Angreifer konnte sie nur die Silhouette erkennen, die sich über sie beugte. Eine drohende, schwarze Gestalt, an der sich nur der blass schimmernde Seidenschal über dem Mund abzeichnete – und die furchterregenden, glühenden Augen. Doch in dem Höllenfeuer, das in ihnen loderte, war keine Hoffnung auf Mitleid zu finden. Nur ihr baldiger Tod!

»O Gott, steh mir bei …«, krächzte sie unter dem Würgegriff und versuchte, die Finger um den glatten Lederhandschuh zu klammern.

»Halt den Mund, Schlampe!« Die grausame Hand drückte noch fester zu, dann wurde Mary-Lou nach vorne gerissen und mit ungeheurer Gewalt gegen die Tür gestoßen. Ihr wurde erneut schwindlig, ihr Mund füllte sich mit dem salzigen Geschmack von Blut und zwang sie, trotz der Hand, die ihr die Kehle zuschnürte, zu schlucken, um nicht zu ersticken. Sie mußte würgen, da ihr Splitter der ausgeschlagenen Zähne im Hals steckenblieben.

»Du wagst es, Seinen heiligen Namen anzurufen, Hure!« Die Stimme ihres Peinigers bebte vor Haß – doch jetzt war der Haß von steigender Erregung überlagert. »Du gemeine Gossenhure! Ich werde dir das Organ säubern, das Er dir zur Vermehrung gegeben hat und das du durch Unzucht besudelt hast!«

Mary-Lous Trommelfell dröhnte, während sie plötzlich noch etwas anderes spürte. Irgend etwas glitt langsam an der Innenseite ihres rechten Schenkels hinauf. Etwas Glattes, Kühles. Wilde, irrationale Hoffnung durchflutete ihr Gehirn. Vielleicht war er doch nur ein religiöser Spinner, der Gewalt brauchte, um sich aufzugeilen. Vielleicht fummelte er sich an ihren Beinen bereits zu einem ordentlichen Fick hoch. Sie hoffte inständig, daß es das sei und nicht das Andere, Unvorstellbare.

Dann berührte das glatte, kühle Etwas ihre zarten Schamlippen und glitt unerbittlich dazwischen – und ein erster, stechender Schmerz schoß aus ihrem Schoß nach oben. Erst jetzt begriff sie, was da an ihrem Bein emporgekrochen war und sich immer tiefer in ihre Scheide bohrte. Es war die Klinge eines Messers!

Kaltes Entsetzen packte sie mit dem Schmerz. Sie öffnete den Mund, um ihren Horror in die Nacht zu schreien. Doch der schwarze Schraubstock um ihren Hals hielt sie fest umklammert und verwandelte ihre Schreie in ein ersticktes Gurgeln. Gleichzeitig flammte ein unerträglicher, weißglühender Schmerz aus ihren Leisten empor, da sich die gnadenlose Klinge Stück... für Stück... den blutigen Weg in ihren Unterleib bahnte.

Die Welt um sie herum explodierte in namenlose Pein. Mary-Lou spürte kaum, daß etwas Warmes ihre Beine hinablief, als sich das Blut mit dem Urin aus der zerstochenen Blase mischte und ungehindert aus der grauenhaften Wunde floß, verursacht von der messerscharfen Klinge, die jetzt bis zum Schaft in ihrem Unterleib steckte. Das letzte, was Mary-Lou verschwommen wahrnahm, war der giftige, fauchende Haß in der Stimme ihres Henkers und die Lava-Säule weißglühender Pein, die aus dem Vulkan ihrer Lenden schoß. Dann endlich hielt ihr gemartertes Bewußtsein nicht länger am Leben fest, und sie versank in gnädiges Vergessen.

Die sterbende Mary-Lou sackte zusammen und hängte sich mit dem ganzen Gewicht in die Hand an ihrem Hals. Der Killer beugte den Arm, rammte ihr den Ellbogen in die Brust und preßte die reglose Gestalt gegen die Metalltür. Während er ihr weiter seinen Wahnsinn ins verständnislose Gesicht schleuderte, zog er das Messer mit einem Ruck nach unten aus ihrer Scheide und stieß es ihr sofort tief in den Unterbauch.

Mit einem rhythmischen »Hure! Hure! Hure!« arbeitete er sich sägend und bohrend durch Fleisch und Kleider nach oben, bis das Brustbein der blutigen Schneise Einhalt gebot. Als er den Brustkorb aufzustemmen versuchte, warf er plötzlich den Kopf zurück, riß den Mund auf und bleckte die Zähne unter dem Seidenschal. Ein tiefes Stöhnen entfuhr seiner Kehle, sein muskulöser Leib wurde von einem starken orgastischen Schauder geschüttelt.

Endlose Sekunden verstrichen. Dann entspannte er sich mit einem heiseren Seufzer, da die rasende Erregung abklang. Das wahnsinnige Leuchten in seinen Augen war verschwunden, die Befriedigung seiner Leidenschaft hatte sie stumpf gemacht... wenn auch nicht so stumpf wie die seines Opfers, nur eine

Handbreit von den seinen entfernt. Ausdruckslos starrte er in die toten Augen. Ungerührt. Leer.

Er wurde abrupt aus seiner Erstarrung gerissen, als ein tiefes, blubberndes Stöhnen aus Mary-Lous schlaffem, weit geöffnetem Mund kam, begleitet von einem Rinnsal aus Blut. Dann war sie tot. Er trat einen Schritt zurück, gab ihren Hals frei und ließ den leblosen Körper zu seinen Füßen zu Boden plumpsen.

Einige Minuten stand er, von Nebelschwaden umhüllt, regungslos da, verschnaufte und lauschte in die Nacht. Als er sich vergewissert hatte, daß niemand kam, um verdächtigen Geräuschen nachzugehen, die er vielleicht auf der Straße gehört hatte, machte er sich an die Arbeit.

Er faßte mit der linken Hand nach unten, packte die Tote am Kragen und drehte den leblosen Körper mit einem kräftigen Ruck herum, so daß er mit dem Gesicht nach unten zu seinen Füßen lag. Er beugte sich über die Leiche, wischte sich die blutverschmierte Hand an ihren Kleidern ab, zückte die Taschenlampe und knipste sie an. Der Widerschein des dünnen Strahls erhellte sein Gesicht oberhalb des Seidenschals. Es war schweißbedeckt, die Pupillen waren noch geweitet vom orgastischen Wahn kurz zuvor.

Er zückte erneut das Messer und schlitzte den Rücken von Mary-Lous Mantel mit einem einzigen glatten Schnitt vom Saum bis zum Kragen auf. Dann durchtrennte er den figurbetonten, weißen Wollpulli, schob die Teile auseinander und legte die glatte, braune Haut ihres Rückens frei.

Mit raschen, routinierten Bewegungen ritzte er an der Wirbelsäule entlang eine Reihe kurzer Schnitte in das widerstandslose Fleisch. Es drang nur wenig Blut aus den frischen Wunden, ein stummer Beweis für die Tatsache, daß sein Opfer tot war.

Als der Killer die grausige Aufgabe zu seiner Zufriedenheit vollendet hatte, wischte er das Messer an den Fetzen von Mary-Lous Kleidern ab und richtete sich auf. Einen langen Augenblick begutachtete er stumm sein Werk, dann knipste er die Taschenlampe aus.

Er trat ein paar Schritte zur Seite, bückte sich und legte Taschenlampe und Messer neben sich auf den Boden. Er richtete sich auf, knöpfte den blutverschmierten Plastikmantel auf und streifte ihn ab. Er breitete ihn auf dem Boden aus, mit der verschmierten Seite nach oben, zog vorsichtig die dünnen Lederhandschuhe von den Händen und ließ sie auf den Mantel fallen. Er knöpfte den schweren Wintermantel auf, stieg aus einer Plastiküberhose, faltete sie und ließ sie auf die Handschuhe fallen. Zuletzt bückte er sich, streifte ein paar durchsichtige Plastiküberschuhe ab und legte sie zu den anderen Gegenständen auf den Plastikmantel. Er rollte den Mantel und seinen blutbefleckten Inhalt säuberlich zu einem kompakten Päckchen zusammen und steckte es in eine seiner Manteltaschen, die Taschenlampe verschwand in der anderen.

Dann bückte er sich und hob das Messer auf. Er stand da und strich mit den Fingerspitzen über den glatten Stahl der Klinge. Die Geste hatte etwas seltsam Zärtliches, fast als ob er den Körper einer Geliebten liebkose. Und für einen flüchtigen Moment wurde der matte Glanz der tödlichen Schneide mit dem Flackern einer namenlosen Regung in den beschatteten Augen quittiert.

Plötzlich fiel er aus seiner Trance, schüttelte den Kopf und steckte die Klinge unter dem Ärmel des Mantels in die Scheide, die an seinem linken Unterarm befestigt war. Mit einem kurzen Blick auf die massakrierte Leiche, die noch vor wenigen Minuten eine attraktive, lebenslustige junge Frau gewesen war, wandte sich der Killer ab und ging lautlos zurück zum Eingang der Gasse.

Kurz vor der Straße blieb er im Schutz der Dunkelheit stehen und vergewisserte sich noch einmal, daß niemand ungebührliches Interesse zeigte. Dann trat er aus der Gasse heraus, wandte sich nach rechts und schritt schnell davon. An der ersten Kreuzung bog er nach links, dann nochmal nach links, bevor ihm ein anderes menschliches Wesen begegnete in dieser nebelverhangenen Nacht, ein torkelnder Wermutbruder, der erschrocken vor seiner drohenden, schwarzen Gestalt zurückwich und den er im Vorbeigehen ignorierte.

Den schnellen Schritt beibehaltend, bog der Killer mehrmals ab, um Abstand zwischen sich und den Ort seiner Tat zu legen. Als er im Geist zehn Blocks abgezählt hatte, blieb er kurz stehen, um die säuberlich verpackten Beweise seines Verbrechens in einen Mülleimer zu werfen. Dann lief er gemächlicheren Schrittes weiter, und die schwarze Gestalt wurde lautlos vom Nebel verschluckt.

2

Die ersten, die Mary-Lous massakrierte Leiche in der nebelver-hüllten Gasse entdeckten, waren die Ratten, die nachts von dem Ort Besitz ergriffen. Die spitzzähnigen Bewohner der Dunkel-heit hatten sich still in ihr finsteres Versteck geduckt und gewar-tet, bis der Tod in Menschengestalt ein anderes Opfer dahinge-rafft hatte.

Sie warteten noch eine Weile, als die leiser werdenden Schritte sie längst informiert hatten, daß das gefährliche menschliche Wesen ihr Revier verließ.

Als ihr feines Gehör keine weiteren Eindringlinge regi-strierte, meldete sich ein anderes Sinnesorgan zu Wort – die Nase. Der würzige Geruch von frischem Blut und Eingeweiden drang durch die Smogluft. Nach einer Weile wagte sich die mu-tigste aus dem Versteck hervor, mit zuckender Nase, zitterndem Schnurrbart und roten Äuglein, die in der Dunkelheit wie Koh-len glühten. Kurz darauf kamen die anderen nach. Das Festmahl konnte beginnen.

Etwa dreißig Minuten später, als sich der Nebel durch eine auf-kommende Brise lichtete, flohen die Ratten aufgeregt quiekend vor einem anderen nächtlichen Räuber, der hustend und schlur-fend näher kam. Der dünner werdende Nebel ließ mehr Stra-ßenlicht in die Gasse und brachte einen watschelnden alten Pen-ner zum Vorschein, der in den Müllhaufen herumstocherte.

Der graubärtige, zerzauste Alte trug einen ausrangierten Armeemantel. Die meisten Knöpfe fehlten, die Epauletten bau-melten von den Schultern herunter, und der Mantel wurde mit einem Stück Schnur um die Hüfte zusammengehalten. Die Hände steckten in schmuddeligen, fingerlosen Wollhandschu-hen, seine schlurfenden Füße waren mit Zeitungspapier umwik-kelt und steckten in ausgelatschten Stiefeln, die ihm eine Nummer zu groß waren. Die ganze Erscheinung wurde von einem alten, breitkrempigen Filzhut gekrönt.

Old Wally the Wino verdiente sich ein paar Cents, hier und da einen Hamburger und jede Menge Drinks, indem er einige der schmuddeligeren Hafenbars ausfegte. Danach, gestärkt durch eine Ladung billigen Fusel, die Taschen vollgestopft mit dem Inhalt der Aschenbecher, machte er sich gewöhnlich auf den Weg zu seiner Hauptbeschäftigung – die Abfalleimer und Müllsäcke zu durchforsten, die die Geschäfte bei Ladenschluß in den Seitengassen deponierten.

Verschmutzte Lagerbestände, leicht beschädigte Waren – alles, was noch zu gebrauchen war, wurde von Old Wally konfisziert. Er säuberte und reparierte seine Beute, um sie in der Umgebung der Bars zu verhökern oder gegen Trinkbares einzutauschen. Am Tage gönnte er sich ein paar Stunden Schlaf im Keller eines verlassenen, baufälligen Brownstone, in dem sich die halbreparierten Gegenstände wie auf einem Schrottplatz türmten. Eines der zahllosen Stücke erbärmlichen menschlichen Strandguts im Kielwasser des Luxusdampfers, der auf den Namen The Great American Dream getauft ist, war Old Wally wie die Ratten eine Kreatur der Nacht. Hier stand er nun und wühlte sich durch das Tagesangebot der Gasse.

Er fluchte, als er das aufgeregte Quieken der Ratten vernahm und warf ihnen einen Schuh nach, den er kurz zuvor aufgelesen hatte. Im Laufe der Jahre war er mehr als einmal von seinen Konkurrenten im Müllgeschäft gebissen worden und hatte demzufolge gehörigen Respekt vor ihnen.

Mit zusammengekniffenen Augen versuchte er zu ergründen, was so viele Nager an ein und dieselbe Stelle lockte. Er schlurfte ein paar Schritte vorwärts, dann erkannte er den reglosen Gegenstand am Boden. Ein geplatzter Müllsack? Ein Abfallhaufen? Noch ein paar zögernde Schritte – jetzt nahm das Objekt eine vertraute Form an, sogar für seine wässrigen, alten, alkoholgetrübten Augen.

Kurz davor blieb er stehen und sah genauer hin. Ja, da lag jemand am Boden. Völlig besoffen oder zugekifft, wie es aussah – und noch dazu 'ne Frau! Seine blutunterlaufenen Augen leuchteten auf, als sie über die nackten Beine und verrutschten Kleider wanderten. Er fuhr sich mit der Hand unter den Mantel und kratzte sich geistesabwesend an einem Flohbiß am Bauch, leckte sich die rissigen Lippen und freute sich über sein Glück.

Wally war bei seinen nächtlichen Streifzügen schon öfter auf betrunkene weibliche Wesen gestoßen. Für gewöhnlich waren es Prostituierte, die einen zuviel in der Krone oder sich die Birne zugekifft hatten. Sie waren nicht nur leichte Beute für ihn, ein gefundenes Fressen für seine langen Finger, sie boten ihm auch – bei dem Gedanken spürte er eine schwache Regung in der Leistengegend – die seltene und willkommene Gelegenheit, heimlich an wehrlosen, weichen Frauenkörpern herumzufummeln.

Mit einem lüsternen Glucksen schlurfte er näher und ließ sich neben der ausgestreckten Gestalt auf seine knirschenden Knie nieder. Er merkte nicht, daß er in einer Lache gerinnenden Blutes kniete. Er streckte die Hand aus, um sie zu berühren – und erstarrte vor Schreck.

Im ersten Moment war er wie versteinert. Zwei donnernde Herzschläge lang hing die ausgestreckte Hand in der Luft, bevor er zurückzuckte, als hätte er sich verbrannt, und dabei einen erstickten Schrei ausstieß. Benommen starrte er auf Mary-Lous massakrierten Rücken und die grausigen, die Knochen freilegenden Wunden, die der Mörder hineingeritzt hatte. Dann traf ihn der grauenhafte Anblick mit voller Härte, und er mußte würgen. Er kämpfte gegen den Brechreiz in seiner Kehle an. Doch als ihm der säuerliche Gestank von geronnenem Blut und offenen Eingeweiden in die Nase stieg, verlor er den Kampf und kotzte hemmungslos auf seinen Fund.

Keuchend, mit klappernden Zähnen und besinnungslos vor Entsetzen rappelte er sich auf und rannte davon – so schnell, wie er schon seit Jahren nicht mehr gerannt war –, weg von dem Alptraum in der Gasse und zurück in die relative Sicherheit der Straße.

3

Im gleichen Moment, als Old Wally seinen grausigen Fund machte, bog ein Streifenwagen in die Straße ein und fuhr langsam am Rinnstein entlang. Die beiden Cops waren nach einer langen, harten Nacht müde. Seit Schichtbeginn um 22.00 Uhr hatten sie scheinbar endlose vier Stunden damit verbracht, eine unaufhörliche Flut von Funkrufen zu beantworten. Sie waren von einem Zwischenfall zum anderen geschickt worden, die alle irgendwie mit dem Nebel zu tun hatten.

Zunächst hatten sie es vorwiegend mit Massenkarambolagen zu tun gehabt, da für gewöhnlich vernünftige Fahrer innerhalb kürzester Zeit Sicht, Verstand und Versicherungsbonus verloren. Später waren sie zu Überfällen und eingeschlagenen Schaufenstern gerufen worden, da Straßenbanden und Plünderungsspezialisten die idealen Bedingungen weidlich ausnützten.

Die Straßencowboys wußten sehr wohl, daß in einer Nacht wie dieser sogar unter dem Schutz der Mafia stehende Läden leichte Beute waren – nicht einmal der allmächtige Luciano hatte je behauptet, über die Röntgenaugen eines Superman zu verfügen. Und natürlich hatte es die übliche Anzahl von Raubüberfällen gegeben, auch wenn die betreffenden Opfer wenig Sympathie von den überarbeiteten Cops zu erwarten hatten – sie waren der Meinung, wer verrückt genug war, bei diesem Wetter auf die Straße zu gehen, verdiente es nicht anders, als überfallen zu werden. Und so ging es weiter ...

Jetzt, da der Nebel sich lichtete, schien sich die Lage zu beruhigen, und sie kehrten zur langweiligen Routine zurück, dem Abfahren stiller Straßen und Zählen zäher Minuten bis zum Schichtende. Patrolman James Cassidy, der ältere von beiden und Streifenführer mit zwölf Dienstjahren auf dem Buckel, verbrachte die Schicht hinter dem Steuer. Zurückgelehnt, die Hände locker auf dem unteren Teil des Lenkrads, den Fuß leicht auf dem Gaspedal, ließ er den Wagen im zweiten Gang mit 30 dahinrollen.

Sein Kollege, Patrolman Thomas Martin, war ein junger, begeisterter Anfänger, der erst zwanzig Dienstmonate hinter sich hatte. Zu wenig, um durch die Monotonie des Polizeidienstes völlig abgestumpft und desillusioniert zu sein. Es war die zweite Woche seiner zweiwöchigen Vertretungstour, in der er Cassidys regulären Partner ersetzte, der Urlaub hatte. Im Gegensatz zu seinem schicksalsergebenen, bleifüßigen Nebenmann war er noch vom vergleichsweise glamourösen Image infiziert, das Fernsehen und Kino dem gewöhnlichen Streifenpolizisten verliehen. Doch im Moment lag auch er müde im Sitz, kämpfte gegen das Gewicht seiner Augenlider und blinzelte glasig auf die nächtlichen Straßen.

Jetzt, da sie die halbe Schicht hinter sich hatten, konnte keiner mehr vom anderen verlangen, die Unterhaltung in Gang zu halten. Gelegentlich gab das Autoradio zum leisen Brummen des Motors ein Rauschen von sich, als wolle es sich über ihre Untätigkeit beschweren. Doch Gott sei Dank blieb es selbst untätig und erlaubte der Besatzung von Delta Tango Sechs, dem Gedanken an ein warmes Bett und eine Tasse heiße Schokolade nachzuhängen, beides nur wenige Stunden entfernt.

Plötzlich wurden die beiden Männer rüde aus ihrer friedlichen Apathie gerissen. Eine heftig gestikulierende Gestalt stürmte unvermutet aus einer Seitengasse und blieb unmittelbar vor ihnen wie angewurzelt stehen.

»Herrgott!« Cassidys Reflexe verhinderten die Katastrophe. Er stieg voll auf die Bremse, der Wagen stellte sich fast auf die Schnauze, als er rutschend zum Stehen kam, und die blockierenden Reifen zeichneten in ihrem Kampf um Halt weiße Streifen in den Rauhreif des Asphalts. Nur wenige Zentimeter vor der abgetauchten Stoßstange stand Old Wally, paralysiert, den Mund aufgerissen zu einem stummen Schrei, hielt schützend die Arme vor sich und blinzelte mit trüben Augen in das Licht der Scheinwerfer.

Durch Cassidys Ausruf, kurz bevor der Wagen mit abgewürgtem Motor zum Stehen kam, gewarnt, hatte Martin instinktiv die Hände gegen das Armaturenbrett gestemmt und sich mit den Füßen abgestützt. Hellwach vor Schreck, packte ihn die Wut.

»Verdammtes Arschloch! Dem werd ich's zeigen!« Dabei stieß er mit dem Ellbogen die Tür auf, schnappte sich die Taschenlampe, die neben ihm auf dem Sitz lag, und schwang sich aus dem Wagen.

»Cool it, Tom«, rief Cassidy. »Schlag den alten Suffkopp nicht zu Brei. Das ist Wally Cairns. Wahrscheinlich sternhagelblau wie immer.« Dann sagte er, mehr zu sich selbst: »Der alte Sack hat's gut!«

Martin schlug die Beifahrertür zu, dann hielt er inne und beugte sich zum geöffneten Fenster runter. »Soll ich ihn wegen Störung der öffentlichen Ordnung verhaften? Oder nehmen wir ihn nur zum Ausnüchtern mit?«

»Bloß nicht!« Der Streifenführer schüttelte den Kopf. »Schick ihn mit 'm Tritt in den Hintern auf den Gehsteig, damit der alte Furzer nicht über'n Haufen gefahren wird. Ich will den Penner nicht im Wagen haben, der kotzt uns noch alles voll. Außerdem«, fügte er warnend hinzu, »müßten wir die Kiste auch noch entlausen lassen. Das ist 'ne wandelnde Laus- und Flohpension.«

Martin hatte diese letzte, beunruhigende Information aus dem Munde seines erfahreneren Partners kaum verdaut, als ihm eine Hand auf die Schulter tatschte. Er drehte den Kopf und blickte direkt in die schmierige, bärtige Visage des alten Säufers. Eine Mischung aus saurem Wein und Tabak, Schweiß und frisch Erbrochenem blies ihm in die Nase. Vor Schreck und Ekel stieß er einen Schrei aus, wich zurück und schüttelte die festgekrallten Finger in den Wollhandschuhen ab.

»Faß mich nicht an, verdammter Flohsack!« brüllte er und wischte hektisch an seinem Ärmel herum, als spüre er bereits hunderte von winzigen Füßen gierig seinen Arm hinaufkrabbeln.

Drohend richtete er die Taschenlampe auf Old Wally. »Schön stehenbleiben, hörst du? Keinen Schritt näher, sonst leg ich dich um! So, was gibt's denn Wichtiges, daß du dich gleich über'n Haufen fahren läßt, hä?«

Mit kaum verhohlener Ungeduld hörte sich Martin eine Weile das unzusammenhängende Gebrabbel an. Dann begriff er, was der Penner ihm sagen wollte und schnitt ihm scharf das Wort ab.

»Moment mal... Moment mal... Was hast du gesagt? 'ne Leiche? Du willst mich wohl verarschen, wie?« Er sah Old Wally scharf an. Die aufgerissenen Augen und der zitternde Mund zeugten von Entsetzen und von Angst. »Nee... nee, das is keine Verarschung, stimmt's?« überlegte er laut.

»Okay, die Leiche, die du angeblich gefunden hast, wo ist sie?« Wortlos streckte der alte Säufer den Arm aus und Martin folgte dem zitternden Finger, der auf den schwarzen, wenig einladenden Eingang der Gasse deutete. Dann sah er Wally an, und fast wie ein nachträglicher Einfall knipste er die Taschenlampe an und ließ den Lichtstrahl an dem Alten auf und ab wandern. Plötzlich verengten sich seine Augen.

Er richtete den Strahl auf den Saum von Old Wallys Mantel und bückte sich, um ihn aus der Nähe zu inspizieren. Er pfiff durch die Zähne, richtete sich auf und rief in das geöffnete Wagenfenster neben ihm:

»He, Jim, komm mal raus. Komm her und sieh dir das an. Ich glaub, es gibt Ärger.«

Cassidy war gerade dabei, gemütlich eine Zigarette zu rauchen, in Gedanken versunken und ohne den Ereignissen neben dem Wagen sonderliche Aufmerksamkeit zu schenken. Als er durch die Bitte seines Partners aus seinen Gedanken gerissen wurde, seufzte er, schnappte sich seine Taschenlampe und kletterte zähneknirschend aus dem warmen Wagen. Erst skeptisch, dann mit wachsendem Interesse hörte er Martin zu, der Old Wallys Worte wiedergab. Dann deutete Martin am Strahl der Taschenlampe nach unten.

»Was zum Teufel...«, murmelte Cassidy und bückte sich, um besser sehen zu können. Eine ganze Weile begutachtete er die unverkennbaren Blutflecken an dem aufgerissenen Saum des Mantels. Dann richtete er sich langsam auf, zog die Brauen hoch und sah seinen Partner vielsagend an. Die beiden Cops wandten sich wieder Old Wally zu. Der Alte stand stumm und schlotternd in der kalten Nacht und machte ein verwundertes Gesicht, als die Polizisten zuerst seinen Mantel inspizierten und ihn dann anstarrten, als wären ihm soeben Hörner gewachsen.

Cassidy brach das Schweigen. »Wally«, begann er behutsam – er wollte nicht, daß der alte Junge sich vor Schreck an ihm festkrallte, »du sagst, du hast da drüben in der Gasse grad 'ne Leiche gefunden, stimmt's?«

Der Alte nickte verkrampft. »Okay... erzähl mir die Geschichte. Wie hast du sie genau gefunden, hm?«

»Naja... Mister Cassidy, Sir,... ich hab mich 'n bißchen umgeguckt, nach was Brauchbarem... Sie wissen schon... und plötzlich isse dagelegen... einfach so. Es is... es is 'ne weibliche

27

Frau... und irgendwie ganz grausig aufgeschlitzt... überall aufgeschlitzt isse. Hab mich furchbar erschrocken, sag ich Ihnen. Das is das Schlimmste, was ich je gesehn hab und ich hab schon 'ne ganze Menge gesehn in mei'm Leben...« Die Worte brachen zuerst stockend aus ihm heraus, dann wurden sie immer schneller, die Erleichterung löste ihm die Zunge nach dem Schock.

»Is ja gut, Wally,« beruhigte Cassidy ihn und fragte in demselben, ruhigen Ton: »Wie kommt'n das Blut an deinen Mantel, Wally?« Er deutete nach unten.

»Hä?« Der Alte blickte an sich herunter und glotzte verständnislos auf seinen blutverschmierten Mantel. Dann riß er den Kopf hoch. Mit wirrem Blick sah er von einem Cop zum anderen und zwinkerte mit seinen wässrigen Augen aufgeregt in das grelle Licht der Taschenlampe. Dann fiel es ihm wieder ein, und sein Gesicht entspannte sich.

»Oh... das muß passiert sein, wie ich mich neben sie gekniet hab... äh... ob sie verletzt is... oder sowas...«, setzte er schwach hinzu.

»Na klar«, spottete Martin. »Ob sich's lohnt, sie rumzudrehn, meinst du wohl.«

Cassidy ignorierte die Bemerkung seines Partners und deutete Richtung Gasse. »Okay, Wally, schaun wir uns die Leiche mal an.«

Old Wally merkte, daß man ihn in das bedrohliche schwarze Loch zurückschicken wollte, aus dem er gerade geflohen war. Sein Mund begann vor Angst zu zittern, und er breitete flehentlich die Hände aus.

»Bitte, Mister Cassidy, Sir, ich hab nix getan, helfen Sie mir«, winselte er. »Es gibt keinen Grund, mich nochmal da reinzuschicken. Ich hab ihr nix getan... ich schwör's bei Gott.«

»He, Wally, is ja gut, hörst du«, unterbrach ihn Cassidy gelassen, um den alten Knaben zu beruhigen. »Keiner wirft dir was vor.« Martins gemurmeltes »Noch nicht...« ignorierend, fuhr er fort: »Du hast sie nun mal gefunden. Alles was ich von dir will ist, daß du uns zeigst, wo sie ist. Sonst nichts. Okay?«

Durch Cassidys gelassene Art und die Gegenwart der Cops etwas beruhigt, drehte sich Old Wally um und schlurfte widerwil-

lig in die Gasse zurück, diesmal im Licht der starken Taschenlampen. Die tänzelnden Lichtkegel durchbohrten die letzten
Nebelschwaden und teilten die mit Abfall übersäte Gasse in gleißende Helligkeit und schwarze Schatten. Langsam arbeitete sich
der dreiköpfige Trupp voran. Doch als das Licht die ausgestreckte
Gestalt streifte, blieb Old Wally wie angewurzelt stehen.

»Da isse, Mister Cassidy. Bitte... ich will's nich nochmal
sehn. Zwingen Sie mich nich. Mir is kotzübel worden, beim ersten Mal... das is echt heftig.«

Cassidy musterte ihn einen Moment, dann meinte er: »Okay,
Wally. Aber du bleibst hier stehen, bis ich wieder da bin. Du
mußt bei den Jungs von der Mordkommission 'ne Aussage machen und ihnen erzählen, wie du die Leiche gefunden hast. Du
bist jetzt 'n unentbehrlicher Zeuge. Also rühr dich nicht vom
Fleck, okay?« befahl er streng.

»Klar doch, Mister Cassidy. Ich bin hier, wenn Sie mich brauchen«, antwortete der Penner sichtlich erleichtert. Er ließ sich
steif auf eine Mülltonne nieder und kramte in seinen Taschen
nach dem nächtlichen Beutegut.

Die Cops ließen Old Wally sitzen und legten, darauf bedacht,
nichts zu verändern, beherzt die letzten Schritte zu der Stelle
zurück, an der die würdelos Dahingeraffte lag. Einen halben
Meter davor blieben sie stehen, neben der Blutlache, die sich unter dem verstümmelten Körper gebildet hatte. Im Licht der vereinten Taschenlampen waren die Details des Blutbads mit ent-
setzlicher Deutlichkeit zu erkennen. Cassidy verschlug es die
Sprache. Er spürte, wie sich ihm die Nackenhaare sträubten. Er
merkte, daß er die Luft angehalten hatte und stieß sie durch die
zusammengebissenen Zähne aus. In seinen zwölf Dienstjahren
hatte er allerhand Grausiges zu Gesicht bekommen. Aber das
hier war übel.

Er hörte Martins schweren Atem neben sich, dann krächzte
der jüngere Kollege seltsam gepreßt: »O Gott. Was für'n krankes Schwein macht 'n sowas?«

Dann folgte eine Pause, bevor Martin mit der gleichen, ge-
preßten Stimme fragte: »He, Jim, was ist'n das blaurosa Zeug da
neben ihr?... Das sind doch nicht...? Seine Frage hing unvollendet mit den letzten Nebelfetzen in der Luft.

Cassidy bückte sich, um die Sache aus der Nähe zu betrachten, dann richtete er sich auf. »Eingeweide«, bestätigte er heiser. »Das eine sag ich dir«, meinte er halb zu sich selbst, »an der müssen sie nicht mehr viel rumschnipseln bei der Obduktion. Das meiste hat ihnen der Wichser bereits abgenommen. Im Gegenteil, die werden wohl 'ne umgekehrte Obduktion durchführen müssen... werden die Eingeweide wieder reinstopfen müssen, anstatt sie rauszuholen!«

Plötzlich, ohne Vorwarnung, übergab sich Martin. Ein Schwall Erbrochenes ergoß sich hell und dampfend im Schein der Taschenlampen über die Leiche und gesellte sich zu Old Wallys Hinterlassenschaft.

»Verfluchte Scheiße!« fauchte Cassidy heiser, der seinerseits mit dem Brechreiz zu kämpfen hatte. »Die Kollegen werden sich freuen. Warum scheißt du nich noch drauf, wo du schon dabei bist?«

Aschfahl im Gesicht wandte Martin sich ab und würgte hemmungslos. Cassidy schubste ihn mit dem unfreundlichen Kommentar an die nächste Hauswand. »Wenn du kotzen mußt, dann tu's da drüben.«

Sichtlich bemüht, die Fassung zu bewahren, suchte Cassidy im Licht der Taschenlampe die unmittelbare Umgebung ab und vergewisserte sich, daß nirgends eine Waffe herumlag. Dann ging er vorsichtig um die Leiche herum und suchte, in jeden Eingang leuchtend, die Gasse ab, die freie Hand an der Waffe im Holster. Ein Gefühl der Erleichterung überkam ihn, als auch in der letzten dunklen Nische nichts – bzw. niemand – zu entdecken war. Cassidy hatte das Gefühl, daß der Verrückte, der das Mädchen da hinten abgeschlachtet hatte, jemand war, dem er lieber nicht begegnen wollte.

Er machte auf dem Absatz kehrt und marschierte zurück. Als er an seinem Kollegen vorbeikam, der kreidebleich an der Wand lehnte, rief er: »Bleib du bei der Leiche, Tom. Ich geh und ruf die Mordkommission, damit die Sache ins Laufen kommt.«

Cassidy wartete die Antwort nicht ab – es kam auch keine. Auf dem Weg zum Wagen kam er an Old Wally vorbei und machte ihm ein Zeichen, mitzukommen. Im Gehen lüpfte er die Uniformmütze vom graumelierten Haar und wischte sich mit dem Handrücken den kalten Schweiß von der Stirn. Er atmete ein paar Mal tief die kalte Luft des frühen Morgens ein, um seinen mitgenommenen Magen zu beruhigen. Als er durch die Gasse zurück zur Straße ging, hörte er hinter sich ein trockenes Würgen.

4

Das helle Deckenlicht reflektierte kalt an den weißgekachelten Wänden des städtischen Leichenschauhauses. Es glänzte auf den Edelstahlfronten der tiefgekühlten, ausziehbaren Fächer, die, je vier übereinander, die Wände des Kühlraums säumten. Eines davon war in voller Länge herausgezogen. Sein stummer Bewohner war mit einem Tuch bedeckt, ein Zeichen dafür, daß der Leichnam von jemandem begutachtet werden sollte, der nicht zum Personal des Leichenschauhauses oder zu den Gerichtsmedizinern gehörte.

An der Frontseite des Fachs gab ein weißes Kärtchen, mit Einlieferungsdatum und Seriennummer versehen, Auskunft über die Personalien der Verstorbenen, soweit bekannt. Unter dem Namen, EVANS, Mary-Lou, standen das Geburtsdatum und eine Adresse an der East 106th Street in Harlem. Darunter ein roter Stempel: BESCHLAGNAHMT – ENTFERNUNG NUR NACH SCHRIFTLICHER FREIGABE DURCH DIE STAATSANWALTSCHAFT.

Neben dem abgedeckten Leichnam stand ein junger schwarzer Arzt im weißen Laborkittel. Die Brille mit Goldrand verlieh ihm ein ernstes, fast gelehrtes Aussehen. Er hatte ein Klemmbrett in der Hand und fügte seinem Bericht über die soeben erfolgte Untersuchung der Leiche ein paar abschließende Notizen hinzu. Dabei legte er konzentriert die Stirn in Falten.

Er hörte Stimmen und sah auf, als die pneumatischen Doppeltüren sich öffneten und zwei Männer hereinkamen, beide im offenen Mantel. Der ältere hatte einen Schlapphut in der Hand und sprach auf den jüngeren ein. Der stämmige, einsachtzig große Endvierziger brach mitten im Satz ab, als er den Arzt im weißen Kittel neben der Leiche stehen sah. Ein freudiges Lächeln überzog sein zerfurchtes Gesicht und die für gewöhnlich griesgrämige Miene war wie weggeblasen.

»Hi, Jim«, begrüßte er ihn wie einen alten Bekannten. »Hab mir doch gedacht, daß wir dich hier finden.« Mit einem Blick in die Runde sagte er: »Mein Hilfssheriff hat sich noch nicht blicken lassen, wie?«

»Hallo, Ben, ich hab dich schon erwartet«, erwiderte der junge Arzt den Gruß. »Nein, Tex ist noch nicht da. Er kommt sicher gleich. Ich dachte, ich lasse euch besser alle beide holen, als ich sah, daß...« er zögerte einen Moment und schielte zu dem Fremden hinüber, dann sagte er vorsichtig: »daß es... äh... ein Fall für dich ist.«

Detective Lieutenant Bernhard Curtis bemerkte den Blick, den der Arzt auf seinen Nebenmann warf.

»Alles okay, Jim«, beruhigte er den Arzt, »vor Brett kannst du offen sprechen. Das ist 'n alter Kumpel von mir. Ehemaliger Kollege, um genau zu sein.« Er deutete mit dem Hut auf seinen Begleiter. »Ich möchte dir Brett Grant vorstellen. Er macht jetzt auf privat. Einer von den tollen Typen aus dem Fernsehen. Du kennst das Spielchen ja... wir doofen Cops machen die Drecksarbeit, und dann kommt er, macht uns zur Sau, klärt das Verbrechen in fünf Minuten auf und zieht mit 'ner heißen Biene ab.«

Dann wandte sich Curtis an seinen Begleiter, der bei dieser Darstellung gutmütig grinste. Diesmal zeigte sein Hut Richtung Arzt. »Brett, ich möchte dir Doctor James Easton vorstellen. Im Gegensatz zu den übrigen Bauchaufschneidern aus der Forensischen beschreibt er die Dinge in einer für uns gewöhnliche Sterbliche verständlichen Sprache. Er quatscht nicht wie 'n wandelndes Lehrbuch und wirft dir lauter lateinische Brocken an den Kopf.«

Easton und Grant gaben sich die Hand, und der Arzt meinte mit einer Kopfbewegung auf Curtis schmunzelnd: »Hört, hört! In Wahrheit hat er so viele Obduktionen miterlebt, daß er den Leichenbeschauern 'ne Pathologievorlesung halten könnte!«

Damit war die Vorstellungsrunde beendet, und Curtis wandte sich erneut an den Arzt: »Brett und ich, wir hatten grad 'ne kleine Party mit unseren Frauen bei mir zu Hause, als dein Anruf kam. Da hab' ich die Gelegenheit genutzt und ihn mitgebracht. Wir waren Streifenpartner, vor fünf Jahren etwa, aber er hat den Dienst quittiert, kurz bevor das mit den Morden anfing. In seinem Job kriegt er 'ne Menge Informationen von Leuten, die sich nicht mal tot mit 'nem Cop unterhalten würden – 'nem richtigen Cop, meine ich. Wenn wir Schwein haben, schnappt er was auf, was uns weiterhilft. Is 'n Versuch wert.« Dann fügte er verbittert hinzu: »Ich will ihn um jeden Preis schnappen, diesen Dreckskerl ...« und deutete mit dem Kopf auf die Gestalt unter dem Leichentuch.

Der Arzt war einverstanden, worauf Curtis bat: »Ich wär dir dankbar, Jim, wenn du Brett und mir 'n kurzen Überblick geben könntest über das, was du bisher gefunden hast. Er soll aus erster Hand erfahren, womit wir's zu tun haben.«

»Kein Problem, Ben ...«, begann Easton. In dem Moment flog die Doppeltür auf, und ein schlaksiger, junger Mann stürzte herein. Der blonde, glattrasierte Neuankömmling, der Grants stattliche Einsfünfundachtzig noch um fünf Zentimeter überragte, mußte Ende zwanzig sein. Mit wenigen, langen Schritten war er bei den anderen, nickte freundlich und begrüßte sie mit dem behäbigen Akzent eines waschechten Texaners.

»Howdy, Leute.« Dann sagte er zu Curtis: »Tut mir leid, daß ich mich verspätet hab, Chef. Hab mich in dem verdammten Nebel verfahren. Is immer noch reichlich dick, drüben in Brooklyn. Bin sogar im Kreis gefahren und wär fast auf Staten Island gelandet.«

»Typisch«, brummte Curtis. »Möchte wetten, so sind eure Vorfahren damals in Texas gelandet. Wollten wahrscheinlich mit dem Planwagen nach Kalifornien zu den Goldminen und sind in Nebraska aus Versehen links abgebogen.«

Ohne zu unterbrechen sagte Curtis zu Grant: »Brett, das ist unser Cowboy Cop aus dem fernen Lone Star State. Detective Robert Edward Lee Turner, nicht zu fassen, was? Kannst ›Tex‹ sagen«, und dann zu Turner, »Tex, ich möchte dir Brett Grant vorstellen, meinen Ex-Partner.«

Turner trat vor und schüttelte Grant mit einem leutseligen Grinsen die Hand. »Freut mich, Ihre Bekanntschaft zu machen,

Brett. Hab schon viel über Sie gehört vom Chef. Sie machen jetzt auf privat, stimmt's? Wow, hab noch nie 'n leibhaftigen Privatdetektiv getroffen. Nur immer im Fernsehn gesehn. Gefällt es Ihnen besser als beim Staat?«

Grant rettete seine Hand, bevor sie endgültig abgestorben war. »Nun... ja und nein. Es hat seine guten Seiten... man ist sein eigener Boss und teilt sich die Zeit selbst ein. Die Bezahlung ist auch besser, das geb ich offen zu. Aber lassen Sie sich von Ben nichts weismachen, wie im Fernsehen ist es nicht. Im Gegenteil, die meiste Arbeit ist stinklangweilig.«

»Was hat sich dann geändert?« grummelte Curtis. »Entschuldigt, daß ich unterbreche, wo ihr euch grad so gut versteht, aber wir haben im Moment Wichtigeres zu tun. Okay, Jim, schieß los. Wenn du soweit bist.«

Grant und Turner grinsten sich schuldbewußt an wie zwei Schuljungen, die beim Schwatzen erwischt worden waren, und stellten sich mit Curtis und dem Arzt um das geöffnete Leichenfach herum. Easton blickte in die Runde.

»Ich gebe Ihnen eine Überblick über meine bisherigen Ergebnisse, Gentlemen. Doch bedenken Sie, daß es sich um einen vorläufigen Befund handelt, der lediglich auf einer flüchtigen Untersuchung der Leiche beruht. Zu endgültigen Schlüssen werde ich erst nach der Obduktion im Laufe des Tages kommen.« Die anderen nickten verständnisvoll.

Easton warf einen Blick auf sein Klemmbrett, räusperte sich und begann: »Also... bei der Toten handelt es sich um eine achtundzwanzigjährige Schwarze, über Polizeiakten identifiziert als eine gewisse Mary-Lou Evans.«

Curtis sah Grant an und brummte als Antwort auf dessen unausgesprochene Frage: »Nutte... zehn Vorstrafen.«

Der junge Arzt nahm den Faden unbeirrt wieder auf. »Die Verstorbene war insgesamt in guter körperlicher Verfassung, wenn auch leicht untergewichtig. Keinerlei Spuren von intravenösem Drogenkonsum, allerdings deutet eine leichte Abnutzung der Nasenschleimhaut auf eine gewisse Abhängigkeit hin, die sie durch Sniffen befriedigte, nicht durch Drücken, um den einschlägigen Jargon zu gebrauchen. Alkoholspuren im Mund deuten darauf hin, daß sie kurz vor ihrem Tod etwas getrunken hat. Die Analyse der Blutproben wird erweisen, ob und wieviel Alkohol und Drogen sie im Blut hatte.

Jetzt zur mutmaßlichen Todeszeit. Geht man von einer beschleunigten Abkühlung aus, aufgrund der niedrigen Temperaturen am Fundort, ist der Tod schätzungsweise zwei oder drei Stunden vor dem Auffinden der Leiche eingetreten. Das legt die Todeszeit nach meiner ersten Schätzung etwa auf Mitternacht.«

Easton machte eine Pause und legte das Klemmbrett neben sich auf einen Rollwagen. Grant folgte den schlanken Fingern des Arztes, der einen Zipfel des Tuchs ergriff, mit dem die Leiche abgedeckt war, und unterdrückte sein Unbehagen. Beim Anblick von Leichen wurde ihm stets etwas mulmig. Auch in den zehn Jahren, die er als Cop verbracht hatte, war er das Gefühl nie ganz losgeworden – damals war er mit den entstellten und verstümmelten Resultaten tödlicher Gewalttaten öfter konfrontiert gewesen, als ihm zu erinnern lieb war. Unbewußt spannte er die Kiefermuskeln an, um sich nichts anmerken zu lassen. Trotzdem war er völlig unvorbereitet auf das, was ihn erwartete.

»Jetzt zur mutmaßlichen Todesursache...« Dabei zog Easton das Tuch ans Fußende und gab den grausigen Anblick frei. Im Tod hatte sich Mary-Lous schwarze Haut blaßgrau verfärbt. Ihr Mund mit den ausgeschlagenen Schneidezähnen und den geplatzten, blutverkrusteten Lippen war zu einem lautlosen Schrei aufgerissen. Die aufgequollene Zunge hing heraus und ließ mit den hervorquellenden Augen die ehemals attraktiven Züge um so schauerlicher erscheinen.

Doch das entstellte Gesicht war nichts gegen den Anblick ihres verstümmelten Körpers. Er war der Länge nach aufgeschlitzt und legte die glänzenden Eingeweide frei, die die Sanitäter am Tatort brutal wieder hineingestopft hatten. Die große, klaffende Wunde zog sich von einem Punkt zwischen den flachgedrückten Brüsten bis hinunter zum dunklen Schamhaardreieck.

»O Gott!« entfuhr es Grant trotz zusammengebissener Zähne.

Sein Schock spiegelte sich in Turners Gesicht. Der baumlange Detective wurde sichtlich blaß unter der Sonnenbräune und sah seinen Chef an. »Es wird immer schlimmer«, meinte Curtis heiser.

Dann sagte er zu Grant: »Wie ich dir schon auf dem Weg gesagt habe, Brett, alle vorausgegangenen vierzehn Opfer von diesem eigenartigen Vogel hatten zahlreiche Stichwunden. Alle waren auf irgendeine Weise verstümmelt. Und jedesmal war es schlimmer als zuvor. Bei der letzten waren es hundertzwanzig Einstiche, und beide Titten hatte er ihr abgeschnitten. Aber das ist die erste, die er ausgeweidet hat!«

Es kostete Grant einige Anstrengung, sich von dem stummen Zeugnis der Schlachtorgie dieses Killers loszureißen. Er blinzelte, als hätte er etwas im Auge, und fuhr sich mit der Zunge über die trockenen Lippen. »Woher weißt Du, daß sie alle das Werk ein und desselben Killers sind? Du hast was von... gemeinsamen Merkmalen erwähnt, oder so ähnlich, wenn ich mich recht erinnere.«

»Das stimmt«, erwiderte Curtis. »Ich werd's dir gleich zeigen. Aber wir wollen dem Doc nicht vorgreifen.«

Der Lieutenant drehte sich mit verlegenem Schmunzeln zu Easton um. »'Tschuldige, Jim, wir müssen dir vorkommen wie 'ne Schar Klosterfrauen, die auf'm Klo 'n Gummi gefunden hat. Mach ruhig weiter und laß dich nicht von uns irritieren – wenn's zu heftig wird, kippen wir um und geben keinen Mucks von uns, bis du fertig bist.«

Easton lächelte. »Schon in Ordnung, Ben. Eure Reaktion ist völlig normal. Ehrlich gesagt, es hätte mich mehr irritiert, wenn einer von euch überhaupt keine Regung gezeigt hätte. Also, wo war ich... ach ja, die mutmaßliche Todesursache... das sind allem Anschein nach die schweren inneren Verletzungen.« Er fuhr mit der Hand über die Leiche. »Sie stammen offensichtlich von einem äußerst scharfen Instrument. Im vorliegenden Fall tippe ich auf ein Messer mit einer Klinge von mindestens zehn Zentimetern Länge... wahrscheinlich länger, ich schätze eher um die fünfzehn. Es wurde hier im Unterbauch eingeführt...«, er deutete auf die Stelle, »und dann mit beträchtlicher Kraft nach oben gezogen bis zum Brustbein, hier...«, seine Finger folgten der klaffenden Wunde bis zum Brustkorb, »wodurch ein großer Blutverlust eintrat und die inneren Organe schwere Verletzungen erlitten.«

Hier machte Easton eine Pause und warf Curtis einen vielsagenden Blick zu. »Bei meiner ersten Untersuchung habe ich noch eine weitere innere Verletzung entdeckt, die von derselben Waffe stammt. Aufgrund der Art der Verletzung ist sie nicht zu sehen, doch sie zählt zweifellos zu deinen … äh … gemeinsamen Merkmalen, Ben.« Er deutete auf die Leistengegend der Toten.

Curtis Augen wurden hart, er verstand. Sein Mund straffte sich, sonst zeigte sein Gesicht keine Regung. Doch seine Stimme verriet Wut und Abscheu.

»Er hat's ihr reingerammt? Stimmt's?« Die Worte dröhnten in der Stille des weißgekachelten Kühlraums. Der junge Arzt nickte stumm.

Curtis wandte sich zu Grant und erklärte: »Das macht er mit allen. Rammt ihnen das Messer in die Möse. Es gehört zu seiner Handschrift, könnte man sagen … eines der ›gemeinsamen Merkmale‹.«

»Eines davon? Was sind die anderen?« fragte Grant und war doch nicht allzu erpicht auf die Antwort.

Statt zu antworten wandte sich Curtis an Easton. »Können wir sie rumdrehen, Jim?« fragte er mit einer Kopfbewegung auf die Tote.

»Gleich, Ben. Ich möchte Ihnen zuvor nur noch eine Sache zeigen«, entgegnete Easton. »Sehen Sie hier … und hier … die Blutergüsse. Kommt Ihnen das Muster bekannt vor?« Er deutete auf die Hals- und Brustgegend der Toten. »Wieder einmal, wie bei früheren Opfern, haben wir hier einen ziemlich schlüssigen Beweis, daß unser Mörder enorme körperliche Kräfte besitzt. Wie in früheren Fällen war er imstande, sein lebendes Opfer – ob es sich wehrte oder bewußtlos war, spielt dabei kaum eine Rolle – mit einer Hand hochzuhalten, während er mit der anderen das Mordinstrument führte. Außerdem ist er Rechtshänder, denn in allen Fällen hat er das Opfer mit der linken Hand festgehalten und mit der Rechten zugestochen. Aus allem, was wir bisher wissen, dürfen wir davon ausgehen, daß wir nach einem großen Mann suchen, mindestens einsachtzig, gut gebaut, mit kräftigen Händen und Armen.«

»Er, sagen Sie, Doc?« fragte Grant. »Ich stimme Ihnen zu, die Beweislage scheint Ihre Theorie von einem körperlich kräftigen, männlichen Mörder zu stützen. Aber haben Sie die Möglichkeit in Betracht gezogen, daß es sich um einen weiblichen Mörder handeln könnte? Mir sind schon äußerst stattliche ›kesse Väter‹ begegnet.«

Noch ehe Easton darauf eingehen konnte, antwortete Curtis für ihn. »Dann müßte die Lady 'ne Statur haben wie Godzilla!« knurrte er. »Sie trägt nämlich Schuhgröße 45, Männergröße! Wir haben an einigen Tatorten Fußspuren gefunden. Aber wer weiß«, meinte er griesgrämig, »wahrscheinlich ist der Mörder ein verrückter Zwerg mit Affenarmen und Riesenlatschen!«

Die anderen lachten über seinen Sarkasmus, besonders Grant und Turner, die dankbar waren für alles, was sie, wenn auch nur kurz, von den schaurigen menschlichen Überresten in ihrer Mitte ablenkte. Aber die Erleichterung war nur von kurzer Dauer, denn jetzt verschloß Easton vor ihren Augen die klaffende Wunde am Bauch der Toten, indem er sie mit medizinischem Klebeband kreuz und quer überklebte. Dann richtete er sich auf.

»Würden Sie mir bitte helfen, sie umzudrehen, Gentlemen...«

Sie unterdrückten ihren Widerwillen, das kalte, starre Fleisch anzufassen und packten mit an. Als der Körper in die neue Position gebracht war, sah Grant, daß sich eine Serie von Schnittwunden über den gesamten Rücken zog. Sie begann zwischen den Schulterblättern und endete knapp über den Pobacken.

»Schau genau hin, Brett.« Curtis' rauhe Stimme durchbrach die lastende Stille im Raum. »Das Hauptmerkmal, das alle Morde als das Werk eines einzigen Mannes ausweist. Das hat er mit allen gemacht. Erst das Messer in die Möse, dann ersticht er sie, und dann das...« Er deutete auf die Leiche.

»Fünfzehn, sagst du, die hier inklusive?« fragte Grant wie betäubt. Curtis nickte. »Wie habt ihr es nur geschafft, daß die Presse nie Wind davon bekam?«

»Nur weil noch niemand einen Zusammenhang gesehen hat«, antwortete Curtis. »Und Gott steh uns bei, falls sie's spitzkriegen, dann fallen sie über uns her wie die Geier! Im Moment rettet uns nur die Tatsache, daß unser Mann über die gesamte Stadt verteilt agiert, offenbar ohne System. Zumindest konnten wir keines entdecken.«

»Wie steht's mit den zeitlichen Abständen zwischen den Taten?« fragte Grant.

Curtis preßte die Lippen zusammen und schüttelte den Kopf. »Unregelmäßig«, knurrte er, »genau wie die Tatorte. Das hilft uns auch, die Spürhunde von der Presse fernzuhalten. Du weißt ja, wie gern diese Schmierfinken Mördern klingende Namen verpassen, je grausiger desto besser. Nichts verkauft sich besser als 'ne kleine Sensation. Bis jetzt haben sie sich selbst verarscht, indem sie den Kerl über die letzten fünf Jahre einmal ›Brooklyn-Schlächter‹, einmal ›Central-Park-Schlitzer‹ und einmal »Richmond-Ripper« nannten. Beim letzten Mal kamen wir 'n bißchen ins Schwitzen, weil wir dachten, irgendeinem superschlauen Schreiberling müßte was auffallen.«

»Was auffallen?«

»Daß alle Opfer Nutten waren – wie beim echten Jack the Ripper. Glücklicherweise waren einige noch nicht lang genug im Geschäft, um stadtbekannt zu sein, da konnten wir's verheimlichen. Doch die Tatsache bleibt, daß sie alle auf den Strich gegangen sind, und früher oder später wird jemand draufkommen und dann...« Er fuhr sich mit dem Finger quer über den Hals.

Turner nickte und meinte: »Ja, und das einzig Gute dabei wär, der Bürgermeister, der Commissioner und unser Deputy Commissioner Elrick könnten sich ihre Hoffnung auf Wiederwahl in den Arsch stecken...falls sie's überhaupt so lange machen.«

»Wer weiß, vielleicht würden sie sogar gelyncht... mit'm bißchen Glück«, bemerkte Curtis sarkastisch. »Bloß, in diesem Falle würden sie alle Hebel in Bewegung setzen, um anderen den Schwarzen Peter zuzuschieben, und es würden noch 'n paar Hälse baumeln. Meiner auch, schließlich war ich mit dem Fall betraut.

Im Moment stehen Elrick und der Staatsanwalt wahrscheinlich fuchsteufelswild am Tatort und schauen zu, wie sich die Jungs von der Spurensicherung durch Berge von Abfall wühlen. Und wenn unser Mann in Form war, finden sie nicht das Geringste. Er hat noch nie was hinterlassen...außer seinem Abzeichen auf den Leichen.

Die Presse ist sicher auch schon dort und sucht nach sogenannten Zeugen, die ihnen 'n knackiges Zitat liefern. Aber ich halte Old Wally bis nach der heutigen Pressekonferenz unter Verschluß. Bis dahin wird er ausgenüchtert und präpariert, damit er weiß, was er sagen darf... und, viel wichtiger, was nicht. Diese Aasgeier riechen 'ne Story schneller als 'ne Schmeißfliege 'n Scheißhaufen!«

Curtis hatte seinen Sermon beendet und starrte verdrießlich auf die Leiche. Er ließ die breiten Schultern hängen, als wolle er sich geschlagen geben. Dann erhellte sich sein Gesicht, er drehte sich zu Grant um und sah ihn herausfordernd an.

»Okay, Sherlock Holmes, jetzt bist du dran, imponier uns mal mit deiner Kombinationsgabe. Was sagen dir die Schnitte?« Er nickte Richtung Leiche. »Dir ist wahrscheinlich aufgefallen, daß sie eine Art Muster bilden. Fällt dir dazu irgendwas ein... zur Anordnung, meine ich?«

Nachdenklich begutachtete Grant die grausige Serie von Schnittwunden, die sich an Mary-Lous Rücken entlangzog. Jeder Schnitt war mehrere Zentimeter lang, manche gingen so tief, daß die Rippen weiß durchschimmerten. Auf den ersten Blick schien die Anordnung der Schnitte völlig willkürlich zu sein, einige liefen senkrecht, andere formten in etwa ein V. Bei den Vs kam ihm eine Idee. Plötzlich wurde das Muster klar, offenbarte sich wie das verborgene Bild eines Puzzlespiels. Er hob den Kopf und blickte Curtis an.

»Römische Zahlen«, sagte er.

»Treffer!« Curtis hielt den Daumen hoch und sagte scherzhaft zu Turner: »Siehst du, ich hab ihn gut gezogen.«

Dann wurde er wieder ernst. »Messerscharf, alter Junge, muß ich zugeben. Ich war mir nicht sicher mit den römischen Zahlen, bis ich sie am zweiten Opfer sah. Hier, wie du siehst, haben wir zwei senkrechte Linien, dann ein V, wieder zwei senkrechte Linien und zum Schluß noch zwei Vs. Die ganze Reihe lautet demnach eins fünf, eins, eins, fünf, fünf. Hab ich recht?« Dabei bohrte sich sein nikotingelber Finger nach unten und deutete auf die betreffenden Schnittwunden.

Grant nickte und runzelte nachdenklich die Stirn. »Ganz deiner Meinung.« Er wartete, ob Curtis noch etwas hinzuzufügen hatte, doch als keine weitere Erklärung mehr zu kommen schien, meinte er: »So weit, so gut. Und was bedeutet das?«

Curtis rieb sich das faltige Gesicht und seufzte müde. »Das ist die Vierundsechzigtausend-Dollar-Frage. Bloß fällt uns keine Antwort ein, die auch nur zehn Cents wert wäre.

Zuerst dachten wir, es sei irgend so ein komisches Kultzeichen. À la Charles Manson. Aber dann änderte sich die Zahlenfolge. Nicht jedesmal, freilich. Bisher hat der Killer drei Zahlenfolgen verwendet, zu unterschiedlichen Zeiten, ohne ersichtlichen Grund für die Änderung. Die anderen zwei Zahlenfolgen hat er sechs- bzw. dreimal verwendet.

Das kostet uns ganz schön Nerven, sag ich dir. Wir kapieren nicht, was das Schwein will. Wahrscheinlich will er uns 'ne Botschaft hinterlassen. Manche Killer wollen zeigen, daß sie schlauer sind als wir. Wer weiß? Aber eines ist sicher: Er verwendet römische Zahlen, weil sie aus geraden Linien bestehen – die lassen sich leichter einritzen!«

Der Lieutenant rieb sich erneut müde das Gesicht, dann schloß er grimmig: »Und das is noch'n Grund, warum wir die Presse draußenlassen wollen ... sonst macht's ihm noch jeder kleine Wichser nach.« Er wandte sich an Easton. »Na Jim, ich glaub, wir lassen's gut sein für heute und lassen dich weiterarbeiten. Danke, daß du dir die Zeit genommen hast. Laß mir den Obduktionsbericht so schnell wie möglich zukommen.«

»Du hast ihn spätestens heute nachmittag, Ben«, entgegnete Easton.

»Danke Jim, bis später.« Curtis wandte sich ab und ging zur Tür. »Okay, Jungs«, rief er und deutete mit dem Kopf Richtung Ausgang, »hauen wir uns noch 'n bißchen auf's Ohr, bevor noch was passiert.«

Geschlossen verließen sie den Kühlraum. Der junge Arzt blickte nachdenklich auf die Zahlen im Rücken der Toten.

5

Die drei Männer verließen das Leichenschauhaus und gingen zum Parkplatz. Turner zog ein Päckchen Lucky Strike aus der Tasche und bot den anderen eine Zigarette an. Curtis und Turner bedienten sich, Grant lehnte mit der Bemerkung ab: »Danke Tex, nicht für mich. Ich will nicht so enden wie er...«, und deutete mit dem Daumen auf Curtis, der sich wieder einmal die Lunge aus dem Leib hustete.

Turner beobachtete seinen nach Luft schnappenden, rot angelaufenen Boss mit gespielter Sorge, als dieser sich wieder fing und mit Grabesstimme verkündete: »Wenn das so weiter geht, geb's sogar ich noch auf.«

Als Grant und Turner lachten, räusperte sich Curtis und brummte: »Saukomisch. Wenn mich das Rauchen nicht umbringt, sterb ich vor Lachen über euch zwei Komiker. Wenn ich die Wahl hab, entscheid ich mich für's Rauchen.«

Mittlerweile waren sie bei den Autos angekommen, und Turner verabschiedete sich. Er versprach Curtis, pünktlich um acht – gute vier Stunden später – im Büro zu sein, stieg in seinen Wagen, einen leicht ramponierten, fünf Jahre alten Chevy, und fuhr mit qualmendem Auspuff davon.

Grant ließ sich auf dem Beifahrersitz von Curtis' Lincoln nieder. Durch die Windschutzscheibe beobachtete er, wie Turner mit seiner Kiste an der nächsten Kreuzung nach links bog und eine blaue Wolke hinterließ, die wie eine Erscheinung in der Luft stand.

»Er verbrennt Öl«, sagte er und deutete mit dem Kopf auf den blauen Schleier, der sich mit dem letzten Nebel mischte. »Muß den Zylinder ausschleifen lassen.« Dann meinte er: »Scheint 'n netter Kerl zu sein. Und freundlich. Wie stellt er sich im Dienst an?«

»Er ist in Ordnung«, antwortete Curtis und zwinkerte durch den Zigarettenrauch, der von seinen Lippen nach oben kräuselte. »Ich zieh ihn damit auf, daß er 'n Landei ist, aber er is ganz schön helle, wenn er muß. Und absolut zuverlässig, wenn's drauf ankommt. Bleibt cool und kann schießen... und nicht nur mit der Knarre, der is auch mit was anderem immer schußbereit!« Er gluckste über seinen Witz, während Grant gequält die Miene verzog.

Dann sagte er, mit schiefem Blick auf seinen Nebenmann: »Das einzig Betrübliche ist, er ist auch so'n Saubermann...« Er ließ die Bemerkung einen Moment stehen, bevor er hinzufügte,

»und ich hoffe, ich verlier' ihn nicht, wie den anderen Partner...«

Grant erkannte den Köder und beschloß, ihn lediglich etwas anzuknabbern. »Siehst du«, erwiderte er, »ich hab ja gesagt, du findest schon wieder einen, den du dir zurechtbiegen kannst – der zu deiner Arbeitsweise paßt, stimmt's? Aber erst hältst du mir 'ne Standpauke, daß ich 'n Fehler mach, wenn ich den Dienst quittier und daß ich das beste Team im ganzen Dezernat kaputtmach.«

Jetzt machte Curtis eine gequälte Miene. Doch Grant grinste seinen Freund an, um seiner Bemerkung den Stachel zu nehmen und fügte hinzu: »Und dabei hattest du nur Angst, daß du keinen mehr findest, der's mit dir aushält.«

Doch Curtis ließ sich nicht ablenken. »Neenee, ich hab's ehrlich gemeint damals, und ich hab meine Meinung diesbezüglich nicht geändert«, erwiderte er ernst. »Ich bin immer noch der Ansicht – wie lang ist es jetzt her, fast sechs Jahre –, daß es ein Fehler war, den Job hinzuschmeißen. Ich hab dir immer gesagt, Prinzipien sind was Schönes, Brett, aber man muß berücksichtigen, daß andere Leute das anders sehen. Was nicht bedeuten muß, daß sie ihren Job nicht gut machen.«

Bei diesen Worten verschwand die gute Laune aus Grants Gesicht, und er schob trotzig das Kinn nach vorn. »Ach komm, Ben. Du weißt genau, daß das Schwachsinn ist«, erwiderte er genervt, »wir haben es schon xmal durchgekaut, aber du willst einfach nicht zugeben, daß Bullen, die sich schmieren lassen – Geld von der Mafia annehmen –, ihre Arbeit nicht hundertprozent unparteiisch erledigen können. Nein, laß mich ausreden...«

Grant hob die Hand, damit Curtis ihn nicht unterbrach. »Buddy, du weißt, daß ich große Stücke auf dich halte, als Freund und als Cop. Aber ich werde nie begreifen, wie du vor der Handaufhalterei die Augen schließen kannst. Was mich rasend macht, ist die Tatsache, daß du dabei selbst gar nichts anfaßt, verdammt nochmal. Aber es stört dich nicht, zu einer Mannschaft zu gehören, wo auf jeder Wache einer hockt, der abkassiert!« Er spie das letzte Wort verächtlich aus, dann verstummte er und starrte mißmutig auf die Straße.

Curtis zuckte mit seinen breiten Schultern. »Ich will nicht behaupten, daß es mich nicht stört. Ich denke eben, es gibt alle möglichen ... du weißt schon, leben und leben lassen, sozusagen. Mir gefällt die Sache genauso wenig wie dir, aber Bestechung und Korruption und geschmierte Bullen sind eine Tatsache, und du wirst dich damit abfinden müssen, ob du willst oder nicht.«

Doch Grant war bei seinem Lieblingsthema und ließ nicht locker. »Ben, das geht tiefer. Viel tiefer. Das ist nicht nur eine Frage von leben und leben lassen, wie du es nennst. Wir reden von korrupten Cops ... die von der Mafia Geld annehmen, vom organisierten Verbrechen, Himmelarsch! Dreckiges Geld! Profite, die von Drogen, Prostitution, Erpressung, Glücksspiel, Wucher stammen ... Herrgott, nenn, was du willst, wenn es nur dreckig genug ist, hat die Mafia die Finger drin. Je schmutziger, desto lieber!«

»Okay, okay, reg dich ab! Ich weiß, wie du darüber denkst. Und trotzdem sage ich, es gibt Sachen, mit denen wirst du dich abfinden müssen«, entgegnete Curtis. »Manche Dinge lassen sich nicht über Nacht ändern. Auch wenn du's noch so gern hättest. Der Kreuzzug eines Einzelnen schon zweimal nicht. Weißt du noch, was mit Serpico passiert ist? Und zur Zeit, da wirst sogar du mir zustimmen, sind Schmiergelder so weit verbreitet – wenn es möglich wär, von heut auf morgen jeden korrupten Cop einzulochen ... Mann, da müßte glatt die National Guard einspringen. Bis Mittag hättest du keine Mannschaft mehr, die den Namen Polizei verdient!«

»Wenn die Hälfte deiner Kollegen auf der Gehaltsliste der Mafia steht, auch nicht«, gab Grant zurück.

»Naja, das ist Ansichtssache«, entgegnete Curtis. »Ich behaupte immer noch, es gibt Dinge im Leben, die muß man ignorieren, wenn man mit dem Rest der Menschheit leben will ...«

»Ignorieren? Ignorieren? Ha! Das ist ja die Höhe, wirklich«, fiel Grant ihm hitzig ins Wort. »Wenn ich mich recht erinnere, war ich derjenige, der ignoriert worden ist – und zwar von ein paar Wichsern, die wegen Korruption in den Knast gehören!« Dann verstummte er in seinem Groll.

»Bloß weil du dir unbedingt das Maul zerreißen mußtest über

geschmierte Cops, noch dazu vor versammelter Mannschaft! Und zu allem Überfluß hast du auch noch Pat Mulligan verpfiffen«, gab Curtis zurück.

Grant schnaubte verächtlich. »Jaja, Sergeant Pat Mulligan«, er spuckte den Namen aus, als hätte er einen schlechten Geschmack im Mund hinterlassen, »der Kassier vom Revier. Immer die Scheinchen von der Mafia parat!«

Dann heiterte sich seine Stimmung plötzlich auf. Er erinnerte sich an den Vorfall, den Curtis angesprochen hatte. »Den hab ich umgenietet, was?« Er mimte einen Schlag mit der Faust gegen die Windschutzscheibe.

Curtis grinste und nickte. »Das hast du. War sowieso überfällig. Ehrlich gesagt, ich hätte es längst selbst erledigen sollen. Aber im Ernst, ich denke immer noch, du hättest den Sturm über dich ergehen lassen sollen, anstatt die Waffen zu strecken. Der Unsinn mit dem Boykott hätte sich bald gelegt. Es klang nun mal so, als wolltest du die gesamte Schicht beschuldigen. Deshalb waren nicht nur die Korrupten sauer auf dich, weil du die Wahrheit über sie gesagt hattest... all diejenigen, die sich nicht schmieren ließen, waren zutiefst gekränkt, mit dem Rest in einen Topf geworfen zu werden, wie sie damals dachten. Aber die Jungs – die sauberen – hätten sich bald wieder beruhigt.«

»Scheiß drauf! Auf die kann man verzichten!« entgegnete Grant verächtlich. Dann klopfte er Curtis auf die Schulter. »Wenigstens du hast noch mit mir geredet, Buddy. Das war die Hauptsache.«

»Mußte ich ja... wir waren schließlich ein Team, weißt du noch?« grummelte Curtis. Sie lachten, die Atmosphäre entspannte sich, und der alte Streit wurde auf Eis gelegt – bis zum nächsten Mal.

Sie fuhren eine Weile wortlos dahin, dann sagte Curtis: »Na, Brett, was hältst du von der Sache von heut nacht?«

»Ziemlich übel«, meinte Grant. »Ich vermute, da hast du's mit 'nem astreinen Psychopathen zu tun. Ich beneide dich nicht um die Aufgabe, den Kerl dingfest machen zu müssen.«

»Dann sind wir zu zweit. Ich beneide mich auch nicht drum«, knurrte Curtis. »Wenn ich bloß die Scheißzahlen knacken könnte. Ob uns der Mistkerl 'ne Art Botschaft übermitteln will oder nicht, ich hab das Gefühl, sie sind der Schlüssel zu seinem vergifteten Gehirn. Wenn ich sowas wie 'n Motiv rausbekommen könnte, hätte ich wenigstens was, womit ich weitermachen kann.«

»Was ist mit dem neuen Computer, den sie vor ein paar Monaten ins Präsidium gestellt haben?« fragte Grant. »Hast du mal versucht, ihn mit den Zahlenreihen zu füttern, um zu sehen, ob er was damit anfangen kann?«

»Der neue Computer!« schnaubte Curtis verächtlich. »Klar hab ich's versucht. Das war vielleicht 'n Zirkus. Man hätte meinen können, ich will ins Pentagon einbrechen! Ich mußte sogar durch die Sicherheitskontrolle, bevor sie mich rangelassen haben. Kein Witz, ich kam mir vor wie 'n KGB-Spion, der sich bei der Weihnachtsfeier vom CIA einschmuggeln will. Und weißt du, was unser Multimillionendollar-StarWars-Gerät zu bieten hatte? Null! Eine dicke, fette Null hatte er zu bieten. Der ist genauso viel wert wie das überflüssige Arschloch, dessen Lieblingskind er ist – Deputy Commissioner Jason T. Elrick, noch so 'ne dicke, fette Null.«

Er nahm einen tiefen Zug, und die Spitze der Zigarette glühte rot im Dunkeln auf, dann wetterte er weiter: »Und dann gibt mir der Schwätzer mit seinem Fahrrad auf der Nase, der für das Ding zuständig ist, noch den Rest. Meint, ich hätte ›nicht genügend Daten für eine gründliche Analyse des Problems‹. Ich hab ihm gesagt, wenn ich mehr Scheißdaten hätte, hätt ich das Problem selber gelöst, ohne meine Zeit mit diesem sündhaft teuren Elektronikschrott zu vergeuden. Du hättest sein Gesicht sehen sollen. Arschloch!«

Grant lachte über Curtis' gespanntes Verhältnis zur modernen Polizeitechnologie und fragte: »Was ist mit diesem Elrick? Du hast ihn heute schon zum zweiten Mal erwähnt.«

Curtis schwieg, bis er die Linkskurve beendet hatte, dann warf er Grant einen kurzen Blick zu und meinte: »Du kennst Elrick nicht – er kam nach deiner Zeit. Bekam den Posten nach der letzten Wahl. Er, der Commissioner und der Bürgermeister sorgen jetzt endlich für Recht und Ordnung. Reißt große Sprüche, er will zurücktreten, wenn es ihm nicht gelingt, daß sich die braven Bürger auf der Straße wieder sicher fühlen können – so 'n Zeug.

Erst vor 'n paar Wochen hat er mich und den Captain zu sich beordert. Wollte wissen, wie es kommt, daß wir den Täter noch nicht hätten, obwohl mir doch der Captain die Leitung der eigens eingesetzten Sonderkommission übertragen hätte. Devlin hat ihn labern lassen und meinte dann, selbst wenn wir das ganze NYPD zur Verfügung hätten, könnten wir keine Verhaftung vornehmen, solange uns stichhaltige Beweise fehlen.

Aber Elrick wollte nicht zuhören. Er hat die Hosen voll, daß was an die Öffentlichkeit kommt. Er ist einzig und allein daran interessiert, seine politische Haut zu retten. Weißt du, was er zu Devlin sagt? ›Wird nicht gut aussehen, wenn uns der Durchbruch bis zum Herbst nicht gelingt‹, sagt er. Dann treten er und seine beiden Spezis wieder vor die Wähler. Er hat himmelangst, daß die Presse vorher von dem Fall Wind bekommt, dann würde er nämlich noch gründlicher zerlegt als die arme Schlampe im Leichenschauhaus. Er müßte seiner politischen Karriere Good bye sagen und arbeiten gehen, wie der Rest von uns.«

Curtis drückte die Kippe aus und zündete sich eine neue Zigarette an. Er sog sich die Lungen voll Rauch, was prompt einen Hustenanfall zur Folge hatte. Als er wieder Luft bekam, räusperte er sich geräuschvoll und spuckte zum Fenster hinaus. Grant sah seinen Freund besorgt an. »Du rauchst zuviel, Buddy«, bemerkte er.

»Ach ... du redest zuviel ... beschwer ich mich vielleicht darüber?« entgegnete Curtis und wechselte unauffällig das Thema. »Wieso reden wir eigentlich über die Arbeit, verdammt? Das hätte eine private Einladung sein sollen ... Gott, ist es schon spät!« rief er mit einem Blick auf die Armbanduhr. »He, warum pennt ihr nicht im Gästezimmer? Es ist viel zu spät zum Nachhausefahren. Ruth hat sicher nichts dagegen, dann hat sie beim Frühstück jemanden, mit dem sie sich unterhalten kann. Und ich kann die Zeitung lesen, ohne daß sie mir ein Loch in den Bauch quatscht.«

»Ich hätte wissen sollen, daß etwas anderes hinter deinem Angebot steckt«, sagte Grant schmunzelnd. »Okay, Ben, danke. Ich glaube, wir bleiben, wenn es euch nichts ausmacht. Ich habe den Abend genossen, und ich weiß, Pam auch ... bis du auf die Idee kamst, dich mitten in der Nacht rufen zu lassen.«

»Ach, hör auf«, protestierte Curtis halbherzig. »Du klingst bald wie Ruth. Wenn man sie hört, könnte man meinen, ich hätte Leute bestellt, die sich abmurksen lassen, bloß damit ich mein halbes Leben lang Extraschichten fahren kann, mich von alten Sandwiches und kaltem Kaffee ernähren... oder mir im Leichenschauhaus appetitliche Sachen ansehen kann«, schimpfte er.

»Egal«, sagte er und machte gute Miene zum bösen Spiel, »wie gesagt... kein Wort mehr über die Arbeit. Man sieht euch ohnedies nicht mehr besonders oft, Pam und dich. Und heut nacht kam diese Geschichte dazwischen. Wir sollten uns bald mal wieder treffen... und in Zukunft öfter, okay?«

»Klar, Ben«, stimmte Grant ihm zu. »Ich bin sehr dafür, und Pam auch, das weißt du. Sie hat dich und Ruth ins Herz geschlossen. Weißt du was, wir rufen euch an, sagen wir... nächste Woche irgendwann... und das nächste Mal treffen wir uns bei uns?«

»Abgemacht«, akzeptierte Curtis bereitwillig. Dann setzte er ein breites Grinsen auf. »Ich freu mich schon darauf... besonders, weil du dann den Sprit spendierst.« Sie fuhren durch die Nacht und unterhielten sich gut gelaunt, wie unter alten Freunden üblich. Keiner von beiden ahnte, daß ihr Wunsch, sich öfter zu sehen, schon in den nächsten Tagen in Erfüllung gehen sollte – wenn auch nicht aus dem gewünschten Anlaß.

TEIL ZWEI

BETLEHEM

6

Tief im ungezähmten, bewaldeten Hinterland von New York State, circa fünfundneunzig Meilen nördlich von New York City, lag die Zentrale einer exklusiven, pseudoreligiösen Sekte, die sich »Die Kinder Betlehems« nannte. Schwarz und abweisend stand die vierstöckige Kolonial-Villa im wechselhaften Mondlicht, umgeben von einem riesigen, dichtbewaldeten Grundstück. In derselben Nacht, in der Mary-Lou im entfernten New York den Tod fand, hatte, nur wenige Stunden zuvor, auf dem Gelände des Anwesens ein anderes Drama auf Leben und Tod seinen Anfang genommen.

Der Rand einer Wolke kroch lautlos über das Gesicht des Mondes und überließ die nächtliche Dunkelheit dem schwachen Licht vereinzelter Sterne. In dem Moment, als der Mond ganz verdeckt war, lösten sich zwei Schatten aus dem tintenschwarzen Umriß des Hauses, rannten über dreißig Meter Rasen und gingen hinter einer breiten Hecke in Deckung.

Die Schatten gehörten zu zwei langhaarigen, seltsam gekleideten Jugendlichen zwischen 17 und 18 Jahren. Beide steckten in einer kurzärmeligen, scharlachroten Baumwollkutte, die vom Hals bis an die Waden reichte. An den Füßen trugen sie schmuddelige Turnschuhe mit Gummisohlen.

Die Jugendlichen duckten sich tief ins brusthohe Gebüsch am Rand der Rasenfläche, die sie soeben überquert hatten. Ihr keuchender Atem stand in der kalten Nachtluft wie Nebel um ihre Köpfe. Sekundenlang blickten sie gespannt zum unheimlichen Schatten der Villa zurück, die schwarz in den Nachthimmel ragte. Nervös spähten sie in der Dunkelheit nach Anzeichen dafür, daß man sie verfolgte, und lauschten nach Geräuschen, die signalisieren könnten, daß man ihre Flucht entdeckt hatte.

Den hellen Streifen aus zusammengeknoteten Bettlaken, an denen sie sich zu Boden gelassen hatten, konnten sie schwach vom Dach herabbaumeln sehen. Doch sonst war nichts Ungewöhnliches zu entdecken. Nichts rührte sich. Es sah aus, als hätten sie Glück.

Sie kauerten in ihrem Versteck, als der Mond kurz unter den Wolkenfetzen hervorkam. Sein gespenstisches Licht ließ die

51

schwarz und schweigend dastehende Villa noch bedrohlicher erscheinen. Kein Schimmer drang aus den leeren, toten Augen der vergitterten Fenster. Und doch schien es, als beobachte sie die beiden wie ein riesiges, urzeitliches Raubtier, das nur darauf wartete zuzuschlagen.

Obwohl sie vom Laufen noch außer Atem waren, zitterten die Jungen am ganzen Leib – was nicht nur am eisigen Nachtwind lag. Der Hauptgrund war Angst. Angst vor dem, was ihnen blühte, wenn sie geschnappt würden – und Angst vor dem, was vor ihnen lag da draußen im dunklen Wald, bevor ihr Fluchtversuch geglückt wäre.

In den vergangenen Tagen, als sie den Fluchtplan schmiedeten, hatte sich die Sache wie ein aufregendes Abenteuer angelassen. Jetzt, da die ersten Schritte zu seiner Verwirklichung getan waren, erwies sich die Realität als erschreckend anders. Die Nacht mit ihren schwarzen Schatten war voller Bedrohung – voll echter tödlicher Gefahr.

Auf der anderen Seite der Hecke, in der sie sich versteckt hielten, erstreckten sich noch einmal dreißig Meter gepflegter Rasen. Sie mußten ihn vor den Augen etwaiger Beobachter im Haus überqueren, bevor der Wald ihnen Unterschlupf bieten würde – der dichte, ungezähmte Wald, der das riesige Grundstück bedeckte. Dort lagen gute achthundert Meter unwegsamen Geländes zwischen ihnen und der letzten Hürde in die Freiheit – dem fünfeinhalb Meter hohen Maschendrahtzaun, der das Anwesen rundherum abschirmte.

Der Zaun war das letzte Hindernis. Doch die wachsende Angst rührte von dem, was zwischen ihnen und dem Zaun lauerte: den Höllenhunden. Eine Killermeute von zehn halbwilden Dobermännern, die nachts freigelassen wurden, um während des Ausgangsverbots das Grundstück zu bewachen. Diese scharfzahnigen Nachtwächter, geschmeidige, auf Menschen abgerichtete Killer, hatten zwei Aufgaben zu erfüllen: unerwünschte Eindringlinge vom Grundstück fernzuhalten und unliebsame Ausreißer aufzuhalten. Und diese zehnköpfige Killermeute lauerte irgendwo da draußen in der Dunkelheit – jetzt!

Zur Verteidigung, falls sie den grimmigen Bestien begegnen sollten, hatte jeder der Jungen eine kleine Papiertüte mit Pfeffer bei sich. Die hatten sie sich während des Küchendienstes organisiert, nachdem sie gemeinsam beschlossen hatten, aus der mysteriösen Sekte zu fliehen, die von ihrem größenwahnsinnigen Gründer und Führer geleitet wurde, einem selbsternannten Propheten.

In den Monaten seit ihrem Beitritt als Novizen waren sie zu der bitteren Erkenntnis gelangt, daß niemand die Sekte verlassen durfte. Die Mitgliedschaft galt lebenslang, und man hatte ihnen unmißverständlich klar gemacht, daß jeder Fluchtversuch zum Scheitern verurteilt wäre und unnachsichtig bestraft würde.

Selbst wenn ein Ausreißer das Glück hätte, der Killermeute zu entgehen, so hatte man ihnen gesagt, würde automatisch Alarm ausgelöst werden, sobald jemand den Zaun zu besteigen oder zu durchtrennen versuchen sollte. Sofortige Verfolgung sowie die Tatsache, daß das Betlehem-Haus meilenweit von der nächsten menschlichen Ansiedlung entfernt lag, würden ein umgehendes Ergreifen der Flüchtigen garantieren.

Keiner der Jungen machte sich Illusionen über das, was ihnen bevorstand, falls ihr Fluchtversuch scheitern sollte. Frühere Ausreißer hatte man als erstes einer grausamen Prügelstrafe unterzogen, die vor den Augen der versammelten Sektenmitglieder vollstreckt wurde. Die geschundenen Opfer waren weggeschleppt worden, und man hatte nie wieder etwas von ihnen gesehen oder gehört. Es war, als hätten sie nie existiert. Niemand unter den einfachen Mitgliedern konnte sagen, was mit ihnen geschehen war. Daß die Unglücklichen auf irgendeine Weise umgebracht worden waren, war klar – nur die Art der Hinrichtung blieb der Phantasie jedes einzelnen überlassen. Dabei handelte es sich um eine bewußte Politik von Seiten der Sektenführung. Sie wußte nur zu gut, daß Gerüchte und Spekulationen wesentlich wirksamer sind im Verbreiten von Angst als Fakten.

Was die beiden Ausreißer betraf, die jetzt zitternd im Gebüsch kauerten, so hatten sie, nachdem sich die anfängliche Begeisterung, einer spannenden esoterischen Sekte beizutreten und anzugehören, gelegt hatte, bald gemerkt, daß an dem Verein etwas faul war. Die Summe dessen, was sie in den ersten Monaten ihrer Mitgliedschaft erlebt hatten, hatte sie davon überzeugt, daß hinter der Sekte mehr steckte als eine äußerst exklusive Religionsgemeinschaft. Straff organisiert von einer Führungsspitze, die auf jede Einmischung von außen mit Mißtrauen, ja Paranoia reagierte, wurde von den Mitgliedern bedingungsloser Gehorsam verlangt. Um den zu garantieren, erhielten Novizen wie sie buchstäblich unbegrenzten Zugang zu Drogen aller Art, besonders zu Heroin, das angeblich »die religiöse Erfahrung intensivierte«. In Wahrheit machte man die Leute süchtig und sorgte so dafür, daß sie, um weiter an Stoff zu kommen, von der Sekte abhängig blieben.

Jeder der beiden Jungen hatte der – durch subtile Überredungskünste unterstützten – Versuchung widerstanden, stärkere Sachen zu versuchen als Hasch oder Speed, und hatte so vermeiden können, von harten Drogen abhängig zu werden. Doch der – unbeabsichtigte – Widerstand gegen das primäre Kontrollmittel der Sekte hatte nur dazu geführt, daß sie der alternativen Methode unterzogen wurden, mit der die Sektenführung versuchte, Individualität zu zerstören und absoluten Gehorsam zu erzwingen – Gewalt. Immer öfter wurden sie zur Zielscheibe von Mißhandlungen durch die Sektengorillas, deren Aufgabe es war, die einfachen Mitglieder in Schach zu halten.

Der beiderseitige Wunsch, aus der Sekte auszusteigen, und die zunehmende Entfremdung von den anderen Mitgliedern hatte sie zu Freunden werden lassen, und sie hatten begonnen, ihre Flucht vorzubereiten. Bisher war alles nach Plan gelaufen. Der Ausstieg durch eine Luke im Dachgeschoß, wo die Schlafräume lagen, und das Herablassen auf den Erdboden waren der einfachere Teil gewesen. Der Zaun stellte sie vor das Problem, Verfolger auf dem Hals zu haben, sobald der Alarm ausgelöst würde – doch zunächst galt es, die größte Gefahr zu überwinden: die Killermeute, die da drüben im Wald Jagd auf Beute machte.

Die Pfeffertüten, an die sie sich, in die raschelnde Dunkelheit der Büsche gekauert, so vertrauensvoll klammerten, stammten daher, daß einer von ihnen gelesen hatte, eine wirkungsvolle Methode gegen angreifende Hunde sei, ihnen Pfeffer in Augen und Schnauze zu werfen. Doch was im Überschwang der Planungsphase möglich schien, hatte nun, in der kalten, unheimlichen Finsternis, ein ganz anderes Gesicht. Ohne die böse Ahnung auszusprechen, schien beiden klar geworden zu sein, daß die armseligen Pfeffertüten kein tauglicheres Mittel waren, ihnen die zehn wilden Dobermänner bei einer Attacke vom Leib zu halten, als ein Dompteurschemel gegen einen wildgewordenen Löwen. Was sie nicht eben zuversichtlicher und lockerer machte.

Wieder verschwand der Mond hinter einer Wolkenbank, und der Wald jenseits des letzten Rasenstücks verschmolz mit der dunklen Sternennacht. Die Hecke hatten sie ungesehen erreicht, nun stand ihnen ein zweiter Sprint über offenes Gelände bevor, ehe sie im Schutz der Bäume endlich in Sicherheit sein würden vor etwaigen Blicken aus den Fenstern der Villa.

Einer der Jungen bewegte sich. »Komm jetzt, Tom«, zischte er und tippte dem Gefährten auf die Schulter. »Wir müssen hier weg, bevor sie merken, daß wir abgehauen sind. Also los...«

Der andere Junge nickte verkrampft. »Okay, Jim. Du zuerst.« Die belegte Stimme verriet seine Angst.

Jim merkte, daß die nervliche Anspannung seines Kumpels noch größer war als seine eigene und beschloß, die Führung zu übernehmen. Beruhigend drückte er Tom am Arm und benutzte die Geste dazu, ihn ins Schlepptau zu nehmen, als sie durch die dichte Hecke krochen. Sekunden später hatten sie den Rand des dreißig Meter breiten Rasenstücks erreicht, der letzten offenen Fläche zwischen ihnen und der zweifelhaften Zuflucht des Waldes.

So weit das Auge reichte, erstreckten sich in beide Richtungen die schwarzen Umrisse der Bäume, die drüben auf sie warteten – und zwischen denen, irgendwo in der tiefen Wildnis, die Höllenhunde unterwegs waren.

Jim blickte zurück auf den massigen Schatten der Villa. Es war noch immer kein Licht zu sehen, keinerlei unerwünschte Aktivitäten. So weit, so gut. Den Blick wieder nach vorn gerichtet, suchte er mit den Augen den Waldrand nach verdächtigen Bewegungen ab – jetzt allerdings nach solchen von Tieren. Wieder nichts.

»Okay, Tom... bist du soweit?« flüsterte er.

Es kam keine Antwort von der Gestalt, die neben ihm kauerte.

Verwirrt warf er einen Blick nach rechts. Tom zitterte am ganzen Leib, er schien Jims Gegenwart gar nicht wahrzunehmen und starrte mit wirrem Blick und bleichem Gesicht über die freie Fläche zu den Bäumen hinüber. Seine lähmende Angst hatte etwas Ansteckendes, und Jim spürte, wie sie mit eiskaltem Schauder auch ihn ergriff.

Er riß sich zusammen und schüttelte Tom fest am Arm. »He, Mann, laß das!« zischte er beschwörend. »Dreh jetzt bloß nicht durch, verdammt nochmal, sonst vermasselst du noch alles!«

Irgendwie schien der Nachdruck in Jims Stimme den lähmenden Griff der Angst bei Tom zu lockern. Sein starrer Blick löste sich, er drehte sich zu Jim um und sah ihn an, als bemerke er ihn zum ersten Mal. Er wollte etwas sagen, doch die steifen, blutleeren Lippen versagten. Beim zweiten Anlauf brachen die Worte stockend zwischen den Kiefern hervor, die er fest zusammenbiß, um nicht mit den Zähnen zu klappern.

»Es geht schon ... tut mir leid, Jim ... es ist ... es ist wegen der Hunde ... du hast sie doch auch gesehen ... im Zwinger ... ich hab entsetzliche Angst vor ihnen ... ich kann nichts dafür ...« Seine Stimme überschlug sich, in seine Panik mischte sich Hysterie.

»Is ja gut, Mann, nicht so laut«, zischte Jim warnend. Dann sagte er beschwichtigend: »Keine Angst, die kriegen uns nicht. Wir könnten sie hören, bevor sie auch nur in unsere Nähe kämen. Hunde fangen zu heulen an, wenn sie eine Fährte aufnehmen, stimmt's? Es bleibt uns genug Zeit, Pfeffer in die Fußspuren zu streuen und auf einen Baum zu klettern, bis sie unsere Fährte verloren und sich verpißt haben.«

Jim dachte kurz, daß er nicht einmal selbst davon überzeugt war. Doch er bemühte sich weiter, Toms panische Angst vor den Hunden, die alles zu vermasseln drohte, zu beschwichtigen. Jim hatte, wie alle Sektenmitglieder, die Gerüchte und angeblich »wahren« Geschichten über die nächtlichen Aktivitäten der Killermeute gehört. Es wurde sogar behauptet, der Grund, warum geschnappte Ausreißer nach dem Auspeitschen spurlos verschwanden, sei der, daß sie nachts auf dem Grundstück ausgesetzt würden, um von den Hunden gejagt und zerfleischt zu werden. Wenn nur die Hälfte davon wahr war, dachte Jim, dann wurden sie zu Recht Höllenhunde genannt – und Toms Angst war mehr als berechtigt.

Wie Tom gesagt hatte, er hatte die Hunde gesehen, wie alle anderen. Die Sektenmitglieder wurden abwechselnd zur Pflege des Gemüsegartens hinter dem Haus eingeteilt, gleich neben den Zwingern, wo die Meute tagsüber herumlungerte. Man war also während der Arbeit nur durch ein Gitter von den zehn schwarzen Rachen getrennt.

Der Gartendienst war beim gesamten Sektenpersonal unbeliebt. Niemand war scharf darauf, den grimmigen Bestien zu nahe zu kommen, die jeden mit kalten, bernsteinfarbenen Augen beobachteten. Ebenso nervenaufreibend war die Tatsache, daß sie nie bellten. Sie fixierten ihr Gegenüber nur mit ihren durchdringenden Hundeaugen, als prägten sie es sich ein, für spätere Zeiten. Ihre einzige Reaktion bestand darin, die Zähne zu blecken und wütend zu fauchen, wenn jemand es wagte, dem Gitter zu nahe zu kommen.

Jim beschloß, daß es das Beste sei, sich in Bewegung zu setzen. Aktivität würde Tom von seiner Panik ablenken oder sie zumindest in Grenzen halten. Er streckte vorsichtig den Kopf über den Rand des Gebüschs und sah kurz nach hinten. Alles ruhig. Er duckte sich wieder, ließ ein letztes Mal den Blick über die Baumreihe vor sich schweifen und wisperte:

»Okay, Kumpel? Fertig?« Er warf einen Blick nach rechts, wo Tom kauerte.

»Ja«, antwortete Tom heiser und nickte verkrampft. Sein Gesicht war verzerrt, und er zitterte noch immer.

Jim beschloß, nicht länger zu warten, für den Fall, daß Tom völlig zur Salzsäule erstarrte. Mit einem scharfen »Okay... los!« packte er Tom am Oberarm und riß ihn mit sich. Sie stürzten aus der Hecke und rannten schnurstracks auf die Bäume zu. Die Angst verlieh ihnen Flügel, und sie schossen nur so über das kurzgeschorene Gras. Sekunden später standen sie im Schutz des Waldrands und schnappten nach Luft.

Eine volle Minute beobachteten sie, während sie Atem schöpften, ängstlich das Haus. Es war noch immer kein Licht zu sehen oder irgendein Anzeichen von Aktivität, die ihre Entdeckung verriet. Es schien, als hätten sie den ersten Teil der Flucht erfolgreich hinter sich gebracht. Jetzt, auf dem Weg zum Zaun, mußten sie der furchterregenden Killermeute entgehen. Sie konnten es schaffen, glaubte Jim, wenn sie lautlos agierten und ihre Sinne in höchster Alarmbereitschaft hielten.

Am Zaun angekommen, würden sie daran entlanglaufen, bis sie an einer Stelle circa zweihundert Meter südlich des Hauptto-res angelangt wären. Dort hatte Jim während des Holzdienstes am Vormittag den schlanken Stamm eines jungen Baumes ansä-gen können, der ideal stand, um gegen den Zaun gestürzt zu werden. Auf diese Weise wollten sie das letzte fünfeinhalb Me-ter hohe Hindernis in die Freiheit überwinden.

Wochenlang hatten sie auf die Gelegenheit gewartet, diesen letzten Teil der Vorbereitungen treffen zu können. Sie hatte sich schließlich am Morgen ergeben, als der Jünger im braunen Trai-ningsanzug, der das Kommando über den Holztrupp hatte – ei-ner aus den niedrigeren Rängen der Gorillas, die für die Einhal-tung der Sektendisziplin zuständig waren –, einen Moment lang abgelenkt worden war, da sich jemand beim Holzfällen mit der Axt schwer verletzt hatte.

Jim hatte Tom beauftragt, Schmiere zu stehen und den Jünger wenn nötig abzulenken, und hatte sich unbemerkt durch die Bäume zum nahegelegenen Zaun davongestohlen. Dort hatte er rasch einen Baum ausgesucht und mit der Säge präpariert. Dann hatte er sein Taschentuch – ungeachtet des Risikos, daß es ent-deckt werden könnte – an einen Zweig gebunden, der auf Kopf-höhe aus dem angesägten Stamm herausragte. Es sollte als Mar-kierung dienen, damit sie den Baum im Dunkeln besser fänden.

Er hatte es geschafft, zurück zu sein, bevor sein Fehlen be-merkt wurde – wenn auch nur ganz knapp. Der Jünger, ein kahl-rasierter Schwarzer mit bösen Augen, hatte das Bein des ver-letzten Jungen provisorisch verbunden und war gerade dabei ge-wesen, seine Mannschaft auf Vollständigkeit hin zu überprüfen, bevor er sie zur Mittagspause zurückeskortierte. Den Rest des Tages waren die beiden Verschwörer reichlich nervös gewesen. Sie hatten befürchtet, der präparierte Baum könne von einem der patrouillierenden Wachtrupps entdeckt werden. Doch sie hatten Glück gehabt.

Nun wartete der Baum auf sie, eine Meile von der Stelle entfernt, an der sie standen. Wenn sie ihn erreichten, bräuchten sie ihn nur über den Zaun zu kippen, und schon stände eine Leiter in die Freiheit für sie bereit.

Jim grinste seinen Freund aufmunternd an. »Okay, Geronimo, spielen wir Indianer«, sagte er flapsig, auch wenn ihm ganz anders zumute war. Tom grinste verkrampft zurück, doch er wirkte nicht mehr so nervös wie zuvor in der Hecke.

Sie drehten sich um und stapften vorsichtig los. Undurchdringbares Gestrüpp und die Dunkelheit, die die Sicht auf wenige Meter beschränkte, machten das Vorwärtskommen schwierig. Das dichte Unterholz vermeidend, wo immer es ging, bahnten sie sich einen Weg durch die wenigen, vergleichsweise lichten Stellen, an denen ein dicker Laubteppich ihre Schritte dämpfte.

Schon bald hatten sich ihre Augen an die Nacht gewöhnt, und das Gehen fiel ihnen leichter. Unterstützung erhielten sie auch vom Mond, der ab und zu hinter den jagenden Wolken zum Vorschein kam und ihnen mit seinem blassen, durch die Lücken der Baumkronen fallenden Licht den Weg leuchtete. Meistens jedoch mußten sie sich vorsichtig von Baum zu Baum tasten, mit ausgestreckten Händen wie Schlafwandler.

Sich völlig lautlos fortzubewegen war natürlich unmöglich, so sehr sie sich auch bemühten. Ab und zu knackten kleine Zweige unter ihren Sohlen. Das winzigste Geräusch knallte ihnen wie ein Schuß in den Ohren, und wenn es im Unterholz plötzlich raschelte, schlug ihnen das Herz bis zum Hals – schließlich hatten sie jeden Moment mit einem Angriff der Höllenhunde zu rechnen.

Trotz ihrer Angst und dem gezwungenermaßen langsamen Tempo kamen sie stetig voran, bis sie, nach Jims Schätzung, etwa die Hälfte der Strecke zum Zaun geschafft hatten. Seine Zuversicht nahm mit jedem Schritt zu, auch wenn in seinem Kopf die widersprüchlichsten Gefühle tobten, Hoffnung und Angst abwechselnd die Oberhand zu gewinnen suchten.

Um sich selbst und Tom Mut zu machen, sah er sich beim Überqueren einer mondhellen Lichtung um, grinste und legte Daumen und Zeigefinger zu einem »O« aneinander, um zu signalisieren, daß alles glatt lief. Er war erleichtert, als Tom zurückgrinste und das Zeichen erwiderte, wenn auch noch immer sichtlich nervös.

Genau in diesem Moment marschierten sie zwischen zwei Photozellen hindurch, die auf Brusthöhe im dichten Unterholz beiderseits der Lichtung versteckt waren, und unterbrachen den unsichtbaren Kontakt. Doch davon merkten sie nichts. Genausowenig vernahmen sie im ständigen Rascheln der Blätter das Sirren der aktivierten Ultraschall-Pfeife, die über ihren Köpfen an einem Ast angebracht war und, ihre Botschaft unhörbar in die Nacht funkend, die Hunde alarmierte...

7

Satan, Shiva, Moloch, Baal, Hades, Loki, Nemesis, Kali, Ahriman und Set, alle treffend nach uralten Gottheiten des Todes und der Vernichtung benannt, trotteten in diesem Augenblick auf leisen Pfoten durch den feuchten Wald. Sie waren etwa dreihundert Meter von den Jungen entfernt und liefen mit dem Wind auf sie zu.

Sie hatten Hunger. Grimmigen Hunger. Doch das war für sie nicht neu. Sie bekamen morgens gerade so viel zu fressen, daß sie überlebten, doch nie genug, um den nagenden Hunger zu stillen. So mußten sie sich von dem ernähren, was sie nachts im Freien erbeuteten.

Hunger macht gute Jäger – vor allem, wenn sie erst einmal Geschmack gefunden haben am warmen Fleisch und Blut frisch erlegter Beute. Außerdem hatte man durch sorgfältige, selektive Züchtung dafür gesorgt, daß jede der zehn Bestien für einen Dobermann überdurchschnittlich groß und kräftig war. Und auch die angeborene Wildheit der Rasse war zur tödlichen Waffe hochgezüchtet worden.

Sie jagten Kaninchen, Eichhörnchen, Ratten, Mäuse – alles, was sich bewegte und eßbar war. Manchmal hetzten und schlugen sie ein Reh, das die Hundehalter ausgesetzt hatten, um ihren Jagdinstinkt für größere Beute wachzuhalten, doch das kam nicht oft vor. Und ab und zu – in noch unregelmäßigeren Abständen – erbeuteten sie einen Leckerbissen: Menschenfleisch.

Die Meute war darauf programmiert, die Nachtstunden mit der ständigen Suche nach Fressen zu verbringen, um die knurrenden Mägen zu füllen.

Die heutige Nacht unterschied sich kaum von den meisten anderen. Die Beute war mager gewesen. Nur ein paar Kaninchen beim Nachtmahl, die sie im Nu erlegt, zerfleischt und verschlungen hatten. Als die Jungen den versteckten Detektor aktivierten, war die Meute schon wieder unterwegs, in lockerer Rautenformation, mit Satan, dem Alphahund, an der Spitze. Fünf bis zehn Meter voneinander entfernt, liefen sie durch die Dunkelheit, Nasen, Ohren und Augen immer auf der Suche nach einer Fährte.

Sie trabten mit der ihnen eigenen lautlosen, leichtfüßigen Eleganz dahin. Die Muskeln traten stählern unter dem schwarzglänzenden Fell hervor, zwischen den leicht geöffneten Kiefern hing die Zunge heraus. Und jedesmal blitzten die weißen Fänge, wenn ein Strahl des fahlen Mondlichts die Baumdecke durchstieß und gespenstische Flecken auf den Waldboden zeichnete, über den die dunkle Silhouette der Meute wie ein schwarzes Phantom geisterte.

Plötzlich blieb Satan stehen. Schlagartig, als wäre blitzschnell ein lautloser Befehl an die anderen ergangen, erstarrten sie alle zu bernsteinäugigen Statuen. Satan richtete seine empfindlichen Sinne in die Dunkelheit. Er stellte die spitzen Ohren auf und lauschte angestrengt nach dem schwachen Pfeifen, das ihn in Alarm versetzt hatte. Da war es wieder... in den Böen des Nachtwinds ertönte schwach der entfernte, zitternde Ruf der Pfeife, die mit ihrer Ultraschallfrequenz für menschliche Ohren unhörbar war, nicht jedoch für die unglaublich sensiblen Hundeohren der furchterregenden Bestie, die regungslos dastand, der Leib bebend vor wachsender Erregung. Die aufgestellten Ohren dienten Satan als Radarantennen, mit denen er die Nacht absuchte.

Die anderen hörten es auch, wie das leise Knurren bewies, das von Shiva kam, dem zweiten Hund in der Hierarchie des Rudels. Satan knurrte scharf zurück, und Shiva verstummte gehorsam. Regungslos, nur am Schimmer der Fänge, dem Glitzern der Augen und dem Hauch des hechelnden Atems in der kalten

Nachtluft zu erkennen, wartete die Meute darauf, daß Satan ein Signal gab.

Der riesige Dobermann stand da, die Schnauze in den Wind gereckt, und wartete, daß der Nachtwind ihm genauere Angaben zutrug. Training und Erfahrung sagten ihm, daß das Sirren nur von kurzer Dauer sein würde. Die Vorrichtung, eine von vielen, die wahllos im dichten Wald des Anwesens verteilt waren, war so programmiert, daß der Pfeifton nach fünf Minuten abbrach – lange genug, um die Meute zu alarmieren und in die Nähe der Beute zu führen.

Plötzlich hörte er neben dem dünnen Ultraschallton schwach das Knacken eines Zweiges... Stille... dann knackte es wieder... dann noch einmal. Da vorne bewegte sich etwas Größeres. Ein Reh? Mit weit geöffneten Nüstern wartete Satan auf eine Bestätigung vom Nachtwind – da war sie! Um seine empfindliche Nase, tausendmal feiner als die eines Menschen, wehte der köstliche Angstgeruch der begehrtesten Beute mit dem zartesten, saftigsten Fleisch – dem menschlichen Zweibeiner.

Hoffentlich war er nicht, wie die Zweibeiner, die ihnen im Morgengrauen die mageren Brocken hinwarfen und sie in ihrem Tagesquartier einsperrten, von einer dicken, groben Haut umhüllt, die für ihre Fänge undurchdringbar war. Und nicht bewaffnet wie jene, die ihnen mit langen Eisenstangen brennende Stiche versetzten. Doch Satans Erfahrung nach waren menschliche Wesen, die nachts durch den Wand streunten, noch immer weichhäutig, wehrlos und schmackhaft gewesen.

Erregung strömte durch die bebenden Sehnen der Meute. Jetzt witterten sie alle die köstliche Fährte. Satan verarbeitete blitzartig die zugetragenen Daten und berechnete die geschätzte Entfernung der Beute sowie die Richtung, in die sie sich bewegte. Er knurrte leise und nahm direkten Kurs auf das Opfer. Die Meute, instinktiv die Jagdformation beibehaltend, folgte ihm geschlossen.

Mit jedem Windstoß, der durch die Bäume wehte, wurde die Fährte stärker. Der Lockruf der Pfeife und das Knacken der Zweige wurden immer lauter, immer klarer. Speicheldrüsen, aktiviert durch die Aussicht auf Futter, das den nagenden Hunger stillen würde, ergossen ihren Saft über glitzernde Fänge und hängende Zungen.

Da versagte die Pfeife plötzlich ihren Dienst und setzte vorzeitig aus, doch im selben Moment sah Satan, was er bisher nur gehört und gerochen hatte. Zwischen den Bäumen vor ihm leuchteten im Mondlicht weiße Glieder auf – zwei Menschen. Heute nacht sollte es reichlich zu fressen geben!

Er fauchte und nahm mit einem gestreckten Sprung die Verfolgung auf. Auch die anderen taten ihre Jagdlust mit einem scharfen Knurren kund und setzten ihm nach. Wie ein zehnköpfiger Botschafter des Todes nahmen sie die Treibjagd auf. Nur der Tod selbst konnte sie noch stoppen, jetzt, da der Killerinstinkt sie gepackt hatte und wie ein Feuer durch Leib und Sinne strömte. Jetzt zählte nur noch die primitive Gier nach Blut.

Das erregte Knurren der Hunde, die sich rasch ihren Opfern näherten, war für die Jungen die erste und einzige Warnung, daß die Gefahr, die sie so gefürchtet hatten, Wirklichkeit wurde. Wie auf Kommando wirbelten sie herum, sahen schwarze Schatten mit bernsteinfarbenen Augen und blitzenden Fängen auf sich zustürmen, drehten mit einem entsetzten Schrei um und rannten um ihr Leben.

Wahnsinnig vor Angst stürzten sie durch die Nacht, Jim ein paar Schritte voraus. Doch sie liefen immer weiter auseinander, da jeder von ihnen verzweifelt versuchte, den schwarzen Stämmen auszuweichen, die aus der Dunkelheit drohend auf sie zuschossen. Gegen die Bäume prallend merkten sie gar nicht, daß sie sich Schultern und Arme zerkratzten auf ihrer panikartigen Flucht vor den furchterregenden, geifernden Rachen, die nur noch wenige Meter hinter ihnen waren und rasch aufholten. Dann schlug das Schicksal zu, in Bruchteilen von Sekunden.

Jims Füße hatten, rein zufällig, einen Fluchtweg eingeschlagen, der auf einer kurzen Strecke einigermaßen frei von Bäumen war. Das verschaffte ihm einen Vorsprung von zehn bis fünfzehn Metern vor seinem glücklosen Gefährten, der schräg links hinter ihm rannte. Vor Angst hatten sich die Finger seiner linken Hand in die Pfeffertüte gekrallt. Die Tüte platzte und ergoß ihren Inhalt in einer stiebenden Wolke hinter Jim.

Dann rannte er über eine Kante, trat plötzlich ins Leere und stürzte mit einem verzweifelten Aufschrei der Länge nach hin. Sein Kopf schlug mit voller Wucht gegen einen Felsen, und als er das Bewußtsein verlor, spürte er gerade noch, wie kaltes Wasser über seine Arme und sein Gesicht floß. Ihm wurde schwarz vor Augen...

In dem Augenblick, als Jim stürzte, lief Tom, der nur wenige Meter vor dem schnell aufholenden Satan um sein Leben rannte, in einen Baumstamm, den er in der pechschwarzen Dunkelheit übersehen hatte. Beim Aufprall brach er sich die Nase und schlug sich die Vorderzähne aus. Benommen taumelte er nach links, wodurch er noch weiter von Jims Fluchtlinie abkam.

Da die Jungen in verschiedene Richtungen flohen, hatte sich die Meute in zwei ungleiche Gruppen aufgeteilt. Die größere, sechsköpfige Gruppe mit Satan an der Spitze war hinter Tom her, die übrigen vier Hunde jagten Jim. Durch Toms fatalen Zusammenstoß mit dem Baum schoß Satan an ihm vorbei. Wenige Meter weiter warf sich der riesige Dobermann in einer scharfen Kehrtwendung herum, daß der Dreck unter seinen Pfoten beiseite spritzte.

Baal schnellte links hinter Satan heran und stürzte sich auf die Taille des taumelnden Jungen, der sich nach den Hunden umsah. Die ausgestreckten Vorderpfoten trafen Tom mitten auf der Brust und warfen ihn auf den Rücken. Durch die Wucht seines Stoßes landete Baal auf dem fallenden Jungen. Er schnappte nach Toms Gesicht und riß ihm mit den Zähnen die halbe Unterlippe und ein Stück der rechten Wange weg.

Durch den sengenden Schmerz wieder bei vollem Bewußtsein, schrie Tom auf und schlug die Hand vor sein verstümmeltes Gesicht. Seine Finger trafen auf Zähne und Kieferknochen, wo die Oberlippe hätte sein sollen. Noch einmal schrie er entsetzt auf und versuchte, sich aufzurappeln, als Satan die nächste Attacke startete. In diesem Augenblick stürzten auch die übrigen vier Hunde heran und griffen gleichzeitig an. Unter der vereinten Wucht der Angreifer ging Tom erneut zu Boden.

Satan wollte ihm an die Kehle. Doch da Tom verzweifelt versuchte, auf die Füße zu kommen, bekamen die mächtigen Fänge des Meutenführers den Nacken zu fassen, kurz oberhalb der

Schulter. In einer einzigen, blitzschnellen Bewegung riß er mit einem Ruck ein großes Stück Fleisch heraus und schlang es hinunter. Doch die Schmerzen in Toms zerfetztem Gesicht und Nacken waren nichts verglichen mit der Höllenqual, die er zu ertragen hatte, als die fürchterlichen Fänge der Höllenhunde seinen gemarterten Leib zerfleischten.

Toms Todeskampf fand ein schnelles, gnädiges Ende, als Satans lechzendes Maul endlich die Kehle erwischte und hineinbiß. Als die letzten Schleier des Bewußtseins aus Toms sterbendem Gehirn wichen, glaubte er, schmerzfrei zu entschweben. Sein verlöschender Blick fiel auf einen der Hunde, der mit einem Satz nach hinten etwas Rotes, Triefendes mit seinem blutigen Maul losriß und es sofort verschlang. In einem letzten, flüchtigen Gedanken registrierte Tom, schon entrückt, daß die Hunde ihn nicht nur töteten – sie zerfleischten ihn und fraßen ihn auf.

Weiter rechts war die kleinere Gruppe, bestehend aus Shiva, Kali, Nemesis und Set, Jims Fluchtlinie gefolgt. Als die fliehende Gestalt fiel und nicht mehr zu sehen war, stoppten die Hunde, als wären sie gegen eine unsichtbare Wand geprallt, und ihre Pfoten bohrten sich tief in den Laubboden.

Niesend und schnaubend wichen sie zurück, da ihnen der versehentlich verstreute Pfeffer in die hyperempfindlichen Hundenasen stieg und wie Feuer in ihren Augen brannte.

Ihr Geruchssinn war vorübergehend außer Kraft gesetzt. Nachdem sie eine Zeitlang geschnaubt und sich mit den Pfoten die Schnauze gerieben hatten, um das unerträgliche Brennen zu lindern, bemerkten Shiva und die anderen plötzlich das Getümmel um die Beute zu ihrer Linken. Und als das Brennen in ihren Nasen nachließ und der Geruchssinn zurückkehrte, witterten sie noch etwas viel Unwiderstehlicheres: den Duft von frischem Blut.

Der grimmige Hunger trieb sie unverzüglich zu den anderen, wo es Beute gab. Sie warfen sich nach links, um ihren Anteil zu reklamieren, der ihnen seit längst versunkenen Urzeiten nach dem Gesetz des Rudels zustand. Sekunden später waren sie bei den Gefährten, und gemeinsam labten sie sich an dem noch zukkenden Leib.

Da ihr schlimmster Hunger gestillt war, vergaßen sie für einen Moment, daß es ursprünglich zwei menschliche Zweibeiner gewesen waren, die sie gejagt hatten. Der andere lag noch immer bewußtlos und vollkommen wehrlos, mit dem Gesicht nach unten im eiskalten Wasser des Bachs, der in dem Graben floß, in den er gefallen war.

8

Als Jim mühsam zu sich kam, nahm er zweierlei wahr: die eisige Liebkosung des Bachs, der sein Gesicht umspülte, und das Gefühl zu ersticken. So paradox es war, er verdankte die Wiedererweckung seiner Lebensgeister demselben Wasser, in dem er zu ertrinken drohte. Instinktiv erkennend, daß sein Überleben von seiner Lautlosigkeit abhing, unterdrückte er rasch seine platschenden Versuche, die Atemwege freizubekommen, und atmete seitlich durch den Mund.

Glücklicherweise erholte sich sein Gehirn rasch von dem Schock, und Jim rief sich die Ereignisse unmittelbar vor seinem Sprung in die Bewußtlosigkeit ins Gedächtnis zurück. Die Erinnerung an den Alptraum, als er vor den galoppierenden Schatten mit ihren bernsteinfarbenen Augen und glitzernden Fängen um sein Leben gerannt war, ließ ihn erneut erstarren. Er wagte kaum zu atmen, geschweige denn sich zu bewegen, aus Angst, daß seine Verfolger noch in der Nähe sein könnten – vielleicht standen sie sogar direkt über ihm. Jim hatte keine Ahnung, wie lange er bewußtlos dagelegen hatte, doch er schätzte, daß es nur wenige Minuten gewesen waren.

Mit der linken Gesichtshälfte unter Wasser lauschte er, ob außer dem Glucksen und Gurgeln des Baches etwas zu hören war. Angestrengt versuchte er, Geräusche aufzuschnappen und zu lokalisieren, die auf Tiere in der Umgebung schließen ließen: den hechelnden Atem von Hunden oder den weichen Tritt von Pfoten am Bachufer. Aber es war nichts zu hören.

Sein rechtes Auge war über Wasser, und er öffnete es einen Spalt. Durch den schmalen Schlitz schielend, inspizierte er seine unmittelbare Umgebung so weit wie möglich, bevor er das Auge weiter aufmachte. In dem begrenzten Ausschnitt waren keine Vierbeiner zu erkennen.

Trotzdem mußte er allen Mut zusammennehmen, um den Kopf aus dem Wasser zu heben und die Umgebung sorgfältig zu prüfen. Grenzenlose Erleichterung überkam ihn, als er die Hunde nirgends entdeckte. Soweit er feststellen konnte, war er in der Dunkelheit allein.

Er konnte sein Glück kaum fassen. Er konnte sich auch nicht erklären, wieso die Hunde seine Fährte verloren hatten. Er war nur dankbar, daß dem so war. Ohne daß er es ahnte, hatte das Glück ihm in dieser Nacht schon zum zweiten Mal das Leben gerettet. Das erste Mal, als die Pfeffertüte geplatzt war und die Killer von ihrer Beute abgelenkt hatte. Beim zweiten Mal, nachdem er wieder zu sich gekommen war, hatte der Lärm, den die Hunde beim Zerfleischen des Kadavers selbst veranstalteten, das unterdrückte Husten überdeckt, mit dem er zunächst versucht hatte, seinen Atem unter Kontrolle zu bekommen.

Vorsichtig richtete Jim sich auf, bis er im flachen, eiskalten Wasser kniete. Sein Schlabbergewand war vorne klatschnaß und klebte an seiner bibbernden Brust. Als er sich aufsetzte, fing sein verletzter Kopf an zu hämmern. Er versuchte, das Pochen zu ignorieren und konzentrierte sich erneut auf Geräusche neben dem Plätschern des Wassers, die ihm eventuell Hinweise geben konnten, wo sich die Killermeute aufhielt.

Da glaubte er plötzlich, hinter sich zwischen den Bäumen etwas zu hören, und erstarrte vor Angst. In dem Moment fiel ihm Tom ein. Wo war Tom? Rannte er immer noch vor der Meute davon, oder hatten sie ihn erwischt? Wenn sie ihn erwischt hatten, sollte er dann nicht die Laute eines Kampfes, oder wenigstens Tom vor Angst oder Schmerz schreien hören? Er lauschte angestrengt nach dem Geräusch, das er gehört hatte. Da war es wieder... undeutlich und gedämpft durch die Bäume... nicht identifizierbar, und doch irgendwie beunruhigend...

Plötzlich wurde ihm schlagartig klar, was die Geräusche zu bedeuten hatten. Es war das leise Knurren, das Schmatzen und Zerren der Meute beim Fraß. Fraß? Was fraßen sie? Die grausige Wahrheit versetzte Jim einen Hieb in die Magengrube, fast hätte er sich auf der Stelle übergeben. Er preßte beide Hände auf den Mund und kämpfte die hochkommende Galle nieder, die in seiner Kehle brannte.

Zitternd vor Angst bemühte er sich, einen klaren Kopf zu bewahren. Er mußte fort von diesem gefährlichen Ort – soviel Abstand wie möglich zwischen sich und die fürchterlichen Raubtiere legen. Er sah sich um und versuchte sich zu orientieren. Schon bei dieser winzigen Bewegung wurde ihm schwindlig vor Kopfschmerzen, und er konnte sich nur mühsam konzentrieren. Doch er sah, daß sein Sturz ihn glücklicherweise außer Sicht- und Riechweite der Hunde gebracht hatte. Vorerst brauchte er keine Angst zu haben, gesehen oder gerochen zu werden. Es galt, Geräusche zu vermeiden, wenn er am Leben bleiben wollte. Er zwang sich, klar zu denken. Das Plätschern des Bachs drang in seine Überlegungen und lieferte ihm die Lösung des Problems. Das Wasser ... das war es ... er mußte das Plätschern des Wassers ausnützen, um die Geräusche seiner Bewegungen zu überdecken, bis er außer Hörweite war.

Er stellte sich auf seine wackligen Füße, wankte einen Moment benommen, da das Hämmern in seinem Kopf stärker wurde und ihm vor Schmerz schummrig wurde. Als er wieder klar sehen konnte, nahm er all seinen Willen zusammen und marschierte los. Geduckt watete er langsam das Bachbett entlang, jeden Schritt auf den abgerundeten Kieseln unter seinen Füßen sorgfältig testend, bevor er mit dem vollen Körpergewicht auftrat. Etwa fünf Minuten lang folgte er auf diese Weise dem mäandernden Lauf des Bachs, bis er, seiner Schätzung nach, fast hundert Meter zwischen sich und die fressende Meute gelegt hatte.

Der eisige Wind klatschte ihm die nasse Kutte an den Leib, und seine Füße waren vom Waten im eiskalten Wasser gefühllos. Gott sei Dank hatte wenigstens das Pochen in seinem Kopf etwas nachgelassen. Kälte und Schmerz waren Unannehmlichkeiten, die er stoisch ertrug. Jim wußte, sie waren nichts im Vergleich zu den Qualen, die ihm bevorstanden, falls er die Aufmerksamkeit der Hunde erregte.

Plötzlich änderte der Bach seinen Lauf mit einer scharfen Linksbiegung, führte weg von Jims beabsichtigter Route zu dem angesägten Baum, seiner Brücke in die Sicherheit und Freiheit.

In diesem Teil des Waldes kannte Jim sich recht gut aus, er hatte ihn bei der Holzarbeit, so gut er konnte, ausgekundschaftet. Er befand sich schätzungsweise dreihundert Meter Luftlinie von seinem Ziel entfernt. Um Zeit zu sparen, beschloß er, ohne Umwege darauf zuzusteuern, anstatt, wie ursprünglich geplant, erst Richtung Zaun und dann bis zum Baum daran entlang zu laufen.

Er warf eine letzten, ängstlichen Blick über die Schulter, kletterte flink das eineinhalb Meter hohe Bachufer hinauf und marschierte, vorsichtig auftretend, Richtung Baum. Bei jedem Schritt betete er gen Himmel, er möge den Baumstamm tief genug angesägt haben, um ihn trotz des geschwächten Zustands, in dem er jetzt war, auf den Zaun stürzen zu können. Immer vorausgesetzt, er fand den Baum, bevor die Hunde ihn fanden!

Jetzt, da Jim mutterseelenallein war in der Nacht und Toms grauenhaftes Schicksal ihn zusätzlich belastete, arbeitete seine Phantasie auf Hochtouren. Immer wieder stockte ihm der Atem, wenn er kleine Nachttiere im nahen Unterholz knistern hörte, aus Angst, die Höllenhunde könnten wieder auftauchen. Sogar der Wind, der in den Blättern raschelte, jagte ihm einen Schrecken ein.

Trotz der wachsenden Furcht hatte Jim rund hundertfünfzig Meter zurückgelegt, etwa die halbe Strecke bis zur Brücke, die mit Leben und Freiheit auf ihn wartete, als es passierte. Ein Vogel, der sich zum Schlafen auf einem nahegelegenen Ast niedergelassen hatte, flatterte, durch Jims Schritte aufgeschreckt, geräuschvoll davon. Das gab Jim den Rest. Nach dem Streß der nächtlichen Ereignisse gingen seine jugendlichen Nerven mit ihm durch. Er marschierte schneller und schneller, die zunehmende Panik fegte jeden Gedanke an Vorsicht hinweg, und dann rannte er nur noch.

Wimmernd vor Angst raste er durch die Nacht, flitzte zwischen den hohen Bäumen hindurch, stürzte durchs Gestrüpp und achtete nicht auf den Lärm, den er dabei machte. Er rannte, und im Takt mit den stampfenden Füßen und rudernden Armen schrie sein Verstand, sein ganzes Wesen die stummen Worte hinaus: der Baum ... der Baum ... der Baum ...

Satan, Nemesis und Set hatten sich von der schmatzenden Gruppe um die Beute herum abgesetzt und schlabberten durstig Wasser aus dem Bach, um den intensiven, salzigen Geschmack des Blutes hinabzuspülen. Die Stelle, an der sie tranken, lag wenige Meter flußabwärts von dort, wo Jim noch kurz zuvor gelegen hatte. Seine Fährte hatte die drei Hunde zunächst verwirrt, doch der satte Blutgeruch an den besudelten Schnauzen und das Verlangen, den Durst zu stillen, hatte ihre Neugier für einen Augenblick verdrängt.

Als die ersten schwachen Laute von Jims panikartiger Flucht an ihre Ohren drangen, rissen sie die Köpfe hoch. Ein Gemisch aus blutigem Speichel und Wasser triefte aus ihren leicht geöffneten Mäulern. Die langen Schnauzen in die Dunkelheit gereckt, die Ohren steif nach vorn gerichtet, verarbeiteten sie blitzschnell die soeben erhaltenen Informationen: Bewegung... großer Körper... Richtung... Route... Menschengeruch! Interpretation: Beute, Aktion: töten!

Knurrend zitierte Satan die anderen herbei und sprang mit einem eleganten Satz aus dem Bach, dicht gefolgt von Nemesis und Set. Innerhalb von Sekunden war die Meute vollzählig – die Mordlust hatte sie wieder gepackt.

Das Jagdfieber trieb sie an. Mühelos wichen sie den Bäumen aus und verringerten rasch den Abstand zwischen sich und ihrem Opfer. Und dann sahen sie, zum zweiten Mal in dieser Nacht, im Mondlicht blasse Glieder aufleuchten. Der Anblick des Opfers steigerte ihre Gier nach Blut in fiebrige Höhen und ließ sie vorwärtsschnellen wie zehn schwarze Blitze. Sie verdoppelten das Tempo, um die Beute zur Strecke zu bringen.

Ohne sich umzusehen, wußte Jim, daß die Hunde wieder hinter ihm her waren. Irgendein primitiver Instinkt, ein Echo aus fernen Urzeiten, als der Jäger Mensch noch selbst mit Zähnen und Klauen gejagt wurde, informierte ihn über die Sachlage, ohne daß es visueller Bestätigung bedurft hätte. Die grausame Erkenntnis kam ihm in dem Moment, als seine verzweifelten Augen die weiß blitzende Markierung erspähten, die er ein paar Stunden zuvor angebracht hatte. Er warf den Kopf zurück und rannte, wie er noch nie in seinem Leben gerannt war. Er raste auf den winzigen weißen Fetzen zu, seine letzte und einzige Hoffnung, einem unvorstellbaren Tod zu entrinnen.

Jetzt, da die Meute aufholte, konnte er seine Verfolger hören, und die Angst verlieh ihm die Kraft zu einem letzten, verzweifelten Sprint über die fehlenden Meter zum angesägten Baum. Keuchend warf er sich dagegen und spürte, wie der Stamm unter dem plötzlichen Gewicht nachgab. Noch während der Baum umstürzte, kletterte Jim in Todesangst den rauhen Stamm hinauf, verzweifelt nach kleinen, abstehenden Zweigen und Ästen grabschend, um sich nach oben zu hieven, und sein weites Gewand flatterte ihm um den Leib.

Satan sah, daß sein Opfer den Baum erreicht hatte und den sich neigenden Stamm emporkletterte. Wütend, da seine Beute zu entwischen drohte, stürzte er sich nach vorn und schnellte mit einem kräftigen Sprung nach oben. Er schnappte wild nach der massigen Gestalt des emporkletternden Zweibeiners... und seine Fänge verbissen sich... in Stoff!

Ein lautes Reißen war zu hören. Satan segelte am Baum vorbei und landete ein paar Meter weiter auf dem Boden mit einem roten Baumwollfetzen im geifernden Maul. Ärgerlich schüttelte er den Stoffetzen ab und versuchte gemeinsam mit den anderen, den schräg liegenden Baumstamm hinaufzulaufen, um der kletternden Gestalt über ihnen nachzusetzen.

Doch der Winkel war so steil, daß sie in zweieinhalb Metern Höhe immer wieder zurück auf den Erdboden fielen. Erbost, daß ihnen wieder einmal eine leichte Beute durch die Lappen gehen sollte, schlugen sie an und bellten, um den Fuß des Baumes kreisend, ihre Wut in den Nachthimmel.

Als Jim erkannte, daß er vor den bellenden Hunden unter sich in Sicherheit war, versagten ihm vor Erleichterung die Kräfte, und er verlangsamte seinen verzweifelten Anstieg. Er legte die Arme um den Stamm, um zu verschnaufen, und preßte das Gesicht dankbar gegen die rauhe, freundliche Rinde. Doch er wußte, daß Eile geboten war, nun, da er zweifellos mit dem Baum den Alarm am Zaun ausgelöst hatte. Er raffte sich auf und schwang sich durch die Äste, bis er das obere Ende des Maschendrahtzauns erreicht hatte und draufsteigen konnte.

Er bückte sich, ergriff einen Ast, der im rechten Winkel über den Zaun hinausragte, und ließ sich daran hinab, bis er in voller Länge auf der anderen Seite baumelte. Er ließ den Ast los und plumpste zu Boden. Reflexartig machte er einen Satz rückwärts, als die Hunde, wildentschlossen, ihn zu schnappen, sich fauchend gegen den Zaun warfen und mit den Zähnen am Metall kratzten.

Doch er hatte es geschafft – er war frei. Mit einem tiefen Atemzug sog er die kalte Nachtluft ein. Sie schmeckte gut. Klar und erfrischend, als sei auf dieser Seite des Zauns selbst die Luft frei und unverdorben. Plötzlich merkte er, daß es still geworden war. Die Hunde hatten aufgehört, Lärm zu schlagen. Nach dem vergeblichen Versuch, ihn jenseits des Zauns zu schnappen, hatten sie sich in die Bäume zurückgezogen und beobachteten ihn jetzt stumm. Es war, als hätte man ihnen den Stecker herausgezogen – bis auf die Augen, die Jim wie bernsteinfarbene Kohlen aus der Dunkelheit heimtückisch anfunkelten.

In aller Eile bestimmte er seinen Standort. Er war auf dem Seitenstreifen eines vierspurigen Highways gelandet. Der Seitenstreifen war mehrere Meter breit und mit hohem Gras, Unkraut und Gestrüpp überwuchert. Dann suchte Jim die freien Stellen im nächtlichen Wolkenhimmel nach dem Großen Bären ab. Er hatte Glück und entdeckte ihn in einer der Wolkenlücken. Von dort aus fand er den Polarstern, der ihm Orientierung verschaffte. Er schätzte, daß die Straße grob in Nordsüdrichtung verlief.

Er watete durch das hüfthohe Gras zum Straßenrand. Als er mit einem kurzen Blick in beide Richtungen keinerlei Scheinwerfer entdeckte und also keine Chance bestand, als Tramper mitgenommen zu werden, marschierte er los. Nach Süden, Richtung Big Apple. New York – nach Hause. Es war jetzt lebenswichtig, daß er soviel Abstand wie möglich zwischen sich und das Betlehem-Haus legte, bevor seine Flucht entdeckt wurde und die unvermeidliche Verfolgung einsetzte.

Die Hunde folgten ihm auf der anderen Seite des Zauns, bis er das Südende des Anwesens passiert hatte. Dann kehrten sie um und verschmolzen lautlos mit dem dunklen Wald. Befriedigt, daß der Zweibeiner nicht beabsichtigte, ihr Revier noch einmal zu betreten, verloren sie das Interesse an ihm. Außerdem hatten sie ein unterbrochenes Mahl zu beenden.

9

In den tiefen Kellern des Betlehem-Hauses war einer der Räume zu einem ausgeklügelten Kontrollzentrum ausgebaut. Es steuerte Sicherheitsanlagen, die weit über das hinausgingen, was eine religiöse Gemeinschaft brauchte – gleichgültig, wie abgeschirmt diese Gemeinschaft zu bleiben wünschte.

Eine der Wände des Raums war komplett mit einer beeindruckenden Ansammlung elektronischer Geräte ausstaffiert. Die obere Hälfte nahm eine Doppelreihe getrennt schaltbarer Fernsehmonitore ein. Jeder Monitor war an eine ferngesteuerte Videokamera angeschlossen und kontrollierte strategisch wichtige Punkte im Haus. Unterhalb der leuchtenden Bildschirme waren mehrere Schalttafeln in die Wand eingelassen, auf denen sich, mit Nummern und Farbcodes versehen, Warnlampen aneinanderreihten, die mit den verschiedenen Sektionen des Kontrollnetzes verbunden waren.

Eine der Schalttafeln gehörte zur Alarmanlage, die im Haus selbst installiert war. Diese kontrollierte alle externen Ein- und Ausgänge sowie bestimmte verbotene Zonen innerhalb des Hauses – wie zum Beispiel das Kontrollzentrum –, zu denen einfache Sektenmitglieder ohne Sondergenehmigung keinen Zutritt hatten. Die übrigen Schalttafeln gehörten zu den Haupttoren und dem Begrenzungszaun. Letzterer war im Abstand von je fünfzig Metern mit Alarmanlagen ausgestattet, für jede Sektion gab es ein eigenes Lämpchen.

Gegenüber, in der Mitte des Raums, stand ein großes, halbkreisförmiges Schaltpult, das mit langen Reihen verschiedenfarbiger Lämpchen und Schaltknöpfen übersät war. Auf dem ledergepolsterten Drehstuhl hinter dem halbrunden Steuerpult saß ein junger Asiate in einem enganliegenden, schwarzen Trainingsanzug.

Jim, der einsame Überlebende des Ausreißmanövers, hätte ihn sofort unter seinem Sektennamen als Angel Two identifiziert – einen von vier Asiaten, die das Oberkommando über Disziplin und Sicherheit führten. Daneben fungierten sie als Leibwächter des Propheten, den sie stets, allein oder zu mehreren, auf seinen religiösen »Kreuzzügen« in und um New York herum begleiteten. Der Prophet hatte sie großspurig zu seinen vier »Erzengeln« ernannt – Michael, Gabriel, Uriel und Raphael –, und sie hatten daraus die kürzeren Codenamen Angel One, Two, Three und Four abgeleitet. Dies war auch die unter den Sektenmitgliedern geläufige Bezeichnung, die den vollen Titel nur verwendeten, wenn sie einen von ihnen direkt ansprachen.

Die Hauptaufgabe der Asiaten bestand offensichtlich darin zu garantieren, daß kein Mitglied die Sekte verließ, sobald er oder sie ihr einmal beigetreten war. Aufgrund seiner Beobachtungen war Jim zu dem Schluß gekommen, daß die vier finsteren Engel die eigentliche Herrschaft über die Sekte ausübten, auch wenn der Prophet ihr Gründer und nomineller Führer war. Das Quartett war bei den gewöhnlichen Sektenmitgliedern nicht nur wegen seiner Brutalität gefürchtet, sondern auch wegen seines gnadenlosen Umgangs mit denen, die es wagten, aus der Reihe zu tanzen.

Angel Two saß regungslos am Schaltpult, die Hände entspannt auf die Oberschenkel gelegt, die Augen starr nach vorne gerichtet. Die äußere Umgebung noch wahrnehmend, war sein Geist doch mitten in einer Tai-Chi-Meditationsübung der zweiten Stufe. Wie seine drei asiatischen Kollegen war Angel Two nicht nur ein geübter Karatekämpfer, sondern auch Meister des Tai-Chi – des Wegs des friedlichen Kriegers –, einer der tödlichsten Kampfsportarten des alten China, die strikte körperliche und geistige Disziplin erfordert.

Als Jim den Baum auf den Zaun drückte, löste er in der betreffenden Sektion Alarm aus. Eine Tausendstel Sekunde später leuchtete ein rotes Lämpchen auf einer der Schalttafeln auf. Gleichzeitig ertönte ein lautes, hohes Summen, synchronisiert mit dem Blinken der rubinroten Warnlampe.

Als Lampe und Summer aktiviert wurden, war der Asiate sofort hellwach. Seine mandelförmigen Augen verengten sich zu einem schmalen Schlitz, als er den Blick auf das blinkende Lämpchen heftete, und seine Hand fuhr blitzschnell auf einen der Knöpfe auf dem geneigten Schaltpult vor ihm herab. Der Knopf war schwarz – wie sein Trainingsanzug.

Sofort fingen, in verschiedenen Abschnitten des Hauses, drei bleistiftförmige Alarmgeräte in den Brusttaschen von drei anderen identischen Trainingsanzügen an zu piepsen. Ihre Träger, auch Asiaten, unterbrachen ihre Tätigkeit, zogen ein flaches Funkgerät aus der Tasche und drückten auf den Empfangsknopf. Regungslos standen sie da und warteten. Nach wenigen Sekunden hörte das Piepsen auf und die Stimme von Angel Two quäkte aus den schlanken Walkie-talkies in den Händen der Asiaten.

»Control an Angel One, Three und Four. Bitte kommen. Angel One? Ende.«

Eine der regungslosen schwarzgekleideten Gestalten rührte sich. Schlank, glattrasiert und mit kurzgeschnittenem Haar hatte sie auf den ersten Blick nichts Auffallendes. Doch bei näherem Hinsehen strahlte die schmächtige Figur, verbunden mit einer gewissen Härte in den Zügen, eine undefinierbare, gefährliche Kraft aus. Der Asiate hob die Hand und sprach in das Gerät. Seine Stimme war rauh, er sprach mit einem nasalen Kanton-Akzent.

»Hier Angel One. Ende.«

Die beiden anderen wurden gerufen und antworteten ihrerseits. Dann ertönte die unsichtbare Stimme erneut aus den Minilautsprechern.

»Control an alle Engel. Code Rot in Sektor Alpha-Null-Fünf des äußeren Grenzzauns. Sofort in den Kontrollraum kommen zum Briefing. Ende.«

Angel Two beendete seine Durchsage und drückte jetzt den gelben Hauptknopf, der ihn mit den Lautsprechern verband, die im ganzen Haus installiert waren. Er wartete zehn Sekunden, bis das sanfte Glockenspiel verklungen war, mit dem allgemeine Durchsagen angekündigt wurden. Dann beugte er sich nach vorn und sprach mit starkem chinesischen Akzent ins Mikrophon.

»Control an Apostel ... sofort im Konferenzraum antreten. Control an Jünger im Monitordienst ... sofort Posten einnehmen. Control an Appellkommando ... sofort durchzählen ... Ergebnis umgehend an Control. Control an alle übrigen Sektenmitglieder ... begebt euch sofort zu euren Sammelstellen zum Appell. Ende.«

Die knappen Befehle verursachten in den Zimmern und Korridoren des ganzen Hauses hektische Aktivität, da sämtliche Sektenmitglieder sofort alles stehen und liegen ließen und zu den angegebenen Orten strömten. Besonders zwölf von ihnen, alle in enganliegenden, grauen Trainingsanzügen, liefen schnell in einem großen Raum zusammen, der im Parterre lag. Zielstrebig bewegten sie sich zwischen den vielen, hastenden Gestalten auf den Korridoren hindurch, von denen die meisten in den gleichen, weiten, wadenlangen Baumwollkutten steckten wie die beiden Ausreißer, allerdings in unterschiedlichen Farben. Einige trugen dasselbe Scharlachrot wie Jim und Tom, viele trugen Grün, doch die Mehrzahl trug Blaßblau. Einige stachen durch ihre braunen Trainingsanzüge heraus; sie dirigierten die farbig gewandeten Figuren und trieben sie zu den verschiedenen Sammelpunkten innerhalb des Hauses zum Appell.

Das ganze war ein Kaleidoskop aus Bewegung und Farbe. Doch es fehlte die ausgelassene Stimmung, die zu der karnevalesken Szene gehört hätte. Die Braunen waren arrogant in ihrem Benehmen und kurzangebunden in ihren Kommandos, während die rot, grün und blau Gewandeten unterwürfig gehorchten.

Sie alle machten Platz für die herbeieilenden Grauen. Keiner grüßte sie oder sah ihnen gar ins Gesicht, als sie vorbeischritten. Wenn unter den Mitgliedern, die zur Seite traten, um den Grauen den Weg frei zu machen, irgendeine Haltung zu erkennen war, dann Angst. Im geräumigen Konferenzraum angekommen, setzten sich die Zwölf in lockerer, halbrunder Formation in die geschwungenen Sitzreihen vor dem Podium, das sich an einem Ende des Raums befand. Seltsamerweise wurde kein Wort gesprochen – nicht einer der Zwölf nahm auch nur mit einem Nicken von seinen Kollegen Notiz.

Sie waren allesamt jung, so um die zwanzig, muskulös und durchtrainiert. Ob zufällig oder gewollt, die ethnische Zusammensetzung der Mannschaft war gleichmäßig verteilt. Sie bestand aus vier Weißen, darunter ein nordischer, fast weißblonder Typ, vier kahlgeschorene Schwarze, deren geölte, braune Schädel stumpf im Deckenlicht schimmerten; die restlichen vier Mitglieder der Mannschaft waren Latinos, einer von ihnen trug eine lange, von einer Messerstecherei stammende Narbe im Gesicht. Mit Ausnahme der kahlgeschorenen Schwarzen trugen sie alle ganz kurzes Haar.

Von dem unnatürlichen Schweigen und der fehlenden gegenseitigen Beachtung abgesehen, hatte die graue Truppe ein weiteres, beunruhigendes Merkmal gemeinsam: die Augen. Sie waren matt, ausdruckslos und kalt, die leeren, emotionslosen Augen psychotischer Killer. Dies waren die Zwölf Apostel des Propheten.

Trotz des esoterisch anmutenden Titels war ihre Funktion – wie bei den vier asiatischen »Erzengeln«, von denen sie ausgewählt und trainiert worden waren – ausgesprochen unbiblisch. Als lebensgefährlicher Karatekämpfer war jeder Apostel eine brutale Waffe im Sicherheitsapparat der Sekte und würde bedingungslos jedem Befehl der Vier gehorchen. Die Apostel befehligten ihrerseits die zahlreichen niedrigeren Schergen in Braun, die sogenannten Jünger. Schon aufgrund des Gewichts, das hier auf Überwachung und Disziplin gelegt wurde, hätte ein Beobachter von außen bald bemerkt, daß die Sekte ihre Sicherheit und Exklusivität überaus ernst nahm.

Kurz nachdem der letzte Apostel den Konferenzraum betreten hatte, wurde die brütende Stille durch die Ankunft der drei Asiaten unterbrochen, die aus der Krisensitzung im Kontrollraum kamen. Mit eleganten, athletischen Bewegungen stiegen sie die seitlichen Treppchen zum Podium hinauf, gingen nach vorn und wandten sich den Zwölfen zu.

Angel One wurde von seinen Kollegen flankiert. Seine Führungsrolle war daran zu erkennen, daß die beiden respektvoll einen halben Schritt hinter ihm blieben. Doch auch ohne dieses Zeichen der Ehrerbietung hatte der Mann etwas Dominierendes, das ihn als Führer kenntlich gemacht hätte.

Es war nichts Körperliches. Schlank, kompakt, einssiebzig groß, wirkte er eher weniger muskulös als seine zwei stämmigeren Begleiter. Doch es war ein an Hochmut grenzendes Selbstbewußtsein in seiner Haltung zu spüren, die Aura von einem, der an volle Befehlsgewalt und unbedingten Gehorsam gewohnt war. Es war, als ginge eine undefinierbare Willenskraft, mächtig und subtil zugleich, von dem Mann aus und zwinge den anderen im Raum seine Autorität auf.

Seine unergründlichen schwarzen Augen schweiften über die stummen Gestalten in den Sitzreihen unter ihm und prüften, ob alle zwölf anwesend waren. Dann ergriff er das Wort. Die schneidende Stimme knallte in die Stille, er sprach knapp und mit starkem Akzent. »Es besteht Verdacht auf Verletzung der Sicherheitszone. Während des Appells werdet ihr eine Interne Sicherheitskontrolle durchführen. Ich werde den Begrenzungszaun persönlich überprüfen. Angel Three wird euch Posten zuweisen.« Er machte eine Pause und blickte kurz in sein Publikum, dann deutete er mit ausgestrecktem Zeigefinger auf einen der weißen Jugendlichen.

»Du...«, bellte er. »Du kommst mit mir!«

Mit diesem knappen Befehl machte Angel One auf dem Absatz kehrt, stieg vom Podium und verließ den Raum, gefolgt von dem auserwählten Apostel. Keiner seiner Gefährten zeigte auch nur einen Funken Interesse an seinem Abgang. Sie blieben teilnahmslos sitzen. Maschinen, die darauf warteten, eingeschaltet zu werden.

Nun trat Angel Three vor und begann, ohne Vorrede, Befehle an die verbleibenden elf Apostel auszugeben. Wie zuvor sein Anführer sprach er knapp und mit starkem Akzent, allerdings nicht ganz so barsch. »Für die Interne Sicherheitskontrolle wird jeder von uns einen Suchtrupp mit sechs Jüngern kommandieren. Die vier Stockwerke werden wie folgt verteilt: Angel Four und ich übernehmen den Keller. Ihr vier...«, er deutete auf die betreffenden Apostel, »teilt euch das Parterre. Ihr vier...«, sein Finger schoß auf die nächste Gruppe, »übernehmt den ersten Stock. Ihr drei...«, er zeigte auf die übriggebliebenen Mitglieder der Truppe, »die Schlafräume im Obergeschoß. Sämtliche Türen und Fenster gründlichst überprüfen. Meldung an den Kontrollraum. Wenn ihr fertig seid, meldet ihr euch hier für weitere Befehle. Abtreten!«

Auf seinen Befehl hin leerte sich der Raum, die Suchtrupps verteilten sich hastig auf die zugewiesenen Bereiche. Die fieberhafte Suche nach Spuren einer Sicherheitsverletzung verwandelte die Villa in Minutenschnelle in ein Bienenhaus. Mit derselben Gründlichkeit wurde gleichzeitig von den Jüngern des Wachkommandos ein vollständiger Zählappell unter den gewöhnlichen Sektenmitgliedern durchgeführt.

Während die Überprüfung des Hauses und seiner Insassen anlief, eilte Angel One in einem der hauseigenen Fahrzeuge zu den Haupttoren des Anwesens. Die nachtblaue Lackierung des viereckigen, PS-starken Dodge-Vans wurde nur vom Sektenlogo aufgelockert, einem kleinen, goldenen Kreuz auf beiden Seiten.

Der junge, weiße Apostel saß am Steuer. Fachmännisch lenkte er den Kastenwagen durch die langgezogene S-Kurve vor dem Ende der Hauptauffahrt, die so konzipiert war, daß sie Haus und Grundstück mit einer Sichtblende aus Bäumen von der Schnellstraße abschirmte. Nach der letzten Kurve führte die Auffahrt fünfzig Meter geradeaus durch eine Allee, bevor sie am ersten von zwei hohen, doppelflügeligen Eisentoren endete.

Der Transporter bremste sanft und kam wenige Zentimeter vor dem Innentor zum Stehen. Es lag dreißig Meter vor dem Außentor, mit dem es auf beiden Seiten durch eine Verlängerung des hohen Begrenzungszauns verbunden war und ein geschlossenes Geviert bildete. Elektronisch gesteuert, waren die Tore nur einzeln passierbar, um zu verhindern, daß etwaige Ausreißer – zweibeiniger oder vierbeiniger Natur – entschlüpften, während ein Fahrzeug rein- oder rausfuhr.

Der Motor wummerte leise im Leerlauf, während Angel One und der Fahrer durch die Fenster und in den Spiegeln nach den Hunden spähten. Nachdem sie sich vergewissert hatten, daß die Meute nicht in der Nähe war, nickte Angel One, und der Fahrer drückte einen Knopf am Armaturenbrett, worauf sich die hohen Torflügel im Scheinwerferlicht lautlos nach beiden Seiten hin öffneten. Er ließ den Wagen in die Mitte des Gevierts rollen und drückte erneut auf den Knopf, um das Innentor hinter ihnen zu schließen. Sie vergewisserten sich mit einem kurzem Blick, daß keine unerwünschten vierbeinigen Begleiter mit ihnen durchs Tor geschlüpft waren. Angel One nickte noch einmal, und der Fahrer drückte einen zweiten Knopf, diesmal, um das Außentor zu betätigen, das sich lautlos nach innen öffnete. Noch während es in Bewegung war, steuerte er den Kastenwagen durch die größer werdende Öffnung und betätigte den Schließmechanismus.

Sie bogen scharf rechts auf den Highway und fuhren langsam am Straßenrand entlang bis zu dem Abschnitt des Zauns, der den Alarm im Kontrollraum ausgelöst hatte. Sie parkten den Wagen auf dem Seitenstreifen, zogen zwei starke Taschenlampen unter dem Sitz hervor und schritten langsam den Zaun ab, im Schein der Taschenlampen sorgfältig nach Spuren von Manipulation oder Beschädigung suchend.

Plötzlich blieb Angel One stehen und stieß einen leisen kantonesischen Fluch aus. Im Lichtkegel seiner Taschenlampe sah er den umgestürzten Baum auf dem Zaun liegen. Er ließ den Lichtstrahl am schrägen Stamm entlanglaufen, bis dieser unerbittlich auf das verräterisch frische Holz des angesägten Stumpfs fiel. Angel One suchte im starken Schein seiner Taschenlampe kurz das umliegende Areal ab und stieß auf einen zweiten stummen Beweis: Das Gras war niedergetrampelt und markierte deutlich den Fluchtweg zur Straße. Der Chinese betrachtete die Sachlage und überlegte. Er blickte in beide Richtungen auf die mondhelle Schnellstraße, doch der Ausschnitt, den er überblicken konnte, war begrenzt, da er zu dicht am Zaun stand. Er befahl seinem Begleiter, zur Straße vorzugehen, wo mehr zu sehen wäre. Dann zog er sein Funkgerät aus der Brusttasche, drückte mit dem Daumen auf einen Knopf, um die kleine Antenne auszufahren, und sprach in knatterndem Kantonesisch ins Mikrophon.

»Angel One an Control. Code Rot ist durch Baum verursacht, der auf dem Zaun liegt. Baum wurde abgesägt. Scheint sich um Ausbruch zu handeln. Wie lautet das Ergebnis des Zählappells? Ende«.

»Control an Angel One. Ausbruch bestätigt«, kam umgehend die Antwort, ebenfalls auf kantonesisch. »Zwei … wiederhole … zwei Novizen vermißt … Beide männlich. Identität wird vom Zähldienst festgestellt. Wie lautet dein Befehl? Ende.«

Bevor Angel One antwortete, sah er sich um und blickte erwartungsvoll den Apostel an, der durch das hüfthohe Gras auf ihn zuwatete, nachdem er die Schnellstraße im Mondschein inspiziert hatte. Die Antwort auf die unausgesprochene Frage war ein Kopfschütteln – negativ.

Mit finsterem Blick drückte der Chinese auf den Sendeknopf. »Angel One an Control. Wir starten Externe Suchaktion. Sobald der Zählappell beendet ist, schickt ihr mir drei Wagen und genügend Mann, um die Fahndung mit vier Fahrzeugen zu starten. Ende.«

Eine knappe Viertelstunde später waren drei zusätzliche Wagen eingetroffen, und die Suchmannschaften sammelten sich am Straßenrand. Zwei der Fahrzeuge wurden von Angel Ones chinesischen Kollegen kommandiert, mit je einem graugekleideten Apostel als Fahrer. Das dritte Fahrzeug war mit zwei kahlköpfigen, schwarzen Aposteln besetzt, von denen einer das Kommando über den dazugehörigen Suchtrupp hatte. Die zusammengetrommelten Suchtrupps bestanden aus vierundzwanzig braungekleideten Jüngern, jeweils ausgerüstet mit einer starken Taschenlampe und einer langen Stange, um damit im Dickicht zu stochern.

Angel Three klärte seinen Anführer über die Identität der vermißten Jungen und den Fluchtweg auf. Er beschrieb, wie sie offensichtlich auf das Dach des Hauses geklettert waren, da die Scheibe eines Dachfensters zerbrochen war. Dabei hätten sie sich einen unerwarteten Schwachpunkt im Alarmsystem zunutze gemacht, es sei nämlich nur der Fenstergriff verplombt gewesen. Dann hätten sie sich mit Hilfe eines improvisierten Seils aus zerrissenen und aneinandergeknoteten Bettüchern herabgelassen.

Angel One hörte sich den Bericht mit finsterer Miene an, dann erteilte er ohne weiteren Kommentar den Befehl zur Menschenjagd. Die Jünger wurden zu je sechs auf die Fahrzeuge verteilt. Sie würden, falls nötig, zur Suche bzw. Verfolgung zu Fuß eingesetzt. Er wies die beiden unter dem Kommando von Angel Four und dem schwarzen Apostel stehenden Fahrzeuge an, in nördlicher Richtung zu suchen – der Richtung, auf die das niedergetrampelte Gras des Seitenstreifens hindeutete. Inzwischen würden die Trupps unter seiner Leitung und der von Angel Three die ihm wahrscheinlicher scheinende, südliche Richtung absuchen: Richtung New York.

Die Straße mündete in den Inter-State-Highway und führte in beiden Richtungen über mehrere Meilen ohne Abzweigung durch ein riesiges, dichtes Waldgebiet. Daher schien es höchst unwahrscheinlich, daß die entlaufenen Jugendlichen die Straße verlassen und sich durch den unwegsamen Wald geschlagen hatten, unbewaffnet und spärlich bekleidet, wie sie vermutlich waren.

Die Suchtrupps Richtung Norden brachen als erste auf. Angel One stand neben seinem Fahrzeug und beobachtete eine Weile schweigend, wie die Hecklichter ihrer Wagen in der Ferne immer kleiner wurden. Dann sagte er zu Angel Three, der neben ihm stand: »Phase Eins wie üblich. Du gehst voraus und scheuchst die Hasen auf. Ich folge und lege die Falle aus. Abmarsch!«

Angel Three nickte, kletterte eilig in sein Fahrzeug, ließ den Motor an und rollte langsam davon. Der Transporter fuhr nur mit Seitenleuchten. Angel One wartete in seinem Wagen, bis die Hecklichter des Kollegen ein paar hundert Meter weiter hinter einer Kurve verschwunden waren. Dann befahl er seinem Fahrer zu folgen, so langsam wie möglich und ganz ohne Licht.

Der schallgedämpfte Motor sprang an, und sie fuhren los. Ohne Scheinwerfer waren sie ganz auf den schwachen Schein der Sterne und das sporadische Mondlicht angewiesen, als der Wagen leise am Straßenrand entlangglitt. Jedesmal, wenn die Straße bergab führte, schaltete der Fahrer den Motor ab, um den Wagen fast völlig geräuschlos rollen zu lassen.

Phase Eins der Suchaktion bestand darin, die Flüchtlinge zwischen die beiden Fahrzeuge zu bekommen, für den Fall, daß sie vor dem ersten Wagen in Deckung gingen und auf die Straße zurückkehrten, sobald dieser vorbeigefahren war. Ein simpler Trick, doch er hatte sich in der Vergangenheit immer wieder bewährt. Angel One lehnte sich gelassen, aber hellwach zurück und ließ die Augen suchend über die Straße und den Seitenstreifen schweifen, an dem sie im Schrittempo entlangfuhren. Er war überzeugt, daß sie die beiden Flüchtlinge bald aufspüren und einfangen würden, wenn nicht auf diese Weise, dann auf eine andere. Es war ihnen noch immer gelungen. Die Jagd hatte begonnen!

10

Die Straße wand sich in südlicher Richtung durch das ungezähmte Waldgebiet von New York State. Wie jede Landstraße
schien sie es nicht eilig zu haben, irgendwo anzukommen. Die
hohen Bäume standen dichtgedrängt auf beiden Seiten, schwarz
und undurchdringlich, nur wenige Meter Buschwerk und Gestrüpp für einen Seitenstreifen freilassend. Gespenstisch erleuchtet vom wechselnden Mondlicht, schlängelte sich der stau-
bige Asphalt wie ein schwarzer Fluß durch die wispernde
Schlucht des schier endlosen Waldes.

Jim trabte mit gleichmäßigen Schritten voran, wobei er sich
immer wieder umsah. Auf diese Weise hatte er gut drei Meilen
zurückgelegt, als er schwach ein Fahrzeug hinter sich kommen
hörte. Er sah sich um und stellte fest, daß nichts zu sehen war,
da die Straße eine leichte Kuppe hatte. Doch das leise Motorengeräusch, das ihm die kalte Nachtluft deutlich zutrug, machte
ihn sogleich mißtrauisch. Das Fahrzeug fuhr viel zu langsam für
eine freie Straße mit idealen Fahrbedingungen, meilenweit vom
nächsten potentiellen Zielort entfernt.

Schnell schlug er sich nach rechts ins dichte, hohe Gras und
ließ sich auf alle viere nieder, den Blick in die Richtung gewandt,
aus der er gekommen war. Den Kopf unterhalb der wiegenden
Grasspitzen, spähte Jim durch die Halme, als das Fahrzeug über
der Kuppe auftauchte. Sofort warf er sich flach auf den Bauch.
Es war eines der ihren. Er hatte die vertraute Silhouette des Ka-
stenwagens erkannt, doch was seinen Verdacht bestätigt hatte,
war die Tatsache, daß nur die Seitenleuchten eingeschaltet waren. Kein normaler Verkehrsteilnehmer fuhr mitten in der
Nacht nur mit Seitenleuchten auf unbeleuchteten öffentlichen
Straßen.

Jim preßte sich gegen den harten Untergrund, drückte die
Augen zu und wartete in Todesangst auf das Quietschen der
Bremsen, das ihm ankündigen würde, daß sie ihn entdeckt hatten. Das Herz schlug ihm gegen die Rippen, und er spürte seinen rasenden Puls gegen die verletzte Schläfe hämmern. Doch
das Fahrzeug hielt nicht an. Das Motorengeräusch verschwand
langsam in der Nacht.

Allmählich ließ seine Anspannung nach. Er bekam auf einmal keine Luft mehr und merkte erst jetzt, daß er die ganze Zeit den Atem angehalten hatte. Mit einem langen Seufzer stieß er die angestaute Luft aus den Lungen heraus und lag still da, während Puls und Atem sich erholten. Inzwischen war auch der Transporter, der an seinem Versteck vorbeigefahren war, nicht mehr zu hören.

Doch nun tauchte eine andere, subtilere Gefahr auf. Jetzt, da er nicht mehr in Bewegung war, setzte eine Art verzögerter Schockreaktion auf die nächtlichen Ereignisse ein. Ein Gefühl mentaler und physischer Mattheit überfiel ihn und machte ihn träge. Plötzlich hatte er keine Lust mehr weiterzulaufen. Er wollte einfach in seinem Versteck liegenbleiben wie ein gejagtes Tier.

Wozu ein Risiko eingehen? Hier war er sicher. Die trügerische Vorstellung schlich sich heimtückisch in seine Gedanken. Barg weiterzugehen nicht das Risiko, entdeckt zu werden? Wäre es nicht vernünftiger, hier im sicheren Versteck liegenzubleiben, während die Jäger vergeblich die Straße vor ihm absuchten? Bei Tag würde er einen Wagen anhalten können. Das klang vernünftig. Warum also nicht?...

Erschrocken wies Jim den gefährlichen Gedanken von sich. Er mußte weiter, sonst war er verloren. Er hatte keine andere Wahl. Jetzt, da die Jagd begonnen hatte, würden sie die ganze Nacht unermüdlich nach ihm suchen. Und wenn die ersten Versuche, ihn einzufangen, gescheitert wären, würde sie ihre Anstrengungen verdoppeln und die unmittelbare Umgebung gründlicher durchkämmen – notfalls mit Verstärkung. Und wenn sie ihn dann erwischten, würde er zurückgebracht und wäre dem Zorn von Angel One ausgeliefert...

Die Vorstellung weckte seinen Tatendrang, und er wollte gerade seinen widerstrebenden Körper in Bewegung setzen, als ihm eine Idee kam. Wenn er den Schutz der Dunkelheit voll ausnutzen wollte, sollte er sich Gesicht, Arme und Beine schwärzen. So wäre er für seine Jäger schwieriger auszumachen und könnte verhindern, von einem Sektenfahrzeug aus der Ferne erspäht zu werden, bevor er in Deckung gehen konnte.

Er rollte sich auf den Rücken und setzte sich auf, den Kopf auf

Höhe der im Wind wiegenden Grasspitzen. Er packte ein dickes Büschel Grashalme, riß es aus und grub die Finger in die feuchte, schwarze Erde. Er spuckte auf die Erde in seinen Händen, um sie schlammiger zu machen, und schmierte sich ausgiebig Gesicht und Hals damit ein, wobei er achtgab, die blutige Kruste an der schmerzenden Kopfwunde nicht zu verletzen. Dann wiederholte er die Prozedur an Armen und Beinen, dort, wo die Kutte sie nicht bedeckte.

Er war so mit seiner Tarnung beschäftigt, daß er gar nicht merkte, wie das zweite Fahrzeug näher kam. Mit ausgeschaltetem Motor rollte es gespenstisch leise die Kuppe herab auf ihn zu, aus der Dunkelheit auftauchend wie ein lebendig gewordenes, aufziehbares Spielzeugraubtier. Jim bemerkte die drohende Gefahr erst, als seine Ohren das leise Zischen der Reifen auf dem Asphalt vernahmen. Da war der Wagen schon fast auf seiner Höhe.

Er sah auf – und erstarrte! Durch die wiegenden Halme blickte er mitten in das blinde Zyklopenauge der Windschutzscheibe. Einen Moment lang blieb ihm das Herz stehen, und sein vom Schock betäubter Verstand weigerte sich, das furchterregende Bild in sich aufzunehmen. Dann fiel der Groschen. Die Angst packte ihn mit unsichtbarer Faust im Nacken, und das Herz schlug ihm bis zum Hals. Der frenetische Impuls, aufzuspringen und wegzurennen, ergriff ihn, doch seine Beine gehorchten ihm nicht, und die lähmende Angst rettete ihn vor dem sicheren Verderben.

Als der Wagen auf gleicher Höhe mit ihm war, schien Jim direkt in die Augen der blassen Gestalt auf dem Beifahrersitz zu blicken, deren Gesichtszüge nicht zu erkennen waren. Die gespenstische Lautlosigkeit, mit der der Wagen rollte, machte ihn noch bedrohlicher. Die Zeit stand still. Der Wagen war jetzt direkt vor seiner Nase, im Vorbeifahren schimmerte das mattgoldene Kreuz auf. Dann war er weg.

Ohne, daß Jim es wußte, hatte sein frisch geschwärztes Gesicht verhindert, daß er entdeckt und gefangen worden war. Die scharfen Augen von Angel One hatten ihn nicht bemerkt, da er in der gleichmäßigen Dunkelheit des überwucherten Seitenstreifens unterging.

Eine Welle der Erleichterung überkam ihn, als die unbeleuchtete, schwarze Silhouette des Wagens in der Nacht verschwand. Sekunden später hörte er, wie der Motor am Ende der Senke ansprang, und bald wurde das sanfte Knattern des Auspuffs immer schwächer, bis es schließlich ganz verstummte.

Paradoxerweise hatte das enervierende Erlebnis einen positiven Nebeneffekt. Es hatte ihm einen Adrenalinstoß versetzt, seine Muskeln aufgepumpt und die kräftezehrende Lethargie der letzten Minuten vertrieben. Er machte eine kurze Bestandsaufnahme. Er hatte keine Ahnung, wieviele Fahrzeuge sie auf der Jagd einsetzten, doch er beschloß spontan, auf die andere Straßenseite zu wechseln, was er von Anfang an hätte tun sollen. So hatte er nicht nur den entgegenkommenden Verkehr im Auge, er war vor allem nicht mehr so leicht zu entdecken für etwaige Verfolger, die ihn von hinten überholten.

Er vergewisserte sich, daß die Straße in beiden Richtungen frei war und sprintete auf die andere Seite. Dann trabte er im Laufschritt weiter und kam zügig voran. Die Bewegung tat ihm gut, trotz des aufkommenden beißenden Windes wurde ihm warm. Außerdem trocknete die zerrissene Kutte allmählich und bot ihm etwas mehr Schutz gegen die Kälte.

Gleichmäßig trabend hatte Jim etwa eine weitere Meile zurückgelegt, als er hinter sich in der Ferne erneut Motorengeräusche vernahm. Sofort warf er sich ins Dickicht am Straßenrand und rührte sich nicht, den Blick die Straße entlang zurück nach Norden gerichtet.

In der Ferne sah Jim vier Lichtergruppen näher kommen. Nicht nur Scheinwerfer, sondern auch kleinere Lampen hoch über den Scheinwerfern. Dies und das anschwellende Brummen schwerer Dieselmotoren sagten ihm, daß die Fahrzeuge, die da kamen, erheblich größer waren als alles, was die Sekte besaß. Sekunden später war deutlich zu erkennen, daß ein Konvoi mit vier großen Überlandlastern auf ihn zufuhr, Fünfachser, nach Größe und Geräusch zu schätzen. Er sah kurz in die entgegengesetzte Richtung, ob seine Jäger zu entdecken waren. Nichts. Hoffnungsvoll beschloß er, es als Anhalter zu versuchen.

Jim wartete, bis die vier Trucks noch etwa hundert Meter entfernt waren, dann trat er auf die Straße. Im zunehmenden Licht der anrückenden Scheinwerfer streckte er den Arm aus und hielt nach Trampermanier den Daumen hoch.

Das Brummen der Sattelschlepper schwoll zu einem dröhnenden Brüllen an. Jim kniff die Augen zusammen gegen das gleißende Licht der doppelreihigen Scheinwerfer und begann, mit dem freien Arm über dem Kopf zu winken, um auf sich aufmerksam zu machen. Da heulte die Hupe des ersten Lasters auf, so laut, daß sogar das Brüllen der riesigen Motoren darin unterging, und betäubte ihm die Ohren. Dann donnerten die turmhohen Fünfachser an ihm vorbei, und im Vorbeifahren blies ihm jedes Monster eine warme Dieselwolke ins Gesicht. Der Boden unter Jims Füßen bebte, und er war vorübergehend ganz benommen von dem Lärm und dem Licht. Doch sie hielten nicht an. Schon leiser, heulte die Hupe zum Abschied noch einmal hämisch auf, und die Trucks donnerten weiter in die Nacht.

Verzweifelt starrte Jim den davonziehenden Hecklichtern des letzten Fahrzeugs hinterher. In den Minuten, da die Trucks näher gekommen waren, hatte er unterbewußt seine ganze Hoffnung darauf gesetzt, per Anhalter in Sicherheit zu gelangen. Heiße Tränen der Enttäuschung brannten in seinen Augen, und in einem Anfall ohnmächtiger Wut schrie er ihnen nach: »Ihr Schweine! Ihr verdammten, dreckigen SCHWEINE!« Das letzte Wort zu einem langen Schrei dehnend, pumpte er sich die Lungen leer. Sein Hals schmerzte von der Wucht seiner Emotionen.

Wut und Enttäuschung trieben ihm die Tränen in die Augen, er schluckte und trat auf die Straße zurück. Mit grimmiger Entschlossenheit begann er, hinter dem Konvoi herzulaufen, dessen Lichter nur noch stecknadelgroß waren und hinter einer Biegung in der Ferne plötzlich verloschen. Nun war er wieder allein in der Dunkelheit, den Jägern ausgeliefert.

Mehrmals mußte er in der nächsten halben Stunde ausweichen, als die Transporter auf dem Rückweg in entgegengesetzter Richtung an ihm vorbeifuhren, um ihn, lautlos und dunkel, erneut zu überholen, unermüdlich auf der Suche – auf der Jagd. Dann änderte sich das Vorgehen plötzlich.

Jim war noch nicht lange weitergetrabt, er hatte, nachdem er ein weiteres mal von den Transportern überholt worden war, erst eine knappe Meile zurückgelegt, als vor ihm ein Licht aufflackerte – dann noch eines – dann mehrere. Er verlangsamte seinen Schritt, um jederzeit in Deckung zu gehen. Angestrengt spähte er in die Nacht, um zu ergründen, woher die schwankenden Lichter kamen. Plötzlich teilten sie sich in zwei Lager, eines blieb auf seiner Seite, das andere wechselte auf die gegenüberliegende Straßenseite. Taschenlampen – mindestens ein Dutzend, dachte er. Seine Jäger begannen offensichtlich, die Seitenstreifen gründlicher abzusuchen.

Jim duckte sich ins hüfthohe Gras. Aus sicherer Distanz beobachtete er, wie die Transporter die Straße auf- und abfuhren, die Suchtrupps flankierend, die auf beiden Seitenstreifen in Sechserreihen auf ihn zukamen. Als die Suchtrupps noch etwa hundert Meter entfernt waren, musterte er widerwillig den wenig einladenden, dunklen Rand des Waldes, der nur ein paar Schritte entfernt zu seiner Linken begann. Als er zu diesem Zweck den Kopf zur Seite wandte, nahm er im Augenwinkel ein Flackern wahr – diesmal von hinten! Vor Schreck schnappte er nach Luft, wirbelte in der Hocke herum und starrte mit weit aufgerissenen Augen auf die neue Gefahr. In der Ferne kamen auch von hinten zwei schaukelnde Lichterketten auf ihn zu. Angel One hatte anscheinend Verstärkung geholt, um ihn in die Zange zu nehmen. Er saß in der Falle!

Es blieb ihm nur eines übrig: Er mußte den unheimlichen, dunklen Wald betreten und einen Bogen um die heranrückenden Verfolger schlagen. Nach der Begegnung mit den Höllenhunden erfüllte ihn schon der Gedanke daran mit Grauen, auch wenn er wußte, daß sie ihm nichts mehr anhaben konnten. Er nahm allen Mut zusammen, bog leise nach links und verschwand zwischen den Bäumen.

Die Angst, geschnappt zu werden, war noch größer als der Schauder vor den unbekannten Gefahren des raschelnden dunklen Waldes und trieb ihn tiefer hinein, als er beabsichtigt hatte. Schließlich blieb er stehen, lehnte sich gegen einen dicken Baumstamm, blickte zurück Richtung Straße und wurde gleich darauf belohnt: Durch die Bäume sah er, wie die Taschenlampen der Suchkolonne von links nach rechts vorbeiflackerten.

Obwohl die Bäume Schutz vor dem kalten Wind boten, begann Jim, da er sich nicht mehr bewegte, zu frieren. Doch er wußte, er mußte warten, bis die Suchtrupps weit genug weg waren, bevor er sich zum Seitenstreifen zurückwagen konnte, und zählte im Geiste fünf Minuten ab.

Er hatte gerade beschlossen, daß die Luft rein war, als er plötzlich spürte, daß er nicht allein war in der Dunkelheit. Ein Schauer, der nichts mit der Kälte zu tun hatte, lief ihm über den Rücken, und er spürte, wie sich seine Nackenhaare sträubten. Seinen Instinkten gehorchend, blieb er mucksmäuschenstill stehen und fuhr alle Antennen aus, um die unbekannte Gefahr in der Dunkelheit zu lokalisieren. Endlose Sekunden vergingen, und er dachte schon, er hätte sich geirrt, wollte sein Unbehagen als verständliche Überreaktion auf die Begegnung mit den Hunden abtun, als sich wenige Meter vor ihm etwas bewegte.

Seine Augen hatten sich an die stygische Finsternis des Waldes gewöhnt. Wie angewurzelt stand er da und wagte kaum zu atmen, als seine angestrengten Augen dem huschenden schwarzen Schatten folgten, der heimlich vor ihm zwischen den ebenholzfarbenen Baumsäulen hindurchzugleiten schien. Jim mußte die bedrohliche Gestalt nicht deutlich erkennen, um sie zu identifizieren – er wußte, wer das war! Nur Angel One war gerissen genug, sein Ausweichmanöver vorherzusehen und ihn im Alleingang zwischen den Bäumen zu verfolgen. Einmal mehr dankte Jim seiner weisen Voraussicht, sich getarnt und so tief im Wald versteckt zu haben.

Er wartete ein paar Minuten, bis der brutale Chinese außer Hörweite war, dann schlich er zurück zur Straße. Zu seiner Rechten konnte er in der Ferne die Lichter der Suchtrupps erkennen, die aufeinander zuliefen, um die leere Falle zuschnappen zu lassen. Er wartete, bis der Mond wieder verschwand und die Nacht in Dunkelheit tauchte, dann schlüpfte er auf die Straße zurück und trabte weiter nach Süden, der Freiheit entgegen.

Nach ein paar Minuten machte die Straße eine leichte Kurve, und Jim verlor die Jäger aus den Augen, doch im selben Augenblick entdeckte er vor sich in der Ferne neue Lichter. Das Herz sank ihm in die Hose. Noch ein Suchtrupp? Wenn es zutraf, dann waren sie verzweifelt hinter ihm her. Er drosselte das Tempo und studierte die Lichter. Er kam jedoch schnell zu dem

Schluß, daß es keine Taschenlampen waren – sie bewegten sich nicht und waren zu hell für die Entfernung. Was dann? Er konzentrierte sich so sehr darauf, die Lichtquelle zu identifizieren, daß er fast an dem Pfosten, der am Straßenrand stand, vorbeigelaufen wäre.

Keuchend blieb er stehen und starrte einen Moment lang verständnislos auf das dazugehörige Schild. Dann machte sein Herz einen Sprung. Auf dem Schild stand: TRUCK STOP – 1 MEILE. Und darunter: TANKSTELLE – RESTAURANT – 24 STUNDEN GEÖFFNET.

Alle Anspannung und Müdigkeit fiel von ihm ab. Hier konnte er zum ersten Mal in dieser Nacht Rast machen auf der Flucht vor den teuflischen Klauen der Sekte. Jetzt hatte er wesentlich bessere Chancen, mitgenommen zu werden, und wenn es nicht klappte, gab es ein Telefon, mit dem er als letzten Ausweg seine Eltern zu Hilfe rufen konnte.

Die Nacht war noch immer mondlos, und die Lichter winkten ihm aus der Ferne freundlich zu. Gerade wollte er mit frischem Elan losstürzen, als ihn etwas zögern ließ. Was, wenn Angel One einkalkuliert hatte, daß er den Suchtrupps eventuell entwischte? Würde er dann vorsichtshalber nicht auch den letzten Abschnitt vor dem Truck Stop überwachen lassen?

Am Pfosten des Schilds kauernd, suchte Jim vorsichtig die Dunkelheit nach feindlichen Anzeichen ab. Es verging eine ganze Weile, ohne daß er etwas Verdächtiges bemerkte. Dann zahlte sich seine Vorsicht aus. Nicht weit vor ihm, zwischen der Stelle, an der er hockte und den Lichtern der Tankstelle, leuchtete in der Dunkelheit links von ihm ein winziges, rotes Licht auf – und verlosch sofort wieder. Irgendetwas lauerte am Waldrand und beobachtete die Straße.

Seine Vermutung hatte sich bestätigt. Offenbar hatte Angel One tatsächlich eine Wache postiert, um zu verhindern, daß er den sicheren Hafen der Tankstelle erreichte, während die Suchtrupps weiter hinten noch immer nach ihm jagten. Sein Plan wäre auch beinahe aufgegangen. Hätte sich der Wachposten nicht heimlich eine Zigarette angezündet, zweifellos gegen jede Vorschrift, wäre Jim schnurstracks in die Falle getappt.

In dem Moment kam der Mond wieder zum Vorschein und machte die Hoffnung zunichte, auf die andere Straßenseite wechseln und am Wachposten vorbeikriechen zu können. Es stand auch zu befürchten, daß dort ein zweiter Posten lag. Ihm blieb nichts anderes übrig – er mußte sich erneut in den Schutz des Waldes begeben.

Doch diesmal war sein Widerwille, die bedrohliche Finsternis des Waldes aufzusuchen, viel geringer. Jetzt bestand seine Hauptsorge darin, wie er sich so leise wie möglich zwischen den Büschen und Bäumen hindurchbewegen konnte, und nicht, wer oder was ihn dort überfallen könnte. Trotzdem schlich er sich eine nervenzerreißende Viertelstunde durch die dunklen Baumstämme, immer bemüht das dichteste Unterholz zu umgehen, um den Wachposten nicht auf sich aufmerksam zu machen.

Er tastete sich voran, bis er glaubte, ein gutes Stück am feindlichen Posten vorbei zu sein, dann schlich er sich vorsichtig zurück zum Waldrand. Er spähte nach links und sah erleichtert, daß die Lichter der Tankstelle schon viel näher herangerückt waren. Jetzt oder nie, dachte er. Ein letztes Mal wartete er, bis der Mond hinter einer breiten Wolkenfront verschwand und die Nacht in Dunkelheit tauchte. Als es endlich soweit war, stürzte er auf die verlassene Straße, zog den Kopf ein und rannte los, dem Schutz normaler menschlicher Gesellschaft entgegen.

11

Kurz vor der hellerleuchteten Tankstelleneinfahrt bremste Jim ab und ging vorsichtig darauf zu. Am Rand der Lichtoase aus Neonschildern und Bogenlampen blieb er im Schutz der Dunkelheit stehen und nahm die Tankstelle und ihre Umgebung gründlich unter die Lupe. Dann prüfte er rasch noch einmal die Straße in beide Richtungen. Seine Verfolger waren nirgends zu sehen.

Zufrieden tappte er leise die letzten Meter Straße entlang und bog in die geschwungene Einfahrt, die zu den doppelreihigen

Zapfsäulen führte. Dahinter stand ein hellerleuchteter Kiosk, zwischen Ständern mit Autoreifen und Motorenöl eingebettet. Durch die großen Fenster konnte er den Tankwart sehen, einen älteren Mann mit hagerem Gesicht, der mit gesenktem Kopf dasaß und mit zusammengekniffenen Augen, die Lippen bewegend, in ein Taschenbuch vertieft war.

Jim wollte den Mann schon ansprechen und um ein paar Münzen für die Telefonzellen bitten, die er am anderen Ende der Einfahrt entdeckt hatte, als er jäh innehielt. Gerade noch rechtzeitig fiel ihm ein, daß er am ganzen Leib mit Dreck beschmiert war, und er stellte sich den Empfang vor, den man ihm bereiten würde, wenn er in diesem Zustand jemanden ansprach, von seinen merkwürdigen Klamotten ganz zu schweigen.

Er suchte und fand ein WC-Schild an einem Ende des Hauptgebäudes, einem langen Flachbau hinter der Tankstelle mit einem riesigen TRUCK STOP-Neonschild auf dem Dach. Hinter dem gesenkten Kopf des Tankwarts vorbeischleichend überquerte er schnell den hellerleuchteten Vorplatz und drückte die Klinke an der HERREN-Tür herrunter. Zu seiner Erleichterung war sie nicht abgeschlossen, und er schlüpfte hinein. Dem eisigen Wind nicht mehr ausgesetzt, war ihm plötzlich warm, obwohl der Raum unbeheizt war.

Er sah sich um und stellte fest, daß die Toilette, wie erhofft, leer war. Sie war überraschend sauber und roch leicht nach Desinfektionsmittel. An einer Wand hingen sechs Handwaschbecken nebeneinander, die Kabinen und Urinbecken befanden sich gegenüber. Er pinkelte in eines der Becken. Dann ging er zu einem der Waschbecken und besah sich im Spiegel.

Er erkannte sich kaum wieder. Sein langes, vom Wind zerzaustes Haar umrahmte ein schwarzes, schlammverschmiertes Gesicht. Das Weiße in seinen Augen, das ihn aus dem Spiegel anstarrte, ließ ihn aussehen wie den schlechtgeschminkten Laiendarsteller einer Minstrel-Show. Er grinste sein Spiegelbild an, und die blendend weißen Zähne, die aus dem Spiegel zurückstrahlten, verstärkten den Eindruck nur noch.

Er drehte den Wasserhahn auf, der nach einigem metallischen Murren widerwillig Wasser ins Waschbecken spuckte. Er fand ein dünnes, vertrocknetes Stück Seife, bereitete Seifenschaum zu und wusch sich ausgiebig den festgetrockneten Schlamm von Gesicht, Armen und Beinen. Nachdem er auch seine Stirnwunde vorsichtig gereinigt hatte, trocknete er sich mit den rauhen Papiertüchern aus dem Handtuchspender ab. Er beendete seine Säuberungsaktion, indem er sich mit den Fingern so oft durchs Haar fuhr, bis er ihm einen Hauch von Ordnung und Gepflegtheit verpaßt hatte.

Jim stellte zufrieden fest, daß er etwas passabler aussah, ging zur Tür, und nachdem er vorsichtshalber zuerst das Licht ausgeknipst hatte, drückte er sie leise auf. Ein kurzer Blick über den Vorplatz – von seinen Feinden war nichts zu sehen.

Er trat hinaus und sah sich um. Er befand sich am rückwärtigen Ende des Flachbaus. Dahinter und rechts von ihm lag der Parkplatz, und erst jetzt bemerkte er die vier Sattelschlepper, die dort parkten. Vermutlich handelte es sich um dieselben vier, die sich zuvor geweigert hatten, wegen ihm anzuhalten, und das stimmte ihn nicht gerade zuversichtlich. Doch es half nichts – er mußte irgend jemanden um Kleingeld fürs Telefon anpumpen.

Er überlegte kurz, ob er mit »Collect-Call« zu Hause anrufen sollte, doch er verwarf die Idee sofort wieder. Sein schulmeisterlicher Vater würde es wahrscheinlich glatt ablehnen, den Anruf anzunehmen. Er erinnerte sich an die entscheidende Auseinandersetzung zwischen ihnen, die letzte in einer langen Reihe von Verbalschlachten, seit Jim sich der strengen väterlichen Autorität, die man ihm von frühester Kindheit an aufgezwungen hatte, immer stärker widersetzt hatte.

Diese letzte Auseinandersetzung hatte damit begonnen, daß Jim seinen Eltern mitteilte, er wolle das College aufgeben, von zu Hause ausziehen und der Sekte beitreten. Sein alter Herr hatte eine Stunde lang getobt und geschrien und ihm, die Tränen und Bitten seiner Mutter ignorierend, ultimativ gedroht, wenn er es wagen würde, so etwas zu tun, bräuchte er sich nie wieder zu Hause blicken zu lassen, er würde ihn enteignen, enterben, ohne einen Pfennig auf die Straße setzen – und so weiter.

Sein Vater war ein starrköpfiger Mensch, gewohnt, seinen Willen zu bekommen, zu Hause wie im Büro, wo er Geschäftsführer der familieneigenen Steuerkanzlei war. Doch er hatte nicht damit gerechnet, daß der Sohn den Dickkopf des Vaters geerbt hatte, wenn es darum ging, sich seinem Willen zu widersetzen. Jim war hinausgestürmt, hatte das College geschmissen und »sein Leben Christus gewidmet«, unter der wohltätigen Führung des Propheten – so hatte er damals jedenfalls geglaubt. Doch der Traum hatte sich bald in einen Alptraum verwandelt – einen realen Alptraum. Keinen von der Sorte, die man los wird, wenn man aufwacht. Und nicht nur das, der Alptraum spielte hier und jetzt – in der Dunkelheit um ihn herum –, und er war die Hauptfigur darin.

Jim wagte nicht einmal daran zu denken, die Polizei anzurufen. Damit würde er nur eine grausame Rache an seinen wehrlosen Eltern heraufbeschwören. Man hatte alle Sektenmitglieder entschieden davor gewarnt. Polizeiliche Ermittlungen, hatte man ihnen gesagt, würden erfolgreich durch die Gegenbehauptung torpediert, es handle sich um einen geistesgestörten Patienten aus einer psychiatrischen Privatklinik, wie das offizielle Aushängeschild für das Betlehem-Haus lautete. Nach einer angemessenen Wartezeit, damit niemand Verdacht schöpfen konnte, würden Eltern und Angehörige zum Ziel unerklärlicher Überfälle auf Person und Eigentum. Das konnte er seinen Eltern unmöglich antun.

Nein, seine einzige Hoffnung bestand darin, den Vater irgendwie lange genug zum Zuhören zu bringen, um ihm seine mißliche Lage zu erklären. Wenn es ihm gelang, mit seinem Vater Frieden zu schließen, konnte er ihn bitten, ihn abzuholen und etwas zum Anziehen und Geld mitzubringen. Dann konnte sein Vater ihn am Greyhound-Depot absetzen, wo er den ersten Bus nach Pittsburgh nehmen würde. Dort würde er eine Zeitlang bei seinen Großeltern untertauchen, bis Gras über die Sache gewachsen wäre. Seine Eltern könnten guten Gewissens behaupten, sie wüßten nicht, wo er sei, sollten sie von Angel One oder einem seiner Gorillas in die Mangel genommen werden.

Angel One … erschrocken merkte Jim, daß er für seine Verfolger voll zu sehen war, falls sie an der Tankstelle vorbeikamen oder in sie hineinfuhren. Er sah nach links. Licht fiel aus den zwei breiten, beschlagenen Fenstern auf den Vorplatz. Zwischen den Fenstern, etwa in der Mitte des Gebäudes, befand sich eine Glastür. Schwache Essensgerüche stiegen ihm in die Nase.

Er schlich zur Tür. Ein handgeschriebenes Schild an der Tür verkündete WIR MACHEN DEN BESTEN BEEFBURGER IN GANZ NEW YORK STATE! PROBIEREN SIE IHN – WENN ER IHNEN NICHT SCHMECKT, DRÄNGEN WIR IHNEN KEINEN ZWEITEN AUF. EHRENWORT!

Jim drehte den Türknopf und trat ein. Warme Luft umfing ihn, es roch nach Essen, heißem Kaffee, Tabakrauch und Schweiß. Über mehrere Reihen von Resopaltischen, zum Teil mit den umgedrehten Stühlen darauf, blickte er auf einen langen Tresen, der die volle Breite des Lokals einnahm. Eine Reihe hoher, drehbarer Barhocker auf glänzenden Stahlständern lief daran entlang. Am hinteren Ende des Tresens standen sechs verchromte Behälter, aus denen es verlockend nach Kaffee und heißer Suppe duftete. Gegenüber blinkte eine große, bunte Jukebox stillvergnügt vor sich hin.

Fünf Menschen hielten sich im Lokal auf – einer hinter dem Tresen, die anderen vier thronten auf den Hockern davor. Schmutzige Teller vor der Nase und über Kaffeetassen gebeugt, entspannten sie sich offensichtlich nach dem Essen. Ihre Unterhaltung mischte sich mit der Rockmusik, die aus einem Transistorradio hinter dem Tresen plärrte.

Der Mann hinter dem Tresen blickte automatisch auf, um den neuen Gast zu inspizieren. Er war untersetzt, hatte ein Mondgesicht und trug eine schmutzige weiße Schürze über dem karierten Hemd, die Ärmel bis zu den Ellbogen hochgekrempelt. Auf seiner Stirn thronte eine zerknautschte weiße Kappe, sein käsiges Gesicht glänzte verschwitzt darunter hervor. Ein abgelutschter Zigarrenstummel hing ihm seitlich aus dem Mund. Bei Jims Erscheinen verengten sich seine Schweinsaugen feindselig. Die Hände auf den vollgestellten Tresen gestützt, beugte er sich vor und herrschte ihn mit einer hohen, schrillen Stimme an: »Verpiß dich, du Penner! Typen wie du haben hier drin nix verlorn!«

Die Unterhaltung verstummte. Nur der nächtliche Radiosender füllte die plötzliche Stille aus. Die vier Trucker hatten den Fettwanst gerade beiläufig nach der Möglichkeit gefragt, am Wochenende in der Gegend illegal auf die Jagd zu gehen, als dieser durch Jims Erscheinen abgelenkt wurde. Wie auf Kommando wandten sie den Kopf herum, um zu sehen, wen er so feindselig ansprach. Ihre Reaktionen fielen unterschiedlich aus. Die beiden Außensitzenden runzelten lediglich die Stirn über die komische Gestalt, wandten sich wieder nach vorn und kümmerten sich nicht weiter um ihn. Die beiden Mittleren zeigten größeres Interesse.

Einer schwang sich zu Jim herum, breitbeinig, die Ellbogen nach hinten auf den Tresen gestützt. Ein großer, dünner Kerl, sein fliehendes Kinn betonte das Pferdegebiß zwischen den dünnen Lippen. Die Baseballmütze in den Nacken geschoben, trug er Jeans und ein verschwitztes T-Shirt mit der Aufschrift: WEG MIT DER ÜBERBEVÖLKERUNG – HER MIT DEM DRITTEN WELTKRIEG! Er musterte Jim herablassend von oben bis unten und kicherte. Dann verkündete er, mit dem näselnden Ton des Südstaatlers:

»Leck mich am Arsch. Guck mal, was uns der Wind da reingeblasen hat.«

Er stupste den neben sich in der Mitte der Gruppe sitzenden Fahrer an der Schulter, eine massige Gestalt in einer ausgebleichten, rot-schwarz karierten Joppe mit Plüschkragen.

»He, Red, das mußt du dir angucken. Ich glaub, hier is uns 'ne leibhaftige Fee reingeschneit. Und mein Papi hat immer gesagt, Feen gibt's nicht.«

Red, dessen Spitzname offensichtlich von seinem feuerroten Haar und seinem rosigen Teint stammte, sah aus, als ob er wenig Spaß verstünde. Er schwang sich herum, lehnte einen Ellbogen auf den Tresen und musterte Jim mit unverhohlener Verachtung. Der ätzende Tonfall paßte zu seinem Äußeren.

»Sieht aus wie'n verdammter AIDS-Spender, wenn du mich fragst«, höhnte er. »Weißt du was, Jube? Ich glaub, das is die langhaarige Schwuchtel, die wir beinah über'n Haufen gefahrn hättn, 'n Stück weiter hinten.«

»Jawoll, das isse«, pflichtete Jube ihm bei. »Schade, daß wir'n nicht erwischt haben, was?« Dann sprach er Jim zum ersten Mal an. »Willst du dir das Näschen pudern, Pussy? Oder willst du nur deinen Arsch verhökern?«

Sie brachen in schallendes Gelächter aus, schlugen sich auf die Schenkel und stießen sich gegenseitig in die Rippen. Jim spürte, daß er unter den spöttischen Bemerkungen und den höhnisch musternden Blicken seiner Peiniger so rot wurde wie seine Kutte. Die Verlegenheit des Jungen genießend, beugte sich der Dünne, Jube genannt, zu dem Typen in der schwarzen Lederjacke, der auf der anderen Seite neben ihm vor seinem Kaffee saß, und stupste ihn an.

»He, Chuck, hast du keine Maniern? Willst du der Dame nich 'n Platz anbieten? Huch, ... ich glaub sie wird rot. Isse nich süß, Leute?«

Jubes geistreiche Bemerkung wurde erneut mit dröhnendem Gelächter aufgenommen, in das jetzt auch der Fettwanst hinter dem Tresen einfiel – er hatte nichts dagegen, daß sich seine Gäste einen Augenblick auf Kosten der Vogelscheuche amüsierten, bevor er sie hinauswarf.

Der mit Chuck Angesprochene sah sich kurz um. Unter der Lederjacke tug er schwarze Jeans, auf dem dunklen Haarschopf saß eine schwarze Schirmmütze. In seinem schmalen, blassen Gesicht prangte ein Burt-Reynolds-Schnurrbart, und er hatte einen Stumpen zwischen den Zähnen. Wortlos sah er Jim einen Moment lang an. Dann zuckte er mit den Schultern und wandte sich wieder seinem Kaffee zu, er hatte offenbar keine Lust, sich dem Jux anzuschließen. Jube, anscheinend auch mit einem kleineren Publikum zufrieden, wandte sich in seinem höhnischen Südstaatlerton unverdrossen an Jim.

»Na, was können wir für das entzückende Wesen tun? Bist du auf der Suche nach 'nem Prinzen, der dich auf 'n Ball mitnimmt, oder hast du deine goldnen Schühchen verlorn, Aschenputtel?« Sein Pferdegebiß bleckend, grinste er Jim mitleidig an.

Der, den sie Red nannten, lachte wiehernd und meinte: »Nö, ich glaub, vorhin warst du aufm richtigen Dampfer, Jube. Das is nicht Aschenputtel – das is 'ne Scheißfee!«

Wieder bogen sie sich vor Lachen, und der Fettsack hinter dem Tresen kicherte mit. Als das Gelächter verebbte, ergriff Jim die Gelegenheit. Zögernd trat er einen Schritt nach vorn und fuhr sich mit der Zunge nervös über die ausgedörrten Lippen. »Ich ... äh ... Sie müssen mir helfen ... ich sitz in der Scheiße ... ich werd verfolgt, die Typen sind echt fies ... könnten Sie mir vielleicht ...«

Er kam nicht weiter, da der schnarrende Südstaatler ihm ins Wort fiel. »Na, die solln sich was schämen. Und das in deinem Zustand! Hat dich 'n Kerl in Schwulitäten gebracht, was? Und dich sitzenlassen, nachdem er sich ausgetobt hat, der Lüstling. So'n Pech aber auch, und dein schönes Kleidchen is auch ganz zerrissen. Na, das is doch die Höhe! Erzähl mal, was is 'n eigentlich passiert?« Dann wurde der neckende Ton plötzlich gehässig: »Haben dich 'n paar wildgewordne Rocker versohlt – oder nur deine schwulen Hippiebrüder?«

Auch dieser Scherz wurde von den beiden Kollegen mit Gekicher quittiert, doch die Stimmung hatte sich irgendwie geändert. Der düstere, schwarzgekleidete Chuck rutschte auf seinem Hocker hin und her und warf Jube einen genervten Blick zu. Jims Verlegenheit wich der Wut über die Frotzeleien des kinnlosen Rednecks, und die Stimmung war kurz vor dem Umkippen.

Jim erkannte überdeutlich, daß er hier keine Hilfe zu erwarten hatte – eher das Gegenteil. Es nutzte ihm nichts, wenn er sich zusammenschlagen und vor die Tür setzen ließ, worauf es hinauslaufen würde. Er hatte gerade beschlossen, zu gehen und sein Glück draußen zu versuchen, als sich der vierte Mann rührte. Er hatte die ganze Zeit still dagesessen. Jetzt ergriff er, mit einem Blick über die massige, gebeugte Schulter, das Wort. Seine Stimme war tief, er sprach mit astreinem, kehligem Bronx-Akzent.

»Okay, Jube. Es reicht. Laß den Knaben in Ruh.«

»Mensch, Rocky«, entgegnete Jube ärgerlich, »der verdient's nich anders. Rennt rum wie 'ne geisteskranke Märchenfee, der Wichser. Schau ihn Dir doch an, verdammt nochmal.«

»Es reicht, hab ich gesagt, und ich mein's ernst«, knurrte der breitschultrige Mann und schwang sich halb auf seinem Hocker herum. »Er hat gesagt, er sitzt in der Scheiße, stimmt's? Ich hab 'n Jungen in seinem Alter. Wenn der in der Scheiße sitzt, will ich auch, daß ihm jemand hilft. Und nicht, daß ihn irgendso'n Klugscheißer verarscht.«

Der neueste Hit einer obskuren Rockgruppe füllte das betretene Schweigen, das Rockys schroffer Bemerkung folgte.

Jube hob die Arme und sagte beschwichtigend: »Okay, Rocky. Werd nich gleich sauer, Mann. War doch nur 'n Spaß.«

Jim blickte dankbar zu dem, den sie Rocky nannten, dem einzigen, der Verständnis zu haben schien für seine Not. Ein Mann mittleren Alters, dessen Haar langsam grau wurde, mit einem braungebrannten, kantigen Gesicht über massigen Schultern und einer breiten Brust. Er hatte die eingedrückte Nase, die dicken Ohren und die leicht abgeflachten Züge eines Ex-Boxers. Auch die rauhe, kehlige Stimme paßte ins Bild.

Offensichtlich genoß er bei den anderen einen gewissen Respekt. Die Frotzeleien hörten auf, die beiden Witzbolde drehten sich wieder zum Tresen und sahen sich an wie zwei begossene Pudel.

Rocky wandte sich an den schweigenden Mann hinter dem Tresen. »He, Mister, laß'n Teller Suppe rüberwachsen«, befahl er.

Der Mann zögerte, spuckte den Zigarrenstummel aus und trat ihn aus. Seine Stimme klang trotzig. »Den verdammten Hippiepenner bedien ich nich. Ich will nicht, daß solche Typen...«, weiter kam er nicht.

»Du bedienst nicht ihn, Trottel, sondern mich!«, schnitt Rocky ihm mit seiner Baßstimme ärgerlich das Wort ab. »Interessiert mich 'n Scheißdreck, was du willst oder nicht willst. Ne Faust in die Fresse kannst du haben, wenn ich nicht krieg, was ich will. Okay?«

Der Fettsack nahm seine ganze Autorität zusammen, räusperte sich und sagte, leicht nervös: »Hör zu, Freundchen, ich will keinen Ärger...«

»Kriegst du auch nicht... wenn ich meine Suppe kriege«, unterbrach Rocky ihn schroff. Dabei hievte er seine massige Gestalt vom Hocker hoch, beugte sich drohend nach vorn und funkelte das schwitzende Mondgesicht hinter dem Tresen mit seinen blauen Augen an.

»Noch'n Teller Suppe, hab ich gesagt. Und zwar pronto!« Er fummelte in der Tasche seiner dicken, blauen Matrosenjacke, zog eine riesige Faust hervor und knallte einen zerknüllten Schein auf den Tresen, daß die Teller klirrten. Der Wirt zuckte zusammen, wich einen Schritt zurück und fuhr sich mit der Zunge über die Lippen. Er warf Jube und Red, seinen vormaligen Verbündeten, einen hilfesuchenden Blick zu.

Jube meinte achselzuckend: »Wenn ich du wär, würd ich tun, was er sagt.« Red stierte wortlos vor sich hin, dem Blick des Fettsacks ausweichend.

Der Wirt hatte begriffen. Verdrossen schlurfte er ans andere Ende der Bar und füllte aus einem der Edelstahlbehälter heiße Suppe in einen großen Plastikteller. Er kam zurück, stellte ihn dem finster blickenden Rocky vor die Nase und wollte sich den Schein grapschen, der auf dem Tresen lag.

»Mach dem Jungen 'n Burger«, knurrte Rocky so plötzlich, daß der Mann hinter dem Tresen erschrak. Seine Hand zuckte zurück, als hätte ihn etwas gestochen, und als er sich eilig an die Arbeit machte, wäre er fast über die eigenen Füße gestolpert.

Chuck schmunzelte still in seinen Kaffee.

»Und mach die Scheißkiste leiser!« befahl Rocky. »Man versteht ja sein eigenes Wort nicht mehr.«

Der Wirt tat, wie ihm befohlen, und drehte die Rockmusik so leise, daß man sich noch unterhalten konnte.

Rocky schwang sich vom Tresen herum und hielt Jim die Suppe hin. »Da, Junge, mach's leer. Siehst aus, als könntest Du's gebrauchen. Setz dich irgendwo hin.«

Wortlos hatte Jim die Auseinandersetzung, in der ein unerwarteter Verbündeter zu seinen Gunsten eingegriffen hatte, verfolgt. Als er jetzt einen Schritt nach vorn machte, um die Suppe entgegenzunehmen, schnürte ihm eine plötzliche Welle der Erleichterung und Dankbarkeit die Kehle zu, und seine Augen brannten. Einen Moment lang fürchtete er, in Tränen auszubrechen wie ein schniefender Erstkläßler und sich noch mehr Verachtung einzuhandeln bei den Arschlöchern, die ihn gehänselt hatten. Er schluckte, lächelte seinen Wohltäter unsicher an und murmelte: »Danke, Mister.«

Um seine Verwirrung zu überspielen und Zeit zu gewinnen, nahm er umständlich einen Stuhl vom Nebentisch und setzte sich. Die Suppe schlürfend spürte er, wie die Wärme durch seine Glieder strömte und die Kälte der nächtlichen Flucht aus seinen Knochen vertrieb.

»Fang…«, Rocky warf ihm ein Brötchen zu. »Zum Eintunken.« Jim bedanke sich noch einmal. Der massige Trucker sah eine Zeitlang schweigend zu, wie Jim das Brötchen und die heiße

Suppe verschlang. Der Burger kam, Rocky beugte sich hinüber und stellte ihn Jim auf den Tisch.

»Willst 'n Kaffee, Junge?« fragte er.

Jim schüttelte den Kopf und schluckte, bevor er antwortete. »Nee danke, Mister. Alles okay. Ich glaub, ich war nicht nur durchgefroren, sondern auch hungrig.«

Der Burger verschwand wie das Brötchen mit der heißen Suppe in Jims Magen. Rocky ließ ihn in aller Ruhe fertig essen.

»Na, besser, Junge?« Als Jim nickte, fragte er: »Bloß aus Neugier, warst du das, den wir da hinten auf der Straße überholt haben?«

Jim bejahte, und Rocky sagte: »Die Sache is die, weißt du, kein Mensch würde für jemanden anhalten, der so rumrennt wie du...« Er deutete mit dem Kopf auf Jims zerrissene, verdreckte Kutte. »Wär nicht das erste Mal, daß 'n Fahrer von 'ner Bande überfallen wird und ihm die Ladung geklaut wird, nachdem er angehalten hat, um 'n vermeintlichen Anhalter mitzunehmen. Die andern verstecken sich am Straßenrand, bis einer anhält, und dann fallen sie über ihn her. Und bei der Spedition heißt's Ladung weg – Job weg, verstehst du?«

Jim nickte. »Aber du sitzt in der Scheiße, hast du gesagt? Sieht aus, als wärst du auch noch auf die Schnauze gefallen!« Er deutete auf Jims Kopfwunde. »Wie heißt du eigentlich?«

»Jim Miller, Sir.« antwortete er. »Ich muß meine Eltern in New York anrufen, damit sie mich abholen. Wissen Sie, ich war in so 'ner Art Sekte... daher die Klamotten...« Er deutete verlegen auf seine Kutte. »Aber dann hab ich gemerkt, daß das nichts für mich ist... die Sekte wird von fiesen Typen geleitet... ich hab ihnen gesagt, daß ich aussteigen will... doch es ist wie im Gefängnis... man darf nicht raus oder irgendwas, ohne Erlaubnis... einmal drin, immer drin... aber das sagen sie einem nicht, am Anfang... und wenn man weg will...«

»Wie diese Moonies, meinst du«, fiel Rocky ein.

Jim blinzelte, als der Mann ihn unterbrach. Ohne, daß er sich dessen bewußt war, hatte sich seine Stimme immer höher geschraubt, die Sätze brachen stoßweise, unzusammenhängend aus ihm hervor. Rocky, der ihn aufmerksam beobachtet hatte, runzelte besorgt die Stirn.

»Ja«, sagte Jim, »wie die Moonies... nur schlimmer! Ich hab gelesen, daß die Moonies Gehirnwäsche anwenden, um ihre Mitglieder zu kontrollieren... die Sekte verwendet Drogen... man kann haben, was man will... sie missionieren nicht nur auf der Straße.... sie arbeiten mit Drogen... und Gewalt... deshalb bin ich ausgestiegen... abgehauen... wenn meine Eltern mir helfen... aber wie gesagt... niemand darf austreten... sie verfolgen einen... wenn einen nicht zuvor die Hunde schnappen...«

Nun hatten sich auch die anderen drei Fahrer auf ihren Hockern umgedreht und dem Jungen mit wachsendem Interesse zugehört. Sogar der feiste Wirt hatte aufgehört, das Geschirr abzuräumen, er stand da und hörte zu. Sie hatten alle von solchen Dingen gehört durch spektakuläre Berichte, die gelegentlich in der Presse oder im Fernsehen kamen. Wie vor nicht allzu langer Zeit die ausführlichen Berichte über eine merkwürdige Religionsgemeinschaft, die in einer Lichtung im südamerikanischen Dschungel ein naziähnliches Konzentrationslager betrieben und ihre gesamten Mitglieder gezwungen hatte, durch Trinken von Zyanid Massenselbstmord zu begehen, um Ermittlungen von außen zu vereiteln. Doch das waren grausige Geschichten und schaurige Bilder, für normale Menschen wie sie kaum vorstellbar. Hier saß jemand leibhaftig vor ihnen und brachte sie zum ersten Mal mit dieser zwielichtigen Welt in Berührung – ein Junge, der die schlimme Realität hinter den Schlagzeilen erlebt hatte.

»Du meinst, sie befürchten, daß du sie verpfeifst?« unterbrach Rocky ihn bewußt noch einmal. Er achtete darauf, daß seine Stimme neutral klang, um den sichtlich erregten Jungen zu beruhigen.

Jim nickte krampfhaft. »Ich glaub schon... sie warnen einen davor, zur Polizei zu gehen... sie haben mich die ganze Nacht gejagt... sie sind immer noch da draußen...«, er deutete auf die Tür, »und sie haben Hunde... Dobermänner... die Höllenhunde... nachts... ich bin durchgekommen... aber sie... sie haben Tom geschnappt, meinen Freund... es war schrecklich...«

Ohne es zu merken, hatte Jim zu zittern begonnen, er riß die

Augen auf und bekam einen wirren Blick, als die Ereignisse der Nacht ihn einholten.

Rocky, der merkte, daß der Junge immer hysterischer wurde, obwohl er den Grund nicht genau verstand, unterbrach ihn: »He, Mann, geh vom Gas runter! Nicht so schnell. Ich komm nicht mit!«

Das Gestammel brach ab und Jim blinzelte den Trucker an. Da sagte Rocky lässig: »Weißte was, Junge, die Einzelheiten erzählste mir auf dem Weg in die Stadt. Was hältst du davon?«

Er schmunzelte, als er Jims verdutztes Gesicht sah. »Willst du deine Eltern noch schnell anrufen und ihnen sagen, daß du auf dem Weg nach New York bist?«

Jim war sprachlos. Er nickte. Dann fand er die Stimme wieder.

»Ja. Mann, danke, das ist super. Aber ... ich hab kein Geld fürs Telefon. Wir durften keins haben, wissen Sie ...«

»Kein Problem, Junge.« Rocky zog noch einen zerknüllten Schein aus der Tasche und lächelte Jim an. »Willst du wirklich keinen Kaffee für unterwegs?«

Jim lächelte zurück. »Okay.«

Rocky schnipste den Schein auf den Tresen. »Kaffee. Mit Milch und Zucker«, bestellte er, »und gib mir 'n paar Quarters fürs Telefon.« Prompt kam die Bestellung, und Rocky gab Jim den Becher Kaffee und eine Handvoll Münzen.

»Da, Jim. Die Telefonzellen sind draußen links. Sag Deinem alten Herrn, er kann dich ...«, er sah auf die Armbanduhr, »sagen wir ... punkt sechs vor dem Bronx-Depot der Long Island Haulage Company abholen. East 163ste. Kapiert?« Jim wiederholte die Instruktionen, bedankte sich und ging selig zur Tür, den Kaffee in der einen Hand, die Münzen in der anderen. Rocky rief ihm nach:

»Und wenn du deinen Herrschaften Bescheid gesagt hast, steig in meinen Truck. Es ist der erste, wenn du aus dem Haus kommst, neben dem Telefon, okay? Ich komm gleich nach, ich geh noch pinkeln.«

Jim bedankte sich nochmal bei Rocky, stürzte zur Tür hinaus und lief zur Telefonzelle. Zum ersten Mal in dieser langen, angsterfüllten Nacht fühlte er sich in Sicherheit. Die Sekte würde es nicht wagen, ihn im Beisein so vieler Zeugen zu kidnappen, schließlich scheute sie die Öffentlichkeit. Er spürte den eisigen Nachtwind kaum, als er über den gepflasterten Weg zur Telefonzelle lief, beflügelt von der Erleichterung und einem vollen Magen.

Er öffnete die Falttür der ersten von vier Telefonzellen, schlüpfte hinein und zog die Tür hinter sich zu. Er nahm den Hörer ab und mußte einen Augenblick aussetzen, um sich die Nummer ins Gedächtnis zu rufen. Es schien eine Ewigkeit her zu sein, seit er zum letzten Mal ein Telefon benutzt hatte. Er mußte seinen ganzen Verstand zusammennehmen, um sich an die Nummer zu erinnern – eine Nummer, die er jahrelang auswendig gewußt hatte! Dann fiel sie ihm wieder ein, er fütterte den Apparat mit Münzen und wählte.

Am anderen Ende ertönte das Klingelzeichen. Vor Aufregung wurde ihm ganz flau. Er hatte das Gefühl, als schwirrten Schmetterlinge in seinem Magen, als er überlegte, wie seine Eltern wohl auf den Anruf reagierten. Er konnte es sich vorstellen – zumindest, was seinen Vater betraf. Das Klingeln schien endlos zu dauern.

»Komm schon... na los...«, murmelte er ungeduldig.

Dann fiel ihm ein, daß es mitten in der Nacht war. Seine Eltern würden tief schlafen. Sein Vater war ein überzeugter Anhänger der Devise »früh zu Bett, früh aus den Federn«, sie bildete einen wesentlichen Bestandteil seiner Karriere als Geschäftsmann. Leicht resigniert überlegte Jim, daß sein alter Herr ein unverbesserlicher Spießer war. Doch bei all den Fehlern, die er hatte, war das Leben mit ihm hundertmal erträglicher als mit denen, die die Sekte betrieben. Jim wurde aus seinen Gedanken gerissen, als ein Klicken ankündigte, daß der Hörer am anderen Ende der Leitung abgenommen wurde. Die Stimme seiner Mutter nannte schlaftrunken die Telefonnummer und fragte, wer am Apparat sei.

»Mom? Ich bin's, Jim...« Er kam nicht weiter.

»Jim!« kreischte seine Mutter, sofort hellwach. Dann sagte sie aufgeregt: »Ach Jimmy, Baby, wie geht es dir? Wir haben so lange nichts von dir gehört. Ich hab mir solche Sorgen gemacht, mein Herz. Von wo rufst du an?... Einen Moment, mein Herz...«

Ihre Stimme wurde undeutlich und leise, da sie vom Hörer weg mit jemandem sprach. Es war keine Preisfrage, mit wem. Im Hintergrund war die Stimme seines Vaters zu hören, hart und fragend. Dann kam seine Mutter kurz an den Hörer zurück.

»Hallo, Jim? Bist du noch dran? Dein Vater will mit dir reden. Bitte, fang nicht wieder an, mit ihm zu streiten. Du weißt, wie sehr mich das aufregt. Sag mir nur schnell noch, kommst du heim, Jim?« Seine Mutter schien schon jetzt in Tränen aufgelöst zu sein.

»Ja, Mom. Ich bin bald zu Hause«, versicherte er schnell, verzichtete jedoch auf weitere Erklärungen, aus Angst, sie zu beunruhigen. Seinem Vater würde er die Sache genauer erklären – falls er die Gelegenheit dazu bekam.

»Ach, das ist eine wunderbare Nachricht, mein Herz. Du weißt gar nicht, wie glücklich mich das macht...« Sie hielt kurz den Hörer zu, dann sagte sie: »Also, hier ist dein Vater. Bis bald, mein Herz. Ich hab dich lieb.« Er hörte, wie sie einen Kuß in die Leitung blies.

»Ja, bis bald, Mom. Ich hab dich auch lieb. Gib mir Dad, okay?«

Das mußte er nicht zweimal sagen. Er hörte, wie der Hörer weitergereicht wurde, dann bohrte sich die wütende Stimme des Vaters in sein Trommelfell.

»Bist du das, Sohnemann? Du hast dir ja 'ne schöne Zeit ausgesucht, muß ich schon sagen. Das ist wieder mal typisch – der Herr denkt immer zuerst an sich, wie?«

Jim hielt den Hörer ein wenig vom Ohr weg – sein Vater hatte die Angewohnheit, Telefongespräche so zu führen, als sei die Person am anderen Ende der Leitung taub.

»Dad...«, warf er erfolglos ein.

»Deine Mutter ist halb wahnsinnig vor Sorge um dich, ist dir das bewußt? Aber das ist dir vermutlich gar nicht in den Sinn gekommen, du gehörst ja jetzt zu diesem... diesem... Scharlatan, diesem selbsternannten Propheten...« Plötzlich wurde seine Stimme ein Dezibel leiser, er sprach nicht mehr in die Muschel. »...Nein Muriel, ich bin nicht still. Es wird Zeit, daß ihm mal jemand die Leviten liest...« Dann ging es wieder los, volles Rohr, ohne Pause. »...Bist du noch dran, junger Mann?«

»Dad, hör doch...«

»Nein, junger Mann, jetzt hörst du zur Abwechslung mal zu. Wenn du anrufst, weil du Geld brauchst, kannst du die Sache gleich vergessen! Sechs Monate hast du nichts von dir hören lassen, nicht einmal eine Postkarte, um deine arme Mutter zu beruhigen. Nicht ein Wort, seit du das College geschmissen hast und von zu Hause fortgegangen bist. Und jetzt hast du den Nerv, zu dieser unchristlichen Zeit anzurufen und...«

»Dad... Himmelherrgott... HALT ENDLICH DEIN VERDAMMTES MAUL!« schrie Jim völlig entnervt. Er wurde mit einem verdutzten Schweigen belohnt, das er sofort zu seinen Gunsten ausnützte.

»Dad, bitte hör zu. Ich bin in Schwierigkeiten... großen Schwierigkeiten. Tut mir leid, daß ich dich angebrüllt hab, aber ich mußte dich dazu bringen, mir zuzuhören. Ich brauch deine Hilfe. Laß es mich erklären, du kannst dann immer noch auflegen, wenn du willst. Okay?« Er hielt den Hörer so fest umklammert, als er auf die Antwort seines Vaters wartete, daß seine Knöchel ganz weiß wurden. Dann drang anstatt der erwarteten Standpauke über unverschämtes Benehmen und den Gebrauch unflätiger Ausdrücke überraschenderweise die besorgte Stimme seines Vaters an sein Ohr.

»Wie bitte, Jim? Schwierigkeiten, sagst du? Was denn für Schwierigkeiten, Junge?«

Jim seufzte im Geiste erleichtert auf. Er hatte es geschafft. Er war tatsächlich zu seinem Vater durchgedrungen. Irgendetwas, vielleicht die Not des Sohnes, hatte bei seinem alten Herrn die Schale der Selbstgerechtigkeit geknackt und gleichzeitig die väterlichen Instinkte geweckt. Jim beeilte sich, seine Story loszuwerden, solange er im Genuß der vollen väterlichen Aufmerksamkeit war.

»Dad, ich bin auf dem Weg in die Stadt. Ich werd von einem Laster mitgenommen. Ich bin von der Sekte abgehauen, Dad – und da fangen die Schwierigkeiten an. Du und Mom, ihr hattet recht – die Sekte taugt nichts.« Diplomatisch die weiße Fahne schwingend, gestand er seinem Vater diesen kleinen Sieg zu, von wegen »Ich hab's dir gleich gesagt...«

»Offen gestanden, sie ist noch schlimmer, als ihr denkt. Ich bin schon die ganze Nacht auf der Flucht vor ihnen. Sie sind immer noch hinter mir her. Paß auf, wir müssen uns treffen, du mußt mir was zum Anziehen und Geld mitbringen, wenn ich morgen früh in New York ankomme – ich sag dir gleich, wo du mich treffen sollst ... «

»Jim, was zum Teufel ist los mit dir? ...«, begann sein Vater, doch Jim redete schnell weiter.

»Dad, bitte, laß mich ausreden. Die Sache ist wirklich ernst. Ich kann nicht nach Hause kommen, solange sie hinter mir her sind, verstehst du. Ich muß eine Zeitlang bei Moms Verwandten in Pittsburgh untertauchen. Sie kommen und suchen mich, um mich zurückzubringen, verstehst du. Und du kennst sie nicht, Dad ... sie haben Hunde ... sie haben meinen Freund Tom geschnappt ... er hat es nicht geschafft ... es war schrecklich ...«

Wie zuvor, als er Rocky die Story erzählt hatte, überschlug sich seine Zunge bei dem vergeblichen Versuch, mit seiner Erregung Schritt zu halten.

»Hunde? Was für Hunde?« unterbrach die väterliche Stimme den Wortschwall. »Immer mit der Ruhe, Junge. Du redest wirres Zeug. Und was soll der Unsinn, ich soll dich treffen, dir was zum Anziehen und Geld mitbringen, und du kannst nicht nach Hause kommen? Natürlich kommst du nach Hause. Du hast zuviele Krimis gesehen, junger Mann. « Sein Vater lachte, dann wurde er wieder ernst.

»Mach dir keine Sorgen, Junge. Wenn irgend jemand von diesem lächerlichen Verein hier auftaucht und sich nach dir erkundigt oder meint, du solltest mit ihm mitkommen, dann kriegen sie es mit mir zu tun! Also, eins nach dem anderen. Von wo sprichst du?«

Jim unterdrückte einen Seufzer der Verzweiflung. Er hatte gewußt, daß es nicht einfach würde, seinen Vater von der Gefährlichkeit der Situation zu überzeugen. Nicht, daß er ihm einen Vorwurf machen konnte. In der Ivy-League-Welt seines Vaters kamen Dinge wie ein Siebzehnjähriger, der von einem Rudel Killerhunde gejagt und gefressen wird, nicht vor. Jim beschloß, es dabei zu belassen, bis er seinen Vater am Morgen sehen würde. Wenn er erst Gelegenheit hatte, ungestört mit ihm zu reden, konnte er die Einzelheiten erklären. In diesem Moment teilte ihm der Apparat blinkend und piepsend mit, daß die Sprechzeit fast abgelaufen war. Er steckte die restlichen Münzen in den Schlitz, um das Gespräch beenden zu können.

»Hör zu, Dad, bitte tu, worum ich dich gebeten hab, ich werd dir alles erklären. Okay? Ich ruf aus einer Telefonzelle in einer Tankstelle an. Ein paar Meilen südlich vom Betlehem-Haus. Da ist... wart mal...« Er unterbrach, da die Tür der Telefonzelle von außen aufgezogen wurde und er einen kalten Zug im Rücken spürte.

Mit einer Hand die Muschel zuhaltend, drehte er sich um, um Rocky zu sagen, daß er gleich käme – und blickte in die glitzernden Schlitzaugen von Angel One!

Mit einem entsetzten Schrei wich Jim zurück und japste: »Erzengel Michael!«

Wie ein Blitz schlug die flache rechte Hand des Chinesen auf die Gabel. Der Apparat implodierte in ein V-förmiges Gebilde aus geborstenem Plastik und zerfetzten Kabeln.

Bevor Jim in seinem Schock reagieren konnte, schnellte die Hand von Angel One wie eine Schlange ein zweites Mal nach vorn und versetzte ihm mit drei Fingern einen Hieb gegen den Solarplexus. Ein stechender Schmerz durchzuckte ihn, und Jim ging gurgelnd in die Knie. In die Bewußtlosigkeit abdriftend spürte er kaum noch die Wucht des stahlharten Handkantenschlags auf Nacken und Schultern, der ihn in ein tiefes schwarzes Loch abtauchen ließ.

Er merkte nicht mehr, daß er aufgehoben, wie eine Stoffpuppe über die Schulter geworfen und weggetragen wurde...

12

Virgil Miller starrte perplex auf den Hörer in seiner Hand, aus dem das Freizeichen ertönte. Er war sich sicher, er hatte seinen Sohn schreien hören, bevor die Leitung unterbrochen worden war. Vielleicht hatte er schon Halluzinationen. Insgeheim hatte er sich genauso große Sorgen gemacht wie seine Frau, doch er hätte sich nie im Leben etwas anmerken lassen.

Er drückte ein paar Mal auf die Gabel und rief: »Hallo?... Hallo?« um die Verbindung wiederherzustellen. Doch er bekam nur ein mehrmaliges kurzes Klicken zu hören. Er legte schnell den Hörer auf, damit Jim bei einem erneuten Versuch durchkäme.

Er sah auf, und sein Blick kreuzte sich mit dem seiner Frau auf der anderen Seite des Telefontischchens, das zwischen ihren Betten stand. Das, was sie von der Unterhaltung mitbekommen hatte, hatte ihre mütterlichen Instinkte alarmiert, und sie fragte ängstlich: »Ist etwas nicht in Ordnung, Schatz? Ist die Leitung unterbrochen worden? In was für Schwierigkeiten steckt Jim? Warum kann er nicht nach Hause kommen? Virgil?«

Miller schüttelte geistesabwesend den Kopf, da sein Verstand in aller Eile zu ergründen suchte, was Jims Anruf zu bedeuten hatte, und darauf konzentriert war, sich an alle Einzelheiten zu erinnern. Dann fiel Miller ein, daß er seiner Frau besser irgendetwas sagte, um sie zu beruhigen, für den Fall, daß ihm sein wachsendes Unbehagen anzumerken war.

In betont lässigem Tonfall antwortete er: »Ach... du kennst doch Jim, Schatz. Der Junge hat schon immer maßlos übertrieben. Wenn du mich fragst, geht es schlicht darum, daß er pleite ist und von da, wo er im Moment ist, per Anhalter herkommen muß. Wahrscheinlich glaubt er, daß wir noch immer sauer auf ihn sind – was gar nichts schadet –, deshalb mimt er den verlorenen Sohn... verstehst du... und hofft, ich werde ihm verzeihen und ihn nach Hause locken mit dem Versprechen auf ein gemästet' Kalb und Pommes frites.«

Er schwang die Beine aus dem Bett, schlüpfte in die Hausschuhe und stand auf. Er nahm die Brille vom Nachttisch, setzte sie sich auf die Nase und griff nach seinem Morgenmantel. Er lächelte seine Frau aufmunternd an. »Sieht so aus«, sagte er vergnügt, »als sei der Junge doch noch zur Besinnung gekommen und hätte zur Abwechslung beschlossen, auf uns zu hören. Er ist von diesem idiotischen Verein abgehauen und bereits auf dem Weg hierher zu uns.«

»Ach, das ist wunderbar«, erwiderte Muriel freudig. Sie lächelte zurück, um ihn vom Erfolg seiner durchsichtigen Beruhigungsversuche zu überzeugen. Dann fragte sie unschuldig:

»Glaubst du, er ruft nochmal an? Zu ärgerlich, daß die Verbindung unterbrochen wurde. Ich möchte wissen, was da los war.«

»Ach, natürlich ruft er nochmal an.« Er tätschelte beschwichtigend ihre Hand. »Er war noch nicht zu Ende mit seiner Litanei. Und was die unterbrochene Leitung betrifft, hat wahrscheinlich irgendeine Telefonmamsell in der Provinz den Stöpsel ins Strickzeug bekommen.« Er lachte über seinen Scherz, drückte ihre Hand und sagte: »Weißt du was, Schatz, mach uns doch 'ne schöne Tasse Kakao, während wir auf Jims Rückruf warten. Bring mir meine ins Arbeitszimmer. Da ich schon mal aufgestanden bin, kann ich ebensogut unten warten.« Sich im Gehen den Morgenmantel zubindend, huschte seine Frau aus dem Schlafzimmer. Sie war froh, sich mit irgendetwas beschäftigen zu können, um das bohrende Gefühl zu verdrängen, daß etwas nicht in Ordnung war...

Miller fuhr sich mit dem Kamm durchs graumelierte Haar und dachte weiter über den beunruhigenden Anruf seines Sohnes nach. Das Problem war, je länger er darüber nachdachte, desto weniger gefiel ihm die Sache. Seine Stirn legte sich in Falten. Ereignisse wie die, von denen Jim gesprochen hatte, lagen weit außerhalb seines eigenen Horizonts. In der überschaubaren Welt geregelter Bürostunden und gesetzten, vorstädtischen Familienlebens kamen solche Dinge nicht vor. In einer normalen, vernünftigen Umgebung wurde man nicht bei Nacht gejagt – schon gar nicht von Hunden, um Himmels willen!

Doch Virgil Miller war gleichzeitig Realist. Schließlich hatte er Ohren. Er war sich absolut sicher, daß er Jim angsterfüllt hatte aufschreien hören, den Bruchteil einer Sekunde bevor die Verbindung unterbrochen worden war. Und es hatte so geklungen, als hätte er etwas gesagt. Etwas Merkwürdiges. Was war es nur... er konzentrierte sich, versuchte sich zu erinnern... irgendetwas Biblisches... Erzbischof... nein... Erzengel... ja, das war es... Erzengel Michael!... So hatte es jedenfalls geklungen, wenn auch gedämpft und undeutlich. Bloß, das ergab keinen Sinn...

Er beschloß, falls er innerhalb der nächsten halben Stunde nichts mehr von Jim hören sollte, die Polizei einzuschalten und ihr Gelegenheit zu geben, sich etwas von dem zu verdienen, was er mit seinen Steuern für die Finanzierung ihrer Gehälter aufbrachte. Er machte einen Knoten in den Gürtel des Morgenmantels und ging hinab ins Arbeitszimmer. Als Muriel kurz darauf mit zwei Tassen Kakao hereinkam, scheuchte er sie mit ihrer Tasse sanft nach oben und versprach ihr, sofort Bescheid zu sagen, wenn er etwas von Jim hörte.

»Es hat keinen Zweck, wenn wir uns beide um den Schlaf bringen und darauf warten, ob es ihm einfällt zurückzurufen«, sagte er so überzeugend wie möglich.

»Ich hoffe nur, er ruft bald an«, erwiderte sie besorgt, »und hält dich nicht zu lange wach. Du hast erst ein paar Stunden geschlafen.« An der Tür des Arbeitszimmers drehte sie sich nochmal um und sagte wehmütig: »Trotzdem, es ist schön, ihn bald wieder bei uns zu haben, nicht wahr, Schatz?« Er nickte lächelnd. Sie lächelte zurück, wenn auch sichtlich den Tränen nahe. Dann war sie verschwunden.

Miller seufzte und ließ sich in seinem Ohrensessel nieder. Mit langsamen, bedächtigen Bewegungen stopfte er sich eine Pfeife und zündete sie an. Mit größtmöglicher Geduld wartete er darauf, daß Jim noch einmal anrief, und versuchte, das wachsende Gefühl zu ignorieren, daß etwas nicht in Ordnung war…

Die vier Trucker standen um die Telefonzelle herum, aus der Jim kurz zuvor so unsanft entfernt worden war. Fassungslos starrten sie auf die stummen Zeugen – das zerschmetterte Gehäuse, von dem der Hörer herabbaumelte, und den zertretenen Becher, der in einer Kaffeelache lag.

Jube fand als erster die Sprache wieder und brach das betretene Schweigen. »Sieht fast so aus, als wär dem Jungen was passiert, hm?«

Rocky funkelte ihn wütend an. »Was verschwendest du deine Zeit mit Lasterfahren? Geh doch zum FBI, du Wichser!«

»Mann, Rocky, sei nicht gleich eingeschnappt«, jammerte Jube. »Bloß, weil ich'n vorhin verarscht hab? Ich hab nur gesagt…«

»Ich weiß, was du gesagt hast, Armleuchter!« knurrte Rocky gereizt. »Verdammt nochmal, ich glaub auch nicht, daß er in die

Scheißmuschel gefallen ist und sich mit'm Hammer aus'm Gehäuse befreit hat. Sieht doch jeder Idiot, daß ihm was passiert ist. Der Junge hat gesagt, daß er in der Scheiße sitzt. War wohl ernst gemeint. Und jetzt hat ihn die Scheiße eingeholt.«

Er sah sich wütend auf dem Vorplatz um. »Eins sag ich euch, wenn ihn diese Moonie-Wichser geschnappt haben, von denen er geredet hat, dann waren sie fix, die Schweine. Ist erst 'n paar Minuten her, seit er rausgegangen ist, um seine Eltern anzurufen.« Er schüttelte den Kopf. »Verdammte Scheiße, ich wollt ich wüßt, was mit ihm passiert ist. Ich hab 'n ungutes Gefühl bei der Sache.«

Red und Jube pflichteten ihm bei. Chuck, der sich bisher in Schweigen gehüllt hatte, nahm den Stumpen aus dem Mund und reckte den Kopf nach dem Tankwart, der deutlich hinter dem Fenster des Kiosks zu sehen war.

»Was is'n mit dem da?« fragte er. Die etwas rauhe Stimme paßte zu ihrem ruhigen, ernsten Besitzer. »Vielleicht hat der was gesehn? Warum fragt ihr ihn nicht, während ich schau, ob ich auf der Straße irgendwelche Spuren von diesen Jesusfreaks finde, für den Fall, daß sie motorisiert waren?«

Rocky sah Richtung Kiosk. »Hm... gute Idee, Chuck. Los, Leute!« Er drehte sich um und ging zum Kiosk hinüber, gefolgt von den anderen.

Sie erfuhren bald, daß der ältliche Tankwart keinerlei ungewöhnlichen Vorkommnisse in der Nähe der Telefonzelle bemerkt hatte, und da er schwerhörig war, hatte er auch nichts gehört. Dann meinte er allerdings, jetzt, da er darüber nachdenke, glaube er sich daran zu erinnern, daß ein Fahrzeug... es könnte ein Transporter gewesen sein... vor wenigen Minuten den Vorplatz verlassen habe.

Da Chucks Inspektion der Straße ebenfalls negativ verlief, beschloß Rocky, die Polizei zu rufen. Er konnte das Rätsel nicht lösen und machte sich gleichzeitig Vorwürfe, den Jungen allein gelassen zu haben. Er wollte sicher gehen, vor seiner Abfahrt alles getan zu haben, was dem Jungen eventuell helfen könnte.

Keiner hatte etwas dagegen einzuwenden. Besonders Jube und Red schämten sich ein wenig, daß sie Jim so rüde behandelt hatten, jetzt, da es so aussah, als sei er wirklich in Schwierigkeiten.

Eine halbe Stunde später saßen die vier Trucker wieder am Steuer und legten die letzte Etappe ihrer langen Nachtfahrt in die Stadt zurück. Zwei State Troopers, die die Aussagen und Personalien der Fahrer mit allen Einzelheiten aufgenommen hatten, suchten die Umgebung flüchtig nach Spuren ab. Später überprüften sie ein paar Kilometer weit die Straße in beide Richtungen von der Tankstelle.

Im Norden erstreckte sich ihre Suche bis an die Tore des riesigen, eingezäunten Anwesens der psychiatrischen Privatklinik – der mit dem biblisch klingenden Namen auf dem Schild an der Einfahrt. BETLEHEM-HAUS, PSYCHIATRISCHE KLINIK UND SANATORIUM. STRENG PRIVAT. ZUTRITT NUR NACH VORANMELDUNG.

Den Truckern gegenüber hatten die beiden Cops nichts gesagt, aber in ihren Augen war das Quartett gründlich verarscht worden. Es sah ganz so aus, als hätte irgendein Junkie mit langen Haaren und glasigem Blick – wenn er langhaarig gewesen war, mußte es ein Junkie gewesen sein – den Vieren eine Räuberpistole erzählt, ihnen eine Hand voll Kleingeld und eine Gratismahlzeit aus dem Kreuz geleiert und sich aus dem Staub gemacht, nicht ohne zuvor die Telefonzelle in Kleinholz zu verwandeln. Der ältere Cop faßte die einhellige Meinung der beiden mit der sarkastischen Bemerkung zusammen, es wäre den Armleuchtern recht geschehen, wenn der Junkie ihnen vor dem Verduften auch noch die Reifen aufgeschlitzt hätte.

Wie zu erwarten, konnten die Cops auf ihrer flüchtigen Suche nichts entdecken und setzten ihre normale Streifenfahrt fort. Sie waren allerdings so gewissenhaft, am frühen Morgen vor Schichtende einen Bericht aufzusetzen, in dem sie peinlich genau alle Einzelheiten festhielten, die sie von den Fahrern erfahren hatten. Der Bericht wurde wie üblich weitergeleitet – an alle Streifenwagen in der Gegend, in der er zuletzt gesehen worden war, erging eine kurze Personenbeschreibung von Jim Miller, und im Zentralcomputer der County Police wurde der Bericht über die nächtlichen Vorkommnisse mit dem Fahndungsaufruf gespeichert.

Virgil Miller wartete eine volle halbe Stunde, bevor er die Polizei anrief. Er haßte die Vorstellung, sich lächerlich zu machen, daher ließ er Jim möglichst lange Zeit zurückzurufen, bevor er den irreversiblen Schritt tat, die Polizei einzuschalten. Außerdem wollte er sichergehen, daß seine Frau eingeschlafen war, bevor er telefonierte. Er redete sich ein, daß es keinen Sinn habe, sie unnötig aufzuregen, denn wahrscheinlich würde sich herausstellen, daß es für die ganze Sache eine völlig harmlose Erklärung gab. Als abzusehen war, daß der erwartete Anruf nicht kommen würde, nahm er widerstrebend den Hörer vom Apparat im Arbeitszimmer und rief das nächste Revier an.

Eine frustrierende Viertelstunde lang versuchte er, einem höflichen, doch offensichtlich gleichgültigen Sergeant die Dringlichkeit und Wichtigkeit der Situation zu schildern. Aus dem Tonfall des Sergeants wurde ihm bald klar, daß die Polizei die Angelegenheit wie eine x-beliebige Vermißtenmeldung behandeln würde.

Das Problem war, daß er der Polizei so wenige Fakten bieten konnte. Nur den Anruf selbst und die nächtliche Uhrzeit, Jims Bemerkung, daß er von den Sektenleuten verfolgt werde, etwas über Hunde, die sie einsetzten, und einen Freund namens Tom, den die Hunde anscheinend geschnappt hatten. Und schließlich den panischen Schrei, als die Leitung unterbrochen wurde – das, was ihn alarmiert hatte –, doch sogar das klang alles andere als überzeugend, als er versuchte, sein ungutes Gefühl in Worte zu fassen.

Andererseits hatte er keine befriedigenden Antworten anzubieten auf die höflichen, aber gezielten Fragen des Sergeants zur Identität der Sekte, mit der sein Sohn liiert war, und ob sein Sohn der Sekte aus freien Stücken beigetreten sei. Vor allem konnte er keine genauen Hinweise geben, von wo aus sein Sohn angerufen hatte, außer daß es von einer Tankstelle war, ein paar Meilen südlich des Sektenanwesens namens Betlehem-Haus, irgendwo upstate.

Man sagte ihm, unter den gegebenen Umständen könne die Polizei nicht viel unternehmen, da die Fakten nicht ausreichten. Der Junge sei, wie der Vater selbst zugegeben habe, der Sekte freiwillig beigetreten. Miller konnte nicht einmal präzise Angaben über die Organisation machen, außer, daß er ein paar Monate zuvor seinen Sohn in Begleitung anderer Jugendlicher zufällig auf der Straße entdeckt hatte, und daß sie farbige Gewänder getragen hatten – eine Beschreibung, die auf mindestens ein Dutzend Sekten zutraf, bei den Hare Krischnas angefangen.

Auch bezüglich seines Verdachts, die erwähnte, unbekannte Tankstelle sei in der Nacht Schauplatz einer Entführung gewesen, mußte er sich sagen lassen, er habe nichts Handfestes vorzuweisen. Man werde, so teilte ihm der Sergeant mit, in der Sache eine Vermißtenmeldung ausstellen. Sollten sich in der Zwischenzeit irgendwelche neuen Anhaltspunkte ergeben, die es ihnen erleichterten, Ermittlungen einzuleiten, solle er sich wieder bei ihnen melden. Der Sergeant nahm eine ausführliche Beschreibung Jims zu Protokoll, und damit hatte sich's.

Vor Wut und Enttäuschung kochend, knallte Miller den Hörer auf die Gabel. »Verdammte Formularhengste!« brummte er wütend. »Kein Wunder, daß die Leute Milizen gründen und das Gesetz selbst in die Hand nehmen!« Insgeheim wußte er, daß er unfair war. Die Fakten, besser gesagt die nicht vorhandenen Fakten, die er der Polizei anzubieten hatte, hätten nicht einmal genügt, Jim im Klo oben im ersten Stock ausfindig zu machen, geschweige denn irgendwo im Staate New York.

Der Sergeant auf dem Revier füllte rasch eine Vermißtenmeldung aus und befahl seinem jüngeren Kollegen, einen Vorgang anzulegen.

Der junge Cop blickte unsicher auf das Formular in seiner Hand und fragte: »Soll ich's erst rumgehen lassen, Sergeant?«

»Kannst's auch gleich ins Scheißhaus werfen, is eh für die Katz«, erwiderte der Sergeant griesgrämig. »Irgend'n reicher Pinkel verwechselt uns wiedermal mit'm Scheiß-Jugendamt. Bildet sich ein, wir hätten hier nichts besseres zu tun als den gesamten Staat New York nach seinem Junior abzugrasen, Himmelarsch, der von irgendwelchen religiösen Spinnern abgehauen ist, mit denen er sich freiwillig eingelassen hat. Und ob du's glaubst oder nicht, er erzählt mir auch noch, daß sein Junior in einem bunten Nachthemd rumstolziert.« Er schüttelte fassungslos den kurzgeschorenen Kopf. »Wenn du mich fragst, in so 'nem Aufzug ist der Junior längst bei den andern Spinnern in Kalifornien unten.«

Der Sergeant winkte verächtlich ab, als sein Untergebener schmunzelte. »Ach, was soll's, wahrscheinlich ist es das beste, wenn du das Ding an die Zentrale in Albany schickst. Und dann tu mir'n Gefallen. Sorg dafür, daß der Wisch in der Ablage verloren geht. Sollte kein Problem sein, bei unserm Ablagesystem! Und, he...«, rief er dem Hinausgehenden nach, »Kaffee wär auch nicht schlecht...«

Der Sergeant saß noch immer kopfschüttelnd da, als das Telefon schrillte und erneut seine Aufmerksamkeit forderte, wie schon die ganze Nacht hindurch. Müde griff er zum Hörer. Es gab wichtigere Dinge als verwöhnte Ausreißer in bunten Nachthemden, aber sowas schien immer dann zu passieren, wenn er Nachtdienst hatte.

Miller saß, nachdem er den Hörer aufgelegt hatte, minutenlang da und überlegte, was er als nächstes tun sollte. Plötzlich kam ihm eine flüchtige Idee. Er klammerte sich an sie wie der sprichwörtliche Ertrinkende an den Strohhalm und versuchte, ihr Konturen zu verleihen. Polizeiliche Ermittlungen... Vermißte... Detektive... PRIVAT-Detektive... das war die Lösung, nach der er gesucht hatte!

Er erinnerte sich an eine Unterhaltung, die er vor nicht allzu langer Zeit bei einer Runde Golf mit seinem Freund Bob Maynard gehabt hatte. Bob hatte ihm von einem Privatdetektiv erzählt, den er engagiert hatte, um seine minderjährige Tochter ausfindig zu machen. Sie war mit einem mittellosen Gauner durchgebrannt, den sie am College kennengelernt hatte. Der Detektiv hatte das Mädchen irgendwo upstate in einem schäbigen Hotel aufgetrieben, wo es als Zimmermädchen jobbte, nachdem ihr der Ex-Romeo erst Geld und Unschuld abgenommen und sie dann sitzengelassen hatte. Das Mädchen befand sich jetzt wieder im Schoß der Familie.

Damals hatte Miller sich betont zurückhaltend gezeigt. Er hatte den Wink mit dem Zaunpfahl verstanden, daß er auf die gleiche Art und Weise seinen abhanden gekommenen Sprößling ausfindig machen könnte, doch er hatte sich nicht darauf einlassen wollen und sich hinter der Haltung verschanzt, sein Sohn habe seine Entscheidung gegen jeden elterlichen Rat getroffen, und er sehe keinen Grund, ihm nachzulaufen.

Jetzt allerdings standen die Dinge anders. Zum Teufel mit der Polizei und ihrer schleppenden, ineffektiven Bürokratie – von der herablassenden Art ganz zu schweigen. Vermißtenmeldung, großartig! Am Morgen würde er gleich als erstes Bob Maynard anrufen, sich die Adresse von diesem Privatdetektiv geben lassen und den Mann engagieren. Und wenn sich herausstellen sollte, daß Jim von diesen religiösen Spinnern entführt worden war, würde er der Polizei die Fakten präsentieren und sie auffordern, seinen Sohn zu befreien und die Kidnapper zu verhaften.

Jetzt, da er einen Entschluß gefaßt hatte, fühlte er sich wesentlich wohler. Er sah auf die Uhr und stellte überrascht fest, daß es fast halb zwei war – höchste Zeit, den versäumten Schlaf nachzuholen. Er hatte einen anstrengenden Tag vor sich. Er stand auf, klopfte die Pfeife aus und legte sie neben dem Aschenbecher auf den Schreibtisch.

An der Tür hielt er inne und blickte sich lange nach dem Telefon um, doch es wollte sich nicht rühren. Widerstrebend knipste er das Licht aus, verließ das Arbeitszimmer und zog die Tür hinter sich zu.

Er schlich nach oben ins Schlafzimmer, darauf bedacht, seine Frau nicht zu wecken. Beim Frühstück wäre immer noch Zeit, ihr zu erzählen, daß Jim nicht zurückgerufen hatte und daß er vorhatte, einen Privatdetektiv einzuschalten. Er haßte tränenreiche Szenen und war überzeugt, im kühlen Morgenlicht würde sie die nächtlichen Ereignisse gefaßter, objektiver betrachten.

Er zog Morgenmantel und Hausschuhe aus und schlüpfte ins Bett. Innerhalb weniger Minuten hatte sein logischer Verstand, da kein Anlaß bestand, noch länger wachzubleiben, den Laden dicht gemacht, und er schlief tief und fest.

Er bemerkte das unterdrückte Schluchzen seiner Frau nicht, die leise in ihr Kissen weinte. Ohne daß ihr Mann es ahnte, hatte sie seinen erfolglosen Anruf bei der Polizei am zweiten

Apparat im Schlafzimmer mitgehört und die beängstigende Wahrheit über das, was Jim gesagt hatte, und sein mysteriöses Schicksal erfahren. Sie weinte sich in den Schlaf.

13

Als Jim Miller zu sich kam, lag er mit dem Gesicht nach unten im Laderaum des fahrenden Transporters. Er erwachte in einem Meer von Schmerzen und Verzweiflung. Die Schmerzen allein waren schon schlimm genug, doch die Verzweiflung war schlimmer. Sein verletzter Kopf und sein malträtierter Körper waren zu einem einzigen, riesigen Schmerzklumpen verschmolzen, doch der war nichts verglichen mit der entsetzlichen Erkenntnis, daß man ihn geschnappt hatte – und dem Grauen vor dem, was ihm bevorstand.

Als er hörte, daß der Motor heruntergeschaltet wurde, und spürte, daß der Transporter sanft zum Stehen kam, schob er sich gegen eine Seitenwand, bis er zum Sitzen kam. Es war beinahe stockdunkel, die getönten Scheiben der Hecktüren ließen nur ganz wenig Mondlicht hindurch. Es reichte ihm jedoch, um zu erkennen, daß er allein und unbewacht war.

Schon beim Aufsetzen drehte sich alles in seinem hämmernden Kopf und er glaubte, sich übergeben zu müssen. Er hielt den Atem an und schloß die Augen. Nach ein paar Sekunden hörte das Innere des Wagens auf, sich zu drehen, und die Übelkeit ließ nach. Der Anfall hatte ihm den kalten Schweiß auf die Stirn getrieben, doch sein Kopf war jetzt etwas klarer.

Mit ausgestreckten Armen tastete er die Dunkelheit um sich herum ab und entdeckte, daß sein Gefängnis buchstäblich eine abgeschlossene Stahlbox war. Er kroch nach hinten, um die Hecktüren zu inspizieren. Sie fühlten sich entmutigend stabil und solide an, und es kam ihm der Gedanke, daß der Kastenwagen zu eben dem Zweck, den er im Augenblick erfüllte, entworfen oder umgebaut worden war. Düster fragte er sich, wie viele vor ihm wohl in ähnlicher Verzweiflung schon in diesem Laderaum gesessen hatten.

Nach ein paar kurzen Stopps kam der Transporter wieder in

Fahrt, und das weiche Knirschen von Kies unter den Rädern sagte Jim, daß sie die beiden doppelflügeligen Eingangstore des Betlehem-Hauses passiert hatten und jetzt die Auffahrt hinauffuhren. Er fühlte sich so elend wie noch nie in seinem Leben. Vor allem, wenn er daran dachte, wie nahe er der Freiheit schon gewesen war. Irgendwie hatte er das Gefühl, auch Tom verraten zu haben. Das Scheitern seiner Flucht machte den schrecklichen Tod seines Freundes ganz und gar sinnlos.

Der Transporter blieb endgültig stehen, und der Motor wurde abgestellt. Es herrschte ohrenbetäubende Stille. Er kam sich vor wie ein französischer Aristokrat, dessen Schinderkarren soeben mit einem Ruck am Fuße der Guillotine zum Stehen gekommen war. Die Angst vor dem, was ihm bevorstand, kroch wie eine giftige Schlange durch seine Eingeweide.

Plötzlich hörte er, wie ein Schlüssel im Schloß der Hecktür umgedreht wurde, und die Tür sprang auf. Die hereinströmende Helligkeit blendete ihn, und die rasenden Kopfschmerzen begannen von neuem. Er wich zurück und preßte sich flach gegen das kalte Metall der Seitenwand, als wolle er mit ihm verschmelzen.

»Raus!«

Angel Ones Befehl ließ ihn zusammenzucken. Er war darauf gefaßt, daß sein furchterregender Kidnapper ihm weitere Gewalt zufügen würde. Doch nichts dergleichen geschah. Er hielt schützend die Hand vor die Augen gegen das grelle Licht und blinzelte darunter hervor. Links und rechts von der Hecktür sah er verschwommen zwei Gestalten stehen. Seine Augen gewöhnten sich allmählich an das helle Neonlicht der Garage, in der sie sich, wie er jetzt erkennen konnte, befanden, und die Umrisse der beiden Gestalten wurden schärfer. Rechts stand, ganz in Schwarz, Angel One, auf der anderen Seite ein Apostel im grauen Trainingsanzug.

Der Chinese machte eine energische Kopfbewegung. »Raus da!«

Dem heiseren Befehl gehorchend, krabbelte Jim unter Schmerzen und mit steifen Gliedern aus dem Transporter und stand nun zwischen seinen beiden Kidnappern. Erneut spannte sich sein Körper in Erwartung irgendeiner Attacke. Doch es passierte wieder nichts. Statt dessen deutete Angel One mit dem Kopf auf eine Verbindungstür, die wenige Meter entfernt in die Garagenwand eingelassen war und offensichtlich direkt ins Haus führte.

»Los!« bellte er.

Der Apostel drehte sich auf dem Absatz um und ging voraus, Jim taumelte hinter ihm drein. Angel One folgte in kurzem Abstand, so daß Jim buchstäblich in die Zange genommen wurde. Der Gefangene und seine Eskorte schlängelten sich an ein paar Fahrzeugen vorbei, die ebenfalls in der geräumigen Garage geparkt waren, und gingen durch die Tür. Sie betraten einen kurzen Korridor mit einer zweiten Tür am anderen Ende, durch die sie in die Eingangshalle des Hauses gelangten. Ohne anzuhalten, führte der Apostel sie quer durch die große Halle zu einer Tür auf der gegenüberliegenden Seite, von der Jim wußte, daß sie in den Keller führte, auch wenn er diesen Teil des Hauses noch nie betreten hatte. Allen Mitgliedern war der Zutritt ohne Sondergenehmigung strengstens untersagt, worauf ein Schild unmißverständlich hinwies.

Jim mußte eine steile Treppe hinabsteigen. Am Fuß der Treppe befand sich ein kurzer Quergang. Er entdeckte auf der linken Seite eine graue Metalltür mit einem Schild: KONTROLL-RAUM – NUR FÜR AUTORISIERTES PERSONAL, bevor er dem Apostel nach rechts folgte, bis der Quergang T-förmig in einen langen Korridor mündete. Sie bogen nach links in ihn hinein und folgten ihm, wobei sie zu beiden Seiten an mehreren Türen in den weißgekalkten Ziegelwänden vorbeikamen.

Jim versuchte, sich den Weg zu merken und schätzte, daß sie sich in etwa unterhalb des Mitteltrakts der Villa befanden und sich auf den rückwärtigen Teil zubewegten. Sie gelangten an eine zweite T-Kreuzung und bogen diesmal rechts ab. Kurz danach war der Gang zu Ende und sie standen vor einer glatten, grauen Stahltür.

Angel One zog einen Schlüssel hervor und schloß die schwere Tür auf, die sich dank gutgeölter Scharniere geräuschlos öffnete. Sie traten durch die Türöffnung, und Jim bekam weiche Knie, als er sah, wo sie waren. Sie standen in einem kurzen, abgeschlossenen Gang mit vier Stahltüren, die versenkt in die Mauern eingelassen waren, zwei auf jeder Seite. In jeder Tür befand sich auf Augenhöhe ein Spion.

Obwohl Jim den Ort nie zuvor gesehen hatte, wußte er aus den Beschreibungen anderer, wo er war. Diese Zellen – denn es waren Zellen – zählten zu den milderen Strafen unter den Disziplinierungsmaßnahmen der Sekte. Bei Sektenmitgliedern zum Beispiel, die man zuerst heroinsüchtig gemacht hatte, war der Drogenentzug mit seinen verheerenden Erscheinungen eine besonders wirksame Form der Bestrafung. Je schwerwiegender das Vergehen, desto länger wurde der Übeltäter eingesperrt.

Hier unten in diesen Zellen gingen die unglücklichen Drogenabhängigen durch ihre private Entzugshölle – schweißgebadet und von Krämpfen geschüttelt, sich übergebend, mit chronischem Durchfall und anderen Entzugserscheinungen, die beschönigend »cold turkey« genannt wurden. Daher liefen die vier Zellen auch unter der Bezeichnung Turkey Pens. Dunklen Gerüchten zufolge dienten sie im Notfall sogar als Todeszellen. Jim schauderte, als er daran dachte.

Angel One schloß die erste Tür links auf und bedeutete Jim einzutreten. Jim gehorchte und stand in einem kahlen Raum, etwa drei mal vier Meter groß, von einer Neonröhre hinter dikken Glasziegeln in der dreieinhalb Meter hohen Decke beleuchtet. An einer Zellenwand lag eine dünne Schaumstoffmatratze, mit drei säuberlich zusammengelegten Decken darauf. In der hinteren Ecke stand ein Plastikeimer mit Deckel, dessen Funktion sich aus der daneben liegenden Klopapierrolle ergab. Über einem Gulli im Betonboden ragte auf einer Seite ein Kaltwasserhahn aus der Wand. Über den Hahn war ein Plastikbecher gestülpt. Als Jim sich in dieser abgeschotteten, spartanischen Umgebung umsah, wurde jede Hoffnung auf Flucht in ihm zunichte. Nervös fragte er sich, was als nächstes geschehen würde.

Angel One ließ ihm keine Zeit, weitere Betrachtungen anzustellen. Der Chinese packte ihn mit einem schmerzhaften Griff an der Schulter und riß ihn zu sich herum. Die Angst schnürte Jim die Kehle zu, als die unergründlichen, schwarzen Schlitzaugen sich in seine Pupillen bohrten. Plötzlich lies Angel One ihn los, und seine schneidende Stimme unterbrach die angespannte Stille.

»Wo ist der andere?« fragte er streng.

Jim blinzelte ihn blöde an. Verzweifelt versuchte er, Zeit zu gewinnen, indem er so tat, als sei er noch immer benommen. Sein auf Hochtouren laufender Verstand sagte ihm blitzschnell, daß seine einzige Chance darin bestand, den Chinesen davon zu überzeugen, daß Tom noch frei herumlief. Wenn sie seine Überreste nicht gleich entdeckten, würde das sein Leben verlängern – zumindest, bis sie die grimmige Wahrheit herausfanden. Seine einzige Hoffnung bestand darin, auf Zeit zu spielen, das Unvermeidliche so lange wie möglich hinauszuzögern, in der schwachen Hoffnung, daß sich auf wundersame Weise eine zweite Gelegenheit zur Flucht bieten würde.

»Wo ist der andere – dein Partner? Raus mit der Sprache!« herrschte der Chinese ihn erneut an.

Jim murmelte etwas, absichtlich undeutlich, so als sei er immer noch nicht ganz bei Sinnen. Es fiel ihm nicht schwer. Angst und Erschöpfung hatten ihm Mund und Kehle ausgedörrt.

»Ich ... ich weiß nicht ...«, setzte er an.

Ein rasender Schmerz explodierte in seinem Kopf, als Angel One ihm eine knallharte Ohrfeige verpaßte. Jims Ohren dröhnten, und der Raum drehte sich im Kreis.

»Du sollst meine Frage beantworten! Wo ist der andere – wo ist Sheppard? Warum war er nicht bei dir?« Die glitzernden Augen bohrten sich wie Laserstrahlen in sein Gehirn und schienen es bis auf den Grund zu durchleuchten.

Jim schüttelte den Kopf, um nachzudenken und dem hypnotischen Griff der grausamen Augen zu entkommen. Mit rasender Geschwindigkeit suchte sein Verstand nach einer Antwort, die seinen Peiniger zufriedenstellen und eine Wiederholung der soeben erhaltenen Ohrfeige verhindern würde.

»Ich ... ich weiß nicht, wo er ist, Erzengel Michael ... ehrlich ... das ist die Wahrheit«, stammelte Jim hastig, aus Angst vor seinem Gegenüber und dem verzweifelten Bedürfnis, ihn von seiner Aufrichtigkeit zu überzeugen. »Gleich nachdem wir über den Zaun geklettert waren, haben wir uns getrennt. Er ist nach Norden gelaufen, ich nach Süden ...« Jim hielt inne und versuchte mit aller Kraft, dem bohrenden Blick des Chinesen standzuhalten.

Angel One musterte ihn einige Sekunden lang kalt. »Seltsames Verhalten für verängstigte Ausreißer...«, bemerkte er trocken. Dann wurde seine Stimme wieder hart. »Was ist der Grund? Warum habt ihr euch getrennt? Warum seid ihr nicht zusammengeblieben? Antworte!«

Jim zuckte zusammen, als ihm das letzte Wort ins Gesicht peitschte und ihm keine Zeit ließ, nachzudenken.

»Wir... wir dachten, daß wir bessere Chancen haben, wenn wir in unterschiedliche Richtungen laufen«, antwortete er so treuherzig wie möglich. »Wir hatten es so geplant, falls wir es über den Zaun schaffen würden.«

»Warum?« schoß der Chinese zurück.

»Wir... wir wußten, daß du uns verfolgen würdest und dachten, wenn wir zusammenbleiben, riskieren wir nur, daß wir alle beide geschnappt werden, falls es schiefgeht.« Er kam langsam in Fahrt, doch gleichzeitig achtete er darauf, nicht zu dick aufzutragen. »Wir dachten eben, wenn wir uns trennen, haben wir zwei Chancen durchzukommen. Außerdem mußt du deine Suchtrupps dann auch aufteilen, was unsere Chancen noch vergrößert...«

Er zuckte mit den Achseln und verstummte. Mit hängenden Schultern, in der Rolle des Enttäuschten und Geschlagenen stand er da und sah den Chinesen an. Er mußte die Rolle nicht spielen. Er fühlte sich entsprechend! Die ganze Zeit betete er still, Angel One möge ihm seine Story abkaufen und die vergebliche Suche nach Tom die ganze Nacht fortsetzen – und, wenn er Glück hatte, den ganzen nächsten Tag.

»Mit wem hast du telefoniert?« fragte der Chinese.

Der plötzliche Themawechsel erwischte Jim völlig unvorbereitet. »Mit meinen Eltern«, antwortete er, ohne zu überlegen und hätte sich am liebsten die Zunge abgebissen. Verzweifelt versuchte er, den Fehler wiedergutzumachen. »Aber ich hab ihnen nur gesagt, daß es mir gut geht. Ich hab nichts von Schwierigkeiten erzählt... ich hab meinem Vater nur gesagt, daß ich weg will. Daß ich nichts zum Anziehen hab und daß er sich mit mir treffen soll, wenn ich in die Stadt komm. Ich hab gesagt, daß ich nicht nach Hause komm, weil ich unabhängig sein will. Es war ihm recht, weil er immer noch sauer auf mich ist, daß ich ausgezogen bin.«

»Du hast nicht gesagt, er soll die Polizei einschalten oder mit dem Auto kommen und dich an der Straße abholen?« Angel Ones Stimme war eine einzige Drohung.

»Nein, Erzengel Michael. Ich will schließlich nicht, daß meine Eltern mit dir Schwierigkeiten kriegen. Ich schwör's«, beteuerte Jim.

»Und wie wolltest du zu dem Treffpunkt nach New York kommen?« Der Chinese war noch immer mißtrauisch.

In einem letzten Versuch, seine Eltern aus der Sache rauszuhalten und ihnen Repressalien zu ersparen, beschloß Jim, die Trucker ins Spiel zu bringen. Die Vier waren längst außer Reichweite der Sekte, daher hielt er es für ungefährlich, Angel Ones Aufmerksamkeit auf sie zu lenken.

»Ein Trucker wollte mich mitnehmen, an der Tankstelle, wo du mich geschnappt hast«, sagte er und fügte in einem Anflug von Trotz hinzu, »und ich hab ihm und seinen drei Kumpels erzählt, wie ich heiße und wie ich abgehauen bin.«

Angel Ones Augen begannen gefährlich zu glitzern, und Jim sagte schnell: »Erst wollten sie mich nämlich verprügeln, weil sie meinten, religiöse Spinner können sie nicht ausstehen, aber als sie hörten, daß ich abgehauen bin, haben sie sich's anders überlegt und beschlossen, mir zu helfen. Wahrscheinlich rufen sie jetzt die Polizei, wo sie das zertrümmerte Telefon gefunden haben, und ich nicht mehr da bin.«

Angel One zuckte mit den Schultern. »Die Polizei hat keine Bedeutung, abgesehen von dem Lästigkeitsfaktor«, konstatierte er ungerührt. »Sie werden nicht weit kommen, wenn sie Erkundigungen einholen wollen. Du bist freiwillig hier, erinnerst du dich? Und, Miller…«, seine schneidende Stimme vibrierte drohend, »wenn die Polizei hier auftaucht, wirst du sie persönlich davon überzeugen. Habe ich mich klar ausgedrückt?«

Jim nickte stumm. Trotz der unterschwelligen Drohung in den Worten von Angel One war er erleichtert, sein Ziel erreicht zu haben. Anscheinend hatte er die Aufmerksamkeit erfolgreich von seinen Eltern abgelenkt. Wenigstens das hatte er aus den Trümmern seines mißlungenen Fluchtversuches gerettet.

Seine Erleichterung war zehnmal so groß, als Angel One das

Verhör mit den Worten abbrach: »Du bleibst hier, bis der Prophet in ein paar Tagen aus New York zurückkommt. Er wird entscheiden, welche Strafe du bekommst.«

Bevor Jim antworten konnte, drehte sich der Chinese um und schritt aus der Zelle. Die Tür fiel krachend ins Schloß, und Jim war allein. Er füllte den Becher mit Wasser und trank in großen Zügen. Das Wasser war kalt und erfrischend, und er goß sich etwas davon über Gesicht und Hals. Er zog seine schmutzige, zerrissene Kutte aus, trocknete sich damit ab, rollte sie zusammen und warf sie in eine Ecke.

Steif ließ er sich auf der Matratze nieder, lehnte sich gegen die kalte Betonwand und schloß die Augen, um sich gegen die Helligkeit zu schützen und die Kopfschmerzen zu lindern. Er massierte sich die Schulter und die Magengrube, die vom Hieb des Chinesen schmerzte. Es dauerte nicht lange und er begann zu frieren. Ein eisiger Luftzug wehte durch die kahle Zelle. Er sah nach oben und entdeckte in einer der oberen Ecken einen Ventilator. Erschöpft und frierend faltete er die Decken auseinander und rollte sich ein, wie ein Embryo. Fast im selben Moment spürte er, wie der Schlaf ihn übermannte, und er versank dankbar in seiner traumlosen Tiefe.

Draußen im Wald fiel das helle Mondlicht durch das wirre Geäst der Bäume und zeichnete schwarz-silberne Gitter auf den Waldboden. Die fahle, gespenstische Beleuchtung erhellte eine barbarische Szene, die aus einer dunklen Ecke von Dantes Inferno hätte stammen können. Die nachtschwarzen Silhouetten von zehn bernsteinäugigen Dämonen nagten an glitzernden, rotgestreiften Knochen. Die Höllenhunde beendeten ihr grausiges Nachtmahl.

TEIL DREI

ERMITTLUNG

14

Wie ein riesiger, surrealistischer Leuchtturm ragte der neue Bürokomplex aus Beton und Glas dreißig Stockwerke hoch aus dem Meer graubrauner Mietskasernen. Offensichtlich hatte der Architekt viel Zeit und Mühe darauf verwendet, ein Gebäude zu entwerfen, das sich perfekt in das architektonische Umfeld integrierte – um dann genau das Gegenteil zu bauen.

Großspurig Harlem Commercial Centre getauft, sollte das Projekt der Bevölkerung des Schwarzen-Ghettos, an dessen Rand es lag, dringend benötigte Arbeitsplätze bringen – und im Gegenzug dringend benötigte Wählerstimmen für die Abgeordneten des Viertels, die sich das Monster ausgedacht und es mit sorgfältig inszeniertem Presserummel eröffnet hatten. Es scheiterte auf ganzer Linie.

Da es an qualifizierten schwarzen Bürokräften mangelte, hatte der Turm den Anwohnern zwangsläufig nur eine verschwindend geringe Anzahl an Jobs zu bieten. Dafür hatte die jahrzehntelange soziale, wirtschaftliche und bildungspolitische Diskriminierung gesorgt. Zwangsläufig waren neunzig Prozent der Büroangestellten Weiße, die jeden Morgen aus der ganzen Stadt nach Harlem pendelten. Ebenso zwangsläufig nannten die Anwohner den Bau gehässig »Honky-Tower«.

Das Gebäude hatte jedoch auch seine Vorteile. Es bot New Yorker Geschäftsleuten billige Büroräume in inflationären Zeiten. Daher bestand ein hoher Prozentsatz der dort ansässigen Firmen aus Detekteien, die ihre Betriebskosten senken wollten und denen es nichts ausmachte, keine prominentere Adresse im Telefonbuch vorweisen zu können. Die Detektei Sherman & Grant, Licensed Inquiry Agents Inc. belegte bescheidene Büroräume im achten Stock des Gebäudes.

Juniorpartner Brett Grant zog es vor, die Tiefgarage zu meiden, wenn er einen günstigen Parkplatz am Straßenrand fand. An diesem Morgen hatte er Glück. Etwa vierzig Meter vor dem Büroturm entdeckte er eine Lücke zwischen zwei geparkten Autos. Er steuerte seinen bronzefarbenen Mustang aus dem endlosen Strom des morgendlichen Berufsverkehrs auf die rechte Spur, bremste und blieb stehen. Das plötzliche, wütende Hupen hinter ihm sagte ihm, daß er einen anderen Parkplatzanwärter ausgebremst hatte. Als der Fahrer wild gestikulierend und mit hochrotem Kopf an ihm vorbeifuhr, grinste Grant und zeigte ihm den Finger.

»Du mich auch, Kumpel!« rief er und parkte mit Schwung rückwärts ein.

Grant stellte den Motor ab, lehnte sich zurück und schloß die Augen. Mit den Fingerspitzen massierte er sich den steifen Nakken. Das Gesicht mit dem markanten Kinn entspannte sich, und er wirkte jetzt jünger als seine zweiunddreißig Jahre. Die Müdigkeit kribbelte in den Augenlidern, und er nahm sich vor – wieder einmal – an diesem Abend ganz bestimmt früh ins Bett zu gehen und Schlaf nachzuholen. Nur, das nahm er sich schon ein halbes Jahr lang fast täglich vor – seit er zu Pam gezogen war. Aber jedesmal, wenn sie ins Bett gingen, war Schlafen das letzte, woran sie dachten!

Die letzte Nacht hatte sich in dieser Hinsicht kein bißchen von den anderen unterschieden. Und das trotz später Stunde und der Tatsache, daß sie die Nacht in einem fremden Bett in Curtis' Gästezimmer verbracht hatten. Letzteres hatte ihren Liebesspielen eher noch einen zusätzlichen Kick gegeben, alle beide hatten sie einen besonders intensiven, explodierenden Höhepunkt gehabt, der nicht enden zu wollen schien.

Als sie sich danach in den Armen lagen und gemeinsam wieder auf die Erde herabschwebten, hatte Pam ihm schläfrig ins Ohr gemurmelt: »Mmm, das war gut. Wenn ein Besuch in deinem alten Revier dich so animiert, kannst du meinetwegen jeden Tag vorbeischauen.«

Zur Antwort hatte er gelacht und sie fest umarmt. Doch weder er noch Curtis hatten bei ihrer Rückkehr den Frauen die grauenhaften Einzelheiten ihres Besuchs im Leichenschauhaus erzählt. Sie hatten sich schlicht geweigert zu fachsimpeln, wie Ben es ausgedrückt hatte, um die fröhliche Stimmung nicht zu verderben.

Widerwillig riß sich Grant vom Gedanken an Pam los und streckte sich, so gut er konnte, im Innern des Mustangs. Mit sichtlich mangelnder Begeisterung dachte er an den bevorstehenden Vormittag. Er haßte Papierkram – das war sein Problem.

Er war kein Stubenhocker. Ihm war sogar das ewige Herumgerenne lieber, das der Job des Privatdetektivs mit sich brachte, wenn es ihn nur vom Büro fern und auf Trab hielt. Er hatte nichts gegen langes Sitzen – solange er am Steuer saß und nicht am Schreibtisch.

Aber er hatte Anna, der tüchtigen, fleißigen Sekretärin versprochen, am Vormittag sein Eingangsfach leerzuräumen und den längst überfälligen Papierkram zu erledigen. Briefe zu unterschreiben, Akten auf den neuesten Stand zu bringen, Spesen abzurechnen, Ermittlungsberichte zu diktieren und so weiter. Die tausenderlei Dinge eben, die zu Papier gebracht und regelmäßig erledigt werden mußten, damit eine Detektei lief. Grant vertrat die Theorie, es müsse eine Art Karma geben, das jeden Tag, den ein Privatdetektiv mit Ermittlungen verbrachte, mit einer halben Tonne Papierkram bestrafte.

Ein lautes Klopfen neben dem linken Ohr riß ihn aus seinen Träumen. Er machte die Augen auf, wandte den Kopf zur Seite und blickte in ein kleines, grinsendes, von einem Mini-Afrolook gekröntes Gesicht, nur durch die Fensterscheibe von ihm getrennt. Er grinste zurück, öffnete die Tür und schwang seine athletischen Einsachtzig aus dem Mustang auf den Gehweg. Er streckte dem schmächtigen schwarzen Zehnjährigen, der ihm gegenüber wie ein Zwerg wirkte, die Hand hin, mit der Handfläche nach oben.

»Hi, Champ. Gimme five.«

»Hi, Brett.« Der Junge lachte und schlug in die flache Hand. »Soll ich auf die Kiste aufpassen?« Die großen, dunklen Augen sahen Grant bittend an.

»Ach, ist das der Grund für den herzlichen Empfang?« sagte Grant scheinbar indigniert. Er packte den grinsenden Knirps beim Afroschopf und schüttelte ihn sanft hin und her. »Raus mit der Sprache, du Gauner«, knurrte er. »Wieviele Dumme hast du heut schon gefunden? Meine Jungs und ich, wir lassen deinen Laden heut hochgehen.«

Der Junge befreite sich lachend und ging auf Distanz. »Du bist der fünfte … bis jetzt«, antwortete er.

»Bis jetzt?« schnaubte Grant amüsiert. »Paß auf, Mann, sonst kriegst du noch die Mafia an den Hals.«

»Von wegen!« meinte der Junge verächtlich. »Die Mafia traut sich hier nich her. Wir haben die Black Power ... und die Panther. Vor denen haben die Spaghettis mächtig Schiß.«

»Wenn du's sagst, Champ«, lachte Grant. »Na dann viel Glück. Da, fang ...« Er schnipste dem Jungen einen Dollar hin, Champ fing ihn auf und ließ ihn blitzschnell in der Hosentasche verschwinden. Sie wiederholten den Handschlag, Grant schloß den Wagen ab, signalisierte seinem selbsternannten Parkwächter »alles paletti« und ging die kurze Strecke zum Büroturm hinüber.

Er lief die breite Steintreppe hinauf und stieß eine der großen Spiegelglastüren auf, durchquerte die gefliese, hallende Lobby, grüßte mit erhobener Hand den uniformierten Wachmann in seinem kugelsicheren Kasten mit dem beleuchteten »Auskunft«-Schild und ging zu den Aufzügen.

Er fuhr in den achten Stock und lief, an den Milchglastüren anderer Firmen vorbei, durch einen hell erleuchteten Gang. Durch die Türen hörte er gedämpft Schreibmaschinen klappern, Computer piepsen und Telefone klingeln.

Vor seinem eigenen Büro angekommen, warf er einen kurzen Blick auf die Goldbuchstaben an der Milchglastür. SHERMAN & GRANT, LICENSED INQUIRY AGENTS INC. Jedesmal, wenn er die Aufschrift sah, mußte er an die Bemerkung seines Seniorpartners denken, als der Schildermaler sein Werk vollendet hatte. Harvey Sherman, von seinen Freunden Harry genannt, ein untersetzter Jude in mittleren Jahren, der den typischen trockenen Humor seiner Glaubensbrüder besaß, hatte gesagt: »Sherman und Grant. Na, was sagst du dazu? Klingt wie 'n Panzerbataillon aus dem Zweiten Weltkrieg.«

Grant lächelte, öffnete die Tür und betrat das Vorzimmer der Detektei. Sein Lächeln ging in ein fröhliches Grinsen über, als er die Sekretärin begrüßte, die an der gegenüberliegenden Wand an ihrem Schreibtisch saß und eifrig tippte. Sie sah auf und nickte kurz, ohne sich von dem Diktat ablenken zu lassen, das über einen Kopfhörer, der an eine Kassette auf dem Schreibtisch angeschlossen war, in ihr Ohr drang. Auf der Uhr, die über ihrem Kopf an der Wand hing, war es halb zehn.

Grant durchquerte das Vorzimmer, stützte sich mit beiden

Händen auf den Schreibtisch und sah zu, wie die flinken Sekretärinnenfinger über die Tastatur flogen. Anna tippte einen Absatz des Diktats zu Ende, nahm den Kopfhörer ab, lehnte sich zurück und strahlte ihn an.

»Guten Morgen, Brett. Ich hoffe, Sie haben Ihre Unterschrift geübt – ich hab bergeweise Briefe zum Unterschreiben für Sie«, sagte sie mit ihrem charmanten Akzent. Anna stammte aus Österreich. Vor sechs Jahren, als sie achtzehn war, war sie mit ihren Eltern in die USA ausgewandert. Obwohl sie Jüdin war, war sie so blond und blauäugig wie die legendären Rheintöchter, sehr zu Harry Shermans gespieltem Mißfallen.

»Deine jiddische Mame hat deinen armen alten Papa reingelegt«, hatte er der amüsierten Anna eines Tages erklärt. »Hat sich mit 'nem großen, blonden Joghurtverkäufer vergnügt, während der Alte auf der Alm Edelweiß gehütet hat, oder womit man da oben sein Geld verdient.«

»Hi, Anna«, grüßte Grant zurück und sagte in gekränktem Tonfall: »Was soll das, bergeweise Briefe? Was hab ich verbrochen, daß man mich den ganzen Tag an den Schreibtisch ketten will?« Er beugte sich zu ihr und flüsterte: »Frau Wärterin, krieg ich bei guter Führung Ausgang?«

Anna kicherte und schubste ihn weg. »Sie sind selber schuld, wenn Sie den ganzen Tag am Schreibtisch hocken müssen. Wenn Sie sich nach der Arbeit ein paar Brieferl zum Unterschreiben mit heimnehmen würden, würden sie sich nicht so stapeln. Und was ist mit mir?« sagte sie und zog einen Flunsch. »Ich armes Hascherl muß den ganzen Tag am Schreibtisch sitzen, und das tagtäglich.«

»Ja, aber ich muß raus und rumrennen – ich brauch die Gymnastik, damit die Beine in Form bleiben. Sie nicht...«, er trat einen Schritt zurück und tat so, als schielte er unter den Schreibtisch. »...Ihre Beine sind viel besser in Form als meine... o ja... wesentlich besser!«

Anna wurde rot und zog die Beine unter den Stuhl. »Führn Sie sich anständig auf, Mister Grant. Was würde Pam sagen, wenn sie Sie hören würd?«

»Dasselbe wie immer... daß ich ein Lustmolch bin«, grinste er. »Und jetzt halten Sie mich nicht von meinem Papierkram ab.« Ihren amüsiert-empörten Gesichtsausdruck ignorierend, fragte er mit einer Kopfbewegung auf die drei Bürotüren: »Ist Groucho da?«

»Ja«, antwortete sie, »Mister Sherman ist da – und Kundschaft haben wir auch schon heute morgen. Sie sind beide in Ihrem Büro.«

»In meinem Büro?« fragte Grant verwundert. »Wieso bei mir? Gefällt ihm seines nicht mehr? Will er seinen Teppichboden schonen oder was?«

»Nein, Quatschkopf«, lachte sie. »Der Herr Klient hat namentlich nach Ihnen verlangt«, sagte sie in ihrem leicht geschraubten Englisch. »Mister Sherman sagte, ich solle ihm Bescheid sagen, wenn Sie da wären, also...« Sie legte den Finger auf die Lippen, damit er den Mund hielt, und drückte einen Knopf der Sprechanlage auf ihrem Schreibtisch.

Eine heisere Stimme mit starkem Brooklyn-Akzent tönte aus dem Lautsprecher. »Ja, Anna?«

Mit Blick auf Grant sagte sie in die Sprechanlage: »Mister Grant ist jetzt da, Mister Sherman.«

»Danke, Anna. Bin gleich da.«

Grant hatte sich noch kaum umgedreht, als die mittlere der drei Türen aufging und die untersetzte Gestalt Harvey Shermans im Vorzimmer erschien. Er zog die Tür hinter sich zu und kam auf Grant zu, bis er Brust an Brust seinem Juniorpartner gegenüberstand. Einen halben Kopf kürzer als dieser, funkelte er nichtsdestoweniger streitbar zu ihm hinauf.

»Da schau an – die Nachtschicht ist heut früher dran. Lieb von dir, daß du dir so viel Mühe gibst. Hast dein Lunch runterschlingen müssen...«, legte Sherman los.

Auf die Uhr an der Wand deutend, wetterte er: »Wann erscheinst du im Büro, Schmock?« und breitete, zu Anna gewandt, flehentlich die Hände aus. »›Ich komm morgen ganz früh ins Büro, Harry‹, sagt er. Nennst du das früh?«

Er holte Luft und wandte sich wieder an Grant, der sich ein Grinsen nicht verkneifen konnte. »Hast du ein Massel, daß du nicht auf 'ne Pünktlichkeitsprämie angewiesen bist! Du wärst innerhalb von zwei Wochen verhungert!«

Offenbar in Erwartung einer Antwort, machte Sherman eine

Pause, worauf Grant erwiderte: »Hab dich nicht so, Harry. Es ist erst halb zehn. Pam und ich waren gestern abend eingeladen.«

Der Ältere nickte verständnisvoll. »Ach so, tut mir leid, Brett, das wußte ich nicht.« Dann sagte er, mit deutlichem Unterton: »Schließlich kannst du dir von Lappalien wie der Arbeit nicht das Privatleben versauen lassen.«

Er funkelte Grant an und bohrte ihm den Finger in die Brust: »Hör zu, du kleiner Scheißer, wenn du sagst, du kommst früh ins Büro, dann nehme ich an, daß du früh meinst, halb neun oder so – so wie ich –, das war vor 'ner Stunde, falls dir das noch nicht aufgefallen ist!«

Grant hob kapitulierend die Hände. »Okay, okay... ich geb zu, ich bin heut etwas später dran. Na und. Was gibt's denn so Dringendes, daß das Büro nicht mal 'n Stündchen ohne mich auskommt?«

Sherman wurde ernst und sagte, mit einem Blick auf die Tür zu Grants Büro: »Du hast Kundschaft, das gibt es. Er sitzt seit neun da drinnen und wartet, daß Euer Lordschaft uns die Ehre gibt. Miller heißt er. Riecht nach Geld. Maßanzug. Teure Uhr. Gepflegte Manieren. Sieht aus wie 'n Banker. Und redet auch so.«

Grant sah Sherman verwundert an. »Ich hatte heute vormittag keine Termine...«, begann er, doch Sherman unterbrach ihn.

»Er hat keinen Termin. Ist einfach aufgekreuzt. Jemand hat dich empfohlen, sagt er. Kann ich mir nicht vorstellen! Jedenfalls hat sich sein Sohn offenbar vor einiger Zeit verdünnisiert und sich einem dieser abstrusen religiösen Vereine angeschlossen. Letzte Nacht hat der Knabe versucht, von dort abzuhauen, aber die Bekloppten haben ihn wieder eingefangen, als er gerade mit dem Herrn Papa telefonierte und ihn um Hilfe bat. Die Bullen interessieren sich nicht dafür – keine stichhaltigen Beweise für 'ne Entführung –, wie üblich. Du sollst seinen Sohn finden und zurückbringen. Ich wollt den Mann nicht enttäuschen und hab nicht gesagt, daß du nicht mal dein Büro findest. Also geh rein und laß dich für so lang wie irgend möglich engagieren. Wie gesagt, Miller heißt er, Virgil Miller, man möcht's nicht für möglich halten. Wer so heißt, muß Geld haben, oder er ist verarscht worden. Schnapp ihn dir, Tiger...«

Bei den letzten Worten legte Sherman väterlich den Arm um den sprachlosen Grant und schubste ihn Richtung Büro. Er machte die Tür auf und forderte Grant mit einer galanten Handbewegung auf einzutreten. Grant stand einem großen, vornehm wirkenden Mann mit graumeliertem Haar gegenüber, der vom Stuhl aufgestanden war und sich zu ihm umgedreht hatte. Sein glattrasiertes Gesicht hatte etwas Akademisches. Grant verstand, warum Sherman fand, daß er wie ein Banker aussah. Er selbst hätte eher auf Anwalt oder Steuerberater getippt. Der tadellos sitzende, dunkelgraue Nadelstreifenanzug roch nach Geld, wie Shermans Adlerauge bereits festgestellt hatte, ebenso der Kamelhaarmantel, der am Garderobenständer neben der Tür hing.

Sherman sagte hochachtungsvoll: »Mister Miller, darf ich Ihnen Mister Grant vorstellen, meinen geschätzten Partner … ähm gehetzten Partner … haha! … Also … ich verschwinde, damit ihr zum Geschäft kommen könnt.«

Grant schüttelte Miller mit einem entwaffnenden Lächeln die Hand. »Sehr erfreut, Mister Miller. Entschuldigen Sie die Verspätung. Ich wollte auf dem Weg hierher noch schnell einem Hinweis nachgehen und bin aufgehalten worden. Sowas kommt öfter vor in unserem Beruf.« Er zuckte entschuldigend die Achseln.

Aus dem Augenwinkel sah er, wie Sherman, die Hand an der Klinke, angesichts der dreisten Lüge stehenblieb.

Galant fuhr Grant fort: »Möchten Sie vielleicht eine Tasse Kaffee, während wir uns unterhalten? Mein Partner kümmert sich darum.«

Miller erwiderte mit einer kleinen Verbeugung: »Vielen Dank, Mister Grant, das wäre in der Tat sehr angenehm. Natürlich nur, wenn es Ihnen keine Umstände macht.« Seine Ausdrucksweise war so akkurat und förmlich wie sein Äußeres.

»Keineswegs«, versicherte Grant vergnügt. »Wie möchten Sie Ihren Kaffee?«

»Schwarz, bitte«, antwortete Miller, »mit einem Löffel Demarara-Zucker, wenn das möglich ist.«

»Kein Problem. Ach, Harry …« Grant wendete sich an seinen Partner, der still vor sich hinfluchend in der Tür stand, so, als hätte er eben erst bemerkt, daß er noch da war. »… sei so nett,

besorg uns 'n Kaffee, ja? Einmal schwarz mit einem Löffel...
äh... braunem Zucker. Bei meinem weißt du ja Bescheid.«

Sherman, der sich nur mühsam beherrschen konnte,
schluckte und raunzte: »Wir wär's mit 'n paar Sandwiches
dazu?«

Grant, der die Rache genoß, tat so, als überlege er sich das
Angebot kurz und meinte dann mit unbewegtem Gesicht. »Nein
danke, Harry... für mich ist es noch zu früh. Mister Miller?«

»Für mich nur Kaffee, danke. Ich habe bereits gefrühstückt«,
erwiderte Miller, der das Spielchen der beiden Partner nicht mitbekommen hatte.

»Kaffee genügt, Harry, danke«, erklärte Grant und entließ
Sherman mit freundlichem Nicken. Er ignorierte den wütenden
Blick, den sein Kompagnon ihm zuwarf, bevor er die Tür etwas
zu heftig hinter sich schloß. Grant grinste in sich hinein und trat
hinter den Schreibtisch. Er knipste die Schreibtischlampe an,
schaltete den Kassettenrecorder ein und bat Miller, Platz zu nehmen.

»Nun, Mister Miller«, begann er, als sie es sich zu beiden Seiten des Schreibtischs bequem gemacht hatten. »Mein Partner
hat mir Ihren Fall kurz beschrieben. Wenn ich recht verstehe, ist
Ihr Sohn vor einiger Zeit von zu Hause ausgezogen und hat sich
einer religiösen Vereinigung angeschlossen; letzte Nacht hat er
versucht, diese zu verlassen und Sie angerufen, und Sie glauben,
er sei während des Gesprächs entführt worden. Um welche Uhrzeit kam der Anruf übrigens?«

»Oh... irgendwann nach Mitternacht... gegen halb eins,
glaube ich«, antwortete Miller.

»Okay.« Grant machte sich eine Notiz. »Und als Sie mit diesen Hinweisen die Polizei anriefen, sagte man Ihnen, das reiche
nicht aus, um Ermittlungen einzuleiten?«

Miller nickte. »Das ist korrekt.«

»Nun, ich glaube, wir fangen erstmal mit ein paar Hinter-
grundfakten an. Das macht sich immer gut.« Dabei richtete er
die Schreibtischlampe so aus, daß das weiche Licht auf den Notizblock fiel, der vor ihm auf der Schreibtischunterlage lag.
»Also, beginnen wir bei Ihrem Sohn... Jim, nicht wahr, oder
nennen Sie ihn James?«

»Jim«, bestätigte Miller. »Sein Taufname ist James, aber Jim ist ihm lieber.«

»Also Jim.« Grant notierte sich den Namen. »Was ich wissen will, sind Alter, Größe, Statur, Haarfarbe, Augenfarbe, besondere Kennzeichen etc. Dann Gründe, warum er von zu Hause ausgezogen ist, soweit Sie sie kennen, und so weiter.«

»Ich will mein Bestes tun, Mister Grant.« Miller lächelte unangenehm berührt. »Vielleicht hätte ich meine Frau mitbringen sollen. Mütter scheinen ein besseres Auge für solche Einzelheiten zu haben. Doch zuerst möchte ich sagen, daß ich mich auf Empfehlung eines Freundes, Mister Robert Maynard, an Sie wende. Sie haben seine Tochter ausfindig gemacht, nachdem sie mit irgendeinem charakterlosen Individuum durchgebrannt war. Das muß etwa... äh... sechs Monate her sein?«

Grant mußte einen Augenblick überlegen. »Maynard..., Maynard«, murmelte er, dann erhellte sich sein Gesicht. »Ach ja... ich erinnere mich an den Fall. Das Mädchen jobbte in einem Motel, irgendwo upstate. Ich wurde schon öfter engagiert, Ausreißer aufzuspüren. Und wenn es nicht die Liebe ist, wegen der sie durchbrennen, dann ist es oft die Religion. Sie würden sich wundern, wieviele Jugendliche sich von Sekten angezogen fühlen, so wie Ihr Sohn.« Mit einem Grinsen fügte er hinzu: »Man könnte fast sagen, die beiden Hauptgründe, von zu Hause wegzulaufen, sind das Bett und die Bibel.«

Miller nickte traurig. »Mein Freund war mit dem Ergebnis Ihrer Arbeit überaus zufrieden, und er war beeindruckt von Ihrer Effizienz. Er läßt übrigens Grüße bestellen. Aber jetzt zu meinem durchgebrannten Sprößling...«

Er zog eine Brieftasche aus dem Jackett, klappte sie auf, zog ein Farbphoto aus einem der Fächer und legte es auf Grants Schreibtischunterlage. »Vielleicht ist ein neueres Photo von Jim nützlicher als jede Beschreibung von mir.«

Grant studierte das Photo, während Miller zu erzählen begann. »Das Bild wurde letzten August im Urlaub aufgenommen, vor etwas über einem Jahr. Damals war er sechzehn. Er hat sich äußerlich nicht stark verändert, seit das Bild aufgenommen wurde, allerdings nehme ich an, daß er jetzt wesentlich ungepflegter aussieht, nach dem einen Mal zu schließen, das ich ihn seither gesehen habe. Ihn und noch ein paar... Mitglieder. Das war vor einigen Monaten, kurz nachdem er der Sekte beigetreten war.«

Grant blickte von dem Photo auf, das einen schlanken, dunkelhaarigen, blauäugigen Jugendlichen zeigte. Der braungebrannte Junge trug eine Badehose, hielt ein Surfbrett im Arm und lächelte scheu in die Kamera. »Sie haben also Mitglieder der Sekte zu Gesicht bekommen? Gut! Das kann uns weiterhelfen. Haben Sie sie angesprochen? Um welche Sekte handelt es sich genau?«

»Ja, ich habe ein paar von diesen Leuten gesehen. Ich habe sie allerdings nicht angesprochen.« Grants forschender Blick machte ihn verlegen. »Ich... ich war damals viel zu wütend auf Jim, als daß ich ihm nachgelaufen wäre«, sagte er achselzuckend, blickte auf seine manikürten Nägel und wischte sich ein Staubkorn vom Ärmel. Dann fügte er verdrossen hinzu: »Jim hätte mir sowieso nicht zugehört. Wir kommunizierten nicht auf derselben Ebene. Ja, manchmal schien es, als befänden wir uns nicht einmal auf demselben Planeten, geschweige denn, daß wir die gleiche Sprache sprachen.«

Seine Augen begegneten dem festen Blick des Detektivs. »Verzeihen Sie, wenn ich verbittert klinge, Mister Grant, aber wenn man seinen Sohn dazu erzieht, die wichtigen Dinge im Leben zu schätzen – ein gutes Zuhause, eine gute Schulbildung, eine sichere Zukunft, soziale Verantwortung und Ehrfurcht vor Gott und den Menschen –, dann trifft es einen hart, wenn er das alles ablehnt und irgendeinem missionierenden Scharlatan nachläuft, der sich selbst zum Propheten stilisiert!«

Grant hatte insgeheim den Eindruck, der Junge habe womöglich nicht so sehr gegen die Werte des Vaters rebelliert als gegen die autoritäre Art und Weise, mit der sie ihm eingetrichtert worden waren. Doch er behielt seine Meinung für sich. In aller Ruhe sprach er Miller noch einmal auf die Identität der Sekte an, der sein Sohn beigetreten war.

Miller dachte einen Augenblick angestrengt nach, dann schüttelte er den Kopf. »Ich muß gestehen, ich habe dem Gewäsch, das Jim damals verzapfte, nicht viel Aufmerksamkeit geschenkt. Aber ich erinnere mich, daß der Name irgendwie biblisch klang. ›Anhänger…‹ nein, das war es nicht… ›Jünger von … so oder so …‹ oder so ähnlich.«

»›Freunde Jesu‹ … so was in der Art?« fragte Grant vor.

»Ja, irgendetwas dieser Art. Es fällt mir bestimmt wieder ein. Dann sag ich's Ihnen sofort«, versprach Miller.

»Das wär 'ne große Hilfe, wenn ich der Sekte auf die Spur kommen will«, sagte Grant. »Wie ist Ihr Sohn überhaupt mit diesen Leuten in Kontakt gekommen? Hat er's Ihnen erzählt?«

»Nein, das hat er mir nie erzählt, doch ich würde annehmen entweder über eine der Gruppen, die in der gesamten Stadt Flugblätter verteilen, oder über eine der mobilen Suppenküchen, von denen er gesprochen hat«, antwortete Miller. Grant sah von seinem Notizblock auf. »Mobile Suppenküchen? Wo operieren die? Haben Sie sie gesehen?«

»Nein«, sagte Miller. »Ich habe Jim nur davon reden hören. Er behauptete, sie verteilten Suppe, Kaffee und Hamburger an die Bedürftigen in den ärmeren Vierteln der Stadt. Ich persönlich bin der Meinung, die sogenannten milden Gaben dienen nur als Vorwand, um Treffpunkte für die Anwerbung künftiger Mitglieder zu schaffen. Und wenn einfältige oder leichtgläubige Narren wie mein Sohn erst einmal angebissen haben, unterziehen sie sie solange einer Gehirnwäsche, bis sie den unausgegorenen, salbungsvollen Hokuspokus blind akzeptieren.«

»Sie sagten, Sie hätten Jim einmal mit diesen Leuten gesehen. Wann war das?« fragte Grant. »Und woher wußten Sie, daß es sich um Mitglieder der Sekte handelte, der er beigetreten war?«

»Woher ich das wußte?« schnaubte Miller. »Weil sie in lächerlichen bunten Kutten herumspazieren, darum. Die Gruppe, in der ich Jim damals sah… es muß etwa sechs Monate her sein… er war noch nicht lange fort… verteilte ihre Schundlektüre an Passanten, irgendwo in der Nähe des World Trade Center. Ich sah sie, als ich auf dem Weg zu einem Geschäftstermin im Wagen an ihnen vorbeifuhr. Wenn sie nur wüßten, wie lächerlich sie sich machen. Die Gewänder aus dem Heiligen Land der Bibel sind weder dem Klima noch der Umwelt im heutigen New York angemessen.« Er schüttelte angewidert den Kopf.

Grant klopfte sich mit dem Kuli gegen die Zähne und nickte nachdenklich. »Wissen Sie, ich glaube, ein paar von ihnen hab ich selbst schon gesehen, wenn ich unterwegs war. Es sollte also nicht allzu schwierig werden, sie ausfindig zu machen.«

In diesem Augenblick kam Anna mit zwei dampfenden Kaffeetassen auf einem Tablett herein. Sie stellte die Tassen auf den Schreibtisch und warf Grant einen amüsierten Blick zu.

»Mit besten Empfehlungen von Mister Sherman. Er bittet zu läuten, falls weitere Dienste benötigt werden«, verkündete sie geziert.

»Danke, Anna«, sagte Grant mit unbewegter Miene, »richte Mr. Sherman meinen Dank aus, aber ich glaube nicht, daß wir ihn noch benötigen. Er kann sich erstmal um andere Dinge kümmern. Ich melde mich, wenn ich noch etwas brauche. Okay?«

Anna ging schnell hinaus. Sie konnte sich das Lachen kaum verkneifen bei der Vorstellung, wie Sherman auf Grants neueste Verbalattacke reagieren würde.

Millers leicht verwunderten Gesichtsausdruck bemerkend, grinste Grant und erklärte: »Nur'n kleiner Scherz für meinen Partner. Wenn er sich 'ne schlagfertige Antwort ausdenken muß, bleiben seine Gehirnzellen aktiv.«

Miller lächelte und griff nach der Kaffeetasse. Der Geschäftsmann in ihm hatte den jungen Mann auf der anderen Seite des Schreibtischs taxiert und fand ihn intuitiv sympathisch. Zunächst war er angenehm überrascht und einigermaßen erleichtert gewesen, daß sein Gegenüber so gar nicht dem Bild entsprach, das er von Privatdetektiven hatte. Er hatte sie sich immer als verlotterte, kaugummikauende Klugscheißer vorgestellt, die im Dreck wühlen und versuchen, Leute mit dem falschen Partner im Bett zu ertappen. Stattdessen wurde er von einem intelligenten, gut angezogenen jungen Mann in einem geschmackvoll eingerichteten Büro interviewt. Alles in allem hatte er den Eindruck, daß hier offen und effektiv gearbeitet wurde.

Er wurde aus seinen Gedanken gerissen, als Grant das Interview wieder aufnahm. Auf die geschickten Fragen des Detektivs beschrieb Miller Jims wohlhabendes Elternhaus, mit einem strengen, vereidigten Buchprüfer zum Vater und einer wachsweichen Mutter. Grant wurde bald klar, daß dies kein Einzelfall war. Der gelangweilte, reiche Knabe, abwechselnd verhätschelt und gedrillt, rebelliert gegen sein Leben, indem er die Eltern, die ihn in seiner charakterlichen Entwicklung unterdrücken, gezielt provoziert und schockiert.

Miller erkannte offenbar nicht, daß er an dem Familienkonflikt selbst mit schuld war. Wie so viele autoritäre Eltern war er nicht bereit einzusehen, daß seine unnachgiebige Haltung den jugendlichen Idealen und Ansichten seines halbwüchsigen Sohnes gegenüber diesen nur in die Arme derer trieb, vor denen er ihn zu bewahren versuchte.

Nachdem er sich über den familiären Hintergrund ins Bild gesetzt hatte, kam Grant auf Jims Anruf zu sprechen. »Soweit Sie sich erinnern, Mister Miller, was hat Jim genau gesagt? Ich möchte jedes Wort wissen, gleichgültig, wie trivial oder belanglos es Ihnen zum Zeitpunkt des Anrufs vorgekommen sein mag.«

»Nun...«, sagte Miller zögernd, »...wissen Sie, er war nicht lang am Apparat, höchstens ein paar Minuten, bevor wir unterbrochen wurden. Und vieles von dem, was er sagte, schien Unsinn zu sein. Ich muß gestehen, daß ich mir überlegte, ob er vielleicht... ich glaube, man nennt das ›high‹... er redete wirres Zeug. Lassen Sie mich nachdenken...«

Miller überlegte angestrengt. Dann begann er zögernd: »Als erstes sagte er, er sei in Schwierigkeiten...«

Grant blickte von seinen Notizen auf. »Hat er gesagt, in welchen?«

»Nichts Genaues, soweit ich mich erinnere. Als ich ihm dieselbe Frage stellte, sagte er nur, er sei von der Sekte abgehauen und würde verfolgt... gejagt war das Wort, das er verwendete... und er könne nicht nach Hause kommen, weil sie kommen und ihn suchen würden. Er bat mich sogar, mit etwas zum Anziehen und Geld zu einem Treffpunkt zu kommen. Ich muß gestehen, an diesem Punkt dachte ich, Jim würde übertreiben, um mich wohlwollend zu stimmen. Besonders, als er die Hunde erwähnte...« Er zuckte mit den Schultern, als fehlten ihm die Worte, und griff nach der Kaffeetasse.

»Hunde?« Grant unterbrach seine Notizen und sah auf. »Klang es so, als ob er von echten Hunden sprach? Oder könnte er damit die Sektenleute gemeint haben, die hinter ihm her waren... Sie wissen schon, so wie Jugendliche von der Polizei als den Bullen reden?«

Miller schüttelte den Kopf. »Nein, ich hatte entschieden den Eindruck, als spräche er von der vierbeinigen Spezies, merkwürdigerweise. Ach ja... er erwähnte auch einen Freund, der es nicht geschafft hatte, wie Jim sich ausdrückte. Um genau zu sein, er sagte, die Hunde hätten seinen Freund geschnappt. Zunächst hielt ich das für dummes Zeug, doch als ich über den Anruf nachdachte, nachdem wir unterbrochen worden waren, hatte ich den Eindruck, daß er wirklich verängstigt war. Das war einer der Punkte, die mich beunruhigten.«

Ein Anflug von Sorge hatte sich auf Millers Stimme gelegt, und Grant entdeckte, daß der Mann auch eine menschliche Seite hatte. Unter der Mauer aus Zurückhaltung, die er errichtet hatte, um seine Gefühle zu verbergen, liebte er seinen Sohn offensichtlich und war um sein Wohl besorgt.

Mit einem Blick auf seine Notizen fragte Grant: »Hat Jim irgendeinen Hinweis gegeben, von wo aus er telefonierte?«

Miller dachte nach. »Nur, daß er von einer Tankstelle aus anrief«, antwortete er langsam. »Er sagte noch, er würde von einem Lastwagenfahrer mitgenommen, also nehme ich an, er hat den Mann dort getroffen. Leider hat er keine genauen Ortsangaben gemacht...« Er stockte, und mit dem Ausdruck höchster Konzentration suchte er in seinem Gedächtnis nach etwas, das ihm entfallen war.

Grant, der sich eifrig Notizen machte, bemerkte dies nicht. Statt dessen wiederholte er die Angaben beim Schreiben. »Ein Lastwagenfahrer... und eine Tankstelle... okay. Noch was, das mir helfen könnte, die –«

»Betlehem-Haus!«

Grant sah überrascht auf. Miller, der Grants Frage gar nicht mitbekommen hatte, sagte aufgeregt: »Jetzt erinnere ich mich. Jim sagte, daß er von einer Tankstelle aus anrief und daß sie nicht weit vom Betlehem-Haus entfernt sei.«

Er hob abwehrend die Hand, als Grant etwas sagen wollte, die Konzentration stand ihm noch immer im Akademiker-Gesicht. Dann schnipste er mit den Fingern und rief triumphierend: »Ich hab's! Die Kinder Betlehems.« Auf Grants verwunderten Blick hin erklärte er lächelnd: »Das ist der Name der Sekte, in die Jim eingetreten ist. Ich wußte, daß es mir wieder einfallen würde.«

»Okay...« Grant kritzelte eifrig auf seinen Notizblock. »Jetzt kommen wir der Sache näher. Irgendeine Ahnung, wo dieses Betlehem-Haus liegen könnte?«

»Leider nein«, gestand Miller, »abgesehen davon, daß Jim mir einmal erzählt hat, die Sekte würde irgendwo upstate eine Art Sanatorium betreiben. Aber nichts Genaueres.«

»Das macht nichts«, versicherte Grant. »Mit dem, was wir haben, bestehen gute Chancen, daß ich den Verein ausfindig mache. Bevor wir die Sache abschließen, hat Jim noch etwas gesagt? Irgendetwas? Es spielt keine Rolle, wie irrelevant es Ihnen zu dem Zeitpunkt vielleicht vorgekommen ist. Es ist frappierend, wie scheinbar nutzlose Details im späteren Stadium einer Ermittlung plötzlich zusammenpassen und ein Bild ergeben können.«

Miller dachte nach und wurde etwas verlegen. »Nun... da war noch eine Sache... aber ich bin nicht einmal sicher, ob ich Jim richtig vestanden habe...« Er zögerte, offenbar aus Angst, sich lächerlich zu machen, dann rang er sich durch. »Just in dem Moment, als die Leitung unterbrochen wurde... ich hatte den Eindruck, er hätte etwas gesagt, was wie 'Erzengel Michael' klang.«

»Erzengel Michael?« Grant wiederholte die Worte beim Notieren. »Haben Sie diesen Ausdruck bei Jim schon einmal gehört?«

»Nein, bestimmt nicht.« Miller schüttelte den Kopf. »Das habe ich noch nie von ihm gehört. Die Sache ist, Mr. Grant, ich hatte den Eindruck, daß er es nicht nur so sagte. Er klang wirklich verängstigt... wie zuvor, als er die Hunde erwähnte. Ich weiß, es klingt bizarr, aber es schien, als würde er jemanden ansprechen, der in diesem Augenblick direkt neben ihm stand.« Er ließ die Hände in den Schoß fallen. »Wie gesagt, es klingt wahrscheinlich lächerlich, aber wer weiß, wozu es gut ist.«

Grant beendete seine Notizen und lehnte sich zurück. »Selbstverständlich hat Jim sich nicht mehr bei Ihnen gemeldet, seit das Gespräch unterbrochen wurde?«

»Das ist richtig«, bestätigte Miller.

»Fassen wir zusammen«, sagte Grant, »die Umstände von Jims Anruf, unter Berücksichtigung seiner offensichtlichen Angst, die Plötzlichkeit, mit der die Leitung unterbrochen wurde, und schließlich die Tatsache, daß er sich nicht mehr gemeldet hat, veranlassen Sie zu dem Verdacht, daß er gewaltsam entführt wurde und jetzt gegen seinen Willen von der Sekte festgehalten wird...«, er blickte auf seine Notizen, »den Kindern Betlehems. Ich soll nun die Sekte ausfindig machen, und wenn sich Ihr Verdacht bestätigt – und die Beweise noch immer nicht ausreichen, um die Polizei einzuschalten –, soll ich, im Rahmen der gesetzlichen Möglichkeiten, die notwendigen Maßnahmen ergreifen, um Ihren Sohn zu befreien und ihn sicher nach Hause zu bringen. Richtig?«

»Das faßt die Sache treffend zusammen«, bestätigte Miller. Dann sagte er mit einem Blick auf seine Armbanduhr: »Sie werden mich entschuldigen, ich muß weiter, falls das alles ist, was Sie für's erste von mir wissen wollen. Auch ich muß mich um meine Klienten kümmern. Der erste Termin ist in einer halben Stunde.« Er stand auf und holte sich seinen Mantel.

»Ja, ich glaube, für den Augenblick haben wir alles besprochen«, sagte Grant und stand ebenfalls auf. Er ging um seinen Schreibtisch herum, half Miller in den Mantel und öffnete ihm die Tür zum Vorzimmer. »Wenn Sie bitte Ihre private und geschäftliche Adresse und die Telefonnummern bei unserer Sekretärin hinterlassen würden. Ich melde mich, sobald ich etwas herausgefunden habe.«

Miller zog zwei Visitenkarten aus der Brieftasche. Eine davon reichte er Grant. »Meine Karte. Die andere hinterlasse ich bei Ihrer Sekretärin, für die Unterlagen.«

»Danke«, sagte Grant. »Und keine falschen Hemmungen, rufen Sie uns an, wenn Ihnen irgendetwas einfällt, das uns weiterhelfen könnte.« Er grinste und sagte beschwichtigend: »Und machen Sie sich keine allzu großen Sorgen um Jim. Die Canadian Mounties wollen mich zum Ehrenmitglied ernennen – ich hab noch jeden aufgetrieben.«

Miller lächelte. »Danke, Mister Grant, ich weiß, Sie werden Ihr Bestes tun. Jetzt, da ich mit Ihnen gesprochen habe, ist mir

um einiges wohler.« Er streckte Grant die Hand hin und sagte:
»Nach dem ganzen Gerede über Hunde, die Leute durch die
Nacht jagen, sollte ich Ihnen vielleicht Weidmannsheil wünschen!« Er schüttelte Grant die Hand, drehte sich um und
schritt durch die Tür auf Annas Schreibtisch zu.

15

Grant zog die Tür hinter Miller zu und machte sich sofort an die
Arbeit. Er spulte den Recorder zurück. Mit dem Kugelschreiber
spielend, wartete er auf das Klicken des Geräts und ließ das Gespräch Revue passieren.

Was wußte er? Was die Sekte anging, hatte er den Namen,
unter dem sie operierte, eine vage Ortsangabe – irgendwo upstate – von einem Erholungs- oder Meditationszentrum namens
Betlehem-Haus und schließlich die Tatsache, daß sie mit Transportern kostenlos Essen und Getränke an Obdachlose in den ärmeren Vierteln der Stadt austeilten. Allein der letzte Hinweis
sollte die Suche relativ einfach machen, da die Sekte aus steuer-
lichen Gründen wahrscheinlich als Wohltätigkeitsverein einge-
tragen war.

Was den Ort anging, an dem der Junge festgehalten wurde –
unter der Voraussetzung, daß es sich tatsächlich um eine Entführung handelte –, so hatte der Junge gesagt, ein Lastwagenfahrer, den er an der Tankstelle getroffen hatte, von der aus er
telefonierte, wolle ihn in die Stadt mitnehmen. Daher mußte die
Tankstelle, schloß Grant, weiter von der Stadt entfernt sein –
mindestens zwanzig Meilen –, als ein gesunder, wildentschlosse-
ner Jugendlicher in einem strammen Nachtmarsch bewältigen
konnte.

Drittens, und das war vielleicht das wichtigste, hatte er in dem
Fernfahrer eine handfeste Kontaktperson, so er ihn ausfindig
machen konnte. Vielleicht hatte der Junge in der Tankstelle noch
andere Leute angesprochen. Außerdem, sollte sich der Verdacht
des Vaters auf eine gewaltsame Verschleppung bewahrheiten,
bestand immerhin die Chance, daß es Zeugen eines eventuell
stattgefundenen Kampfes gab. Es kam also darauf an, entweder

den Lastwagenfahrer oder die Tankstelle aufzutreiben. Das eine würde zum anderen führen.

Grant beschloß, sich an Ben Curtis zu wenden. Falls ein solcher Zwischenfall bei der Polizei gemeldet worden war, konnte Curtis das mit einer Anfrage bei sämtlichen Wachen der State Police für ihn herausfinden. Das war umständlich, doch möglicherweise erfolgreich, also beschloß er, es zu probieren. Er und Ben tauschten oft Informationen aus, im gegenseitigen Vertrauen, das aus der jahrelangen Zusammenarbeit erwachsen war und ihrer privaten Freundschaft.

Viertens und letztens waren da Jims Erwähnung von Hunden und eine Person (?), die er vermutlich mit Erzengel Michael angesprochen hatte – wahrscheinlich ein pseudoreligiöser Titel, dachte Grant. Er hatte es mit einer dieser abstrusen Sekten zu tun, und er wußte aus Erfahrung, daß sich die meisten Führer bombastische biblische Titel verliehen. Nannte sich der Führer dieser Sekte nicht ›Der Prophet‹? Die Hunde, so konnte er nur vermuten, dienten dazu, Ausreißer zur Strecke zu bringen, wie auf den alten Plantagen im Süden die Sklaven.

Da er schon in früheren derartigen Fällen mit solchen Organisationen zu tun gehabt hatte, überraschte es Grant keineswegs, von Hunden zu hören, mit denen flüchtige Mitglieder gejagt wurden. Er mußte sich genau überlegen, wie er sich an die sogenannten Kinder Betlehems heranmachen wollte. Er hatte keine Lust, bei der Befreiungsaktion eines desillusionierten Konvertiten am Ende selbst zu konvertieren – zur Leiche!

Nachdem er nun wußte, wie er den Fall anpacken wollte, rief er Curtis im Revier an und bat ihn um eine Anfrage bei der Zentrale der State Police. Sämtliche Hinweise auf einen vermißten Jugendlichen, eine mögliche Entführung mit Gewaltanwendung oder jeden anderen ungewöhnlichen Vorfall an einer Tankstelle, wahrscheinlich in einer abgelegenen Gegend in den frühen Morgenstunden, waren gefragt.

Curtis brummte ein bißchen wegen der spärlichen Fakten, doch er tat Grant den Gefallen. Er versprach, ihm am Nachmittag das Ergebnis mitzuteilen, und falls Grant wegen Ermittlungsarbeiten außer Haus sei, würde er bei Anna eine Nachricht hinterlassen.

Bevor Curtis auflegte, sagte er noch: »He, erinnerst du dich noch an die Nutte gestern nacht im Leichenschauhaus? Jim Easton hat gerade angerufen und erzählt, daß er den Dreck unter den Fingernägeln untersucht hat. Er sagt, er stammt von schwarz eingefärbtem Leder. Sieht so aus, als ob unser Mann bei der Tat schwarze Lederhandschuhe trägt. Das engt den Kreis der Verdächtigen enorm ein.«

»Ach wirklich?« fragte Grant skeptisch.

»Ja«, gab Curtis zurück, »wir wissen jetzt, daß wir nach einem wahnsinnigen Zwerg mit Affenarmen und Riesenlatschen fahnden, der schwarze Lederhandschuhe trägt – Blödmann!« Damit legte er auf. Grant schüttelte den Kopf und lachte. Er begann, sein überquellendes Eingangsfach abzuarbeiten und hatte etwa eine Stunde daran gesessen, als sich die Tür zu seinem Büro einen Spalt öffnete. Er sah auf und ertappte Sherman dabei, daß er ihn beobachtete.

Grant grinste seinen Seniorpartner an. »Bin ich jetzt dran mit Kaffeeholen?« fragte er unschuldig.

»Sehr witzig«, raunzte Sherman und trat ein. »Keine Angst, das von heut morgen zahl ich dir heim, Schmock. Du kennst uns Israelis. Wir gewinnen immer... frag die Araber! Na, wie lief's mit Mister Maßanzug? Hast du den Fisch an der Angel?«

Grant bestätigte, daß dies der Fall sei, und die Partner diskutierten verschiedene Aspekte des Interviews. Dann fragte Sherman: »Willst du'n paar Sachen an Mike Hammer und Sam Spade abgeben, damit du dich in den nächsten Tagen auf den Fall konzentrieren kannst?« Damit waren die beiden Privatdetektive gemeint, die bei ihnen angestellt waren und sich das dritte Bürozimmer teilten. Beide waren noch jung und begeistert, und der Job hatte für sie noch nichts an Glamour verloren, daher verwendete der amüsierte Sherman die Spitznamen, wenn er von ihnen sprach.

Grant überlegte einen Moment und nickte. »Ja, gute Idee, Harry. Ich hab 'n paar Sachen laufen, die sie mir in den nächsten Tagen abnehmen könnten. Ich will mich im Rathaus nach dem Verein erkundigen, dem Millers Junge beigetreten ist, und Curtis hat für mich bereits 'ne Anfrage bei den State Forces laufen.

Wenn was rauskommt, will ich dem nachgehen, solange die Spur noch heiß ist. Im Moment habe ich noch fast nichts in der Hand.«

»Okay, überlaß das mir«, antwortete Sherman im Gehen. Auf halbem Wege zur Tür blieb er stehen und drehte sich um. »Ach ja … du schuldest der Portokasse einen Dollar fünfzig.«

»Hm? Wieso schulde ich der Portokasse einsfünfzig?« fragte Grant verwirrt.

»Wegen dem Rohrzucker für deinen Nobelklienten«, gab Sherman blasiert zurück. »Das wird dich lehren, mich zu verscheißern.«

Er ging auf Grant zu und hielt die Hand auf. Der Jüngere protestierte halbherzig und zahlte. Sherman grinste triumphierend und marschierte zur Tür. Er faßte an die Klinke, hielt inne und sagte über die Schulter: »Ich hab dir versprochen, daß ich dir das heimzahl. Wer hat gesagt, ›die Rache ist mein‹?«

»Na, Gott der Herr, oder?« erwiderte Grant verdrießlich.

»Nee. Charlton Heston … hast du den Film nicht gesehen?« Mit dieser Spitze verzog sich Sherman.

Schmunzelnd machte sich Grant wieder daran, den Stapel in seinem Ausgangsfach zu vergrößern. Bis zum Lunch wollte er damit fertig sein, um sich auf die Suche nach dem vermißten Miller-Jungen zu machen.

16

Tief unten im Keller des Betlehem-Hauses tigerte Jim Miller rastlos in seiner drei mal vier Meter großen Zelle auf und ab. Sein Frühstück lag kaum berührt auf einem Tablett neben der Tür. Er hatte gerade ein weiteres, beunruhigendes Verhör mit Angel One hinter sich. Beunruhigend, da es, auch wenn es nicht lang gedauert hatte, seinen noch immer verschollenen Partner betraf, und Jim das Gefühl hatte, daß der Chinese seine Beteuerungen, er wisse nicht, wo Tom Sheppard sei, mit wachsender Skepsis aufnahm.

Es war ihm immer unangenehm gewesen, wenn einer der vier Chinesen mit ihm sprach, aber vor Angel One graute ihm am meisten. Der Mann strahlte eine Aura kaum verhohlener Gewalt aus, die ihn wie ein eisiger Nebel umgab. Die glitzernden Augen hatten auf Jim dieselbe hypnotische Wirkung wie die Schlange auf das Kaninchen. Sie schienen sein Gehirn Schicht um Schicht abzutragen, bis sie das Geheimfach bloßgelegt hatten, in dem die Wahrheit versteckt war.

Er betastete vorsichtig die Schwellung um die klaffende Stirnwunde. Bauch und Nacken waren von den Hieben des Chinesen noch empfindlich und erinnerten ihn schmerzhaft an den Augenblick, als er in der Telefonzelle geschnappt worden war. Die Telefonzelle! Natürlich ... fast hatte er es vergessen ... er hatte gerade mit seinem Vater gesprochen, als er zusammengeschlagen wurde.

In einem Anflug irrationaler Hoffnung überlegte er, ob sein Vater sich aus dem Anruf vielleicht einen Sinn zusammengereimt haben könnte, und versuchte, sich das Gespräch Wort für Wort ins Gedächtnis zu rufen. Die Hoffnung verließ ihn, als er merkte, daß er keine brauchbaren Hinweise gegeben hatte, von wo aus er anrief. Und selbst wenn er in der Lage gewesen wäre, exakte, kartographische Angaben über den Standort der Tankstelle zu machen, wäre sein phantasieloser, gesetzestreuer Vater noch lange nicht in der Lage gewesen, ihm zu helfen. Aus der Ecke konnte er also keine Hilfe erwarten.

Seine einzige Hoffnung bestand darin, den Propheten nach seiner Rückkehr vom Kreuzzug in New York hinzuhalten und die Bestrafungsaktion hinauszuzögern. Das war nur möglich, wenn er weiter so tat, als würde Tom noch frei herumlaufen und bei der Außenwelt wahrscheinlich unerwünschtes Interesse an der Sekte heraufbeschwören. Doch damit kam er nur solange durch, wie sie Toms zerfleischte Überreste draußen im Wald nicht fanden. In der Zwischenzeit, wenn er Geduld bewahrte und seinen Grips behielt, ergab sich vielleicht eine Gelegenheit zu einem zweiten Fluchtversuch, so unwahrscheinlich dies im Augenblick auch schien.

Noch immer rastlos auf- und abgehend, dachte Jim über die Begegnung mit den vier Truckern an der Tankstelle nach. Mit Genugtuung erinnerte er sich daran, wie der Schwergewichtler, den sie Rocky nannten, dem kinnlosen Redneck namens Jube und seinen verbündeten Arschlöchern das Maul gestopft hatte. Es versetzte ihm einen Stich, als er daran dachte, wie nah er der Fahrt in die Freiheit und Sicherheit mit dem bulligen Trucker schon gewesen war, bevor er geschnappt wurde.

Keine Sekunde zog er die Möglichkeit in Erwägung, von dieser Seite Hilfe zu bekommen. Die vier Trucker nahmen vermutlich an, daß man ihnen für eine Gratismahlzeit und etwas Kleingeld einen Bären aufgebunden hatte. Er ahnte nicht, wie nahe er damit der Meinung der Polizisten kam, die in den frühen Morgenstunden die Aussagen über sein Verschwinden zu Protokoll genommen hatten.

Jim beendete die düstere Bestandsaufnahme der nächtlichen Ereignisse mit dem Schluß, daß er mit keinerlei Hilfe von außen rechnen konnte. Er war ganz auf sich gestellt.

Angel One stand im kalten Morgengrauen neben dem Drahtverhau des Zwingergeländes und hörte sich den Bericht des narbengesichtigen Latino-Apostels an, der für die Hundedressur verantwortlich war. Soeben hatte der Chinese den geschnappten Ausreißer im Verließ zum zweiten Mal verhört. Das Ergebnis war unbefriedigend. Nicht, daß er etwas in der Hand hatte, doch sein Instinkt sagte ihm, daß der Junge log – oder zumindest ausweichende Antworten gab und zugleich den Eindruck zu erwecken versuchte, als sei er kooperativ.

Doch es bestand immerhin die Möglichkeit, daß Miller die Wahrheit sagte – daß die beiden Ausreißer sich tatsächlich getrennt hatten und Miller wirklich nicht wußte, wo sein Partner war. Aber irgendetwas kam ihm komisch vor. Angel One vertraute seiner Intuition. Sie hatte ihn in solchen Angelegenheiten noch nie getäuscht. Warum gab es absolut keine Spur von dem zweiten Jungen? Das war es, was ihm nicht einleuchten wollte. Schließlich hatten sie die Verfolgung sofort aufgenommen, und nachdem Miller geschnappt worden war, hatten sie die Suche nach Sheppard mit dem gesamten verfügbaren Personal fortgesetzt.

Er beschloß, das Problem vorerst beiseitezulegen und sich auf das zu konzentrieren, was der Apostel zu berichten hatte. Es schien, als habe die Meute auf das morgendliche Signal der Ultraschallpfeife zwar prompt reagiert, dann jedoch weder die übliche Agressivität noch den gewohnten Heißhunger auf die Futterration gezeigt. Außerdem klebte getrocknetes Blut an ihren Schnauzen.

Die Blutspuren waren an sich nichts Ungewöhnliches. Angel One wußte, daß die Hunde absichtlich unterernährt und halbwild gehalten wurden, um sie zum Jagen und Töten von Beute anzuhalten, tierischer wie menschlicher. Doch die kärgliche Morgenmahlzeit im Zwinger verschmähten sie nie... es sei denn, sie hatten in der Nacht fette Beute gemacht. Vielleicht... ein Reh? Einen unentdeckt gebliebenen menschlichen Eindringling? Oder einen Ausreißer?

Er wußte, es war kein Reh ausgesetzt worden, um von der Meute erlegt zu werden, wie es hin und wieder geschah, um den Jagdinstinkt wachzuhalten. Es war allerdings schon vorgekommen, daß ein Reh aus der Umgebung den fünfeinhalb Meter hohen Zaun überwand... und seine Neugier teuer bezahlte.

Angel One blickte nachdenklich auf den dunklen Umriß des Waldes, der sich messerscharf gegen den rötlichen Morgenhimmel abzeichnete. Plötzlich leuchteten seine zusammengekniffenen Augen auf. Mit einem knappen Kopfnicken wandte er sich dem Apostel zu, der neben ihm stand und stumm auf einen Befehl wartete.

»Komm. Wir organisieren die sofortige Durchsuchung des Geländes.« Er drehte sich auf dem Absatz um und ging, gefolgt von dem jungen Latino.

Die beiden Figuren, der eine im grauen, der andere im schwarzen Trainingsanzug, schritten zielstrebig auf das Haus zu und verschwanden darin. Die Intuition hatte Angel One gesagt, daß sich das Objekt der geplanten Suchaktion, der zweite Junge, den er in der vergangenen Nacht nicht hatte aufspüren können, irgendwo da draußen im Wald befand. Oder besser gesagt das, was von ihm übrig war...

17

Grant verbrachte den verbleibenden Vormittag konsequent damit, seinen Papierkram zu erledigen. Kurz vor zwölf, als er fast fertig war, klingelte das Telefon. Er nahm ab und sagte: »Ja? Hier Grant.«

»Ich hab Lieutenant Curtis in der Leitung, Brett«, informierte ihn Annas Stimme.

»Okay, Anna, stell ihn bitte durch.«

Kurz darauf krächzte Curtis in sein Ohr: »Hi, Brett. Hier is Ben. Gut, daß ich dich erwischt hab. Hab was über deinen Ausreißer.«

»Schon?« sagte Grant überrascht. »Das ging aber fix. Wirst noch richtig effizient auf deine alten Tage, wie? Oder willst du bei mir Eindruck schinden, weil ich jetzt als Steuerzahler für dein Gehalt aufkomme?«

»Frechheit!« schnaubte Curtis verächtlich. »Hör mal, du Steuerzahler, es hat sich einiges getan, seit du weg bist. Wir gehn nicht mehr mit Lupe und Gummischlauch auf die Pirsch. Wir sind jetzt computerisiert, bitte schön. Um genau zu sein«, fügte er griesgrämig hinzu, »haben wir jetzt Heerscharen von Wichsern, die nichts Besseres zu tun haben, als mit Zettelchen rumzurennen und 'n Rechner zu suchen, in den sie sie reinstopfen können.«

Grant lachte, und Curtis wetterte weiter: »Das ist kein Witz, Buddy. Die meisten stecken unter Vorspiegelung falscher Tatsachen auch noch in Uniform. Wenn man einen von denen auf die Straße schicken würd, wär er hoffnungslos verratzt, ohne seinen Computer, der ihm sagt, was er tun soll.

Und es kommt noch schlimmer... Wenn Curtis einmal bei seinem Lieblingsthema war, gab es kein Halten mehr. »Wir nehmen kaum noch 'n Hörer in die Hand, wenn wir andere Dezernate anrufen. Nicht mehr nötig – die Scheißmaschinen schanzen sich die Nachrichten gegenseitig zu. Wir zählen nicht mehr. Ich sag dir, wenn's so weiter geht, werd ich in ein paar Jahren gefeuert und statt meiner sitzt hier 'n Scheißcomputer rum. Und dann kannst du dir die Kumpelnummer abschminken, Steuerzahler!«

»Hör auf, Ben, du brichst mir das Herz«, erwiderte Grant. »Ich werd dir sagen, was ich für 'n alten Kumpel tu. Ich red mit Harry und sag ihm, wir könnten hier im Büro 'n Faktotum brauchen – jemanden, der die Aschenbecher ausleert, verstopfte

Klos repariert, und so was. Nichts geistig Anspruchsvolles. Das sollte sogar 'n ehemaliger Mordkommissar wie du hinkriegen, oder?«

»Sehr witzig«, brummte Curtis. »Jetzt zum Thema Effizienz. Wir haben 'ne Reaktion auf den Funkspruch, den ich heut früh wegen dem vermißten Jungen ausgegeben hab.«

»Hey super, Ben«, antwortete Grant erfreut.

»Hör dir's erst mal an, bevor du mir Rosen zuwirfst«, erwiderte Curtis. »'n alter Kumpel von mir, der in 'nem Kaff namens Rockford Sheriff ist, oben in Dawson County, hat mich vorhin angerufen. Er hatte meine Anfrage gesehn und sie mit 'nem Fahndungsaufruf verglichen, den die State Police heut morgen durchgegeben hat. Sieht so aus, als hätten ein Trucker und seine drei Kollegen etwa um eins 'ne Streife auf der State Highway gerufen. Sie haben einen Vorfall an 'ner Tankstelle gemeldet. 'n junger Bursche hat sie um Hilfe gebeten und gesagt, daß er Jim Miller heißt... kommst du mit?«

»Ja, Ben, red weiter«, erwiderte Grant, der den Hörer zwischen das rechte Ohr und die Schulter geklemmt hatte und eifrig mitschrieb.

»Also«, fuhr Curtis fort, »der Trucker und seine Kollegen waren anscheinend auf 'ner Nachtfahrt von Montreal nach New York unterwegs und haben im Diner an der Tankstelle, ein paar Meilen nördlich von Rockford, Rast gemacht, und da haben sie den Knaben getroffen. Anscheinend hat er irgend'n roten Fetzen angehabt und erzählt, daß er von religiösen Freaks gejagt wird, vor denen er abgehauen is, so steht's jedenfalls im Bericht der Cops.«

Grant hörte Curtis gespannt zu. »Jedenfalls scheint der Typ dem Jungen angeboten zu haben, ihn in die Stadt mitzunehmen und hat ihm Kleingeld gegeben, damit er seine Eltern anrufen kann. Der Junge is rausgegangen, um in 'ner Zelle auf dem Vorplatz zu telefonieren. Kurz darauf hat der Typ nachgesehn, wo er bleibt, und da war der Junge weg... wie vom Erdboden verschluckt.

Wahrscheinlich hätt' sich der Trucker nicht viel dabei gedacht, aber der Hörer war kaputt und der Junge hatte 'nen Becher Kaffee fallen lassen, den er ihm zuvor spendiert hatte. Er hat ge-

154

dacht, er meldet's besser der Polizei, für den Fall, daß der Junge entführt wurde, weil er doch gesagt hatte, daß er gejagt wird. Der State Trooper hat 'n Bericht geschrieben, den Schaden als vorsätzlich bezeichnet und außerdem 'ne Fahndung auf den Jungen ausgestellt. Schlaue Hunde, diese Provinzcops. Gehn immer auf Nummer sicher. Glauben wohl, sie hätten's noch immer mit Rothäuten zu tun. Na, was meinst du? Klingt wie dein Jüngelchen, oder?«

»Und ob«, erwiderte Grant. »Das bestätigt nicht nur, was sein alter Herr gesagt hat, es gibt mir auch 'ne Spur. Gib mir die Personalien von dem Trucker, ich geh gleich nach dem Lunch hin.«

»Paß auf... sein Name ist Joseph Aloysius O'Rourke. Was sagt dir das?«

»Klingt irgendwie polnisch«, meinte Grant ironisch.

Curtis prustete vor Lachen. »Ja. Mit so 'nem Namen sollte er in der Bronx auf Streife gehn, anstatt dort zu wohnen.«

Er nannte Grant eine Adresse im Westchester District der Bronx und fügte hinzu: »Ach, übrigens, was anderes... die Sekte, von der du gesprochen hast. Die Kinder von soundso... ich hab's überprüft, weil ich schon dabei war. Sie sind bei der Stadt als Wohltätigkeitsverein registriert. Haben anscheinend 'ne Lizenz, an verschiedenen Stellen in der Stadt mobile Suppenküchen zu betreiben. Der Spur kannst du auch nachgehen, okay?«

»Danke, Ben. Das bestätigt 'ne andere Sache, die der Vater erwähnt hat, « erklärte ihm Grant. »Er glaubt, sein Sohn sei an einem der Suppenstände mit den Leuten in Kontakt gekommen. Er ist überzeugt, sie benutzen die Stände zur Mitgliederwerbung. Könnte recht haben. Ich werd der Sache nachgehen und mir die Leute vorknöpfen.«

»Paß auf, daß sie sich nicht dich vorknöpfen«, warnte Curtis. »Ich brauch dir nicht zu erzählen, daß einige von diesen Freaks ganz schön unangenehm werden können, wenn man ihren heiligen Gefilden zu nahe tritt. Wenn diese Typen glauben, sie hätten das Recht, Kids einzufangen, die vor ihnen davonlaufen, dann werden sie nicht gerade 'n roten Teppich ausrollen für jemanden, der ihnen ihre Kids wieder abluchsen will.«

»Keine Sorge, ich reib mich mit Knoblauch ein und häng mir

'n Kruzifix um,« versprach Grant und fragte: »Wie steht's mit diesem alten Kumpel von dir, von dem du die Informationen hast – dem Sheriff? Wie heißt er, dann schau ich bei ihm vorbei, wenn ich rauffahre, um dieses Betlehem-Haus zu suchen.«

»Springfield… Nate Springfield. Du kannst ihn gern anrufen, wenn du in der Gegend bist, sagt er. Auf den kannste dich verlassen. 'n nützlicher Verbündeter, wenn's Ärger gibt. Nate und ich, wir kennen uns schon ewig.«

»Okay, Ben, mach ich. Und nochmal danke für die Hilfe. Ich bin dir was schuldig«, sagte Grant herzlich.

»Ich mach mir langsam 'ne Strichliste… bei all den Gefallen, die du mir schuldig bist«, bemerkte Curtis.

»Okay«, sagte Grant lachend. »Und wie laufen deine eignen Ermittlungen? Schon was rausgefunden?«

»Nett, daß du dich erinnerst, daß ich in 'nem hochbrisanten Mordfall stecke«, brummte Curtis. »Nö, nicht viel, außer daß wir die Bar gefunden haben, in der sie war, bevor sie ihrem Mörder begegnet ist. Wahrscheinlich hat sie ihn auf der Straße aufgegabelt, denn der Wirt ist sich ganz sicher, daß sie die Bar allein verlassen hat. Das war gegen Mitternacht. Wir haben auch jemanden aufgetrieben, der glaubt, kurz danach im Nebel an den beiden vorbeigekommen zu sein. Hat nicht viel gesehen, bei dem Wetter, aber er erinnert sich an einen großen, eleganten Mann und 'n schwarzes Mädel. Glaubt, daß der Typ 'n weißes Tuch oder vielleicht 'n Schal vor dem Mund hatte. Deswegen ist er dem Zeugen aufgefallen. Wie gesagt, nicht viel, aber der erste Augenzeuge, falls es unser Mann ist.«

»Könnte 'n Anfang sein«, sagte Grant aufmunternd. »Du hast's verdient. Auch dein Glück wird sich einmal wenden.«

»Ja. Dann kommt's wahrscheinlich noch dicker«, entgegnete Curtis trübselig. »Wir haben auch 'ne vage Beschreibung von dem Penner, der die Leiche gefunden hat. Er hat was von 'ner Gestalt gefaselt, die im Nebel an ihm vorbeigegangen ist, kurz bevor er die Leiche in der Gasse gefunden hat. Doch wenn man dem Schnapsbruder glaubt, war's ne Kreuzung aus Frankenstein und King Kong! Was soll's, ich muß los, Brett. In zehn Minuten fängt die Pressekonferenz an, und ich hab mein Testament noch nicht gemacht.«

»Dein Testament?«, fragte Grant verwundert.

»Ja, ich spiele mit dem Gedanken an Selbstmord«, knurrte Curtis. »Wenn ich der Presse was zum Drucken geb, hab ich sie 'ne Weile vom Hals. Bis bald.« Er legte auf.

Grant beendete seinen Papierkram, ordnete den Stapel und brachte ihn Anna zusammen mit einer Kassette mit Briefen, die sie tippen sollte. Er legte ihr den Stapel auf den Schreibtisch, trat einen Schritt zurück und schlug die Hacken zusammen wie ein preußischer Offizier.

»Melde gehorsamst, Auftrag erledigt, Fräulein Strauss. Bitte um Erlaubnis, abtreten und mich erschießen zu dürfen.«

Anne lächelte ihn nachsichtig an und fragte: »Sind Sie den ganzen Nachmittag unterwegs, Brett?« Als er bejahte, sagte sie, sie würde die getippten Briefe auf seinen Schreibtisch legen, damit er sie am nächsten Morgen unterschreiben könne.

Dann ging er kurz bei Sherman vorbei und erzählte ihm von Curtis' Anruf. Er sagte seinem Partner, daß er den Rest des Tages unterwegs sein würde, um Hinweisen nachzugehen, die er sich von seinem Besuch bei dem Trucker O'Rourke versprach.

»Ich will sehen, ob ich einen dieser Transporter finde, um mir den Verein mal anzuschauen. Dann fahre ich wahrscheinlich rauf nach Rockford und schau mir die Tankstelle an, wo der Junge letzte Nacht verschwunden ist. Ich hoffe, dieser Springfield kennt das Betlehem-Haus, das der Junge seinem alten Herrn gegenüber erwähnt hat. Es muß dort in der Nähe sein.«

»Sei vorsichtig, wenn du's findest«, warnte Sherman. »Diese religiösen Freaks können gefährlich werden, wenn sie merken, daß jemand herumschnüffelt, wie du aus Erfahrung weißt.«

»Okay, okay... ich weiß. Ben hat mich auch gewarnt. Ein Wunder, daß Ihr Glucken mich überhaupt allein aus dem Haus laßt«, sagte Grant lachend.

»Wir sind lediglich um dein Wohl besorgt.« Sherman breitete die Hände aus. »Vielleicht sind es Kannibalen«, sagte er mit einem schelmischen Augenzwinkern, »und machen Hackfleisch aus dir und schmieren dich auf ihre Hostien.«

»Ach ja?« Grant stoppte an der Tür. »Ich will dir was sagen, wenn mich das Völkchen zu fassen kriegt, kann ich nur hoffen, daß dieser Prophet kein Ex-Rabbi ist... sonst weiß ich, was er mir abhackt! Wenn ich zurückkomme, hab ich fünf Zentimeter weniger und 'ne Oktave mehr!«

Grant witschte hinaus und zog die Tür hinter sich zu, als Sherman ihm nachrief: »Seit wann hast du fünf Zentimeter zu verlieren? Gib nicht so an...« Anna zuwinkend, verließ Grant das Büro und ging zu den Fahrstühlen.

18

Grant holte sich im Deli an der Ecke einen Snack und fuhr über die Washington Bridge in die Bronx. Eine knappe Stunde, nachdem er das Büro verlassen hatte, saß er in einem bequemen Sessel in O'Rourkes Wohnzimmer, eine eisgekühlte Dose Budweiser in der Hand. Ihm gegenüber saß, eine identische Dose in der Pranke, der schwergewichtige Trucker, den Jim Miller unter dem Namen Rocky kannte.

Grant hatte, nachdem sie sich gegenseitig vorgestellt hatten, das Mittagessen, das Rockys Frau ihm anbot, dankend abgelehnt. Die geschäftige, mütterliche Frau hatte nicht akzeptieren wollen, daß ein ausgewachsener Mann mit einem Snack aus dem Deli bis zur nächsten Mahlzeit über die Runden kam, und hatte darauf bestanden, ihm einen Teller Sandwiches hinzustellen, an dem sich ein Elefant überfressen hätte – »falls er doch noch hungrig würde«.

Rocky hatte ein Six-Pack Budweiser geholt, seine Frau hatte die vier kleinsten der sechs Sprößlinge hinausgescheucht – die beiden ältesten waren nicht zu Hause –, und die Männer hatten es sich bequem gemacht. In beiderseitigem Einverständnis verzichteten sie auf Förmlichkeiten und redeten sich beim Vornamen an.

Grant fand den großen, grauhaarigen Trucker und seine treusorgende Frau auf Anhieb sympathisch. Sein erster Eindruck war der von grundanständigen Leuten, die das Herz am rechten Fleck hatten und halfen, wenn Not am Mann war. Eine halbe Stunde später, nachdem Rocky die nächtlichen Ereignisse in allen Einzelheiten geschildert und seine Sorge über das mysteriöse Schicksal des verängstigten Jungen, der ihn um Hilfe gebeten hatte, zum Ausdruck gebracht hatte, wußte Grant, daß er sich in dem Mann nicht geirrt hatte.

Rocky hatte gerade erzählt, er sei auch deshalb besorgt, weil er einen Sohn in etwa demselben Alter wie Jim Miller habe, als die Tür aufflog und eine dünne, rothaarige Teenager-Ausgabe von Rocky hereinstürzte. Der sommersprossige Junge trug ein verwaschenes Sweatshirt, zerschlissene Jeans, ausgelatschte Turnschuhe und hatte einen Basketball unter dem Arm. Er blieb verdutzt stehen, als er seinen Vater mit einem Gast dasitzen sah. Grant nutzte die plötzliche Stille aus, um sich nach vorn zu beugen und den Kassettenrecorder auszuschalten, den er zwischen sich und Rocky auf dem Couchtisch plaziert hatte.

Der Junge faßte sich mit der Geschwindigkeit der Jugend und grinste seinen Vater über das ganze Gesicht an. »Hi, Pop«, grüßte er fröhlich. »Ich dachte, du schläfst noch.«

»Was du nicht sagst«, brummte Rocky sarkastisch. »Bei dem Spektakel, das du machst, wenn du denkst, ich schlafe noch, möcht ich nicht wissen, was du treibst, wenn du denkst, daß ich wach bin. Wie wärs, wenn du das nächste Mal die Tür aufmachen würdest, bevor du reinkommst?«

Der Junge grinste schuldbewußt. »'Tschuldigung, Pop. Ich wollt euch nicht stören. Ich wußte ja nicht, daß du Besuch hast…«, sagte er mit dem Blick auf Grant, in dem offensichtlichen Bemühen, das Thema zu wechseln.

Sein Vater schien anzubeißen. Rocky sagte mit einer Kopfbewegung auf den Jungen zu Grant: »Die stampfende Büffelherde ist mein Ältester… Patrick. So steht's jedenfalls im Taufbuch. Sagen Sie ruhig Pat.« Er wandte sich wieder seinem Sohn zu. »Pat, sag Mr. Grant guten Tag.«

Grant grinste und streckte die Hand aus. »Hi, Pat. Freut mich, dich kennenzulernen.«

Der Junge grinste zurück und gab ihm mit der etwas linkischen Art eines Teenagers, der versucht höflich zu sein, die Hand. »Freut mich auch, Sir.«

»Mister Grant ist Privatdetektiv«, klärte Rocky seinen Sohn beiläufig auf. »Er versucht, einen vermißten Jungen ausfindig zu machen, den ich letzte Nacht an einer Tankstelle getroffen habe, im Norden oben.«

Pat machte große Augen. Halb ehrfürchtig, halb fasziniert, fragte er: »Echt? Sie sind 'n richtiger Privatdetektiv, Mr. Grant?«

Grant nickte freundlich. Inzwischen war er an solche oder ähnliche Reaktionen von den Leuten – Jugendlichen wie Erwachsenen – gewöhnt, die mit der glamourösen Fernsehversion seines Berufs großgeworden waren. »Bin ich«, bestätigte er. »Ein leibhaftiger. Hier...« Er zog ein kleines, weißes Kärtchen aus der Brieftasche und reichte es dem Jungen.

»Meine Karte... kannst du behalten.« Dann zog er seine Lizenz und seine Marke hervor, klappte die Marke auf und übergab dem Jungen beides zur Inspektion.

»Wow, danke, Mr. Grant«, sagte Pat, steckte die Karte ein und studierte Lizenz und Marke genau, bevor er sie zurückgab.

»Tragen Sie eigentlich 'ne Waffe?« fragte er, und seine Augen sprühten vor Erwartung. »Sei nicht so neugierig, sonst knallt er dir mit seinem Totschläger eins vor'n Latz«, unterbrach Rocky.

»Wow... Sie tragen 'n Totschläger mit sich rum?« fragte Pat unverblümt.

Rocky verdrehte die Augen, und Grant mußte lachen. »Ich schlepp nicht ständig 'ne Waffe mit mir rum, aber ich hab die Erlaubnis, eine zu tragen, wenn's nötig ist. Und den Totschläger nehm ich nur sonntags mit. Mit dem geb ich hilflosen alten Damen eins auf die Rübe, wenn sie sich gegen Räuber wehren.«

Der Junge lachte, dann fragte er seinen Vater aufgeregt: »Bist du wirklich Zeuge in einem Fall von Mr. Grant, Pop?«

Rocky nickte. »Sieht ganz so aus«, sagte er und fügte beiläufig hinzu, »außerdem wollt ich ihn grad engagieren, um rauszufinden, wo du mit dem Basketball hinwillst.«

Plötzlich war das Grinsen wie weggeblasen. Pat schlug die Augen nieder und scharrte verlegen mit dem Fuß. »Wenn ich mich nicht täusche«, fuhr sein Vater unbarmherzig fort, »hat mir deine Mutter was erzählt, daß du heut morgen nicht in die Schule konntest, weil du mit 'ner Erkältung todkrank im Bett

160

liegst. Na... wo ist die Erkältung geblieben? Und was willst du mit dem Basketball? Oder irr ich mich? Is das 'ne Riesenpille... 'ne neue Wunderdroge gegen plötzliche Erkältung, von der noch niemand was gehört hat, hm?«

Pat sah seinen Vater an, doch er hielt dem strengen Blick nicht stand. Rocky hatte ihn kalt erwischt. Er hatte ihn mit Grant abgelenkt und ihn dann an der offenen Flanke angegriffen.

»Naja... Pop«, begann er. »Ich war heut morgen 'n bißchen erkältet, echt. Aber nach 'nem halben Tag im Bett war's vorbei. Und... ähm... heut abend ist doch das wichtige Spiel gegen East Harlem High...«

Er stockte kurz unter dem strengen Blick der väterlichen blauen Augen, dann sagte er schnell: »...und da hab ich gedacht, ich lauf runter in die Halle und mach noch 'n paar Freiwürfe. Weil ich doch der Penalty Shooter bin...«, einen durchsichtigen Appell an Rockys väterlichen Stolz auf das spielerische Talent seines Sohnes richtend.

Doch Rocky schüttelte den Kopf. »Kommt gar nicht in Frage. Wenn du erkältet bist, bleibst du zu Hause. Keine Schule, kein Basketball!«

»Ach Mann, Pop...«, protestierte Pat.

»Komm mir nicht mit ›Ach, Mann, Pop‹. Wenn du zu krank für die Schule bist, biste auch zu krank fürn Basketball. Ganz einfach!« sagte er achselzuckend.

Verzweifelt startete der Junge einen letzten Versuch. »Ach, bitte, Pop, sei kein Spielverderber«, bat er. »Es is echt wichtig, daß wir heut gewinnen. Wenn wir East Harlem High heut abend schlagen und nächste Woche Richmond High, gehört der Titel so gut wie uns.«

Rocky sah seinen Sohn eine Weile nachdenklich an. Dann schien er eine Entscheidung getroffen zu haben. »Weißt du was«, begann er langsam, »wenn du mir beweist, daß du fit bist, überleg ich mir's nochmal... okay?«

Der ahnungslose Pat schluckte den Köder. »Kein Problem, Pop!« erwiderte Pat eifrig. Dann stutzte er und runzelte die sommersprossige Stirn. »Ähm... und wie soll ich's dir beweisen?« fragte er skeptisch.

Das Zwinkern in Rockys Augen strafte seine barsche Stimme Lügen. »Wenn du runtergehst und den Wagen wäschst ... inklusive Saugen, kannst du heut abend Basketball spielen.«

Der Junge zog eine Schnute, als er merkte, daß er reingelegt worden war. Doch er steckte die Niederlage weg, grinste den amüsierten Grant an und zog ab. An der Tür stoppte ihn die rauhe Stimme des Vaters. »Ähm ... noch was ...«

Pat blieb stehen und sah sich nervös um. »Wenn du dich anstrengst, springt 'n Zehner für dich raus, okay?«

Das ansteckende Grinsen, noch breiter als zuvor, erschien wieder auf dem sommersprossigen Gesicht. »Danke, Pop. Bist 'n echter Kumpel. Bis dann, Mr. Grant ...« Er winkte fröhlich und stürzte hinaus.

»Und hau die Tür ...«, rief Rocky ihm nach, doch zu spät. Ein lautes Krachen schnitt ihm das Wort ab, »... nicht wieder zu«, vollendete er langsam den Satz, als der Türrahmen erzitterte.

Rocky schüttelte den Kopf und schmunzelte. »Er ist 'n guter Junge, aber manchmal muß ich auf die Bremse treten, damit er merkt, wer am Steuer sitzt ... wer der Boss ist, verstehn Sie?« Grant nickte und lachte, als sein schwergewichtiges Gegenüber meinte: »Er ist noch nicht auf die schiefe Bahn geraten, aber das hat er nur seiner Mutter zu verdanken!«

Damit war das Interview zu Ende. Grant packte den Kassettenrekorder ein und stand auf. Im Flur kam ihm eine Idee. Er zögerte kurz, dann wandte er sich um und fragte nachdenklich: »Macht ihr die Montreal-Tour regelmäßig?«

Als Rocky bejahte, fragte er: »Könnte ich euch bitten, die Augen offenzuhalten ... Ihr wißt schon, ob euch was auffällt ... in der Umgebung der Tankstelle, wo ihr den Jungen getroffen habt? Ich weiß nicht mal genau, wonach ihr Ausschau halten sollt. Nach allem, was irgendwie mit der Sekte zusammenhängen könnte, Sie wissen, was ich meine, oder? Und falls euch was komisch vorkommt ...«, er zog eine Karte heraus und reichte sie Rocky, »... ruft mich unter dieser Nummer an, okay? Wenn ich nicht da bin, hinterlaßt mir 'ne Nachricht.«

»Geht klar«, antwortete Rocky. »Ich sag's weiter im Depot. Und weil wir gerade beim Thema sind, wenn Sie irgendwas rausfinden und wir irgendwie behilflich sein können – rufen Sie

mich an. Für religiöse Fanatiker hab ich nichts übrig. Man hat
nix wie Ärger mit den Typen. Wenn Sie mich fragen, in der
Hinsicht sind alle Religionen gleich. Ständig damit beschäftigt,
sich untereinander die Köpfe einzuschlagen. Möcht wissen,
wann die noch Zeit zum Beten haben!«

Nach dieser philosophischen Bemerkung verabschiedete sich
Grant. Er versprach Rocky, ihn anzurufen und ihn über das Ergebnis seiner Suche nach dem vermißten Jungen zu informieren, wie auch immer es ausfallen würde. Als er die Straße überquerte, winkte Pat ihm zu, der seine Strafarbeit erledigte und
den großen Ford Estate seines alten Herren wusch.

»Viel Glück beim Spiel heut abend«, rief Grant und stieg in
den Mustang. Ein fröhliches »Danke, Mr. Grant« folgte ihm, als
er den Wagen aus der Parkplatzausfahrt steuerte. Er winkte aus
dem Fenster, gab Gas und bog in den Expressway nach Manhattan. Als nächstes wollte er sich die Sekte vorknöpfen, die den
Miller-Jungen spurlos hatte verschwinden lassen.

19

Grants nächster Halt war City Hall. Nach zehn Minuten hatte
er im Register der gemeinnützigen Organisationen herausgefunden, daß ein Verein, der sich »Die Kinder Betlehems«
nannte, eine Lizenz hatte, acht mobile Suppenküchen in den ärmeren Vierteln der Stadt zu betreiben. Eines der Fahrzeuge
hatte eine Lizenz für Harlem. Er beschloß, die Stellplätze abzu-
klappern, für die die Genehmigung galt, da sie auf dem Weg
nach Norden, Richtung Rockford lagen.

Auf der Fahrt dorthin kam er am Harlem Tower vorbei und
beschloß spontan, Champ mitzunehmen, falls der Junge in der
Nähe war. Er würde den Knirps zu einer Spritztour einladen und
ihn dafür den Wagen bewachen lassen, während er die Sekte unter die Lupe nahm.

Die Idee erwies sich als Volltreffer. Der gewitzte Champ
wußte nicht nur, daß es den Sektentransporter gab, er konnte
Grant auch die Stelle nennen, wo er um diese Tageszeit stand.
Die Kids aus der Nachbarschaft waren offenbar Stammkunden.

Nach zehn Minuten hatte er dank Champs Beschreibung den Transporter gefunden.

Es war ein langer, dunkelblauer Kastenwagen, dem Aussehen nach ein Siebentonner, mit schlichten Goldkreuzen an den Seiten und der Hecktür. Die Seite, die zum Bürgersteig zeigte, war fast über die volle Breite aufgeklappt und legte einen brusthohen Tresen frei. Die hochgeklappte Seitenwand bildete ein Dach zum Schutz der Gäste gegen die Unbilden des Wetters. Der Transporter parkte in einer Straße von Harlem, die sich als Kulisse für einen Film über einen Berliner Vorort im Zweiten Weltkrieg geeignet hätte, durch den gerade eine Panzerdivision der Roten Armee gefahren war.

Die dunkle Farbe des Transporters paßte perfekt zur düsteren Umgebung aus verrammelten, zugenagelten Läden, doch das Sektenpersonal in und um den Transporter herum bildete einen auffälligen Kontrast. Vier Jugendliche, etwa sechzehn bis achtzehn Jahre alt, schlängelten sich durch die herumlungernden Gruppen, die meisten davon Schwarze, und verteilten Flugblätter an Passanten. Es waren drei Mädchen, zwei schwarze und ein weißes, der vierte war ein weißer junger Mann mit Bart. Vor dem tristen Hintergrund wirkten sie wie leuchtende Erscheinungen mit ihren farbigen, wadenlangen Kutten; zwei waren smaragdgrün, die anderen beiden himmelblau. Als Zugeständnis an die Novemberkälte trugen sie weiße Wollsocken in den Sandalen und, passend zu den Kutten, lange, weite Capes.

Grant fuhr am Transporter vorbei und parkte den Mustang fünfzig Meter weiter vor einer Ladenreihe, die noch nicht dicht gemacht hatte. Er holte eine Tüte Popcorn, zwei Cokes und eine Handvoll Schokoriegel in einem der Läden, ging zum Auto zurück, reichte sie Champ durchs Fenster und befahl ihm, zu warten und den Wagen zu bewachen.

»Woll'n Sie mit den Jesusfreaks quatschen?« fragte der Knirps und machte es sich mit der Ladung Süßigkeiten hinter dem Lenkrad bequem.

»Hab ich vor«, antwortete Grant. »Mal sehen, ob sie auch mit mir quatschen wollen.« Er grinste den Knaben an und meinte scherzhaft: »Vielleicht reden die nicht mit Honkies, hm?«

»Neenee, die reden mit jedem«, erwiderte Champ todernst. »Solang man sich auf den Jesusquatsch einläßt. Man kriegt sogar was zu futtern umsonst, nur damit man zuhört.«

Amüsiert betrachtete Grant seinen kleinen Informanten. »Ach ja? Und woher weißt du das alles, wenn ich fragen darf?«

»Hab die Brothers davon reden hören«, antwortete Champ nüchtern. »Die Leute hier nennen sie die Hallelujah Hamburger Mafia.« Bei diesen Worten schnipste er eine Coladose auf, als wolle er damit seine Verachtung für die Sekte und ihre Aktivitäten unterstreichen.

Grant ließ Champ mit seinem Picknick allein, lief über die Straße und beobachtete den Stand von der gegenüberliegenden Seite aus.

Er ging ein Stück daran vorbei, kam zurück auf die Straßenseite, auf der der Transporter geparkt war und ging auf ihn zu. In seinen legeren Klamotten, die karierte Jacke über den Schultern, fühlte er sich nicht allzu deplaziert unter dem bunten Völkchen von Harlem.

Als er näherkam, sah er, daß drei weitere Sektenleute im Stand beschäftigt waren. Hinter dem Tresen standen zwei Frauen, eine Weiße und eine Schwarze. Sie trugen die gleichen grünen Kutten wie die Flugblattverteiler auf dem Gehweg und hantierten geschickt mit einem Stapel Plastikschüsseln, der, flankiert von zwei großen, dampfenden Edelstahlbehältern, auf dem Tresen stand.

Das dritte Sektenmitglied war ein großer, pokergesichtiger Schwarzer in einem enganliegenden, grauen Trainingsanzug. An der athletischen Statur und der kaum verhohlenen Aggressivität erkannte Grant sofort, daß dies der Sektengorilla war – für den Fall, daß es Ärger gab. Und angesichts der Möglichkeit, dachte Grant, daß der Sohn seines Klienten entführt worden war, war es durchaus denkbar, daß der bullige, finster dreinblickende Schwarze auch die Aufgabe hatte, die Sektenmitglieder zu bewachen.

Grant verlangsamte seinen Schritt, als er die Menge erreichte, die sich lose um den Transporter gruppierte. Scheinbar unbeabsichtigt steuerte er auf das weiße, Zettel verteilende Mädchen in der himmelblauen Kutte zu und ließ sich von ihr den Weg abschneiden. Dadurch hatte es den Anschein, als hätte sie ihn zuerst gesehen, nicht umgekehrt.

Er hatte das Mädchen schon von der anderen Straßenseite aus bemerkt, doch jetzt, aus der Nähe, schien sie ihm spontan die geeignetste in dem vierköpfigen Trupp auf dem Gehweg. Sie war noch jung, sechzehn oder siebzehn vielleicht, und wirkte irgendwie verletzlich. Sie war blaß und schmal, das lange, dunkle Haar war aus dem elfenhaften Gesicht nach hinten gekämmt und mit einem blauen Band im Nacken zusammengehalten. In den großen, braunen Augen lag ein kaum wahrnehmbarer, stummer Appell, der ihr fast etwas Gehetztes verlieh.

Wie beabsichtigt sah sie ihn kommen, und als sich ihre Blicke trafen, lächelte er sie ermunternd an. Mit einem freundlichen Lachen machte sie einen halben Schritt zur Seite, um ihm den Weg zu verstellen und reichte ihm ein Flugblatt aus dem Stapel, den sie an die Brust drückte.

»Hallo«, begrüßte sie ihn fröhlich. Sie hatte eine klare, angenehme Stimme. »Hier bitte. Gott segne Sie und öffne Ihnen die Augen für seine heilige Botschaft.« Trotz des langen, wollenen Capes schien sie zu frieren. Grant ließ sich den Zettel reichen. Ein kurzer Blick bestätigte seine Vermutung, daß es sich um ein religiöses Traktat handelte.

»Worum geht's?« fragte er mit gewinnendem Lachen. »Ein neues Waschpulver, daß weiße Wäsche grau wäscht, damit man den Dreck nicht mehr sieht?«

Leicht verwirrt durch die unerwartet freundliche Reaktion lächelte das Mädchen nur und schüttelte den Kopf, da sie nicht wußte, was sie sagen sollte. Sie war eher daran gewöhnt, daß die Leute mit Unmut reagierten, von zähneknirschender In-Empfangnahme bis zu offener Feindseligkeit und Ablehnung. Gewöhnlich blieben nur arme Schlucker stehen, die wußten, daß es hier Suppe, Kaffee und Hamburger gratis gab. Gelegentlich versuchte jemand, sie anzubaggern, doch der hier schien nicht der Typ dafür zu sein. Sie spürte intuitiv, daß seine Offenheit echt war.

Grant, der ihr die Befangenheit nehmen wollte, trieb das Ratespiel noch etwas weiter. »Kein Waschmittel? Nein... sag nichts, laß mich raten... äh... 'ne Werbung für 'n neues Hundefutter. Die Marke, die neun von zehn Hunden im Fernsehen verschmähen? Auch falsch? Beim dritten mal klappt's... ich hab's! Du kandidierst bei den nächsten Kongreßwahlen. Stimmt's?«

Das Mädchen lachte, und ihre großen braunen Augen blitzten amüsiert auf. Sie legte die Hand auf den Mund, was sie noch mädchenhafter wirken ließ. Dann schüttelte sie den Kopf und sagte ernst: »Falsch. Es ist nichts dergleichen.«

»Okay, ich geb's auf«, sagte er. »Was verkauft ihr?«

»Wir verkaufen nichts«, sagte sie, noch immer belustigt. »Im Gegenteil, wir wollen den Leuten etwas schenken.«

»Ach. Was denn?« gab er zurück.

Sie deutete auf den Zettel in seiner Hand. »Wenn Sie unser Flugblatt lesen, werden Sie feststellen, daß es vom Werk unserer Kirche erzählt, den Kindern Betlehems...«

Sie hielt inne und räusperte sich, und Grant hatte den Eindruck, daß sie sich etwas ins Gedächtnis rief, was sie auswendig gelernt hatte. Der Eindruck bestätigte sich, als sie ihr Sprüchlein aufsagte wie ein kleines Mädchen sein Gedicht.

»Unter der Leitung unseres erleuchteten Führers, des Propheten Martin Bishop, verteilen wir Almosen an die Armen, der Lehre unseres Herrn und Retters Jesus Christus folgend, der gesagt hat... äh...«

Von seinem festen Blick verunsichert, verlor sie den Faden und verstummte. Um dem Blick auszuweichen, wandte sie sich ab und deutete auf den Transporter. »... Vielleicht möchten Sie 'n Kaffee, oder 'n Teller Suppe... und 'n Hamburger... bitte bedienen Sie sich«, sagte sie stockend.

»Ich kann mich nicht erinnern, daß in der Bibel davon die Rede ist«, entgegnete er überrascht. »Ich erinnere mich, daß Er Brot und Fische ausgeteilt hat... aber Suppe und Hamburger? Das ist mir neu.« Er lachte sie an.

Sie wußte, eigentlich hätte sie angesichts der Blasphemie schockiert sein sollen, doch sie war es nicht. Im Gegenteil, sie fand es lustig und kicherte. Die klaren, blauen Augen blickten sie fest an, scheinbar unschuldig, doch irgendwie... forschend? Ja, das war es... forschend. Wie wenn Erzengel Michael sie an-

sah, nur daß sie keine Angst hatte, wie in Gegenwart des furchterregenden Chinesen.

Nervös haspelte sie weiter: »Und wenn Sie sich in der Lage
sehen, wären wir dankbar für jede Spende, die Sie erübrigen
können, selbst die kleinste. Doch wenn Sie nichts geben können,
möge Gott Sie segnen und bitte, nehmen Sie unser Almosen an
im Namen des Herrn. Amen.«

»Amen«, wiederholte Grant feierlich. Dann fiel sein Blick auf
das kleine Namensschild an ihrem Cape, und er las laut »Schwester Louise«. Skeptisch fragte er: »Ist das dein richtiger Name
oder haben die Kinder Betlehems ihn dir gegeben?«

»Das ist mein richtiger Name«, sagte sie.

Er machte eine kleine Verbeugung und sagte freundlich:
»Freut mich, dich kennenzulernen, Louise. Weißt du was...«, er
zog sein Portemonnaie aus der Hosentasche und nahm einen
Zehner heraus, »...ich mach 'ne kleine Spende und krieg dafür
'n heiligen Hamburger und zwei Evangelistenkaffee?«

»Zwei Kaffee?« fragte sie unsicher.

Er nickte. »Jawoll... zwei Kaffee«, antwortete er. »Ich mach
jetzt erstmal Kaffeepause. Dann kannst du auch 'n Päuschen
einlegen und versuchen, mich davon zu überzeugen, daß du
wirklich glücklich bist mit dem, was du treibst.«

Die Reaktion kam prompt. Louise riß die Augen auf, dann
schielte sie nervös nach beiden Seiten, als wolle sie sich vergewissern, daß sie nicht belauscht wurden. Sie hielt seinem Blick
einen Augenblick stand, dann nickte sie zu seiner Erleichterung
und sagte ruhig: »Okay, wenn Sie es möchten. Ich bin gleich
wieder da...«, drehte sich um und ging zum Transporter.

Er sah zu, wie sich ihre schlanke Gestalt durch die Menschenmenge schlängelte, die mit dampfenden Suppentellern und angebissenen Hamburgern um den Tresen stand. Dann schlenderte er zu einem der geschlossenen Läden hinüber und lehnte
sich gegen die Jalousie. Der Positionswechsel erlaubte ihm, die
herumlungernden Gestalten ins Visier zu nehmen, inklusive der
beiden, die neben ihm an dem verrammelten Schaufenster lehnten. Er prüfte, ob jemand ungebührliches Interesse an ihm
zeigte – jemand, der die Ursache für die Nervosität des Mädchens gewesen sein konnte, als es unwillkürlich nach links und

rechts geschielt hatte. Er hatte den Eindruck gehabt, als vermute sie ganz in ihrer Nähe einen Spion.

Bei seiner kurzen Inspektion fiel ihm niemand auf, der ihn offen beobachtet hätte, doch er entdeckte einen potentiellen Kandidaten, einen jungen Schwarzen, der nur wenige Meter entfernt mit einem Becher Kaffee in der Hand scheinbar in eine zusammengefaltete Zeitung vertieft war. Er trug Jeans und Lederjacke und hatte sich eine lila Wollmütze bis über die Ohren ins Gesicht gezogen. Auf den ersten Blick wirkte er völlig harmlos, doch irgendetwas kam Grant komisch vor. Nichts Greifbares, doch die Erfahrung hatte ihn gelehrt, in solchen Situationen seinem Instinkt zu vertrauen, und er beschloß, den Knaben im Auge zu behalten.

Er konzentrierte sich wieder auf Louise, die drüben am Transporter stand. Sie lieferte gerade den Zehner ab und sprach mit der Weißen hinter dem Tresen. Als Louise auf ihn deutete, sah die Frau zu ihm herüber und schien ihn kurz zu mustern, dann nickte sie ihm ein freundliches Dankeschön zu. Grant hob die Hand zum Gruß und tat weiter so, als sei er an seiner Umgebung nicht sonderlich interessiert.

Als Louise, die Zettel unter den Arm geklemmt, mit zwei dampfenden Bechern und einem eingewickelten Hamburger auf ihn zukam, blickte er unauffällig an ihr vorbei zum Transporter. Er glaubte, den großen Schwarzen im grauen Trainingsanzug dabei zu ertappen, daß er seinem Blick auswich. Grant war sich sicher, daß die kalten Augen ihn im Visier hatten.

Er nahm den Kaffee entgegen, den Louise ihm reichte, nicht jedoch den Hamburger. »Der ist nicht für mich, Louise, danke. Ich hab ihn für dich bestellt. Du siehst aus, als ob du was Warmes gebrauchen könntest.«

Sie zögerte, doch dann lächelte sie ihn an. Sie hatte gleichmäßige, blendend weiße Zähne. Sie bedankte sich und sagte: »Ist das so deutlich zu sehen? Seh ich aus, als ob ich friere?«

»'n bißchen«, antwortete er. »Aber keine Sorge, die rote Nase steht dir... sie ist entzückend.«

»Huch! Das sagen Sie nur so... oder?« fragte sie ängstlich. Dann merkte sie, daß er frotzelte, und lachte. Sie biß in den Hamburger, kaute und spülte den Bissen mit einem Schluck

Kaffee hinunter. Dann sagte sie ernst: »Wissen Sie, eigentlich sollte ich mit Ihnen über unsere Arbeit sprechen und Ihr Interesse für die Predigt wecken, die unser Führer, Prophet Martin Bishop, heute abend im Washington Centre hält. Sonst krieg ich Ärger, weil ich herumtrödle, anstatt Leute zu bekehren.«

»Naja, sieht momentan nicht so aus, als stünden noch viele geeignete Kandidaten rum«, sagte Grant und sah sich um. »Das einzige Interesse der Leutchen scheint darin zu bestehen, sich 'n Teller Suppe und 'n Hamburger einzuverleiben, und nicht den Heiligen Geist, wenn du verzeihst.« Er wandte sich wieder zu Louise. »Aber mich interessiert die Predigt eures Führers heut abend, allen Ernstes. Wann fängt die Versammlung an?«

Er glaubte bemerkt zu haben, daß die lila Wollmütze ihre Position leicht verändert hatte. Sie war etwas nähergerückt.

»Wir nennen es Kreuzzug, nicht Versammlung«, verbesserte ihn Louise. »Das Programm beginnt um acht, und Prophet Martin Bishop wird gegen neun sprechen. Aber ich hätte nicht gedacht, daß Sie sich für sowas interessieren.«

»Dann mußt du mich eben überzeugen, daß mein sündhaftes Leben falsch war«, gab er zurück. Er verschränkte die Arme. »Na los... bekehr mich.«

Louise spülte den letzten Bissen mit einem Schluck Kaffee hinunter und betrachtete ihn belustigt über den Rand des Bechers. Sie setzte den Becher ab und sagte: »Irgendwie passen Sie nicht zu uns. Ich will damit sagen, Sie sind nicht der Typ, dem unser Leben gefallen würde.«

»Was meinst du mit ›nicht der Typ‹?« fragte er pikiert. »Woher weißt du, daß ich nicht zu euch passen würde? 'ne Hippiekommune ist vielleicht genau das richtige für mich, woher willst du das wissen. Ich sage dir...« Er beugte sich vor und flüsterte ihr ins Ohr: »...ganz unter uns, ich glaub, ich wäre 'n Knüller in so 'nem Nachthemd.«

Louise kicherte und legte mit dieser seltsam charmanten Kleinmädchengeste erneut die Hand auf den Mund. »Das sind Kutten, keine Nachthemden. Und Sie passen nicht zu uns, weil Sie zu... naja... zu nett und normal sind für uns. Ich weiß, ich drücke mich nicht sehr klar aus, aber wissen Sie, die meisten von uns kommen von der Straße... aus kaputten Familien, zerrütteten Verhältnissen … all sowas. Unsere Sympathie gilt denen, die wie wir in Not geraten sind … wissen Sie, was ich meine?«

Sie suchte nach den passenden Worten. »Wissen Sie, die Gemeinschaft gibt uns zu essen und versorgt uns. Sie gibt uns ein Zuhause … und einen Sinn. Das Gefühl … dazuzugehören. Und das ist wichtig, wenn man nirgends hinkann und mit niemandem sprechen kann.« Sie blickte ihn ernst an. »Sie sehen nicht so aus, als hätten Sie sowas nötig«, schloß sie ruhig.

»He … das is die mieseste Werbung, die ich je erlebt hab«, erwiderte er scherzhaft, um sie wieder aufzuheitern. »Ich hätte gute Lust, den Manager zu sprechen. Ist das der da drüben … der Fiesling im schmucken, grauen Traininganzug?« fragte er und deutete mit dem Kopf Richtung Transporter. Er löste sich von der Wand, als wolle er seine Drohung wahrmachen.

Sie sah ihn entsetzt an und breitete die Arme aus, um ihn aufzuhalten. »Nein! Bitte nicht …«, platzte es aus ihr heraus. Dann merkte sie, daß er nur einen Scherz gemacht hatte, und lächelte verkrampft. »Er versteht keinen Spaß. Er würde ihren Witz gar nicht komisch finden … und … naja, ich würde Ärger kriegen.«

»Weißt du, Louise, du erzählst mir jetzt das zweite Mal innerhalb von ein paar Minuten, daß du für etwas völlig Harmloses Ärger kriegen würdest. Bist du sicher, daß du nicht bei den Marines gelandet bist? Der Komiker da drüben im Transporter würde 'n guten Nahkampfausbilder bei den Green Berets abgeben, so wie der aussieht!« An ihren Augen erkannte er, daß er den Nagel auf den Kopf getroffen hatte. Anstatt zu protestieren, versuchte sie achselzuckend, das Thema zu wechseln.

»Ach, hören Sie nicht auf mich«, sagte sie leichthin, »ich hab mich unglücklich ausgedrückt.« Doch ihre Augen straften sie Lügen. Sie spähte nervös nach links und rechts, ob jemand mithörte.

Jetzt, da er sie in der Defensive hatte, beschloß Grant, auf den Punkt zu kommen. »Louise«, sagte er leise, »wo und was ist das Betlehem-Haus? Und wenn die Gemeinschaft so gut zu obdachlosen Jugendlichen ist, wie du sagst, warum hetzen sie dann denen, die aussteigen wollen, die Hunde auf den Hals?«

Hätte er ihr eine Ohrfeige verpaßt, der Schock wäre nicht

größer gewesen. Sie schnappte hörbar nach Luft, wurde leichenblaß, und in ihren weit aufgerissenen Augen flackerte Angst.

»Woher kennen Sie ... das Betlehem-Haus?« fragte sie tonlos. »Nur Mitglieder wissen ... oh nein! ... Sind Sie ...?« Die angsterfüllte Frage hing unvollendet in der Luft.

»Hey, keine Panik. Es ist alles in Ordnung, Louise«, beruhigte Grant sie sanft. »Nein, ich bin kein Mitglied ... ich spioniere auch nicht im Auftrag eures Propheten herum, falls du das befürchtest.«

»Aber ... wenn Sie keiner von denen ... von uns sind ... woher wissen Sie das alles? Wer sind Sie, und was wollen Sie?« Trotz ihres Mißtrauens entspannte sie sich etwas, auch wenn sie immer noch nervös war und ihre Umgebung sorgfältig im Auge behielt.

Bevor er antwortete, sah Grant sich selbst unauffällig um. Er bemerkte, daß die lila Wollmütze wieder ein Stück näher gerückt war, doch sie befand sich noch immer außer Hörweite, vorausgesetzt, sie sprachen leise. Er beschloß, Louise zu vertrauen. Sie schien ein ehrlicher Mensch zu sein, und ihre offenkundige Angst, sich den Unmut des Gorilla im Transporter zuzuziehen, deutete zumindest darauf hin, daß sie kein blinder Anhänger der Sekte und ihrer Leitung mehr war, so sie es je gewesen war. Auch war ihm der Lapsus mit »denen« und »uns« nicht entgangen, als sie vom Sektenpersonal sprach. Er beugte sich zu ihr und sagte mit gedämpfter Stimme, um zu zeigen, daß auch er sich der Gefahr potentieller Lauscher bewußt war:

»Hör zu, Louise, zuerst mal Folgendes. Ich bin dein Freund ... falls du mal einen brauchst«, versicherte er ihr nachdrücklich. »Laß mich kurz erklären, worum es geht, dann beantworte ich deine Fragen. Und wenn dir das, was ich zu sagen habe, nicht behagt, verschwinde ich. Ehrenwort. Okay?«

Sie zögerte einen Moment, dann nickte sie. Ihre Neugier war stärker als ihr Mißtrauen. Er beeilte sich, jetzt, da er ihre Aufmerksamkeit hatte.

»Wie gesagt, ich heiße Brett Grant. Ich bin Privatdetektiv. Ich bin auf der Suche nach einem Jungen namens Jim Miller. Er gehört zu eurer Gemeinschaft und hat offensichtlich versucht, von

Betlehem-Haus abzuhauen, irgendwann gestern nacht. Er kam bis zu einer Tankstelle ein paar Meilen davon entfernt, von wo er seine Eltern angerufen hat. Die Leitung wurde unterbrochen, als er seinem alten Herrn gerade erzählt hatte, daß die Gemeinschaft ihn jagte ... mit Hunden, wie er sagte.«

In Louises Augen flackerte erneut Angst auf. Grant machte eine Pause, da er glaubte, sie wolle etwas sagen. Als nichts kam, sagte er eilig: »Die Sache ist die, Louise, sein alter Herr glaubt, sein Sohn sei gefangen und gewaltsam zurückgebracht worden ... Entführung nennt das Gesetz so etwas. Die Eltern sind fast wahnsinnig vor Sorge ... und ich kann's ihnen nicht verdenken, wenn der Gorilla da drüben im Transporter einer von euren Kirchenvätern ist!«

Sie nickte langsam, als ob sie sich seine Worte durch den Kopf gehen ließe, und er war sich sicher, daß ihr Gesicht eine gewisse Betroffenheit verriet. Er beschloß, aufs Ganze zu gehen. »Schau, Louise, ich will dich nicht verletzen, indem ich deine Gemeinschaft kritisiere oder deinen Glauben. Aber Entführung ist ein schweres Verbrechen. Leute, die sowas tun, sind oft böse oder gefährlich. Wer weiß, vielleicht sind eure Leute ja nur dumm oder übereifrig ... oder meinetwegen fehlgeleitet. Wie auch immer, Louise, sie tun Unrecht. Das mußt du verstehen.«

Diesmal nickte sie schon etwas überzeugter. »Aber wie soll ich Ihnen denn helfen?« fragte sie zaghaft.

Bevor Grant antwortete, sah er sich noch einmal um, mit einem Lächeln im Gesicht, so als schwatzten sie über Belanglosigkeiten. Die lila Mütze war noch immer in ihre Zeitung vertieft – allerdings war sie wieder ein Stück näher gekommen. Die Geräuschkulisse der Umstehenden reichte noch immer aus, ihre gedämpften Stimmen zu übertönen, doch Grant warnte Louise mit einer blitzschnellen Kopfbewegung vor dem anrückenden Feind und sprach noch leiser.

»Ich will nur ein paar Informationen von dir, Louise. Dafür helfe ich dir, so gut ich kann, wenn du mich einmal brauchst. Erstens, erzähl mir was übers Betlehem-Haus ... was ist das und wo liegt es? Zweitens, kennst du Jim Miller? Und hat er die Wahrheit gesagt, als er behauptete, sie würden ihn mit Hunden jagen? Das ist vorerst alles.«

Zu seiner Erleichterung antwortete sie ohne weiteres Zögern. »Betlehem-Haus ist eine Art Meditationszentrum, aber wenn man in die Gemeinschaft eintritt, verbringt man dort auch die ersten sechs Monate mit Training. Es liegt irgendwo upstate, ich weiß nicht genau wo, aber man fährt ungefähr zwei Stunden. Moment mal... es liegt nördlich von einem kleinen Ort... ich hab' den Namen mal gehört, aber er fällt mir gerade nicht ein...« Sie kramte in ihrem Gedächtnis.

»Rockford?« half er leise nach.

»Ja genau!« Ihr Gesicht erhellte sich für einen Augenblick, dann verdüsterte es sich wieder. »Die Hunde, die Sie erwähnt haben, sie nennen sie die Höllenhunde... es ist ein Rudel Dobermänner, Jagdhunde, die nachts freigelassen werden, um das Anwesen zu bewachen. Der Prophet sagt, sie sind dazu da, die gottlosen Legionen des Satans fernzuhalten...«

»Oder die arglosen Kinder Betlehems festzuhalten«, murmelte er zynisch. Dann merkte er, daß er sie mit seiner spitzen Bemerkung aus dem Konzept gebracht hatte, und sagte grinsend. »'tschuldige, ich hab nur laut gedacht. Erzähl weiter... was ist mit dem Millerjungen?«

»Ich glaub' ich kenn den Jungen, den Sie meinen«, sagte sie langsam. »Das is 'n Novize, ist erst vor 'n paar Monaten eingetreten, wenn's der ist, den ich im Kopf hab. Aber wenn er wirklich abgehauen ist, wie Sie sagen, dann hat er nichts zu lachen. Sie mögen es nicht, wenn...«

Sie kam nicht dazu, ihm zu sagen, was sie nicht mochten. Grant hatte sich soeben nach der lila Mütze umgesehen und sah statt dessen, nur wenige Schritte entfernt, eine graugekleidete Gestalt durch die Menge auf sie zukommen.

Er reagierte blitzschnell. Einen Südstaatlerakzent annehmend, bei dem Detective Tex Turner vor Neid erblaßt wäre, schnitt Grant der verdutzten Louise mitten im Satz das Wort ab.

»Neenee, was ihr Leutchen hier macht is echt super. Bloß find ich's 'ne himmelschreiende Schande dasser auf Almosen angewiesen seid. 'n Anspruch auf Staatsknete solltet ihr haben oder sowas in der Art...«

Der schwarze Riese war rechtzeitig da, um das meiste davon mitzubekommen. Grant tat so, als hätte er ihn eben erst bemerkt, lächelte ihn strahlend an und ging ohne Luft zu holen zu einer überschwenglichen Begrüßung über.

»Howdy, Junge. Wenn ich mich nich irre, biste einer von den guten Leutchen, die den Wohltätigkeitsverein hier betreiben, wie? Hab grad der Schwester hier erzählt, das is echt bewundernswert, was ihr hier für die armen Unglücklichen tut. Echte christliche Nächstenliebe nenn ich so was.«

Das Mädchen hatte schnell begriffen, doch sie konnte nicht verhindern, daß ihr die Panik in den Augen stand, als sie merkte, wer sich zu ihnen gesellt hatte. Bevor sie sich verplappern konnte, quasselte Grant weiter, damit sie Zeit hatte, sich von dem Schock zu erholen.

»Chester D. Calhoun is mein Name«, verkündete er lauthals, und streckte dem Ankömmling die Hand entgegen. »Bin im Ölgeschäft. War grad dabei, zwischen zwei Konferenzen 'n bißchen Sightseeing zu machen in eurer schönen Stadt, und da hab ich euern Stand entdeckt. Behaupte, wir könnten mehr von eurer Sorte gebrauchen. Echt wahr! Wär vielleicht nicht schlecht, wenn ihr alle direkt vor den Vereinten Nationen 'n Laden aufmachen würdet ... damit das verdammte Kommunistenpack da drinnen endlich kapiert, daß es Suppe und Hamburger is, was die Armen dieser Welt brauchen, und keine Kanonen!«

Auf Louises Gesicht spiegelte sich das Wechselbad ihrer Gefühle wider, zuerst Überraschung, gefolgt von Angst und zuletzt verstohlenes Amüsement. Der große, graugekleidete Schwarze erwiderte Grants Lächeln reserviert und schüttelte kurz die dargebotene Hand. Doch sein Lächeln reichte nicht bis zu den Augen.

»Danke ... Mister Calhoun.« antwortete er höflich. Seine tiefe Stimme rasselte, als sei sie eingerostet. »Ich bin Bruder Mark.« Er machte eine Pause, sah Louise an und sagte: »Ich hoffe, die Schwester hier hat sie nicht zu sehr gelangweilt mit Einzelheiten über unser Wohltätigkeitswerk?«

Grant schüttelte den Kopf. »Nee, nich im geringsten ...«, begann er, doch Bruder Mark ignorierte ihn und fragte Louise: »Hast du Mr. Calhoun vom Kreuzzug heute abend erzählt?«

Das Mädchen schien leicht zusammenzuzucken, als es angesprochen wurde. Das amüsierte Funkeln in ihren Augen erlosch, und sie nickte stumm. Ihr graute ganz offensichtlich vor dem bulligen, schwarzen Fiesling. Er schien es zu spüren und ließ sie nicht aus den Augen.

Grant sprang ein, um die Aufmerksamkeit seines Gegenübers auf sich zu lenken: »Na klar doch, klar doch ...« Er kramte im Gedächtnis nach dem Namen des Veranstaltungsortes, den Louise erwähnt hatte, »...im Washington Centre, nich wahr? Mich werdet ihr nicht so schnell los. Hab mir schon Billy Graham und Luis Pilau angehört, und alle. Gibt nix, was ich mehr schätze als 'ne schöne Kirchenfeier alten Stils, mit Donnerpredigt und Chorgesang und alles...«

Dabei zog er spontan sein Portemonnaie aus der Hosentasche. Wie beabsichtigt lenkte die Bewegung den Schwarzen von Louise ab. Grant nahm lässig fünf Zwanzigdollar-Noten heraus, faltete sie und hielt sie Bruder Mark hin.

»Ich hab gesagt, wie sehr ich eure Arbeit bewunder. Nu, Chester Calhoun klopft nicht nur Sprüche, er läßt auch was springen. Möcht Sie bitten, diese milde Gabe von mir anzunehmen.« Mit diesen Worten drückte er dem anderen die Scheine in die Hand.

Bruder Mark war verblüfft. »Danke, Mister Calhoun. Sehr großzügig von Ihnen«, sagte er. »Es wird einen guten Zweck erfüllen.«

»Klar doch.« Ganz den leutseligen texanischen Ölmillionär mimend, winkte Grant wegen der lumpigen hundert Dollar ab. Gleichzeitig machte er sich einen Vermerk im Hinterkopf, sie seinem Klienten auf die Spesenrechnung zu setzen ... allerdings nicht als Spende an den Verein, der ihm seinen Sohn abspenstig gemacht hatte, darüber wäre Virgil Miller wohl nicht sonderlich begeistert. Er würde es als Informantenhonorar verbuchen – was von der Wahrheit gar nicht so weit entfernt war, wenn man es genau betrachtete.

»Sie entschuldigen mich«, sagte Brother Mark und ließ die Scheine durch die Finger gleiten. »Ich werde es an einem sicheren Ort deponieren.« Er nickte Grant zu und wollte gehen. Doch dann blieb er vor Louise stehen, die scheu zu ihm hinaufsah. »Schwester...«, begann er.

In dem Moment hatte Grant einen zweiten Geistesblitz. Er hatte nach einem Vorwand gesucht, Louise direkt anzusprechen, ohne Verdacht zu erregen. Sie war im Moment die einzige, über die er an die Sekte und Jim Miller herankam. Außerdem hatte er den Eindruck, daß sie sich keine Illusionen mehr über das Sektenleben machte. Er brauchte mehr Zeit, um sie zu diesen beiden Punkten weiter auszufragen. Die Spende hatte ihm eine Möglichkeit eröffnet. Jetzt nahm er sie wahr.

»Sagn Sie mal, Bruder Mark, mir kommt da 'ne super Idee!« sagte er und schnipste mit den Fingern. »Nur wenn ihr nix dagegen habt, natürlich...«

Der große Schwarze drehte sich um und sah ihn fragend an. Grant sprach schnell weiter. »Ich will, daß meine Gemeinde daheim in Waco auch sowas aufzieht wie ihr hier.« Er deutete auf den Transporter und die Traube von Menschen darum herum. »Hättet ihr was dagegen, wenn ich morgen mit meiner Kamera vorbeikomm und 'n paar Bilder von euerm Laden mach? Damit meine Leutchen daheim 'ne Vorstellung kriegn, wovon ich rede.«

Im selben Moment wußte Grant, daß er einen Fehler gemacht hatte. Brother Mark verzog keine Miene, doch seine Augen verengten sich mißtrauisch. Grant beeilte sich, die Situation zu retten. Er strahlte ihn mit seinem sonnigen texanischen Lächeln an und machte eine vielsagende Kopfbewegung auf die Scheine in der Hand seines Gegenübers. »Natürlich würd ich mich erkenntlich zeign mit 'ner milden Gabe... sagen wir, fünf Bilder, jedes für'n Zwanziger?«

Es funktionierte. Die Aussicht auf weitere, leichtverdiente hundert Dollar von diesem texanischen Hanswurst verdrängte die Feindseligkeit aus Bruder Marks Gesicht. Mit einem Kopfnicken signalisierte er sein Einverständnis, und diesmal reichte das unterkühlte Lächeln fast bis an die Augen. Fast... aber nicht ganz.

»Abgemacht, Mister Calhoun«, antwortete er. »Ich denke, das geht in Ordnung. Und ich hoffe, die Predigt des Propheten Martin Bishop wird Sie erbauen.« Zu Louise sagte er: »Wenn du fertig bist, Schwester, lös Schwester Martha hinterm Tresen ab. Du brauchst auch 'ne Pause... nicht, daß du dir noch 'ne Erkältung holst...«

Die Botschaft war klar. Trödel nicht zu lang mit dem geschwätzigen, spendierfreudigen Fremden herum. Laß dich auf nichts ein. Der Schwarze hob zum Abschied die Hand und ging zum Transporter zurück. Grant betrachtete den federnden Schritt. Irgendetwas in dem raubkatzenartigen Gang und der wiegenden Körperhaltung ließ ihn vermuten, daß der Kerl eine Kampfsportart beherrschte, wahrscheinlich Karate, wie er selbst. Bruder Mark hatte gesagt, er wolle die hundert Dollar an einem sicheren Ort deponieren. Der sicherste Ort ist er selbst, dachte Grant – mit dem war nicht gut Kirschen essen!

Da Louise die Anweisung erhalten hatte, sich im Transporter aufzuwärmen, und die lila Mütze ihnen bis auf zwei Meter auf die Pelle gerückt war, beschloß Grant, Schluß zu machen. Mit einem Zwinkern warnte er Louise vor der bedrohlichen Nähe des Feindes und sah auf die Uhr.

»Nuja, muß mich langsam auf die Socken machen, Schwester Louise«, meinte er. »War mir 'n echtes Vergnügen, mich mit Ihnen und Bruder Mark zu unterhalten. Freu mich schon auf euern Führer heut abend…«

Er quasselte weiter, während sie sich durch die Menge schlängelten. Louise ging neben ihm her, als wolle sie ihn aus Höflichkeit ein Stück begleiten. Als der lilabemützte Lauscher sie nicht mehr hören konnte, ließ Grant den falschen Akzent fallen und sagte leise:

»Hör zu, Louise. Du mußt dich jetzt nicht entscheiden. Aber solltest du die Gemeinschaft eines Tages verlassen wollen, werd ich dir helfen. Wie Jim Miller. Überleg dir's, okay? Wir sehn uns morgen, und wenn dir bis dahin irgendwas einfällt, was mir helfen könnte, ihn rauszuholen – oder sonst irgendein Hinweis, der mir nützlich sein könnte –, vielleicht sagst du mir dann Bescheid. Einverstanden?«

Sie waren am Rand der Menschentraube stehengeblieben, und er sah ihr in die Augen. Sie nickte feierlich und flüsterte, seinen Texanertonfall von vorhin exakt parodierend: »Na klar doch, Mister Calhoun. Verlassn Sie sich drauf.«

Er sah sie überrascht an und merkte, daß sie spitzbübisch zu ihm hinaufgrinste. »So schlimm war's aber nicht, oder?« fragte er.

»Noch schlimmer!« lachte sie.

Sie sah sich zum Transporter um. »Ich muß gehen, sonst wird

er mißtrauisch. Ich verspreche, ich werd drüber nachdenken, aber bitte... seien Sie vorsichtig. Sie sind gegen jede Einmischung von außen allergisch.«

Er verabschiedete sich offiziell und drückte ihr dabei aufmunternd die schmale Hand. »Keine Angst, wenn's Stunk gibt, bin ich der vorsichtigste Mensch, den du dir vorstellen kannst«, sagte er lässig. Im Weggehen drehte er sich nochmal um und winkte ihr zu. »Dann bis morgen, Schwester Louise«, rief er in seinem Chester-D.-Calhoun-Akzent.

Am Mustang angekommen, blickte er kurz zum Sektentransporter zurück, während er die Fahrertür aufschlug und wartete, bis Champ auf den Beifahrersitz gekrabbelt war. Louise war verschwunden, doch die lila Mütze ließ ihn nicht aus den Augen. Er setzte sich ans Steuer und prüfte im Rückspiegel, ob ihn jemand aus der Fahrerkabine des Transporters beobachtete. Doch die gekrümmte Windschutzscheibe spiegelte derart, daß er nichts erkennen konnte.

Sie fuhren los, und der kleine Champ sah ihn mit wissendem Blick an. »Jetzt versteh ich, was Sie bei den Jesusfreaks wollten«, sagte er in vertraulichem Ton.

»Ach ja?« fragte Grant amüsiert. »Na, dann schieß los. Was wollte ich von ihnen?«

»Easy«, meinte Champ. »Sie sind hinter 'nem Hasen her.«

»Hinter 'nem Hasen?« sagte Grant und lachte schallend.

»Ja«, erwiderte der Bengel altklug und grinste von einem Ohr zum anderen. »Mir machn Sie nix vor, Mann... Sie haben 'ne Tussi im Visier! Hab doch gesehn, wie Sie den netten blauen Hasen da drüben angebaggert haben.« Dann wurde das kleine schwarze Gesicht ganz ernst. »Wenn Sie mich fragen, Sie verschwenden nur Ihre Zeit.«

»Was du nicht sagst«, gluckste Grant. »Woher willst du das wissen?«

»Weil ich von den Brothers gehört hab, daß die Jesusfreaks was dagegen haben, wenn man ihre Tussis anmacht... und daß sie echt unangenehm werden können«, teilte ihm der Knirps feierlich mit.

Grants Lächeln fror bei diesem Wink mit dem Zaunpfahl ein. Es schien, als wolle ihm heute morgen jeder, der ihm begegnete, bezüglich des Umgangs mit der Sekte ominöse Warnungen auf den Weg mitgeben. Doch Grant war weder Fatalist, noch glaubte er an dunkle Vorzeichen und böse Omen. In seinen Augen waren Horoskope die Hirngespinste von geistig Gestörten für geistig Verwirrte. Er wechselte das Thema und verwickelte Champ in eine lockere Unterhaltung über die jeweiligen Verdienste der Schwarzen und Weißen bei den Yankees. Dann setzte er den Knirps in seinem Viertel ab, bevor er Richtung Norden nach Rockford fuhr.

Seine Selbstsicherheit wäre wohl erschüttert worden, hätte er beim Losfahren durch die spiegelnde Windschutzscheibe des Sektentransporters hindurchsehen können. Er hätte die graugekleidete Gestalt von Brother Mark entdeckt, der durch den Laderaum in die Fahrerkabine geklettert war. Vor allem aber hätte er gesehen, daß der Gorilla ein Fernglas auf das Nummernschild seines Mustangs richtete und sich die Nummer notierte...

20

Knapp zwei Stunden, nachdem er Champ abgesetzt hatte, stellte Grant sich Sheriff Nate Springfield in dessen großem, unaufgeräumtem Büro vor, das sich in einem Nebenflügel des Rockford Courthouse befand. Er schüttelte einem großen, schlanken Mann Anfang fünfzig mit kurzem, stahlgrauem Haar und einem Schnurrbart die Hand.

Wie zuvor bei Rocky O'Rourke war ihm der Sheriff sofort sympathisch. Er hatte eine lockere, freundliche Art, und sein sonnengebräuntes, zerfurchtes Gesicht sah aus wie Leder – ein Eindruck, der sich noch verstärkte, wenn Springfield lächelte, und sich ein Netz aus Krähenfüßen um seine hellblauen Augen legte.

»Howdy, Brett. Nate mein Name«, erwiderte er Grants Gruß und deutete auf einen Stuhl vor dem großen, das Büro beherrschenden Schreibtisch. »Den Mister Springfield können Sie sich sparen. Ben Curtis' Freunde sind auch meine Freunde. Klingt 'n bißchen sentimental, is aber wahr. Was wollen Sie trinken?« fragte er nach hinten, während er einen stattlichen, weißgestri-

180

chenen Wandschrank öffnete, der mit einem roten Kreuz und der Aufschrift ERSTE HILFE gekennzeichnet war. Die meisten Arzneimittel mußten sich in einer Handvoll hoher Flaschen befinden, die allesamt mit den Etiketten bekannter Whiskyfirmen versehen waren. Grant begutachtete die stattliche Sammlung.

»Scotch wär nicht schlecht, danke«, antwortete er.

»Kommt sofort.« Springfield nahm die entsprechende Flasche heraus, zusammen mit einem Bourbon. »Mir is 'n amerikanischer lieber«, bemerkte er. »Kratzt nicht so am Kehlkopf.«

Er nahm zwei Halblitergläser aus einer Schreibtischschublade und goß gut vier Finger breit Whisky pur in jedes Glas. Eines davon reichte er Grant, das andere stellte er sich auf den Schreibtisch und verschloß die Flaschen wieder im Schrank.

»Wasser?« fragte er.

Als Grant dankend ablehnte und sagte, pur sei ihm lieber, pflichtete Springfield ihm bei. »Die einzige Art, wie 'n Mann seinen Whisky trinken sollte, wenn Sie mich fragen«, erklärte er und fragte: »'n Bier zum Nachspülen?«

Grant nickte. »Nichts dagegen.«

Springfield durchquerte das Büro und riß die Tür auf. »Cal!« bellte er. »Hol 'n paar Bierchen aus'm Kühlschrank. Und zwar heute noch.«

Der Sheriff machte die Tür zu, umrundete den schweren Mahagoni-Schreibtisch und ließ seine hagere Gestalt auf dem hohen Sessel dahinter nieder. Er machte etwas Platz auf der dunklen, polierten Schreibfläche, indem er Unterlagen und diverse andere Gegenstände mit seiner großen, knochigen Hand zur Seite schob. Dann lehnte er sich zurück, schwang die Beine hoch, legte sie mit den Stiefelabsätzen auf den freigeschaufelten Platz und schlug sie übereinander. Er griff in seine Westentasche, zog eine alte, geschwungene Pfeife und einen Tabaksbeutel hervor und begann, den geschwärzten Pfeifenkopf zu stopfen. Den grobgeschnittenen Shag mit dem Zeigefinger nach unten drückend, musterte er Grant unter seinen buschigen, grauen Augenbrauen.

»Nun, Brett, um Ihnen 'n Haufen Gequassel zu ersparen, Ben hat mich bereits mit den groben Einzelheiten des Falls vertraut gemacht. Und ich hab mich heut morgen selbst auf dem Truck Stop umgesehen, wo die State Troopers von der Nachtschicht den Bericht aufgenommen haben. Wenn Sie mich fragen, is der Sohnemann von Ihrem Klienten nicht gerade freiwillig mitgegangen.«

Springfield zündete ein Streichholz an seinem Daumennagel an, konzentrierte sich stumm darauf, seine Pfeife anständig zum Brennen zu bringen, und hüllte sein Haupt in aromatische Rauchwölkchen. Er war noch mit seiner Pfeife beschäftigt, als ein bärtiger Mann hereinkam, auf dessen Uniformhemd Abzeichen und Schulterklappen eines Hilfssheriffs prangten. Er war etwas kleiner als Springfield, doch genauso hager und hielt zwei schäumende Bierdosen in der Hand, die er auf den Schreibtisch stellte.

Springfield deutete mit einem Kopfnicken auf den Neuankömmling. »Mein Hilfsbremser, Calvin Fenton. Kurz Cal genannt«, stellte er vor. »Cal... das ist Brett Grant. Der Privatdetektiv aus New York, den ich erwartet hab.«

Grant und der Hilfssheriff nickten einander zu und Springfield sagte: »War mal der Penner vom Ort, unser Cal. Hat den ganzen Tag Shit geraucht und die Leute angebettelt und gelegentlich – ganz gelegentlich – kleine Jobs erledigt. Vor lauter Haaren war er kaum zu sehen, und gebadet hat er nur, wenn er völlig zugekifft irgendwo im strömenden Regen lag.

Ich hab ihn zum Hilfssheriff gemacht, damit er sich wieder fängt«, fuhr er fort. »Hab mir gedacht, so regelmäßig, wie der im Knast sitzt, kann er genausogut hier arbeiten. Kostet die Gemeinde so oder so Geld. Hab ihn nur noch nicht dazu gebracht, den Pelz abzulegen«, sagte er mit strengem Blick zu dem grinsenden Fenton, »aber wenigstens hat er ihn gestutzt... und wäscht sich regelmäßig!«

Fenton hatte mittlerweile zwei saubere Gläser aufgetrieben, in die er den Inhalt der Bierdosen goß. Er stellte eines davon Grant hin und sagte augenzwinkernd: »Naja, Brett, mein Daddy hat immer gesagt, wenn sie dich ärgern, solln sie wenigstens dafür zahlen. Aber ehrlich gesagt, Nichtstun war auch nicht schlecht.« Dabei seufzte er wehmütig in Erinnerung an die goldene Freiheit.

Grant lachte und griff nach dem Glas, als Springfield

brummte: »Ach ja? Ehrlich gesagt, ich hab nicht bemerkt, daß dein Arbeitseifer seit damals zugenommen hätte. Und apropos Bezahlung, du könntest was tun für dein Geld und den Bericht holen, den wir heut früh bekommen haben, über den Jungen, der an der Tankstelle verschwunden ist.«

»Jawoll, Chef! Bin schon weg.« Fenton salutierte und ging hinaus. Sekunden später kam er herein, legte den Bericht auf den Tisch und zog sich wieder ins Vorzimmer zurück.

Die nächsten zwanzig Minuten diskutierten Grant und Springfield darüber, was der Bericht der State Troopers zu bedeuten habe angesichts des alarmierenden Anrufs, den Virgil Miller von seinem Sohn erhalten hatte.

Als der Name »Betlehem-Haus« fiel, informierte Grant den Sheriff über seine Begegnung mit Louise und schilderte die Nervosität, mit der sie zunächst auf seine Fragen nach dem Ort und den Besitzern reagiert hatte.

Springfield hatte mit wachsendem Interesse zugehört, als Grant schließlich sagte: »...deshalb, Nate, wär ich dankbar für alle Informationen, die Sie über dieses Betlehem-Haus haben. Das Mädchen meinte, es läge irgendwo nördlich von hier.« Der Sheriff beugte sich vor, die Füße noch immer auf dem Schreibtisch, und klopfte die Pfeife im Aschenbecher aus. Er lehnte sich wieder zurück in seinen Sessel, räusperte sich und kniff die Lippen zusammen.

»Soso«, sagte er bedächtig, »ein Meditationszentrum ist das also. Und die behaupten, es wär 'ne psychiatrische Klinik! Hatte immer das Gefühl, daß was nicht stimmt mit dem Laden. Einer von diesen religiösen Vereinen, wie? Dann handelt sich's hier um 'n Tollhaus.« Er schnaubte verächtlich und sagte dann nachdenklich zu sich selbst: »Naja... das erklärt einiges...«

Grant ließ die vielsagende Pause im Raum stehen und wartete darauf, daß sein Gegenüber weitersprach. Doch statt dessen schwang Springfield plötzlich die Füße vom Schreibtisch und stand auf.

»Kommen Sie, Brett«, sagte er kurzentschlossen. »Ich bring Sie zu Ihrem Betlehem-Haus. Es ist nicht weit... 'n paar Meilen die Straße rauf. Und auf dem Weg schauen wir beim Truck Stop vorbei. Weiterreden können wir auch unterwegs.«

Er ging um den Schreibtisch herum, schnappte sich den Stetson, der auf einem Aktenschrank lag, und setzte ihn auf. Grant stand auf und folgte ihm. Sie traten ins Vorzimmer, wo Fenton an seinem Schreibtisch saß und einen Anruf entgegennahm. Er sah kurz auf, als sie an ihm vorbeigingen, und Springfield sagte ihm, wohin sie fuhren. Der bärtige Hilfssheriff signalisierte, daß er verstanden hatte.

Kurz darauf fuhren sie in Springfields Wagen, mit COUNTY-SHERIFF-Emblem an den Türen und Blaulicht und Sirenen auf dem Dach, Richtung Norden. Als sie die kleine Ortschaft hinter sich gelassen hatten, nahm Springfield das Gespräch an der Stelle auf, wo sie es unterbrochen hatten.

»Wie gesagt, dieses Betlehem-Haus behauptet, 'ne Klapsmühle zu sein – Psychiatrische Klinik und Sanatorium nennen sie sich großspurig. Eine von diesen großen, altmodischen Villen im Kolonialstil, von 'nem reichen Industriellen namens Bentsen um die Jahrhundertwende erbaut. Wahrscheinlich diente sie ihm als bessere Jagdhütte für sich und seine stinkreichen Freunde aus der Stadt.«

Er deutete auf das hügelige, unerschlossene Waldgebiet, das auf beiden Seiten bis an die Straße reichte. »Gutes Gebiet für Weißschwanzwild«, sagte er. »Jedenfalls, die Familie hat den Kasten während der Depression verkauft, und er ist durch mehrere Hände gegangen, bis die Armee im Zweiten Weltkrieg die Villa als Erholungsheim für verwundete Offiziere requirierte.

Nach dem Krieg hat der Staat sie verkauft, und es wurde 'n Hotel draus. Aber die Saison is zu kurz für'n Hotel hier draußen. Wer will schon hier her, außerhalb der Jagdsaison? Kein Schwein! Außer vielleicht für Konferenzen, und davon gibt's nicht genug, damit sich 'n Hotel das ganze Jahr halten kann. Es ist pleite gegangen und stand 'n paar Jahre leer, bis vor fünf oder sechs Jahren neue Besitzer kamen.«

»Waren Sie in der Villa, seit die jetzigen Besitzer sie übernommen haben?« warf Grant ein.

»Ja, ich war mal drin«, sagte Springfield. »Kurz nachdem sie als privates Pflegeheim, wie sie behaupteten, eröffnet hatten, bin ich mal hingefahren. Gehört schließlich zu meinem Job, daß ich weiß, wer wer und was wo is. Es fing damit an, daß ich erstmal einen Termin vereinbaren mußte. Sie stehen auch nicht im Telefonbuch – der einzige Weg, an die Nummer zu kommen, ist über City Hall in Albany, wo sie als Privatklinik registriert sind.

Als ich endlich 'n Termin hatte, haben sie nicht grad 'n roten Teppich ausgerollt. Allerdings kann ich auch nicht sagen, daß sie ausgesprochen unfreundlich oder unkooperativ gewesen wären. Ich kam mir nur irgendwie vor wie 'n... Eindringling. Nichts Greifbares, verstehn Sie, aber ich hatte das Gefühl, nicht willkommen zu sein. So wie wenn man einen Raum betritt und die Unterhaltung verstummt... wissen Sie, was ich meine?«

Grant nickte. »Und wie sieht es in der Villa aus? Hat man Sie herumgeführt?«

»Oh ja«, antwortete Springfield. »Irgend'n Schwarzer im weißen Arztkittel hat mit mir 'ne Führung gemacht. Sah aus wie 'n richtiges Pflegeheim. War alles da, was man so erwartet... Patienten, die in Krankenhauskitteln und Schlappen auf den Gängen rumrennen oder in Liegestühlen auf dem Rasen liegen, und so weiter. Es liefen sogar sowas wie Pfleger in weißen Kitteln rum, und die Räume im Erdgeschoß waren als Krankenzimmer eingerichtet, mit Betten drin. Doch, doch, sie hatten sich mächtig angestrengt für mich.«

Er überlegte einen Moment und sagte dann langsam: »Bloß, wenn ich jetzt darüber nachdenke, irgendwie machten sie alle den Eindruck, als würden sie Theater spielen. Aber damals hab ich das nicht überbewertet. Ich hab nur gemerkt, daß an dem Laden was komisch war. Ich glaub, damals hab ich's auf die Tatsache geschoben, daß es, wie ich glaubte, 'n Irrenhaus war, das ich da besichtigte.

Seither haben sie sich als reichlich ungesellig erwiesen, zumindest den Dorfbewohnern gegenüber. Niemand aus dem angeblichen Personal hat sich je in einer der Kneipen blicken lassen. Ich hab noch nie 'n Krankenhaus erlebt, in dem alle Ärzte und Schwestern Abstinenzler sind. Sie etwa? Sie bestellen auch nie was bei den Geschäften im Ort. Offenbar karren sie alles, was sie brauchen, mit eigenen Fahrzeugen ran, weil man auch nie 'n Lieferwagen aus dem Ort bei ihnen sieht. Nicht mal Firmen aus der Stadt.

Keinerlei privater oder geschäftlicher Kontakt. Man kriegt sie kaum zu Gesicht. Das ist doch nicht normal, sowas. Aber wenn das eine von diesen exklusiven Sekten ist, sieht die Sache anders aus. Das erklärt die Geheimniskrämerei. Wahrscheinlich verstecken sie sich alle da drin und warten, daß der liebe Gott das Spiel abpfeift.«

Grant wollte gerade einen Kommentar abgeben, als sie an einem Schild am Straßenrand vorbeifuhren und Springfield das Tempo drosselte. Sie kamen zu dem Truck Stop, den das Schild hinter ihnen angekündigt hatte.

»Das ist die Tankstelle, zu der's der Sohn Ihres Klienten geschafft hat«, sagte der Sheriff. Er bog in die Einfahrt hinein, fuhr an den Zapfsäulen vorbei und kam vor dem Kiosk sanft zum Stehen.

Sie stiegen aus, und Springfield erklärte dem Tankwart der Tagesschicht kurz, daß sie sich nur etwas umsehen wollten in Zusammenhang mit einem Zwischenfall, der sich in der vergangenen Nacht hier ereignet hatte. Der Tankwart, ein junger Mann mit Brille und einem weißen Overall, auf dessen Brust- und Rückseite das Logo der Ölgesellschaft prangte, sagte, er hätte davon gehört. Die Kollegen von der Nachtschicht seien nicht da, aber sie sollten sich ruhig umsehen. Mit diesen Worten ließ er den Sheriff stehen, um einen Truck zu bedienen, der soeben mit zischenden Bremsen an den Zapfsäulen gehalten hatte.

»'n Monteur ersetzt grad das kaputte Telefon«, rief er ihnen im Weggehen noch zu und deutete mit dem Kopf zum anderen Ende des Vorplatzes.

Sie überquerten den Platz Richtung Telefonzellen, wo der Monteur bei der Arbeit war. Seinen Wagen hatte er direkt neben der Telefonzelle geparkt, in der er, in der Hocke, die letzten Handgriffe zur Installation des neuen Apparats erledigte. »Sieht aus wie der junge Pete Warner«, sagte Springfield, während sie auf den Mann zusteuerten.

Als sie näherkamen, sah der Monteur auf. Er war ein stämmiger, untersetzter Mann mit einem mächtigen, schwarzen Schnurrbart, und seinem Blick war anzusehen, daß er Springfield kannte. Er erhob sich, wischte sich die Hände an einem schmutzigen Lappen ab und ließ den Schraubenzieher in die geöffnete Werkzeugkiste zu seinen Füßen fallen.

»Howdy, Sheriff«, sagte er und stopfte den Lappen in die Hosentasche. »Was kann ich für Sie tun?«

»Howdy, Pete«, erwiderte Springfield. Er stellte Grant vor und erklärte kurz, warum sie gekommen waren. Dann bat er Warner, Grant den zerstörten Apparat zu zeigen, den er abmontiert hatte.

»Kein Problem.« Der Monteur griff in den Kofferraum seines Wagens und hob etwas aus einer offenen Pappschachtel heraus. Er drehte sich um und hielt den Gegenstand zur Begutachtung hoch. In der einen Hand hielt er ein Bündel zerfetzter Kabel, die von einem Stück Gehäuse mit geborstenen Plastikteilen herabhingen. In der anderen hielt er den unversehrten Hörer, der mit der Schnur noch immer am zerstörten Gehäuse befestigt war. Warner blickte kommentarlos von einem Mann zum anderen.

Springfield schob sich mit dem Daumen den Stetson in den Nacken. »Jedenfalls hat derjenige nicht danebengetroffen, wie? Als ob einer drauf rumgetrampelt wär«, sagte er.

»Eher drauf rumgedroschen, würd ich sagen ... und nicht zu knapp«, brummte Warner. »Ich kapier bloß eins nicht. Normalerweise, wenn 'n Telefon zu Kleinholz gemacht wird, kriegt der Hörer das meiste ab. Er wird entweder rausgerissen oder zertrümmert. Aber diesmal nicht. Diesmal hat's bloß das Gehäuse erwischt. Sonst nichts. Keine Glasscherben, der Münzbehälter ist nicht aufgebrochen ... nichts. Seltsam.«

»Vielleicht hat der Betreffende das Gehäuse mit dem Hörer zertrümmert«, meinte Springfield.

»Niemals!« Warner schüttelte den Kopf. »Bei so 'nem harten Schlag hätte der Hörer auch was abgekriegt. Aber dem fehlt nix.« Er hielt den Hörer hoch und zeigte ihnen die unversehrte Oberfläche.

Grant sah sich erst den Hörer und dann das zermalmte Gehäuse in Warners Händen an. Der Monteur hatte recht, das Gehäuse war zweifellos durch einen wuchtigen Schlag zertrümmert worden. Die Tatsache schien Virgil Millers Verdacht zu bestätigen, daß sein Sohn gewaltsam entführt worden war, während er mit ihm telefonierte.

Grant betrat die Telefonzelle und suchte sie sorgfältig nach Blutspuren oder sonstigen Anzeichen ab, die auf einen Kampf schließen ließen. Er fand weder das eine noch das andere. Sollte der Junge allerdings von seinen Entführern überrascht worden sein, was anzunehmen war, war es gar nicht erst zu einem Kampf gekommen. Dann war er blitzschnell überwältigt worden – auch wenn das Fehlen von Blut keine Garantie dafür war, daß der Junge unverletzt geblieben war, falls sie ihn mit der gleichen Vehemenz bearbeitet hatten wie das Telefon.

Während Warner seinen Werkzeugkasten einräumte und sich zur Abfahrt fertigmachte, teilte Grant seinen Verdacht dem Sheriff mit. Springfield hörte zu, nickte und sagte dann zu dem Monteur: »Pete, ich glaub, ich nehm das kaputte Telefon in Verwahrung. Vielleicht wird es später als Beweismittel gebraucht. Ich geb dir 'ne Quittung dafür.«

»Klar, Sheriff. Hier bitte.« Warner holte den Pappkarton aus dem Kofferraum. Grant nahm ihn an sich und legte ihn auf den Rücksitz von Springfields Wagen, während der Sheriff dem Monteur eine Quittung ausstellte. Dann verabschiedeten sie sich von Warner und setzten ihre Fahrt nach Norden fort.

Das Zwielicht des Spätnachmittags wich der frühen Dunkelheit des Winterabends, während sie die restlichen Meilen zum Betlehem-Haus zurücklegten. Als sie den langen Begrenzungszaun auf der linken Straßenseite erreichten, berührte Springfield Grants Arm und deutete nach vorn. Gleichzeitig ging er vom Gas. »Sieht aus, als hätten wir Glück«, sagte er. »Kommt nicht oft vor, daß man die Typen außerhalb ihres Geheges antrifft.«

Grant spähte im Halbdunkel angestrengt auf die andere Straßenseite, um zu sehen, was Springfields Aufmerksamkeit erregt hatte, und sah zwei Gestalten an dem hohen Zaun stehen. Als sie langsam daran vorbeifuhren, entdeckte Grant hinter dem Zaun vier weitere Gestalten. Alle sechs trugen grüne Overalls und waren vor dem Hintergrund des dunklen Waldes kaum zu erkennen.

Springfield fuhr weiter, bis sie an die großen Einfahrtstore kamen, dann machte er auf dem verlassenen Highway kehrt und fuhr zu der kleinen Gruppe von Leuten zurück. Die sechs Männer hatten ihre Tätigkeit unterbrochen und beobachteten den

Wagen. Unter ihren stummen Blicken steuerte Springfield ihn an den befestigten Straßenrand und kam direkt neben ihnen zum Stehen.

Jetzt entdeckte Grant auch den Baum, der schräg über dem Zaun lehnte. An der Innenseite des Zauns standen ein eiserner Dreifuß und ein Hebekran; das Arbeitskommando war offensichtlich dabei, den Baum vom eingedrückten Maschendrahtzaun zu hieven. Hüben wie drüben waren Leitern aufgestellt, mit denen man über den Zaun steigen konnte.

Die beiden Arbeiter vor dem Zaun hatten Baumscheren in der Hand, mit denen sie im Maschendraht verhakte Zweige abgeschnitten hatten. Mit einer Mischung aus Argwohn und Feindseligkeit standen sie und ihre vier Kollegen reglos da.

Grant warf Springfield einen Blick zu, und der Sheriff grinste ihn an. »Die reißen sich nicht grad 'n Bein aus, um uns willkommen zu heißen, wie?« bemerkte er trocken. »Woll'n wir die Party 'n bißchen aufmischen?«

»Warum nicht«, erwiderte Grant. »Sieht aus, als könnten sie Aufmunterung gebrauchen, wenn Sie mich fragen.«

Sie stiegen aus und schlugen die Türen hinter sich zu. Springfield ging vorne um den Wagen herum zu Grant und rückte den Stetson gerade, die Krempe leicht nach unten gebogen, so daß seine Augen im Schatten lagen. Seite an Seite stapften sie durch das hohe Gras des Seitenstreifens auf die regungslose, argwöhnische Gruppe zu. Als sie näher dran waren, erkannte Grant auf den Brusttaschen der Overalls das Wort WARTUNGSDIENST. Sie blieben vor den beiden Männern diesseits des Zauns stehen und Springfield tippte an die Krempe seines Huts.

»'n Abend, Gentlemen. Ihr habt wohl Probleme beim Ausholzen, wie?« Er deutete mit dem Kopf auf den umgestürzten Baum. »Würd sagen, da war nicht grad 'n Profi am Werk, wie's aussieht.«

Der größere der beiden jungen Männer, glattrasiert und mit militärischem Bürstenhaarschnitt, regte sich plötzlich. Er deutete auf den Baum und erwiderte höflich, doch reserviert: »Ach, das waren nicht wir, Sheriff ... das war der Wind. Hat ihn wohl gestern nacht umgeblasen. Wir mußten ihn absägen, damit wir ihn vom Zaun runterkriegen.«

Springfield begutachtete den Baum. »Naja, gibt 'ne Menge Feuerholz. Müßt 'n aber kleinhacken und 'n Weilchen lagern. Viel zu grün, um anständig zu brennen, muß erst noch 'n bißchen trocknen.« Dann wechselte er ohne Vorwarnung das Thema und fragte beiläufig: »Gehört ihr zum Haus?«

Der Bürstenhaarschnitt nickte zögernd und Springfield sagte: »Euer Patient hat die Pfleger wohl ganz schön auf Trab gehalten letzte Nacht, wie?... Bevor sie ihn wieder eingefangen haben, meine ich. Die haben ganz schön geguckt im Truck Stop unten, wie er in seinem Krankenkittel reinmarschiert ist.«

Der Sheriff kicherte vor sich hin, der Wirkung seiner Worte scheinbar nicht bewußt. Grant glaubte, bei dem Wort »Patient« ein nervöses Flackern in den Augen des Arbeiters zu bemerken. Nach einem kurzen Blickwechsel mit seinem Kollegen, einem mürrischen Latino mit pockennarbigem Gesicht, fragte der Arbeiter verwundert: »Patient? Von hier?«

»Das hat er jedenfalls im Truck Stop erzählt«, versicherte Springfield. »Dann hat er offenbar 'n Gast angepumpt und seine Verwandten in New York angerufen. Bloß«, sagte Springfield mit strenger Miene, »nachdem der Knabe fertig war mit Telefonieren, hat er die Telefonzelle zu Kleinholz gemacht, und der Besitzer des Truck Stops hat Anzeige erstattet. Außerdem is in 'n paar Trucks auf dem Parkplatz eingebrochen worden, wie's aussieht...«, er flunkerte, ohne mit der Wimper zu zucken, »...deshalb würden Detective Grant und ich uns gern mit dem Knaben unterhalten.«

Detective Grant fiel es ebenso schwer, sich nichts anmerken zu lassen, wie den beiden Arbeitern – wenn auch aus anderen Gründen. Der Sheriff ließ ihnen keine Zeit zum Überlegen. Er hakte die Daumen in den Gürtel und fuhr unbarmherzig fort.

»Natürlich, wenn er in Behandlung ist... ist das vielleicht was anderes. Aber wir müssen rausfinden, wer für ihn verantwortlich ist... der behandelnde Arzt... der Anstaltsleiter... oder sowas. An wen solln wir uns da wenden?« Er sah seine beiden Gegenüber fragend an.

Einer der Vier hinter dem Zaun kicherte leise, doch der Bürstenhaarschnitt zuckte nur mit den Achseln. »Hab nichts gehört, daß 'n Patient letzte Nacht ausgerissen sein soll«, erwiderte er ausweichend. »Aber wenn Sie mit jemandem sprechen wollen, müssen Sie telefonisch 'n Termin ausmachen. Die Aufnahme wird Ihnen sagen, wann Sie vorbeikommen können. Mehr kann ich Ihnen auch nicht sagen, Sheriff... wir sind nur der Wartungsdienst, wie Sie sehen, und haben mit den Pflegern nichts zu tun.«

Springfield sah ihn lange an und nickte. »Okay, dann mach ich mit der Aufnahme 'n Termin aus. Danke für die Hilfe, Sie hören noch von mir.« Er tippte an den Hut, drehte sich um und stapfte durchs hohe Gras davon. Grant folgte ihm, doch dann drehte er sich noch einmal um. Er hatte spontan beschlossen, die Typen wissen zu lassen, daß die Polizei die Identität des Jungen kannte. Vielleicht würde ihn das vor Mißhandlungen schützen. Die versteinerten Gesichter blickten ihn feindselig an.

»Ach... für den Fall, daß Sie unseren Besuch im Haus erwähnen...«, er ließ den Halbsatz einen Moment in der Luft hängen, »...der Bursche heißt Miller... Jim Miller. Wie gesagt, Sie werden von uns hören.« Er hob die Hand zum Gruß und ging.

Als er durchs Gras stapfte, bemerkte er, daß Springfield nicht direkt zum Wagen zurückgegangen war, sondern schräg durch den überwucherten Seitenstreifen gewatet und einige Meter weiter neben der Straße aufgetaucht war. Grant setzte sich in den Wagen und wartete auf Springfield, der kurz darauf erschien, sich hinters Lenkrad klemmte, den Motor anließ und kommentarlos losfuhr.

Grant blickte sich noch einmal nach dem wortkargen Arbeitskommando um. Durchs Heckfenster sah er, daß der Bürstenhaarschnitt einen kleinen, dunklen Gegenstand an den Mund hielt. Er war sich so sicher, wie er auf die Entfernung in der Dämmerung nur sein konnte, daß es sich um ein Funkgerät handelte. Er drehte sich nach vorn und erzählte es Springfield.

»Ja, hab ich gesehen.« Der Sheriff deutete auf den Rückspiegel. »Überrascht mich gar nicht. Ulkige Mannschaft, wie? Mit Vorsicht zu genießen...« Er lachte leise. »Mit der Story von dem wildgewordenen Patienten hab ich dem Drecksack mit dem Bürstenhaarschnitt das Pokerface vermasselt, wie?«

»Kann man wohl sagen«, erwiderte Grant grinsend. »Und mir hätten sie auch fast das Pokerface vermasselt, Sie alter Fuchs.

Detective Grant, daß ich nicht lache! Ich hoffe nur, Sie sagen nie vor Gericht gegen mich aus. Ich würd sofort auf schuldig plädieren!«

Springfield sagte unschuldig: »Ich hab nicht gelogen. Sie sind doch schließlich Detektiv, oder? Ich hab nur das Wörtchen ›privat‹ vergessen, sonst nichts.« Er grinste Grant an. »Manchmal verwirrt man die Leute nicht mit dem, was man sagt, sondern mit dem, was man nicht sagt. Das erinnert mich an ʼnen alten Spruch von meinem Daddy. ›Junge‹, hat er immer gesagt, ›versäum nie die Gelegenheit, den Mund zu halten‹. Es funktioniert wirklich. Wie oft haben Sie erlebt, daß jemand beim Verhör versucht, sich rauszureden und sich dabei um Kopf und Kragen quatscht?«

»Stimmt«, sagte Grant. Dann meinte er nachdenklich: »Apropos Verhör, je eher ich mit dem Jungen reden kann, desto besser. Diese Louise, mit der ich heute nachmittag gesprochen hab, sagte, daß er nichts zu lachen hat, wenn er versucht hat abzuhauen. Als Sie noch ʼn bißchen spazieren waren, hab ich den Namen des Jungen fallen lassen, um zu verhindern, daß ihm was passiert, bevor ich mit ihm reden kann.«

»Als ich noch ʼn bißchen spazieren war, wie Sie es nennen«, entgegnete Springfield, »bin ich Spuren gefolgt, die vom Zaun zur Straße führten. Wahrscheinlich ist er in die Richtung gelaufen … nachdem er auf den jungen Baum geklettert war, den er zuvor gefällt hatte, um über den Zaun zu kommen.«

Grant sah ihn verwundert an. »Sie meinen, der Baum wurde gar nicht umgeweht, wie die Typen behauptet haben?«

»Niemals!« Springfield schüttelte den Kopf. »Wenn der Wind ʼn Baum umbläst, reißt er ihn entweder mitsamt den Wurzeln aus, oder er knickt ihn um wie ʼn Streichholz.« Er nahm eine Hand vom Lenkrad und knickte zur Illustration den Daumen um.

»Das heißt, wenn der Wind ʼn Baum ausreißt, hat man ein Loch im Boden und einen Wurzelballen. Wenn der Baum umknickt, splittert das Holz, und man hat sowohl am Stumpf als auch am abgeknickten Stamm ʼne gezackte Bruchstelle. Stimmtʼs?«

Grant nickte, und Springfield fuhr fort: »Nach dem, was ich

gesehen hab, waren beide Enden glatt, Stumpf und Stamm sauber durchgetrennt. Es lagen auch keine Splitter rum, was der Fall gewesen wäre, angenommen, sie hätten Zeit und Energie darauf verschwendet, beide Enden sauberzumachen. Nee-nee...«, sagte er, »der Baum ist umgesägt worden, hundert Prozent. Ganz abgesehen davon, der Wind von gestern nacht hätt mir nicht mal den Hut vom Kopf geweht, geschweige denn 'n kräftigen, jungen Baum wie den umgeblasen.«

»Okay, Kit Carson, ich glaub's Ihnen.« Grant grinste seinen Begleiter an. »Ich hab's gewußt, ich hätt auf meinen Daddy hören und bei den Wölflingen bleiben sollen, bis ich die Jungpfadfinderprüfung habe.« Dann wurde er ernst. »Wir wissen jetzt also, wie der Junge rausgekommen ist. Und ich bin ziemlich sicher, sein alter Herr hat recht mit dem Verdacht, daß sie ihn wieder eingefangen haben. Den Beweis krieg ich morgen, falls ich mit ihm reden kann. Dann hab ich nur noch das Problem, wie ich ihn da wieder rauskriege. Diese Sekten haben eines gemeinsam: Wenn die Leute mal drin sind, lassen sie sie nicht mehr raus. Ich hatte schon öfter damit zu tun, das ist nicht so einfach. Ich muß meine grauen Zellen anstrengen und mir was einfallen lassen...«

»Wir müssen uns was einfallen lassen, meinen Sie«, warf Springfield ein, mit der Betonung auf »wir«.

»Hä? Wie bitte?« fragte Grant überrascht.

»Ich hab gesagt, wir müssen uns was einfallen lassen«, wiederholte Springfield. »Und so hab ich's auch gemeint. Nach dem, was Sie mir erzählt haben und was ich mit eigenen Augen gesehen habe, hab ich das Gefühl, daß Sie Hilfe brauchen könnten, wenn Sie sich das Völkchen vorknöpfen. Außerdem«, sagte er resolut, »bin ich zufällig Sheriff in der Gegend, und ich laß nicht zu, daß religiöse Fanatiker auf meinem Territorium Minderjährige entführen!«

»Nate...«, Grant suchte nach Worten. »Danke für das Angebot, aber... sehen Sie, verstehn Sie mich nicht falsch, aber es ist vielleicht besser, wenn Sie sich vorerst aus der Sache raushalten. Seit ich den Dienst quittiert und mich selbständig gemacht habe, hatte ich oft mit solchen Sekten zu tun. Meine Erfahrung sagt mir, wenn sich diese Typen erstmal in den Kopf gesetzt haben, sie hätten ein besonderes Verhältnis zum Schöpfer, glauben sie, sie stünden über dem Gesetz! Die scheren sich 'n Dreck um Ihren Sheriffstern. Sie dagegen müssen sich an die gesetzlichen Vorschriften halten. Es hat keinen Zweck, in den Ring zu steigen, wenn man sich an die Boxregeln halten muß, während der Gegner einem in die Eier tritt. Ich will damit sagen...«

»Ich weiß, was Sie sagen wollen«, unterbrach ihn Springfield. »Und ich gebe Ihnen recht. Aber ich glaube, es gibt Zeiten, in denen es nicht unpraktisch ist, das Gesetz in der Hinterhand zu haben, egal, wie faul der Gegner spielt. Und ich denk nun mal, wir wären 'n gutes Team, Sie und ich. Ich hau ihm die Paragraphen um die Ohren, wenn's drauf ankommt, und Sie müssen ihm die Geschlechtsteile bearbeiten... Sie haben ja keine Ahnung, wie schlecht meine Augen manchmal sind...« Er grinste Grant an, doch seine hellblauen Augen waren stahlhart.

»Als erstes schlage ich vor, Sie lassen mich den Termin ausmachen. Mein Wort hat mehr Gewicht als Ihres, schließlich vertrete ich hier das Gesetz. Wahrscheinlich werden sie Erkundigungen über Sie einholen, bevor sie Sie reinlassen. Und wenn sie rausfinden, daß Sie Privatdetektiv sind, kommen Sie nicht mal bis zur Tür. Oder schlimmer noch, Sie werden reingelassen und kriegen dann Ihr Fett ab.«

Grant wurde bei den bedächtigen Worten des Sheriffs warm ums Herz. Er war froh um die angebotene Hilfe und hatte das Gefühl, daß Nate Springfield sich im Notfall als nützlicher Verbündeter erweisen könnte. »Danke, Nate«, sagte er schlicht, »Danke für das Angebot.«

»Keine Ursache«, erwiderte Nate. »Um ehrlich zu sein, Ben hat mich gebeten, auf Sie aufzupassen. Er sagte, Sie seien ihm 'ne Einladung schuldig und ich soll dafür sorgen, daß Sie nicht vorher abkratzen.«

Grant lachte, und der Name Curtis lenkte das Gespräch in leichtere Bahnen. Sie verbrachten den Rest der Rückfahrt nach Rockford damit, sich Anekdoten über den gemeinsamen Freund zu erzählen.

Im Büro suchte Springfield sofort die Nummer des Betlehem-Hauses aus einem zerfledderten Notizbuch heraus und rief die »Aufnahme« an, mit dem erwarteten Ergebnis. Er stellte sich in seiner Position als Sheriff vor und bat um einen baldigen Termin mit einem Vertreter der Anstaltsleitung für sich und einen Mister Grant, Privatdetektiv. Es ginge um den schwerwiegenden Vorwurf der Entführung und Freiheitsberaubung eines Minderjährigen, eines gewissen Jim Miller. Außerdem wolle er den Jugendlichen persönlich sprechen wegen des Vorwurfs der Beschädigung einer Telefonzelle und des Einbruchs in geparkte Fahrzeuge, Ereignisse, die allesamt in den frühen Morgenstunden stattgefunden hätten.

Ein paar Minuten später wurde ihm mitgeteilt, daß im Moment niemand aus der Anstaltsleitung erreichbar sei, um über sein Anliegen zu entscheiden, und daß er am nächsten Morgen noch einmal anrufen solle. Springfield versicherte der Person am anderen Ende der Leitung, sie könne sich darauf verlassen... und fügte, mit einen Augenzwinkern zu Grant, jovial hinzu, er sei sicher, daß sich die Sache mit einem einfachen Gespräch aus der Welt schaffen ließe – und daß es wahrscheinlich nicht nötig sei, das FBI einzuschalten, was den Vorwurf der Entführung betraf! Mit dieser Bemerkung, die am anderen Ende betretenes Schweigen hervorrief, legte er auf.

Die Dunkelheit des frühen Winterabends war hereingebrochen, als Grant in seinen Mustang stieg, um in die Stadt zurückzufahren. Zuvor hatte er Pam aus Springfields Büro angerufen, um ihr zu sagen, daß er auf dem Weg sei und sie sich zum Ausgehen fertig machen solle. »Super«, hatte sie gerufen, »wo gehn wir hin?« Als er ihr erklärt hatte, worum es ging, hatte ihre Begeisterung merklich abgenommen.

»Zu einem Kreuzzug?« hatte sie ungläubig gefragt. »Du nimmst mich doch auf den Arm, oder? Nein? Moment mal...« Mißtrauen und Ärger waren in ihr hochgestiegen. »Brett, hat das was mit deinem Job zu tun? Du weißt, was ich davon halte, wenn du uns mit deinem Job die gemeinsame Freizeit versaust. Bevor du's merkst, wirst du so schlimm wie dein Freund Ben und arbeitest rund um die Uhr.«

Mit dem Versprechen, daß es sich um eine einmalige Ausnahme handle und er sie in der nächsten Woche in eines ihrer Lieblingsrestaurants zum Essen ausführen würde, hatte er sie schließlich besänftigen können. Er hatte den Hörer aufgelegt und ergeben die Schultern gezuckt.

»Ich weiß, wie Ihnen zumute ist«, hatte der Sheriff ihn schmunzelnd bedauert. »Ich krieg auch immer eins auf den Deckel.«

Draußen stieg Grant in den Mustang und verabschiedete sich von Springfield, der ihm versprach, sich zu melden und ihm wegen des Gesprächs mit dem Jungen Bescheid zu geben. Der baumlange Sheriff richtete sich vom Fahrerfenster auf und begutachtete neidvoll den schnittigen Wagen.

»Fahren Sie vorsichtig mit dem Ding«, mahnte er. »Sonst hören Sie heute abend nicht den Propheten, sondern die Himmelsglöckchen!«

Grant legte zur Antwort einen Kavaliersstart hin und winkte dem kopfschüttelnden Springfield fröhlich zu. Bald waren die Lichter von Rockford aus dem Rückspiegel verschwunden, und der Mustang flitzte im Licht der eigenen Scheinwerfer auf New York zu – und auf die nächsten Begegnung mit der Sekte.

21

Angel One wartete, bis die anderen drei Engel Platz genommen hatten. Er hatte sie zu einer Besprechung in seine Privaträume gerufen. Zuerst fragte er nach dem letzten Stand der Suche nach dem vermißten Jungen und erfuhr von Angel Four, daß das Ergebnis noch immer negativ war. Angel Three fügte hinzu, die Suchtrupps, die mit der Durchsuchung ihres Abschnitts fertig seien, würden auf die restlichen Trupps verteilt, um sie zu verstärken. Damit sei garantiert, daß das gesamte Anwesen bis Einbruch der Dunkelheit durchkämmt worden sei.

Angel One nickte zufrieden, dann kam er auf den Bericht des Wartungsdienstes über die Begegnung mit dem Sheriff zu sprechen. Er informierte die anderen, daß der Sheriff in der Zwischenzeit angerufen und gebeten habe, in Begleitung eines Privatdetektivs mit dem jungen Miller sprechen zu dürfen.

»Ich schlage vor, wir kommen der Bitte des Sheriffs nach, allerdings nur unter der Voraussetzung, daß ich persönlich dabei bin – als der ›für den Patienten zuständige Arzt‹!« erklärte er kategorisch.

Er machte eine kurze Pause, damit sie seinen überraschenden Beschluß verdauen konnten. »Der einzige Grund, warum ich dieses Gespräch überhaupt zulasse, ist der, daß jeden Tag die neue Lieferung eintreffen kann. Es wäre daher äußerst ungeschickt, die Polizei ausgerechnet jetzt neugierig zu machen. Wenn ich jedoch darauf bestehe, daß das Gespräch in meiner Gegenwart stattfindet, dann deshalb, weil ich auf diese Weise die Themen eingrenzen und verhindern kann, daß Miller plaudert. Bei der Gelegenheit kann ich den Sheriff noch einmal davon überzeugen, daß dies wirklich eine psychiatrische Klinik ist, um uns auch für die Zukunft Ärger zu ersparen.« Er blickte in die Runde und wartete auf Kommentare.

Angel Two brach als erster das nachdenkliche Schweigen. »Ich stimme deiner Analyse der Situation zu«, begann er vorsichtig. »Es ist in der Tat notwendig, jede unnötige Konfrontation mit der Polizei zu vermeiden.« Er zögerte, und sein Gesicht verfinsterte sich. »Aber hältst du es für richtig, den Privatdetektiv bei dem Gespräch dabeisein zu lassen? Das sind amtlich zugelassene Gangster. Wie du weißt, haben sie uns mit ihren dilettantischen Versuchen, der Organisation neue Mitglieder zu entreißen, schon oft Unannehmlichkeiten bereitet. Deshalb schlage ich vor, diesen Punkt zu überdenken.«

»Gerade wegen der Gefahr, daß er lästig werden kann, will ich den Privatdetektiv zulassen«, erwiderte Angel One. »Wenn er ein typischer Vertreter seines Fachs ist, wird er einen stümperhaften Versuch machen, auf eigene Faust herumzuschnüffeln ... besonders, wenn er dazu Gelegenheit bekommt. Und dann«, schloß er grimmig, »werde ich ihm persönlich beibringen, sich nicht mehr in unsere Angelegenheiten zu mischen!«

Sie dachten eine Weile schweigend darüber nach, dann sagte Angel Three: »Ich sehe ein anderes Problem auf uns zukommen.«

»Und das wäre?« fragte Angel One.

»Naja, wenn Miller aufgrund des Gesprächs der Bestrafung für seinen Ausbruchsversuch entgeht, könnte das Nachahmer ermutigen und uns disziplinarische Probleme bereiten.«

»Und wer hat gesagt, daß Miller der Bestrafung entgeht?«
entgegnete Angel One verärgert.

Angel Three war noch immer nicht überzeugt. »Jetzt, da die
Polizei sich eingeschaltet hat...«

»Das Interesse der Polizei an Miller ist nur vorübergehend«,
unterbrach ihn Angel One. »Und es liegt an uns, daß es so
bleibt. Wenn es in ein paar Wochen verschwunden ist... ist Miller auch verschwunden... und zwar für immer!« Er wandte sich
zu Angel Two. »Kümmere dich darum, daß die Krankenzimmer
bis morgen mittag eingerichtet sind.« Der knappe Befehl machte
deutlich, daß die Diskussion damit beendet war.

Dann wandte er sich an Angel Four. »Hast du deine Leute fürs
Washington Centre eingeteilt?«

Angel Four nickte. »Ich habe sechs Apostel und zwanzig Jünger angewiesen, in...« er sah auf seine Uhr, »einer halben
Stunde startbereit zu sein.«

»Gut«, sagte Angel One. Dann wandte er sich wieder an Angel Two. »Ich mache mich selbst innerhalb der nächsten Stunde
auf den Weg in die Stadt. Ich habe bei Dragon Control einen
Termin zu einem Briefing über die anstehende Lieferung. Du
wirst mich in meiner Abwesenheit vertreten.«

Das Telefon neben seinem Ellbogen klingelte, und er nahm
ab. Ein kaltes Lächeln überzog das sonst unbewegte Gesicht, als
er die Nachricht hörte. Es war ein Lächeln der Befriedigung.

»Ausgezeichnet«, sagte er leise in den Hörer. »Sag ihnen, daß
sie nichts anfassen sollen. Ich bin sofort da.« Noch immer lächelnd, sah er die anderen lange an.
»Eins unserer Probleme hat sich soeben erledigt«, teilte er ihnen
mit und fügte geheimnisvoll hinzu, »und das zweite wird sich
auch bald erledigt haben. Die Sitzung ist geschlossen. Folgt
mir...«

TEIL VIER

KOMMANDO AN ANGEL ONE

22

Jim Miller, das andere Problem, das die vier Chinesen eine halbe Stunde zuvor diskutiert hatten, lag flach auf dem Rücken auf seiner Matratze, die Augen geschlossen, die Hände schlaff neben sich. So sehr er sich bemühte, es wollte ihm nicht gelingen, Geist und Körper in einen Zustand erholsamer Meditation zu versetzen, wie er es in den Einführungskursen der Sekte gelernt hatte. Schuld daran war vor allem seine auf Hochtouren laufende Phantasie, doch die dumpf hämmernde Kopfwunde und die Schmerzen in der Magengrube machten die Sache nicht gerade leichter.

Plötzlich hörte Jim, daß die Korridortür aufgeschlossen wurde, und war schlagartig hellwach. Als ein Schlüssel in der Zellentür umgedreht wurde, rappelte er sich schnell hoch. Die Tür ging lautlos auf, und Angel One stand in der Öffnung, schräg hinter ihm ein graugekleideter Apostel. Jim drückte sich ängstlich gegen die Wand, doch der Chinese machte keine Anstalten einzutreten. Statt dessen deutete er auf den Eimer in der Ecke.

»Nimm das und folge Bruder James«, sagte er. »Er zeigt dir, wo du es ausleeren kannst. Es ist dir gestattet zu duschen.«

Angel One machte einen Schritt zur Seite, damit Jim mit dem Latrineneimer an ihm vorbei kam, doch er folgte dem Jungen nicht, der hinter seinem Begleiter hertrottete. Sie verließen den Trakt, in dem die Zellen untergebracht waren, und gingen den Korridor entlang. Nach einigen Metern blieben sie vor einer Tür stehen. Der Apostel schloß auf und bedeutete Jim einzutreten. Jim gehorchte und stand in einem Waschraum mit Toilette und einer Duschkabine in der Ecke.

Nachdem er den Eimer geleert und ausgespült hatte, bekam er von seiner bulligen kahlrasierten Eskorte Seife und ein Handtuch gereicht. Jim ließ sich nicht lange überreden, zog sich aus und trat unter den dampfenden Wasserstrahl. Gute zehn Minuten lang genoß er den Luxus, Schaum und warmes Wasser an seinen Gliedmaßen hinablaufen zu lassen, und wusch sich die letzten Spuren der nächtlichen Eskapade vom Leib.

Als die Kopfwunde zu brennen begann, stellte er den Hebel

auf kalt und brauste sich die Seife ab. Das eiskalte Wasser raubte ihm den Atem. Wie Nadeln prasselte es auf sein Gesicht und machte Brust und Schultern taub, als ihn, ohne Vorwarnung, die Erinnerung an die vergangene Nacht überfiel, und für einen kurzen, grauenhaften Augenblick lang lag er wieder mit dem Gesicht nach unten im eiskalten Bach, während die Höllenhunde nur wenige Meter entfernt Toms blutigen Kadaver zerfleischten.

Er wäre wohl durchgedreht, hätte sein Bewacher nicht genau in diesem Moment an die Duschtür geklopft und ihn mit einem »Okay, mach jetzt Schluß« in die Realität zurückgeholt. Nicht nur von der kalten Dusche zitternd, drehte Jim das Wasser ab und wischte sich umständlich die Tropfen vom Körper.

Als er sich etwas gefangen hatte, trat er hinaus in die Umkleidekabine, um sich abzutrocknen. Er war überrascht, eine frische Kutte und säuberlich gefaltete Unterwäsche neben dem Handtuch vorzufinden. Kamm, Zahnbürste und Zahnpasta waren auch da. Die Überraschung wich schnell einem gewissen Mißtrauen, er fragte sich, warum er mit Samthandschuhen angefaßt wurde. Doch er beschloß, die Situation auszunutzen. Er trocknete sich ab, zog die frische Kutte an, putzte sich die Zähne und kämmte sich gründlich das lange Haar. Als er fertig war, fühlte er sich zum ersten Mal seit seiner Gefangennahme erfrischt und folgte seinem schweigsamen Bewacher durch den Korridor zurück in sein Verlies.

Als er seine Zelle betrat, empfing ihn ein strenger Geruch. Er schämte sich – er hatte gar nicht gemerkt, wie sehr er in ungewaschenem Zustand gestunken hatte, und dachte, daß Pig Pen für seine Zelle ein treffenderer Ausdruck wäre als Turkey Pen. Da Angel One auf ihn gewartet hatte, ging Jim davon aus, daß der Chinese ihn sofort einschließen würde. Statt dessen folgte ihm Angel One in die Zelle und blieb an der Tür stehen.

»Einen Moment noch, Miller.« Die schneidende Stimme ließ Jim mitten im Schritt stoppen, und er sah seinen Entführer an. »Möglicherweise bekommst du morgen Besuch. Der Sheriff und ein Privatdetektiv haben nach dir gefragt und um ein Gespräch gebeten.«

Jims Herz machte einen Sprung. Deshalb die plötzliche gute

Behandlung, dachte er. Dann war sein verunglückter Fluchtversuch vielleicht doch keine absolute Pleite gewesen. Er konnte den Hoffnungsschimmer in seinen Augen nicht verbergen.

Angel One beobachtete ihn mit der kalten Gelassenheit einer Katze, die mit der Maus spielt und auf den geeigneten Moment wartet zuzuschlagen. Er ließ Jim einen Moment lang die Hoffnung, bevor er sie mit den nächsten Worten zunichte machte.

»Aber... auf eines kannst du dich verlassen, Miller. Wir lassen dich unter keinen Umständen gehen. Wir lassen dich nur mit diesen Leuten sprechen, damit du Gelegenheit hast, das Mißverständnis, das du selbst verursacht hast, auszuräumen. Wir werden dir genau vorschreiben, was du zu sagen hast – und in deinem eigenen Interesse wirst du die Anweisungen aufs Wort befolgen. Verstanden?«

Die schwarzen Augen sahen ihn bohrend an, und Jim nickte stumm. Doch innerlich kreuzte er die Finger. Wenn er dem Sheriff und dem Privatdetektiv erst einmal gegenüberstünde, sähe die Sache bestimmt ganz anders aus. Dann würde er sagen, was er wollte, und sie um Hilfe bitten.

In diesem Moment kam der Apostel mit einem Plastiktablett herein, auf dem Jims Abendessen stand. Jim nutzte die Gelegenheit, Angel Ones Blick auszuweichen. Das Gefühl loszuwerden, daß der Chinese seine Gedanken las, tat ihm gut. Er sah dem Apostel zu, wie er das Tablett auf der Matratze abstellte, sich umdrehte und stumm die Zelle verließ. Aus den Augenwinkeln beobachtete er, daß Angel One seinem Untergebenen folgte, doch dann blieb er mitten in der Tür stehen.

»Miller...« Jim fuhr herum und erlag sofort wieder dem Bann der Schlitzaugen. »Überleg dir die Sache genau. Deine Kooperation morgen hat Einfluß auf deine Zukunft... besser gesagt, sie wird entscheiden, ob du eine Zukunft hast!« Und mit einem geheimnisvollen Lächeln auf den Lippen fügte der Chinese fast beiläufig hinzu: »Falls du irgendwelche Zweifel haben solltest, Miller, denk an das Schicksal deines Freundes. Vielleicht hilft dir das, eine vernünftige Entscheidung zu treffen. Wir sprechen uns morgen früh.«

Die Tür fiel ins Schloß. Wie betäubt starrte Jim auf die glatte, graue Fläche. Angel Ones Schlußbemerkung konnte nur bedeuten, daß sie Tom gefunden hatten ... oder das, was von ihm übrig war. Doch dann fiel ihm ein, selbst wenn sie die Wahrheit über Tom herausgefunden hatten, war sein Leben jetzt weniger in Gefahr, da Hilfe von außen im Anzug war, in Gestalt des Sheriffs und eines Privatdetektivs. Er fragte sich, woher die beiden kamen. Vielleicht war auf seinen alten Herrn ja doch Verlaß – oder auf den schwergewichtigen Trucker von der Tankstelle. Wer immer es war, Jim schwor sich, ihm bei der ersten Gelegenheit seinen innigsten Dank auszusprechen. Erleichtert setzte er sich im Schneidersitz neben das Tablett auf die Matratze. Er hatte den ganzen Tag fast nichts gegessen und stopfte Sandwiches und Milch gierig in sich hinein.

Er war fast fertig mit dem Essen, als ihm in der gegenüberliegenden Ecke des Raumes ein Farbtupfer ins Auge fiel. Erst jetzt bemerkte er die Gegenstände, die zunächst hinter der geöffneten Tür verborgen gewesen und ihm dann beim Nachdenken entgangen waren. Es handelte sich um eine rote Plastikwanne und einen gelben Eimer, der umgestülpt in der Wanne stand. Das Gebilde sieht aus wie die Karikatur eines mexikanischen Sombreros, dachte er und mußte lächeln. Auf dem umgestülpten Eimer lagen ein zusammengefaltetes Handtuch, ein Stück Seife, eine Zahnbürste, Zahnpasta und ein Kamm. Ein weiterer Beweis, daß seine Behandlung sich aufgrund des angekündigten Besuchs gebessert hatte, dachte er befriedigt.

Er trank den letzten Tropfen Milch, stellte den leeren Karton auf das Tablett und beschloß, etwas Gymnastik zu machen. Als er aufstand, brachten sich seine malträtierten Bauchmuskeln jäh in Erinnerung. Über die gute Nachricht vom bevorstehenden Besuch hatte er seine Schmerzen vorübergehend vergessen. Er begann, in der Zelle hin und herzulaufen und überlegte sich, wie er Angel One in dem geplanten Gespräch entlarven könnte. Bei dieser Aussicht wurde seine Laune merklich besser.

Doch schon nach wenigen Kehrtwendungen irritierte ihn etwas. Der strenge, säuerliche Geruch von vorhin schien stärker zu werden. Gleichzeitig merkte er, daß die Klimaanlage nicht lief. Nach weiteren zwei Bahnen hatte er das Gefühl, daß der Gestank in der Nähe der Tür stärker war als am anderen Ende der Zelle. Auch roch es nicht nach abgestandenem Schweiß, wie er zunächst geglaubt hatte. Es stank widerlicher   doch irgendwie kam ihm der Geruch bekannt vor...

Mitten im Gehen blieb er stehen. Er wußte, woran ihn der Gestank erinnerte. An faules Fleisch! Und er war sich ziemlich sicher, woher der Geruch kam. Er drehte sich um und starrte wie gebannt auf die scheinbar harmlosen Haushaltsgegenstände neben der Tür. Plötzlich wirkte der Sombrero nicht mehr komisch, sondern unheimlich. Jims Verstand rebellierte gegen den unaussprechlichen Gedanken, der gegen die Hintertür seines Bewußtseins hämmerte und Eintritt verlangte. Es konnte nicht sein, daß... oder doch?

Trotz des Grauens vor dem, was er entdecken würde, zwang er sich, Schritt für Schritt auf die rotgelben Plastikbehälter zuzugehen. Je näher er kam, desto schlimmer wurde der Gestank. Er hielt die Luft an, ging in die Hocke und nahm Handtuch und Toilettenartikel vorsichtig vom Eimer, als fürchte er, das, was sich darunter befand, zu stören. Seine Hände zitterten.

Er hielt einen Augenblick inne, um sich zu wappnen. Dann faßte er den Eimer fest mit beiden Händen, hob ihn ruckartig hoch und erstarrte vor Entsetzen. Der angefressene, abgetrennte Kopf von Tom Sheppard glotzte ihn an. Jim wußte, daß es Tom war, auch wenn das Gesicht fast bis zur Unkenntlichkeit verstümmelt war. Das Fleisch war auf einer Seite weggerissen und legte die nackten Zähne in einem obszönen Todesgrinsen frei, und die leeren Augenhöhlen stierten ihn in blindem Vorwurf an.

Verwesungsgeruch schlug ihm ins Gesicht, und von Ekel überwältigt knallte Jim mit einem erstickten Schrei den Eimer in die Wanne. Er fuhr hoch und taumelte zum Latrineneimer hinüber. Zu spät – das gerade genossene Abendessen war schneller und ergoß sich über ihn, den Deckel des Eimers und den Fußboden.

Draußen schloß Angel One leise die Klappe des Spions. Er wartete, bis die Würgelaute einem erstickten Schluchzen wichen, dann entfernte er sich mit einem zufriedenen Glitzern in den kalten Augen. Die Zermürbungstaktik funktionierte. Am anderen Morgen, nach einer ganzen Nacht in Gesellschaft des gespenstischen Zellengenossen, würde der Junge mit allem einverstanden sein.

Eine halbe Stunde später fuhr Angel One, der in Straßenanzug und weißem Hemd kaum wiederzuerkennen war, in einem der Sektenfahrzeuge zu den Haupttoren hinaus. Das Fahrzeug war wie die anderen dunkelblau lackiert, nur das goldene Kreuz fehlte. Er bog nach Süden, beschleunigte sanft und fuhr Richtung New York. Diesmal hatte er keinen Chauffeur. Diesmal war er allein.

23

Detective Lieutenant Ben Curtis saß zusammengesunken in seinem Sessel, die Füße unter den überquellenden Schreibtisch gestreckt, und stierte griesgrämig auf das Blatt Papier in seiner Hand. Die andere Hand lag locker auf der Armlehne, die unvermeidliche Zigarette in den nikotingelben Fingern sandte eine müde, blaue Rauchspirale zur Decke.

Das leidige Papier enthielt zwei Zahlenkolonnen. Links standen römische Zahlenkombinationen, rechts, in Gruppen unterteilt, unterschiedliche mögliche Äquivalente in arabischen Ziffern. Die linke Kolonne gab, in chronologischer Reihenfolge, die Zahlenfolgen wieder, die in die Körper aller fünfzehn ermordeten Prostituierten geritzt worden waren. Der letzte Eintrag, den Curtis in seiner typischen, runden Schrift eben erst hinzugefügt hatte, bezog sich auf das Opfer von vergangener Nacht – die unglückliche Mary-Lou Evans.

Curtis hatte auf eine plötzliche Erleuchtung gehofft – darauf, daß sein müdes Gehirn von einem der Geistesblitze getroffen würde, mit denen gemeinhin unerschrockene Detektive ihre Fälle in Krimis lösten. Der Schlafmangel und die vielen, endlosen Schichten rächen sich allmählich, dachte er mißmutig. Die Konzentration ließ nach, wollte nicht länger bei den mysteriösen Zahlengruppen und ihrer möglichen Bedeutung bleiben. Er beschloß, Feierabend zu machen. Wenn er früh zu Bett ging und – hoffentlich – die Nacht durchschlief, würde er morgen klarer denken können.

Ein lautes Klopfen an der Tür riß ihn aus seinen Gedanken. Die Tür öffnete sich, und Detective Lieutenant Donald »Scotty«

Cameron vom Rauschgiftdezernat trat ein. Er war vor etwa fünfundvierzig Jahren als Zweijähriger mit seinen Eltern aus Schottland eingewandert. Cameron war stämmig, einsfünfundsiebzig groß und hatte schütteres, blondes Haar. Trotz seines East-Side-Akzents und der Tatsache, daß er so schottisch wirkte wie ein Big Mac, hieß er bei seinen Kollegen noch immer Scotty.

Curtis mochte Scotty. Sie hatten dieselbe Wellenlänge und waren nicht nur Kollegen, sondern auch enge Freunde. Jetzt freute er sich besonders über den Besuch, er diente ihm als willkommene Ausrede, den vergeblichen Kampf mit dem Zahlenrätsel, das der Killer ihm aufgegeben hatte, abzubrechen.

»Hi Ben. Viel zu tun?« fragte Cameron aufgeräumt.

»Hi Scotty. Ja, aber ich glaub, ich mach Schluß für heute.« Curtis legte das unselige Blatt zu den anderen Akten auf den Schreibtisch und streckte sich, um die verspannten Schultern zu lockern. »Komm rein und laß dich 'n Weilchen nieder. Ich brauch 'ne Schulter zum Ausweinen. Besser gesagt, ich bin urlaubsreif.«

Cameron räumte eine Ecke des Schreibtischs frei und setzte sich mit einer Backe darauf. Er zog ein Päckchen Zigaretten aus der Jackentasche, schüttelte es, steckte sich einen Glimmstengel in den Mund und hielt das Päckchen Curtis hin. Er zündete sich die Zigarette an, blies den Rauch an die Decke und sagte: »Okay, schieß los. Onkel Scotty ist ganz Ohr. Ich hab Rotztücher in den Schulterpolstern. Wo drückt der Schuh?«

Curtis machte einen Lungenzug und hustete. Er beugte sich vor und reichte Cameron das Blatt mit den Zahlen. »Diese Scheißzahlen! Die und die Tatsache, daß wir immer noch keine Spur von dem Dreckskerl haben. Ich glotz die verdammten Zahlen an, bis mir schwindlig wird, doch alles, was ich davon hab, is 'ne Migräne. Ich weiß genau, wenn wir die entziffern, wissen wir mehr über den Drecksack. Und wenn wir nur 'n Psychogramm erstellen können, das uns in die richtige Richtung führt.«

Cameron, der die kryptischen Zeichen studiert hatte, stellte sich doof. »Ein was, bitte?« Er legte das Blatt auf den Schreibtisch und breitete flehentlich die Hände aus. »Hey Mann, mit mir mußt du normal reden. Ich bin nur 'n Drogenfutzi und keiner von deinen studierten Herren Kollegen von den Mordkommission. Sollte das Gefasel etwa heißen, du hast das Gefühl, wenn du die Zahlen knackst, kriegst du Einblick in seine Gehirnwindungen und von dort vielleicht 'n Motiv?«

Camerons gute Laune war ansteckend, und Curtis sagte schmunzelnd: »Du kapierst aber auch alles. Im Moment führt uns das Schwein an der Nase rum. Wir haben lediglich 'n paar vage Beschreibungen, ach was, vage ist gar kein Ausdruck! Die kann ich mir in den Arsch stecken!« Er machte eine Pause und sagte mit unbewegter Miene: »Ich überleg schon, ob ich mich zum Rauschgift versetzen laß, damit ich meine Ruhe hab...«

»Haha, täusch dich nicht!« antwortete Cameron lachend. »Vom Regen in die Traufe, kann ich da nur sagen. Wir haben selbst 'ne Menge Probleme. Als ob wir nicht schon genug Ärger hätten mit den Kolumbianern und Jamaikanern. Zur Zeit werden die Straßen mit hochwertigem Heroin nur so überschwemmt. Der Stoff stammt aus China, sagen die Gerichtsmediziner. Bis jetzt wissen wir nur, daß 'n Drogenring der Triaden dahintersteckt, der den Stoff von Kanada über die Grenze schleust. Es heißt, das Zeug geht von Hongkong nach Europa – Hamburg, Amsterdam, Marseille –, je nachdem, und kommt dann in die Häfen am St. Laurence – Quebec, Montreal und Toronto, wie's gerade paßt.«

Curtis nickte. »Und die Grenzkontrollen sind 'n Witz.«

»Es gibt überhaupt keine Grenzkontrollen«, schnaubte Cameron. »Den Kanadiern ist scheißegal, was über die Grenze geht. Das Zeug taucht auch in ihren Großstädten auf, und sie haben alle Hände voll zu tun, das in den Griff zu bekommen. Auch wenn sie's nie zugeben würden, je mehr über die Grenze geht, desto besser – um so weniger bleibt bei ihnen hängen. Und ihre Erfolgsquote ist keinen Deut besser als unsre. Wie wir haben sie 'ne Menge kleiner Dealer geschnappt und 'n paar Läden hochgehen lassen, aber nichts Durchschlagendes. Uns geht's wie dir mit deinem Killer, wir haben immer noch keine Spur, die uns den Durchbruch bringen könnte. Du siehst, du bist nicht der einzige, der Probleme hat, Buddy.«

»Wahrscheinlich hast du recht«, sagte Curtis zerknirscht. »Bloß, es hilft uns auch nicht weiter, wenn Elrick, dieses

Arschloch, den Captain unter Druck setzt, damit er bei der nächsten Pressekonferenz glänzen kann. Er will Ergebnisse sehen, sagt er, für 'ne Presseerklärung.« Curtis schnaubte verächtlich. »Ich hab gedacht, hohle Sprüche sind seine Stärke. Wenn man sonst dem Wichser das Maul stopfen will, ist's, als wollte man 'n Gulli mit'm Tampon abdichten.«

Cameron lachte. »Liegt dir unser tüchtiger Deputy Commissioner noch immer im Magen? Denk doch mal nach, Ben. Was täten wir ohne ihn, der uns hart arbeitende Cops vom Licht der Öffentlichkeit abschirmt, wenn wir Erfolge erzielen? Das arme Schwein hat's nicht leicht, schließlich muß er den ganzen Ruhm an sich reißen und vor der Kamera 'ne gute Figur machen.«

»Tüchtig? Der Fettsack taugt so viel wie 'n Schokoladesuspensorium!« bemerkte Curtis sarkastisch. »Mir stinkt gar nicht mal so sehr, daß er sich mit fremden Federn schmückt, sondern daß er nichts einstecken kann. Wenn er Prügel bezieht, gibt er sie an den Captain weiter, und Devlin steckt sie natürlich nur so lange ein, bis er mich gefunden hat und läßt sie dann an mir aus. Nicht, daß ich Devlin 'n Vorwurf mache«, seufzte er. »Wenn ich Captain wär, würd ich den Dreck auch auf meinem Lieutenant abladen.«

»Weißt du was«, sagte Cameron tröstend und stand mit einem Blick auf die Uhr auf, »ich lad dich auf'n Bier ein, bevor du gehst.«

»Na endlich ist der Groschen gefallen. Ich hab schon gedacht, du kommst nie drauf.« Curtis hievte sich aus dem Sessel steckte das ominöse Papier mit anderen Unterlagen in eine abgewetzte Aktentasche und klappte sie zu. Er kam mit der Tasche hinter dem Schreibtisch hervor und nahm Hut und Mantel vom Garderobenständer in der Ecke.

Auf dem Weg zur Tür stupste Cameron ihn an. »He, vielleicht kommt Elrick selbst in Verdacht«, lachte er. »Dann könntest du ihn schmoren lassen.«

»Schmoren?« knurrte Curtis, klatschte sich den Hut auf den Kopf und schlüpfte in den Mantel. »Wenn der nicht singen würd, würd ich ihm den Schwanz in die Steckdose stecken und den Wichser frittieren!«

24

Als Grant nach Hause kam, hörte er Pam über klapperndem Geschirr und dem dramatischen Tonfall eines Fernsehsprechers singen. Sein »Hi Pam, ich bin's«, wurde mit einem vergnügten Gruß erwidert. Er folgte seinen Ohren und fand Pam in der Küche, wo sie, mit Gummihandschuhen ausgerüstet, über dem dampfenden Spülbecken stand und ein paar Kochutensilien spülte. Vom Herd roch es appetitlich nach Essen und Kaffee. Prompt knurrte sein Magen.

Pam wandte ihm den Rücken zu. Eine Zeitlang stand er, von ihr unbemerkt, in der Tür und sog ihre hochgewachsene, wohlgeformte Figur mit den Augen ein, wie jedesmal, wenn er sie sah. Er wurde nicht müde, sie anzuschauen und zu beobachten. Es spielte keine Rolle, ob sie herumlief, still dasaß oder einfach neben ihm schlief, er liebte es, sie zu betrachten und ihre Gegenwart zu genießen.

Er kannte sie jetzt ein gutes Jahr. Sie hatten sich bei einer Dinnerparty kennengelernt, zu der sie von einer gemeinsamen Freundin eingeladen worden waren. Als die Gastgeberin sie einander vorstellte, hatte es sofort gefunkt. »Pam Mason... Brett Grant. Brett, das ist Pam. Hört mal, ihr beiden, ihr nehmt's mir hoffentlich nicht übel, wenn ich euch allein lasse. Es kommen immer alle Gäste auf einmal, und ich muß mich noch um ein paar Dinge kümmern, ihr wißt ja, wie das ist.« Mit der Bitte: »Brett, sei so lieb und kümmere dich darum, daß Pam was zu trinken hat – amüsiert euch gut...« war sie davongerauscht und hatte ihre Drohung wahr gemacht.

Im Gespräch stellte sich bald heraus, daß sie beide unglückliche Beziehungen hinter sich hatten. Brett hatte ihr ziemlich offen über seine kurze, stürmische Ehe und die anschließende bittere Scheidung erzählt. Er hatte sich damals über sich selbst gewundert, denn das war ein Thema, das ihn eigentlich noch immer schmerzlich berührte, eine Episode seines Lebens, die er als erledigt betrachten und nicht wieder aufwärmen, geschweige denn wiederholen wollte.

Pam Mason hatte ihrerseits ziemlich offen und nüchtern von ihrer unglückliche Liaison mit einem Mann erzählt, der sie davon überzeugt hatte, daß er ihr Traummann sei. Bis sie eines furchtbaren Tages seiner aufgelösten, hysterischen Frau gegenübergestanden hatte. Sie war in Pams Büro aufgetaucht und hatte ihr eine schreckliche Szene gemacht. Der Vorwurf, einen Ehemann gestohlen und eine Familie zerstört zu haben, hatte Pam schwer getroffen. Es stellte sich heraus, daß ihr »Verlobter« seit sechs Jahren verheiratet war und zwei Kinder hatte. Gedemütigt und außerstande, den Kollegen ins Gesicht zu sehen, hatte sie gekündigt. Sie hatte sich sogar eine andere Wohnung gesucht, aus Angst, ihr Ex-Lover könne versuchen, wieder Kontakt zu ihr aufzunehmen. Nachdem sie sich ein paar Wochen verkrochen hatte, um die wunde Seele und den verletzten Stolz zu kurieren, war sie wieder aus der Versenkung gekommen und hatte den Scherbenhaufen zusammengefegt. Was das Risiko einer neuen, intimen Beziehung betraf, hatte sie denselben Entschluß gefaßt wie Grant – nie wieder!

Doch am Ende jenes Abends hatten sie sich verabredet – eine einmalige, unverbindliche Angelegenheit natürlich – und hatten sich danach regelmäßig getroffen. Sechs Monate später hatten sie beschlossen zusammenzuziehen, und Brett war zu Pam gezogen, da sie beide von ihrem Apartment aus leichter zur Arbeit kamen. Sie wohnten jetzt fast ein Jahr zusammen. Noch hatte keiner etwas von Hochzeit gesagt, doch sie wußten beide, daß es nur eine Frage der Zeit war. Ihre Beziehung hatte sich vertieft, und die Bande der Liebe wurden immer stärker.

Als er sie nun betrachtete, spürte er ein heißes Verlangen nach ihr, obwohl sie ganz prosaisch schmutzige Pfannen und Töpfe spülte. Mit ihren Einssiebzig war sie groß für eine Frau. Nicht zum ersten Mal dachte er, sie hätte Model werden können mit ihrer guten Figur und den tollen Beinen. Rabenschwarzes Haar, das sie meist kinnlang trug, umrahmte ihr attraktives Gesicht mit der frechen Nase und dem vollen sinnlichen Mund. Doch das Beste an ihr waren ihre großen, leicht mandelförmigen Augen. Sie hatten diesen eigenartigen, grünbraunen Farbton, und wenn sie lachte, was oft vorkam, tanzten winzige goldene Pünktchen in der Iris.

Grant schlich sich in die Küche und stellte sich hinter sie. Er schlang die Arme um ihre Hüfte und ließ die Händen sanft nach oben gleiten, bis er ihre vollen Brüste in der Hand hatte. Er vergrub das Gesicht in ihrem duftenden, weichen Haar, biß sie zärtlich in den Nacken und küßte sie. »Hi, Baby«, sagte er, »du riechst gut.«

Sie erwiderte seine Liebkosung, indem sie sich an ihn preßte und die Hüften an seinen Lenden rieb. Sofort spürte er, wie sein Glied steif wurde. Sie bog den Kopf nach hinten, so daß sich ihre Wangen berührten, und murmelte: »Mmm, das tut gut. Legen Sie das Paket bitte auf den Tisch, Herr Briefträger. Mein Freund kommt gleich nach Hause...«

Er lachte, richtete sich auf und legte die Hände auf ihre Hüften. »Das treibst du also, während ich schufte, kleines Flittchen!«

»Nur wenn ich Zeit hab...«, erwiderte sie vergnügt, »zwischen dem Bürstenverkäufer, dem Klempner und dem Telegrammburschen« und warf kokett den Kopf zurück.

»Das hättest du wohl gern!« kicherte er und gab ihr einen Klaps. Er ging zum Herd und schnupperte an den Töpfen. »Riecht fast so gut wie die Köchin. Was ist das?«

»Ich rieche also nach Zwiebelsuppe mit Croutons, gefolgt von Beef Bourguignon und Pfirsicheis zum Nachtisch, wie?« fragte sie keck.

»Könnte man sagen«, entgegnete er und fügte mit einem schelmischen Grinsen hinzu: »Nur viel besser«.

Sie lachte. »Werden Sie nicht unverschämt, Mister Grant!«

Sie streifte die Gummihandschuhe ab, zog die Schürze aus und zupfte ihn am Arm, damit er sie ansah. Als er sich zu ihr wandte, schlang sie locker die Arme um seinen Hals. Sie stellte sich auf Zehenspitzen und küßte ihn zart auf den Mund. »Manchmal denke ich, du liebst mich nur wegen meiner Kochkünste.« Als er sie an sich ziehen wollte, wich sie lachend aus.

»Nein, das ist nicht wahr«, sagte sie und wischte sich eine Strähne aus dem Gesicht. »Vergiß nicht, daß wir ausgehen wollen. Wir müssen essen und uns umziehen...«

»Ausziehen«, knurrte er, ging auf sie zu und drängte sie in die Ecke, bevor sie ins Eßzimmer entkommen konnte.

»Brett, fang jetzt nicht an, sonst kommen wir nie...« Mit einer Umarmung und einem Kuß würgte er den halbherzigen

Protest ab. Sie versuchte einen Augenblick vergeblich, sich zu wehren und ihn wegzustoßen. Dann gab sie auf. Sie erwiderte den Kuß, schlang die Arme um seinen Hals, und ihr Körper wurde weich. Während ihre Zungen sich neckten, glitten seine Hände an ihrem Rücken hinab zu ihrem kleinen, knackigen Hintern, und er preßte ihre Hüften an die seinen, damit sie seine Erregung in ihrem Schoß spürte.

Schließlich löste sie zart ihre Lippen und lehnte sich in seiner Umarmung zurück. Ihr Gesicht war nicht nur von der Hitze in der Küche gerötet. »Nicht gerade die schicklichste Art, sich auf eine Andacht vorzubereiten, oder?« murmelte sie.

»Aber ja doch«, erwiderte er. »Erst die Sünde, dann die Erlösung.« Er wollte sie noch einmal küssen, doch sie legte die Fingerspitzen auf seinen Mund.

»Nein, nicht jetzt, Lustmolch, sonst kommen wir heute nirgends mehr hin ... und außerdem«, sagte sie warnend, »brennt das Essen an.« Diesmal gelang es ihr, sich mit einer flinken Drehung aus seiner Umarmung zu befreien. Sie deutete auf die Tür. »Mach du dich frisch, ich decke inzwischen den Tisch.«

»Okay«, sagte er und gab sich mit einem demonstrativen Seufzer des Bedauerns geschlagen. »Was hab ich bloß für ein hartherziges Weib«, maulte er auf dem Weg ins Badezimmer. »Steht mehr auf Zwiebelsuppe und geistliche Lieder als 'ne anständige Orgie.«

»Kommt drauf an, was für Glieder«, rief sie ihm nach.

»Hab's gehört«, rief er zurück. »Mach dich heut nacht auf 'n hochnotpeinliches Verhör gefaßt, Hexe! Ich spieß dich auf, bis du gestehst und Namen nennst.«

»Huch. Ist das 'n Versprechen?« zwitscherte sie, als er sich auszuziehen begann. »In diesem Fall werd ich so lange wie möglich widerstehen ...«

Grant feixte und warf die letzten Kleidungsstücke auf einen Haufen, stieg in die Dusche, schob die Plexiglastür hinter sich zu und drehte das Wasser auf.

Während des Essens berichtete Grant von den Ereignissen des Tages. Das tat er öfter, diskutierte seine Fälle mit Pam und benützte sie als Resonanzboden für seine Ideen und Theorien.

Manchmal lieferte sie den entscheidenden Kommentar oder machte einen genialen Vorschlag. Sie hatte nicht nur einen klugen Kopf, sondern auch die nötige Distanz.

Als er die Begegnung mit Louise geschildert hatte, fragte Pam: »Was willst du tun, wenn sie aussteigen will, wie dieser Millerjunge? Dann mußt du alle beide rausholen. Und hast du dir überlegt, wo das Mädchen danach hin soll? Der Junge hat Eltern, die sich um ihn kümmern können, aber wenn sie niemanden hat, wie sie sagt, und sie muß in ein Heim, ist das in ihren Augen wohl auch nicht viel besser. Dann hast du sie vielleicht am Hals.«

Er überlegte einen Augenblick, dann antwortete er nachdenklich: »Im Moment hab ich noch keine Ahnung, wie ich den Jungen da raushole. Ich will mir dieses Betlehem-Haus erstmal mit Sheriff Springfield anschauen, damit ich eine Vorstellung davon bekomme, mit wem ich's zu tun hab. Aber was das Mädchen betrifft, da hab ich schon was im Kopf. Sie läuft frei auf der Straße herum. Wahrscheinlich sind sie nicht besonders scharf drauf, bei einer Blitzaktion in aller Öffentlichkeit Widerstand zu leisten... noch dazu, wenn vielleicht 'n paar Reporter ihre Kameras draufhalten...«

Er schüttelte den Kopf und meinte lässig: »Ach was, ich laß es auf mich zukommen. Mir wird schon was einfallen. Ist schließlich nicht das erste Mal, daß ich mit sowas zu tun hab. Und noch was...« sagte er mit strenger Miene, »fang du nicht auch noch damit an, daß ich vorsichtig sein soll. Harry und Ben wuseln schon wie Glucken um mich rum. Ben hat mir sogar 'n einsachzig großen Wauwau mit Blechmarke verpaßt, damit ich mir nicht das Knie aufschlage oder die Frisur zerzause.«

Pam war aufgestanden und hatte begonnen abzuräumen. Sie blieb neben ihm stehen, beugte sich zu ihm hinab und gab ihm einen flüchtigen Kuß auf die Wange. »Vielleicht, weil du ihnen am Herzen liegst, so wie mir, und sie nicht wollen, daß dir was passiert.«

Grant sah schelmisch zu ihr auf, und seine Hand glitt an ihrem Oberschenkel nach oben. »Liege ich dir am Herzen?« fragte er. »Zeig mir wo.«

Sie wich lachend aus. »Du denkst wohl an nichts anderes?«

Grant feixte und räumte das restliche Geschirr ab, während Pam das Spülwasser einließ. »Wann müssen wir eigentlich dort sein?« rief sie aus der Küche.

»Die Veranstaltung hat um acht begonnen«, antwortete er, ging in die Küche und stellte Geschirr und Besteck ins Spülbecken. Er sah auf die Uhr. »Es ist viertel nach acht. Es reicht, wenn wir vor neun da sind. Mit geht es hauptsächlich darum, diesen Propheten Martin Bishop zu Gesicht zu bekommen, und er fängt gegen neun mit seiner Predigt an. Er ist der Star des Abends... der krönende Abschluß. Bin gespannt, was für 'ne Show er abzieht. Jedenfalls scheint er viele Anhänger zu haben.«

»Sei nicht so zynisch«, tadelte sie. »Vielleicht ist er 'n zweiter Billy Graham, was weißt denn du, und ist ein tiefreligiöser Mensch.«

»Du glaubst wohl noch an den Weihnachtsmann!« spöttelte er. »Diese Gurus sind alle gleich, Pam. Denen geht's ums Geld und darum, über andere Leute Macht auszuüben. Hinter der frommen Hochglanzfassade stecken lauter armselige, kleine Hitler. Und nach dem, was ich von seinem Verein gesehen hab, geh ich jede Wette ein, daß unser Freund vom gleichen Kaliber ist.«

Pam schmollte und ließ das Thema fallen.

25

Als sie das turmhohe, neuerrichtete Washington Centre in Downtown Manhattan erreicht hatten, drosselte Grant das Tempo, um einen Parkplatz zu suchen. Ein elegant uniformierter Parkwächter dirigierte ihn zur Einfahrtsrampe der zum Center gehörenden Tiefgarage. Er steuerte den Mustang in eine Bucht, die ihm von einem zweiten Parkwächter zugewiesen wurde, schloß den Wagen ab, bezahlte die Parkgebühr, steckte den Parkschein ein und führte Pam zum Aufzug, der die Tiefgarage mit dem Foyer im Erdgeschoß verband.

Vom Fahrstuhl aus traten sie in die riesige Eingangshalle, wo sie statt vom dunkelgrün uniformierten Personal des Centers

von einem weiblichen, kuttentragenden Sektenmitglied empfangen wurden, das mit anderen an diesem Abend den Einlaß-
dienst versah. Manche trugen hellblaue Kutten, doch die meisten waren in Pastellgrün. Eines der grüngekleideten Mädchen
kam auf sie zu, und Grant fiel auf, daß sie, wie alle ihre Gefähr-
tinnen, jung und attraktiv war.

Das Mädchen begrüßte sie mit einem freundlichen Lächeln.
»Willkommen zu unserem Kreuzzug, Freunde. Leider habt ihr
den größten Teil des Chorsingens und die ersten Redner verpaßt, aber für die Predigt von Prophet Martin Bishop seid ihr
noch rechtzeitig. Wenn ihr mitkommen wollt, zeige ich euch
Plätze im Parkett. Ein paar sind noch frei, obwohl wir heute
abend ein ziemlich volles Haus haben.«

Sie drehte sich um und führte sie quer durch das riesige
Foyer zu einer Reihe doppelflügeliger Türen. Sie hielt ihnen
eine der Türen auf, und als sie an dem Mädchen vorbeigingen,
nahmen sie gedämpft Chorgesang wahr, der durch eine zweite,
identische Tür ein paar Meter weiter drang. Sie standen in
einem schummrig beleuchteten, kurzen Gang zwischen den
beiden Türen, der offensichtlich zur Schallisolierung zwischen dem dahinterliegenden Zuschauerraum und dem Foyer
diente.

Das Mädchen wartete, bis sich die erste Tür mit leisem Zischen hinter ihnen geschlossen hatte, bevor sie ihre Gäste durch
die zweite Tür in den Saal ließ. Als sie die Tür öffnete, schallte
ihnen die bewegende »Battle Hymn of Republic« aus dem Publikum entgegen, auf das sie vom leicht erhöhten hinteren Ende
des Saales hinabblickten.

Sie hatten den Saal am Ende des mittleren von fünf breiten
Gängen betreten, die sich durch die geschwungenen Sitzreihen
nach unten zogen. Die Gänge liefen wie Rippen eines gigantischen Fächers zusammen und endeten an einer breiten Bühne.
Die Bühne lief über vier ansteigende Ebenen auf einen dunkelblauen Prospekt mit silbernen Sternen zu, der in riesigen goldenen Lettern verkündete GOTT IST DIE LIEBE. Über die verschiedenen Ebenen der Bühne verteilte sich ein bunter riesiger Chor.
Bunt, da die Chorsänger Sektenkutten trugen und so aufgestellt
waren, daß sie ein geschmackvolles Muster aus blauen und grü-

nen Pastelltönen bildeten, mit leuchtend roten Tupfern dazwischen.

Die Bühne in zwei gleichgroße Abschnitte teilend, lief ein breiter Steg vom säulenverzierten Aufgang am hinteren Ende der Bühne durch die Chorreihen nach vorn. Er war in demselben strahlenden Weiß gestrichen wie die Säulen und führte zu einer Kanzel direkt an der Rampe, von der der Prophet in Kürze zu seinem erwartungsvollen Publikum sprechen würde.

Er hatte wirklich ein volles Haus. Während das Mädchen sie den Mittelgang entlang zu einer Reihe im hinteren Drittel führte, in der sie zwei leere Plätze entdeckt hatte, sah Grant sich die Menschenmenge an, die die Arena füllte und sich nach allen Seiten hin ausdehnte. Er blickte nach oben und sah, daß es hoch über ihnen zwei große Balkone gab, die in einer weiten Kurve die hintere Hälfte des Parketts in voller Breite überspannten. Auch der Rang schien bis zum letzten Platz besetzt zu sein, nach den endlosen Reihen von Gesichtern zu schließen, die sich nach oben in der Dunkelheit verloren.

Pam und er zwängten sich an einem älteren schwarzen Paar vorbei zu den freien Plätzen, die das Mädchen ihnen zugewiesen hatte, und ließen sich in den gepolsterten Plüschsesseln nieder. Pam zog den Mantel aus und wisperte: »Das hätt ich nie gedacht. Das sind doch mindestens zweitausend Leute.«

»Und 'n paar zerquetschte!« flüsterte er. »Angeblich passen hier bis zu dreitausend rein.« Dann fügte er trocken hinzu: »Die werden ganz schön beschäftigt sein, wenn sie alle Schäflein um ihre Sünden und ihre Brieftasche erleichtern wollen.«

»Zyniker!« zischte sie und puffte ihn am Arm.

Sie lehnten sich zurück und beobachteten gespannt das Geschehen auf der Bühne. Der Chor beendete eben seinen Choral mit einem bewegenden »Glory, Glory, Hallelujah!«, schwang sich zu einem klangvollen Crescendo auf und kam mit dem Refrain »His truth is marching on« zum gewaltigen Höhepunkt.

Grant mußte zugeben, daß der Chor gut geschult war. Ein erwartungsvolles Rascheln ging durch das Publikum, als ein junger Schwarzer in grüner Kutte auf die Bühne trat und das Treppchen zur Kanzel hinaufstieg. Er richtete sich das Mikrophon zurecht, um aus einer Bibel vorzulesen, die aufgeschlagen vor ihm lag. Der Kuttenträger überflog kurz den Text und blickte ins Publikum.

»Brüder und Schwestern, höret das Wort des Herrn, wie es geschrieben steht im Ersten Brief des Paulus an die Korinther, Kapitel neun, Vers dreizehn bis neunzehn...« Die exzellente Lautsprecheranlage des Hauses trug die sonore Stimme klar und unverzerrt in den Zuschauerraum. Der Redner machte eine dramatische Pause, dann mahnte er leise und eindringlich: »Und, Freunde, ich bitte euch, schenkt den Worten der Heiligen Schrift eure ganze Aufmerksamkeit, denn sie trifft heute ebenso auf unseren geliebten Lehrer und Propheten, Reverend Martin Bishop, zu wie damals auf Paulus, den gläubigen Apostel unseres Herrn.«

Er senkte den Blick auf die vor ihm liegende Bibel und begann laut zu lesen. »Wisset ihr nicht, daß, die da opfern, essen vom Opfer, und die am Altar dienen, vom Altar Genuß haben? Also hat auch der Herr befohlen, daß, die das Evangelium verkünden, sollen sich vom Evangelium nähren...«

Der Bibeltext handelte von der Disziplin, die Paulus allen Gläubigen abverlangt, die von Gott berufen sind, das Evangelium zu verkünden. Dann hob der junge Prediger den Blick und machte eine Aufmerksamkeit heischende Pause, bevor er die Lesung vor dem mucksmäuschenstillen Publikum mit den Worten schloß: »Der Herr segne diese Lesung aus der Heiligen Schrift. Und, Freunde, ich bete zum Herrn, daß Er eure Herzen öffne für das Wort Seines heutigen Propheten, Reverend Martin Bishop. Denn der Herr hat gesagt, wer Ohren hat zu hören, der höre.«

Grant spürte, wie eine Woge der Erwartung das Publikum erfaßte. Der junge Prediger hatte die Spannung auf den Höhepunkt des Abends geschickt angeheizt. Der Auftritt des Mannes, den zu hören und zu sehen sie alle gekommen waren, stand unmittelbar bevor. Für einen Moment bildete Grant sich ein, die steigende Erregung als Summen im Ohr wahrzunehmen. Das Summen wurde stärker und nahm musikalisch-rhythmische Formen an – und Grant wurde plötzlich klar, woher es kam. Der Chor hatte eine leise, rhythmische Melodie angestimmt, die allmählich anschwoll und den Worten des jungen schwarzen Predigers durch musikalische Untermalung Nachdruck verlieh. Jetzt erkannte Grant die Melodie wieder, mit der die fromme Botschaft ins Publikum getragen wurde. Es war das militante Kirchenlied »Onward, Christian Soldiers!« Grant wußte, daß das ganze nur Show war – daß das Publikum mit subtilen Mitteln in eine fiebrige Erwartung hineingesteigert wurde –, doch er mußte zugeben, daß es professionell gemacht war.

Der Sprecher war jetzt auf dem Höhepunkt seiner emphatischen Vorrede zur Hauptattraktion des Abends, dem langerwarteten Auftritt des Gurus, angelangt. »Wir glauben«, verkündete er abschließend – seine Stimme hatte sich von der anfänglichen, leisen Eindringlichkeit zum schallenden Ruf eines Glaubensbekenntnisses aufgeschwungen und ließ sich von den Schwingen des Marschliedes tragen –, »daß Gott der Herr Reverend Martin Bishop berufen hat, sein Wort zu verkünden. Und wir wissen, Freunde, wenn ihr ihm heute abend euer Herz und euren Geist öffnet, werdet ihr, so wie wir, den Saal in dem festen Glauben verlassen, daß er wahrhaft der Prophet des Herrn ist, gesandt, uns in diesen schweren, sündenbeladenen Zeiten den Weg zur Rettung unserer unsterblichen Seelen zu weisen.«

Irgend jemand aus dem Publikum hielt die angeheizte Stimmung nicht mehr aus und rief: »Hallelujah!«, worauf auch andere in ähnliche Huldigungen ausbrachen. Der junge Prediger verließ die Kanzel und stieg das Treppchen hinab, während das gedämpfte Bühnenlicht langsam erlosch. Gleichzeitig leuchteten Spots auf und warfen einen gleißend hellen Lichtkegel auf das hintere Ende des Stegs.

Perfekt getimt begann der Chor jetzt, aus vollem Halse die erste Strophe des Kirchenlieds zu singen, das er bis dahin leise gesummt hatte, als plötzlich eine imposante Gestalt im Zentrum des Kreises erschien. Der große Mann mit dem silbernen Haupthaar trug eine goldschimmernde, knöchellange Seidenkutte mit langen, weiten Ärmeln. Mit der einen Hand drückte er eine große, weiße Bibel an die Brust. Das goldene Kreuz auf dem Ledereinband glänzte im Licht der Schweinwerfer. Das war er also. Der Mann, von dem Grant so viel gehört hatte, seit Virgil Miller ihn am Morgen in seinem Büro aufgesucht hatte. Der Mann, den seine Anhänger den Propheten nannten.

Bei seinem Auftritt lief ein elektrisierendes Beben durch das Publikum, und eine Woge jauchzender »Hallelujah«- und »Lobet den Herrn«-Rufe erscholl aus allen Reihen. Es war reine Show, und das Publikum ging bedingungslos mit. Die überwiegende Mehrheit war offenbar mit der festen Absicht gekommen, sich davon überzeugen zu lassen, daß dies in der Tat der neue Messias war, der ihnen die frohe Botschaft der Hoffnung auf ewiges Leben nach dem Tode brachte.

Sogar Grant spürte in seinem Innersten eine Regung, obwohl er vor langer Zeit all seine geheimen Zweifel und Ängste in der Pandorabüchse des Skeptizismus verschlossen hatte. Irritiert von diesem Beweis seiner eigenen Einfältigkeit, unterdrückte er die Regung schnell und rief sich in Erinnerung, daß er in der Rolle des leidenschaftslosen Beobachters gekommen war. Sein Auftrag lautete, den Magier beim Zaubern zu beobachten und nicht, seinem Zauber zu verfallen.

Nach einer gebührenden Pause schritt der Prophet gravitätisch den leicht abfallenden Steg hinab zur Kanzel. Irgend jemand aus dem Publikum begann im Takt mit dem Marschlied in die Hände zu klatschen. Andere fielen ein und steckten das Publikum mit ihrer Begeisterung an, bis der lauthals singende Chor im Donner Tausender rhythmisch klatschender Hände beinahe unterging. Die imposante Gestalt setzte unterdessen ihren Weg zur Kanzel fort und stieg mit derselben, würdevollen Gemessenheit das Treppchen hinauf.

Grant kam der Gedanke, daß die gemessenen Bewegungen des Propheten vielleicht nicht so sehr dem Bemühen entsprangen, eine würdevolle Aura zu schaffen, als dem, zu verhindern, diese zu verlieren, sollte er über den Saum seiner knöchellangen, goldenen Kutte stolpern. Gleichzeitig mußte er zugeben, daß der Mann Charisma hatte. Er war zumindest ein glänzender Selbstdarsteller.

Der Prophet hatte die Kanzel erklommen und wandte sich genau in dem Moment seinem Publikum zu, als das Lied mit einem triumphierenden Crescendo zu Ende war. Das rhythmische Klatschen wich einem tosenden Applaus, und der Prophet blickte in Anerkennung der Huldigung wohlwollend ins Publikum. Dann legte er seine Bibel direkt unter dem Mikrophon ab, hob beide Arme in die Höhe und senkte den Kopf zum Gebet. Sein silbernes Haupt glänzte im hellen Schein der beiden Spots, die von oben auf ihn gerichtet waren und einen Schimmer um seinen Kopf legten, der wie ein Heiligenschein wirkte.

Der Applaus erstarb fast so schnell, wie er aufgebraust war, und es herrschte tiefe, vollkommene Stille. Sekunden verstrichen. Dann richtete der Prophet sich auf, nahm die Arme herab und legte sie vor sich auf die gepolsterte Kanzel. Er wandte den edlen, löwenartigen Kopf von einer Seite zur anderen, um seine stille, erwartungsvolle Gemeinde zu mustern, und blickte sodann zu den überfüllten Balkonreihen empor.

Er machte eine kleine, abschätzige Handbewegung, bevor er die Hände wieder auf die Kanzel legte. »Meine lieben Freunde… meine Brüder und Schwestern in Christo… meine Kinder… ich danke euch aus dem tiefsten Grunde meines Herzens für diesen warmen Willkommensgruß. Es erfüllt mein Herz mit Glück, so viele gläubige Seelen versammelt zu sehen. Denn je mehr kommen, das Wort des Herrn zu hören, desto weniger Ohren bleiben dem Geflüster des Satans.«

Die Stimme paßte perfekt zur imposanten Figur des Redners. Sie war tief und sonor und hatte trotz des Vibratos etwas Samtiges. Wie seine äußere Erscheinung, ja, wie die gesamte Inszenierung, war sein Vortrag ausgesprochen theatralisch. Bei der Stelle »das Wort des Herrn« klang seine Stimme klar und rein, wohingegen sich bei der Erwähnung des Satans ein kaum hörbares Zischen daruntermischte.

»Laßt euch nicht in die Irre führen«, fuhr er nach einer effektvollen Pause fort, »von den sogenannten Theologen unserer Tage. Der Satan ist Wirklichkeit! Er existiert! Und er ist immer in eurer Nähe. Seine Gerissenheit übersteigt eure Vorstellungskraft, und er benutzt die süße Stimme der Vernunft, um euch zum Bösen zu verführen. Er ist die schmeichlerische Stimme falscher Freunde, die uns weismachen will, die Zeiten hätten sich geändert und die Werte von heute seien andere, um euch zu einem Leben in Sünde zu verleiten und eure unsterblichen Seelen in die tiefsten Abgründe zu stürzen, auf daß sie schmoren im brennenden Feuer der HÖLLE!« Bei dem letzten Wort lehnte sich der Prophet über die Kanzel und fuhr mit dem Zeigefinger in die gebannte Menge.

Damit war er beim Thema der nächsten halben Stunde angekommen, in der die Sünde in all ihren attraktiven Erscheinungsformen vehement attackiert wurde. Grant nahm die Gelegenheit wahr, Reverend Martin Bishop genauer zu studieren. Der Mann besaß zweifellos eine starke Persönlichkeit und strahlte die animalische Faszination eines geborenen Demagogen aus.

Trotz der Tatsache, daß der Mann eine Show abzog und seine dramatischen Gesten und wechselnden Kadenzen perfekt einstudiert und ausgeführt waren – je länger der Prophet predigte, um so klarer wurde sogar dem skeptischen Grant: Dieser Mann glaubte wirklich, von Gott zum Propheten auserwählt zu sein. Seine Stimme war von Lauterkeit durchdrungen, und in seinen Augen loderte die Inbrunst des Glaubens an sich und seine göttliche Mission.

Grant wurde in seinem Urteil bestätigt, als der Prophet schließlich mit donnernder Stimme seine Lieblingssünde – die Unzucht – verdammte und nach einer kurzen Pause ruhig und unerschütterlich verkündete: »Zweifellos werden sich einige unter euch fragen, wer mir das Recht gab, zu euch zu predigen.« Noch eine Pause, dann sagte er mit erhobener Stimme: »Nun, ich kann diesen Zweifeln mit dem unerschütterlichen Vertrauen des Glaubens begegnen – Gott gab mir das Recht!« donnerte er. »Sein göttliches Recht ist es, das ich in Anspruch nehme!«

Seine glühenden Augen blickten in die Runde und schienen jedem Widerspruch zu trotzen. Es kam auch keiner. Im Gegenteil, sein schallendes Glaubensbekenntnis wurde vom Publikum mit einem Chor von »Hallelujah«, »Lobet den Herrn« und »Amen« quittiert.

Der Prophet schien mit der Reaktion zufrieden zu sein. Er legte in einer dramatischen Geste die geballten Fäuste auf die Brust und sagte mit bebender Stimme: »Denn ich hatte eine Offenbarung.« Dabei blickte er nach oben, um jeden Zweifel auszuschließen, aus welcher Richtung seine Offenbarung gekommen war. »Ein Engel des Herrn in schimmerndem Gewande ist mir erschienen und hielt mir eine aufgeschlagene Bibel hin. Und das Heilige Buch war aufgeschlagen bei den gebenedeiten Worten des Evangeliums des Heiligen Matthäus. Und einige der Worte glühten wie Feuer vor meinen Augen, doch die Seite wurde vom Feuer nicht verzehrt. So wie der brennende Dornbusch vor Moses' Augen nicht vom Feuer verzehrt wurde, so geschah es auch mir. Und wißt ihr, welche Stelle der Heiligen Schrift es war, die der Engel mir in Lettern aus heiligem Feuer vorhielt?« Er machte eine Pause, doch diesmal verlangte das Publikum lautstark nach der Antwort.

Der Prophet schlug sich mit den geballten Fäusten sanft auf die Brust und verkündete: »Dies waren die Worte, die vor meinen Augen loderten...« Er öffnete die Hände und breitete in einer inständigen Geste die Arme aus. »›Folget mir nach, ich will euch zu Menschenfischern machen.‹ Jawohl, die Worte, die unser geliebter Herr Jesus zu Simon Petrus und seinem Bruder Andreas am Galiläischen Meer gesagt hat.«

»Gelobet seist du«, rief jemand. Wie auf Kommando, dachte Grant.

Von Demut überwältigt, beugte der Prophet das Haupt und kreuzte die Hände über der Brust. Er verharrte einen Augenblick in dieser Stellung, dann rief er, ohne den Kopf zu heben: »Und ich antwortete, Herr, ich bin Deiner nicht würdig.«

Das Bekenntnis rief im gesamten Publikum lautstarken Protest hervor. Als der Prophet den Blick hob, glitzerten Tränen in seinen Augen. »Freunde...«, vor Rührung versagte ihm die Stimme, und er schüttelte überwältigt den Kopf, »...euer Glaube an mich ist stärker als meiner damals war.« Noch eine effektvolle Pause, dann gewann seine Stimme die Kraft zurück und schwoll von neuem an. »Doch dann streckte der Engel des Herrn die Hand aus und berührte mich, und ich wurde erfüllt von der Kraft des Heiligen Geistes, und alle Zweifel und Ängste fielen von mir ab. Der Engel verschwand vor meinen Augen, doch der Glaube ist geblieben. Ich habe den Himmel gebeten, mich zu führen, und Gott hat mir den Weg gezeigt, den ich gehen muß, um Seine Wahrheit zu verkünden, die Sünder zur Umkehr zu bewegen und sie vom Weg des Bösen abzubringen...«

Mehr an dem Mann selbst als an seiner Botschaft interessiert, begann Grants Aufmerksamkeit nachzulassen, da der Prophet sich nun über das Hauptthema seiner göttlichen Mission ausließ. Überzeugt, daß Pam seine Skepsis teilte, schielte er zu ihr hinüber und stellte zu seiner Überraschung fest, daß sie so gebannt wie alle anderen auf den Propheten starrte.

»Was hältst du von dem Rauschgoldengel da vorn? Erstklassiger Entertainer, wie?« flüsterte er ihr ins Ohr, in der Absicht, mit seiner Flapsigkeit den Bann zu brechen, der sie erfaßt zu haben schien.

»Ich find ihn geil«, flüsterte sie zurück und verbarg ihr Amüsement über sein verdutztes Gesicht.

Grant nahm ihre neckische Bemerkung beruhigt zur Kenntnis und konzentrierte sich wieder auf die goldschimmernde Gestalt auf der Bühne. Der Prophet wetterte noch immer gegen seine Lieblingssünde. »...denn ich sage euch, der Weg ins Paradies ist steinig. Der Pfad ist eng und steil und übersät mit den verdorrten Seelen der Verdammten, die den Versuchungen des Fleisches erlegen und am Wegesrand liegengeblieben sind.«

Bekümmert schüttelte er sein Haupt und blickte stumm in die Menge. Dann ergriff er die Bibel und schwang sie in der Luft. »Das Wort des Herrn ist ziemlich klar«, verkündete er. »Es gibt keinen Ausweg. Denn es steht geschrieben im Buch der Korinther, Kapitel sechs, Vers neun: ›Wisset ihr nicht, daß die Ungerechten werden das Reich Gottes nicht erben? Lasset euch nicht verführen! Weder die Hurer noch die Abgöttischen noch die Ehebrecher noch die Weichlinge noch die Knabenschänder werden es ererben‹.«

Er machte eine Pause und seine Augen loderten vor Eifer. »Ich sage euch, darum hat Gott der Herr Plagen und Pest auf die Häupter all derer regnen lassen, die sein heiliges Gebot brechen, das da lautet: Du sollst nicht ehebrechen! Plagen und Pest in Gestalt der sogenannten ›Geschlechtskrankheiten‹ wie Syphilis und AIDS. Das sind die Strafen Seines gerechten Zorns für den, der hurt, die Ehe bricht und Unzucht treibt!«

Grant flüsterte: »Das ist aus dem Evangelium des Heiligen Frömmlers. In seinem Himmel muß es stinklangweilig sein... und gähnend leer!« Sie kicherte leise und machte ihm Zeichen, still zu sein, da die Nachbarn sich vor den Kopf gestoßen fühlen könnten. Darüber braucht sie sich keine Sorgen machen, dachte er, als er sich umsah. Das Publikum schien von der goldenen Gestalt und ihren finsteren Drohungen von Höllenfeuer und Verdammnis gefesselt zu sein. Grant kam der Text eines alten Negro Spirituals in den Sinn: »Gimme dat o' time religion...«, denn das war es, was der Prophet den Leuten gab, den Glauben von anno Tobak, und sie liebten offenbar jedes einzelne Wort. Durch ihre Begeisterung steigerte der Prediger sich immer weiter in seinen Wahn, und der Schweiß glitzerte auf seiner Stirn.

»...Und wir lesen im selben Korintherbuch, sechs, fünfzehn: ›Wisset ihr nicht, daß eure Leiber Christi Glieder sind? Sollte ich nun die Glieder Christi nehmen und HURENGLIEDER daraus machen? Das sei ferne!‹ Und im darauffolgenden Vers, sechs, sechzehn, ›Oder wisset ihr nicht, daß, wer an der Hure hängt, der ist ein Leib mit ihr? Denn es werden‹, spricht Er, ›die zwei ein Fleisch sein.‹ Und schließlich«, dröhnte er, die Bibel schwingend, »der Herr nennt uns sein Urteil über diese elenden, gefallenen Kreaturen, wenn er uns mit den Worten des ersten Korintherbuchs, Kapitel fünf, Vers fünf befielt, sie ›...zu übergeben dem Satan zum Verderben des Fleisches, auf daß der Geist selig werde am Tage des Herrn Jesu.‹«

Er ließ die lodernden Augen über die Versammlung schweifen. »Ja, meine Freunde, so lautet die schreckliche und gerechte Strafe Gottes, wie sie geschrieben steht in Korinther eins, fünf, fünf. Schreibt sie euch ins Gedächtnis... ich sage euch, schreibt sie euch ins Gedächtnis!«

Er verharrte einige Sekunden in seiner dramatischen Pose, die Bibel hoch erhoben. Dann verkündete er drohend: »Denn der Lohn der Sünde ist der TOD!« und donnerte das Buch auf die Kanzel, so daß alle, die an seinen Lippen hingen, zusammenzuckten. Diesmal wurde die unheilschwangere Stille nicht von verzückten Rufen seiner ergriffenen Zuhörer unterbrochen.

Der Prophet nutzte das betretene Schweigen aus, um sich mit einem seidenen Taschentuch, das er aus einer Tasche seiner Kutte zog, rasch die schweißnasse Stirn und die Lippen abzutupfen, bevor er weitermachte. Doch Grant war der Geifer nicht entgangen, der sich in seinen Mundwinkeln gesammelt hatte.

Der hat nicht alle Tassen im Schrank, dachte er und beschloß zu gehen, und zwar sofort. Er hatte genug gesehen, um zu der Überzeugung zu gelangen, daß zwischen dem selbsternannten

Propheten Reverend Martin Bishop und anderen religiösen Eiferern, denen er begegnet war, kein großer Unterschied war. Abgesehen davon, daß der Prophet, sollte seine Megalomanie proportional zum Verfall seiner geistigen Zurechnungsfähigkeit fortschreiten, sich demnächst wohl für den Chefposten bewerben würde. Über kurz oder lang würde er sich selbst für Gott halten – ... oder vielleicht sogar für Napoleon!

Grant war jetzt überzeugt, daß Louises Befürchtung, der Sohn seines Klienten könnte in den Händen der Sekte »mächtig Ärger« kriegen, mehr als ernstzunehmen war. Vor allem, nachdem er die offene Feindseligkeit des Personals am Betlehem-Haus und nun, aus erster Hand, den verstört wirkenden Gotteswahn des Führers erlebt hatte.

Der kam nicht nur in der ausschweifenden Rhetorik des Propheten zum Ausdruck, sondern mehr noch in dem Fanatismus, der in seinen Augen loderte. Grant wußte jetzt, daß er Jim Miller aus den Klauen dieses Fanatikers und seiner Anhänger retten mußte ... und Louise dazu, wenn sie es wollte.

Er stupste Pam am Arm, tippte auf die Uhr und deutete mit dem Kopf gen Ausgang, um sie zum Aufbruch zu bewegen. Die Uhr sagte ihm, daß das hier sowieso nicht mehr lange dauern würde. Es war bereits viertel vor zehn, und die Veranstaltung sollte um zehn zu Ende sein. Zu seiner Überraschung schüttelte sie den Kopf und flüsterte: »Laß uns bis zum Schluß bleiben. Ich möchte sehen, wieviele er bekehrt hat. Bei Billy Graham sind es angeblich ganze Heerscharen gewesen.«

Grant lehnte sich mit einem resignierten Seufzer zurück und bemerkte zu seiner Erleichterung, daß der Prophet zum Höhepunkt seiner Vorstellung kam, an dem er das Publikum einlud, an die Bühne vorzukommen und sich zum Herrn zu bekennen. Zu diesem Zweck hatten etwa vierzig Kuttenträger, alle offenbar aus der reiferen Gruppe der 25- bis 30jährigen, begonnen, an der Rampe Position zu beziehen. Sobald die Sektenmitglieder ihre Plätze eingenommen hatten, drehten sie sich zum Publikum, falteten die Hände und warteten stumm auf den abendlichen Fang potentieller Bekehrter, die im seelischen Netz, das der Führer mit seiner Predigt ausgeworfen hatte, hängengeblieben waren. Er ließ nicht lange auf sich warten.

Im Gegensatz zu den donnernden Einschüchterungsversuchen von vorhin war der Prophet jetzt ganz säuselnde Vernunft und sanfte Überredung. Der Chor lieferte zusätzliche Seelenmassage mit dem Lied »The Old Rugged Cross«, das er weich und harmonisch von der dunklen Bühne hinter dem Propheten erklingen ließ.

»Tretet vor. Bekennt euch heute abend zu Christus. Wie ihr seht, unsere Schwestern und Brüder erwarten euch mit Rat und Tat. Unsere Kirche betreibt mehrere Häuser in der Stadt, Oasen des Friedens und der Stille, in denen ihr herzlich willkommen seid, um zu euch zu finden.«

Die aufgewühlte Stimmung ausnutzend, winkte der Rauschgoldengel hoch oben auf der Kanzel die Leute mit ausgestreckten Armen nach vorne. »Da Er am Kreuze hing und für euch litt, warum tretet ihr jetzt nicht vor und bekennt euch zu Ihm? Welch herrliche Gelegenheit, Dank zu sagen: ›Dank Dir, Herr Jesus, für Dein Opfer‹. Was wäre ein innigerer Dank als vorzutreten und zu sagen, ›Hier bin ich, Herr, ein reuiger Sünder. Wasch mich rein in deinem kostbaren Blut‹?«

Vereinzelt erhoben sich Zuschauer in den ersten Reihen und quetschten sich an den Nachbarn vorbei zu den Gängen. Nur wenige Reihen vor Pam und Grant machte sich eine füllige Schwarze auf den Weg. Die Tränen liefen ihr über die Wangen, als sie vorwärtsstolperte, und sie schluchzte immer wieder: »Rette mich, Jesus, ... rette mich, Jesus ...«

Grant merkte, daß Pam nervös hin- und herrutschte, und sah ihren besorgten Blick. Er spürte ihre Hand in der seinen und drückte sie beruhigend. »Keine Sorge«, sagte er leise, »die sind falsch.«

»Falsch?« fragte sie verständnislos.

»Ins Publikum geschleust. Ein uralter Trick. Alle guten Schwindler machen das. Der eigne Mann macht das erste Angebot, und wenn das Interesse abflaut, treibt er es weiter in die Höhe. Todsichere Sache. Siehst du ...« Er deutete mit dem Kopf auf das Publikum.

Der besorgte Blick verschwand aus ihrem Gesicht und siehe da, als sie sich umsah, hatten sich ein dutzend Leute erhoben. Manche in Tränen aufgelöst wie ihre Vorreiterin, andere trockenen Auges, doch alle begierig, »gerettet« zu werden. Auch jetzt standen noch welche auf und drängten sich durch die Reihen zu den Gängen. Einige mußten von ihren Begleitern gestützt werden bzw. von Sektenmitgliedern, die wie von Zauberhand neben ihnen auftauchten. An der Bühne vorne wurden die Rettungssuchenden der Obhut der wartenden »Berater« übergeben.

Der Chor hatte jetzt das sanfte »Just as I am« angestimmt, um die verirrten Schäflein zu rufen, und der Prophet bot seine gesamte Überredungskunst auf, um sie in den trostspendenden Schoß der Sekte zu locken. »Rettung ist das Tor, durch das ihr gehen müßt, und Reue ist der einzige Schlüssel zu ihm. Vergeßt nicht, Freunde, wie gottlos und sündhaft euer Leben auch war, wieviel Schuld und Schande ihr auch auf euch geladen habt, der Herr hat gesagt, daß ein reuiger Sünder auch in der elften Stunde noch erhört wird.«

»Hört doch...« Er hielt in einer theatralischen Geste die Hand ans Ohr. »Hört ihr im tiefsten Winkel eures Herzens nicht, wie Seine süße Stimme euch ruft?« Er deutete mit einer großen Geste nach oben in den Rang. »Auch euch dort oben, die ihr guten Willens seid, ruft Er. Kommt und vereint euch mit euren Brüdern und Schwestern hier unten. Kommt zu Jesus. Hört, wie Er euch ruft. Ja, euch!« Er deutete in den Saal. »Dich... und dich... ja, und dich da oben auch...«

Sein Ruf fand Gehör, wie Grant bemerkte, als er in die Runde blickte. Plötzlich strömten sie zu Dutzenden zur Bühne. Auch auf den Rängen über ihm rumorte es, da die Zuschauer zu den Ausgängen drängten und von strategisch plazierten Sektenmitgliedern über die Treppen hinab ins Parkett dirigiert wurden.

Plötzlich brach, in dem allgemeinen Geschiebe und Gedränge fast unbemerkt, am Fuß der Kanzel, von wo aus der Prophet die Massen noch immer aufforderte, »zu kommen und sich im Blut des Opferlamms reinzuwaschen«, ein Handgemenge aus. Die Geräuschkulisse aus Chorgesang, dem Ruf des Propheten und dem Getrappel der Zuschauer vermochte die Stimme eines Mannes nicht völlig zu überdecken.

Die Stimme wurde blitzschnell abgewürgt und das Handgemenge beendet, doch Grant, der halb vom Sitz aufgestanden war, hatte die Quelle bereits entdeckt. Direkt unter der Kanzel hatte er einen Mann stehen sehen, der wild gestikulierend nach oben schimpfte. Grant hatte nicht jedes Wort verstanden, aber doch das meiste.

»Wo ist meine Tochter? Ich will meine Tochter zurück. Wo versteckst du sie? Gib mir meine Tochter wieder, du Pharisäer!... Pfoten weg, ihr Schweine!...« Der letzte Satz galt vier Männern, offenbar aus dem Publikum, die aus ihren Sitzen in der ersten Reihe aufgesprungen waren und den Mann rasch überwältigten. Etwas zu rasch und zu effizient für harmlose Zuschauer, dachte Grant. Das mußten Sektenmitglieder sein, an strategisch wichtigen Punkten plaziert, um den Führer abzuschirmen.

Abgesehen von einem wütenden Blick nach unten ließ sich der Prophet dadurch nicht beirren. Nur ganz wenige schienen den Zwischenfall überhaupt bemerkt zu haben. Diejenigen, die sich in unmittelbarer Nähe befanden, waren zu sehr mit den eigenen Seelenqualen beschäftigt und stolperten blindlings auf die Berater zu. Für sie hätte der Mann ebensogut ein erschütterter, reuiger Sünder sein können.

Grant hatte jedoch mit professionellem Blick registriert, daß der Mann nicht von einem hysterischen Anfall niedergestreckt worden war, sondern durch einen gezielten Schlag in die Nieren, den ihm einer der vier Gorillas von hinten verabreicht hatte, und einen kurzen Schlag auf den Solarplexus von dem Typen vor ihm. Er war zusammengebrochen und den anderen beiden in die Arme gesackt, die ihn sofort auffingen und ihr benommenes, röchelndes Opfer den Gang hinauf in Richtung Ausgang schleppten. Einer der Schläger ging voraus, der andere hinterher. Die Aktion deutete darauf hin, daß es sich um ein eingespieltes, effizientes Team handelte.

Grant beschloß zu handeln. »Komm, wir gehen«, befahl er und zog Pam hoch. Sein plötzlicher Stimmungswechsel verwirrte sie, doch sein Tonfall ließ keine Widerrede zu, und so grapschte sie schnell Mantel und Handtasche und folgte ihm wortlos.

Als sie in den Gang traten, kam der Troß gerade an ihnen vorbei, und der Schlußmann warf ihnen einen grimmigen Blick zu. Der Mann in der Mitte des Menschenknäuels kam gerade wieder zu sich und lallte: »Wo bringt Ihr mich hin? Laßt mich los. Ich will meine Tochter sehen...«

Der krächzende Protest endete in einem Schrei, da sein Begleiter zur Linken den Mann mit der freien Hand an der Kehle packte und ihm Daumen und Zeigefinger in die Nervenpunkte hinter den Ohren bohrte. Mit schmerzverzerrtem Gesicht ließ sich das Opfer widerstandslos abschleppen.

Jetzt hatte auch Pam den Trupp bemerkt und daß Grant sich für ihn interessierte. Als die Gruppe durch eine der Schwingtüren unter den beleuchteten »Ausgang«-Schildern hinausdrängte, schlüpfte sie in den Mantel, folgte Grant zur besagten Tür und fragte besorgt: »Stimmt was nicht, Brett? Ist der Mann ohnmächtig geworden?«

»Noch nicht«, antwortete er grimmig, »und soweit kommt's auch nicht... dafür werd ich sorgen!« und stieß die Saaltür auf.

Sie betraten den Zwischengang und standen plötzlich vor dem Schlußmann des Trupps. Er war offenbar zurückgeblieben, um etwaige Verfolger oder Neugierige aus dem Publikum aufzuhalten, bis seine Kollegen mit ihrem Opfer das Foyer verlassen hatten. Doch da Grant in weiblicher Begleitung war, trat der Gorilla ihnen weniger aggressiv entgegen, als wenn Grant allein gewesen wäre. Das war sein Fehler.

»Entschuldigt, Freunde...«, begann er und hob die Hand.

Grant lächelte... und trat ihm hart zwischen die Beine. Pam ließ einen spitzen Schrei los, während der Mann stöhnend in die Knie ging. Grant versetzte ihm mit der Handkante einen Schlag gegen die Halsschlagader, der ihn krachend zu Boden gehen ließ, wo er bewußtlos liegenblieb.

»Da waren's nur noch drei«, bemerkte Grant und feixte seine Begleiterin an. Pam hatte immer gewußt, daß mit Grants Job gelegentlich eine gewisse Gefahr für seine Person verbunden war, da manche Leute etwas dagegen hatten, wenn jemand in ihren Privatangelegenheiten herumschnüffelte, und man damit rechnen mußte, daß sie sich gewaltsam zur Wehr setzten. Doch nun lernte sie nicht nur die dunkle Seite seines Jobs kennen, sondern auch eine Seite seiner Persönlichkeit, die ihr völlig unbekannt war. Ihr gegenüber war er äußerst sanft und rücksichtsvoll, er hatte ihr nie Anlaß gegeben, eine gewalttätige Ader in ihm zu vermuten.

Ihr Schock über die Art und Weise, wie Grant den Herausforderer aus dem Weg geräumt hatte, wich schnell der Sorge um seine Sicherheit. Den einsamen Schurken hatte er souverän erledigt, doch die Vorstellung, daß er sich auch die anderen drei Muskelprotze im Alleingang vorknöpfen könnte, flößte ihr Angst ein.

Sie faßte ihn am Ärmel und rief: »Brett, ... laß uns die Polizei holen. Soll die sich drum kümmern.«

Er schüttelte den Kopf. »Ausgeschlossen. Bis die Polizei hier ist, haben sie das arme Schwein zerlegt. Und ich hab gehört, wie er gesagt hat, daß er nur seine Tochter wiederhaben will. So wie mein Klient seinen Sohn wiederhaben will. Also komm und bleib dicht hinter mir. Ich will nicht, daß mir die anderen drei entwischen. Und wenn's Ärger gibt, lauf weg.« Er bedeutete ihr zu folgen, und stürzte durch die äußere Schwingtür. Pam zögerte einen Moment und warf einen besorgten Blick auf die bewußtlose Gestalt, die zusammengekrümmt zu ihren Füßen lag. Dann folgte sie Grant und schlüpfte durch die Tür, die sich langsam schloß.

26

Grant trat in das riesige Foyer und blieb stehen, damit Pam ihn einholen konnte. Bunte Kutten fielen ihm ins Auge, und mit einem einzigen Blick nahm er die ganze Szenerie auf. Etwa dreißig junge, weibliche Sektenmitglieder hatten sich in lockerer Reihe über die gesamte Breite der Eingangshalle verteilt. Jedes Mädchen stand neben einer großen Urne mit Schlitz und der Aufschrift BITTE SPENDEN SIE SO GROSSZÜGIG WIE MÖGLICH, UM GOTTES WERK FORTZUFÜHREN. HERZLICHEN DANK, UND GOTT SEGNE SIE! Zusätzlich hielt jedes Mädchen eine Sammelbüchse mit der gleichen Aufschrift in der Hand.

»Ich hatte mich schon gefragt, wie der Verein seine Anhänger schröpft«, murmelte Grant, als er die bunte Reihe musterte. Einige Mädchen hatten sich zu den Aufzügen am anderen Ende des Foyers umgedreht. Grant sah gerade noch, wie sich eine Fahrstuhltür hinter dem Trupp schloß, dem er aus dem Zuschauerraum gefolgt war.

Eine Lücke zwischen zwei Kollektenmädchen anpeilend, dirigierte er Pam Richtung Aufzüge und raunte ihr zu: »Lächeln. Ganz locker. Schau so, als hätte dir der Abend gefallen. Sie dürfen nicht merken, daß wir hinter ihrem Schlägerkommando her sind, sonst schlagen sie Alarm und rufen die Kavallerie.«

Sie waren jetzt fast bei den Urnen, und das Mädchen, das am nächsten stand, trat ihnen in den Weg. Sie war rothaarig, die grüne Kutte paßte zu ihren Haaren und hatte dieselbe Farbe wie ihre Augen. Grant erwiderte das aufgesetzte Begrüßungslächeln und schwärmte: »Tolle Veranstaltung. Hat uns prima gefallen.«

Er zog lässig einen Zwanzig-Dollar-Schein hervor, faltete ihn und steckte ihn dem Mädchen in die Sammelbüchse. Als sie sich bedanken wollte, winkte er ab und schob sie, ihren schüchternen, aber durchsichtigen Versuch, ihn in ein Gespräch zu verwickeln, ignorierend, beiseite. »Und 'n toller Prediger, heizt einem mal richtig ein. Tut mir leid, daß wir keine Zeit zum Plaudern haben, ich muß los, bevor die anderen kommen. Mach weiter so, Schwester. Gott segne dich.«

Sie hatten jetzt die restlichen Meter zu den Aufzügen zurückgelegt. Sie stiegen in den Fahrstuhl neben dem, den der Trupp kurz zuvor genommen hatte, Grant drückte schnell auf den Knopf mit der Bezeichnung TIEFGARAGE, und die Türen schlossen sich. »Brett, Schatz…«, begann Pam nervös, als der Fahrstuhl sich sanft in Bewegung setzte. »Sollten wir nicht doch lieber die Polizei rufen? Ich will nicht, daß du da hineingezogen wirst…«

»Pam, hör zu«, fiel er ihr ins Wort. »Ich bin schon mitten drin. Und ich weiß zufällig, daß die Typen nicht gerade zimperlich sind. Was glaubst du, wieviel von dem armen Teufel übrig ist, wenn die Polizei hier ankommt? Keine Angst, ich weiß, was ich tu. Du gehst schnurstracks zum Wagen und wartest dort auf mich. Okay?« Er drückte ihr schnell die Schlüssel in die Hand, da der Aufzug bremste und sich die Türen öffneten.

Grant wollte aus dem Fahrstuhl treten, doch dann hielt er inne, stellte den Fuß zwischen die Türen und drehte sich zu Pam um. »Schnell«, sagte er und streckte die Hand aus. »Hast du dein Haarspray dabei?«

Sie nickte verständnislos, doch sein Ton war so fordernd, daß sie keine langen Fragen stellte, die Handtasche aufklappte, eine Spraydose herauszog und sie Grant in die Hand drückte.

Er nahm die Kappe ab und warf sie in die Handtasche zurück. Dann drückte er beruhigend ihre Hand. »Wird schon schiefgehen, ich versprech's dir. Geh du zum Wagen, wie ausgemacht. Trödel nicht lang rum.«

Er küßte sie flüchtig auf den Mund, sprang aus dem Fahrstuhl und rannte zur nächstgelegenen Parkreihe. Er ging neben einem großen Buick in Deckung, inspizierte die riesige, mit Betonpfeilern abgestützte Tiefgarage und spähte über ein Meer von Autodächern hinweg nach dem Troß.

Auf den ersten Blick entdeckte er kein einziges menschliches Wesen auf dem endlosen, schlechtbeleuchteten Parkdeck, nicht einmal einen der grünuniformierten Parkwächter. Dann hörte er Stimmen, die ein paar Meter weiter aus einer hellerleuchteten Türöffnung drangen, und sah durch die halbgeöffnete Tür ein paar unbemützte Grünuniformierte um einen Tisch sitzen. Die Parkwächter saßen offenbar noch in ihrem Aufenthaltsraum und warteten darauf, daß die Veranstaltung im Stockwerk darüber zu Ende ging, bevor sie sich nach draußen begaben, um die Heimfahrenden aus der Tiefgarage heraus zu dirigieren.

Grant ließ den Blick noch einmal über die glänzenden Autodächer schweifen, und diesmal sah er, daß sich in der Ferne etwas bewegte. Es war der Trupp, den er suchte – er schien auf das andere Ende der Tiefgarage zuzusteuern, in sichere Entfernung zu den Aufzügen. Sie suchen sich ein Plätzchen, wo sie nicht gestört werden, dachte Grant.

Er duckte sich, bis sein Kopf zwischen den Autodächern verschwand, und schlängelte sich lautlos zwischen den geparkten Autos durch. Die Männer im Fahrzeuglabyrinth nicht aus den Augen lassend, kam er schnell voran und war ihnen schon ein gutes Stück näher, als er plötzlich stolperte und der Länge nach hinfiel.

Seine karateerprobten Reflexe reagierten noch im Fallen. Er warf sich herum, zog den Kopf ein, landete mit einer Judorolle und sprang in die Hocke, mit dem Gesicht in die Richtung, aus der er gekommen war, zur Verteidigung bereit. Sein Blick fiel auf einen Parkwächter, der mit dem Gesicht nach unten und ausgestreckten Armen auf dem Betonboden lag.

Grant untersuchte ihn kurz. Der Mann war bewußtlos, sein Puls ging schwach und unregelmäßig, aber er würde durchkommen. Eine häßliche Schwellung zeigte sich am Kiefer und er blutete aus Nase und Mund. Die in einigen Metern Entfernung am Boden liegende Uniformmütze war ein weiterer stummer Beweis für die Attacke, mit der die Schläger der Sekte den Einmischungsversuch des Parkwächters beantwortet hatten. Grant kombinierte, daß der Unglücksrabe allein einen Kontrollgang unternommen haben mußte, während seine Kollegen noch Pause machten, und dabei dem Trupp in die Arme gelaufen war.

Vorsichtig streckte Grant den Kopf über die Autodächer. Wieder bewegte sich etwas in der Ferne, diesmal an der gegenüberliegenden Wand. Er duckte sich und rannte zwischen den Autoreihen hindurch, doch diesmal verließ er sich auf sein Orientierungsgefühl. Er wagte nicht, den Kopf über die Autodächer zu strecken, aus Angst, von den Männern entdeckt zu werden.

Grant brauchte nicht lange zu suchen. Als er in die Nähe der Stelle kam, an der er sie vermutete, hörte er einen erstickten Schrei, gefolgt von einem dumpfen Schlag. Mit einem kurzen Blick auf die Spraydose in seiner Hand prüfte er, ob die Düse nach vorn zeigte und sprühbereit war. Er tat gut daran, denn als er geduckt um den letzten Wagen schlich, trat er dem Trupp fast auf die Zehen.

Zwei der Gorillas hielten das Opfer hoch, während der dritte mit klinischer Präzision Gesicht und Körper bearbeitete. Er schlug mit kontrollierter Brutalität zu, hart genug, um seinem Opfer ein Höchstmaß an Schmerz zuzufügen, doch ohne dabei bleibende Schäden zu verursachen.

Kaum war Grant aufgetaucht, entdeckte ihn einer der Männer, die das zappelnde Opfer hielten. Er riß die Augen auf und rief dem Schlagenden eine Warnung zu. Der zögerte für den Bruchteil einer Sekunde irritiert, bevor er sich zu der unerwarteten Gefahr in seinem Rücken umdrehte. Zu spät. Grants Rechte landete mit der Wucht seiner neunzig Kilo in der linken

Niere des Gegners, der wie von einer Axt getroffen umfiel. Als der Mann zu Boden ging, setzte Grant nach und knüppelte ihm die Faust hinters Ohr, damit er liegenblieb.

Sofort ließen die anderen beiden ihr halbtotes Opfer fallen, das neben dem reglosen Körper seines Peinigers zusammensackte, und stürzten sich zu zweit auf Grant, doch ohne den Angriff zu koordinieren. Grant hechtete nach links, um dem auf seine Magengrube zielenden *maegeri* des rechten Angreifers auszuweichen, landete unsanft auf einer Kühlerhaube und hielt dem zweiten Angreifer die Spraydose ins Gesicht.

Doch das Manöver hinderte Grant daran, der Faust des zweiten Angreifers gänzlich aus dem Weg zu gehen. Die Knöchel trafen ihn mit voller Wucht an der rechten Schulter, er wurde herumgewirbelt und rücklings über die Kühlerhaube katapultiert. Im Flug über das glatte Metall stellte Grant mit Genugtuung fest, daß sein Gegner die Hände vors Gesicht schlug und laut schreiend rückwärts taumelte.

Grant landete unsanft auf der Seite, und als er sich abrollte, sah er, daß der erste Angreifer um den Wagen herum auf ihn zuschoß. Verzweifelt versuchte er, sich mit der rechten Hand abzustoßen und auf die Füße zu kommen, doch der gefühllose Arm knickte unter seinem Gewicht ein. Dies warf ihn vorübergehend aus dem Gleichgewicht und in die Arme des Gegners, rettete ihn allerdings vor dem tückischen *sokuto*, mit dem der Mann sein Gesicht treffen wollte. Da Grant zusammensackte, verfehlte der Gegner sein Ziel und rutschte mit dem Absatz ab, anstatt, wie beabsichtigt, mit voller, schädelzerschmetternder Wucht zu treffen.

Der schmerzliche Tritt ließ Grant beim zweiten Versuch auf die Füße kommen. Er preßte sich flach gegen den hinter ihm stehenden Wagen, riß den linken Arm hoch und drückte erneut auf die Spraydose. Es war mehr ein Akt der Verzweiflung als der gezielten Verteidigung, doch er hatte Erfolg. Es zischte, und eineinhalb Meter vor Grant bildete sich eine ätzende Nebelwolke. Sein Gegner, der sich soeben auf ihn stürzen wollte, stoppte und hielt sich schützend den Arm vor die Augen.

Beide wußten, daß dies nur einen vorübergehenden Aufschub bedeutete. Der Mann täuschte einen erneuten Angriff vor, sprang jedoch zurück, als ihn das Haarspray giftig anzischte. Seine Bewegungen waren blitzschnell, er wirkte trotz der schmächtigen Gestalt stahlhart und topfit. Noch einmal attackierte er und mußte noch einmal vor dem beißenden Nebel kapitulieren.

Geduckt standen sie sich gegenüber. Grant bewegte die taube Schulter, um Gefühl und Beweglichkeit wiederherzustellen. Wut und Verachtung blitzten aus den Augen seines Gegners. Auf die Spraydose deutend, fletschte er mit eisigem Grinsen die Zähne und höhnte: »Damit kommst du nicht durch, Wichser. Was machst du, wenn das Ding leer is... mir Nagellack ins Gesicht spritzen?«

Grant lief der kalte Schweiß den Rücken hinunter. Ernüchtert stellte er fest, daß der andere recht hatte. Er wußte, sein malträtierter Arm würde in der kurzen Zeit, bis das Haarspray ausging, die volle Kraft nicht wiedererlangen. Er beschloß, es mit einem Überraschungsangriff zu versuchen und den Gegner zu überrumpeln. Er machte einen Sprung nach vorn und schickte gleichzeitig einen Strahl in Richtung Gegner. Wie erwartet, machte der einen Satz rückwärts, um dem ätzenden Spray auszuweichen.

Grant wollte sich gerade auf seinen Widersacher stürzen, als sie von einem unerwarteten Ereignis überrascht wurden. Hinter dem Mann sauste plötzlich etwas durch die Luft und landete mit voller Wucht auf seinem Hinterkopf. Mehr geschockt als verletzt, duckte er sich instinktiv nach vorn, Grant nützte die überraschende Unterstützung aus und trat ihm mit aller Kraft ins Gesicht.

Der Gorilla wurde nach oben gerissen, Blut spritzte aus seiner Nase – da wurde sein Hinterkopf von einem zweiten, heftigen Schlag getroffen. Benommen taumelte er vorwärts, direkt in Grants geballte Fäuste. Grants lahme Rechte hatte nicht genug Wucht, um den Gegner k.o. zu schlagen, doch als der Kerl in die Knie ging, knallte er mit dem Kopf gegen den Betonboden und verlor jegliches Interesse an seiner Umgebung.

Keuchend sah Grant auf, um festzustellen, wer ihm mit solch perfektem Timing zu Hilfe gekommen war. Verblüfft entdeckte er Pam – seine zarte, unsportliche Pam. Die Handtasche schwingend, das Gesicht gerötet, das schwarze Haar leicht zerzaust, mit Augen, die vor Kampfgeist funkelten, stand sie da wie eine herrliche, moderne Amazone.

Grant grinste über das ganze Gesicht, ging auf sie zu und umarmte sie. »Da schau her. Ich leb die ganze Zeit mit Supergirl zusammen, und du sagst kein Sterbenswörtchen...« Er ließ sie los und sagte ernst: »Danke, Schatz. Das war perfektes Timing. Ich hatte gerade die Hände voll.«

Erfreut über sein Lob, grinste sie zurück, doch als er die steife Schulter bewegte und vor Schmerz zuckte, fragte sie besorgt: »Bist du okay? Haben sie dir weh getan?«

»Ich bin okay,« beruhigte er sie, » was man von dem Typen, den ich vor den Gorillas gerettet hab, nicht behaupten kann. Sie hatten ihn schon in der Mangel, als ich kam.«

Er sah sich um. In der Garage rührte sich noch immer nichts. Man hörte lediglich, ein paar Meter weiter weg, den geblendeten Sektenschläger stöhnen, was Grant veranlaßte, aktiv zu werden. »Komm, Partner«, sagte er und drehte sich um, »wir müssen weg, bevor jemand den Gorilla entdeckt, den ich da oben kaltgestellt hab.«

Als sie den Wagen umrundeten, über den Grant kurz zuvor einen Purzelbaum geschlagen hatte, riß Pam entsetzt die Augen auf. Zwei reglose Gestalten lagen wenige Meter voneinander entfernt am Boden, eine davon war Grants erstes Opfer. Eine dritte kniete daneben, das Gesicht in die Hände vergraben, die Stirn auf dem Betonboden, und stöhnte vor Schmerz. Es war der, dem Grant mit Pams Haarspray die Augen verätzt hatte. Er würde vorerst keinen Ärger mehr machen.

Grant ignorierte die beiden Gorillas und lief zu dem dritten Mann, der halb bewußtlos am Rad eines Wagens lehnte. Sein Gesicht war zugeschwollen, die Augen waren nur noch als schmale Schlitze in dem verquollenen, bunt schillernden Fleisch zu erkennen. Rote Rinnsale liefen ihm aus Nase und Mund übers Kinn und tropften auf sein Hemd.

Grant beugte sich über ihn und richtete ihn auf. Als der Mann spürte, daß ihn jemand anfaßte, wehrte er sich und versuchte, sich von dem Griff um seine Schultern zu befreien, offensichtlich in Erwartung einer neuen Attacke. »Nehmt die Pfoten weg, ihr Wichser...«, stieß er lallend zwischen den geplatzten, blutenden Lippen hervor.

»Keine Angst... wir sind Freunde«, versicherte Grant. »Sie sind in Sicherheit. Die schlagen so schnell keinen mehr zusammen. Können Sie aufstehen? Hier... stützen Sie sich auf mich... und hoch die Tassen...« Mit Pams Hilfe hievte er den Mann auf die Beine.

Er war kleiner als Grant, aber stämmiger, doch es war nicht allzu schwer, ihn hochzuheben, denn er half instinktiv mit. Sie stellten ihn auf die Beine, der Mann lehnte sich einen Augenblick an seine Retter und schüttelte den Kopf. Er sank sofort wieder in die Knie, da ihm schwindlig wurde. Doch das Schwindelgefühl ging schnell vorüber, und er schien langsam zur Besinnung zu kommen, denn plötzlich sah er Grant mit klaren Augen an.

»Die Schweine haben mich in die Mangel genommen«, krächzte er. »Sind Sie 'n Bulle?«

»So was ähnliches... ich bin Privatdetektiv«, antwortete Grant. »Ich weiß, daß sie Sie in die Mangel genommen haben, bin grad noch rechtzeitig eingetrudelt, wie die US-Cavalry. Aber jetzt nichts wie weg, bevor noch mehr Apachen auftauchen. Glauben Sie, Sie können gehen? Hier... stützen Sie sich auf mich...«

Er legte sich den Arm des Mannes um die Schultern und half ihm, ein paar unsichere Schritte vorwärts zu machen. Ungefragt schulterte Pam den anderen Arm und stützte ihn von der anderen Seite. Auf diese Weise kamen sie gut voran und erreichten den Mustang ohne weitere Verzögerung.

Grant lehnte den Mann seitlich gegen den Wagen, während Pam die Türen aufmachte. Sie bugsierten ihn auf den Rücksitz, wo er sich erschöpft zurücklehnte und die Augen schloß. Pam kletterte neben ihn, nahm ein Taschentuch aus der Tasche, besprenkelte es mit Eau de Cologne und begann vorsichtig, das Blut von den gröbsten Verletzungen zu wischen. Als sie damit die Schürf- und Platzwunden abtupfte, zuckte er zusammen.

Grant hatte den Wagen angelassen und steuerte ihn rückwärts aus der Parkbucht, als es drüben bei den Aufzügen hell wurde und sich etwas bewegte. Er bog in die breite Fahrspur und sah, daß zwei Fahrstühle angekommen waren und ein Dutzend junger Männer ausspuckten, alle in dunklen Straßenanzügen. Sein Instinkt sagte ihm, daß es sich nicht um gewöhnliche Zuschauer handelte, die die Veranstaltung vorzeitig verließen. Die erste gegnerische Verstärkungsmannschaft war eingetroffen.

Sein Verdacht bestätigte sich, als einer von ihnen auf den Mustang deutete und den anderen etwas zurief. Als hätte jemand einen Startschuß abgefeuert, sprintete die gesamte Mannschaft los. Sie verteilten sich, schlängelten sich geschickt durch die geparkten Wagen und waren schon zu dicht am Mustang dran, als daß Grant bremsen und den ersten Gang hätte einlegen können, ohne daß der erste von ihnen sie erreicht und die Türen aufgerissen hätte.

Wenn er die Verfolger abschütteln wollte, hatte er nur eine Chance. Er drehte sich nach hinten um, damit er durchs Heckfenster schauen konnte, rief: »Haltet euch fest« und gab, mit einer Hand steuernd, Vollgas.

Der Mustang schoß nach hinten und der erste Verfolger mußte sich mit einem Hechtsprung in Sicherheit bringen. Wütende Gesichter glitten an den Seitenfenstern vorbei, während sie auf der Mitte der Fahrspur rückwärts rasten. An der ersten Querstraße, mit denen das riesige Parkdeck in Sektionen unterteilt war, stieg Grant auf die Bremse und riß das Steuer herum. Die Reifen quietschten gequält auf, der Mustang knallte auf die Hinterachse und geriet ins Schleudern, wodurch die Schnauze um neunzig Grad herumgeworfen wurde, der Wagen kam kreischend zum Stehen, die Schnauze Richtung Querstraße.

Grant rammte den Vorwärtsgang hinein und drückte das Gaspedal durch. Die Reifen drehten kurz durch, dann fanden sie auf dem glatten Untergrund Halt, der Wagen schoß los und schleuderte seine Insassen in die Sitze zurück. Grant war heilfroh, daß er sich in weiser Voraussicht statt der serienmäßigen Automatik ein Schaltgetriebe hatte einbauen lassen. Das manuelle Getriebe reagierte beim Gasgeben einfach einen Tick schneller.

Plötzlich schrie Pam auf. Obwohl Grant durch sein schnelles Handeln mehrere Meter Abstand zu den anstürmenden Gestalten gewonnen hatte, hatte der schnellste von ihnen, ein junger

Schwarzer, mit einem Hechtsprung den Türgriff auf der Beifahrerseite zu fassen bekommen. Doch bevor er die Tür öffnen konnte, riß ihm der Ruck des beschleunigenden Wagens den Griff aus der Hand und schleuderte den Mann gegen den hinteren Kotflügel. Grant beobachtete im Rückspiegel, daß er sich zweimal überschlug und auf den Füßen landete. Die Sekte machte ihre Leute offensichtlich hart im Nehmen. Im Davonfahren korrigierte er seine Nachlässigkeit und betätigte die Zentralverriegelung.

Die Fahrstraßen zwischen den Parkflächen lagen etwa vierzig Meter auseinander, die nächste Kreuzung war schon in Sicht. Grant bog erst links und dann rechts ab, um die Verfolger zu verwirren und Zeit zu gewinnen, sich zu orientieren. Zwischen den geparkten Wagen entdeckte er immer wieder huschende Gestalten. Sie schwärmten aus, um verschiedene Stellen gleichzeitig abzudecken.

Statt bei der nächsten Querstraße erneut abzubiegen, raste Grant mit achtzig Sachen geradeaus. In regelmäßigen Abständen hingen große Schilder mit der Aufschrift HÖCHSTGESCHWINDIGKEIT 25 von der Decke, dazwischen Schilder mit einem großen, waagrechten Pfeil unter dem Wort AUSFAHRT. Die Pfeile über ihnen zeigten nach rechts.

Vor der letzten Abzweigung bremste Grant, schaltete herunter und bog nach rechts Richtung Ausfahrt. Er wollte in der Kurve schon beschleunigen, als er plötzlich auf die Bremse stieg und das Lenkrad herumriß, um der reglosen Gestalt auszuweichen, die er gerade noch rechtzeitig auf dem Boden liegen sah. Es war der Schläger, den er bei der Rettung seines verletzten Passagiers als ersten erledigt hatte. Etwas weiter vorn tastete sich der, den er mit dem Hairspray außer Gefecht gesetzt hatte, mit einer Hand an den geparkten Autos entlang, die andere gegen die tränenden Augen gepreßt.

Grant manövrierte den Wagen vorsichtig um den reglosen Körper herum, beschleunigte und fuhr an dessen taumelndem Kollegen vorbei, als Pam plötzlich aufschrie, da ein Schatten aus den geparkten Autos schnellte und auf der Kühlerhaube landete.

Der tollkühne Angreifer war ein junger Latino. Er preßte sich mit ausgebreiteten Armen gegen die Windschutzscheibe und

versperrte Grant die Sicht. Statt, wie offenbar erwartet, abzu-
bremsen und stehenzubleiben, tat Grant das Gegenteil, für den
Fall, daß die anderen nahe genug waren, um die Fenster einzuschlagen. Ein kurzes Stück mit versperrter Sicht zu fahren, war
das geringere Risiko. Er drückte zuerst das Gaspedal durch und
stieg dann voll auf die Bremse. Der Mustang blieb quietschend
stehen, und der ungebetene Fahrgast wurde nach vorne katapultiert, wo er einige Meter weiter unsanft auf dem Boden landete.

Doch dann schlug das Unglück zu. Grant rutschte mit dem
linken Fuß von der Kupplung, der Wagen ruckelte und blieb mit
abgewürgtem Motor stehen. Verzweifelt rammte Grant den
Schaltknüppel in den Leerlauf und startete den Motor. Doch bevor sich der Wagen wieder in Bewegung setzen konnte, zerbarst
die Scheibe neben dem Beifahrersitz in tausend Scherben und
eine Faust zielte durch das Loch direkt auf Grants Schläfe. Pam
stieß einen ohrenbetäubenden Schrei aus. Der Faust folgten die
Schulter und der Kopf des Angreifers, der sich durch das Fenster
schob, um sein Opfer zu erreichen.

Grants durch regelmäßiges Training auf dem Karate-Dojo ge-
stählten Reflexe retteten ihn auch diesmal. Er riß den Unterarm
hoch, um den Faustschlag abzuwehren, doch der Angriff lenkte
ihn ab, und er würgte den Motor ein zweites Mal ab. Der Angreifer versuchte sofort, sich den Zündschlüssel zu schnappen,
doch bevor Grant reagieren konnte, ertönte von hinten ein heiseres »verdammter Dreckskerl«, eine stahlharte Faust schoß an
Grants Schulter vorbei und landete im Gesicht des Eindring-
lings, der mit dem Kopf gegen den Türrahmen knallte. Die unerwartete Intervention war von Grants Fahrgast gekommen, der
offenbar kurz aus seiner Benommenheit aufgetaucht war, um
seinem Retter beizuspringen. Allerdings schien die Anstrengung seine Kraftreserven aufgebraucht zu haben, denn er sackte
sofort wieder in sich zusammen.

Grant nutzte die momentane Kampfunfähigkeit seines Gegners, um den Motor anzulassen. Keine Sekunde zu früh, denn
als der Mustang losfuhr, warf sich ein zweiter Verfolger auf die
Haube. Er hatte jedoch zuviel Schwung und landete neben dem
Kotflügel auf der Fahrerseite. Der angeschlagene Eindringling
klammerte sich noch immer am Beifahrerfenster fest, seine

Füße schleiften draußen über den Boden. Grant beugte sich zu ihm hinüber und rammte ihm den Handballen ins Gesicht. Erleichtert hörte er ein Nasenbein krachen, und der Mann verschwand mit einem erstickten Schrei aus dem Blickfeld.

Der Mustang kam in Fahrt, doch Pam warnte Grant, daß noch mehr Verfolger neben dem Wagen auftauchten. Wütende Fäuste hämmerten gegen die Fensterscheiben, das hintere Seitenfenster sprang und verwandelte sich in ein undurchsichtiges Spinnennetz. Es hielt, doch der nächste Fausthieb würde es zertrümmern.

»Ihr wollt also Katz und Maus spielen?« fauchte Grant und schlug ein paar Haken. Er hörte einige dumpfe Schläge, begleitet von gedämpften Schreien, und zu seiner Befriedigung sah er im Rückspiegel, wie seine Gegner durch die Luft flogen. Der Mustang fegte sie weg wie ein wütender Terrier, der Ratten abschüttelt.

Doch Grant kam nicht dazu, den Sieg auszukosten. Eine neue Gefahr war im Anzug – noch dazu eine wesentlich ernstere. Ein dunkelblauer Kastenwagen bog vor ihnen aus einer Seitenstraße und kam auf sie zu, mit Karacho und mitten auf der Fahrbahn, offenbar in der Absicht, sie frontal zu rammen. Verzweifelt riß Grant das Lenkrad herum und bog an der nächsten Kreuzung nach rechts, haarscharf an dem Transporter vorbei, der versuchte, den hinteren Kotflügel zu erwischen, und ihnen nachraste.

Grant gab Vollgas, der Mustang preschte vorwärts und vergrößerte den Abstand zum Verfolger. An der nächsten Abzweigung bog Grant unter dem quietschenden Protest der Reifen nach links, als Pam ein verzweifeltes »O nein« ausstieß beim Anblick dessen, was sie erwartete. Ein Zwillingsbruder des dunkelblauen Transporters hinter ihnen kam schlingernd auf sie zu. Jetzt war klar, daß die Fußsoldaten einzig und allein den Zweck gehabt hatten, sie abzulenken und aufzuhalten, bis die Sektentransporter gekommen waren. Es war ihnen gelungen.

Es begann eine tödliche Jagd. Immer wieder paßten die Verfolger Grant ab, um ihm den Weg zur Ausfahrtsrampe zu versperren. Sie lieferten sich eine Jagd auf Leben und Tod, mit quietschenden Reifen, Schleuderpartien und Ausweichmanövern in und um die Fahrstraßen der riesigen Tiefgarage. Unermüdlich versuchten die Fahrer der Transporter, den Mustang zu rammen, ohne Rücksicht auf die eigene Sicherheit, geschweige denn die ihrer Opfer. Grants Fahrkünste wurden auf eine harte Probe gestellt. Grimmig konzentrierte er sich darauf, den Kamikazeangriffen auszuweichen.

Dann war Fortuna plötzlich auf seiner Seite, und er entdeckte die langersehnte Lücke. Er war gerade einem erneuten Rammversuch entkommen, indem er den Mustang an einer der Abzweigungen nach rechts riß, daß sich den Insassen der Magen umdrehte, als er vor sich, am Ende der Fahrbahn, das Schild AUSFAHRT entdeckte. Er hatte es geschafft. Die Sektenfahrer hatten sich zuletzt doch verkalkuliert und ihm freie Fahrt zur Ausfahrtsrampe gelassen. Keiner der beiden Transporter befand sich in diesem Moment an einer Position, von der aus er ihm den Weg abschneiden konnte. Grant stieg aufs Gas, und der Mustang schoß nach vorn.

Doch Grants Freude währte nicht lange. Sie wich der Bestürzung, als vor ihnen ein Wagen rückwärts aus der Parkbucht rollte und ihnen den Weg zur Rampe versperrte, angeschoben von vier Fußsoldaten der Sekte. »Shit«, murmelte er und bog an der nächsten Ecke ab. Vergeblich versuchte Grant, indem er das Manöver ein paar Mal wiederholte, den Transporter abzuschütteln, der ihm schon fast auf der hinteren Stoßstange saß. Die gnadenlose Jagd ging weiter – doch nicht mehr lange, wie sich zeigen sollte.

Darauf fixiert, die Verfolger abzuschütteln, merkte Grant erst jetzt, daß seine Haken und Schlenker durch das Labyrinth geparkter Autos ihn Richtung Einfahrtsrampe geführt hatten. Plötzlich tauchte ein riesiges Schild vor ihm auf, das warnte: ZUFAHRTSRAMPE – NUR FÜR EINFAHRENDE FAHRZEUGE!

Zugleich mit dem Schild entdeckte Grant das zweite Sektenfahrzeug, das von rechts zwischen den Autodächern heranpreschte. Der Transporter kam im rechten Winkel auf ihn zu, um ihn an der nächsten Einmündung abzufangen und ihn mit seinem Zwilling, der dem Mustang wie mit einem Abschleppseil verbunden auf den Fersen blieb, in die Zange zu nehmen. Sie saßen in der Falle.

Plötzlich kam ihm die Erleuchtung. Die Lösung war so simpel, so naheliegend, daß er nicht daran gedacht hatte – und seine Verfolger offenbar auch nicht: die Zufahrtsrampe! Wenn man auf ihr hereinfahren konnte, konnte man auch auf ihr hinausfahren. Und das Risiko, mit einem einfahrenden Fahrzeug zusammenzustoßen, war zu dieser späten Stunde minimal.

Doch zuerst mußte er das Problem lösen, wie er einem Zusammenstoß mit dem von rechts heranpreschenden Fahrzeug verhindern konnte. Grant kalkulierte blitzschnell die Entfernung zur nächsten Kreuzung und beschloß, auf volles Risiko zu gehen. Er wußte, es war nur eine Frage der Zeit, bis die Fußsoldaten der Sekte jede freie Fahrstraße mit herausgeschobenen Autos blockiert hätten, da sie einmal auf die Idee gekommen waren. Wenn er sich und die Seinen in Sicherheit bringen wollte, mußte er die beiden Verfolgerfahrzeuge abschütteln. Jetzt oder nie.

Mit einem Tritt aufs Gaspedal jagte er Benzin in den bärenstarken Motor, und der Mustang schnellte prompt nach vorn. Gleichzeitig tippte er mit dem rechten Absatz ein paar Mal leicht aufs Bremspedal, gerade so fest, daß die Bremslichter aufblinkten, ohne daß er an Geschwindigkeit verlor. Der simple Trick funktionierte spielend. Das Verfolgerfahrzeug fiel leicht zurück, dann beschleunigte es erneut, um aufzuholen. Doch jetzt war der Fahrer so auf Grants Bremslichter fixiert, daß er für einen Moment nicht auf die Position seines Kollegen achtete – was verheerende Folgen für ihn haben sollte.

Grant stand beinahe das Herz still, als der Mustang an der letzten Parkreihe vorbei in die Kreuzung fuhr und die viereckige Silhouette des zweiten Transporters wie eine Rakete von rechts angeschossen kam. Glas, Chrom und dunkelblaues Metall blitzten seitlich von ihm auf, der Transporter schien ihn im nächsten Moment auf der Beifahrerseite zu rammen. Im dröhnenden Lärm der Motoren hörte er, wie Pam panisch aufschrie. Dann waren sie an ihm vorbei.

Die beiden Fahrer der Transporter hatten weniger Glück. Grant fletschte triumphierend die Zähne, als es hinter ihm krachte. Unmittelbar nach dem Knall ertönte ein metallisches Kreischen, der Transporter hinter ihnen war beim Aufprall auf die Seite gekippt und schlitterte in einem Funkenregen weiter, bis er an der nächsten Parkreihe gewaltsam zum Stehen kam.

Sein Zwillingsbruder wurde durch den Aufprall um die eigene Achse gewirbelt und raste unkontrolliert weiter, bis auch er, Metallfetzen und Glasscherben in alle Richtungen verspritzend, in den Autos auf der gegenüberliegenden Seite der Kreuzung landete.

Grant riß den Mustang nach links Richtung Zufahrtsrampe. Im selben Moment erleuchtete die Stichflamme eines explodierenden Tanks die Tiefgarage. Der donnernde Knall der Explosion betäubte ihnen die Ohren, als sie auf die dunkle, viereckige Mündung der Rampe zuschossen.

Eine klapprige, rotweiß gestreifte Schranke mit der Aufschrift »Keine Ausfahrt« ragte neben einem verglasten Häuschen in die Fahrbahn. Doch Grant dachte gar nicht daran anzuhalten, besonders, da er mehrere Schatten aus den nahegelegenen Fahrstühlen hatte stürmen sehen. Er drückte das Gaspedal durch, und der Mustang tat röhrend seine Verachtung kund, als er die Schranke durchbrach, sie aus der Verankerung riß und wie ein Streichholz zur Seite fegte. Dann brausten sie die geschwungene Rampe hinauf nach draußen, in Sicherheit.

Einige aus der Verstärkungsmannschaft, die der Aufzug ausgespuckt hatte, sprinteten verzweifelt, aber vergeblich hinter dem Mustang her, doch sie gaben die Verfolgung bald auf. Die anderen liefen zu den Wracks der beiden Sektentransporter, von denen einer in Flammen stand, um ihren verletzten Kollegen Erste Hilfe zu leisten.

Eine einsame Gestalt, ein Chinese, stand inmitten der hektischen Aktivitäten regungslos da. Angel Four, durch die Entdeckung des bewußtlos am Saaleingang liegenden Jüngers alarmiert, hatte Ärger gewittert und war mit Verstärkung in die Tiefgarage geeilt. Aus dem Fahrstuhl tretend, hatte er den Crash und seine verheerenden Folgen mitbekommen und blickte jetzt mit zusammengekniffenen Augen in stummer Wut dem Mustang und seinen drei Insassen nach.

Als einer der Apostel herbeieilte, um Bericht über die Vorkommnisse zu erstatten, hörte Angel Four ihn an, ohne zu unterbrechen. Dann befahl er dem Apostel, sich um die Aufräumarbeiten zu kümmern, und ging zum nächsten Telefon, um die Ereignisse des Abends seinem Vorgesetzten zu berichten, Angel One im Betlehem-Haus.

27

Als sie die unmittelbare Nachbarschaft des Washington Centres hinter sich gelassen hatten, vergewisserte sich Grant erst einmal, daß sie weder verfolgt noch beschattet wurden. Sie hatten in ein solches Wespennest von Haß und Gewalt gestochen, daß kein Zweifel bestand, daß die fanatischen Sektenleute blitzschnell neue Fahrzeuge organisieren und die gesamte Stadt nach dem Mustang abgrasen würden, der ein solches Gemetzel angerichtet hatte.

Mit willkürlichen Rechts- und Linkskurven legte er bald einen Abstand von mehreren Blocks zwischen sie und das Center, und mit einem ständiger Blick in den Rückspiegel überzeugte er sich, daß ihnen niemand auf den Fersen war. Pam war von dem Martyrium in der Tiefgarage noch etwas mitgenommen, hatte jedoch die Fassung weitgehend wiedergewonnen und machte sich nützlich, indem sie durchs Heckfenster nach verdächtigen Fahrzeugen Ausschau hielt, während Grant verschiedene Manöver ausführte, die garantieren sollten, daß etwaige Verfolger, die versuchten, sie zu beschatten, abgeschüttelt würden.

Zweimal fuhr er bei Rot über eine Ampel und prüfte im Rückspiegel, ob ein anderes Fahrzeug es ihm nachmachte. Es schien nicht der Fall zu sein. Spontan folgte er dem U-turn eines Taxis, fuhr ein paar Blocks denselben Weg zurück, schwenkte plötzlich nach links, überquerte von wütendem Hupen begleitet die beiden mittleren Spuren und bog links ab. Er blickte in den Rückspiegel, und als keiner hinter ihm abbog, war er endlich überzeugt, daß sie nicht verfolgt wurden.

Grant beschloß, keines der umliegenden Krankenhäuser anzufahren, um seinen übel zugerichteten Fahrgast behandeln zu lassen. Zweifellos würden die Sektenleute an solchen Orten nach ihm fahnden – er an ihrer Stelle würde es jedenfalls tun, erklärte er Pam. Statt dessen würden sie zu sich nach Hause fahren, wo sie dem Mann selbst Erste Hilfe leisten und zumindest die gröbsten Schäden beheben könnten, die die Sektenleute angerichtet hatten. Wenn nötig, könnten sie immer noch ihren Hausarzt rufen.

Nachdem die Lebensgeister ihres Fahrgasts kurz erwacht waren, um Grant wie aus heiterem Himmel zu Hilfe zu kommen, schien der Mann in seinen Dämmerzustand zurückgefallen zu sein. Er lag zusammengesunken auf dem Rücksitz und reagierte oder protestierte zunächst nicht, als Pam ihm mit einem in Eau de Cologne getränkten Taschentuch die Wunden im Gesicht säuberte. Das milde Brennen brachte etwas Leben in ihn, er rappelte sich hoch, blinzelte seine Umgebung an und murmelte: »Was's los ... wo fahrn wir denn hin?« Von Pams sanfter Hand und Stimme beruhigt, lehnte er sich zurück und ließ sich weiter von ihr verarzten.

Als sie vor dem Apartmenthaus hielten, war Pams Patient noch etwas schwummrig und unsicher auf den Beinen, doch er hatte sich soweit erholt, daß er es, von Grant am Ellbogen gestützt, aus dem Wagen und in die Wohnung schaffte, wo ihn ein doppelter Brandy, gefolgt von reichlich schwarzem Kaffee, wieder vollständig auf die Beine brachte. Trotz seines Protests, sie hätten genug für ihn getan und er wolle ihnen nicht noch mehr Ärger machen, bestand Pam darauf, daß er den Oberkörper freimachte, damit sie feststellen konnten, wie schwer seine Verletzungen waren.

Er war etwas kleiner als Grant, ein untersetzter Mann um die Fünfzig, mit dunklem, an den Schläfen ergrauendem Haar und beginnender Stirnglatze. An der Hüfte hatte er etwas Fett angesetzt, doch sein stämmiger Oberkörper war mit stahlharten Muskelpaketen ausgestattet. Er war ganz offensichtlich gut durchtrainiert für sein Alter. Als der Mann so vor ihm stand, erinnerte er Grant ein wenig an Rocky O'Rourke, den großen, freundlichen Trucker, den er am Nachmittag getroffen hatte. Er hatte nicht so breite Schultern und keinen so imposanten Brustkasten wie Rocky, doch die beiden hätten Cousins sein können. Wahrscheinlich hatte der Mann es seiner kräftigen Statur und seiner guten körperlichen Verfassung zu verdanken, daß er sich so schnell von den schlimmsten Folgen der Mißhandlungen erholt hatte.

Er klagte über hämmernde Kopfschmerzen und ein Stechen in den Rippen, doch Grant konnte keine Knochenbrüche feststellen. Das Gesicht war übel zugerichtet, die geschwollene Nase schillerte in allen Farben, und die Oberlippe war geplatzt, doch es schien sich nur um oberflächliche Verletzungen zu handeln. Grant bandagierte die geprellten Rippen, während Pam sich weiter seiner Gesichtsverletzungen annahm, jetzt allerdings unter Zuhilfenahme des Inhalts ihres Arzneischranks statt dem ihrer Handtasche.

»Das Kopfweh kommt von einer Gehirnerschütterung«, klärte Grant ihn auf. »Ich kenn mich da aus – hatte ich auch schon 'n paar Mal. Sie müssen sich 'n paar Tage schonen. Ich rate Ihnen, gehn Sie zu Ihrem Arzt – nur zur Sicherheit. Sie haben ganz schön was abgekriegt, bevor ich aufgekreuzt bin.«

Der Mann knöpfte stumm das Hemd zu und blinzelte Grant an, als sähe er ihn an diesem Abend zum ersten Mal. »He – das war'n doch Sie, der die Schweine attackiert hat. Jetzt erinner ich mich wieder. Zwei haben mich festgehalten, und der dritte hat sich an mir ausgetobt. Ja genau ... ich hab gedacht, der Scheißer will mich umbringen ... 'tschuldigen Sie den Ausdruck, Madam.« Die reumütige Bemerkung war an Pam adressiert, die lächelnd abwinkte.

»Sie sind grad noch rechtzeitig gekommen«, fuhr er fort, »wie die gute alte Cavalry, und haben sie abgelenkt. Ich muß ohnmächtig geworden sein, denn das nächste, was ich weiß, is, daß ich in Ihrem Wagen saß. Ich bin Ihnen was schuldig, Mister. Danke ...«, er streckte die Hand aus, »gestatten, Peter Larsen. Und wie heißt mein edler Retter?«

Grant schüttelte die ausgestreckte Hand und salutierte. »Captain Brett Grant, die Siebte Kavallerie steht zu Ihren Diensten, Sir«, erwiderte er grinsend. »Aber ich hätte es nicht geschafft ohne die Hilfe von Annie Oakley ...«, er machte einen Handbewegung auf Pam, »alias Pam Mason ... wenn sie nicht gerade Ganoven mit der Handtasche umnietet!«

Larsen lächelte. Er erkannte, daß dies Grants Art war, seine Dankbarkeit ohne große Worte anzunehmen, und gab Pam die Hand. Nachdem die Honneurs gemacht waren, brachte Pam frischen Kaffee, Sandwiches und einen improvisierten Eisbeutel aus einem Geschirrtuch und zerstoßenen Eiswürfeln gegen die Schwellung um Larsens Augen. Sie setzten sich gemütlich um den Couchtisch und begannen, sich ihre Versionen der abendlichen Ereignisse zu erzählen.

Grant eröffnete die Runde mit der Erklärung, daß er Privatdetektiv sei und sein Interesse an der Sekte auf dem Auftrag beruhe, den verschollenen Sohn eines Klienten ausfindig zu machen und zu befreien. Er erzählte kurz von seinen Ermittlungen und dem Gespräch mit dem Sektenmädchen Louise am Suppenstand, das ihn veranlaßt habe, dem abendlichen Kreuzzug beizuwohnen. Er sei aus zweierlei Gründen dort gewesen, erstens, um eine Vorstellung von der zahlenmäßigen Stärke und der Organisationsform der Sekte zu bekommen, und zweitens, um ihren Führer, den Propheten, unter die Lupe zu nehmen, indem er sich dessen Vorstellung live zu Gemüte führte. Beides habe nicht gerade zu seiner Beruhigung beigetragen.

Zuletzt beschrieb Grant, wie er beobachtet hatte, daß Larsen den Propheten herausforderte, und wie er spontan beschlossen habe einzugreifen, als die Sektengorillas ihn abtransportierten. Sein Sieg über die Angreifer, zu dem Pam ihr Schärflein beigetragen hatte, und die Verfolgungsjagd durch die Tiefgarage mit ihrem katastrophalen Ausgang bildeten den Abschluß.

Als nächster war Larsen dran. Er zündete sich eine Zigarette an und schob sie sich bei jedem Zug vorsichtig zwischen die geschwollenen Lippen. Zwischen ebenso vorsichtigen Schlückchen Kaffee gab er seine Story zum Besten. Es stellte sich heraus, daß sich seine sechzehnjährige Tochter Karen wie Jim Miller dem Propheten angeschlossen hatte. Sie war drei Monate zuvor von zu Hause ausgezogen, um den Kindern Betlehems beizutreten, gegen den ausdrücklichen Willen der Eltern – beinahe eine Kopie der Millerstory.

In den ersten Wochen nach Karens Verschwinden seien er und seine Frau fast krank vor Sorge gewesen. Die Polizei hätte sich freundlich, doch wenig hilfreich gezeigt, und er hätte bald eingesehen, daß sie zu viel Arbeit und zu wenig Personal hatten, um entlaufene Sprößlinge zu suchen. Bei der Polizei stapelten sich derartige Vermißtenmeldungen. Daher hatte Larsen beschlossen, die Sache selbst in die Hand zu nehmen. Seine Methoden waren so direkt und handfest wie er selbst. Er hatte eine Kampagne der direkten Konfrontation mit dem Gegner gestartet, um seine Tochter zu finden und zurückzufordern. Er hatte jedes Sektenmitglied, das er auftreiben konnte, angesprochen und ein paar geräuschvolle Szenen an den Suppenküchen provoziert.

Doch er hatte bald gemerkt, daß er seiner Tochter kein Stück näher kam. Seine Forderungen, sie herauszugeben, waren auf taube Ohren gestoßen. Daraufhin hatte er beschlossen, seine Kampagne bis zum Äußersten zu treiben und die Sektenspitze selbst anzugreifen. Indem er den Verantwortlichen, den Propheten, bei jeder Gelegenheit herausforderte, hoffte er, ihn derart in Verlegenheit zu bringen, daß er Karen aus den Klauen der Sekte freigab oder ihn zumindest zu ihr ließ.

Mit der Zuversicht eines liebenden Vaters vertraute er darauf, daß ein offenes Gespräch Karen zur Rückkehr nach Hause bewegen würde. Er hatte erfahren, daß der Prophet alle zwei Wochen über die Stadt verteilt in angemieteten Sälen Erweckungsveranstaltungen abhielt und alle paar Monate einen großangelegten Kreuzzug wie den im Washington Centre organisierte. Die Konfrontation von heute abend war die dritte, die er innerhalb der letzten sechs Wochen provoziert hatte.

Larsen erzählte, er hätte auch die beiden Male zuvor die Veranstaltung gestört, indem er den Propheten als Heuchler beschimpft und die Herausgabe seiner Tochter verlangt hätte. Man hätte sich jedoch darauf beschränkt, ihn unsanft aus dem Saal zu schaffen und zu verwarnen. Die gewalttätige Reaktion von heute abend deutete darauf hin, daß er die Geduld der Sektenleute überstrapaziert hatte und sie den Auftrag hatten, ihm eine letzte, brutale »Verwarnung« zu erteilen.

»Ach … bei Raufereien in der Kneipe hab ich schon mehr abgekriegt«, meinte er wegwerfend und verzog das blaugrün schillernde Gesicht zu einem schiefen Grinsen. »Beim nächsten Mal steh ich wieder auf der Matte. Wenn sie mich abhalten wollen, meine Karen zurückzuholen, müssen sie mich kaltmachen!«

»Was sie wahrscheinlich tun werden«, bemerkte Grant trocken. »Besonders nach dem Schaden, den Sie Fuhrpark und Truppen zugefügt haben.«

»Schaden? Ich?« schnaubte Larsen, den Unschuldigen markierend. »Das ist ja die Höhe! Ich weiß von gar nichts. Ich war ohnmächtig, als es passiert is. Wenn man mich fragt, mach ich von meinem Aussageverweigerungsrecht Gebrauch.«

Sie lachten, doch Larsen verzog schmerzhaft das Gesicht. Er zündete sich eine Zigarette an, Pam goß Kaffee nach, setzte die Kaffeekanne ab und sah ihn ernst an.

»Spaß beiseite, Pete, Brett hat recht. Nach dem, was ich heute abend mitgekriegt habe, haben Sie's mit gefährlichen Typen zu tun. Es hat keinen Zweck, sie im Alleingang zu bekämpfen. Engagieren Sie Brett und lassen Sie ihn Ihre Tochter suchen. Dann erwirken Sie vielleicht 'ne gerichtliche Anordnung und können sie ganz legal rausholen. Schließlich sucht er gerade 'n anderen Jugendlichen, der auch weggelaufen ist, wie Karen. Zwei Fliegen mit einer Klappe, sozusagen«, meinte sie scherzhaft.

»Oder drei... wenn die Gorillas mich kriegen«, gab Grant zurück.

»Ach Brett! So hab ich's nicht gemeint«, schmollte sie und knuffte ihn an der Schulter.

Larsens Lächeln glich aufgrund der aufgeschlagenen Lippen mehr einer Grimasse. »Ich würd ihn zu gern engagieren, Pam. Aber ich kann's mir nicht leisten. Ich hab mit 'n paar Kumpels 'n Schrottplatz, wir verschrotten alte Autos. Wir können davon leben, aber für'n Privatdetektiv reicht's nicht.« Er blinzelte Grant mit einem Auge an, vor das andere hielt er sich den Eisbeutel. »Nur aus Interesse, wieviel verlangen Sie?«

»Hundert pro Tag plus Spesen. Das ist der normale Satz. Aber ich laß mit mir handeln«, sagte er und zuckte in Gedanken zusammen, da er sich vorstellte, was sein Seniorpartner sagen würde, wenn er das gehört hätte.

»Handeln!« schnaubte Larsen. »Vielen Dank für das Angebot. Aber bei meinen finanziellen Möglichkeiten, oder besser gesagt Unmöglichkeiten, bräuchte ich 'n Staranwalt, um mit Ihnen zu verhandeln. Und den kann ich mir auch nicht leisten.«

Grant lachte. »Okay, wie wär's damit... Während ich an dem anderen Fall arbeite, versuche ich, auch Ihre Tochter ausfindig zu machen und sie zu überreden, nach Hause zu kommen.

Wenn ich Erfolg habe, und nur dann, schulden Sie mir einen Tagessatz – hundert Dollar, alles inklusive. Wenn sie nicht mitkommt, schulden Sie mir nichts. Mit anderen Worten, Sie zahlen mir ein Erfolgshonorar. Na, wie klingt das?«

Larsen sah ihn einen Augenblick sprachlos an, dann überzog erneut ein schiefes Lächeln sein Gesicht. »Klingt gut. Sehr anständig von Ihnen. Ich danke Ihnen, und ich weiß, wenn mich meine Frau in dem Zustand sieht, wird Sie Ihnen noch mehr danken. Ich nehme Ihr Angebot an... unter einer Bedingung.«

»Und die wäre?« fragte Grant.

»Falls Sie irgendwie Verstärkung brauchen, 'n paar starke Arme, wenn Sie sich die Bande vorknöpfen, rufen Sie mich an. Ich hab Freunde, Kollegen, die ich jederzeit um Hilfe bitten kann. Die handeln nicht nur mit Schrott, die machen auch mal was zu Schrott. Dann könnt ich mich 'n bißchen revanchieren, und hätte nicht so 'n schlechtes Gewissen. Abgemacht?« Larsen streckte ihm die Hand hin.

»Abgemacht«, erwiderte Grant herzlich und schlug ein. Dann gab er ihm ein Kärtchen und notierte sich Privat- und Geschäftsadresse sowie die Telefonnummern seines neuen Klienten, um ihn, wie versprochen, erreichen zu können, falls nötig.

»Ich meine es ernst, Brett«, wiederholte Larsen. »Wenn Sie Verstärkung brauchen, rufen Sie mich an. Ich will den Dreckschweinen, die mich heute auseinandergenommen haben, den Arsch aufreißen... 'tschuldigung, Pam.«

»Schon in Ordnung«, sagte sie. »Nach heute abend kann mich nichts mehr schockieren. Noch Kaffee?«

Sie unterhielten sich noch eine Weile. Grant erzählte Larsen ein paar Einzelheiten zu dem, was passiert war, nachdem er ihm zu Hilfe gekommen war, da Larsen, was diesen Teil des Geschehens betraf, ein Blackout hatte. Grant schilderte, wie er die ersten drei Angreifer außer Gefecht gesetzt hatte und wie ihn Pam beim vierten überraschend gerettet hatte. Dann beschrieb er minutiös die hektische Verfolgungsjagd durch das schummrig beleuchtete Tiefgaragenlabyrinth. Als er zu dem Kampf kam, der bei abgewürgtem Motor im Wagen stattgefunden hatte, freute sich der überraschte Larsen wie ein Schneekönig.

»Ich hab ihm die Fresse poliert? Ha! Wie finden Sie das? Kann mich nicht mal dran erinnern, dabeigewesen zu sein, geschweige denn, jemandem eine verpaßt zu haben. Hab ich ihn auch anständig getroffen?«

Grant versicherte ihm, daß der Schlag nicht schlecht gewesen wäre für jemanden, der zu dem Zeitpunkt nicht einmal wußte, wo er war. »Ich möchte Ihrer Faust nicht in die Quere kommen, wenn Sie bei vollem Bewußtsein sind!« sagte er lachend.

Kurz darauf verkündete Larsen, er mache sich jetzt besser auf den Weg nach Hause, nach South Brooklyn, nicht daß sich seine Frau Ellen noch Sorgen machte. »Sie ist völlig fertig, seit Karen weg ist«, erklärte er. »Sitzt mit hängendem Kopf in der Wohnung rum. Heult sich die Augen aus, ohne ersichtlichen Grund. Depressionen, meint der Arzt. Verdammte Scheiße, wenn die mich in dem Zustand sieht... das gibt ihr wahrscheinlich den Rest«, sagte er bitter.

Sie standen auf. Larsen ächzte und zuckte vor Schmerz zusammen. Er stand einen Augenblick da und massierte sich die Rippen.

»Wie fühlen Sie sich?« fragte Grant.

»Beschissen«, gestand Larsen und fügte hinzu: »aber nicht so beschissen, wie ich mich gefühlt hätte, wenn Sie nicht rechtzeitig aufgekreuzt wären.« Er machte vorsichtig ein paar tiefe Atemzüge und befühlte seinen Brustkorb. »Nix gebrochen, glaub ich. Hab wahrscheinlich nochmal Glück gehabt, auch wenn's mir jetzt nicht so vorkommt.« Er sah auf die Uhr. »Jesus! Schon so spät. Kann ich Ihr Telefon benutzen, um mir 'n Taxi zu bestellen? Mir ist nicht nach Autofahren. Außerdem steht mein Wagen irgendwo am Broadway. Ich hab nicht direkt am Centre geparkt, aus Angst, der Wagen könnt was abkriegen.«

Er stutzte, blickte von einem zum anderen und meinte ironisch: »Was red ich denn für'n Stuß? Der Wagen könnt was abkriegen! Oh Mann. Ich wünschte, ich hätt die verdammte Kiste mitten ins Foyer gestellt... dann hätten sie statt meiner vielleicht den Wagen zerlegt.«

Grant pflichtete ihm lachend bei und sagte: »Vergessen Sie das Taxi, Pete, wir bringen Sie nach Hause, und Pam wird Ihnen helfen, Ihre Frau zu beruhigen. Rufen Sie sie kurz an und sagen Sie ihr, daß Sie auf dem Weg sind und 'n paar Freunde auf 'n Kaffee mitbringen. Und wenn sie uns kennengelernt hat und gehört hat, was passiert ist, erzählen Sie ihr, daß Sie mich engagiert haben, auf Erfolgsbasis. Damit nehmen Sie ihr gleich zwei Ängste. Sie muß sich um Sie keine Sorgen mehr machen und weiß, daß Sie professionelle Hilfe in Anspruch nehmen, um Karen zu finden.«

»Das wär großartig.« Larsen akzeptierte das Angebot dankbar. »Den Wagen laß ich von 'nem Kumpel holen … ich bleib morgen im Bett.«

Wie sich herausstellte, reagierte Larsens Frau ganz anders, als er erwartet hatte. Ellen war eine kleine, etwas füllige Erscheinung mit einem offenen, freundlichen Gesicht, dessen jugendliche Schönheit zur fraulichen Attraktivität mittlerer Jahre gereift war. Als sie den ersten Schock überwunden hatte, den ihr der Anblick des ramponierten, in allen Regenbogenfarben schillernden Gesichts ihres Mannes versetzte, war von der depressiven Lethargie, die Larsen beschrieben hatte, nichts zu spüren. Sie wuselte fürsorglich um ihn herum und bestand darauf, daß er sich hinsetzte und sich schonte, während sie für die Gäste Kaffee kochte.

Die Pflege des heimgekehrten, verwundeten Helden erwies sich als ideale Beschäftigungstherapie, um sie von ihrem Kummer über das Schicksal der entlaufenen Tochter abzulenken. Ein heilsamer Zorn auf die Leute, die ihrem Mann wehgetan hatten, löste ihre Sorge ab.

Beim Kaffee bot Grant ihr eine kurze, stark bearbeitete Fassung der abendlichen Ereignisse, die die gewaltsamsten Aspekte verharmloste und Larsens Taten hervorhob. Der Bewunderung nach zu urteilen, die sie trotz vorwurfsvoller Blicke und empörter Proteste gegen die Aktivitäten ihres Mannes nicht verhehlen konnte, schien sie die Version zu schlucken. Grant und Pam verabschiedeten sich, versprachen, sich zu melden, und wurden von den dankbaren Larsens hinausbegleitet.

Die Skyline von Manhattan, beherrscht von den gigantischen Zwillingstürmen des World Trade Centres, glitzerten in der

Ferne wie eine fantastische Disneykreation. Als sie die Brooklyn-Bridge überquerten, reflektierten die Lichter in den sanften Wellen des East Side Rivers und verwandelten sie in ein blinkendes, magisches Märchenland.

Pam betrachtete schweigend die Szene. Sie hatte es schon hundertmal gesehen, doch es faszinierte sie immer wieder. Grant ließ sie in Ruhe ihren Gedanken nachgehen und nutzte das Schweigen, die Ereignisse des Tages noch einmal Revue passieren zu lassen. Sein Verdacht, daß mit den Sektenleuten nicht gut Kirschen essen war, hatte sich durch die Ereignisse im Washington Centre mehr als bestätigt.

Der brutale Anschlag auf Larsen und der endlose, kamikazeartige Angriff auf die Insassen des Mustangs verrieten den rigorosen Fanatismus des Eiferers. Und Eiferer, politische wie religiöse, waren in Grants Erfahrung immer mit äußerster Vorsicht zu genießen. Ernüchtert dachte er, daß er die Warnungen von Sherman und Curtis in Zukunft vielleicht beherzigen sollte – damit er überhaupt eine Zukunft hatte.

»Brett?« Pams seltsam bedrückte Stimme riß ihn aus den Gedanken.

»Mm?« Er sah zu ihr hinüber, um ihr zu zeigen, daß er zuhörte. Ihr Gesicht war düster und ernst.

»Brett, ich hab nachgedacht. Diese Leute von heut abend … die waren wie wilde Tiere. Es schien ihnen völlig egal zu sein, ob wir draufgehen … oder sie selbst …« Sie stockte, da sie nach den rechten Worten suchte.

»Das hab ich gemerkt«, sagte er grimmig. »Um ehrlich zu sein, so was Ähnliches hab ich auch grad gedacht. Ach, weil wir grad beim Thema sind, danke für die Rettung. Deine Handtasche hat's in sich!« Er lächelte sie an, um sie aufzuheitern.

»Mir fiel in dem Moment nichts Besseres ein«, gestand sie. »Zuerst war ich wie gelähmt, als ich dir nachlief. Besonders, als ich euch kämpfen hörte. Ich bin um einen Wagen geschlichen und entdeckte die beiden Männer, die du außer Gefecht gesetzt hattest, und als ich sah, wie sie den armen Mr. Larsen zugerichtet hatten, wurde ich plötzlich wütend … und als ich dachte, daß sie mit dir vielleicht das gleiche anstellen könnten, wurde ich noch wütender … ich glaub, ich hab einfach vergessen, Angst zu haben. Und als ich zurückschlich und plötzlich hinter dem Drecksack stand, hab ich einfach gewartet, bis du ihn mir serviert hast und hab's ihm gegeben.« In ihrer Stimme schwang Stolz und Wut.

Grant faßte zu ihr hinüber und drückte ihre Hand. »Du warst einfach großartig. Du kannst mir erzählen, was du willst, von wegen du hast vergessen, Angst zu haben. Das war verdammt mutig von dir.«

Sie fuhren eine Weile schweigend dahin, dann sagte Pam: »Brett... das junge Mädchen, von dem du mir erzählt hast, die du heute nachmittag an dem Sektenstand getroffen hast...«

»Louise«, antwortete er.

»Ja, Louise. Naja... du hast doch gesagt, du hilfst ihr, wenn sie aussteigen will... aber dann müßtest du was finden, wo sie hin kann... Warum bringst du sie nicht zu uns? Sie könnte doch bei uns bleiben, bis sie was gefunden hat.«

Grant lachte und schüttelte den Kopf. »Du bist unbezahlbar, weißt du das? Noch vor 'n paar Stunden hast du mir zugesetzt, daß ich mich aus der Sache raushalten soll, und warum ich nicht die Polizei rufe. Und jetzt willst du, daß ich mich zum edlen Retter aufschwinge und 'n Auffanglager für gestrandete Jugendliche aufmache.« Er drückte noch einmal ihre Hand. »Klar nehmen wir sie zu uns, wenn sie aussteigen will und nicht weiß, wohin. Weißt du was? Du bist'n alter Softie... und ich liebe dich.«

Sie beugte sich hinüber und küßte ihn auf die Wange. »Ich liebe dich auch«, sagte sie.

»Ach ja?« entgegnete er, »ich dachte, du hättest dich in den Rauschgoldengel verknallt.«

TEIL FÜNF

KRIEG DER TRIADEN

28

Angel One war wesentlich früher vom Betlehem-Haus losge-
fahren als das für den Kreuzzug im Washington Centre eingeteilte Kommando und gelangte zügig an den nördlichen Stadt-
rand von New York. Am Hudson bog er jedoch nicht nach Manhattan ab, sondern blieb auf der Seite von New Jersey und steuerte Staten Island an, das er über die Bayonne Bridge erreichte.

Sobald er sich auf den Straßen von Staten Island befand,
wählte Angel One eine merkwürdig mäandrierende Route mit
häufigen Richtungswechseln. Auch das Tempo wechselte er immer wieder ohne ersichtlichen Grund. Drei- oder viermal bremste er an Ampelkreuzungen ab, als überlege er, welche Richtung
er einschlagen solle, um im letzten Moment, bevor die Ampel
auf Rot schaltete, zu beschleunigen.

Nach einer Viertelstunde solcher Manöver vergewisserte sich
der Chinese ein letztes Mal, daß er nicht beschattet wurde. Er
wählte einen langen, ruhigen Abschnitt der Richmond Avenue,
mitten im Willow District. Etwa auf der Hälfte bog er plötzlich
von der verlassenen Avenue in eine Seitenstraße ein, wendete
und stellte sich auf die andere Straßenseite, mit der Schnauze in
Richtung Avenue. Fünf geschlagene Minuten stand er da und
hielt Ausschau, ob irgend jemand im Vorbeifahren ungebührliches Interesse an ihm zeigte. Als er schließlich überzeugt war,
daß ihm niemand folgte, bog er wieder auf die Richmond Avenue und fuhr zügig, doch mit regelmäßigem Blick in den Rückspiegel, bis zur Kreuzung Arthur Kill Road, an der er abbog und
sich kurz darauf mitten in einem exklusiven Villenviertel befand. Zehn Minuten später näherte er sich seinem Ziel.

Er fuhr an riesigen, mit Türmchen und Säulen verzierten Villen in unterschiedlichen Stilen der Feudalzeit vorbei, viele davon
das typisch protzige Produkt grenzenlosen Reichtums und man-
gelnden Geschmacks. Jedes Haus stand in vornehmer Isolation
in der Mitte eines ummauerten, baumbestandenen Grundstücks
mit eigener Zufahrt von der Straße. Der Zutritt zu den Anwesen
war durch hohe, schmiedeeiserne Tore verwehrt.

Angel One bog in eine der Zufahrten, blieb kurz vor dem Tor
stehen und stellte den Motor ab. Die mit Spitzen bewehrten

Torflügel waren nachtschwarz gestrichen. Beide Flügel hatten in der Mitte eine kreisrunde Aussparung, in der sich ein geschwungener, goldener Drache aufbäumte, die Tatze zum Schlag erhoben.

Kaum hatte der Wagen gehalten, als zwei drahtige, junge Asiaten aus dem steinernen Wachhäuschen traten, das diskret in den Büschen seitlich hinter dem Tor stand. Sie trugen hochgeschlossene, dunkelblaue Jacken und Hosen in derselben Farbe. Einer der beiden trat ans Tor, der andere bezog seitlich davon im Hintergrund Position. Damit hätte es ein etwaiger Eindringling, der versuchte, beide Wachen auf einmal auszuschalten, mit zwei getrennten Gegnern zu tun gehabt.

Der Posten am Tor wartete, bis Angel One ausgestiegen war, dann trat er ganz an das Tor heran, und sie standen sich, nur durch die Stäbe getrennt, gegenüber. Falls einer den anderen erkannte, ließen sie sich nichts anmerken. Statt dessen fragte der Posten verbindlich auf englisch: »Sir? Kann ich Ihnen helfen?«

»Ich suche den Hüter des Duftenden Hafens«, sagte Angel One höflich, als beantworte er die Frage. Allerdings kam die Antwort auf chinesisch.

Nicht im geringsten überrascht über die seltsame Antwort erwiderte der Posten ebenso höflich und in derselben Sprache: »Es gibt mehrere Hüter. Welchen suchen Sie?«

»Den Neunten Drachen.«

»Wie lange währte sein Kampf?«

»Dreiundzwanzig Sonnen und Monde.«

»Der Gegner?«

»T'un Hai.«

»Der Ausgang?« lautete die letzte Frage.

»Die Toten schlafen in Sicherheit«, antwortete Angel One.

Offensichtlich zufrieden mit der Examinierung des Besuchers, gab der Posten dem Häuschen ein Zeichen. Hinter der getönten Scheibe drückte jemand auf einen Knopf und das elektronisch gesteuerte Tor öffnete sich lautlos nach innen. Die goldenen Drachen glitzerten kurz im Licht der Straßenlaternen auf. Angel One stieg in den Wagen, ließ den Motor an und fuhr an den Wachposten vorbei in die New Yorker Höhle der Gold Dragon Triade.

Der lange Kiesweg machte eine sanfte S-Kurve zwischen dichten Alleebäumen, wodurch das Anwesen in ähnlicher Weise vor neugierigen Blicken geschützt war wie das Betlehem-Haus. Als Angel One den Wagen sanft durch die Kurven steuerte, dachte er kurz an die Bedeutung der kryptischen Worte, die er soeben mit der Torwache gewechselt hatte. Sie bezogen sich auf eine alte, chinesische Legende, an die er sich aus seinen Kindertagen in den Slums von Kanton lebhaft erinnerte.

Es war die Legende von Kow Loon, dem »Neunten Drachen«, der im neunten der neun Berge um Hongkong wohnte, und seinem Kampf gegen T'un Hai, die zweiköpfige Blutschlange aus dem Reich der Finsternis, die den Toten die Seele aus dem Leib riß und sie ins Meer warf. Die Legende erzählt, wie Kow Loon nach einer dreiundzwanzig Tage und Nächte währenden Schlacht T'un Hai bezwang, die daraufhin ins Meer floh, und daß Kow Loon bis zum heutigen Tag die Seelen der Toten vor ihr beschützt.

Er hatte die Geschichte oft genug auf den Knien seiner Großmutter gehört, in einer Zeit, als solche Märchen halfen, von den Qualen eines leeren Magens abzulenken. Jedesmal, wenn er sich bei seinen häufigen Besuchen im Hauptquartier der kryptischen Worte bediente, kamen ihm die längst vergangenen, von Hunger und grimmiger Armut geprägten Kindertage in den Sinn. Das Kind Sung Tang Lee hatte die Lebensbedingungen ertragen müssen, da es nicht in der Lage gewesen war, sie zu ändern. Doch der Erwachsene Angel One hatte sich geschworen, nie wieder ein solches Leben zu führen, jetzt, da es in seiner Macht stand, sein Schicksal selbst zu bestimmen.

Der Transporter kam aus den Bäumen auf ein 150 Meter langes, gerades Stück, das zum Haus führte. Es war eine imposante, dreistöckige Villa, deren Stil irgend jemand für neoklassizistisch gehalten haben muß, mit breiten, weißen Marmorstufen zu einer säulengeschmückten Terrasse hinauf, die sich über die gesamte Vorderfront zog. Fünfzig Meter vor den dekorativen Stufen verzweigte sich die Auffahrt nach beiden Seiten in zwei weit ausschwingende Bögen, die vor dem Haus am Fuße der Marmortreppe wieder zusammentrafen. Das kreisförmige Areal, das die Bögen umschlossen, war durch dicke Stahlpfosten abgetrennt, die mit schweren Ketten verbunden waren. Dahinter befand sich ein nierenförmiger Teich mit Wasserrosen, der von Rasen und niedrigen Steinbänken umgeben war.

Die Anlage sah wunderschön aus, doch Angel One wußte, daß sie für ahnungslose Gegner eine tödliche Gefahr darstellte. Sobald ein Fahrzeug aus den Bäumen auftauchte, war es auf dem letzten Stück zum Haus ohne jede Deckung. Seine Insassen waren einem Kreuzfeuer der Tag und Nacht in den beiden oberen Eckfenstern der Villa positionierten Scharfschützen schutzlos ausgeliefert. Die Posten waren mit Armalite-Sturmgewehren und Leuchtpunktzielgeräten ausgerüstet; dabei visiert der Schütze das Ziel mit beiden Augen an, und statt des Fadenkreuzes leuchtet ein roter Punkt über dem Ziel auf. Der Schuß trifft punktgenau. Die schnellen Leuchtpunktzielgeräte ergaben mit der verheerenden Schlagkraft der Sturmgewehre eine tödliche Kombination.

Sollte ein feindliches Fahrzeug auf dem geraden Stück den ersten, frontalen Beschuß dennoch überleben oder ihm entkommen, wäre es einem tödlichen Flankenfeuer ausgesetzt, sobald es links oder rechts in die Schleife um den Wasserrosenteich bog. Jeder Versuch, geradeaus durch das abgesperrte Areal zu preschen, um dem Feuer zu entgehen, würde spätestens in dem eineinhalb Meter tiefen, mit seinen Wasserrosen täuschend flach wirkenden Teich scheitern – falls es dem Fahrzeug zuvor gelungen war, die Stahlpfosten und Steinbänke umzureißen, die alle fest im Boden einbetoniert waren.

Angel One brauchte nicht zu befürchten, von einem der beiden Scharfschützen in den Eckfenstern für einen feindlichen Eindringling gehalten zu werden. Sie hatten von den Torwachen das Okay erhalten. Trotzdem war ihm etwas mulmig zumute bei dem Gedanken, daß er den beiden Scharfschützen wahrscheinlich als Objekt für Zielübungen diente, mit denen sie sich die Langeweile vertrieben und ihre Reflexe schulten.

Er wählte den linken Bogen und hielt vor den Marmorstufen. Er sah zu dem hohen, kunstvoll geschnitzten Portal hinauf, und sein Blick fiel auf den vergoldeten Türklopfer in Form eines Drachens. Es war der gleiche Drachen wie am Tor.

Wie von seinem Blick gesteuert, öffnete sich das Portal, und zwei junge Chinesen traten heraus. Sie trugen dieselben, hochgeschlossenen Uniformjacken wie die Torwachen, nur waren die Jacken beim Hauspersonal weiß. Einer der beiden blieb am Portal, der andere lief die Stufen hinunter, als Angel One aus dem Wagen stieg. Mit einer höflichen Verbeugung, die von Angel One mit einem kurzen Nicken erwidert wurde, stieg der Hausdiener in den Wagen, um ihn hinter dem Haus zu parken.

Angel One lief leichtfüßig die Stufen hinauf, worauf der zweite Chinese zur Seite trat, um ihn ins Haus zu lassen. Als Angel One in die geräumige Halle trat, wurde er von drei weiteren, weißbefrackten Bediensteten empfangen. Einer war älter als die beiden anderen, und an seiner Jacke befanden sich auf beiden Seiten des Kragens zwei kleine, goldene Drachen. Auch ohne diese Insignien war deutlich, daß der Ältere innerhalb der Organisation Autorität genoß – die anderen schwiegen ehrfurchtsvoll, als er Angel One begrüßte, den er offensichtlich kannte. Trotzdem unterzog er Angel One einer strengen Prüfung, und diesmal war das Frage- und Antwort-Ritual wesentlich ausführlicher und komplizierter als am Tor.

Nachdem er sich von Angel Ones Identität überzeugt hatte, entließ der Posten seine beiden Untergebenen und eskortierte seinen Gast persönlich durch die Halle eine weit ausschwingende, mit dicken Teppichen belegte Treppe hinauf. Angel One wußte, daß er von dem Moment an, als er durch das Portal getreten war, von einer Kette strategisch positionierter, ferngesteuerter Videokameras in den hohen Decken überwacht wurde, die ihn und seinen Begleiter aus unsichtbaren Augen verfolgten. Im ersten Stock gelangten sie über einen langen Korridor in den rechten Flügel des Hauses und blieben vor einer von mehreren, identischen Türen stehen. Sein Begleiter drückte auf einen Knopf am Türrahmen und wartete. Einen Augenblick später leuchtete ein grünes Lämpchen über dem Knopf auf, und es ertönte ein lautes Summen. Dann klickte es, die Tür wurde elektronisch entriegelt.

Der Begleiter hielt Angel One die Tür auf, verbeugte sich höflich und bedeutete ihm einzutreten. Kaum war Angel One in den hellerleuchteten Raum getreten, hatte er das Gefühl, daß sich die Tür hinter ihm schloß – das Einschnappen des elektronischen Schlosses kurz darauf bestätigte seinen Eindruck.

Im Verhältnis zur Villa selbst war der Raum groß, allerdings wirkte er noch größer durch die Tatsache, daß es nur zwei Möbelstücke gab – einen zierlichen, schwarzlackierten Tisch mit dünnen Beinen und einen schwarzen, hohen Ledersessel daneben – mitten im Raum, auf die gegenüberliegende Wand gerichtet. Das helle Licht kam aus zwei kleinen, starken Spots, die in den oberen Ecken der Wand angebracht waren und den leeren Sessel anstrahlten. In der Mitte der Wand, auf den beleuchteten Sessel gerichtet, befand sich das dunkle Auge einer Fernsehkamera, darunter das Drahtgitter eines Lautsprechers.

Angel One stand ein paar Sekunden lang reglos an der geschlossenen Tür, bis sich seine Augen an das Licht gewöhnt hatten. Dann ertönte ein weicher Gong aus dem Lautsprecher, und als er verklungen war, zischte ihn eine Männerstimme auf chinesisch an:

»Sei gegrüßt, Red Sixteen. Nimm Platz.« Der taiwanesische Akzent verriet Angel One, daß die unsichtbare Stimme dem Controller gehörte – dem Chef von Dragon Control, wie die Zentrale der Gold Dragon Triade hieß.

Angel One tat, wie ihm befohlen, trat bis zum schwarzen Sessel vor und ließ sich im Ledersessel nieder. Auf dem Tischchen zu seiner Linken standen eine zierliche Karaffe mit Mineralwasser und ein Glas. Daneben lag ein kleines Mikrophon, das über ein langes Kabel mit einer Steckdose unter dem Tisch verbunden war. Ohne lange Anweisungen hängte er sich das Mikrophon um den Hals. Er legte die Hände in den Schoß und wartete darauf, daß die Stimme sich wieder meldete. Er brauchte nicht lange zu warten.

»Du bist zehn Minuten zu spät, Sixteen«, ertönte die Stimme mit trügerischer Freundlichkeit. »Gab es auf dem Weg Probleme, die dich aufgehalten haben?«

»Nein, Controller.« Angel One ließ sich nichts anmerken, als er auf den kaum verhohlenen Vorwurf antwortete: »Ich bitte um Entschuldigung für meine Verspätung. Ich habe die Anweisung, die du bei unserem letzten Gespräch erlassen hast, befolgt und auf dem Weg hierher doppelte Wachsamkeit walten lassen.« Und fügte im Stillen hinzu: Da hast du dein Fett, du verdammter, taiwanesischer Schnösel!

Angel One war in der südchinesischen Stadt Kanton geboren und groß geworden, bevor er mit siebzehn über die Grenze nach Hongkong geflohen war. Dort war der jugendliche Sung Tang Lee bald dem Beispiel vieler Flüchtlinge des kommunistischen Regimes gefolgt und einem Zweig der geheimen Hung-Gesellschaft beigetreten – im Westen unter dem Namen Triaden bekannt. Als Festlandchinese hatte er das Mißtrauen gegen die Taiwanesen nie abgelegt, seiner Meinung nach waren sie zu amerikanisiert und daher nicht vertrauenswürdig. Doch das beruhte auf Gegenseitigkeit.

Von seiten des Controllers hatte die Abneigung gegen den Untergebenen nicht nur mit dessen Person zu tun. Er betrachtete Angel One auch als ernstzunehmenden, künftigen Anwärter auf seinen eigenen Posten, da dieser über eine gefährliche Mischung aus Klugheit und Skrupellosigkeit verfügte.

Angel One spürte das Mißtrauen und die Abneigung des anderen und verachtete ihn darum um so mehr. Für ihn bedeutete die Triade Heimat, Familie, Leben, und er konnte sich keine persönlichen Erwägungen vorstellen, die Vorrang gehabt hätten.

»Deine Entschuldigung ist akzeptiert«, sagte die Stimme verbindlich. »Deine Vorsicht ist löblich, und ich will deine Verspätung für diesmal nicht als Unhöflichkeit auffassen. Doch ich rate dir, künftig für pünktliches Erscheinen zu sorgen und die erhöhte Wachsamkeit mit einem früheren Aufbruch zu verbinden!«

Angel One ließ sich den Ärger über die Maßregelung nicht anmerken und nickte ergeben in Richtung Kamera.

Ohne Pause fuhr der Controller fort: »Ich möchte, daß du und deine Leute weiterhin besondere Umsicht walten lassen. Wir haben Meldung über verstärkte Aktivitäten der Polizei, und zwar in der ganzen Stadt. Offensichtlich wächst die Frustration der Ordnungshüter über die vergeblichen Versuche, gegen unsere Organisation einen erfolgreichen Schlag zu führen. Sie haben noch nicht einen unserer Umschlagplätze enttarnt... und das muß so bleiben!«

Ein Hauch von Verachtung legte sich auf die Stimme. »Natürlich wird die Polizei aufgestachelt – und sogar unterstützt – von unserem Hauptgegner, den sizilianischen Gangstern der sogenannten Mafia. Offensichtlich verzweifeln auch die Mafiosi – wie ihre Marionetten von der Polizei – allmählich wegen unserer wachsenden Erfolge im Wettbewerb um den Drogenmarkt, was für sie selbst natürlich finanzielle Einbußen zur Folge hat.

Doch sie haben keine Chance gegen uns. Im Vergleich mit unserem außerordentlich reinen Heroin entspricht die Ware, die sie vertreiben, dem derzeitigen Zustand ihrer Organisation – stark verdünnter Dreck! Ihr früheres Monopol hat sie selbstzufrieden und raffgierig gemacht. Anstatt die Qualität der eigenen Ware zu verbessern, um mit uns konkurrieren zu können, versuchen sie mit Propaganda, die sie durch willfährige Politiker verbreiten lassen, statt des Kommunisten nebenan den Triadenmann im China-Imbiß zum Schreckgespenst des amerikanischen Bürgers zu machen.

Was bei der Mehrheit der weißen Amerikaner, die die politische Macht in diesem Lande ausübt, nicht schwierig sein dürfte. Der Grund ist schlicht und einfach Rassismus. Während die weiße Bevölkerung bereit ist, die Sizilianer als Bestandteil ihrer Bastardnation anzuerkennen und zu tolerieren, wird sie das mit Chinesen niemals tun. Abgesehen von den evidenten ethnischen und kulturellen Unterschieden zwischen den europäischen und asiatischen Rassen haben wir auch mit dem Vorurteil zu kämpfen, das aus den vergangenen Konflikten der Amerikaner mit den Japanern, Koreanern und Vietnamesen herrührt. Die letzten drei Generationen sind von der Kriegspropaganda zu Haß und Mißtrauen gegen Asiaten erzogen worden.«

Der Controller machte eine kurze Pause. Die nächsten Worte hatten unmittelbarere Relevanz für Angel One. »Die Mafia hat offensichtlich beschlossen, den Kampf eskalieren zu lassen. Anstatt uns lediglich mit Politikern und Polizisten zu belästigen, sind sie zu einer direkteren Angriffsstrategie übergegangen. Deine Sektion war davon noch nicht betroffen, Sixteen, doch die sizilianischen Barbaren haben kürzlich eine New York-weite Kampagne der Gewalt gestartet, die ganz offensichtlich den Zweck verfolgt, unsere Leute von der Straße zu vertreiben.

Sie ist ein plumper, aber zunehmend wirkungsvoller Versuch, unseren Straßenverkauf zu stören und letztendlich lahmzulegen. Viele unserer Straßendealer und Zulieferer sind überfallen und zusammengeschlagen worden. Einige unserer Zellen wurden dadurch empfindlich geschwächt, und wir müssen verstärkte Maßnahmen zum Schutz der Dealer ergreifen.

Es wird dir einleuchten, daß dies nicht nur die Personaldecke belastet, sondern auch schlecht fürs Geschäft ist, da die Angst, in gewalttätige Aktionen verwickelt zu werden, potentielle Kunden abschreckt. Daher rate ich dir, deine Sektion gegen baldige, derartige Angriffe von seiten des sizilianischen Abschaums zu rüsten. Vielleicht habt ihr bisher Glück gehabt, weil euch eine schwächere oder weniger effiziente Mafiafamilie gegenübersteht, wer weiß?« schloß der Controller herablassend.

Angel One zuckte die Achseln. »Vielleicht war meine Sektion gegen diese Probleme dank ihrer Stärke und straffen Organisation gefeit«, entgegnete er gelassen und fügte, noch bevor sein Gegenüber etwas erwidern konnte, hinzu: »Ich nehme an, wir haben zur Unterstützung der betroffenen Sektionen Vergeltung geübt, Controller?«

Das betretene Schweigen, das der Antwort des Controllers vorausging, sagte Angel One, daß er mit seiner Frage ins Schwarze getroffen hatte. Wenn auch noch so subtil, so hatte er durch die bloße Andeutung, daß eventuell keine Vergeltung erfolgt war, die Kompetenz seines Vorgesetzten in Frage gestellt.

»Natürlich.« Die knappe Antwort verriet die Verärgerung seines Gegenübers darüber, daß ein Punkt an den Gegner gegangen war. »Wo es möglich war, haben wir zurückgeschlagen. Doch während die Polizei bei den Aktionen der Sizilianer gegen uns ein Auge zudrückt, ist dies umgekehrt nicht der Fall. Auch können wir den Beweis für die polizeiliche Begünstigung nicht offen provozieren, denn dadurch würden wir die Aufmerksamkeit der Medien, gesteuert durch die politischen Lakaien der Mafia, erst recht auf uns ziehen. Die Zurückhaltung in der Öffentlichkeit, daran muß ich dich nicht erinnern, war immer eine unserer größten Stärken.

Allerdings ist unsere Geduld nicht unerschöpflich. Wir haben durchsickern lassen, daß der nächste Angriff auf uns den offenen Krieg zur Folge haben wird. Wir haben außerdem davor gewarnt, daß unsere Gegner, auch wenn ein solcher Konflikt für keine Seite von Vorteil wäre, dabei wesentlich mehr zu verlieren haben als wir. Sie sind in diesem Land wesentlich besser etabliert und besitzen zahlreiche Immobilien und Tarnfirmen. Sie scheinen nicht zu bedenken, daß solche Aktiva in Friedenszeiten zwar große legale und finanzielle Vorteile bieten, in Kriegszeiten dagegen um so verwundbarer machen und damit von Nachteil sind. Also ermahne deine Leute, auf den Straßen besonders wachsam zu sein, Sixteen.«

»Selbstverständlich, Controller«, antwortete Angel One reserviert. Er ärgerte sich über diese völlig überflüssige Ermahnung, mit der sein Vorgesetzter unterstellte, er habe Unterweisung nötig, wie seine Sektion zu führen sei. Doch was schlimmer war, sie brachte ihn noch mehr in Verlegenheit wegen seiner eigenen unangenehmen Neuigkeiten. Seine Wut auf Jim Miller wuchs. Ihm hatte er die sichere Aussicht auf die unerträgliche Situation zu verdanken, das Gesicht zu verlieren, wenn er diesem blasierten taiwanesischen Arschloch gestehen mußte, daß sein bis dato wasserdichtes Schiff ein Leck hatte. Die nächsten Worte des Controllers verstärkten seinen inneren Groll.

»Dragon Agent Red Sixteen« – die förmliche Anrede mit dem vollen Decknamen verhieß nichts Gutes. »Einer der bedeutendsten Männer unserer Organisation gibt uns heute die Ehre seines Besuchs. Ich spreche vom neuen Director of Operations für den Nordosten der USA. Du kannst ihm jetzt deine Hochachtung erweisen.«

Angel One erhob sich unverzüglich und verbeugte sich tief vor dem kalt glänzenden Auge der Kamera. Als er den Kopf hob, ertönte eine andere Stimme aus dem Lautsprecher.

»Danke, Dragon Agent Red Sixteen. Bitte nimm Platz. Ich habe viel Gutes von dir gehört, schon bevor ich hierherkam. Deine Sektion ist den Berichten zufolge die erfolgreichste in meinem Gebiet. Weiter so!«

Die Stimme war hoch und gepreßt, und sie hatte etwas Kurzatmiges, Keuchendes. Angel One stellte sich den Mann als Fettwanst vor. »Ich habe das Gebiet erst kürzlich übernommen, das wichtigste der vier Operationsgebiete, in die die Vereinigten Staaten unterteilt sind, wie du weißt. Bis vor kurzem war ich für Nordeuropa zuständig, und davor für Südostasien. Jeder, der in diesen Gebieten unter mir seinen Dienst verrichtet hat, wird dir bestätigen, daß ich umsichtiges, erfolgreiches Operieren mit Beförderung belohne, wenn der Betreffende sie verdient.«

Obwohl der Mann kantonesisch sprach – die lingua franca der Organisation –, hatte er einen deutlichen Hongkonger Akzent. Angel One wußte – und ärgerte sich als Festlandchinese darüber –, daß die gesamte Führungsspitze der Gold Dragon Triade aus Taiwan oder Hongkong stammte. Dies wurde bewußt so gehandhabt.

Die meisten Triaden verfolgten eine ähnliche Politik, egal, aus welcher der drei großen chinesischen Bevölkerungszentren, mit Ausnahme des Festlands, sie stammten – Taiwan, Hongkong oder Singapur. Es wurde den »Roten« extrem schwer gemacht, in die inneren Zirkel der Macht vorzudringen, aus Angst, es könne sich um schlafende Agenten des kommunistischen Regimes in Peking handeln, die im Falle einer Annexion der drei Territorien aktiviert würden. Aufgrund dieses Vorbehalts gegen Festlandchinesen zogen es viele ehemalige Flüchtlinge aus der Volksrepublik, im Triadenjargon »The Big Circle« genannt, vor, eigene Organisationen zu gründen, anstatt sich den existierenden anzuschließen.

Der jugendliche Sung Tang Lee jedoch, ein glühender Individualist und Kämpfer, hatte von Anfang an beschlossen, sich einer der mächtigsten und ältesten Triaden anzuschließen. Und er hatte sich geschworen, trotz aller Widrigkeiten den Rang eines 489ers, oder Führers, zu erlangen.

Schon als Siebzehnjähriger fiel er denjenigen, die in den Hintergassen und Elendsvierteln Hongkongs den Ton angaben – den Verbindungsleuten der Triaden –, durch seine Intelligenz und Skrupellosigkeit auf, und es dauerte nicht lange, bis er von Agenten verschiedener Gangs angesprochen wurde. Doch er hatte still und leise eigene Erkundigungen eingezogen und gewartet, bis die Agenten der Organisation auf ihn zukamen, für die er sich entschieden hatte.

So kam es, daß er als 49er – als einfaches Mitglied oder Fußsoldat – in die Gum Lung Hung, oder Gold Dragon Triade aufgenommen wurde. Seinem inneren Schwur getreu arbeitete er sich stetig nach oben, und seine Fertigkeiten im tödlichen Nahkampf brachten ihm innerhalb von fünf Jahren die Beförderung zum 426er, oder Krieger ein, was ihn berechtigte, die entsprechenden Insignien zu tragen: die Rote Schwertlilie. Fünf Jahre später stieg er zum 489er, oder Sektionsleiter auf, was bereits ungewöhnlich war, denn normalerweise kamen 489er aus den Reihen der 415er, oder Unterhändler, deren Insignien der Weiße Papierfächer war.

Der Controller schaltete sich ein. »Sixteen, ich habe dem Direktor unsere administrative Struktur erläutert; daß jedes Kommandogebiet innerhalb des Direktorats Nord-Ost einen Decknamen hat. Dragon Control für New York City, Lotus Control für New York State, Chicago ist Tiger Control, etcetera. Dann habe ich ihm die Aufteilung unseres eigenen Operationsgebiets Dragon Control erklärt; daß wir jedem Borough von New York eine Farbe zugeordnet haben: Rot für Manhattan, Grün für die Bronx, Blau für Queens, Weiß für Brooklyn und Schwarz für Staten Island.

Und zuletzt die Zahlencodes für sämtliche Operatoren, wobei Gebiets- oder Sektionsleiter wie du in ihrer Nummer eine Sechs haben. Damit bist du als Dragon Agent Red Sixteen sofort als Sektionsleiter des Boroughs Manhattan in New York City zu identifizieren.

Ich möchte, daß du dem Direktor jetzt kurz deinen eigenen Operationsbereich schilderst. Dadurch bekommt er ein vollständiges Bild unserer Operation, bis hinunter zu den niederen Rängen. Fang an.«

Die hohe, keuchende Stimme des Direktors kam Angel One zuvor. »Mich würden auch die Einzelheiten interessieren, wie Agent Red Sixteen seine Operation aufgebaut hat, da er ja bei Null angefangen hat. Vielleicht läßt es sich als Modell zur Ausbildung künftiger Sektionsleiter verwenden ...«

Trotz des Unbehagens wegen seines Problems fühlte Angel One sich geschmeichelt. Er verbeugte sich ehrerbietig vor der Kamera. »Der Direktor erweist mir zuviel Ehre, aber ich will seinem Wunsch gern nachkommen«, begann er. »Als Tarnung für meine Operationen benutze ich eine religiöse Sekte – eine von vielen in diesem neurotischen Land. Sie ist in zweierlei Hinsicht perfekt geeignet. Erstens bietet sie einen gesicherten, geheimen

Stützpunkt und ist daher den üblichen Restaurants oder sonstigen Betrieben vorzuziehen. Zweitens hat sie sich als erstklassiger Boden zur Rekrutierung von Straßendealern erwiesen sowie von Kleinkriminellen, die wir zu deren Bewachung ausbilden.

Ich bin der Sekte, die sich ›Die Kinder Betlehems‹ nennt, vor sechs Jahren beigetreten und habe mich bei ihrem Gründer und Führer schnell unentbehrlich gemacht. Er ist ein typischer Vertreter der Größenwahnsinnigen, die solche Sekten betreiben, intolerant und in der Traumwelt seiner Selbsttäuschung gefangen. Doch er übt eine seltsame Anziehungskraft aus auf die jungen, entwurzelten, antisozialen Elemente, die für unsere Zwecke das ideale Rohmaterial darstellen.

Ich habe ihm ein paar simple Tai-Chi-Meditationen beigebracht, damit er sie in seine abstrusen, religiösen Lehren einbauen kann, danach begann ich, ihn, ohne daß er es merkte, in zweckmäßigere Richtungen zu lenken – zweckmäßiger für uns natürlich. Er ist so von seiner Unfehlbarkeit überzeugt, daß er leicht zu manipulieren ist und jede attraktive Idee durch den simplen Prozeß der Autosuggestion sofort als seine eigene übernimmt.

Um die vollständige interne Kontrolle über seine Organisation zu gewinnen, schlug ich die Schaffung einer Kommandostruktur vor, mit unseren Leuten in den Schlüsselpositionen. Es war kein Problem, ihn davon zu überzeugen, daß er durch mögliche Anschläge von außen persönlich in Gefahr war. Ich arrangierte ein oder zwei kleine Zwischenfälle bei seinen Veranstaltungen, der Art etwa, daß wütende Eltern von Konvertiten nicht sofort abgehalten wurden, ihn verbal und physisch zu attackieren – ohne daß ihm dabei wirklich etwas passiert wäre. Das erwärmte ihn für den Vorschlag einer kleinen, zuverlässigen Garde von Leibwächtern zu seinem persönlichen Schutz.

Jetzt konnte ich Agent Nine, Fourteen und Twenty-seven einführen. Wir begannen sofort mit einem strengen Auswahlverfahren unter den jüngeren Sektenmitgliedern und brachten ihnen die Grundlagen des Kampfsports bei. Natürlich sind diese Elitekader mir und meinen drei Mitarbeitern verpflichtet und nicht, wie er in seiner Torheit noch immer glaubt, dem Prediger. Es war dann ganz einfach, weitere zwanzig unserer Leute in den

Mittelbau einzuschleusen, um eine vollständige Kontrolle über die Sektenmitglieder zu garantieren.

Angesichts der Notwendigkeit einer sicheren Trainings- und Operationsbasis unterzog ich die vier Bethäuser, die der Prediger in der Stadt betreibt, einer eingehenden Prüfung. Es handelt sich um große Häuser in ruhigen Stadtrandvierteln, in die sich die wohlhabenderen unter seinen Anhängern zurückziehen, um ihre Seelen von der Last der Sünden zu erleichtern... und ihre Bankkonten von der Last des Reichtums. Unser gefügiger Prediger hat offensichtlich Talent für beides.«

Die ironische Bemerkung rief bei dem unsichtbaren Zuhörer ein Kichern hervor, und Angel One gestattete sich ein sardonisches Lächeln, bevor er mit seiner Schilderung fortfuhr.

»Keines der Anwesen genügte meinen Ansprüchen. Bei der Auswahl des zentralen Stützpunkts für unsere Operationen war die Sicherheit das ausschlaggebende Kriterium. Der Stützpunkt mußte abgeschieden außerhalb der Stadt liegen, um Schutz zu bieten vor Überwachung und Anschlägen potentieller Gegner... mit und ohne Gesetzbuch! Gleichzeitig sollte die Stadt gut erreichbar sein, um Personal und Nachschub beim Vertrieb der Ware problemlos transportieren zu können.

Mit Hilfe diskreter Erkundigungen bei den reicheren Anhängern des Predigers war der ideale Ort bald gefunden. Ein ehemaliges Hotel, das ein gutes Stück nördlich der Stadt liegt, aber mit dem Auto bequem zu erreichen ist. Es hatte den zusätzlichen Vorteil, daß eine direkte Anbindung an die Transportroute Montreal-New York vorhanden war. Inzwischen dient es auch als Depot und Umschlagplatz für die gesamte Ware aus Kanada.

Zum Gebäude gehört ein großes Grundstück. Wir haben die bereits bestehenden Sicherheitsanlagen ausgebaut und verbessert... dennoch ist kein System perfekt.« Widerwillig räumte er diese Tatsache ein, da ihm plötzlich wieder einfiel, daß er ja über Jim Millers Ausbruchsversuch von vergangener Nacht Bericht erstatten mußte.

Wieder überkam ihn die kalte Wut auf den Jungen. Hätte er dieser einflußreichen Persönlichkeit nicht von dem unseligen Zwischenfall zu berichten gehabt, hätte er mit seiner Präsentation einen ungetrübten Erfolg verbuchen können. Er spielte einen Augenblick mit dem Gedanken, die Angelegenheit zu verschweigen, doch das war aus zweierlei Gründen unmöglich.

Erstens war er verpflichtet, alles zu melden – wie trivial es auch scheinen mochte –, was in irgendeiner Weise den Drogentransport, vorwiegend Heroin im Wert von mehreren Millionen, der auf der Hauptstrecke Montreal-New York über seinen Stützpunkt abgewickelt wurde, stören oder gefährden konnte.

Zweitens war er sicher, wenn er den Zwischenfall und das Auftauchen der Polizei nicht selbst meldete, würde es einer der anderen »Engel« beim nächsten Rapport tun. Die Führungsspitze der Triaden schenkte niemandem bedingungsloses Vertrauen. Sicherheitschecks, Rechnungsprüfungen und gegenseitige Bespitzelung waren an der Tagesordnung. Nicht zuletzt dadurch waren sie schnell zu einer ernsthaften Konkurrenz für die Mafia in den USA geworden und ein wachsender Dorn im Auge der Sicherheitsbehörden, sowohl der Vereinigten Staaten als auch vieler anderer Länder, ja weltweit.

»So haben wir Dragon Base Red aufgebaut, Direktor«, schloß er mit einer hochachtungsvollen Verbeugung Richtung Kameraauge.

»Danke, Sixteen. Du hast gute Arbeit geleistet«, keuchte der Direktor. »Ich habe noch ein paar Fragen, zu meiner eigenen Information. Das Anwesen, das ihr gekauft habt – wie lautet die offizielle Bezeichnung, falls die Behörden Fragen stellen?«

»Der offizielle Name lautet Betlehem-Haus, Direktor«, antwortete Angel One. »Es ist als Privatsanatorium für psychisch Kranke angemeldet, die Sekte fungiert als Betreiber. Der Prediger macht bei dem Täuschungsmanöver bereitwillig mit, allerdings glaubt er, es handle sich in Wirklichkeit um ein geheimes Trainingslager für Novizen, was, wie Sie wissen, der Wahrheit recht nahe kommt.«

»Gut«, antwortete die unsichtbare Stimme. »Und wie bedient ihr euch im einzelnen dieser Sekte beim Straßenverkauf in Manhattan?«

»Ich benutze ihre mobilen Suppenküchen, große Transporter, als Vertriebsstationen. Wir verwenden nur eigene, sorgfältig ausgewählte und ausgebildete Sektenmitglieder als Kontaktleute zu den Straßendealern. Kein Kunde, der von uns Drogen kauft, weiß, woher der Dealer die Ware hat. Indem wir den Stoff durch zwei bis drei Hände gehen lassen, bevor er zum Dealer gelangt, verwischen wir jede Spur.

Sollte also einer unserer Leute verhaftet werden, wäre die Versorgungskette sofort unterbrochen, die Spur würde sich verlieren. Alle unsere Leute sind sich der unangenehmen Folgen bewußt, sollte jemand so töricht sein und plaudern. In dem unwahrscheinlichen Fall, daß ein Transporter auffliegt, übernimmt der diensthabende Agent im Wagen die volle persönliche Verantwortung, und der Prediger zeigt sich, falls er gefragt wird, in aller Unschuld schockiert und empört – was sogar echt wäre, denn er hat von unseren Operationen keine Ahnung. Bis die polizeilichen Nachforschungen bis zu Dragon Base Red im Betlehem-Haus vordringen würden, hätten wir längst alle Spuren beseitigt. Dies ist, in groben Umrissen, unser Vertriebssystem auf der Straße, Direktor.«

»Ausgezeichnet, ausgezeichnet«, ächzte der Unsichtbare. »Du hast lobenswerte Phantasie und Initiative bewiesen, Agent Red Sixteen, und erstklassige organisatorische Fähigkeiten. Hat es bisher noch keine Schwierigkeiten gegeben? Besteht zum Beispiel keine Gefahr, daß dieser... Prediger... Verdacht schöpft, was eure tatsächlichen Aktivitäten betrifft, und zu einem Problem wird?«

Angel One erkannte einen Sündenbock, so er ihm über den Weg lief. Diesen packte er bereitwillig bei den Hörnern. »Offen gestanden, Direktor, ja, er ist in letzter Zeit zu einem gewissen Problem geworden, wenn auch eher indirekt. Mein heutiger Routinebericht an den Controller beinhaltet eine kleine Komplikation, die aus dem mitunter erratischen Verhalten des Predigers entstanden ist. Unter Umständen muß ich eine kurzzeitige Verschiebung der Lieferung beantragen, die in den nächsten Tagen eintreffen soll.«

»Komplikation? Verschiebung?« zischte jetzt die Stimme des Controllers aus dem Lautsprecher. »Eine höchst ungewöhnliche Forderung. Es wäre das erste Mal!« In seiner Stimme lag ein schneidender Unterton. »Du weißt, wieviel Geld in einer Lieferung solchen Umfangs steckt, Sixteen. Ganz zu schweigen von den Unannehmlichkeiten, die unseren Leuten in Kanada entstehen würden. Ganz erhebliche Unannehmlichkeiten, wie ich betonen möchte! Mit Sicherheit würde auch Crane Control in Montreal gegen ein solches Ansinnen protestieren.«

Dann verstummte der Controller. Sein Schweigen dauerte fast eine Minute. Angel One saß da und rührte sich nicht, kein Muskel zuckte in seinem Gesicht und verriet seine Wut über die Zurechtweisung des aasigen, taiwanesischen Schwachkopfs am anderen Ende der Sprechanlage. Jetzt war er doppelt wütend: auf Jim Miller, der schuld war an dieser Demütigung, und auf den Controller, der die Gelegenheit, ihm eins auszuwischen, gehörig ausnutzte.

Angel One glaubte, eine geheime Schadenfreude bei seinem Vorgesetzten zu spüren. Sie zeigte sich nicht so sehr im Tonfall als in der Tatsache, daß jener die Gelegenheit, seinen Untergebenen nach dem Lob des Direktors abzukanzeln, so offen auskostete. Als der Controller schließlich sein Schweigen brach, bestätigte sich sein Gefühl.

»Sixteen, die Bitte um Verschiebung ist um so überraschender, als sie aus deiner Sektion kommt, die, wie wir soeben vernommen haben, so glatt und effizient funktioniert ... jedenfalls bis heute!«

Wieder folgte ein langes, abgrundtiefes Schweigen, in das Angel One am liebsten versunken wäre, um einem erneuten Gesichtsverlust zu entgehen. Dann fragte der Controller plötzlich: »Worin genau besteht denn die besagte kleine Komplikation? Und wenn sie so klein ist, warum macht sie dann eine Verschiebung des nächsten Transports aus Montreal nötig? Ich glaube, es ist höchste Zeit für deinen Bericht, einschließlich einer vollständigen Erklärung dieser Angelegenheit! Wenn ich bitten darf!«

Angel One merkte, wie er unter der ätzenden Kritik des Controllers ins Schwitzen kam. Jetzt war der Augenblick gekommen, vor dem ihm so gegraut hatte. Wieder stieg die Wut in ihm hoch, und er schwor sich, es Jim heimzuzahlen, daß er ihn in solche Verlegenheit gebracht hatte. Doch er ließ sich nichts anmerken, atmete tief durch und brachte mit enormer Willensanstrengung Körper und Geist unter Kontrolle. Dann antwortete er sachlich, sorgfältig die Worte wählend, und seine Stimme ließ weder Trotz noch Unterwürfigkeit erkennen.

»Gern, Controller. Das Problem ist folgendes. Wie Sie sich erinnern werden, habe ich dem Direktor erzählt, daß der Mann, der die Sekte offiziell leitet, ein religiöser Fanatiker ist. Er ist, wie bei solchen Leuten oft der Fall, zu einem gewissen Grad geistig gestört. In seinem Falle manifestiert sich das in der Überzeugung, er sei ein Prophet... eine Art Heiliger... seines christlichen Gottes. Er wird von der Mehrzahl seiner Anhänger in diesem Glauben bestätigt, sie halten ihn für einen von Gott erleuchteten Botschafter. In der Öffentlichkeit und bei den Medien gilt er als harmloser Spinner, der mit seinem religiösen Hokuspokus ein Vermögen macht.

Für uns ist er in zweierlei Hinsicht nützlich. Die Medien konzentrieren sich auf ihn und sein lächerliches Gebaren, damit bietet er uns das ideale Aushängeschild für unsere Drogenoperationen. Außerdem zieht er mit seinem unbestreitbaren Charisma unzufriedene und entwurzelte Jugendliche an und liefert uns damit leicht formbares Rohmaterial. Wie bereits erwähnt, sind wir durch sorgfältige Auswahl und intensives Training in der Lage, ihren Fanatismus und ihre Gewaltbereitschaft zu schüren und unseren Zwecken dienstbar zu machen, ohne daß der Prophet es ahnt. Ohne ihn hätten wir erheblich weniger Nachwuchs.

Das ist die positive Seite. Die Kehrseite davon ist, aufgrund seines fortschreitenden geistigen Verfalls bekommt er in regelmäßigen Abständen Anfälle, die mit einer vollständigen Persönlichkeitsveränderung einhergehen. Er wird abweisend und feindselig und zeigt Symptome paranoiden Verfolgungswahns gegen seine gesamte Umgebung. Diese Schübe treten immer häufiger auf, mit dem Ergebnis, daß manche Novizen schon bald die Illusionen verlieren, wenn sie merken, daß ihr neuentdeckter Abgott auf tönernen Füßen steht. Wir mußten hart durchgreifen, um gegen die allgemeine Unzufriedenheit vorzugehen. Wir hatten etwa ein halbes Dutzend Ausbruchsversuche. Bei sämtlichen Ausreißern handelte es sich um neue Mitglieder, keines besaß Kenntnisse, die uns gefährlich werden könnten –«

»Bis jetzt!« bemerkte der Controller spitz. Dann wurde sein Ton schärfer. »Ich fürchte allerdings, daß es nur eine Frage der Zeit ist, bis –«

»Andererseits«, unterbrach ihn seinerseits die hohe, kurzatmige Stimme des Direktors, »sind Organisationen wie die unsere nie völlig gegen Probleme gefeit. Auch der mächtigste Strom kann durch Treibgut gestaut werden, das er beim Fließen losreißt. Es heißt auch, die Stärke eines Baums erweist sich erst im Sturm. Daher fürchte ich…«, sagte er, den Controller parodierend, »die Zuverlässigkeit, oder gegebenenfalls das Gegenteil, von Agent Red Sixteens Organisation wird sich durch ihre Fähigkeit erweisen, auftretende Probleme zu meistern.«

»Ganz recht. Selbstverständlich, Direktor«, erwiderte der Controller schmierig. »Fahr bitte fort mit deinem Bericht, Sixteen.«

Angel One dankte dem Direktor im Geiste, daß er ihn mit der sanften Zurechtweisung des Controllers in Schutz genommen hatte. Gleichzeitig wußte er, daß dieser sich ärgerte. Leute mit Autorität sehen es nicht gern, wenn einer ihrer Untergebenen in der Gunst eines Mächtigeren steht. Angel One beschloß, das Wohlwollen des Direktors künftig zu pflegen und fuhr mit seinem Bericht fort.

»Vorgestern nacht versuchten wieder einmal zwei Novizen zu fliehen. Einer schaffte es nicht einmal bis zum Zaun. Er wurde von unseren Wachhunden geschnappt und getötet. Der andere wurde wenige Meilen vom Stützpunkt entfernt aufgegriffen, allerdings hatte er sich bis zum nächsten Telefon durchgeschlagen und seine Eltern angerufen. Er konnte ihnen gerade noch sagen, er sei auf dem Weg nach Hause, bevor ich ihn zum Schweigen brachte –«

»Für immer?« fragte der Direktor.

»Nein, Direktor. Das schien in diesem Moment nicht angebracht. Es bestand die Gefahr von Augenzeugen. Der Ort war offen zugänglich. Im Stützpunkt habe ich den Jungen verhört und bis zu seiner Hinrichtung in Einzelhaft gesteckt. Sie wird vollstreckt, sobald ich sicher bin, daß wir keine Einmischung von außen zu befürchten haben.«

»Verstehe. Gut. Weiter«, befahl der Direktor.

Angel One nippte an dem eisgekühlten Wasser, das neben ihm stand, und fuhr fort. »Aufgrund des Anrufs jedoch begannen die Eltern sich Sorgen zu machen, als der Junge nicht nach

Hause kam, und sie haben offensichtlich einen Privatdetektiv engagiert, der ihn ausfindig machen soll. Er ist heute nachmittag in Begleitung des örtlichen Sheriffs erschienen. Die beiden baten um ein Gespräch mit dem Jungen, worauf ihnen mitgeteilt wurde, daß sie morgen vormittag Antwort erhielten. Wir werden das Gespräch zulassen, es bedeutet keine Gefahr für uns. Bis dahin wird der betreffende Jugendliche lammfromm sein. Der Sheriff kommt bereits in dem Glauben, einen psychisch gestörten Patienten in einem Sanatorium zu besuchen. Er wird uns keine Schwierigkeiten bereiten.

Das Problem, von dem ich gesprochen habe, ist der Privatdetektiv. Hin und wieder mußten wir bezahlten Schnüfflern wie ihm einen Denkzettel verpassen. Dabei mußten wir erfahren, daß sie sich als besonders hartnäckige Plage erweisen, sobald sie einmal Verdacht geschöpft haben. Im vorliegenden Fall war er gerissen genug, sich die Unterstützung und – wie er glaubt – den Schutz des Sheriffs zu sichern. Aufgrund meiner Erfahrung mit Leuten wie ihm gehe ich davon aus, daß er ein zweites Mal aufkreuzt, um auf eigene Faust herumzuschnüffeln... dann werden wir kurzen Prozeß mit ihm machen! Dies ist der Grund, warum ich um eine Verschiebung des Transports bitte – nur um zwei oder drei Tage –, bis der Privatdetektiv als potentielle Gefahr aus dem Weg geräumt ist. Damit bin ich mit meinem Bericht am Ende.«

Es folgte ein mehrminütiges Schweigen, währenddessen die unsichtbaren Chefs die soeben erhaltenen Informationen und die damit verbundene Bitte diskutierten.

»Nun gut, Sixteen«, ertönte die Stimme des Controllers. »Deiner Bitte um Verschiebung des Transports aus Montreal wird stattgegeben, trotz der großen Unannehmlichkeiten, die dies für alle Beteiligten nach sich zieht. Trotzdem solltest du alles tun, um das Problem so zeitig aus der Welt zu schaffen, daß die Lieferung, wenn irgend möglich, termingerecht erfolgen kann. Du wirst mich über den Fortgang der Dinge auf dem Laufenden halten.«

»Selbstverständlich, Controller«, sagte Angel One und nickte steif in das starre Auge der Kamera.

Nach einer weiteren, kurzen Pause fragte der Controller: »Du hast gesagt, bis zum geplanten Gespräch mit dem Sheriff und dem Privatdetektiv wäre der betreffende Jugendliche lamm-fromm. Wie sicher bist du dir... daß sie keinen Verdacht schöpfen werden und weitere, ernsthafte Komplikationen ausgeschlossen sind?«

»Ich verbürge mich dafür«, entgegnete Angel One zuversichtlich.

»Mit deinem Leben?« Der samtige Ton, in dem die Frage gestellt wurde, war trügerisch.

Zu spät erkannte Angel One die Falle, die der Controller ihm gestellt hatte. Die Erleichterung, den unangenehmen Teil des Berichts hinter sich zu haben, hatte ihn unvorsichtig werden lassen. Er verfluchte sich für seine Blödheit und zögerte nur ganz kurz, bevor er stoisch erwiderte: »Ja... wenn nötig, mit meinem Leben.«

»Mach keinen Fehler, Sixteen«, warnte der Controller. »Wenn du versagst und der Transport aus Montreal in irgendeiner Weise beeinträchtigt wird... dann wird es nötig. Du kennst den Preis, den unsere Organisation für schwerwiegendes Versagen fordert.«

Bevor Angel One darauf reagieren konnte, schaltete sich der Direktor ein. »Das ist wohl wahr. Aber ich bin sicher, eine so drastische Strafe wird in diesem Fall nicht nötig werden. Ich habe volles Vertrauen, daß Agent Red Sixteen das Problem lösen wird, wenn er mit demselben Geschick agiert, das er beim Aufbau und Betrieb seiner Sektion gezeigt hat.«

Wieder war rechtzeitig Schützenhilfe aus dieser unerwarteten Ecke gekommen. Vielleicht hegte der Direktor ja dieselbe Antipathie gegen den aasigen, selbstgefälligen Controller wie er selbst, kam es Angel One in den Sinn. Oder vielleicht war das seine Art, seine Regionalleiter an der Kandare zu halten – indem er sich in bestimmten Situationen deren Untergebenen gewogen zeigte, um diskret darauf hinzuweisen, daß niemand eine Garantie auf seinen Posten hatte.

»Ich muß allerdings betonen, Angel Red Sixteen«, fuhr der Direktor fort, »daß der Controller durchaus zurecht die Besorgnis äußert, durch eine Panne könne der bevorstehende Transport beeinträchtigt werden. Die Effizienz, mit der du deine Sektion bisher geleitet hast, hat uns veranlaßt, diesmal die doppelte Menge über deinen Stützpunkt einzuführen. Die Entscheidung fiel aufgrund eines unvorhergesehenen Notfalls. Der Controller wird ihn dir erläutern…«

»Selbstverständlich, Direktor«, sagte der Controller beflissen. »Die Situation ist folgende, Sixteen. Tiger Control hat um Hilfe gebeten beim Umleiten seiner nächsten Lieferung, die, je nach Wetter, in den nächsten drei oder vier Tagen im Hafen von Chicago ankommen und noch nachts verladen werden sollte. Offenbar hat jedoch ein Arbeitskampf die Docks lahmgelegt, und es sieht so aus, als würde der Streik länger dauern.

Daher hielt Tiger Control es für sinnvoller, die Ware nach Montreal, in unseren Hafen umzuleiten, statt das Risiko einzugehen, daß sie auf unbestimmte Zeit in den bestreikten Docks von Chicago festliegt. Ich sah keinen Grund, ihnen unsere Unterstützung zu verweigern und habe der Bitte stattgegeben. Ich halte es für das beste, beide Ladungen, ihre und unsere, auf einmal einzuführen, auch wenn dies eine Verdoppelung unserer Kapazitäten erfordert. Ich halte dieses Vorgehen für weniger riskant als die Lieferungen separat, mit einem oder zwei Tagen Abstand einzuführen.

Du verstehst jetzt vielleicht, warum dein Bericht, verbunden mit der Bitte um Verschiebung, uns große Unannehmlichkeiten bereitet. Ganz zu schweigen von dem Gesichtsverlust für Dragon Control, sollten wir eingestehen müssen, daß die Verschiebung eines Transports im Wert von mehreren Millionen Dollar an unserer Unfähigkeit liegt, mit dem lächerlichen Problem eines jugendlichen Ausreißers und eines neugierigen Privatdetektivs fertigzuwerden!«

Die Spitze saß. Es kostete Angel One einige Anstrengung, seine Wut zu verbergen und nach außen hin ruhig zu bleiben. Schließlich brach der Direktor das lastende Schweigen.

»Bevor wir zum Abschluß kommen, Agent Red Sixteen – mir ist da ein Gedanke gekommen bezüglich des Problems, das du vorhin erwähnt hast… der zunehmenden Geistesgestörtheit dieses Predigers, der die Sekte leitet. Wenn ich mich nicht irre, war der merkwürdige Christengott, dem er nachfolgt – von Beruf Zimmermann, glaube ich –, den damaligen Behörden ein

Dorn im Auge, weshalb sie beschlossen ihn hinzurichten. Soweit man weiß, beschränkte sich die Anhängerschaft des Zimmermanns bis dahin auf ein paar tausend Leutchen in der Gegend, die etwa dem heutigen Israel entspricht.

Es ist geschichtlich erwiesen, daß sich beides mit seinem Tod radikal geändert hat. Einerseits war er als Gefahr beseitigt, sowohl als ketzerischer Erneuerer des Judentums als auch als potentieller Revolutionsführer gegen die Römer. Andererseits brachte ihm sein Märtyrertod erst Zigtausende, dann Millionen Anhänger und machte ihn schließlich zum Gott einer Weltreligion.

Vielleicht ließe sich hier eine Parallele ziehen. Angenommen, du würdest dir einen günstigen Augenblick aussuchen und einen... Unfall arrangieren, dann hättest du keine Schwierigkeiten mehr mit deinem Prediger, andererseits erhielte er den Status eines Pseudo-Märtyrers, was dir, davon bin ich überzeugt, den kontinuierlichen Nachschub an Konvertiten und damit das nötige Rohmaterial garantieren würde. Viele Jugendlichen in diesem Lande scheinen eine morbide Faszination für tote Helden aus der Unterhaltungswelt zu haben, du würdest also einem Trend folgen und nicht etwa einen Präzedenzfall schaffen. Ich würde gern deine Meinung zu meiner kleinen Theorie hören, Agent Red Sixteen.«

Angel One ließ ein leichtes Lächeln auf seine Lippen treten, als er respektvoll in die Kamera nickte.

»Ich bin ganz Ihrer Meinung, daß es von Vorteil wäre, den Prediger loszuwerden, da er uns allmählich mehr Schaden als Nutzen bringt«, begann er. »Auch stimme ich Ihnen zu, daß sein Tod ihn in den Augen derer, die naiv genug sind, ihm nachzulaufen, zum Märtyrer machen würde. Offen gestanden, die Idee mit dem... Märtyrer, wie Sie es nennen... ist mir kürzlich selbst gekommen. Ich werde Ihren Vorschlag eingehend in Erwägung ziehen, Direktor.«

Es folgte eine Pause, dann sagte der Controller energisch: »Nun, damit ist das Geschäftliche vorerst erledigt, Sixteen. Du wirst benachrichtigt, wenn die doppelte Ladung zur Abfahrt in Montreal bereitsteht. Datum und Uhrzeit der Übernahme werden festgelegt, sobald du deine gegenwärtigen Probleme aus der

Welt geschafft und die Situation wieder unter Kontrolle hast. Du wirst mir unverzüglich Bescheid geben.«

»Selbstverständlich, Controller«, antwortete Angel One. Er blieb noch einige Sekunden sitzen, bis er sicher war, daß das Gespräch beendet war. Als kein Laut mehr aus dem Lautsprecher kam, stand er auf und wartete auf seine Eskorte. Er drehte sich um und wollte zur Tür gehen, doch schon nach dem ersten Schritt stoppte ihn von hinten die Stimme des Controllers. Angel One wurde augenblicklich klar, daß der Direktor den Raum, in dem sie sich aufgehalten hatten, bereits verlassen hatte – die Worte des Controllers bestätigten seine Vermutung.

»Ach, Sixteen ... bevor du gehst ... ich habe zu Ehren des Direktors eine kleine Vorführung bestellt. Damit er sich ein bißchen amüsiert. Ich möchte, daß auch du sie dir ansiehst.« Angel One stand reglos mit dem Rücken zur Kamera und wartete. Ein drohender Unterton schlich sich in die sanfte Stimme. »Sie dürfte ... aufschlußreich ... für dich sein und unterhaltsam. Damit wir uns recht verstehen ... sollte ich je deine Bürgschaft einfordern müssen, wirst du heute abend auch Zeuge deiner eigenen Zukunft.« Die Stimme aus dem Lautsprecher verstummte.

Falls der Controller den Affront von Angel One, der ihm demonstrativ den Rücken zuwandte, begriff, so beschloß er, ihn zu ignorieren. Unmittelbar nach dem letzten Wort klickte das elektronische Schloß und die Tür öffnete sich lautlos. Draußen wartete sein Begleiter. Angel One wurde durch den langen Korridor im ersten Stock und an der breiten Treppe vorbei in den gegenüberliegenden Flügel des Hauses zu einer Tür geführt, die sich auf Knopfdruck öffnete. Auch jetzt folgten ihnen von dem Moment, da sie das Gesprächszimmer verlassen hatten, lautlos die Videokameras hoch oben in der Decke. Das Sicherheitssystem war in dieser Höhle der Gold Dragon Triade perfekt.

Wie zuvor wurde Angel One ein Zeichen gegeben einzutreten. Überrascht erkannte er, daß er auf einem schmalen Zuschauerbalkon stand, aus drei Reihen bequemer Polsterstühle mit Armlehnen, sechs Plätzen pro Reihe und einer schräg nach außen ansteigenden Verglasung. Die Scheiben waren dick, wahrscheinlich kugelsicher, dachte Angel One, und braun getönt, um vor Blicken von außen zu schützen.

Vom Balkon aus blickte man auf einen vier Meter tiefer liegenden, großen, leeren Raum hinab. Er war etwa zehn mal zehn Meter groß, und der Boden war vollständig mit einer wattierten weißen Leinenmatte bedeckt, die den Raum in eine Kampfsportarena verwandelte. Angel One wurde durch die Stimme des Controllers, die am anderen Ende des Balkons aus einem Lautsprecher in der Wand drang, in der Begutachtung seiner Umgebung unterbrochen.

»Nimm Platz, Sixteen. Du wirst jetzt gleich eine Hinrichtung miterleben, die von unserem Exekutivrat angeordnet wurde. Wie gesagt, dürftest du sie aufschlußreich und unterhaltsam finden. Besonders in Hinblick auf deine Gewähr, was den Erfolg der nächsten Lieferung betrifft – und den Preis, falls etwas schiefgehen sollte!«

29

Angel One nahm die kaum verhohlene Drohung des Controllers achselzuckend zur Kenntnis und setzte sich in die vorderste Reihe. In seinen Augen war der Mann ein Narr, und er hatte nur Verachtung für ihn übrig. Man sollte seine potentiellen Gegner genau abschätzen, bevor man Drohungen ausspricht. Ein starker Gegner wäre durch Feindseligkeiten nur gewarnt und würde sich dann doppelt in Acht nehmen. So etwas konnte sogar kontraproduktiv sein, wenn der Gegner beschloß, der Drohung mit einem eigenen Angriff zuvorzukommen!

Angel One studierte Aufbau und Anordnung der Arena mit großem Interesse. Dabei fiel ihm auf, daß die Balkone an den anderen drei Seiten ebenfalls mit getönten Scheiben verglast waren. Damit konnte die Arena von vier separaten, identischen Kabinen aus eingesehen werden. In der Kabine gegenüber sah Angel One undeutlich zwei Gestalten, eine dünne und eine dicke, hinter der schrägen, dunklen Scheibe sitzen. Er vermutete, daß es sich um den Controller und den Direktor handelte.

In diesem Moment ertönte erneut die Stimme des Controllers aus dem Lautsprecher in der Wand. »Die Hinrichtung, die du gleich erleben wirst, Sixteen, findet in Form eines Schwertkampfes statt … auf Leben und Tod … zwischen den beiden Verurteilten. Einer von ihnen wird sterben. Der andere, falls er die eventuell beigebrachten Verletzungen übersteht, darf weiterleben … bis zum nächsten Kampf … und zum übernächsten … bis er selbst irgendwann geschlagen und getötet wird. Angemessen, findest du nicht?

Doch ich gebe zu, ich habe die Idee aus einer englischen Operette, die im mittelalterlichen Japan spielt. Darin denkt sich der Herrscher Japans, der Mikado, da er die Todesstrafe ablehnt, ein geniales Verfahren aus, um Hinrichtungen zu verhindern. Er ernennt den zum Tode verurteilten Verbrecher, der als nächster hingerichtet werden soll, zum Oberhofhenker. Damit hat der Staat einen Scharfrichter, der niemanden köpfen kann, bevor er sich nicht selbst geköpft hat!

Das amüsante Konzept hat mich fasziniert, und ich habe es für unsere Zwecke modifiziert. Bei uns sind beide, der Scharfrichter und sein Opfer, zum Tode verurteilt, wie in der Oper – allerdings mit dem Unterschied, daß der Scharfrichter gegen sein Opfer in einem tödlichen Zweikampf antreten muß. Seine einzige Chance, sein Leben zu verlängern, besteht darin, einen Gegner nach dem anderen zu schlagen. Das Opfer wiederum wird so zum Herausforderer für den Posten, seine einzige Chance besteht darin, den Scharfrichter zu töten.

Der Überlebende wird gut ernährt und behandelt und erhält angemessene Trainingsbedingungen, um seine Kampfkraft aufrecht zu erhalten. Allerdings wird ihm bei jedem Kampf ein Handicap auferlegt … die Wahl der für einen Zweikampf geeigneten Waffen hat nämlich der Gegner. Natürlich hat er auch die Wahl, ohne Waffen zu kämpfen, falls er, sagen wir, in Kung-Fu oder Karate geschult ist. Der Herausforderer des heutigen Abends hat das japanische Katana gewählt, besser bekannt als Samurai-Schwert. Es dürfte ein unterhaltsames Schauspiel werden.«

Bei den letzten Worten öffneten sich gleichzeitig zwei gegenüberliegende Türen in der Arena unter ihnen. Zwei weißuniformierte Bedienstete kamen herein, jeder mit einem blanken Katana, dem japanischen Zweihandschwert, der Waffe der Samuraikrieger aus vergangenen Zeiten. Die Sekundanten blieben nach wenigen Schritte stehen, legten die Schwerter auf die Matte, drehten sich um und gingen wieder hinaus.

Sofort darauf betraten zwei neue Figuren die Arena. Die eine trug einen weiten, schwarzen Kampfanzug, wie er bei Judo- oder Karatekämpfen üblich ist. Auf dem Rücken der Jacke prangte, mit goldener und roter Seide abgesetzt, ein feuerspeiender, geschwungener Drache mit erhobener Tatze. Die andere trug einen einfachen, weißen Kampfanzug ohne Motiv. Beide waren barfuß und, wie die Sekundanten, Chinesen. Sie waren Anfang zwanzig, schlank, und wirkten durchtrainiert.

Kaum waren sie eingetreten, schlossen sich die Türen hinter ihnen und sperrten sie mit unerbittlicher Endgültigkeit in der Arena ein. Sie beäugten sich mißtrauisch, bückten sich und hoben die blanken Schwerter zu ihren Füßen auf. Der Stahl der messerscharfen, langen Klingen glänzte tückisch im hellen Deckenlicht. Trotz seiner Verachtung für die barbarische Idee des Controllers, zwei Männer zur Unterhaltung eines unsichtbaren Publikums auf den Rängen zu einem Kampf auf Leben und Tod zu zwingen, erfaßte Angel One eine primitive Erregung.

Die Kämpfer schritten langsam aufeinander zu und blieben etwa zwei Meter voneinander entfernt stehen. Jetzt war deutlich zu erkennen, daß der schwarzgekleidete Scharfrichter mit dem Drachen auf dem Rücken etwa fünf Zentimeter größer war, wodurch er seinem kleineren, weißgekleideten Kontrahenten gegenüber, was die Reichweite betraf, im Vorteil war. Sie sahen sich einige Sekunden lang reglos an. Jeder wußte, daß er wahrscheinlich seinem Tod ins Auge sah, doch keiner zuckte auch nur mit der Wimper. Dann verbeugte sich der weißgekleidete Herausforderer höflich, und sein Gegner erwiderte die Begrüßung.

Nachdem die Eröffnungsformalitäten absolviert waren, sprangen beide plötzlich in die Ausgangsposition, setzten einen Fuß nach vorn und hielten das zweihändige Schwert so mit angewinkelten Armen empor, daß die Spitze über der rechten Schulter senkrecht nach oben deutete. Es wirkte ungelenk, doch in Wirklichkeit hielten beide Kämpfer perfekt das Gleichgewicht – die Waffe verschmolz mit dem Mann zu einer tödlichen Einheit aus Muskeln und Stahl.

Ganz langsam begannen sie, auf lautlosen Sohlen im Uhrzeigersinn zu kreisen und lauerten, ob der andere sich öffnete oder eine überraschende Bewegung machte. Plötzlich starteten beide gleichzeitig mit einer blitzschnellen Bewegung eine Attacke, täuschten an, schlugen zu und parierten. Wie stahlblaues Feuer glänzten die wirbelnden, klirrenden Schwerter in der Luft. Dann lösten sie sich ebenso überraschend mit einem Sprung voneinander und verfielen wieder in langsames Kreisen.

Noch zweimal griffen sie in schneller Folge an. Die blinkenden Schwerter sausten durch die Luft und schlugen aufeinander, da jeder lebensgefährliche Schlag pariert wurde. Noch zweimal lösten sie sich und setzten ihren langsam kreisenden Todestanz fort.

Dann täuschte der Herausforderer plötzlich einen Stoß gegen die Kehle seines Gegners vor und verwandelte den Angriff mit stählernem Handgelenk blitzschnell in einen bogenförmigen Schlag gegen die rechte Halsseite. Der schwarze Scharfrichter blockte beide Attacken ab, der Stahl klirrte, als die Klingen aufeinandertrafen, dann verwandelte er ebenso schnell seine Parade in einen weitausholenden Schnitt gegen den linken Brustkorb seines Gegners.

Doch das anvisierte Ziel war nicht mehr da, die flinke, weiße Gestalt war mit einen Sprung rückwärts dem tödlichen, eiskalten Feuerschweif ausgewichen. Allerdings nicht schnell genug – oder sie hatte die überlegene Reichweite ihres Gegners falsch berechnet, denn die Spitze des Schwerts schlitzte das lose, weiße Oberteil mit einem sauberen Schnitt auf. Ein feiner roter Strich zeichnete sich ab – der messerscharfe Stahl hatte ihm die Haut am Bauch aufgeritzt.

Die Augen des Scharfrichters verengten sich, als er die aufgeschlitzte Jacke sah und das Blut, das aus der flachen Wunde sikkerte und einen größer werdenden Blutfleck auf dem weißen Stoff hinterließ. Ermutigt startete er eine erneute Attacke mit einer verwirrenden Vielzahl von Schnitten und Kombinationen. Achter-Variationen wechselten sich mit diagonalen Abwärts- und Aufwärtsschnitten und flachen Bögen ab. Die uralten Klingen krachten und klirrten und sangen ihr metallisches Lied vom

Tod mit glockenhellen Stimmen – der hundertmal gehärtete Stahl schwang wie zwei überdimensionale Stimmgabeln.

Der Herausforderer parierte jeden Hieb gekonnt, doch er befand sich jetzt eindeutig in der Defensive. Er wirkte leicht demoralisiert, da sein Gegner ihn als erster verwundet hatte. Der andere wiederum schien an Selbstbewußtsein zu gewinnen, spürte, daß er den Sieg schon fast in Händen hielt und attackierte sein Gegenüber immer heftiger. Die Gesichter der Kontrahenten glitzerten mittlerweile vor Schweiß. Als wäre er lebendig, ringelte sich der rotgoldene Drache auf dem schwarzen Rücken des Scharfrichters, der mit seinen muskulösen Schultern den Rhythmus der weit ausschwingenden Klinge beizubehalten suchte.

Oben auf dem Rang spannte Angel One erwartungsvoll die Muskeln an, als der Herausforderer in verzweifelter Verteidigung einen potentiell tödlichen Fehler beging, eine schwerfällige Parade, die ihn für einen Moment ungeschützt ließ gegen einen diagonalen Hieb von oben zwischen Hals und linke Schulter. Er bot die Blöße nur für den Bruchteil einer Sekunde, doch einem Schwertmeister genügt eben dieser Bruchteil einer Sekunde – der hauchdünne Spielraum zwischen Leben und Tod.

Das japanische Katana ist in erster Linie eine Schnittwaffe. Die einschneidige, perfekt austarierte Klinge wird hauptsächlich in einem nach innen gezogenen Schnitt geschwungen, bei dem der Kämpfer den langen Griff von oben nach unten zu sich heranzieht. Mit der Kraft seiner Schultern, Arme und Handgelenke schwingt, schlägt und zieht er die Waffe, und jede der perfekt koordinierten Bewegungen geht harmonisch in die nächste über.

Das Katana kann auch dazu verwendet werden, den Gegner zu durchbohren, obwohl sich in der japanischen Kunst des Schwertkampfs die Gelegenheit dazu nicht oft bietet. Es erfordert perfektes Timing, den selbstmörderischen Stoß gegen einen Gegner erfolgreich einzusetzen, der einen mit einer ein Meter langen, achterschwingenden Klinge am ausgestreckten Arm in Schach zu halten versucht. Doch gegen einen unachtsamen oder zu selbstbewußten Gegner, der sich eine tödliche Blöße gibt, läßt er sich anwenden. Genau das geschah.

Der Scharfrichter bemerkte die kurze Unachtsamkeit seines Gegenübers, erkannte die Gelegenheit, ihn mit einem »Königsschlag« – diagonal von der linken Schulter zur rechten Hüfte – ins Jenseits zu befördern, und reagierte sofort. Unwillkürlich stieß er einen Triumphschrei aus und sprang, mit erhobener Klinge zum tödlichen Schlag ausholend, auf den todgeweihten Gegner zu.

Der Herausforderer reagiert mit der Schnelligkeit einer Schlange. Blitzartig korrigierte er die fatale Stellung seines Schwerts, stürzte sich nach vorn und stieß zu. Fast zu schnell, um vom menschlichen Auge wahrgenommen zu werden, verwandelte sich die Klinge in einen gleißenden Blitz und bohrte sich dem Gegner genau in den Solarplexus.

Die schwarze Gestalt des Scharfrichters, das Schwert noch hoch über dem Kopf, erstarrte mitten in der Bewegung, als die tödliche Klinge des Gegners seine Eingeweide durchbohrte und hinten wieder herauskam und der goldene Drache plötzlich von zehn Zentimeter Stahl aufgespießt wurde. Das grausige Tableau währte nur einen Augenblick, dann machte der Sieger einen Schritt rückwärts und zog das Schwert mit einem kräftigen Ruck heraus.

Der Geschlagene wankte, das hocherhobene Schwert glitt ihm aus den gefühllosen Fingern und fiel hinter ihm auf die Matte. Er ging in die Knie, starrte mit aufgerissenen Augen seine Nemesis an, bleckte die Zähne und hielt sich den Bauch mit den Händen gegen den rasenden Schmerz in seinen Eingeweiden.

Wie es das Zeremoniell von einem Schwertkampfmeister fordert, trat der Sieger zurück und zollte dem tödlich Getroffenen mit einer Verbeugung seine Hochachtung. Der Sterbende erwiderte die Geste mit einem ruckartigen Nicken, zu mehr war er nicht mehr fähig.

Zwei blutige Rinnsale sickerten ihm aus den Mundwinkeln, er verdrehte die Augen, fiel nach vorn und schlug mit dem Gesicht auf den Boden. Der weißgekleidete Sieger blickte zuerst auf die ausgestreckte Gestalt zu seinen Füßen und dann nach oben zu den undurchsichtigen Scheiben. Sein Gesicht war von Triumph gerötet, und aus der Siegerpose sprach deutlich Verachtung. Vermutlich gilt sie dem Controller, dachte Angel One und lächelte.

In diesem Moment öffneten sich die beiden Türen in den Wänden und je zwei Wachen in weißen Uniformjacken betraten die Arena, mit Maschinenpistolen bewaffnet. Eine der Wachen gestikulierte mit der Waffe, worauf der Sieger sich bückte, das Schwert ungerührt an der Jacke seines toten Gegners abwischte und es neben dem leblosen Körper auf die Matte legte.

Er richtete sich auf und verließ die Arena, gefolgt von den Wachen. Das abendliche Unterhaltungsprogramm war zu Ende. Ein neuer Scharfrichter hatte sich den Posten auf Zeit erkämpft.

Auf der langen Fahrt zurück zum Betlehem-Haus analysierte Angel One die Informationen, die er an diesem Abend bekommen hatte. Ihm war mehr als klar geworden, daß er sich von jetzt an vor seinem unmittelbaren Vorgesetzten, dem Controller, in acht nehmen mußte. Der Mann mißgönnte ihm offensichtlich, daß er den Stützpunkt Betlehem-Haus so erfolgreich aufgebaut hatte und so effizient leitete, daß er zum zentralen Umschlagplatz der Triade für den New Yorker Drogenmarkt geworden war. Die lobenden Worte, die der Direktor heute abend für seine Operation gefunden hatte, würden diese Mißgunst nur noch steigern.

Nach der Falle, mit der der Controller ihn dazu gebracht hatte, für den bevorstehenden Doppeltransport mit seinem Leben einzustehen, und der brutalen Demonstration in der Todesarena machte sich Angel One keine Illusionen über das Schicksal, das ihn erwartete, falls etwas schiefgehen sollte.

Er hatte also drei Probleme zu lösen: erstens der Millerjunge. Wenn das Interesse an ihm erst verflogen war, mußte er liquidiert werden, damit so etwas nicht noch einmal vorkam. Zweitens der Privatdetektiv, der bei dem Gespräch mit dem Jungen dabeisein wollte. Er brauchte einen Denkzettel – andernfalls müßte er ebenfalls liquidiert werden. Sollte es soweit kommen, würde man mit Bedacht vorgehen müssen, da er ganz offensichtlich Verbindungen zur Polizei hatte. Drittens der Prophet. Der hatte seine Schuldigkeit getan. Ihn zum Märtyrer zu machen, wie der Direktor es genannt hatte, war wohl die beste Lösung. Irgendein Unfall vielleicht.

Er beschloß, seine drei Kollegen am Morgen zu einer Strategiesitzung zusammenzurufen, um sämtliche Punkte zu besprechen. Das Allerwichtigste war im Moment die Sicherheit des bevorstehenden Drogentransports. Die Tatsache, daß diesmal auch die für Tiger Control bestimmte Lieferung über das Betlehem-Haus geleitet wurde, bedeutete, daß er und seine Operation doppelt streng überwacht würden, daher war es um so wichtiger, daß nichts schiefging. Er schwor sich grollend, daß ihm nichts und niemand in die Quere kommen solle. Er hatte sein Leben für einen erfolgreichen Ausgang verpfändet – dasselbe sollte für jeden gelten, der versuchte, ihm dazwischenzupfuschen.

30

Der Killer war wieder auf den Straßen von New York unterwegs – die zweite Nacht hintereinander. Sein Geist war aufs Neue erfüllt von der reinen Flamme seiner heiligen Mission. Einer Flamme, die von dem brennenden Verlangen in seinen Lenden genährt wurde – einem alles verzehrenden, unersättlichen Verlangen –, seine Mission – und sich selbst – zu befriedigen und die Welt vom Makel der Unzucht zu befreien.

Er spürte das geweihte Instrument dieser Befreiung in der Scheide, die er sich ans linke Handgelenk geschnallt hatte. In seinem kranken Geist teilte es die heilige Mission, als besäße es einen eigenen Willen. Bald würde es seinen Durst am schmutzigen Blut einer Hure stillen und damit auch das Feuer seines eigenen Verlangens löschen. Für eine Weile.

So kurz nach einem Mord war es noch nie geschehen. Doch sie war wieder da, so stark wie eh und je, diese krankhafte Mordlust, die seinen Verstand übermannte und von seinem gesamten Wesen Besitz ergriff. Er war ein Lustmörder, im wörtlichen Sinne. Denn er litt an der gefährlichsten aller psychischen Störungen – sein Zwang zu morden war sexuell bedingt. Er konnte sich von diesem Zwang nur durch die orgastische Erleichterung befreien, die er erfuhr, wenn er seinem auserwählten Opfer das Messer in den Leib stieß.

Heute abend war es die leidenschaftliche, emotionsgeladene

Atmosphäre des Kreuzzuges gewesen, die ihn, so bald nach der letzten Befreiung, in erneute Erregung versetzt hatte. Die emphatische Stimmung, die der Chorgesang und die kraftvolle Predigt mit ihrer sexuellen Thematik hervorgerufen hatten, wie auch die Massenhysterie, mit der das Publikum sie aufgenommen hatte, hatten seinen schwindenden Sinn für die Realität mit vereinten Kräften überwältigt und hinweggefegt.

Wieder einmal war sein Geist in die Dämmerungen des Wahnsinns abgeglitten. Immer heftiger nagte der Drang zu morden an seinem kranken Hirn, als er die belebten Straßen der nächtlichen Stadt wie ein tollwütiger Wolf auf der Suche nach Beute durchstreifte.

31

Carla Menotti langweilte sich. Spontan beschloß sie, ihrer Lieblingsbeschäftigung nachzugehen, die darin bestand, auf der Straße den erstbesten attraktiven Mann aufzugabeln und nach Hause für eine heimliche Liebesnacht abzuschleppen. Das damit verbundene Risiko machte die Sache nur noch reizvoller.

Die große, aschblonde Schönheit mit den grünen Augen und der makellosen Figur war, was man eine Edelnutte nennt. Sie hatte bei einer teuren, diskreten Agentur als Hostess für gehobene Kunden gearbeitet, als Don Bruno Neroni Gefallen an ihr fand, das Oberhaupt der gleichnamigen Mafiafamilie und beinahe unumschränkter Herr über Drogen, Prostitution und Schutzgelderpressung in Manhattan. Früher hätte man sie eine Gangsterbraut genannt – oder, in vornehmeren Kreisen, eine Mätresse.

Neroni hatte sie in einem Penthouse in der Park Avenue einquartiert, das mit jedem erdenklichen Luxus ausgestattet war. Es hatte alles, was man sich nur vorstellen konnte – eine im Boden versenkte Badewanne in Form eines Mini-Swimmingpools, Fernseher in jedem Zimmer, eine gut bestückte Bar, ein drehbares, rundes Bett, und die Küche war mit so vielen High-Tech-Geräten ausgestattet, daß sie aus dem Film *Krieg der Sterne* hätte stammen können.

Neroni überhäufte sie mit exotischen Pelzen und kostbarem Schmuck. Er verwöhnte sie in den teuersten New Yorker Nobelrestaurants. Er bezahlte alle ihre Rechnungen und stellte ihr ein großzügiges monatliches Taschengeld zur Verfügung, von dem sie das meiste umgehend auf einem Geheimkonto deponierte für den Tag, an dem sie in Ungnade fallen oder durch eine neue Gespielin ersetzt werden würde. Geld brauchte sie jedenfalls fast keines, auch nichts Bares, höchstens für Trinkgeld. Alle ihre Einkäufe, von Kosmetika und Klamotten über Möbel bis hin zum Essen, wurden über Spezialkonten bei den betreffenden Läden abgerechnet.

Für dieses Luxusleben mußte sie nur eines tun: sein exklusives Eigentum sein und ihm jederzeit zur Verfügung stehen. Zum Beispiel seinen Arm bei einer Broadway-Premiere zieren, als charmante Gastgeberin fungieren bei einem der rauschenden Feste, die er von Zeit zu Zeit für auswärtige Dons gab, oder für Sex. Was letzteres betraf, beanspruchte Neroni sie nicht über Gebühr. In sexuellen Dingen war er ein Romantiker alter Schule. Wenn er mit ihr ins Bett wollte, was duchschnittlich einmal alle vierzehn Tage vorkam, erhielt sie einen diskreten Hinweis auf den geplanten abendlichen Besuch in Form einer einzelnen roten Rose, die ihr im Laufe des Tages durch einen Spezialkurier zugestellt wurde.

In den ersten Monaten ihrer Beziehung hatte sich Carla über das heikle Thema Gedanken gemacht, wie sie ihn abwimmeln konnte, ohne ihn zu beleidigen oder in Verlegenheit zu bringen, sollte einer seiner geplanten Besuche mit ihrer Menstruation zusammenfallen. Das war jedoch nie passiert. Sie hatte es schlicht für glückliches Timing von seiner Seite gehalten, bis ihr der wahre Grund dämmerte. Er bestand, wie sich herausstellte, in ihrem Mitbewohner, dem ständigen Begleiter, Aufpasser und persönlichen Leibwächter Giovanni Furino.

Bruno Neroni war nicht nur in romantischen Angelegenheiten konservativ. Auch was die weiblichen Familienmitglieder betraf, war er ein altmodischer Sizilianer – extrem besitzergreifend und ungeheuer eifersüchtig. Wer dumm oder dreist genug war, sich an Neronis Frauen zu vergreifen, war ein toter Mann.

Doch der Gesichtsverlust, das Einbüßen von Respekt war eine

Schande, die keine Rache auslöschen konnte. Das war das Schlimmste für einen Sizilianer, un becco zu sein, ein Hahnrei! In solchen Dingen war Vorsicht besser als Nachsicht. Daher hatte Neroni mit großer Sorgfalt einen zuverlässigen Statthalter bestimmt, der als kombinierter Bewacher und Beschützer fungieren sollte.

Furino war kein Eunuch, aber für einen Vertrauensjob wie diesen die zweitbeste Wahl. Furino war schwul. Außerdem zählte er zu den besten Soldaten der Familie. Er war erst fünfundzwanzig, doch er hatte sich mit seinem ersten Mord vor fünf Jahren auf spektakuläre Weise die Sporen verdient. Mit Hilfe seines Unternehmungsgeistes, seiner dunklen, femininen Züge und seiner schlanken Figur hatte er einen Caporegime der rivalisierenden Tardelli-Familie erledigt und seinen Don auf sich aufmerksam gemacht.

Es geschah in einem dieser kurzen, aber heimtückischen Familienkriege, die von Zeit zu Zeit um umstrittene Territorien oder bestimmte Geschäftsbereiche ausbrechen. Der Tardelli-Clan hatte begonnen, auf dem Prostitutionssektor in Neronis Territorium einzudringen. Zuhälter waren zusammengeschlagen, Bordelle verwüstet und geschlossen und Mädchen eingeschüchtert oder gar abgeworben worden – all die mafiaüblichen Methoden, um einen rivalisierenden Clan zu verdrängen.

Der für die Kampagne zuständige Caporegime der Tardellis, ein gewisser Renato Milanese, hatte sich als gerissener, skrupelloser Gegner erwiesen und der Neroni-Familie immer wieder ungestraft Schläge versetzt. Mehrere Soldaten waren erschossen worden, doch sämtliche Gegenattacken der Familie hatten nichts eingebracht. Milanese war immer einen Schritt voraus. Also hatte Don Bruno Killer auf ihn angesetzt. Doch die Sache war gar nicht so einfach und äußerst riskant.

Dreimal wurden Spezialisten von auswärts herangezogen, sie verschwanden jedesmal spurlos. Als schließlich keine auswärtigen Killer den Job mehr annahmen, setzte Neroni eine Belohnung unter den eigenen Leuten aus: fünfzigtausend Dollar und Beförderung innerhalb der Organisation für denjenigen, der Milanese beseitigte.

Der junge Furino hatte eine Chance gesehen, sich früh einen

Namen zu machen. Er schlug Neroni einen phantastisch einfachen Trick vor, der, falls er klappte, ihn in unmittelbare Nähe des von Leibwächtern umgebenen Milanese brächte. Zunächst hatte der Don ihn ungläubig angehört, doch dann hatte er amüsiert gekichert angesichts des tollkühnen Plans. Er hatte die Genehmigung zu einem Versuch erteilt und die volle Unterstützung Furinos angeordnet.

Der Schlag sollte in Milaneses Lieblingsrestaurant erfolgen, Fornari's Neapolitan Restaurant in der Mott Street, im Herzen von Little Italy. Furino, der in Perücke, Frauenkleidern und Make-up erstaunlich attraktiv aussah, hatte das Restaurant am Arm eines ahnungslosen jungen Tardelli-Manns betreten. Seinen Handlanger hatte er sich eine Stunde zuvor in einer nahegelegenen Bar Tardellis sorgfältig ausgesucht, ihm zugezwinkert und sich von dem Burschen anquatschen lassen. In seinem Handtäschchen hatte Furino zwei Handgranaten aus Armeebeständen und eine nicht registrierte Saturday Night Special, Kaliber .38 mit kurzem Lauf.

Alles hatte wie am Schnürchen geklappt. Etwa zehn Minuten, nachdem Furino das Lokal betreten hatte, fuhr draußen ein Wagen vorbei und feuerte eine Maschinengewehrsalve ab, worauf sämtliche Gäste unter den Tischen Deckung suchten. Der Tisch, an dem Milanese mit seiner vierköpfigen Leibgarde zu sitzen pflegte, befand sich weit hinten, in einer abgeschiedenen Ecke des Lokals. Von dort hatte Milanese jeden im Blick, der das Restaurant betrat. Als alle Gäste auf dem Boden lagen, hatte der junge Furino schnell die Pistole und eine Handgranate aus der Handtasche gezogen. Im Lärm der Schüsse, Schreie und berstenden Scheiben jagte er seelenruhig seinem Verehrer eine Kugel in den Kopf, stützte sich auf sein nylonbestrumpftes Knie, zog den Stift aus der Granate und schleuderte sie in Milaneses Ecke. Die zweite Handgranate brauchte er nicht mehr.

Er entkam, indem er sich der panikartigen Flucht der Gäste und Angestellten aus dem brennenden Lokal anschloß und in einen Fluchtwagen sprang, der ein paar Häuser weiter gewartet hatte. Der Stern des Renato Milanese war untergegangen, und ein neuer Stern war aufgegangen: Giovanni Furino. Aufgrund seiner sexuellen Vorliebe nannten ihn die anderen Mitglieder

der Neroni-Familie »Tante Gina« – allerdings nie direkt oder in seiner Gegenwart.

Seit damals hatte er sich schnell zum Experten für Messer und Garrotte entwickelt. Letztere war ihm lieber. Es war die intimere, sinnlichere Art, ein Opfer zu töten, sie lag dem ausgeprägten sadistischen Zug seines Wesens besonders.

In einer Hinsicht verdiente er das Vertrauen seines Dons zu hundert Prozent. Er hätte nicht im Traum daran gedacht, seinen Posten als mitwohnender Aufpasser und Beschützer auszunutzen und sich an die ihm anvertraute Schönheit heranzumachen. Sex mit einer Frau reizte ihn nicht im geringsten.

Statt dessen hatte sich eine ganz andere Beziehung zwischen der einsamen Kurtisane und ihrem Mitbewohner entwickelt. Sie waren echte Freunde geworden, und ein fast geschwisterliches Band hatte ihre rein platonische Freundschaft in den zwölf Monaten ihres Zusammenlebens zementiert.

Irgendwann hatte Carla Furino gestanden, daß sie sich in ihrem goldenen Käfig langweilte und ihr Frust immer größer wurde. Andererseits wollte sie nicht das Risiko eingehen, alles zu verlieren. Sie wollte, wenn möglich, beides. Carla war eine leidenschaftliche Frau mit einem gesunden Appetit auf Sex, und die Rendezvous mit Neroni alle vierzehn Tage machten ihr nur den Mund wäßrig.

»Tja, du brauchst mich gar nicht so anzuschmachten, cara mia, du bist einfach nicht mein Typ«, hatte er geflapst. Er hatte sie eine Zeitlang nachdenklich angesehen und dann beiläufig gefragt:

»Nimmst du die Pille, Carla?«

Als sie bejahte, hatte er den Überraschten gemimt und ihr einen tadelnden Blick zugeworfen. »Soso, unser braves italienisches Mädel. Das treibst du also mit dem schnuckeligen irischen Priester während der Sonntagsbeichte! Ich wüßte auch, was ich mit ihm treiben würde...«, hatte er lüstern gesagt und der glucksenden Carla zugezwinkert.

Dann war er ernst geworden. »Weißt du was, prediletta, ich schlage dir ein Geschäft vor. Mir liegt viel daran, über alle Familienangelegenheiten auf dem laufenden zu sein. Du weißt schon... wer befördert wird, wer weg vom Fenster ist... solche

Dinge. Als brillante Gastgeberin deiner schicken, kleinen Dinnerparties hörst du sicher 'ne ganze Menge. Die Dons plaudern nicht, wenn Tante Gina in der Nähe ist, aber vor 'nem hübschen Dekorationsteil haben sie keine Hemmung – und hier kommst du ins Spiel.

Ich will aufsteigen, aber ich fürchte, dein Sugardaddy, unser geschätzter Don, betrachtet mich lediglich als nützlichen Bodyguard für deine liebliche Wenigkeit. Der Gedanke, Tante Gina könnte eines Tages Caporegime werden, kommt ihm nicht in den Sinn. Ich hab sogar immer mehr den Eindruck, daß er im Grunde seines schwarzen, sizilianischen Macho-Herzens was gegen mich hat«, hatte er geschmollt. »Er ist ein altmodischer sizilianischer Mafioso mit konservativen Moralvorstellungen. Du bist sein einziges Zugeständnis an die Tatsache, daß er auch nur ein Mensch ist und daß sein Schwanz hin und wieder was anderes braucht als die fette alte Kuh zu Hause. Da drückt er bei sich selbst ein Auge zu.« Er hatte eine Pause gemacht, um ihre Reaktion abzuwarten.

Carla hatte ihn einen Augenblick scharf angesehen und dann gesagt: »Okay, das ist die eine Seite des Geschäfts. Und die andere?«

»Du kannst deine Flügel ausbreiten, mein armes, eingesperrtes Vögelchen... und die Beine!« hatte er gefeixt. »Vorausgesetzt natürlich, du bewahrst Diskretion. Wenn wir auffliegen, zerquetscht er mir die Eier... und ich brauch sie noch, glaub mir. Ich hänge an ihnen, sozusagen, und ich möchte, daß das so bleibt.«

So waren sie ins Geschäft gekommen. Furino bekam, was er wollte – Insiderinformationen über Familienangelegenheiten für seine ehrgeizigen Pläne. Und auch Carla bekam, was sie wollte – Sex. Sie klapperte kleine Clubs und Nachtbars ab, von denen sie wußte, daß der Don nie im Leben dort aufkreuzen würde, bis sie ein männliches Wesen aufgegabelt hatte, das ihr zusagte. Immer unauffällig beschattet von ihrem treuen Bodyguard.

Dann schleppte sie ihren Ritter nach Hause, nachdem sie ihm zuvor, um unerwünschte, weitere Besuche zu verhindern, erklärt hatte, ihr Mann sei über Nacht verreist. Furino folgte ihnen, schlich sich kurz nach ihnen in die Wohnung und zog sich diskret in seine Privaträume zurück. Doch er blieb – für alle Fälle – in Alarmbereitschaft, bis Carlas Kunde gegangen war.

So traf es sich, daß in dieser verhängnisvollen Nacht, als Carla Menotti auf der Jagd nach dem passenden männlichen Partner war, um ihr natürliches Verlangen nach Sex zu befriedigen, auch der Killer auf der Jagd war – nach dem passenden weiblichen Opfer, um seinen unnatürlichen Drang zum Töten zu stillen.

Sie begegneten sich auf dem Gehsteig, als Carla einen Moment stehengeblieben war, unschlüssig, in welcher der beiden nebeneinander liegenden Nachtbars sie zuerst ihr Glück versuchen sollte. Als sie aufsah, stand er plötzlich da. Er starrte sie an, als habe er jemanden gefunden, den er gesucht hatte. Leicht brüskiert durch den dreisten Blick, musterte sie ihn skeptisch. Er lächelte.

Was sie sah, war ganz nach ihrem Geschmack. Er war groß und tadellos gekleidet, schwarzer Mantel, schwarzer Homburg, schwarze Lackschuhe. Der weiße Seidenschal um seinen Hals verlieh ihm eine altmodische Eleganz. Als er lächelte, wirkte sein scharfgeschnittenes Gesicht auffallend jung gegen die silbergrauen Schläfen, die unter dem Hut hervorlugten. Sie lächelte zurück.

Er wußte auf den ersten Blick, daß er gefunden hatte, was er suchte. Sie war schön und teuer gekleidet, doch er hatte sie durchschaut. Vielleicht war es ihre Haltung, ihre selbstbewußte Art, vielleicht auch nur der Anflug einer gewissen anmaßenden Härte. Was immer das Undefinierbare war – als sie ihn ansah und seinem Blick standhielt, bestätigte ihm die Verwegenheit in ihren Augen, was er längst ahnte. Der Dämon in seinem kranken Hirn flüsterte: »Hure!«

Er hatte unbewußt gelächelt, mehr aus Triumph und der freudigen Erwartung, ein potentielles Opfer gefunden zu haben, denn als freundliche Einladung. Als sie sein Lächeln erwiderte, spürte er, wie eine Ruhe seinen Geist erfüllte, durch seine Glieder strömte und das Höllenfeuer in seinen Adern dämpfte, das die fleischliche Begierde in seinen Lenden schürte. Es war die Kaltblütigkeit des Raubtiers, die den quälenden Hunger stillt, sobald es Beute wittert, damit das Hirn frei und die Muskeln bereit sind für die tödliche Hatz.

Als er sie ansprach, verrieten weder seine Stimme noch sein Benehmen in irgendeiner Weise seinen Wahnsinn. Er tippte an den Hut, machte in vornehmer, altmodischer Höflichkeit einen Diener und sagte verbindlich: »Eine wunderbare Nacht für einen kleinen Bummel, nicht wahr? Wer hätte das für möglich gehalten nach dem Nebel von gestern?«

Sie fand ihn faszinierend und fühlte sich von der samtigen, sonoren Stimme angezogen. Gleichzeitig amüsierte sie sich insgeheim über die altmodischen Manieren und die vornehme Ausdrucksweise und ahmte seinen Tonfall nach, doch so diskret, daß es nicht beleidigend wirkte.

»O ja, eine wunderbare Nacht. Was das Bummeln angeht, bin ich mir nicht so sicher. Dieses Vergnügen kann ich mir nicht allzu oft leisten... man wird so leicht überfallen, wissen Sie? Leider können sich Damen ohne Begleitung in diesen aufgeklärten Zeiten in unserer wunderschönen Stadt kaum aus dem Haus wagen, ohne befürchten zu müssen, angesprochen zu werden.«

Falls er ihre Ironie spürte, nahm er sie nicht übel. »Ja dann... wenn Sie erlauben...« Er bot ihr ritterlich den Arm. »Es wäre mir eine Ehre, wenn Sie mir das Kompliment erwiesen, Sie auf einem kleinen Bummel begleiten zu dürfen. Leisten wir uns ein wenig Gesellschaft.«

»Vielen Dank, Sir, das ist sehr freundlich von Ihnen«, antwortete sie lachend und hängte sich bei ihm ein. »Ich schließe mich mit Freuden an. In den vergangenen Tagen habe ich die Stadt nur noch durchs Taxifenster zu Gesicht bekommen.« Sie schlenderten gemütlich los und fingen an, über Gott und die Welt zu plaudern, wobei Carla, ohne es zu merken, den Großteil der Unterhaltung bestritt.

Während sie, scheinbar ziellos, durch die Straßen bummelten, lenkte Carla ihren Begleiter allmählich Richtung Park Avenue. Als sie nur noch wenige Blocks vom Penthouse entfernt waren, bemerkte sie höchst überrascht, daß sie ja quasi vor ihrer Haustür standen, und lud ihn nach oben zu einem »Schlummertrunk« ein. Gleichzeitig funkelten ihre grünen Augen ihn mit der Kraft von 10000 Volt an.

Mit unbeirrbarem Instinkt hatte er seinerseits sofort erkannt, daß man ihn mit sexuellen Hintergedanken aufgegabelt hatte. Der Dämon in ihm regte sich bei diesem Gedanken, und sein Puls schlug in unheiliger Vorfreude immer schneller, als er mit ihr am Arm durch die Straßen lief. Er unterdrückte seinen Ärger über ihr pausenloses, albernes Geschnatter und zwang sich, die ermüdende Maske des aufmerksamen, geduldigen Zuhörers so lange wie nötig aufrechtzuhalten.

Er nahm ihr Angebot auf einen Schlummertrunk dankend an, wußte er doch genau, was dahintersteckte. Sie konnte ihm nichts vormachen mit ihrem affektierten Getue. Er wußte ganz genau, daß sie in Wirklichkeit nur an Unzucht interessiert war. Sie war wie eine läufige Hündin, wie alle von ihrer Sorte, dachte er mit steigendem Haß. Alles Huren!

Diese und ähnliche Gedanken wisperten in seinem kranken Hirn, und als sie die große Eingangshalle des Luxus-Apartment-hauses betraten, war die schwelende Glut seines heiligen Zorns zu einer lodernden Flamme entfacht. Er dirigierte Carla an einer Gruppe lachender Pärchen vorbei, die gerade das Gebäude ver-ließ, und als sie im Fahrstuhl waren, dankte er Gott, daß Er ihm wieder eine Hure in die reinigenden Hände geführt hatte...

Furino, der Carla wie immer bei solchen Gelegenheiten mit si-cherem Abstand folgte, sah, wie sie ihren Fang machte. Ein leichtes Stirnrunzeln legte sich auf sein schmales, hübsches Ge-sicht. Noch nie hatte sie jemanden auf der Straße aufgegabelt. Normalerweise erledigte sie das in der diskreten Umgebung ei-ner Nachtbar und studierte das Angebot eingehend, bevor sie sich jemanden aussuchte.

Armes Kind, dachte er, heut hält sie's wohl gar nicht mehr aus. Naja, sie wird wissen, was sie will. Wenn sich rausstellt, daß der Typ nichts draufhat – er wirkte schon etwas reif, um es höf-lich auszudrücken – ist das ihr Problem...

Die nächste halbe Stunde folgte er dem Arm in Arm schlen-dernden Paar durch die stillen, hellerleuchteten Straßen. Er merkte, daß sie das Penthouse ansteuerte. Als die beiden schließ-lich in den Eingang des Apartmenthauses bogen, ließ Furino ih-nen Zeit, aus dem Foyer zu verschwinden, bevor er ihnen folgte.

In einem der Apartments mußte soeben eine Party zu Ende gegangen sein, da eine feuchtfröhliche Gruppe von fünf oder sechs Paaren auf dem Weg nach draußen auf ihn zukam. Er erwiderte ihren freundlichen, alkoholisierten Gruß und trat zur Seite, um ihnen ungehinderten Zugang zu den breiten Türen zu geben, bevor er selbst die Halle betrat.

Es war seine Gewohnheit, sich an Abenden wie diesen ungesehen und ungehört ins Apartment zu schleichen und in seinen Privaträumen auf Abruf zu bleiben. An diesem Abend sah Furino keinen Grund, sich zu beeilen. Der Typ, den sie sich geangelt hatte, sah eher aus wie ein Banker, dachte er. Wahrscheinlich einer dieser »Einmal-im-Monat-im-Dunkeln-'ne-Nummer-schieben«-Wichser aus der gehobenen Mittelschicht, die vom Drink bis zum ersten Kuß 'ne Stunde brauchten. Er lächelte und wollte sich eine Zigarette anzünden, als er feststellte, daß sein Feuerzeug leer war. Er ging zu dem livrierten Pförtner hinüber, der vor seiner verglasten Loge stand.

»'n Abend, Mr. Furino«, grüßte ihn der grauhaarige Türsteher und tippte respektvoll an die Mütze.

»'n Abend, Tony«, erwiderte Furino. »Haste mal Feuer? Das Scheißding is leer.«

Der Pförtner gab Furino Feuer und nahm die angebotene Zigarette aus dem goldenen Etui mit eingraviertem Monogramm dankend an. Sie rauchten und hielten ein Schwätzchen …

Carla führte ihren Begleiter in ihr Wohnzimmer und bat ihn, abzulegen und es sich gemütlich zu machen. Sie deutete auf die gut ausgestattete Bar in der Ecke. »Sei so lieb, mach uns was zu trinken. Für mich 'n Bourbon on the rocks. Eis ist in der Eisbox hinter der Bar.«

Noch einmal warf sie ihm einen aufreizenden Blick zu, »schmachtete« ihn an, wie Gino gesagt hätte. Mit künstlichem französischen Akzent sagte sie: »Wie es in allen guten Filmen immär 'eißt, ma cherie, isch zieh mir nur was Bequemeres an. Au revoir.« Sie lachte, zwinkerte ihm kokett zu und verschwand im Bad, das direkt vom Wohnzimmer abging.

Fröhlich vor sich hin summend, schlüpfte sie in einen leicht zu entfernenden, tief ausgeschnittenen Seidenmantel, der jede

Kurve ihrer Figur und die festen Brüste betonte. Sie tupfte rasch ein sündhaft teures Parfüm auf strategische Stellen, hinter die Ohren, zwischen die Brüste, auf die Handgelenke, unter die Achseln und an die Innenseite der Schenkel. Dabei durchströmte glühende Sinneslust ihren Leib, legte sich auf ihre rosigen Wangen und brachte ihre Augen zum Funkeln. Ein wohliges Schaudern ergriff sie, als sie sich mit den Fingern über die erregten Brustwarzen strich und sich mit der Hand den flachen, strammen Bauch hinabfuhr, um sich zwischen den Beinen zu streicheln. Sie spürte, wie sie in Erwartung des bevorstehenden Vergnügens feucht wurde und hörte auf, bevor sie sich zu sehr erregte. Sie legte letzte Hand an ihr Make-up, begutachtete sich im Spiegel und war mit dem, was sie sah, zufrieden.

Sie beugte sich zu ihrem Spiegelbild vor, zwinkerte, blies ihm einen Kuß zu und flüsterte: »Wünsch mir Glück für'n guten Fick!« wie sie es immer tat. Dann drehte sie sich um und schwebte ins Wohnzimmer zurück. »Da sind wir endlich. Na, hat sich das Warten gelohnt?...«

Carla erstarrte, riß die Augen auf und blieb mit offenem Mund stehen. Ihr wohlerzogener, vornehmer Begleiter von vorhin stand mitten im Zimmer, mit einem merkwürdigen Lächeln auf dem Gesicht. Er war splitternackt.

»Wow!... du bist aber fix...«, japste sie und wollte gerade frotzeln, »du hättest wenigstens bis nach dem ersten Drink warten können«, als ihre Aufmerksamkeit auf etwas anderes gelenkt wurde. Unwillkürlich wanderten ihre Augen an dem muskulösen Körper hinab zu der enormen Erektion. Dann blinkte etwas auf – und sie sah das Messer, das er, mit der Spitze nach unten, in der rechten Hand hielt.

Die Erscheinung sprach. Oder besser, fauchte. Ein einziges Wort.

»Hure!«

Zu spät erkannte sie die Gefahr. Sie öffnete den Mund, um zu schreien, doch er machte blitzschnell zwei Schritte nach vorn, streckte die linke Hand aus und packte sie mit eisernem Griff an der Kehle.

Carla Menotti fand keinen schönen Tod. Panisch verkrallte sie sich erst in die Hand um ihren Hals, dann in das Gesicht und die

Augen ihres Angreifers. Die Sinne schwanden ihr, da die Blutversorgung des Gehirns unterbrochen war. Dann wurde die eiserne Klammer um ihren Hals noch enger, der Stahl kam in schimmerndem Bogen auf sie zu und stürzte sich in ihren Leib, wurde sofort mit einem Ruck nach oben herausgezogen, und stieß noch einmal zu... und noch einmal... und noch einmal...

Bei jedem Stoß drang dasselbe Wort in ihr verlöschendes Bewußtsein. »Hure! Hure! Hure!...«

32

Eine Viertelstunde lang diskutierte Furino bei einer Zigarette die Aussichten der Yankees bei den nächsten World Series mit dem Pförtner, einem alternden Mafioso namens Antonio Scirea, der ihm den ruhigen Pensionärsjob verdankte. Seither war Scirea sein Mann und ihm gegenüber absolut loyal. Furino hatte es sich zum Prinzip gemacht, Leuten aus der Familie hin und wieder einen Gefallen zu erweisen, um sich damit Sympathien für die Zukunft zu sichern.

Als er meinte, Carla genug Zeit gelassen zu haben, es sich mit ihrem Gast bequem zu machen, sah er auf die Uhr und sagte zu Scirea: »Ich muß gehen, Tony. Mein Fräulein erwartet mich, das alte Lied.« Er hob die Hand zum Gruß und ging zu den Fahrstühlen.

Im obersten Stock trat Furino aus dem Fahrstuhl und ging leise über den gummierten Bodenbelag des Korridors zum gemeinsamen Apartment. Er steckte vorsichtig den Schlüssel ins Schloß, drückte die Tür auf, schlüpfte hinein und zog die Tür lautlos hinter sich zu. Er blieb ein paar Sekunden im Flur stehen und lauschte, ob etwas zu hören war – Stimmen, Geräusche, Musik. Es herrschte absolute Stille. Hätte Furino es nicht besser gewußt, er hätte geglaubt, es sei niemand in der Wohnung. Komisch, dachte er, und schlich über den dicken Teppich zu seinen Privaträumen.

Plötzlich blieb er stehen und runzelte verärgert die Stirn. Die Tür zu seinem Teil des Apartments stand offen. Zwischen Carla und ihm gab es die stillschweigende Vereinbarung, daß sie die Privaträume des Anderen nur auf Einladung betraten. Er wußte, Carla würde nicht im Traum daran denken, seine Privaträume ohne seine Genehmigung zu betreten, daher vermutete er ärgerlich, daß ihr Begleiter herumgeschnüffelt hatte, vielleicht unter dem Vorwand, das Klo zu suchen. Er hatte sehr persönliche Dinge da drinnen, unter anderem seine Photoalben mit zahlreichen intimen Aufnahmen von ihm und seinen Liebhabern.

Als er so dastand und immer mehr in Rage kam, bewegte sich etwas in seinen Augenwinkeln, und er riß den Kopf herum. Die Tür zu Carlas Räumen stand eine Handbreit offen. Eben war sie noch geschlossen gewesen.

Verwirrt stand er einige Sekunden unschlüssig da. Aus Carlas Zimmer war noch immer nichts zu hören, obwohl die Tür jetzt einen Spalt offenstand. Eine unheilvolle Ahnung sträubte ihm die Nackenhaare. Er beschloß, sich bemerkbar zu machen. Falls alles in Ordnung war, würde er sich entschuldigen und sich verziehen. Er räusperte sich.

»Carla?« Seine Stimme kam ihm in der Stille laut und schrill vor. Keine Antwort. Nichts rührte sich.

»Carla?« Lauter. Wieder nichts. Jetzt läuteten die Alarmglocken in seinem Kopf. Seine Sorge um Carla wich rasender Wut. Furino wußte genau, sollte ihr irgendetwas zugestoßen sein, war er ein toter Mann. Der Don würde ihn zum Abschuß freigeben. Für den Rest seines Lebens gäbe es keinen Ort mehr auf dieser Welt, an dem er noch sicher wäre.

Auch wenn die Mafiabrüder hinter seinem Rücken wegen seiner Homosexualität über seine angebliche Effeminiertheit spotteten, so war er doch beileibe kein Feigling. Er schlich sich an die halbgeöffnete Tür heran, zog die tückische, kurze Walther aus dem Holster und hielt sie auf Hüfthöhe. Er lehnte sich mit dem Rücken gegen den Türrahmen, um aus der Schußlinie zu sein, falls jemand versuchte, durch die Tür zu schießen. Dann klopfte er mit der linken Hand an die Tür.

»Carla? Bist du da?« rief er. Nichts.

Er holte tief Luft und stieß die Tür auf. Keine Reaktion. Er ging in die Hocke und peilte vorsichtig am Türrahmen vorbei. In dem großen, kostbar eingerichteten Raum – Carla nannte ihn ihr »Spielzimmer« – war niemand zu sehen. Er blieb in der Hocke und machte mit gestreckter Waffe einen Satz in den Raum, drehte sich einmal um die eigene Achse, ließ dabei Blick und Pistole durch den Raum schweifen und inspizierte die Ecke hinter der Tür. Nichts. Keine Menschenseele.

Die Sinne bis zum Zerreißen gespannt, richtete er sich langsam auf. Er mußte sich entscheiden. Vom Wohnzimmer gingen zwei weitere Türen ab. Die eine, gegenüber der Tür, durch die er hereingekommen war, führte ins Schlafzimmer, die andere, rechts von ihm, in Carlas Badezimmer. Beide standen einen Spalt offen.

Er entschied sich fürs Schlafzimmer. Schnell und lautlos schlich er über den flauschigen Teppich. Kurz vor der Schlafzimmertür stoppte er und blickte entsetzt auf den glänzenden roten Fleck zu seinen Füßen. Sein Verstand setzte aus. Er bückte sich, betastete den Fleck und starrte auf die rote Flüssigkeit an seinen Fingerspitzen. Es war Blut.

Eine Mischung aus Trauer und Wut stieg in ihm auf. Trauer um Carla und Wut auf das Schwein, das ihr wehgetan hatte. Eines wußte er – wenn er sein Leben lassen mußte, weil er als Beschützer versagt hatte, dann würde er den Schuldigen mit in den Tod nehmen. Alle Vorsicht beiseite lassend, rannte er zur Schlafzimmertür und trat sie mit solcher Wucht auf, daß sie der Länge nach entzwei riß.

Furino ging in die Hocke und durchforstete das Schlafzimmer mit Augen und Pistole. Totenstille, wie im Wohnzimmer. Er schwenkte herum und nahm, vor Wut und Anspannung die Zähne fletschend, die Badezimmertür ins Visier. Mit einem Hechtsprung quer durchs Schlafzimmer warf er sich dagegen. Seine Wucht war so groß, daß die Tür aus beiden Angeln gerissen wurde und nach hinten wegkippte. Er ging in die Hocke und ließ die Augen über dem Korn der ausgestreckten Waffe durch den Raum wandern.

Als erstes registrierten seine Augen das Blut. Wo er hinsah, war alles mit Blut bespritzt und verschmiert. Der Boden, die hellgrün gekachelten Wände, das Toilettenpodest, das Bidet, die versenkte Badewanne ... und jetzt sah er auch Carla ... bzw. das, was von ihr übrig war!

In seinem Schock registrierte sein Gehirn zwar den Anblick, den die Augen weiterleiteten, doch für einen Augenblick war es wie betäubt und begriff nicht. Furino richtete sich auf und starrte, wie vom Schlag getroffen, in die Badewanne. Jetzt sah er Carla ganz.

Nackt, mit ausgebreiteten Armen und Beinen, lag sie mit dem Gesicht nach oben in der riesigen Badewanne. Der Killer hatte sie der Länge nach aufgeschlitzt. Doch Furino starrte wie gebannt auf den grausigen Anblick des Brustkastens. Die aufgerissenen Rippen ragten wie zwei obszöne rote Flügel in die Höhe und legten die Eingeweide bloß. Ihr einst schöner Mund war zu einem stummen Schrei verzerrt, die Augen waren aus den Höhlen getreten und starrten gebrochen zur Decke.

Der Schock lähmte ihn etwa vier Herzschläge lang. Sein Verstand erschauderte vor dem, was er sah. Doch ein Teil seines Gehirns war in Alarmbereitschaft geblieben und fing wild zu blinken an, als sich, ganz leise, auf dem Teppich hinter ihm etwas regte. In seinem Schock hatte er vergessen, daß Carlas Mörder noch in der Wohnung war.

Furino reagierte blitzschnell – doch nicht schnell genug. Als er sich nach der Gefahr umdrehte, versetzte ihm etwas einen heftigen Schlag ins Kreuz. Er spürte einen scharfen, brennenden Schmerz in der Nierengegend. Durch den Schlag verlor er das Gleichgewicht und taumelte nach vorn. Bevor er sich fangen konnte, traf ihn ein zweiter Schlag ins Kreuz… und noch einer… und noch einer… kurz hintereinander. Eine plötzliche Lähmung befiel seine Beine.

Er fiel und landete mit dem Gesicht in der klebrigen Blutlache neben der Badewanne. Instinktiv rollte er sich zur Seite, um dem Angreifer auszuweichen und wieder auf die Füße zu kommen. Doch seine Glieder gehorchten ihm nicht. Seine Bewegungen waren merkwürdig träge, als bewege er sich unter Wasser.

Er kippte um, fiel wie ein Käfer auf den Rücken und starrte benommen zu seinem großen, muskulösen Gegner hinauf. Der Mann war splitternackt und vom silbergrauen Haupt bis zu den Füßen mit Blut verschmiert. In der rechten Hand hielt er ein langes, häßliches Messer. Nur mit Mühe erkannte Furino in ihm den Mann, den Carla aufgegabelt hatte.

Der Killer grinste ihn mit gebleckten Zähnen an, in seinen Augen flackerte Wahnsinn. Plötzlich fiel Furino ein, daß er eine Waffe in der Hand hatte. Er versuchte, sie hochzureißen und dem Wahnsinnigen das Magazin in den Bauch zu jagen. Doch sein rechter Arm war wie am Boden festgeklebt. Die Muskeln weigerten sich, den verzweifelten Befehlen des Gehirns Folge zu leisten.

Er versuchte es noch einmal mit aller Kraft, und es gelang ihm, die Pistole ein paar Zentimeter anzuheben. Doch sie schien zentnerschwer zu sein und fiel sofort wieder auf den gefliesten Boden. Der Killer beugte sich grinsend nach vorn und machte zwei schnelle, senkrechte Schnitte mit dem Messer, einen links, einen rechts von der auf dem Rücken liegenden Gestalt zu seinen Füßen.

Furino schrie auf, als die glänzende Klinge die Muskeln und Sehnen seiner Unterarme mit einem sauberen Schnitt bis auf den Knochen kappte. Er spürte, wie das Blut warm und naß über die gefühllosen Hände lief. Gleichzeitig merkte er, daß sich eine ähnliche Wärme unter seinem Rücken ausbreitete. Erst jetzt begriff er, was für Schläge ihn vorhin getroffen hatten – es waren Messerstiche gewesen, wahrscheinlich tödliche. Er versuchte, den Kopf zu heben.

»Du verdammter Wichser!« schrie er den grinsenden Teufel an. »Weißt du, wem die Wohnung gehört? Sie gehört Bruno Neroni! Du bist 'n toter Mann, ist dir das klar? Er schneidet dir die Eier ab. Du bist 'ne scheißverdammte Leiche!«

Erschöpft ließ er den Kopf auf die Fliesen zurückfallen. Vor Schmerz und Wut begann er hysterisch zu schluchzen, und der Rotz lief ihm aus der Nase über Mund und Kinn. Seine Kräfte ließen jetzt schnell nach... verließen den müden Leib, flossen über den Boden und vereinten sich mit seinem Blut in einer immer größer werdenden Lache. Kälte kroch in ihm hoch.

Da verschwand das starre Grinsen aus dem Gesicht seines Mörders, er richtete das Messer auf Furino und zischte:

»Sodomit!«

Er fletschte erneut die Zähne und fauchte: »Wie kannst du es wagen, mir zu drohen! Doch mit dieser Drohung hast Du das Urteil über dich selbst gesprochen. So sei es!«

Er bückte sich, wodurch er aus Furinos Blickfeld verschwand. Durch den Nebel, der ihm die Augen verschleierte und den Verstand betäubte, ahnte der Sterbende mehr als daß er spürte, daß ihm die Hose aufgerissen wurde. Furino wehrte sich nicht. Losgelöst, entrückt wollte er schon entschweben...

Plötzlich schoß ein unerträglicher Schmerz in seine Lenden und verlieh seinem verlöschenden Geist einen letzten, flüchtigen Moment der Klarheit. Der Nebel öffnete sich lange genug, daß er die riesige, blutverschmierte Erscheinung über sich stehen sah. Dann verschwand die Gestalt wieder hinter einem Schleier. Furino mußte seinen ganzen, schwindenden Willen zusammennehmen, um sich auf das tropfende Etwas, das in der ausgestreckten Hand des Wahnsinnigen baumelte, zu konzentrieren. Er starb, während er noch versuchte zu erkennen, was es war. So blieb ihm die letzte Schmach erspart – zu wissen, daß er kastriert worden war.

Der Killer ließ die abgetrennten Geschlechtsteile neben Furino auf den Boden fallen. Entrückt streichelte er die Klinge seines Messers. Ein kleines, zufriedenes Lächeln umspielte seine Lippen, als er sein Werk betrachtete, und machte den Wahnsinn, der in seinen mitleidlosen Augen glühte, nur noch deutlicher.

Nach einer Weile regte er sich. Er legte das Messer vorsichtig auf den Boden, bückte sich, packte Furino unter den Armen, hob den schlaffen Körper mit einem kraftvollen Ruck hoch und warf ihn in die riesige, in den Boden eingelassene Badewanne, wo Furino der ersten Leiche zwischen die Beine rutschte.

Er nahm das Messer, stieg zu den beiden Leichen in die Wanne und begann, Furinos Kleider zu zerschneiden. Die Fetzen warf er hinter sich auf den Boden. Seine Arbeit war noch nicht getan. Er mußte der sündigen Welt noch seine Botschaft hinterlassen...

Eine halbe Stunde später blickte Tony Scirea in seinem Glashäuschen auf und sah den großen, gutgekleideten, vornehm wirkenden Mann vom Fahrstuhl zum Ausgang gehen. An der großen Glastür merkte der Mann, daß er beobachtet wurde, lächelte freundlich und zog den Hut. Scirea nickte und tippte seinerseits an die Mütze.

Die Türen schlossen sich mit einem leisen Zischen, und die Halle war wieder leer. Netter Mensch, dachte Scirea bei sich, einen Gentleman erkennt man an den gepflegten Manieren.

Es vergingen vielleicht zehn Minuten, dann kam es zu einem dieser trivialen Zufälle, die, den Launen des Schicksals ausgeliefert, oft einen dramatischen Einfluß auf Ereignisse haben, mit denen sie in keinerlei Zusammenhang stehen. Einer der Fahrstühle öffnete sich, zwei gutgekleidete, junge Geschäftsleute traten heraus und durchquerten eilig die leere Halle. Sie kamen von einer fröhlichen Dinnerparty in der Wohnung eines amerikanischen Geschäftskunden, der sie in der Hoffnung, einen lukrativen Auftrag zu ergattern, eingeladen hatte. Vielleicht hätte der Wachmann in seiner Loge gar keine Notiz von ihnen genommen – hätte es sich nicht um Japaner gehandelt.

Scirea war amerikanischer Staatsbürger geworden, nachdem er in zartem Alter mit seiner Familie aus Italien eingewandert war. Er war ins Marine Corps eingezogen worden und hatte als Ledernacken in Vietnam tapfer für seine Wahlheimat gekämpft. Aus dem grausamen Krieg hatte er einen unsterblichen Haß und abgrundtiefe Verachtung für die Schlitzaugen mitgebracht, wie die amerikanischen Soldaten die Vietnamesen beider Seiten nannten. Und in Scireas Augen waren alle Asiaten Schlitzaugen. Für ihn machte es nicht den geringsten Unterschied, welcher Landsmann ein Asiate zu sein behauptete. Sie waren alle gleich – alles Schlitzaugen.

Seine vernichtende Meinung über die beiden ahnungslosen japanischen Geschäftsleute offenbarte sich in dem eiskalten Blick, mit dem er ihnen durch die Halle folgte, bis sie durch die Glastüren verschwunden waren.

»Scheißschlitzaugen!« murmelte er verächtlich. Ihr kurzer Auftritt an diesem Abend in der Halle – so zufällig er war – und sein Vorurteil gegen alle Asiaten sollten am Tag darauf sein Gedächtnis färben und eine Kette blutiger Gewalt auslösen.

33

Jim Miller hatte während der langen Nacht kaum ein Auge zugetan. Als ihn die Erschöpfung übermannte, war er in einen unruhigen Schlummer gefallen, doch der tröstliche Schlaf war ihm durch den Alptraum in der Ecke der nächtlichen Zelle verwehrt geblieben.

Da die Klimaanlage nicht lief, erinnerte ihn der starke Verwesungsgeruch in seiner Nase permanent an den Horror, der dort drüben lauerte, auch wenn er ihn nicht mehr sah. Und als das Licht am nächsten Morgen wieder eingeschaltet wurde, hätte Jim alles gesagt und getan, damit ihm eine zweite Nacht mit dem gespenstischen Zellengenossen erspart blieb.

Als Angel One die Zelle betrat, kauerte Jim, die Stirn auf den Knien, in der hintersten Ecke, um so weit wie möglich von dem Ding in der Ecke entfernt zu sein. Er hob den Kopf und blinzelte mit geröteten Augen in das helle Licht. Als er die schwarze Gestalt in der Tür erkannte, bekam er weiche Knie.

Angel One war allein. Als Jim den kalten Blick sah, schlug er schnell die Augen nieder und starrte auf die Füße des Chinesen. Die schwarzen Schlitzaugen glitzerten böse. Dann kamen die Füße schnell auf ihn zu, und Jim drückte sich ängstlich an die Wand.

Plötzlich packte ihn eine Hand am Schopf, riß ihn mit einem Ruck auf die Füße, knallte ihm mit voller Wucht den Kopf gegen den Beton und nagelte ihn hilflos an die Wand. Jim blickte geradewegs in Angel Ones grausame, unergründliche Augen dicht vor seiner Nase. Er spürte die unterdrückte Wut des Mannes. Sie entströmte ihm wie eine eisige Aura und hüllte sie beide in einen kalten Nebel.

»Gut geschlafen, Miller? Nicht ganz so tief wie dein Kumpel... was?« zischte Angel One dem verängstigten Jungen ins Gesicht. Der grausame Griff wurde noch fester und Jim spürte, wie seine Kopfhaut nachgab. Vor Schmerz stieß er einen spitzen Schrei aus und kniff die tränenden Augen zusammen.

»Du hast mich angelogen. Stimmt's?«

»Ja, Erzengel Michael«, wimmerte Jim.

»Ja, Erzengel Michael«, höhnte der Chinese. »Warum hast du mich angelogen? Warum hast du meine Zeit vergeudet, du Wurm?«

Jim ging immer mehr auf die Zehenspitzen, um die Kopfhaut zu entlasten und japste: »Weil ich dachte, daß du mich umbringst, wenn du weißt, daß er tot ist.«

Angel One bleckte die Zähne zu einem grausamen Lächeln. »O nein, Miller«, fauchte er. »So leicht sollst du nicht durch den Tod erlöst werden.«

Noch einmal schlug er ihm den Kopf gegen die Wand, und Jim schrie vor Schmerz auf. »Weißt du, wieviel Ärger und Unannehmlichkeiten du mir beschert hast, Wurm? Weißt du das?«

»Nein, Erzengel Michael«, schluchzte Jim vor Schmerz und Angst, und heiße Tränen liefen ihm über das Gesicht.

»Nein, Erzengel Michael«, echote sein Peiniger. »Ich kann dir versichern, daß du mir enormen Ärger beschert hast. Ich kann dir aber auch versichern, ... daß du du die Sache wieder in Ordnung bringst, nicht wahr?« Wieder knallte Jims Kopf mit voller Wucht gegen die Wand. »Nicht wahr?«

»Ja, Erzengel Michael, ja, ja, ja... alles, was du sagst. Bitte, du tust mir weh...«

»Ich tu dir weh?« höhnte der Chinese. »Du weißt ja noch gar nicht, was wehtun heißt, du kleiner Scheißer! Du hast keine Vorstellung, welche Schmerzen ich dir zufügen werde... wenn du nicht genau das tust, was ich sage.« Ohne Vorwarnung zwickte er Jim mit der freien Hand in einen Nerv unterm Kiefer. Der Junge schrie auf, und es wurde ihm schwarz vor Augen.

Als Angel One den Druck verringerte, ließ der Schmerz nach. Er lockerte auch den Griff am Kopf, so daß der Junge wieder auf den Fußsohlen stehen konnte. Jim hatte keinen Zweifel, dieser furchterregende Mann würde keine Sekunde zögern, ihn zu töten, falls es ihm zweckmäßig erschien. Er mußte Zeit gewinnen, wenn er sich irgendwelche Hoffnungen auf Flucht oder Rettung machen wollte. Um dem Chinesen zu beweisen, daß er Angst vor ihm hatte, mußte er sich allerdings nicht verstellen – seine Angst vor ihm war echt und unverkennbar.

»Tut mir leid, daß ich dir Ärger beschert hab«, schluchzte er. »Bitte tu mir nicht weh. Was soll ich tun?«

Der Chinese hielt ihn noch immer gegen die Wand, und seine kalten Augen sahen ihn aus wenigen Zentimetern Entfernung an. »Ich werde dir sagen, was du tun sollst. Aber du wirst nicht nur gehorchen, weil ich es will. O nein, Freundchen, du wirst tun, was ich sage, weil du es selbst willst, das schwöre ich dir!

Wenn dieser Privatdetektiv heute nachmittag mit dem Sheriff aufkreuzt, wirst du ihnen sagen, daß du nicht von hier fort willst. Wenn man dich fragt, warum du letzte Nacht abgehauen bist, sagst du, du warst völlig durcheinander... du hast Krach mit deiner Freundin gehabt, sie hat mit dir Schluß gemacht. Eines der weiblichen Mitglieder wird dies, wenn nötig, bestätigen. Hast du verstanden?«

»Ja, Erzengel Michael«, antwortete Jim unter Tränen.

»Wiederhole, was du sagen sollst.«

»Ich ... ich will jetzt nicht mehr weg ... und ... und ich bin nur abgehauen, ww-weil meine Freundin m-mit mir Schluß gemacht hat«, schluchzte Jim.

»Gut.« Angel One nickte befriedigt. »Paß auf, daß dir dein Gedächtnis heute nachmittag, wenn deine Gäste da sind, keinen Streich spielt.« Die dunklen Augen glitzerten drohend.

»Und Miller, spiel nicht mit dem Gedanken, sie für einen erneuten Fluchtversuch einzuspannen. Verlaß dich drauf, bei einem derartigen Versuch sterben die beiden ... auf der Stelle! Nur du nicht ...« Der eiserne Griff an seinem Haar wurde wieder fester, und sofort war der Schmerz an der Kopfhaut wieder da. »Du wirst dich nicht so glücklich schätzen können. Du wirst lange um den Tod betteln müssen.«

Er zischte Jim die giftigen Worte ins tränenüberströmte Gesicht. »Doch selbst dann sollst du noch nicht sterben dürfen. Wenn ich mit dir fertig bin, lassen wir dich nach draußen, damit dich die Hunde jagen. Und du wirst ihnen kein zweites Mal entkommen. Keine sehr angenehme Art zu sterben. Falls es dir entfallen ist, hier ...«

In wildem Zorn riß Angel One Jim von der Wand und schleifte ihn an den Haaren quer durch die Zelle. Jim schrie erst vor Schmerz und dann vor Entsetzen auf, als Angel One ihn in der Ecke hinter der Tür auf die Knie zwang, den gelben Eimer umstieß und den widerlichen Gegenstand direkt vor seiner Nase entblößte.

»Schau genau hin«, fauchte der Chinese den schluchzenden, sich sträubenden Jungen an. »Dieses Ende erwartet auch dich ... falls du dich weigerst zu kooperieren.«

Jim widersetzte sich mit aller Kraft und stemmte sich mit beiden Händen gegen die Wand. Der Schmerz in seiner Kopfhaut kümmerte ihn nicht mehr. Er wollte nur noch weg von dem verstümmelten, augenlosen Grauen vor seiner Nase. Der süßliche Geruch schnürte ihm den Hals zu, und der Ekel brannte ihm in der Kehle. Als eine Made aus einer der leeren Augenhöhlen kroch, drehte es Jim den leeren Magen um. Ein krampfhaftes Würgen schüttelte ihn, und er versuchte vergeblich, sich zu übergeben.

Die Krämpfe waren so heftig, daß Jim sekundenlang glaubte zu ersticken. Dann ließ die Übelkeit nach, und er merkte, daß sein Peiniger ihn nicht mehr festhielt. Auf allen Vieren kroch er rückwärts und kauerte sich auf seine Matratze, dem Kollaps nahe. Keuchend krümmte er sich zusammen, Gesicht und Körper waren vom kalten Schweiß klatschnaß.

Angel One stand mitten in der Zelle und sah ihn mit mitleidloser Verachtung an.

»Merk dir gut, was ich gesagt habe, Miller – zu deinem eigenen Wohl – und zur Sicherheit deiner Gäste heute nachmittag. Dein Leben ... und ihres ... liegen in deiner Hand.« Er drehte sich um und ging zur Tür.

»Erzengel Michael?« fragte Jim schüchtern. Ohne sich umzudrehen, blieb der Chinese in der Tür stehen.

»Bitte ... wenn ich tu, was du sagst .... bitte sag, daß du mich dann am Leben läßt ... ich will nicht sterben ... ich versprech dir auch, daß ich dich nie mehr enttäuschen werde ...«, bettelte er, warf sich wild schluchzend auf die Knie und streckte flehentlich die Hände aus. Alle Würde war dahin, aller Widerstand gebrochen.

Der Chinese, mit dem Rücken zu Jim, erlaubte sich ein zufriedenes Lächeln. Er hatte gewonnen. Allerdings wußte er, daß es Situationen gab, in denen es von Vorteil war, als Sieger ein Zugeständnis zu machen – dem geschlagenen Gegner eine Rückzugsmöglichkeit zu lassen. Eine in die Enge getriebene Ratte kämpft nur, wenn sie keinen anderen Ausweg hat.

Als er sich langsam zu Jim umdrehte, war sein Gesicht wieder eine steinerne Maske. Er beschloß, den Fisch noch etwas zappeln zu lassen, damit es nicht so aussah, als ließe er sich allzu leicht erweichen.

»Ich verhandle nicht mit Leichen, Miller«, sagte er kalt. »Und du hast dein Leben durch deinen Fluchtversuch verwirkt...«

»B-bitte, Erzengel Michael, gib mir noch eine Chance... bitte«, flehte Jim, am Boden zerstört.

Angel One betrachtete den Flehenden eine Weile nachdenklich, als ob er sich die Bitte durch den Kopf gehen ließe. Dann schien er zu einem Entschluß gekommen zu sein.

»Nun gut«, sagte er widerstrebend. »Wenn du dich genau an meine Anweisungen hältst... und nur dann...« Er hob die Hand, um Jims tränenüberströmte Dankesworte aufzuhalten. »Ich verspreche gar nichts. Ich könnte mir allerdings vorstellen, daß ich das Urteil unter dieser Voraussetzung abwandeln kann. Wir werden sehen. Doch du weißt...«, warnte er den weinenden, inständig nickenden Jungen, »es liegt ganz an dir.«

Er ging hinaus und wollte die Tür zumachen, da drehte er sich nochmal um. »Ich laß dich noch ein bißchen in Gesellschaft deines Freundes. Sollte dein Entschluß zu kooperieren ins Wanken geraten, bringt dich der Gedanke an sein Schicksal vielleicht zur Räson.« Die Tür fiel ins Schloß.

Jim krabbelte sofort zum anderen Ende der Zelle und stülpte den Plastikeimer wieder über den grausigen, abgetrennten Kopf. Er legte sich auf die Matratze, kroch unter eine Decke und vergrub das Gesicht im Kissen. Er fühlte sich hilflos und allein. Erneut flossen die Tränen in Strömen, doch jetzt mischte sich eine Spur Erleichterung über die harterkämpfte Aussicht auf Gnade hinein.

Wie am Abend zuvor stand Angel One einige Sekunden vor der Zelle und lauschte dem gedämpften Schluchzen. Bei den meisten Menschen mußte man sich gar nicht groß anstrengen, um sie zu täuschen, dachte er verächtlich. Im Gegenteil, sie täuschten sich selbst.

Er war jetzt überzeugt, daß der Junge keine Probleme mehr machen würde. Als nächstes mußte er sich um den Privatdetektiv und den Sheriff kümmern. Ach ja... der Privatdetektiv. Seine Augen verhärteten sich, als er an die beiden Berichte dachte, die er nach seiner Rückkehr von Dragon Control gestern abend erhalten hatte.

Der erste kam von den beiden Transportern in Harlem. Es ging um einen verdächtigen Fremden, einen redseligen Texaner, der sich Calhoun genannt hatte und am Nachmittag aufgetaucht war. Allerdings war der diensthabende Apostel nicht hundertprozentig von seiner Echtheit überzeugt gewesen. Irgendetwas hatte mit ihm nicht gestimmt, irgendetwas war faul. Bruder Mark hatte den Eindruck gehabt, daß mehr hinter dem texanischen Schwätzer steckte, als auf den ersten Blick zu erkennen war.

Folglich hatte er sich beim Wegfahren das Kennzeichen des Wagens, eines bronzefarbenen Mustangs notiert. Durch einen heißen Draht zur City Hall hatte sich herausgestellt, daß der Mustang auf einen gewissen Barrett Telford Grant angemeldet war, Beruf Privatdetektiv!

Unter dem Vorwand, Photos von dem Transporter zu machen, wollte der Mann am nächsten Tag wiederkommen. Schon allein dadurch hatte er sich verdächtig gemacht. Das Sektenmädchen, mit dem er sich unterhalten hatte, eine Novizin namens Louise Wyatt, hatte nichts erwähnt, daß der Fremde versucht hätte, Informationen über die Sekte oder ihr Personal aus ihr herauszubekommen. Bruder Mark war so klug gewesen, sie zu diesem Punkt nicht eingehender zu befragen, für den Fall, daß man ihr nicht trauen konnte und sie den Mann warnen würde, wenn er am nächsten Tag wiederkam. Der Apostel hatte seinen Bericht mit der Ankündigung geschlossen, er wolle das Mädchen für den nächsten Tag wieder einteilen – als Köder. Er beabsichtigte, sich diesen Calhoun/Grant vorzuknöpfen, um herauszufinden, was er wirklich wollte.

Beim Lesen des Berichts hatte sich Angel One erinnert, daß der Privatdetektiv, der ins Betlehem-Haus kommen wollte, um mit dem Millerjungen zu reden, nach den Worten des Sheriffs auch Grant hieß. Man konnte also davon ausgehen, daß es sich bei den beiden Grants um ein und dieselbe Person handelte.

Der zweite Bericht war wesentlich gravierender gewesen. Er betraf die Handgreiflichkeiten und die Verfolgungsjagd in der Tiefgarage des Washington Centres, wo der Prophet seinen jüngsten Kreuzzug abhielt.

Es hatte damit begonnen, daß sie eine immer wieder aufkreuzende Plage namens Larsen gewaltsam entfernen mußten. Ein Mann hatte, wahrscheinlich unterstützt durch eine Komplizin, das Sektenpersonal attackiert, Larsen befreit und dabei vier Mann verletzt.

Nach einer Verfolgungsjagd durch die Tiefgarage waren die Störenfriede entkommen, wobei sie zwei Sektentransporter ruiniert und weitere Sektenmitglieder verletzt hatten, zwei davon hatten aus den brennenden Fahrzeugen gerettet werden müssen. Bei dem gegnerischen Wagen handelte es sich um einen bronzefarbenen Mustang!

Die Tatsache, daß in beiden, getrennten Berichten ein Fahrzeug desselben Typs und derselben Farbe auftauchte, war zu auffällig, um ein bloßer Zufall zu sein. Dieser Grant machte offensichtlich Ärger und würde zweifellos noch mehr Ärger machen – wenn er nicht gestoppt würde.

Angel One beschloß, Bruder Mark detaillierte Anweisungen zu geben, wie mit dem Mann zu verfahren sei, wenn er das nächste Mal am Transporter in Harlem aufkreuzte, um ihm jede weitere Einmischung in Sektenangelegenheiten auszureden. Der Millerjunge hatte auf den Zermürbungsprozeß gut angesprochen. Es gab keinen Grund, warum diese Taktik nicht ein zweites Mal Erfolg haben sollte, diesmal bei einem Privatdetektiv.

Harlem war schließlich eine berüchtigte Gegend, und Überfälle waren dort an der Tagesordnung. Für die Polizei wäre es ganz alltäglich, wenn ein unbekannter Weißer, der angeblich mit Geldscheinen wedelte, übel zusammengeschlagen und seiner Brieftasche beraubt würde.

Angel One verließ die Turkey Pens und machte sich auf den Weg zum Kontrollraum, um die entsprechenden Befehle zu erteilen.

TEIL SECHS

VERDACHT

34

Auf Curtis' Schreibtisch klingelte das Telefon. Er nahm den Hörer ab und sah auf die Uhr – eine Angewohnheit, die er sich in zwanzig Jahren Polizeidienst zugelegt hatte.

»Mordkommission. Detective Lieutenant Curtis am Apparat ... ach du bist's, Brett. He, meine Uhr muß stehengeblieben sein. Bei mir ist es viertel vor zehn, und Harry sagt, du stehst erst um zwölf auf ...«

Er grinste, zündete sich eine Zigarette an und hörte sich Grants Antwort an. Den Hörer zwischen Hals und Schulter geklemmt, kramte er beim Sprechen weiter in den Akten.

»Ja, ich weiß, morgens bin ich 'n kleiner Witzbold.« Die Zigarette in seinem Mund hüpfte im Takt auf und ab. »Weißt du ... unsereiner kommt oft gar nicht erst ins Bett, da haben wir auch keine Probleme mit dem Aufstehen! Haha! Muß was wirklich Wichtiges sein, daß du so früh auf bist. Was gibt's, Junge?«

Zwanzig Minuten später legte Curtis auf und starrte eine Zeitlang gedankenverloren auf den Hörer. Er lehnte sich in seinen Sessel zurück, zündete sich eine neue Zigarette an und ging das Gespräch mit Grant noch einmal durch.

Irgend etwas in dem, was sein Freund erzählt hatte, war ihm bekannt vorgekommen, doch er kam nicht darauf, was es war. Curtis hatte ein gutes Gedächtnis für Unterhaltungen, für den Wortlaut eines Gesprächs – das brauchte er auch in einem Job, in dem die leiseste Diskrepanz zwischen dem, wovon man glaubte, daß es jemand gesagt habe, und dem, was wirklich gesagt worden war, bedeuten konnte, daß der Fall vor Gericht abgelehnt wurde.

Grant hatte ihn angerufen, um ihm von den Ereignissen des gestrigen Tages zu berichten, vor allem von seinem Besuch bei der Suppenküche und den Erlebnissen im Washington Centre. Er hatte Curtis über seine Absicht informiert, im Laufe des Vormittags noch einmal am Sektenstand vorbeizufahren, um kurz mit Louise zu sprechen, bevor er zu dem Gespräch mit dem Millerjungen nach Rockford hochfuhr. Anscheinend hatte Nate

Springfield ihn kurz zuvor angerufen, um ihm mitzuteilen, daß das Gespräch zwischen dreizehn und vierzehn Uhr stattfinden könne.

»Hey, sei boß vorsichtig, Brett«, hatte Curtis gewarnt. »Nach dem Katz- und Mausspiel von gestern abend erkennt dich vielleicht jemand am Suppenstand. Und es gibt nicht allzu viele brave Bürger in Harlem, die Anstoß nehmen, wenn 'n Weißer auf der Straße zusammengeschlagen wird. Im Gegenteil, die meisten würden wahrscheinlich mitmachen!«

»Na, wenn ich bis um eins nicht bei Nate bin, weißt du wenigstens, wo du mich suchen kannst. Ich melde mich, Buddy, bis dann.« Bevor Curtis ihm weitere gute Ratschläge erteilen konnte, hatte Grant aufgelegt.

Doch es war nicht dieser Teil des Gesprächs, der Curtis nicht in Ruhe ließ, als er nachdenklich rauchend an seinem überquellenden Schreibtisch saß. Seine Augen wanderten geistesabwesend über die Aktenstapel und lose herumliegenden Berichte, bis sie sich erneut auf dem eselsohrigen Blatt vor seiner Nase niederließen.

Er trug es ständig bei sich, zusammengefaltet im Notizbuch. Bei jeder erdenklichen Gelegenheit zog er es heraus und studierte es. Er zeigte es auch bei seinen Kollegen herum, in der Hoffnung, einer von ihnen möge ein System hinter den mysteriösen Zahlenfolgen auf dem abgegriffenen Blatt erkennen.

»Scheißzahlen!« murmelte er verdrießlich und lehnte sich nach vorn, um die Zigarettenkippe im überfüllten Aschenbecher auszudrücken. Er wollte gerade nach der nächsten Zigarette greifen, als er plötzlich stutzte und die Hand auf dem verknautschten Päckchen neben dem ominösen Blatt liegenließ. Zahlen!... irgendwas mit Zahlen... was zum Teufel war es nur?... Brett hatte irgendetwas gesagt...

Dann fiel es ihm ein. Im Laufe des Gesprächs hatte er Grant nach dem Propheten gefragt, den dieser beim Kreuzzug unter die Lupe genommen hatte. Grant hatte geantwortet, seiner Meinung nach sei der Kerl nicht ganz dicht, aber trotzdem gefährlich, wegen des offensichtlichen Fanatismus, der ihn und seine Anhänger trieb. Dann hatte er Curtis kurz die Predigt und die Reaktion des Publikums geschildert.

»Der Typ hat einen gigantischen Freudschen Komplex in Sachen Sex. Unzucht nennt er es. Bei dem klingt 'n ganz normaler Fick wie 'ne ansteckende Krankheit! Vielleicht hat es was mit seinem goldenen Seidenkleidchen zu tun.«

»Vielleicht steht er ja auf Chorknaben«, hatte Curtis lachend erwidert.

»Wenn es so ist, gibt er's nicht zu. Denn er hatte auch dafür 'n Bibelzitat parat! Im Ernst, der hat mit Zitaten um sich geworfen wie mit Konfetti! Und alles aus dem Ersten Buch der Korinther... paß auf, ich versuch's, wenn ich's noch hinkriege, damit du 'ne Vorstellung davon bekommst. Ich sag dir, diese Korinther müssen geile Böcke gewesen sein, wenn sie nur halb so viel gemacht haben wie ihnen verboten war!

Jedenfalls, wie gesagt, am Schluß hat er die Bibel geschwungen und uns mit dem Höllenfeuer der Verdammnis gedroht, falls wir auch nur mit dem Gedanken an einen Seitensprung spielten.« Den eifernden Tonfall des Propheten gekonnt nachahmend, wetterte er: »›Denn es steht geschrieben im Ersten Korinther, fünf, fünf, wer es wagt, in einer anderen als der Missionarsstellung und mit geschlossenen Augen Unzucht zu treiben, der wird vom Satan im Feuer der Hölle am Spieß gegrillt, damit die Seele beim Jüngsten Gericht gerettet werde... merkt Euch das.... Erstes Korinther, fünf, fünf!‹ Ich sag dir, Buddy, ab jetzt komm ich nicht mal mehr bis zum Vorspiel, ohne ›Erstes Korinther, fünf, fünf...‹ zu denken, ›Erstes Korinther, fünf, fünf‹!«

Vorhin hatte Curtis über Grants Parodie auf die Predigt des Propheten gelacht. Jetzt lachte er nicht. Er zog das Blatt zu sich heran und studierte es mit wachsender Erregung. Für einen Moment vergaß er sogar die Zigaretten.

Er überflog die beiden Zahlenkolonnen. Links standen, in chronologischer Reihenfolge, die römischen Ziffernkombinationen, die in die Körper der ermordeten Prostituierten geritzt worden waren. Rechts, nach Gruppen geordnet, die möglichen Entsprechungen in arabischen Zahlen. Die linke Kolonne bestand aus fünfzehn Zahlenreihen; die meisten wiederholten sich, der Mörder hatte insgesamt nur drei verschiedene Sequenzen verwendet, offenbar willkürlich, auch wenn die gleichen

Sequenzen zum Teil mehrmals hintereinander aufgetreten waren.

Eine Sequenz war nur einmal verwendet worden. Sie lautete IXXVIVV. Die anderen beiden Zahlenreihen waren je sechs mal verwendet worden, sie lauteten IIVIIIXII bzw. IIVIIVV. Jetzt wußte Curtis, was ihm bekannt vorgekommen war. Zwei der Zahlenfolgen endeten mit den römischen Ziffern VV – fünf, fünf!

Er beschloß, sich zuerst die letzte Sequenz vorzunehmen – IIVIIVV –, sie war nicht nur relativ kurz, sondern auch erst kürzlich verwendet worden – bei Mary-Lou Evans. Schritt für Schritt nahm er die siebenstellige Zahlenfolge auseinander. Bei seinen zahllosen Versuchen der letzten Jahre, die Botschaft des Killers zu entziffern, hatte er sich hin und wieder gefragt, ob es sich um Bibelverweise handeln könnte, doch ohne genauere Hinweise ergaben sich allein aus dieser einen Sequenz mindestens fünfzehn verschiedene Kombinationen.

Jetzt allerdings hatte er einen konkreten Hinweis – oder? Er schob seine Skepsis beiseite, diesmal hatte er ein gutes Gefühl. Er nahm sich ein leeres Blatt und sah es einen Augenblick an. Dann schrieb er V – V, und daneben KAPITEL 5, VERS 5.

So ... und was war mit dem Rest des Zitats, das Grant immer wieder genannt hatte? Er hatte vom Buch der Korinther gesprochen. Aufgrund seiner eigenen, eher flüchtigen Kenntnis der Bibel erinnerte sich Curtis, daß es im Neuen Testament stand.

Er strich die beiden Fünfen am Ende der Sequenz durch und untersuchte die übrigen fünf Ziffern: IIVII. Wenn seine Theorie stimmte, ließen sie sich in II für das Neue Testament aufteilen, den Zweiten Teil der Bibel, und VII, was hoffentlich auf das Buch der Korinther verwies – falls es tatsächlich das Siebte Buch im Neuen Testament war! Er notierte sich die Sequenz mit Bindestrichen unterteilt, so daß sie jetzt II-VII-V-V lautete, und starrte sie lange an. Als er sich mit der Zunge über die Lippen fuhr, merkte er, daß sein Mund ganz trocken war. Vor Aufregung wurde ihm flau. Er war so nervös wie ein Teenager beim ersten Rendezvous. Wenn er recht hatte ...

Augenblicklich schnappte er sich den Hörer der Hausanlage und wählte die Nummer des Detectives' Room. Als jemand abhob, verlangte er sofort Detective Turner und wartete ungeduldig, den Kugelschreiber an die Zähne klopfend, bis Turner ans Telefon kam. Es dauerte endlose Sekunden, bis die vertraute, lakonische Stimme seines Junior Partners ertönte.

»Tex hier, Chef.«

»Tex, komm sofort rüber und bring 'ne Bibel mit … ja genau, 'ne Bibel … Was?«

Er hörte einen Augenblick zu, dann rief er verärgert: »Was soll das, ›was für 'ne Bibel‹? … 'ne Bibel, ei-ne Bi-bel, Herrgottnochmal! Was meinst du wohl, wovon ich rede, vom Scheißkoran oder was? …«

Es folgte eine etwas längere Pause, während der Curtis Tex mit mühsamer Beherrschung zuhörte, bevor er explodierte: »Hör mal, du Arsch, ich weiß, daß es 'ne jüdische und 'ne katholische und 'ne Mormonenbibel gibt, und Gott weiß wie viele andere. Wenn ich so eine wollte, hätt ich's gesagt, oder?«

Er seufzte, schloß die Augen und massierte sich mit zwei Fingern den Nasenrücken. »Okay, okay, schon gut …« Mit der anderen Hand machte er eine ausladende Bewegung und dozierte: »Also gut, fangen wir nochmal von vorn an. Detective Turner, bringen Sie mir ein Exemplar der autorisierten Bibelübersetzung, ja? Auch bekannt unter der Bezeichnung King James Bibel, weit verbreitet in den protestantischen Kirchen presbyterianischen, lutherischen, calvinistischen und Wesleyschen Glaubens. Capito?«

Wieder eine kurze Pause, dann explodierte Curtis erneut. »Woher? Woher?« brüllte er. »Ja woher wohl, du texanischer Blödmann? Meinetwegen raubst du 'n Pfaffen aus! Knall ihn ab, wenn's sein muß …« Er machte eine Pause, holte tief Luft und sagte sarkastisch: »Vielleicht versuchst du's mal in der Bibliothek im sechsten Stock, Herrgottnochmal! Und zwar dalli. Du könntest schon seit fünf Minuten hier sein!«

Kopfschüttelnd warf er den Hörer auf die Gabel. Er angelte sich das zerknautschte Päckchen und zündete sich gierig eine Zigarette an. Jetzt, da er vielleicht endlich eine erste, heiße Spur des perversen Killers hatte, der ihm so viele schlaflose Nächte beschert hatte, seit ihm die Verantwortung für die Ermittlungen übertragen worden war, war er verständlicherweise reizbar. Er fürchtete, auch diese Spur könnte sich, wie alle anderen in diesem Fall, als Sackgasse erweisen. Und doch hatte er diesmal das Gefühl... daß er auf dem richtigen Weg war.

Um sich zu beschäftigen, während er auf Turner wartete, nahm er ein neues Blatt zur Hand und unterteilte es mit zwei horizontalen Linien in drei Abschnitte. Links oben in den ersten Abschnitt schrieb er die Sequenz, die er geknackt zu haben hoffte, II-VII-V-V. Die anderen beiden Abschnitte ließ er vorerst frei. Als er das Warten nicht mehr aushielt, vielleicht auch angeregt durch die Tatsache, daß er nach einer Bibel geschickt hatte, sagte er laut, mit Blick zur Decke: »He, du da oben... laß gut sein, hm? Laß mich zur Abwechslung mal recht haben.«

Wie als Antwort auf das Stoßgebet ging die Tür auf, und ein seltsamer himmlischer Bote in Gestalt des schlaksigen Tex Turner trat ein. Er grinste gutmütig über das braungebrannte Gesicht und hatte ein knallrotes Buch in der Pranke. Er drückte die Tür hinter sich zu und kam, mit dem Buch wedelnd, auf Curtis zu.

»Wie wär's mit der, Chef? Das ist 'ne Gideon-Bibel. Der Bibliothekar meint, es sei die einzige protestantische, die sie im Moment auf Lager haben.«

»Is mir scheißegal, und wenn's die Bibel vom Heiligen Petrus persönlich ist«, knurrte Curtis. »Hauptsache, sie hilft mir weiter. Wir wollen keine Andacht abhalten. Setz dich. Hör zu...«

Er erklärte seine Theorie dem jungen Texaner, der mit wachsender Begeisterung zuhörte. »Klingt gut, Chef. Also los...«, er schlug die Bibel in der Mitte auf, »wo fangen wir an?«

»Siebtes Buch im Neuen Testament«, antwortete Curtis.

Turner blätterte, bis er das Inhaltsverzeichnis des Neuen Testaments gefunden hatte, und fuhr mit dem Finger daran entlang. »Das ist das Erste Buch der Korinther«, verkündete er.

»Was du nicht sagst!« Curtis Augen leuchteten auf. »Kommt mir bekannt vor. Von dem hat Brett geredet. Okay, schau Kapitel Fünf, Vers Fünf nach.«

Das Knistern der Seiten erfüllte die gespannte Stille, dann verstummte es und Tex hob den Kopf. »Ich hab's!« verkündete er triumphierend.

»Ja dann lies vor, verdammt nochmal!« fauchte Curtis. »Ich kann doch nicht hellsehen!«

Turner zog den Kopf ein und verkniff sich ein Grinsen, damit sein Chef nicht merkte, daß er ihn zappeln ließ. Er räusperte sich und las in seinem gemächlichen Texanisch vor. »›Ihn zu übergeben dem Satan zum Verderben des Fleisches, auf daß der Geist selig werde am Tage des Herrn Jesu.‹«

Curtis schrieb eifrig mit und murmelte: »Donnerwetter! Paßt in etwa zu dem, was Brett gesagt hat.« Er blickte Turner an. »Ich glaub, wir sind endlich dran, Tex. Laß sehen, ob es bei den anderen auch funktioniert ...«

Curtis nahm sich die Sequenz vor, die mit zwei römischen Einsen anfing – IIVIIIXII, mit der Hypothese, daß es wieder um das siebte Buch ging. Doch die entsprechenden Stellen aus Kapitel Neun, Vers Zwei bzw. Kapitel Eins, Vers Zwölf ergaben im gegebenen Zusammenhang keinen Sinn. Daher schlug Curtis vor, es mit dem Sechsten Buch zu versuchen, und teilte die Zahlenfolge in II-VI-II-XII auf.

Die dünnen Seiten knisterten, als Turner nach vorn blätterte. »Sechstes Buch, das ist der Brief des Apostel Paulus an die Römer«, stellte Turner fest. »Wie waren nochmal Kapitel und Vers?«

»Kapitel Zwei, Vers Zwölf«, antwortete Curtis, und seine Spannung wuchs wie die einer überzogenen Gitarrensaite. Diesmal mußte er einfach recht haben. Schließlich hatte das erste Zitat nicht den Eindruck gemacht, als passe es lediglich aufgrund eines grausamen Zufalls.

»Hier ist es ... Chef ... hör'n Sie zu ...« In der Aufregung wurde sogar Turners gemächlicher Ton etwas knapper. »›Welche ohne Gesetz gesündigt haben, die werden auch ohne Gesetz zugrunde gehen; und welche unter dem Gesetz gesündigt haben, die werden durch das Gesetz verurteilt werden.‹« Turner und Curtis sahen sich an, und in ihren Blicken stand die Überzeugung, die noch keiner laut auszusprechen wagte – daß sie eine heiße Spur hatten.

Curtis nickte bedächtig mit dem Kopf und sagte: »Es gibt einen alten Spruch, Tex, der lautet ungefähr so: ›Einmal ist Zufall, zweimal ist Pech, aber dreimal ist böser Wille.‹ Na denn, alles oder nichts ... laß sehen, was die letzte hergibt ...«

Sie studierten die letzte Sequenz, IXXVIVV. Nachdem sie sich

geeinigt hatten, daß sie sich auf den ersten Teil der Bibel, das
Alte Testament beziehen mußte, probierten sie verschiedene
Kombinationen aus, ohne daß sich etwas ergab, was zu den an-
deren beiden Zitaten paßte. Offenbar waren sie doch auf dem
Holzweg.

Dann hatte Turner eine Idee.

»Und wenn er diesmal zwei Verse zitiert hat statt einem,
Chef?«

»Hä, wie bitte?« fragte Curtis.

»Angenommen, wir versuchen es so...«, er schrieb die Zah-
lenfolge auf und unterteilte sie in I-XX-V-IV-V. »Das wär dann
Altes Testament, Zwanzigstes Buch, Kapitel Fünf, Vers Vier und
Fünf.«

»Könnte sein«, meinte Curtis nachdenklich. »Ja, das könnte es
sein. Gute Idee, Batman. Mach schon, probier's aus.«

Tex blätterte an den Anfang zurück und zählte mit seinem
knochigen Finger die Bücher des Alten Testaments im Inhaltsverzeichnis ab. Bei Nummer zwanzig machte er Halt. »Sprich-
worte«, verkündete er. Er blätterte, bis er die gesuchte Stelle
hatte, überflog den Text und feixte.

»Jawoll, das isses. Ich glaub, wir haben's geknackt, Chef. Hörn
Sie sich das an... ›aber hernach bitter wie Wermut und scharf
wie ein zweischneidiges Schwert‹. Das ist Vers Vier. Und jetzt
Vers Fünf: ›Ihre Füße laufen zum Tod hinunter; ihre Gänge führen ins Grab.‹ Wir haben's offenbar mit 'nem religiösen Spinner
zu tun, Chef. Wenn Sie mich fragen.«

»Ja, das glaub ich auch. Mit etwas Glück und 'n bißchen Fleiß-
arbeit führen uns die Dinger doch noch in die richtige Richtung.
Hör zu, Tex, als du vorgelesen hast, hatte ich noch so 'ne
dumpfe Ahnung. Der letzte Mord, die Evans-Sache, fiel mit einem großen Kreuzzug hier in der Stadt zusammen, den der Prophet, für den Brett sich interessiert, gehalten hat... der die komische Sekte betreibt, von der ich dir erzählt hab, okay? Also
paß auf...«

Beim Reden hatte er in den Unterlagen auf seinem Schreibtisch gewühlt, bis er die Mappe, die er suchte, gefunden hatte. Er
reichte sie Turner und sagte: »Hier drin ist eine Liste aller fünfzehn Morde, von denen wir wissen, daß unser Mann sie began-

gen hat. Mit allen Angaben, Name, Datum, Uhrzeit, Ort…
alles. Vergleich die Daten doch mal mit allen nennenswerten
religiösen Veranstaltungen, die zur entsprechenden Zeit in der
Stadt stattgefunden haben, alles klar? Inzwischen lasse ich alle
religiösen Spinner checken, von denen wir wissen, daß sie zu
den fraglichen Zeitpunkten in der Stadt waren. Also los. Wenn
du damit fertig bist, kommst du wieder hierher.«

»Wird erledigt.« Turner nahm die Mappe an sich, stand auf
und ging zur Tür. Mit der Hand am Türknopf drehte er sich
nochmal zu Curtis um. »Hoffentlich sind wir auf der richtigen
Spur und schnappen das Schwein, bevor er sich für den All-
mächtigen hält und nochmal zuschlägt«, sagte er.

»Amen«, erwiderte Curtis mit ahnungsloser Ironie.

In einem blutverschmierten Apartment am anderen Ende der
Stadt legten die massakrierten Leichen von Carla Menotti und
ihrem Bodyguard stummes Zeugnis davon ab, daß der soeben
erwachte Optimismus der beiden Detectives etwas voreilig
war.

35

Grant, der nicht wissen konnte, welche Betriebsamkeit sein Anruf bei Curtis und Turner ausgelöst hatte, beugte sich über den
Schreibtisch und erledigte eine halbe Stunde lang Papierkram.
Dann sprach er etwa zwanzig Minuten mit Sam Ellis, einem der
Mitarbeiter, die Fälle durch, die er ihm übergeben wollte. Er
blieb kurz im Vorzimmer stehen, um Anna über seine Tagester-
mine zu informieren, verließ das Büro, fuhr hinunter in die Eingangshalle und lief durch die großen Glastüren hinaus.

Als er den Straßenrand nach seinem Mustang absuchte,
stutzte er einen Moment, da er die vertraute, schnittige Silhouette nirgends entdecken konnte. Dann sah er den kleinen Champ
in der Nähe eines dunkelblauen Chevy mit seinen Rollerskates
auf dem Bürgersteig herumkurven, und ihm fiel ein, daß er sich
einen Mietwagen genommen und den Mustang in Reparatur
gegeben hatte, um die Fenster auf der Beifahrerseite ersetzen zu
lassen.

Der schwarze Knirps sah ihn kommen und rollte auf ihn zu. Mit einer gekonnten Drehung umrundete er Grant und fuhr mit langen, gleichmäßigen Schritten, die Hände hinter dem Rücken, neben ihm her, bei jedem zweiten Schritt eine Pirouette drehend.

»Hi Brett«, sagte er und grinste unter der wollenen Skimütze hervor, die seinen Afrolook bändigte und die Spitzen seiner Ohren bedeckte.

»Hi Champ«, erwiderte Grant und grinste zurück, beeindruckt von der akrobatischen Geschicklichkeit und dem perfekten Gleichgewicht des kleinen Rollerskaters.

»Gehn Sie wo besondres hin, Brett?« Die großen, braunen Augen blickten hoffnungsvoll zu ihm hinauf und straften seinen betont coolen Tonfall Lügen.

»Vielleicht... warum?« fragte Grant unschuldig.

»Ach, nur so. Hab gedacht, vielleicht brauchen Sie Verstärkung...«, sagte er achselzuckend und vollführte mit gespreizten Armen und Beinen eine Dreifachdrehung. Wodurch ihm Grants verkrampfter Gesichtsausdruck entging, der ein prustendes Lachen gerade noch in ein diplomatisches Hüsteln verwandeln konnte.

»Verstärkung?« wiederholte Grant. »Wie meinst'n das genau?«

»Na... so wie gestern. Falls Sie wieder auf Hasenjagd gehn. Ich könnt auf Ihre Kiste aufpassen, oder vielleicht sogar 'ne geheime Nachricht für Sie abholen.« Er suchte gespannt nach einer Antwort in Grants Gesicht.

Grant musterte Champ. Er dachte an die Verfolgungsjagd vom Vorabend und an Curtis' Warnung, daß er erkannt werden könnte, falls einer der Leute vom Washington Centre heute vormittag zufällig am Transporter Dienst hatte. Da konnte es nicht schaden, notfalls einen unbekannten Boten zu Louise schicken zu können.

»Okay«, sagte er und machte Champ glücklich. »Steig ein. Wir werden nicht lang brauchen... aber zuerst schnallst du dir die Dinger ab...«

Grant hatte den Transporter und die ständig wechselnde Menschentraube etwa zwanzig Minuten lang beobachtet. Von seinem Parkplatz zwischen zwei Fahrzeugen aus hatte er einen guten Blick auf den Transporter, der in etwa vierzig Meter Entfernung auf der anderen Straßenseite stand.

Er konnte Louise klar und deutlich erkennen. Zusammen mit einem anderen Mädchen in Blau mischte sie sich unter die Leute und wurde gelegentlich ein Flugblatt an widerwillige Passanten los. Um diese Tageszeit, kurz vor Mittag, war nicht viel Betrieb. Ein paar zerlumpte Gestalten aus dem Obdachlosenheim in der Nähe beugten sich schützend über ihre Suppenteller, dazwischen standen etwa ein Dutzend junger Schwarzer rauchend und plaudernd herum.

Allerdings entdeckte Grant auch vier weniger freundliche Zeitgenossen, die aus der Menge herausfielen, auch wenn sie den Eindruck zu erwecken suchten, als gehörten sie dazu. Alle vier strahlten eine Alarmbereitschaft aus, die den anderen abging, dachte Grant. Wenn sie mit jemandem sprachen, waren es nur wenige Worte, keine Unterhaltung. In einem von ihnen erkannte Grant die lila Wollmütze vom Vortag.

Champ wurde unruhig. Grant hatte ihn mit einer Ladung Comics, Popcorn und Cola eine Viertelstunde lang ruhiggestellt, doch jetzt waren Popcorn und Cola beseitigt und Champ hatte langsam den Eindruck, als wolle sein Gönner kneifen und habe die Absicht aufgegeben, den Hasen anzubaggern.

Enttäuscht von der Feigheit seines Freundes platzte er schließlich heraus: »Mann, woll'n Sie hier den ganzen Tag rumsitzen und die Tussi anglotzen?«

Grant rührte sich. Er schien Champ gehört zu haben, ohne auf den Inhalt zu achten, denn statt einer Antwort sagte er: »Hör mal, Champ, siehst du die vier Typen bei den Leuten da drüben... einer hat 'ne lila Mütze auf, so eine wie du... die zwei in den Lederjacken... da... und da... und den mit den weißen Baseballschuhen... siehst du die?«

»Klar, Mann. Fiese Typen!« entgegnete Champ. »Sie glauben, die halten nach Ihnen Ausschau... falls Sie versuchen, ihnen den Hasen zu klauen? Ich hab Ihnen gesagt, was die Brothers dazu meinen, Brett. Sowas mögen die Typen gar nich.«

Grant nickte geistesabwesend und ließ den Jungen in seinem Glauben. Er hatte entdeckt, daß ein paar schwarze Kinder in

Champs Alter und Größe am Suppenstand spielten. Einige von ihnen hatten Hamburger oder Plastikteller in der Hand, anscheinend teilte das Sektenpersonal seine Gratismahlzeiten auch an Kinder aus. Je jünger desto besser, dachte er zynisch.

Die Kinder brachten ihn auf eine Idee. Er wurde das Gefühl nicht los, daß man ihn erwartete – und nicht in Gestalt von Chester Calhoun! Daher beschloß er spontan, über einen Strohmann zu Louise Kontakt aufzunehmen, einen Mittelsmann, bei dem die Sektengorillas keinen Verdacht schöpfen würden.

»Champ, ich möchte, daß du mir 'n Gefallen tust«, sagte er. »Siehst du das blaue Mädchen da drüben, die, mit der ich gestern gesprochen hab? Glaubst du, du könntest mit ihr reden, ohne bei den Fieslingen Verdacht zu erregen?«

»Easy, Brett. Was soll ich ihr ausrichten?«

Grant überlegte einen Augenblick. »Sag ihr, daß du von mir kommst, und daß ich es für zu riskant halte, selbst mit ihr zu reden. Ich hab den Eindruck, sie haben mich auf dem Kieker und sie könnte Ärger kriegen, wenn sie sehen, daß ich mit ihr rede. Sag ihr, sie braucht sich keine Sorgen zu machen, sie kann sich auf mich verlassen, ich denk mir was aus, wie ich bald mit ihr reden kann. Kapiert?«

»Is das alles?« fragte Champ, sichtlich enttäuscht.

»Es ist wichtig, daß sie weiß, daß ich sie nicht vergessen habe und sie nicht enttäuschen werde«, versicherte ihm Grant. »Und paß auf, daß dich die vier nicht zu lange mit ihr reden sehen«, mahnte er, als Champ über den Beifahrersitz nach hinten kletterte.

Auf Grants Anweisung stieg er bei der hinteren Tür auf der Fahrerseite aus, so daß er beim Aussteigen durch den Wagen vor den Blicken etwaiger Beobachter auf der anderen Straßenseite geschützt war. Er bückte sich, um sich die Rollerskates anzuschnallen, und Grant sagte aus dem Fenster:

»Wenn du mit ihr geredet hast, fahr 'n Stück weiter hoch, bevor du die Straße überquerst und hierher zurückkommst, okay?«

Der Junge zurrte sich die Rollerskates fest und richtete sich auf. Er winkte lässig ab. »Sowieso. Und regen Sie sich nicht auf, Mann«, ermahnte er Grant, als wäre er der Ältere. »Überlassen Sie die Sache Jefferson Brown.«

»Jefferson Brown? Wer's 'n das?« fragte Grant verwundert.

»Das bin ich!« Das kleine schwarze Gesicht kam dicht an das offene Fenster und wisperte mit großen, ernsten Augen: »So heiß ich in Wirklichkeit. Das wissen nur meine bestesten Freunde. Sagen Sie's bloß nicht weiter. Versprochen?« Grant nickte verblüfft.

»Schwarz weiß rot, wenn ich lüge bin ich tot«, sagte Champ.

»Schwarz weiß rot, wenn ich lüge bin ich tot«, wiederholte Grant feierlich den Eid, und weg war das schwarze Lausbubengesicht.

Grant sah zu, wie der schmächtige Junge auf der anderen Straßenseite auftauchte und sich, gekonnt die Fußgänger umrundend, mit spielerischer Leichtigkeit dem Transporter näherte. Sein anfängliches Unbehagen, den Jungen vorgeschickt zu haben, legte sich, und er schüttelte amüsiert den Kopf. Champ war ein geborener Schauspieler, wie die meisten Kinder in seinem Alter, doch bei seinem kindlichen Gemüt hatte er zugleich eine Lebenserfahrung, die ihn für seine jungen Jahre viel zu verständig machte.

Grant beobachtete, wie Champ sich der losen Menschenmenge am Transporter näherte und mit Louise sprach. Dann verdeckten Passanten kurz die Sicht. Als sie vorbeigegangen waren, waren das Mädchen und der Junge verschwunden.

Grant geriet in Panik und hatte die Hand schon am Griff, um aus dem Wagen zu stürzen und zum Transporter zu rennen. Mühsam beherrschte er sich und hielt erst einmal nach den vier Aufpassern Ausschau. Sie waren noch alle auf ihrem Posten und schenkten dem, was sich am Transporter abspielte, keine große Beachtung.

Dann entdeckte er seine beiden Schützlinge. Eine Welle der Erleichterung überkam ihn, und er lachte schallend auf, als er den kleinen Champ – »Jefferson Brown für seine bestesten Freunde« – mit einem Hamburger in der einen und einem Plastikbecher in der anderen Hand sah. Louise unterhielt sich freundlich mit ihm.

Kurz darauf schlängelte sich Champ zwischen den Leuten hindurch und verschwand, das Mädchen war wieder allein. Louise wandte sich kurz um und blickte Champ nach, dann konzentrierte sie sich wieder darauf, Flugblätter an die Passanten zu verteilen. Grant war erleichtert, daß offenbar keiner der vier mutmaßlichen Wachposten etwas bemerkt hatte.

Champ war innerhalb kürzester Zeit zurück. Grant griff nach hinten und öffnete ihm die Tür, und der Junge stolperte aufgeregt in den Wagen. Er hielt einen angebissenen Hamburger und ein paar Flugblätter in der Hand.

»Gut gemacht, Champ«, lobte Grant. »Du warst super. Hast du ihr meine Botschaft überbracht? Was hat sie gesagt?«

Der Knirps nickte und grinste triumphierend von einem Ohr zum anderen. »Ja, kein Problem. Hab ja gleich gesagt, daß es easy is.« Das kleine, schwarze Gesicht wurde ernst und Champ senkte verschwörerisch die Stimme. »Sie meint auch, daß es zu riskant is, wenn Sie selbst rübergehn und mit ihr reden. Sie glaubt auch, daß die vier Typen auf jemand warten, sagt sie. Sie weiß zwar nicht auf wen und warum, aber Sie sollen lieber vorsichtig sein. Ach ja . . . und das soll ich Ihnen geben . . .« Er hielt Grant die Flugblätter hin. »Auf einem steht 'ne Nachricht für Sie drauf.«

»Eine Nachricht?« rief Grant überrascht. »Wie zum Teufel hat sie das vor der Nase der anderen geschafft?«

»Easy«, erwiderte Champ nüchtern. »Sie hat sie einfach von unten aus'm Stapel gezogen. Köpfchen! Wie 'n Mississippi-Spieler im Film. Da haben Sie sich 'ne starke Frau rausgesucht, Brett.«

Grant beschloß, die letzte Bemerkung zu ignorieren, schüttelte amüsiert den Kopf über die Gewitztheit der beiden und begutachtete den dünnen Stapel Flugblätter, den Louise Champ mitgegeben hatte. Er strich die Zettel glatt und überflog sie. Es waren insgesamt acht Stück, beim dritten von unten wurde er fündig. Sie hatte ihre Nachricht zwischen die gedruckten Zeilen geschrieben, in einer sauberen, runden Schrift.

Da stand: »Habe über Ihr Angebot nachgedacht. Die Antwort ist ja. Bitte seien Sie vorsichtig, die werden gefährlich, wenn ihnen jemand in die Quere kommt. Wg. des Jungen, den Sie erwähnt haben: Wenn er geschnappt worden ist, wird er irgendwo im Keller von B.-Haus in den Turkey Pens festgehalten, wo sie Süchtige ausnüchtern. Eines sollten Sie vorher wissen – ich habe keine Angehörigen. Ich bin Waise. Aber ich werde Ihnen nicht lang zur Last fallen. Falls Sie mir nicht helfen können, danke ich Ihnen trotzdem. Ich weiß, Sie haben es gut gemeint. Gruß, Louise.«

Grant blickte auf und sah grimmig zum Transporter hinüber. Es standen jetzt ein paar Leute mehr um den Transporter herum. Doch er wußte, das würde die Sektengorillas nicht daran hindern, ihn zu attackieren, falls sie den Befehl dazu hatten. Schließlich hatte er am gestrigen Abend ihren Fanatismus und ihren blinden Eifer zur Genüge mitbekommen. Es hatte keinen Zweck, zum jetzigen Zeitpunkt eine direkte Konfrontation zu provozieren. Außerdem war er allein, und in solchen Situationen ging Besonnenheit eindeutig vor Heldenmut.

Er überlegte einen Moment. Ein spielendes Kind, dachte er, würde seiner eigenen Aufmerksamkeit unter den gegebenen Umständen entgehen, und bei den Sektengorillas wäre es wahrscheinlich genauso. Ohne den Transporter aus den Augen zu lassen, sagte er: »Champ, glaubst du, du könntest dem Mädchen noch 'ne Botschaft überbringen, ohne daß die vier Typen es spitzkriegen? Würde 'n Zehner dabei rausspringen.«

»Klar doch, Brett«, antwortete der Knirps eifrig. »Wie lautet die Botschaft?«

»Sag ihr, ich werde mein Wort halten und ihr helfen. Sag ihr, sie soll Geduld haben und die Hoffnung nicht aufgeben. Ich laß mir was einfallen.« Er drehte sich nach hinten und sah Champ an. »Okay? Kapiert?«

»Bingo!« Wie der Blitz war der Junge draußen. Dann schien ihm etwas einzufallen, er blieb stehen und sein Gesicht verdüsterte sich. Ruckartig drehte er sich um und neigte den Kopf an Grants Fenster. »Brett?...« sagte er zögernd.

»Ja?« Grant blickte in das ernste Gesicht neben seiner Schulter.

»Sie brauchen mir kein Geld zu geben« sagte Champ feierlich, wenn auch etwas widerstrebend. »Sie sind mein Freund... und der Hase gefällt mir. Ich mach's umsonst.«

Grant wußte, welche Überwindung es den mittellosen Knirps gekostet haben mußte – er stammte aus einer großen, völlig verarmten Familie –, dieses Angebot zu machen und auf einen solchen Geldsegen zu verzichten. Er betrachtete den Jungen mit einer Mischung aus Bewunderung und Zuneigung.

»Schon okay, Champ. Aber ich schenk dir das Geld nicht, Junge. Du erledigst hier 'n wichtigen Job für mich ... führst 'ne wichtige Mission auf Feindgebiet aus. Genaugenommen bist du mein V-Mann ... Agent Jefferson Brown, Deckname Champ. Du siehst, ich zahl dir nur dein Honorar.«

Das kleine Gesicht leuchtete auf, und die großen Augen sprühten vor Aufregung. »Echt? Ist die Sache so wichtig?« Grant nickte. »Okay, Brett, ich bin schon weg.«

Er flitzte los und war kurz darauf zurück. Er hatte Louise noch einmal gesprochen, ohne die Aufmerksamkeit der vier Aufpasser zu erregen. Offensichtlich waren sie zu sehr auf Grant selbst fixiert, um dem Kommen und Gehen von einem halben Dutzend Straßenkindern sonderliche Beachtung zu schenken.

Als Champ zum zweiten Mal auf den Rücksitz stolperte und atemlos, aber todernst verkündete: »Mission ausgeführt, Chef«, gratulierte Grant ihm lachend, ließ den Motor an und fuhr los. Als er auf Höhe des Transporters war, ließ er sich von einem Lastwagen überholen, um vor den Blicken der Sektenleute geschützt zu sein.

Er setzte Champ in der Nähe der Harlem Towers ab und händigte ihm das wohlverdiente Honorar aus. »Bitte sehr, Agent Brown. Du hast dich im Feindgebiet tapfer geschlagen.«

Agent Brown nahm den gefalteten Schein hocherfreut in Empfang und salutierte. Grant erwiderte den Gruß, und als er losfahren wollte, sagte Champ, den Zehn-Dollar-Schein in die Hosentasche stopfend: »Wahnsinn! ... Zehn Dollar!« Er pfiff durch die Zähne, schüttelte mitleidig den Kopf und meinte: »Sie müssen ganz schön scharf sein!« Damit zischte er ab. Grant stand mit offenem Mund da.

Die Uhr zeigte kurz vor elf. Grant beschloß, sich im nächsten Deli einen Snack zu holen und sich auf den Weg nach Rockford zu machen. Er war auf das Gespräch mit Jim Miller und seinen Entführern gespannt. Gleichzeitig beruhigte ihn der Gedanke, daß Sheriff Nate Springfield bei dem Gespräch dabei sein würde.

36

Der blauuniformierte Wachmann konnte seine Verachtung nicht verhehlen, als der elegante Mafioso aus dem Fahrstuhl trat, in dem er erst zehn Minuten zuvor nach oben gefahren war, und auf ihn zukam. Der Kerl hat zu viele Gangsterfilme gesehen, dachte er, nach der obligatorischen Sonnenbrille unter dem Sporthut zu schließen. Der beabsichtigte Einschüchterungseffekt wurde jedoch durch die einzelne, schüchtern aus ihrer Zellophanverpackung spitzende rote Rose in seiner Hand ruiniert.

Der Wachmann, ein stämmiger, pensionierter Cop Ende Fünfzig namens Patrick Donahue hatte sich zur Aufbesserung der Pension den leichten Job als Gegenleistung für einige Gefallen geben lassen, die die Neroni-Familie ihm aus der Zeit schuldete, als er noch im Dienst war. Seine Meinung über die großkotzigen Mafiabrüder, seine neuen Kollegen, war allerdings noch immer von seinem langen Polizistenleben geprägt.

Doch seinem Gesicht war davon nichts anzumerken. Er zog lediglich die Augenbrauen hoch, als der Bote ihm befahl: »He Sie da … rufen Sie zu Miss Menotti hoch. Sie geht nicht an die Tür.«

»Kann ich ihr nicht verübeln«, erwiderte Donahue. »Die läßt nicht jeden rein. Und noch was …«, sagte er mit demonstrativem Blick auf die rote Rose, »sie mag es nicht, wenn Furino seine … Freunde … zu Hause empfängt!«

Der junge Mafioso lief dunkelrot an und kam drohend auf ihn zu. »Weißt du eigentlich, mit wem du redest, Arschloch?« fragte er wütend. »Paß auf, was du sagst oder …«

»Oder was?« fragte Donahue genüßlich. Seit seiner Pensionierung hatte er keinen Grünschnabel mehr so zappeln lassen. Er kannte die Typen gut. Heimtückische, großkotzige Killer waren das. Er verabscheute sie aus tiefstem Herzen. Genaugenommen beruhte die Abscheu auf seiner unterschwelligen Selbstverachtung, weil er als Polizist auf der Gehaltsliste der Familie gestanden hatte … und danach einträgliche Pfründe in Gestalt dieses Jobs vom Don angenommen hatte – dem Mafiaboß Bruno Neroni.

Aus seiner langjährigen Erfahrung wußte Donahue, wie weit er bei Ganoven wie dem, der jetzt vor ihm stand, gehen konnte. Er hatte sich an ihnen die ersten Sporen verdient als junger Streifenpolizist im Hafen an der East Side von Manhattan. Der wütende junge Mafioso merkte nicht, daß die unverschämte Haltung des breitbeinigen Wachmanns, der die Daumen arrogant in den Gürtel gehakt hatte, bedeutete, daß die rechte Hand auf der Pistole ruhte.

»Oder ich polier dir die Fresse, du uniformierter Wichser!« fauchte er den Posten an.

»Vorsichtig«, warnte Donahue und deutete mit dem Kopf auf die Rose in der Hand des Mafioso, »sonst zerdrückst du das Blümchen, und Tante Gina läßt dich nicht ran.«

Der junge Mafioso schnappte nach Luft und verlor die Beherrschung. Er fuhr mit der Hand in die Jacke und zog die Pistole aus dem Schulterholster, um dem unverschämten uniformierten Idioten das Maul zu stopfen. Er hatte die Hand noch kaum am Kolben der Automatik, als er in die unerschütterliche Mündung einer schweren .38er blickte, einen halben Meter von seiner Nase entfernt. Er erstarrte, und seine Zungenspitze fuhr nervös über die plötzlich ausgedörrten Lippen.

»Wie hättst du denn gern das Näschen geputzt, Sonny?... Mitten durch den Schädel, wie? Los, nimm die Hand da raus!... Langsam und vorsichtig... schön offen lassen, Fingerchen ausstrecken... so ist's brav.« Donahues Ton und sein eiskalter Blick über den Lauf des Schießeisens duldeten keinen Widerstand.

»So, und jetzt fangen wir noch mal von vorn an, okay?...« Donahue trat einen Schritt zurück und steckte die Pistole mit einer lässigen, routinierten Handbewegung ins Holster, allerdings ließ er die Hand am Kolben. »Und diesmal mit etwas mehr Respekt, Rotzlöffel. Also, was willst du.«

Der Mafioso schluckte und rang um Fassung. Angst hatte seine Wut verdrängt, das schauerliche, schwarze Auge der .38er hatte ihn kurzzeitig zur Salzsäure erstarren lassen. Jetzt stierte er Donahue haßerfüllt an. »Wenn Furino das erfährt, Mister, können Sie sich Ihren Job in den Arsch stecken.«

»Steck doch du dem Wichser was in'n Arsch!« erwiderte Donahue verächtlich. »Erzähl ihm, was du willst. Ich bin vom

Don persönlich eingestellt. Aber ich dachte, du wolltest mich was fragen... und zwar höflich... wenn ich mich recht erinnere?«

Der Mafioso holte tief Luft und sagte zähneknirschend: »Würden Sie in Miss Menottis Penthouse hochrufen, ob sie da ist?«

»Nicht nötig. Sie ist da«, erwiderte Donahue. »Ich hab seit heute früh um acht Dienst. Der Kollege, den ich abgelöst hab, hat nichts erwähnt, daß sie oder Furino während seiner Schicht ausgegangen wären, und seit ich hier bin, haben sie das Haus nicht verlassen. Ich schlage vor, Sie lehnen sich gegen die Klingel. Vielleicht haben die zwei die ganze Nacht Dildosuchen gespielt.«

Der Mafioso schüttelte den Kopf, die Verwirrung stand ihm im Gesicht. »Ich hab Sturm geläutet. Und geklopft hab ich auch. Neenee, wenn sie drin sind, machen sie nicht auf, sag ich Ihnen. Bei dem Spektakel, das ich veranstaltet hab, wacht jeder auf.«

Donahue musterte ihn einen Moment, dann ging er achselzuckend in seine Loge und nahm den Hörer ab. Er wählte Carla Menottis Nummer und ließ es zwei geschlagene Minuten lang klingeln. Er drückte mit dem Finger auf die Gabel, wählte noch einmal und hörte noch ein paar Minuten dem Klingeln zu. Schließlich legte er auf und rief dem jungen Mafioso, der ihn aus der Halle beobachtete, zu: »Wir schaun mal nach. Warten Sie hier, bis ich Toni Scirea gerufen hab. Falls da oben irgendwas nicht stimmt, muß er's sowieso als erster erfahren.«

Diesmal wählte er die Nummer von Scireas Souterrain-Wohnung – Scirea war Wachdienstleiter und obendrein einer von Furinos Leuten.

Keine fünf Minuten, nachdem Scirea und der junge Mafioso im Fahrstuhl verschwunden waren, klingelte bei Donahue das Telefon. Es war Toni Scirea, er klang nervös. »Pat? Komm sofort rauf. Es gibt Ärger... großen Ärger.«

Ohne jede weitere Erklärung legte Scirea auf. Donahue ließ den Hörer auf die Gabel fallen und eilte zu den Fahrstühlen...

Als er vor dem Penthouse-Apartment stand, öffnete sich, noch bevor er auf den Klingelknopf drücken konnte, lautlos die

Tür. Scirea, der dahinter gewartet und ihn durch den Spion kommen gesehen haben mußte, wirkte bleich und mitgenommen. Er ließ Donahue ein und machte schnell die Tür zu. Seine Stimme war vor Nervosität heiser.

»Jesus, so 'ne Sauerei...« brach es aus ihm heraus. Er atmete tief durch und schüttelte sich. »Ermordet, alle beide. Der Don kriegt 'n Tobsuchtsanfall!« Er schluckte, sein faltiges, graues Gesicht kämpfte mit den Gefühlen.

Donahue, für den nach dreißig Jahren als Cop in New York ein gewaltsamer Tod eigentlich nichts Ungewöhnliches mehr war, war dennoch über die schockierende Nachricht bestürzt. Dieser Mord kam ihm eine Spur zu nahe, jetzt wurde es ungemütlich. Sein Arbeitgeber war davon betroffen, und damit auch er selbst. »Bist du sicher, daß es kein Selbstmord war?« fragte er in vager Hoffnung.

»Selbstmord?« Scirea verschluckte sich fast bei dem Wort, dann sagte er bitter: »Von wegen Selbstmord! Da drin sieht's aus wie beim Kettensägenmassaker! Sie sind massakriert worden. Kein besonders schöner Anblick.«

»Das ist es nie«, erwiderte Donahue düster. »Wo sind sie?«

»Hier lang...« Scirea führte seinen Kollegen durch Carlas Wohnzimmer zum Bad. Der junge Mafioso saß kreidebleich und mit Zigarette im Mund in einem Sessel, weit weg von der geöffneten Badezimmertür und so, daß er keinesfalls ins Bad hineinsehen konnte.

Donahue musterte ihn im Vorbeigehen und verzog hämisch die Lippen. »Was'n los, Killer? Guckst du dir das Werk von Kollegen nicht an?«

»Leck mich!« kam die Antwort gepreßt.

Donahue lachte heiser, und Scirea schnauzte ihn an: »Laß das, Pat! Wir sitzen tief genug in der Scheiße, wir müssen uns nicht noch gegenseitig fertigmachen.«

Scirea trat durch die geöffnete Tür ins Bad. Donahue folgte ihm... und erstarrte. Es war, als hätten sie einen Schlachthof betreten – aber einen, den die Schlachter fluchtartig verlassen hatten, die halbzerlegten Kadaver liegen lassend und ohne nach ihrer blutigen Arbeit sauberzumachen.

Der ausgeweidete Leib von Carla Menotti lag mit dem Gesicht nach unten in einer riesigen, geronnenen Blutlache auf dem Grund der versenkten Badewanne. Er war umgeben von bläulich-rosa Eingeweiden, die herausgerissen und um die Leiche drapiert worden waren.

Am Kopfende der Badewanne thronte, rittlings auf dem Kopf der Toten, die Leiche von Giovanni Furino. Wie Carla war er nackt. Sein Kopf lag mit weit aufgerissenem Mund zwischen den glänzenden goldenen Wasserhähnen. Damit er nicht abrutschte, hatte man ihn mit den Ellbogen über die Armatur gehängt.

Donahue pfiff leise, als seine Augen über den zerfetzten Rücken der Toten nach oben glitten und an der blutigen Stelle zwischen den Beinen des Mannes innehielten, wo ihm die Geschlechtsteile mit einem sauberen Schnitt abgetrennt worden waren. Dann wanderte sein Blick am nackten Körper des Toten weiter nach oben, und er sah, daß auch er mit klaffenden Schnittwunden übersät war.

Der schwere Atem der beiden Wachleute war das einzige, was in diesem gefliesten Horrorkabinett zu hören war. Donahue hielt die Stille nicht mehr aus und plapperte einfach drauf los. Auf Furinos verstümmelten Unterleib deutend sagte er: »Sieht aus, als hätte ihm jemand die Klunker gestohlen.«

»Er hat sie im Mund«, antwortete Scirea knapp.

Donahue lies einen seiner heiseren Lacher los. »Im Ernst? Lutscht er zur Abwechslung mal seinen eigenen Schwanz!«

»Herrgott nochmal! Fällt dir in so einem Moment nichts anderes ein? Du bist nicht mehr normal! Du bist pervers!« fuhr Scirea ihn an, die eigene Anspannung mit dem Unmut über den rauhen Humor seines Kollegen abreagierend.

»Ach ja?« Donahue blickte ihn trübe an. »Naja, vielleicht, weil ich mit ziemlich perversen Leuten zu tun hab. Aber trotzdem«, sagte er und deutete mit dem Kopf auf das grausige Paar in der Badewanne, »bin ich nicht halb so pervers wie der, der das hier angerichtet hat!«

Sie schwiegen. Dann sagte Scirea kleinlaut: »Wie zum Teufel soll ich das dem Don verklickern?« Unlösbar stand die Frage im Raum. Plötzlich sagte er: »Hey, Pat... was hältst du von den Schnitten?«

Donahue ließ die Augen über die klaffenden Schnittwunden auf den beiden Leichen wandern. Sie waren so kurz nach dem Tod ins Fleisch geritzt worden, daß noch Blut aus den Wunden gesickert war und einige Schnitte miteinander verbunden hatte, wodurch sie nicht mehr als römische Zahlen zu erkennen waren. Stirnrunzelnd betrachtete er das grausige Werk. Dann verschwand die Falte plötzlich aus seiner Stirn. Irgendwie kam ihm die Anordnung der Schnitte bekannt vor.

»Ich weiß, es klingt vielleicht verrückt«, begann er zögerlich, »aber sie sehen für mich aus wie das komische Gekritzel der Chinesen.«

»Diese gottverdammten Schlitzaugen!« platzte es aus Scirea heraus. Überrascht von der vehementen Reaktion sah Donahue ihn an, doch Scirea war nicht mehr zu bremsen. »Ich hätte wissen sollen, daß was nicht stimmt, als ich die Schweine in dieser Nobelhütte hier gesehen hab.«

»Schlitzaugen? Welche Schlitzaugen? Wovon redest du?« fragte Donahue. Wie Scirea hielt er die weiße Rasse für überlegen und war allen Asiaten gegenüber mißtrauisch; bei ihm kam die Haltung aus der langjährigen Zugehörigkeit zur mitgliederstarken, elitären Irisch-Amerikanischen Landsmannschaft innerhalb der New Yorker Polizei.

Scireas Phantasie wurde durch die Gefahr, in der er sich befand, beflügelt. Der Don mußte verständigt werden, und sein Zorn war vorauszusehen. Das Problem war, wie er den Zorn von sich abwenden und wenn möglich auf ein anderes Ziel lenken konnte. Donahues Bemerkung, die blutverschmierten Wunden sähen aus wie chinesische Schriftzeichen, hatte ihm den Schwarzen Peter geliefert: die Asiaten, die er in der Nacht zuvor gesehen hatte – die Schlitzaugen!

Mit dem Eifer eines Ertrinkenden, dem plötzlich ein leeres Rettungsboot vor die Nase schwimmt, beschrieb Scirea die beiden jungen japanischen Geschäftsleute, die kurz nachdem Furino nach oben gefahren war, das Gebäude verlassen hatten. In seiner Erregung bekamen sie eine unheilvolle Aura. »Ich geh jede Wette ein, die beiden gehörten zu den Triaden, mit denen die Familie im Clinch liegt«, sagte er überzeugt.

Scirea erholte sich rasch von der lähmenden Unentschlossenheit, die ihn befallen hatte, als er die abgeschlachteten Leichen entdeckt hatte. »Ich werde Falcone anrufen und mir einen Termin beim Don geben lassen. Ich sag's ihm lieber selbst. Warte hier, bis ich zurück bin.« Mit dieser Anweisung wandte er sich zum Gehen.

Nach wenigen Schritten hielt ihn Donahues Stimme auf. »Ruf lieber erst die Cops, bevor du den Consigliere anrufst. Der Don kriegt auch so genug Ärger, ohne daß der Staatsanwalt ihm wegen der verschleppten Meldung eines Doppelmords auf die Pelle rückt.«

Scirea drehte sich herum und sah Donahue an. »Du bist und bleibst ein Bulle«, bemerkte er vernichtend. »Wir schalten das Gesetz ein, wenn und wann der Don es für richtig hält... und nicht vorher. Jetzt ist er dein Boss, nicht der Scheißstaatsanwalt. Und noch was... wenn der Don beschließt, daß die Polizei nicht eingeschaltet wird, kann uns dein Staatsanwalt am Arsch lekken! Capito?«

Donahue zuckte mit den Achseln. »Mach, wie du willst. Bloß, bei dem vielen Blut hier würde die Mordkommission vielleicht Fingerabdrücke entdecken, mit denen sich ein Verdächtiger überführen ließe. Ich nehme an, der Don ist scharf auf alles, womit er die Triaden unter Druck setzen kann. Mehr wollte ich gar nicht sagen«, brummte er.

»Ich werd's ihm vorschlagen«, gab Scirea kurz zurück. »Doch bevor wir keine Befehle haben, unternehmen wir gar nichts.« Er drehte sich um und ging in den Nebenraum, wo das Telefon stand, um den Consigliere anzurufen. Als er den Hörer abhob, wischte er sich den Schweiß von der Stirn und atmete tief durch, um die Anspannung loszuwerden, die sowohl in seinem Magen als auch in seinen Gedärmen rumorte.

37

Don Bruno Neroni saß in seinem geräumigen Büro hinter dem schweren Eichenschreibtisch und hörte Scirea zu. Als der Wachmann mit seinem Bericht fertig war, stand er stumm da, drehte nervös die Mütze in den Händen und wartete ergeben auf das

Donnerwetter. Trotz der Kühle des klimatisierten Raums stand ihm der Schweiß auf Stirn und Oberlippe, und er verfluchte sich insgeheim, daß man ihm die Angst so deutlich ansah. Er war überzeugt, man würde es ihm als Beweis seiner Schuld oder Komplizenschaft auslegen.

Emilio Falcone, der schweigsame, finster blickende Consigliere der Familie, der an seinem Stammplatz neben dem Schreibtisch saß, tat nichts, um Scireas Unbehagen zu mindern. Seine Anwesenheit machte die Situation eher noch ungemütlicher, denn so erinnerte das Gespräch unangenehm an ein Standgericht vor zwei Richtern.

Die einzig erkennbare Reaktion des Don auf Scireas schockierende Neuigkeiten war, daß sich seine schmalen Lippen strafften und seine Augen sich leicht verengten, als er den schwitzenden Pförtner scharf ansah und nach einer Schwachstelle in seiner Story suchte. Jetzt beugte er sich vor, stützte die Ellbogen auf den Schreibtisch und legte die Fingerspitzen aneinander. Als der Don endlich zu sprechen begann, war seine Stimme ruhig und verriet keine Spur der maßlosen Wut, die in ihm kochte.

»Du sagst, als Miss Menotti und Furino von ihrem Spaziergang zurückkamen, hat sich Furino eine Zeitlang mit dir unterhalten, bevor er nach oben in die Wohnung fuhr? Heißt das, er hat Miss Menotti allein nach oben fahren lassen?«

Scirea ließ sich von der sanften Stimme nicht täuschen. Die Augen, die ihn ansahen, waren so grau wie Stein... und genauso kalt. Er hatte wegen des Jobs in Furinos Schuld gestanden, doch der Tod hatte diese Schuld getilgt, dachte er, vor allem angesichts der heiklen Situation, in der er sich befand. Bevor er antwortete, fuhr er sich mit der Zunge über die trocknen Lippen und räusperte sich. »Ja, Boss...« Er zögerte, dann veranlaßte ihn ein letzter Rest Loyalität zu dem Hinweis, »aber er hat sich nicht lange aufgehalten.«

Im nächsten Moment bereute er seine Worte, da der Don eisig bemerkte: »Lange genug... falls jemand auf sie gewartet hat!«

Scirea trat von einem Fuß auf den anderen und pflichtete dem Don kleinlaut bei. Ihm war unter dem prüfenden Blick der stahlgrauen Augen äußerst unbehaglich. Langsam, als dächte er laut nach, sagte Neroni: »Du hast gesehen, wie diese Asiaten... die

Schlitzaugen, wie du sie nennst... das Haus verlassen haben?
Aber du hast sie nicht hereinkommen sehen?«

»Nein, Boss«, antwortete Scirea und schüttelte heftig den
Kopf. Er war froh, daß sich die Aufmerksamkeit von seiner Person weg bewegte. »Vielleicht haben sie sich von hinten durch
den Lieferanteneingang eingeschlichen, oder über die Feuerleiter an der Seitengasse.«

»Hast du die Eingänge nach Spuren unbefugten Betretens untersucht?« fragte die sanfte Stimme.

»Ähm... nein, Boss.« Der Don runzelte die Stirn, und Scirea
hüstelte nervös in die Hand, um sich zu räuspern. Sein Hals
kratzte, als sei er aus Sandpapier. Er breitete flehentlich die
Hände aus. »Ich wollte nicht noch lange herumtrödeln, bevor
ich Ihnen die schlechte Nachricht bringe, verstehen Sie...
und... naja, ich dachte, darum kümmern sich dann die Cops...
wenn sie kommen...« Er verstummte.

»Du hast die Polizei informiert?« Die Stimme des Don war
plötzlich so hart wie seine zwei bohrenden Augen.

»Ich werd mich hüten, Boss!« versicherte Scirea eilig und
zwinkerte, da der Schweiß ihm in den Augen brannte. »Ich bin
schnurstracks hierher gekommen. Donahue wollte sofort die
Polizei rufen, aber ich befahl ihm zu warten, bis ich von Ihnen
die entsprechende Anweisung habe.« Triumphierend dachte er,
steck dir das in deinen irischen Arsch, Donahue, du vorlauter
Scheißbulle! Als er beim Don Erleichterung bemerkte, atmete
er auf.

Neroni preßte die Lippen zusammen und nickte langsam.
»Gut... gut. In diesem Punkt hast du korrekt gehandelt. Einer
unserer Leute muß das Apartment natürlich durchsuchen... ob
es Dinge gibt, die die Familie in Verlegenheit bringen könnten,
bevor wir die Polizei rufen. Die Polizei...« bei diesem Wort verzog er spöttisch den Mund, »... ja, die soll dann ermitteln, wie
die Mörder ins Haus gekommen sind. Schließlich zahlen wir ihr
genug.«

Er überlegte einen Augenblick, dann schien er eine Entscheidung getroffen zu haben. »Nun gut, Antonio. Ich danke dir, daß
du mir die Nachricht persönlich überbracht hast. Ich schätze einen Mann, der unangenehme Pflichten nicht delegiert. Es wäre

für dich ganz einfach gewesen, meinen Kurier, den jungen Angelo Capaldi mit der schlechten Nachricht zu mir zu schicken.«

Erleichterung überkam Scirea, und plötzlich verspürte er den heftigen Drang, seine Blase zu entleeren. Es sah so aus, als hätte er die Tortur heil überstanden. Sein Glücksgefühl kaschierend, sagte er ehrerbietig: »Ich habe zu viel Hochachtung vor Ihnen, Don Bruno, um einen anderen mit einer Nachricht zu schicken, die zu überbringen meine eigene Aufgabe war.«

Als der Don anerkennend den Kopf neigte, beschloß Scirea spontan, sein Glück noch ein bißchen zu strapazieren und sagte: »Don Bruno ... ich weiß, dies ist kaum der rechte Augenblick ... doch darf ich Sie bitten, darüber nachzudenken, ob ich meinen Job im Apartmenthaus vielleicht behalten könnte? Ich weiß, ich bin von Furino eingestellt worden ...«

»Du hast den Job vielleicht von Furino bekommen, doch bezahlt wirst du von der Familie«, unterbrach ihn Neroni trocken. »Ich werde mir die Sache durch den Kopf gehen lassen. Eine gewisse Umstrukturierung mag unter Umständen nötig sein. Doch im Moment sehe ich keinen Anlaß für Veränderungen.«

Der Don lehnte sich in seinen Polstersessel zurück. »Also, Antonio ... ich möchte, daß du dich wieder ins Apartment begibst und auf weitere Befehle wartest. Der Consigliere«, er deutete mit dem Kopf auf den brütenden Falcone, »wird die notwendigen Vorkehrungen treffen und dir mitteilen, wann du die Polizei rufen sollst. Du wirst den Cops erzählen, wie du das Verbrechen entdeckt hast und dabei lediglich den Zeitpunkt ändern. Damit vermeiden wir dumme Fragen über die Zeit zwischen der Entdeckung des Verbrechens und deiner Meldung. Das ist alles. Du kannst jetzt gehen und auf deinen Posten zurückkehren.«

Als Scirea sich dankend verzogen hatte und Bruno Neroni mit seinem schweigenden Consigliere allein war, ließ der Don endlich seiner aufgestauten Wut freien Lauf. Seine Augen funkelten, er schlug mit der Faust auf die glänzende Schreibtischplatte und spie seinen Zorn aus, dabei wurde sein Akzent immer stärker und seine Kanonade war mit italienischen Ausdrücken gespickt.

»Das ist intolerabile... eine infamia!... diese Triaden animales! Haben die keinen Sinn für vergogna... keine Ehre im Leib? Wo ist ihre onore, daß sie Krieg gegen Frauen führen? Das sind keine Menschen... sie verdienen nicht einmal den Namen animales! Das sind rettiles... Reptile!«

Emilio Falcone wartete geduldig, bis sich der Don ausgetobt hatte. Er kannte seine Ausbrüche besser als jeder andere. Er ließ sie seit zwanzig Jahre über sich ergehen. Erst der Tobsuchtsanfall, dann eine kurze Periode brütender Stille, während der Neroni die Fassung wiedergewann, um klar denken zu können. Don Bruno Neroni traf eine Entscheidung nie aus Wut heraus – deshalb war er so erfolgreich in seiner Branche, dem organisierten Verbrechen. Geschlagene fünf Minuten saß Falcone mit stoischer Gelassenheit da, während der Zorn des Don sich über ihn ergoß und langsam verebbte. Die anschließende, brütende Stille war fast so eindrucksvoll wie das Donnerwetter. Die Wut war noch da. Sie hüllte den Don ein wie eine knisternde elektrische Ladung, doch jetzt wurde sie unter Kontrolle gebracht... ins Joch gezwungen... in die richtigen Kanäle eingespeist, um den gerissenen und äußerst kompetenten Verstand zu stimulieren.

Falcone erhob sich leise vom Stuhl. Er ging zur Bar in der Ecke, goß zwei ordentliche Brandys ein, stellte die beiden Gläser auf den Schreibtisch und setzte sich wieder.

Die Sekunden tickten und summierten sich zu weiteren fünf Minuten. Dann rührte sich der Don. Er nahm den Brandy, schwenkte ihn sanft, atmete das schwere Bouquet genüßlich ein, nippte und schluckte den edlen Tropfen. Mit ruhiger Stimme, die Gefühle wieder vollständig unter Kontrolle, fing er an zu sprechen.

»Also... wenn wir es mit Reptilien zu tun haben, dann werden wir sie eben zertreten, bevor sie sich aufbäumen und uns in die Waden beißen. Ruf die Caporegimes für heute abend zusammen. Ich will alle drei punkt acht hier sehen. Morgen gibt es Krieg. Eine Reihe koordinierter Schläge gegen ausgewählte Ziele, von denen wir wissen, daß dieses Geschmeiß dort operiert. Wir waren nicht skrupellos genug im Umgang mit diesen reisfressenden banditos. Damit ist jetzt Schluß! Sie werden den Tag noch bitter bereuen, an dem sie beschlossen haben, mich zu provozieren, indem sie meine kleine, unschuldige Carla ermorden.«

Falcone hatte einen Block auf den Knien und machte sich Notizen. Mit seiner rauhen Stimme fragte er: »Und der Pförtner, Scirea? Wollen wir an ihm ein Exempel statuieren, damit die anderen in Zukunft besser aufpassen? Besteht die Möglichkeit, daß er ... in die Sache verwickelt ist?«

Der Don überlegte einen Moment, dann schüttelte er den Kopf. »Nein. Das wird nicht notwendig sein. Ich kann mir nicht vorstellen, daß er in ein Komplott um Furinos Tod verwickelt ist. Wie du selbst gehört hast, hat er befürchtet, seinen Job zu verlieren ... und zweifellos sein Leben ... woran du jetzt auch denkst. Nein, ich bin überzeugt, er hatte bei der Sache nichts zu gewinnen und alles zu verlieren. Er gehört jetzt nicht mehr Gino, sondern uns. Und das weiß er. Aber ... wir wollen ihn ein bißchen schmoren lassen, bevor wir ihm seinen Job zusichern. Das bringt uns keine Nachteile und wird ihn in Zukunft doppelt wachsam sein lassen.«

Der Don nahm eine Zigarre aus dem mit reichen Schnitzereien verzierten Humidor auf dem Schreibtisch und machte Falcone ein Zeichen, sich ebenfalls zu bedienen. Falcone zündete ein Streichholz an und hielt es zuerst an die Zigarre des Don und dann an die eigene. Die beiden Männer leerten ihre Brandys und rauchten eine Weile schweigend, dann beendete der Don die Sitzung mit der Anweisung: »Nachdem du das Apartment hast durchsuchen lassen, informierst du Captain Hegarty im Revier ... er soll dafür sorgen, daß die polizeilichen Ermittlungen so bald wie möglich abgeschlossen sind. Kommt sowieso nichts dabei raus. Und postiere ein paar Leute im und ums Haus, sie sollen, falls nötig, die Presse abwimmeln.«

Falcone nickte. Er stand auf und wollte gehen. »Ach, und noch was ...« stoppte ihn der Don. »Sag den Caporegimes, sie sollen eine Liste aller chinesischen Einrichtungen in ihrem Territorium mitbringen. Und eine Liste mit allen uns bekannten Dealern, die im Verdacht stehen, mit Triadenware zu handeln, und wo sie operieren.«

Der Consigliere verließ den Raum, um die Befehle weiterzuleiten und die notwendigen Vorkehrungen für den geplanten

Kriegsrat zu treffen. Für ihn war es weder seltsam noch unnatürlich, daß der Mann, dem er diente, mit wenigen Worten einem Mann das Leben geschenkt hatte und am Abend desselben Tages mit fast ebenso wenigen Worten viele andere zum Tode verurteilen würde. Darin lag eben die Macht dieses Gangsters, dieses gefährlichen Mannes, der die Gesetze der Gesellschaft zugunsten seines eigenen Ehrenkodex ignorierte.

Doch selbst wenn Emilio Falcone darüber nachgedacht hätte, hätte er dies als natürlichste Sache der Welt akzeptiert.

38

Curtis spülte die letzten Bissen seines Lunchs – ein Pastramisandwich mit Essiggurken – mit dem Rest seines Kaffees hinunter. Er verzog das Gesicht über die lauwarme Brühe, wischte sich den Mund ab, stopfte die Papierserviette mit dem Kaffeebecher in die Papiertüte und ließ das ganze in den Papierkorb fallen. Er zündete sich eine Zigarette an und machte sich wieder an die lange Liste mit Namen von Verdächtigen, die als Computerausdruck auf seinem Schreibtisch lag.

Es handelte sich um die Namen von religiösen Sonderlingen, die wegen unterschiedlicher gewalttätiger Aktionen vorbestraft waren. Nach zwanzig Minuten hatte er mehrere Kandidaten für eine Vernehmung angekreuzt. Mit dem Kugelschreiber gegen die Zähne klopfend, lehnte er sich zurück und studierte die kurze Liste derjenigen, die in die engere Wahl kamen.

Er gab es nur ungern zu, aber er hatte bei keinem von ihnen ein gutes Gefühl. Er war schon zu lange bei der Mordkommission, um auf den populären Mythos hereinzufallen, daß Verbrechen durch den brillanten Riecher eines Kommissars gelöst werden. Er wußte nur zu gut, die triste Realität sah so aus, daß die meisten Verbrechen ungelöst blieben, und die wenigen erfolgreich abgeschlossenen Fälle gewöhnlich das Ergebnis langer, mühsamer Kleinarbeit waren. Wenn er verstockten Zeugen Informationen aus der Nase ziehen mußte, kam er sich manchmal vor wie ein Zahnarzt beim Zähneziehen.

Im wirklichen Leben bestand die Arbeit vorwiegend aus dem

Abklappern und Befragen von möglichen Augenzeugen, anschließend mußten Berge von Aussagen geprüft und verglichen werden. Sogar die Spezialisten der Branche, die Experten vom Erkennungsdienst und die Wissenschaftler aus dem gerichtsmedizinischen Labor in ihren weißen Kitteln waren nur Hilfstruppen für den einfachen Frontsoldaten im endlosen Krieg gegen das Verbrechen – den Mordkommissar.

Die langjährige Erfahrung hatte allerdings seine Intuition geschärft, und er hatte ein gutes Auge dafür bekommen, die Spreu vom Weizen zu trennen, wenn es um relevante Informationen oder potentielle Verdächtige ging. Doch in den Kurzinfos zu der Ansammlung von Spinnern auf dem Computerausdruck, der vor ihm lag, auch wenn sie alle in unterschiedlichem Maße gewalttätig aufgefallen waren, gab es keinen Hinweis auf ein Gewaltpotential, wie er es suchte. Er seufzte resigniert angesichts der Aussicht, alle diese Psychopathen ausfindig machen und vernehmen zu müssen. In diesem Moment kam Turner herein und bewahrte ihn vor weiteren Anfällen von Selbstmitleid.

Der lange Texaner schloß die Tür hinter sich. Er grinste über das ganze Gesicht und fuchtelte aufgeregt mit zwei Blättern.

»Chef, ich glaub, ich hab was gefunden, das Sie interessieren dürfte. Schaun Sie sich das an…« Er kam auf Curtis zu und legte die Seiten auf die Namensliste, die Curtis studiert hatte.

Der eingefleischte Skeptiker Curtis ließ sich von der Begeisterung des jüngeren Kollegen anstecken. Turner war normalerweise eher zurückhaltend, seine Aufregung mußte also bedeuten, daß er etwas entdeckt hatte, was er für wirklich wichtig hielt.

Curtis nahm die beiden Blätter zur Hand. Sie waren mit Turners krakeliger, aber leserlicher Handschrift bedeckt. Jeder der fünfzehn chronologisch angeordneten Absätze begann mit einem Datum, einem Namen und einem Ort und enthielt kurze Details zu einem der Mordfälle, in denen sie ermittelten. Diesen Teil hätte Curtis auswendig aufsagen können, so oft war er die Details in den letzten fünf Jahren durchgegangen.

Ihn interessierten die neu von Turner hinzugefügten Informationen im zweiten Teil jedes Abschnitts. Darin waren jeweils die Namen aller religiösen Figuren und Organisationen aufgelistet, die an den betreffenden Tagen in der Stadt besonders aktiv waren.

Neben elf Namen von Opfern waren mehrere Prediger oder Organisationen aufgelistet. Neben den verbleibenden vier Opfern standen nur zwei oder drei. Was Curtis' Aufmerksamkeit erregte, war die Tatsache, daß ein Name bei allen Fällen auftauchte – Turner hatte ihn rot unterstrichen – REVEREND MARTIN BISHOP (DIE KINDER BETLEHEMS).

Curtis sah Turner ungläubig an und schüttelte langsam den Kopf. »Wieso zum Teufel sind wir nicht draufgekommen? Himmelherrgott, wir haben jede Möglichkeit zigmal durchgekaut. Ich sage dir, ich hab den Scheißcomputer mit so vielen Fakten und Theorien gefüttert, daß er schon fast an Verstopfung litt. Aber daran hab ich nie gedacht...«, sagte er und schlug mit der Hand auf das verräterische Papier.

»Nehmen Sie's nicht so schwer, Chef«, sagte Turner begütigend. »War schließlich 'ne ziemlich abwegige Theorie. Wer hätte gedacht, daß die ganzen Morde auf das Konto eines Jesusfreaks gehn?«

»Ich hätte dran denken sollen, ich!« Um seiner Feststellung Nachdruck zu verleihen, schlug er sich mit der Faust auf die Brust. »Das Schlimmste ist, ich hatte schon ein paar Mal dran gedacht und die Idee immer wieder verworfen. Und das Schwein hinterläßt auch noch einen eindeutigen Hinweis!« Er stöhnte und rieb sich das Gesicht. »Ich werd wohl langsam zu alt dafür«, sagte er mutlos.

»Nana, ich glaub, jetzt sind Sie nicht ganz fair zu sich selbst«, tröstete Turner. »Sogar der Computer hat die verdammten Zahlen nicht knacken können. Aber Sie haben sie geknackt! Jedenfalls, Chef, das Positive ist, wir haben jetzt Zeit, der Sache nachzugehen. Wir wissen aus Erfahrung, daß unser Mann nach jedem Mord 'ne Zeitlang Ruhe gibt. Der kürzeste Abstand zwischen zwei Fällen ist drei Monate. Stimmt's? Wenn wir unsere Ärsche in Bewegung setzen, haben wir das Schwein überführt, bevor er wieder zuschlägt.«

Curtis dachte eine Weile wortlos darüber nach. Dann grinste er Turner an, schob den Sessel zurück und stand auf. »Weißt du was, Partner? Du hast verdammt recht. Anstatt dazusitzen und

Trübsal zu blasen, sollten wir der Spur nachgehen. Wissen wir, wo sich dieser Bishop aufhält?«

»Klar doch«, bejahte Tex. »Ich hab ihn kurz checken lassen. Anscheinend hat seine Kirche ein Stockwerk in dem neuen Eldorado Apartment Block unten am Broadway gemietet. Dort befindet er sich in diesem Moment.«

Curtis zog interessiert die Brauen hoch. »Im Eldorado? Ist das nicht dieser Nobelschuppen für Millionäre? Nach dem, was ich gehört hab, muß man mit den Gettys, Rothschilds oder Kennedys auf gutem Fuße stehen, um für eins dieser Apartments in Betracht zu kommen. Wenn man am Pförtner vorbei will, muß man angeblich nicht den Ausweis zeigen, sondern 'ne Schweizer Kontonummer! Mit christlicher Armut hat's der Reverend Martin Bishop wohl nicht besonders. Egal, was hast du noch rausgefunden, Tex?«

»Er wohnt dort nur vorübergehend, er hält eine Reihe von Veranstaltungen im Washington Centre ab. Sogenannte Kreuzzüge... was ist, Chef?« Curtis starrte ihn an, als hätte er ein Gespenst gesehen.

»Kreuzzüge?« wiederholte Curtis und glotzte Turner sekundenlang an. Dann schlug er sich wütend die Hand an die Stirn. »Die Kinder Betlehems! Natürlich!« rief er. »Der Name kam mir irgendwie bekannt vor. Herrgott, Tex, dieser Martin Bishop muß der Prophet sein, von dem Brett gesprochen hat. Wenn er's ist, dann hat der Kerl 'n paar Wahnsinnige in seiner Organisation. Und ich möchte wetten, er selbst ist in seinem Verein der Wahnsinnigste.«

Jetzt war Curtis nicht mehr zu bremsen und kam hinter seinem Schreibtisch hervor. »Also. Fangen wir nochmal von vorn an. Laß diesen Bishop von vorn bis hinten durchchecken, und dann knöpfen wir uns Hochwürden vor, bevor noch jemand aufgeschlitzt wird. Während du dich darum kümmerst, werde ich...« Er kam nicht dazu zu sagen, was er zu tun beabsichtigte, denn auf dem Weg zur Tür klingelte das Telefon und schnitt ihm das Wort ab. Er kehrte zum Schreibtisch zurück und schnappte sich den Hörer.

»Mordkommission, Lieutenant Curtis«, meldete er sich und hörte der Stimme am anderen Ende zu.

Turner, der schon an der Tür war, drehte sich um und blieb stehen, als Curtis ihm mit der freien Hand ein Zeichen machte zu warten. Der junge Polizist hatte plötzlich ein ungutes Gefühl. Er sah, wie das zerfurchte Gesicht des Lieutenant erst den Ausdruck von Verblüffung und dann von ohnmächtiger Wut annahm. Der Anruf brachte offensichtlich schlechte Nachrichten – und Turner hatte eine böse Ahnung. Er hoffte, sie würde sich nicht bewahrheiten.

Drüben am Schreibtisch brummte Curtis etwas zur Bestätigung und sagte schließlich: »Okay, Jim. Ich bin sofort da. Ach, Jim... und halt den Deckel drauf, okay? Keine Presse, und sag deinen Leuten, sie hätten die Sprache verloren. Sie sollen mit niemandem reden... niemandem! Ist das klar? Bis gleich, wir sind schon auf dem Weg.« Turner sah, wie Curtis langsam den Hörer auflegte und wußte, daß er mit seiner bösen Ahnung richtig gelegen hatte.

Als Curtis sich seinem Partner zuwandte, schien sein faltiges Gesicht in den zwei Minuten, die das Gespräch gedauert hatte, um Jahre gealtert. »Von wegen wir haben Zeit, bevor er wieder zuschlägt«, sagte er bitter. »Das war Jim Carmody vom Einsatzkommando. Er ist drüben an der Park Avenue. Er sagt, er hat zwei neue für uns...«

»Zwei?« Turner war genauso fassungslos wie kurz zuvor Curtis. »Ist er sicher, daß sie uns gehören?... Ich meine...«

»Ich weiß, was du meinst«, knurrte Curtis und nickte düster. »Ja, es gibt keinen Zweifel. Sie tragen die bekannte Handschrift, sagt er. Und weißt du was... eine davon ist ›nur‹ Bruno Neronis Betthase... eine gewisse Carla Menotti. Das andere ist ihr Bodyguard, 'ne kleine Schwuchtel namens Giovanni Furino, besser bekannt als Tante Gina. Vielleicht ist er dir schon mal begegnet?«

Turner schüttelte den Kopf und Curtis schimpfte: »Herrgott, das hat uns noch gefehlt! Da glauben wir endlich, unserm Mann auf die Spur zu kommen, und dann geht der Scheißkerl her und bringt zwei Leute um, die zu einem der mächtigsten Mafiabosse gehören. Verdammte Scheiße, ausgerechnet Neroni. Das sizilianische Arschloch hat ja nur die Hälfte der Richter und Politiker von New York in der Tasche. Wetten, daß Elricks Telefon schon heißläuft? Jetzt ist die Kacke am Dampfen. Wir können bloß hoffen, daß wir mit unserem Freund Bishop auf der richtigen Fährte sind, sonst können wir uns einbalsamieren lassen.«

»Soll ich Bishop von Conolly überprüfen lassen, Chef?« fragte Turner. »Das würde uns Zeit sparen.«

Curtis überlegte einen Moment. »Ja, mach das. Sag ihm, es ist dringend. Wenn wir am Tatort waren, holen wir bei ihm ab, was er bis dahin hat. Und dann besuchen wir Freund Bishop.«

Er fletschte die Zähne, sein alter Kampfgeist kehrte allmählich zurück. »Den Burschen will ich mir selbst anschauen! Ach, apropos Bishop«, sagte er, »sag Conolly, er soll das Eldorado observieren lassen. Rund um die Uhr. Ich will Photos von jedem, der raus oder reingeht. Und vor allem will ich über jeden Schritt Bescheid wissen, den dieser Bishop macht. Wir treffen uns beim Wagen.«

Als Turner gegangen war, begann Curtis auf seinem Schreibtisch zu wühlen, bis er die gesuchte Akte fand. Er zog mehrere große, glänzende Schwarzweißphotos aus dem Ordner, sortierte sie in zwei dünne Stapel, steckte sie sorgfältig in zwei getrennte Umschläge und verstaute sie in den Innentaschen seines Jacketts. Er warf sich den Mantel über die Schultern, klatschte sich den Hut auf den Kopf und eilte hinaus.

39

Zehn Minuten nach dem deprimierenden Anruf standen Curtis und Turner im Wohnzimmer der verstorbenen Carla Menotti, umgeben vom geordneten Chaos der Spurensicherung am Tatort eines Mordes. Sie hörten Jim Carmody aufmerksam zu, der sie über die bekannten Einzelheiten informierte. Wie in allen fünfzehn vorausgegangenen Fällen waren die Details äußerst abstoßend, aber wenig hilfreich.

Während Carmody Bericht erstattete, beobachtete Curtis geistesabwesend, wie zwei Gerichtsmediziner mit langen Maßbändern bewaffnet den Abstand zwischen der Tür und verschiedenen Blutspuren auf dem Teppich und an den Möbeln bestimmten. Von jedem Blutfleck wurde eine Probe entnommen, auf eine Glasscheibe geschmiert, in einen kleinen Plastikbeutel gesteckt und versiegelt. Ein dritter Beamter trug die betreffende Stelle minutiös in einen Wohnzimmerplan ein. Die übrigen Polizisten suchten den Raum und alles, was sich darin befand, nach Fingerabdrücken ab.

In dem Moment trat ein kleiner, gutgekleideter Mann mit Hornbrille, Hut und schwarzer Tasche aus dem Badezimmer und kam auf sie zu. In der Tür hinter ihm blitzte es immer wieder gleißend hell auf, im Bad waren die Photographen zugange. Der Mann stellte sich zu ihnen, nickte kurz und wandte sich an Carmody.

»Ich bin fertig da drinnen, Lieutenant«, verkündete er. »Sie können die Leichen mitnehmen, wenn Sie soweit sind. Ziemliche Sauerei.« Er schüttelte kurz den Kopf, der Ausdruck auf seinem schmalen Gesicht war eher traurig als angewidert.

»Danke, Doktor Friedman«, antwortete Carmody. Er stellte Curtis und Turner vor und sagte: »Lieutenant Curtis wird den Fall übernehmen. Er leitet ein Sonderkommando der Mordkommission und ermittelt in einer Reihe von Morden mit gewissen Gemeinsamkeiten mit diesem hier.«

Der Arzt schielte anerkennend über den Rand seiner bifokalen Brille zu Curtis hinauf. »Ich beneide Sie nicht um diese Aufgabe, Lieutenant. Wenn ich das als Psychiater sagen darf, meiner Meinung nach sind Sie hinter einem höchst gefährlichen Mann her, nach Grad und Art der Verletzungen an den beiden Opfern da drinnen zu schließen.«

»Ich beneide mich auch nicht, Doktor«, erwiderte Curtis mit einem schiefen Lächeln. Er zückte eines der Kärtchen, die er sich hatte drucken lassen, mit seiner Büroadresse und Telefonnummer, und reichte sie dem Doktor. »Ich wäre Ihnen dankbar, wenn Sie mir so bald wie möglich eine Kopie des Obduktionsberichts zukommen lassen würden. Soweit sich das nach der ersten Untersuchung feststellen läßt, könnten Sie mir eine ungefähre Todeszeit und die Todesursache nennen? Völlig unverbindlich, natürlich.«

Der Doktor preßte die Lippen aufeinander und überlegte einen Augenblick. »In beiden Fällen würde ich sagen, der Tod wurde durch mehrfache Messerstiche verursacht. Im Falle des männlichen Verstorbenen wurde der Tod wahrscheinlich durch hohen Blutverlust beschleunigt, ausgelöst durch tiefe Schnitte in den Unterarmen, die die Arteria brachialis durchtrennt haben ... und die Tatsache, daß er kastriert wurde. Die weibliche Verstorbene wurde ausgeweidet, doch ich denke, der Obduktionsbericht wird zeigen, daß dies nach dem Tod geschehen ist.«

Curtis wußte aus langer, bitterer Erfahrung, daß des Doktors nüchterne Aufzählung der grausigen Details nicht helfen würde, den Schock beim ersten Anblicks des Blutbads zu mildern. Plötzlich kam ihm eine Idee.

»Noch eine Frage, Doktor. Sie sagen, der Tote sei kastriert worden?«

Friedman nickte, und Curtis fuhr fort: »Wenn der Killer sich selbst treu geblieben ist, sind die Sexualorgane der Toten auch verstümmelt worden, nehme ich an.«

Der Doktor nickte wieder. »Meine vorläufige Untersuchung legt das nahe.«

»Nun,« sagte Curtis, »mich würde interessieren ... noch immer völlig unverbindlich ... ob Sie als Psychiater der Ansicht sind, daß unter Umständen sexuelle Motive für die Morde in Frage kämen?«

Der Doktor zog die Braue hoch und schielte Curtis über den Rand seiner Brille an. »Völlig unverbindlich ... ja. Um genau zu sein, in meinen Augen kann es gut sein, daß Sie es mit einem klassischen Sexualsadisten zu tun haben. Jemandem, der vielleicht nur orgastische Erleichterung erfährt, indem er den Genitalien seines Opfers Schmerz oder Schaden zufügt.«

Curtis sah den rätselhaften Ausdruck auf Carmodys Gesicht und erklärte: »Im Klartext, mit der Schweinerei, die die perverse Sau anrichtet, holt er sich einen runter.«

»Drastisch, wenn auch leicht idiomatisch ausgedrückt, Lieutenant«, bemerkte Friedman mit einem belustigten Zucken in den Mundwinkeln. Dann sah er auf die Uhr. »Gentlemen, die Zeit läuft für jeden, und einem Arzt läuft sie davon. Ich melde mich bei Ihnen. Schönen Tag noch ... und viel Glück bei den Ermittlungen.« Er lüpfte den Hut und ging hinaus.

Carmody sah Curtis neugierig an. »Okay, Professor Freud, was soll das mit dem sexuellen Motiv?« fragte er.

»Ach ... das ist nur so eine Idee«, antwortete Curtis vage. »Aber vielleicht lohnt es sich, ihr nachzugehen. Tu mir einen Gefallen, sag deinen Leuten, sie sollen auch nach Spermaspuren suchen. Okay?«

»Wie du meinst.« Carmody ging zu den Beamten von der Spurensuche hinüber und gab Curtis' Anordnung weiter, die mit einem erstaunten Nicken entgegengenommen wurde. Dann kam Carmody zu Curtis und Turner zurück.

Wortlos gingen sie zur Badezimmertür und betraten den hellerleuchteten Raum. Um den Photographen nicht im Weg zu stehen, blieben sie an der Tür und sahen sich das grausige Szenarium an. Es war, als hätten sie einen Luxus-Schlachthof betreten. Jeder mit seinen Gedanken beschäftigt, warteten sie, bis die Photographen ihre Aufnahmen vom Tatort gemacht, Kameras und Zubehör eingepackt hatten und gegangen waren.

Carmody brach das lastende Schweigen. Er deutete auf die verstümmelten Leichen in der Badewanne und sagte: »Als ich die Schnitte sah, hab ich mich sofort an deine Anweisung erinnert und im Präsidium angerufen, um dich holen zu lassen.« Er hielt mit den anderen schweigend Totenwache, dann fragte er: »Hey, Ben, hast du schon 'ne Ahnung, wer das Schwein ist?«

»Kann sein«, erwiderte Curtis knapp. »Aber ich kann nichts sagen, die Presse darf nichts spitzkriegen, sonst hab ich als nächstes 'n Haufen Spinner, die das Schwein imitieren. Außerdem hat der District Commissioner die Hosen voll, weil er im Herbst wieder kandidiert. Wenn die Presse Wind davon kriegt, tritt er mir in die Eier.«

»Hm!« brummte Carmody. »Jetzt ist Furino auch noch Elrick auf den Schlips getreten. – Was hat es denn mit den Schnitten auf sich? Oder darf man das auch nicht fragen?«

Curtis sah seinen Kollegen scharf an. »Vorerst weißt du nichts von Schnitten, Jim«, sagte er. Carmody nahm ergeben die Hände hoch. »Okay, okay. Ich will kein Spielverderber sein. Ich hol den Leichenwagen und laß euch allein. Schreit, wenn ihr was braucht. Ich bin nebenan. Bis gleich.«

Sobald Carmody draußen war, trat Curtis, darauf achtend, daß er nicht in die klebrigen Blutlachen stieg, an den Rand der

Badewanne. Er raffte den Mantel, damit er nicht am Boden schleifte, ging in die Hocke und begutachtete die Schnitte aus der Nähe. Leise sagte er über die Schulter zu Turner: »Na, wer sagt's denn. Eine hat er schonmal benutzt, die andere ist neu. Schreib auf, Tex…«

Turner zog Notizbuch und Bleistift aus der Tasche. »Schießen Sie los, Chef.«

»Also«, sagte Curtis, »zuerst geb ich dir die bekannte. Sie steht auf der Dame und lautet… eins-zwanzig-fünf-vier-fünf. Hast du's? Die hat er jetzt zum vierten Mal hinterlassen.« Er verlagerte das Gewicht, um besser sehen zu können. »Okay, und hier ist die neueste Hinterlassenschaft… sie steht auf dem Herrn… sie fängt mit vier Einsen an, dann drei X, dann wieder drei Einsen.«

Curtis blieb in der Hocke und starrte auf die Zahlenfolge, die in den Torso der männliche Leiche geritzt war.

»Bin gespannt, wie die Stelle lautet«, sagte er.

Turner hinter ihm studierte die Zahl auf seinem Notizblock. IIIIXXXIII. »Naja, wenn wir sagen, wir gehen erstmal das Alte Testament durch, haben wir drei Möglichkeiten. In dem Fall wärs nämlich entweder das erste, zweite, oder dritte Buch. Wenn wir mal annehmen, es ist das erste Buch, dann haben wir…

»Hey Einstein«, unterbrach Curtis ihn brummend. »Bevor du dir den Kopf zerbrichst über alle möglichen Kombinationen, meinst du nicht, es wär hilfreich, wenn wir 'ne Bibel zur Hand hätten, wo wir gleich nachschauen können?«

»Ja, klar«, meinte der Jüngere. »Bloß, wo kriegen wir eine her?« Er dachte angestrengt nach, dann erhellte sich sein Gesicht. »Moment mal, ich könnte nachsehen, ob hier irgendwo eine rumliegt. Die meisten Leute haben sowas.«

»Gute Idee«, brummte Curtis. »Na mach schon.«

Als Turner kurz darauf zurückkam, hielt er eine kleine, weiße Bibel in der Hand, in weiches Ziegenleder gebunden und mit eingeprägtem goldenen Kreuz. Curtis hockte noch immer in Gedanken versunken neben der Badewanne. Als sein Partner mit dem Buch in der Hand triumphierend wiederkam, sah er sich um und erhob sich.

Mit dem neuerworbenen Wissen, wie der Geheimcode des

Killers zu knacken war, brauchten sie nur wenige Minuten, um die jüngste Botschaft zu entziffern. Per Eliminierung arbeiteten sie sich durch die verschiedenen Möglichkeiten durch und als sie zum Dritten Buch des Alten Testaments kamen – Leviticus, Kapitel Zwanzig, Vers Dreizehn, wußten sie, daß sie es hatten. Turner las vor: »›Wenn jemand beim Knaben schläft wie beim Weibe, die haben einen Greuel getan und sollen beide des Todes sterben; ihr Blut sei aus ihnen.‹«

Curtis nickte langsam, als hätte er etwas Ähnliches erwartet. »Sieht aus, als hält sich unser Mann für Gottes eignen Scharfrichter«, sagte er und dann, mit Blick zu Turner: »Was wollen wir wetten, daß er sich auch für 'n Propheten hält, hm?«

»Die Wette ist mir zu heiß«, erwiderte Turner.

»Okay, also paß auf.« Ein stahlhartes Glitzern stand in Curtis' Augen. »Während Carmody hier aufräumt, werden wir uns mal mit unserem Reverend unterhalten. Ach, und bevor wir gehen, ruf Conolly an und schau, ob er was für uns hat.«

Ein paar Minuten später legte Turner der Hörer auf und berichtete kopfschüttelnd: »Conolly sagt, es gibt nichts über einen Martin Bishop. Jedenfalls ist er unter diesem Namen nicht in den Akten. Er fragt, ob wir ihm Fingerabdrücke bringen können. Damit könnten wir ihn überführen, wenn er vorbestraft ist und 'n falschen Namen benützt.«

Curtis nickte nachdenklich. »Mal sehen, was ich tun kann. Also los«, sagte er auf dem Weg nach draußen, »sehn wir uns Hochwürden mal an.«

Als sie auf den Fahrstuhl warteten, versuchte Turner, die Stimmung etwas aufzuheitern. »Sagen Sie mal, Chef, den Papst spricht man mit ›Eure Heiligkeit‹ an, 'n Kardinal mit ›Eure Eminenz‹ nicht wahr? Naja, ich hab mir grad überlegt, ... was zum Teufel sagt man zu 'nem Propheten?« Er ignorierte Curtis gequälten Blick und sagte: »Wie wär's mit ›Eure Clairvoyance‹?«

Die Fahrstuhltür öffnete sich zischend. »Wie wär's wenn du die Treppe nehmen würdest?« knurrte Curtis, als er den Fahrstuhl betrat. Turner gluckste und folgte ihm.

40

»Wenn Sie bitte mitkommen wollen, Gentlemen. Der Prophet erwartet Sie.«

Curtis und Turner erhoben sich aus den bequemen Sesseln, in denen sie gewartet hatten, und folgten dem gutgekleideten, jungen Asiaten, der sie höflich aus dem stilvoll möblierten Wartezimmer führte. Der schneeweiße Kragen, der über dem Revers seines gutgeschneiderten dunkelblauen Anzugs hervorlugte, setzte sich deutlich von dem leichten Ockerton seiner Haut ab.

Der äußeren Erscheinung nach hätte ihr Begleiter ein junger Geschäftsmann sein können, Assistent eines einflußreichen Firmenvorstands. Nur, daß sie nicht in das Sitzungszimmer oder das Büro eines Aufsichtsratsvorsitzenden bei General Motors oder Texaco, sondern in die Privatgemächer des Reverend Martin Bishop geführt wurden, in einer Suite im achten Stock des luxuriösen Eldorado Apartment Buildings, die er mit seinem Gefolge belegte. Zu dem Mann, der von seinen Anhängern geradezu fanatisch verehrt wurde – dem selbsternannten Propheten.

Ein Gespräch mit ihm zu bekommen, war fast so schwer gewesen, wie bei einem Vorstand der oben genannten Giganten aus der Wirtschaftswelt Einlaß zu erhalten. Curtis' erstes Ersuchen, bei dem er sich vorgestellt und seine Marke gezeigt hatte, war von dem Sektenmitglied, das sie an der Eingangstür empfangen hatte, kurzerhand abgewiesen worden.

Hinter dem arroganten jungen Weißen hatten zwei finstere Gestalten gestanden. Man hatte ihm eiskalt mitgeteilt, der Prophet meditiere und könne nicht gestört werden. Außerdem, hieß es, sei er nur nach Voranmeldung zu sprechen. Als man ihm die Tür vor der Nase zumachen wollte, hatte der Lieutenant den Fuß dazwischengestellt und dem unfreundlichen Trio mitgeteilt, er ermittle in einer Mordsache, weitere Weigerungen würden dazu führen, daß sie alle, der Prophet eingeschlossen, bald sehr viel Zeit zum Meditieren haben würden … in den Zellen des nächsten Reviers!

Die anschließende heftige Auseinandersetzung war durch das rechtzeitige Erscheinen eines jungen Asiaten in Anzug und Krawatte beendet worden, der sofort dafür gesorgt hatte, daß die Gemüter sich beruhigten. Er hatte den Türstehern ruhig, aber bestimmt befohlen, die beiden Polizisten einzulassen, und sie in das komfortable Wartezimmer geführt. Dort hatte er sie höflich gebeten, sich zu legitimieren, und sich nach dem Grund ihres Besuchs erkundigt. Er hatte sie gebeten zu warten, während er sich darum kümmern wollte, daß sie seinen Führer sprechen konnten.

Jetzt wurden sie also, mit tadelloser Höflichkeit, in einen langen, zweigeteilten Raum gebeten. Der hintere Teil war durch drei flache, von Wand zu Wand reichende Stufen vom vorderen getrennt. Die Rückwand des höherliegenden Teils war weitgehend verglast, sie bestand aus breiten französischen Fenstern, die vom Boden bis zur Decke reichten und auf einen Balkon mit Blumenkästen und Kübelpflanzen führten.

Beide Ebenen waren mit dicken, kostbaren Teppichen ausgelegt und in einer ansprechenden Kombination aus klaren, modernen Möbeln und Zierat geschmackvoll eingerichtet. Deckenhohe Bücherregale, gefüllt mit goldgeprägten, ledergebundenen Bänden, standen in regelmäßigen Abständen an den beiden Längsseiten des rechteckigen Raums. In den Zwischenräumen standen zierliche antike Tische oder Glasvitrinen mit diversen Kunstgegenständen aus Prozellan, Bronze oder handgeschnitztem Holz.

Erstklassige Gemälde, jedes optimal ausgeleuchtet, zierten die Wände. Das ganze vermittelte den Eindruck wohlhabender Eleganz.

In einem altmodischen Ohrensessel, mit dem Rücken zu den Besuchern, saß jemand und schaute durch die geschlossenen Fenster auf die Stadt, die im goldenen Glanz der nachmittäglichen Wintersonne leuchtete. Curtis sah nur die rechte Hand der Person, sie lag entspannt auf der gepolsterten Armlehne.

Die Eskorte blieb an der Tür stehen und kündigte mit ihrem starken nasalen Akzent die Besucher an. »Detective Lieutenant Curtis und Detective Officer Turner, Erhabener.«

Curtis und Turner wechselten einen Blick, verzogen aber keine Miene, als der »Erhabene« sich aus seinem Sessel erhob und sich zu ihnen umdrehte. Auf den ersten Blick war seine Erscheinung so eindrucksvoll wie sein Titel. Groß, breitschultrig und mit silbernem Haupthaar, steckte er vom Hals bis zu den Sandalen in einem fließenden Gewand mit weiten Ärmeln aus golddurchwirkter Seide. Und er bewegte sich mit solch majestätischer Würde, daß der ausgefallene, biblisch anmutende Kleidungsstil völlig selbstverständlich wirkte.

Die goldschimmernde Gestalt streckte ihnen die Hände zum Gruß entgegen. »Ich heiße Sie in christlicher Brüderlichkeit willkommen, Gentlemen. Was kann ich für Sie tun?« Die Stimme paßte perfekt zur imposanten Erscheinung. Sie war tief und samtig und strahlte Stärke und Gewißheit aus.

Curtis schritt über den dichten Flor des Teppichs, Turner und der Begleiter folgten ihm, bis sie vor dem Propheten standen. Aus der Nähe wurden selbst unter der täuschenden Hülle des losen Gewands der muskulöse Körper und die latente Kraft des Mannes deutlich.

Curtis kam ohne Umschweife zur Sache. »Ich möchte mich mit Ihnen über den Mord an sechzehn Frauen, alles Prostituierte, und einem Mann unterhalten. Sie wurden in den letzten fünf Jahren ermordet, die letzten beiden Opfer gestern nacht. Wir haben Beweise, daß die Morde das Werk einer Person sind, die mit Ihrer Organisation zu tun hat.«

Curtis beobachtete das kantige Gesicht des Propheten, während er ihm die Fakten servierte, und wartete auf die Reaktion. Irgendeine Reaktion. Er bekam eine. Doch nicht die, die er wollte.

Zuerst zog der Mann lediglich erstaunt die Augenbrauen hoch, während er sonst Haltung bewahrte. Dann ließ er langsam die ausgestreckten Arme fallen und seine christliche Brüderlichkeit verpuffte, als er vor Abscheu die Lippen schürzte.

»Prostituierte? Prostituierte, sagen Sie?« Seine tiefe Stimme vibrierte vor Empörung. »Ich versichere Ihnen, Lieutenant, keiner der Meinen würde seine unsterbliche Seele beflecken und sich mit diesen gotteslästerlichen Kreaturen des Satans gemein machen. Unzucht ist eine Sünde, und das wissen meine Leute ganz genau.«

»Und Mord? Wissen sie, daß das auch Sünde ist?« fragte Curtis scharf.

Der Prophet schnaubte verächtlich. »Sie wollen doch nicht ernsthaft behaupten, daß einer meiner Anhänger sechzehn Prostituierte ermordet hat?«

»Und einen Mann«, erinnerte ihn Curtis.

»Lieutenant, Sie stellen hier äußerst schwerwiegende Beschuldigungen gegen meine Leute auf.« Der spöttische Ton war jetzt wie weggeblasen.

»Ganz Ihrer Meinung«, gab Curtis zurück. »Es handelt sich auch um eine äußerst ernste Angelegenheit. Das ist Mord immer.«

Der Prophet sah Curtis lange an. Dann fragte er herablassend: »Und was, wenn ich fragen darf, sind das für ... Beweise ..., die Sie da angeblich haben, und die Sie zu mir führen?«

Bevor er antwortete, sah sich Curtis demonstrativ nach dem Asiaten um, der dicht hinter ihm stand. Dann sagte er zum Propheten: »Ich möchte Sie allein sprechen, wenn Sie nichts dagegen haben. Danach würde ich mich gern mit Ihren Leuten unterhalten ... und zwar einzeln!«

Der Prophet öffnete den Mund, um zu protestieren, doch Curtis kam ihm zuvor. »Bei polizeilichen Ermittlungen dieser Tragweite ist es üblich, die Leute einzeln zu vernehmen. Außerdem ...« er erwiderte den bohrenden Blick des Propheten, »ziehen Sie es vielleicht vor, sich das, was ich Ihnen zu sagen habe ... allein anzuhören.«

Curtis glaubte flüchtig, ein Flackern in den blauen Augen des Propheten entdeckt zu haben, eine undefinierbare Veränderung. Er war sich nicht sicher. So verrückt es schien, er hatte so etwas wie einen Fahrerwechsel gesehen, undeutlich wahrgenommen durch die getönte Windschutzscheibe eines Fahrzeugs. Dann war es vorbei, und der Prophet erwiderte entnervt:

»Ich weiß wirklich nicht, was das soll, aber ...« er nickte dem Asiaten zu, »danke, Raphael, du kannst gehen. Ich werde läuten, wenn ich dich brauche.«

Der Asiate zögerte kurz, als widerstrebe es ihm, seinen Meister mit den beiden Inquisitoren allein zu lassen, dann verbeugte er sich kurz, machte auf dem Absatz kehrt und ging hinaus, die Tür hinter sich schließend.

Angel Four lief sofort zu seinen Privaträumen hinüber. Er sperrte die Tür hinter sich ab, griff zum Telefon und wählte. Sekunden später hatte er Angel One im Betlehem-Haus am Apparat. Auf Kantonesisch, ihrer gemeinsamen Muttersprache, berichtete Angel Four, daß die Polizei aufgetaucht war, um sich mit dem Propheten und seinem Stab zu unterhalten, und erzählte ihm von dem Grund des Besuchs.

Es folgte eine kurze Stille. Dann fragte Angel One: »Was meinst du? Hältst du es für möglich, daß er die Morde begangen hat?«

Angel Four überlegte. »Ich halte ihn mit Sicherheit für so gestört, daß er sie begangen haben könnte«, antwortete er vorsichtig. »Du weißt, wie fanatisch er die engstirnige christliche Sexualmoral vertritt. Undenkbar, daß er so töricht gewesen sein soll, unsere Organisation derartig zu gefährden … aber ich halte es durchaus für möglich. Die Cops schienen sich ihrer Sache ziemlich sicher zu sein, wenn du mich fragst.«

»Ich muß aufhören«, warf Angel One ein. »Die Schnüffler von der Polizei sind da und reden mit dem verdammten Millerjungen. Ruf mich später wieder an und erzähl mir die Einzelheiten. Ich denke, es wird Zeit, daß wir uns mal ausführlicher über unseren frommen Freund unterhalten …«

Der Prophet blickte Curtis provozierend an. »Nun, Lieutenant, was sind das für angebliche Beweise, die Sie zu dem Verdacht veranlassen, ein Schaf aus meiner Herde hätte dieses Blutbad verursacht?«

»Wenn Sie nichts dagegen haben, stelle ich erstmal die Fragen«, erwiderte Curtis energisch.

»Aber Sie machen hier äußerst ernste Anschuldigungen, ich denke doch …«, protestierte der Prophet.

»Mord ist eine äußerst ernste Sache, wie ich bereits gesagt habe«, unterbrach ihn Curtis grob. Er war entschlossen, das Heft nicht aus der Hand zu geben. Sein Blut geriet in Wallung. Er hegte eine instinktive Abneigung gegen diesen selbstgefälligen scheinheiligen Bruder in seinem Faschingskostüm. Er mußte sich zwingen, sein professionelles Urteil nicht von seiner persönlichen Voreingenommenheit beeinflussen zu lassen, doch sein Bauch sagte ihm, daß er beim Richtigen gelandet war. Hinter den harten blauen Augen und dem gefaßten Äußeren konnte sehr wohl der sadistische Killer lauern, den er die letzten fünf Jahre gejagt hatte. Er beschloß, ihn mit allen Mitteln hervorzulocken.

»Lieutenant«, sagte sein Gegenüber energisch, »ich bestehe darauf, daß Sie mir zumindest eine Erklärung schulden, falls dieses Gespräch fortgeführt werden soll!«

»Vielleicht habe ich mich nicht klar genug ausgedrückt«, sagte Curtis in einem Ton, der keine Widerrede duldete. »Ich leite die Ermittlungen in siebzehn Mordfällen. Ich schulde niemandem eine Erklärung, um Ermittlungen anstellen oder Hinweisen nachgehen zu können.«

Die Braue des Propheten zuckte. »Ach ja?« murmelte er. »Vielleicht sollte ich meinen Anwalt holen, bevor wir weiterreden?«

Die beiden Männer standen sich gegenüber und starrten sich an, keiner von ihnen bereit, auch nur einen Zentimeter nachzugeben. Turner, der vergessene, stumme Zeugen, der schräg hinter Curtis stand, hatte den Eindruck, als sprühte die gegenseitige Abneigung Funken. Dann steckte der Lieutenant den Kopf zwischen die Schultern und stieß ihn nach vorn wie ein Stier, der zum Kampf ansetzt.

»Hören Sie zu«, platzte er in die lastende Stille. »Vorerst hab ich nichts dagegen, wenn das Gespräch unter uns bleibt. Doch dafür brauch ich Ihre Kooperation. Ich hab eigentlich gedacht, es läge uns beiden daran, die Angelegenheit so schnell wie möglich hinter uns zu bringen. Wenn sich am Ende herausstellt, daß keiner Ihrer Leute für die Morde verantwortlich ist, hat keiner einen Schaden ...«

»Hat keiner einen Schaden?« schnaubte der Prophet empört.

»Ganz richtig«, fuhr Curtis unbeirrt fort. »Und die Presse bekommt auch keinen Wind davon und fällt nicht gleich über Sie her.« Er machte eine Pause, um das Argument wirken zu lassen. »Doch ... wenn Sie auf einer offiziellen Vernehmung in Anwesenheit Ihres Anwalts bestehen wollen, machen wir im Präsidium weiter. In Anwesenheit meines Anwalts ... des Staatsanwalts ... dann bleibt kein Auge trocken. Dann knallen wir Ihnen und Ihren Leuten die Paragraphen um die Ohren, einschließlich der gewaltsamen Entführung Minderjähriger mit Freiheitsberaubung... übrigens 'n Kapitalverbrechen... sowie Überfall mit Körperverletzung. Na, wie hört sich das an?«

Er grinste seinem starren Gegenüber ins Gesicht und fügte sarkastisch hinzu: »Dann können Sie auf Ihre Rechte pochen. Und für die Presse und die Jungs vom Fernsehen sind Sie ein gefundenes Fressen. Die machen Sie sofort zum Hauptverdächtigen. Die Schlagzeilen und Abendnachrichten werden über nichts anderes mehr berichten. Man wird Sie, mit Verlaub, ans Kreuz nageln!«

»Hauptverdächtiger?« sagte der Prophet sinnierend. Er hatte seine Contenance wiedergewonnen. »Ist es das, wofür Sie mich halten, Lieutenant?«

»Mister«, erwiderte Curtis, »ich verdächtige jeden, bis ich vom Gegenteil überzeugt bin. Also, was ist. Sie haben die Wahl. Entweder ich vernehme Sie und Ihre Leute hier und jetzt, in aller Ruhe und ohne Aufsehen, oder wir ziehen um ins Präsidium und veranstalten einen Zirkus, neben dem Barnum & Bailey aussieht wie 'n Kinderkarussell!«

Wieder standen sich die beiden Männer Aug in Aug gegenüber. Es war ein Wettstreit des Willens. Curtis spürte eine fast hypnotische Kraft aus den bohrenden blauen Augen strömen. Doch der Lieutenant war ein hartgesottener Cop, selbst gut trainiert in der Konfrontation mit feindseligen Verdächtigen. Curtis verkeilte sein mentales Geweih mit dem des goldgewandeten Hirschen und stemmte sich gegen ihn. Er gab nicht nach.

Plötzlich zuckte der Prophet die Achseln und brach den Kampf ab. Mit einer wegwerfenden Handbewegung sagte er von oben herab: »Bitte schön, stellen Sie Ihre Fragen. Allerdings verschwenden Sie Ihre Zeit, Sie werden den Mann, den Sie suchen, unter meinen Leuten nicht finden.«

Er raffte sein Gewand und ließ sich in demselben Sessel nieder wie zuvor, als Curtis und Turner hereingekommen waren, nahm eine würdevolle Haltung an und faltete die Hände im Schoß. Er bedeutete seinen Besuchern, auf einer gepolsterten Sitzbank Platz zu nehmen, die dem Sessel gegenüber stand. Zwischen den Sitzgelegenheiten befand sich ein langer, niedriger Couchtisch. Curtis legte den Hut auf den Tisch, setzte sich, knöpfte den Mantel auf und zog Notizblock und Bleistift hervor.

Turner hingegen, anstatt der Einladung zu folgen und ebenfalls Platz zu nehmen, drehte sich um und deutete auf den langen Raum. »Was dagegen, wenn ich mich 'n bißchen umseh, während Sie und der Lieutenant übers Geschäft reden? Sie haben da 'n paar nette Sachen rumstehn.«

Der Prophet nickte dankend angesichts der Wertschätzung, die der junge Polizist seiner nicht unbeträchtlichen Kunstsammlung zuteil werden ließ und antwortete mit großzügiger Geste: »Keineswegs, Officer. Bitte sehr.« Er wandte sich wieder dem älteren, streitbaren Kollegen gegenüber zu und konnte sich eine spitze Bemerkung nicht verkneifen. »Wenigstens Ihr Kollege scheint einen Sinn für die schönen Dinge des Lebens zu besitzen, Lieutenant.«

Curtis lächelte insgeheim. Soweit er wußte, konnte Tex ein Capodimonte-Service nicht von einer Woolworth-Tasse unterscheiden. Die Frage war ein Vorwand, um herumschnüffeln zu können. Doch er ließ sich nichts anmerken.

»Ja«, meinte er betrüblich, »bloß, bei dem, was 'n Cop verdient, hat er nicht oft Gelegenheit, seinem Hobby zu frönen.« Dann sagte er mit einem Blick durch den opulent ausgestatteten Raum: »Muß zugeben, wenn ich mich hier so umsehe, scheint mir Ihre Methode, die Sünden zu bekämpfen, wesentlich lukrativer zu sein als die unsre!«

Der Prophet hatte ein überlegenes Lächeln auf den Lippen. »Höre ich da einen Hauch von Mißbilligung, Lieutenant?«

»Nein. Blanken Neid«, erwiderte Curtis.

»Aber, aber. Neid ist ein Sünde, wie uns die Heilige Schrift lehrt«, sagte der Prophet mit sanftem Tadel, und das höhnische Glitzern in seinen Augen strafte die tiefe, samtige Stimme Lügen.

»Habgier auch, wenn ich mich recht entsinne«, schoß Curtis zurück. »Dieselbe Heilige Schrift drückt sich ziemlich klar aus über Reiche, die Schwierigkeiten haben, durch die Himmelspforte zu kommen.«

Turner, der irgendwo herumstand, unterdrückte ein Grinsen, als er den ersten Schlagabtausch hörte. Er erkannte die Zeichen.

Curtis provozierte den Verdächtigen, den er gleich verhören wollte, mit voller Absicht. Damit schuf er zwar zwangsläufig eine feindselige Atmosphäre, andererseits wollte er das Selbstbewußtsein des Mannes erschüttern und ihn verunsichern, damit er sich im Verlauf des Gesprächs vielleicht verplapperte.

Überrascht von der unerwartet direkten Replik, zog der Prophet die Braue hoch. »Touché!« murmelte er und verneigte sich leicht. »Aber seien Sie versichert, Lieutenant, ich persönlich besitze keine Reichtümer.«

Curtis warf wortlos einen skeptischen Blick auf die Kunstschätze im Raum. Der Prophet hob beschwichtigend die Hand und sagte: »Diese kleinen Kostbarkeiten sind eine Wertanlage für einen beträchtlichen Teil unseres Kirchenvermögens. Verläßliche Wertgegenstände, angeschafft zum Schutz gegen Inflation. Auch Sie werden zugeben, daß es für uns besser ist, einen Teil unseres Kapitals in wenige, schöne Gegenstände zu investieren, die uns Freude machen, als an der Börse zu verschleudern, nicht wahr?«

»Wäre es nicht besser, um nicht zu sagen christlicher, es in wohltätige Zwecke zu investieren?« fragte Curtis scharf. »Ich bin sicher, es gibt 'ne Menge armer Schlucker, die 'n Freßpaket für 'n schönen Gegenstand halten. Und es würde ihnen weit mehr Freude machen als Ihnen der ganze Krempel hier.« Er deutete mit einer ausladenden Bewegung in den Raum.

Die Spitze saß. Dem Propheten war anzusehen, daß der Zorn für einen Augenblick beinahe die Oberhand über seine Selbstbeherrschung gewann, dann faßte er sich. Doch das dünne Lächeln, das wieder auf seinen Lippen stand, reichte nicht bis an die Augen heran, die jetzt so kalt waren wie zwei blaue Eisklötze.

»Lieutenant, ich würde Ihre Bemerkungen als Beleidigung auffassen, wenn Sie nicht offensichtlich keine Ahnung hätten von unserem beträchtlichen sozialen Engagement...«, begann er.

»Die mobilen Suppenküchen?« unterbrach ihn Curtis. »Hören Sie auf! Sie werden doch ein paar Gratismahlzeiten für Penner und Obdachlose nicht mit dem hier vergleichen wollen...« Wieder war die sarkastische Bemerkung von einer ausladenden

Handbewegung begleitet. Curtis sah, daß die Augen seines Gegenübers irritiert flackerten, und das Lächeln auf seinen Lippen erstarb. Jetzt hatte er ihn fast soweit. Der Mann reagierte auf seine Sticheleien wie ein Fisch auf den Köder.

»Lieutenant, mir leuchtet nicht ganz ein, was die Art und Weise, wie wir unsere finanziellen Ressourcen anlegen oder ausgeben, mit dem genannten Grund Ihres Besuchs zu tun haben soll«, bemerkte er kühl. »Doch zu Ihrer Information, die mobilen Suppenküchen, wie Sie sie so treffend nennen, sind bei weitem nicht die einzige Art, wie wir Armen und Obdachlosen helfen. Wir betreiben in jedem der fünf Boroughs ein Erholungs- und Meditationszentrum, und ein weiteres in einer abgeschiedenen, ländlichen Gegend außerhalb der Stadt.«

»Das auf dem Land ist das Betlehem-Haus, nehme ich an?« Curtis' beiläufige Bemerkung wurde mit einem unwillkürlichen Zwinkern und einem überraschten Flackern in den Augen des Propheten belohnt. Doch schon im nächsten Moment war es einem langen, berechnenden Blick aus denselben blauen Augen gewichen, die jetzt endgültig zu Eis gefroren waren.

Nach einer längeren Pause knurrte der Prophet: »Soso, Sie haben also Ihre Hausaufgaben gemacht, Lieutenant.«

Curtis bleckte die Zähne zu einem kalten, breiten Grinsen. »Könnte man sagen«, erwiderte er lässig. Gleichzeitig dankte er Brett im Geiste, daß er ihn in seine Ermittlungen gegen die Sekte einbezogen und ihn auf den neuesten Stand gebracht hatte. Sein Gegenüber konnte ja nicht wissen, daß seine Kenntnisse über die Sekte sich auf die wenigen Einzelheiten beschränkten, die er von Brett wußte. Er kramte noch ein paar Fakten hervor, die Brett ihm erzählt hatte, und trieb den Bluff noch ein bißchen weiter, um seinen Gegner zu verunsichern.

»Ich habe gehört, Sie führen ein strenges Regiment in Ihrem Verein«, sagte er. »Wer einmal unterschrieben hat, ist auf Lebenszeit dabei, ob er will oder nicht ... und ob er sich dessen bewußt ist oder nicht! Stimmt's?«

Jetzt ließ der Prophet allen Anschein von Höflichkeit fallen und entgegnete erregt: »Wie ich meine Kirche leite, ist eine Sache zwischen mir und meinen Mitgliedern. Sie sind sich absolut darüber im Klaren, daß sie eine Verpflichtung auf Lebenszeit eingehen. Ich zwinge die Leute nicht beizutreten. Sie treten aus eigenem Willen bei und verpflichten sich aus freien Stücken, ihr Leben ganz Gott zu widmen. Bevor ich sie in meine Kirche aufnehme, müssen sie eine diesbezügliche Erklärung unterschreiben.«

Curtis schnaubte verächtlich. »Hören Sie, Sie reden mit mir, und nicht mit einem ahnungslosen Teenager. Den Wisch können Sie sich in den Arsch stecken, und das wissen Sie. Wenn Sie in einem Sorgerechtsprozeß gegen die Eltern eines Minderjährigen, der Mitglied Ihrer Kirche ist, damit ankämen, würden Sie glatt ausgelacht. Halt, nein, Sie können sich Ihre Erklärung nicht in den Arsch stecken – mit der würden sich die Richter den Hintern abwischen.«

»Ihre Unflätigkeit nützt Ihnen nichts, Lieutenant«, erwiderte der andere herablassend. »Die erwähnten Erklärungen beweisen lediglich, daß niemand gezwungen wird, sich meiner Kirche anzuschließen. Und was das strenge Regiment betrifft, so wissen Sie sicher, daß die größte christliche Vereinigung, die römisch-katholische Kirche, ihre Kleriker oder Ordensmitglieder auch nicht ohne weiteres aus ihrem Eid entläßt.«

»Ja. Mit dem Unterschied, wenn bei denen jemand gehen will, auch ohne Erlaubnis, werden ihm nicht gleich die Hunde auf den Hals gehetzt!« sagte Curtis sarkastisch. »Was zum Teufel betreiben Sie da draußen eigentlich? Ein Erholungsheim oder ein Konzentrationslager?«

Die Luft knisterte. Der Prophet wurde blaß, sein Mund spannte sich, und in seinen Augen stand die blanke Wut. Er erhob sich abrupt, und Curtis dachte für einen Moment, der Prophet wolle sich auf ihn stürzen. Curtis spannte die Muskeln an, doch sein Gegenüber ballte lediglich die Fäuste und blickte mit funkelnden Augen auf ihn herab.

Turner, der das Geschehen von der Mitte des Raums verfolgte, sah, daß der Prophet den Arm hob und gebieterisch auf die Tür deutete.

»Sie verlassen sofort mein Haus, Sir!« bellte er. »Ich weigere mich, mir diesen gotteslästerlichen Unsinn länger anzuhören.« Die kraftvolle Stimme bebte vor unterdrückter Wut. »Ich glaube, Sie haben gar keine Beweise. Im Gegenteil, Sie haben sich dieses sogenannte Gespräch mit üblen Tricks erschlichen, in der Absicht, mich zu beleidigen und zu provozieren. Ich werde Ihr unverschämtes Vorgehen Ihren Vorgesetzten melden. Und jetzt raus!«

Curtis dachte gar nicht daran zu gehen. Statt dessen lehnte er sich zurück, breitete die Arme über die niedrige Lehne der Sitzbank und sah provozierend zu der baumlangen Gestalt hinauf. Dann schüttelte er bedächtig den Kopf. »Ich gehe, wenn ich hier fertig bin, und keine Sekunde früher. Ich ermittle in einer Mordsache und…«

»Sie gehen, und zwar sofort!« donnerte der Prophet, außer sich vor Wut. »Sonst lasse ich Sie hinauswerfen.« Er beugte sich nach vorn und wollte auf den Klingelknopf drücken, der in den Couchtisch eingelassen war.

Curtis' blitzschnelle Reaktion verblüffte sogar Turner am anderen Ende des Raums. Ohne die leiseste Vorwarnung trat der Lieutenant zu und kickte den Couchtisch in die Luft. Der Tisch überschlug sich und landete einige Meter weiter umgedreht auf dem Teppich, den Klingeldraht, der aus der im Boden versteckten Dose herausgerissen worden war, hinter sich herschleifend. Curtis nützte den Überraschungseffekt aus, den seine gewalttätige Aktion verursacht hatte, stieß sich mit ausgestreckten Armen ab und sprang auf die Füße.

Der Prophet war dem knapp an seinem Gesicht vorbeifliegenden Tisch instinktiv ausgewichen. Curtis' plötzliche Aggression hatte ihn völlig überrascht. Noch bevor er Fassung und Gleichgewicht wiedererlangen konnte, fauchte der Lieutenant: »Hinsetzen, Mister!« und schubste ihn mit einem Stoß gegen die Brust in seinen thronartigen Sessel zurück.

Curtis beugte sich über ihn, stützte sich auf die Armlehnen und streckte seinem Widersacher kampflustig das Gesicht entgegen. »Niemand geht hier irgendwohin… am allerwenigsten Sie… bevor ich erledigt habe, weswegen ich gekommen bin. Verstanden?« Um seinen Worten Nachdruck zu verleihen, nahm er die linke Hand von der Lehne und bohrte dem Propheten einen Finger in die Brust.

Plötzlich wurde sein Handgelenk von einem schmerzhaften Klammergriff gepackt. Das Gesicht dicht vor seiner Nase war wutverzerrt, und die Augen traten hervor. Der Ausdruck des Mannes hatte etwas Wirres, und die sonore Stimme war nur noch ein boshaftes Zischen. »Sie wagen es, Hand an mich zu legen? Jetzt sind Sie zu weit gegangen. Mit welchem Recht...«

Plötzlich bewegte sich etwas, und dem Propheten verschlug es bei Curtis' nächster Aktion die Sprache. Überzeugt, daß sein Handgelenk unter dem schraubstockartigen Griff zerquetscht werden würde, faßte der Lieutenant mit der freien Hand in den Mantel. Als er sie einen Augenblick später wieder hervorzog, hatte er die Dienstwaffe zwischen den Fingern. Er rammte seinem Gegner den Lauf in die Backe, so daß die Mündung dem Propheten über der Nase lag, die Sicherung direkt unter dem linken Auge.

»Lassen Sie meinen Arm los, Mister«, knirschte er mit zusammengebissenen Zähnen, »sonst pust ich Ihnen die Fresse weg«, und drückte dem Gegner das kalte Metall ins Gesicht. Der grausame Griff lockerte sich plötzlich, und sein Arm wurde freigegeben. Das Handgelenk pulsierte an der Stelle, wo die stählernen Finger es umklammert hatten.

Die tauben Finger der linken Hand bewegend, tätschelte Curtis dem Propheten mit dem Lauf der Pistole die Wange. »Das ist das einzige Recht, das ich bei Typen wie Ihnen brauche, Herr Prophet. Und es ist abgesichert...«

Mit den noch immer etwas gefühllosen Fingern griff er in eine Innentasche, zog seine Marke heraus, klappte sie auf und hielt sie dem Mann unter die Nase. »Schauen Sie sich das Ding gut an, Herr Prophet. Diese Marke sagt alles. Sie sagt, daß ich ein Cop bin, der in einer Reihe von brutalen Morden ermittelt, die offensichtlich von einem gemeingefährlichen Wahnsinnigen begangen wurden. Und sie sagt weiter, daß, falls ich während meiner Ermittlungen von einem möglicherweise gefährlichen Verdächtigen angegriffen werde, ich ihn mit meinem Schießeisen windelweich schlagen oder wegpusten kann, je nach dem, wie bedroht ich mich fühle. Kapiert?«

Der Prophet saß regungslos da, nur seine Augen hüpften zwischen dem Lauf der Pistole und Curtis' Gesicht hin und her. Kurz davor, sich auf seinen Peiniger zu stürzen, brachte er in seiner Wut fast kein Wort heraus. »Ich... Sie... angreifen? Ich soll sie angegriffen haben?« Er holte tief Luft und schüttelte sich, wodurch er sich etwas zu beruhigen schien. »Und was, bitte schön, ist das anderes als Brutalität im Amt? Und ohne die geringste Provokation. Verlassen Sie sich drauf, ich werde eine Beschwerde gegen Sie einreichen, sobald ich...«

»Detective Turner«, rief Curtis vernehmlich und schnitt dem protestierenden Propheten das Wort ab. Er gab weder seine drohende Haltung auf, noch unterbrach er den Blickkontakt zu seinem Gegner, als er den Bluff auf die Spitze trieb. »Haben Sie was von Brutalität im Amt bemerkt, wie der Zeuge hier fälschlicherweise behauptet?«

»Nee. Ich nicht«, gab Tex seelenruhig zur Antwort. »Hab nichts bemerkt. Allerdings glaube ich mich zu erinnern, daß der Verdächtige gewalttätig wurde und gebändigt werden mußte... mit Gewalt gebändigt, meine ich.«

»Ist der Groschen jetzt gefallen, Herr Prophet?« fragte Curtis freundlich. »Sind Sie jetzt bereit, mir ein paar Fragen zu beantworten?«

Die goldgewandete Gestalt schluckte schwer und zischte so boshaft wie zuvor: »Fragen Sie schon... wenn Sie unbedingt meinen. Aber eines sage ich Ihnen...«, in seinen Mundwinkeln zeigten sich winzige Speichelflecken, »das werde ich Ihnen eines Tages heimzahlen.«

Curtis kam zu dem Schluß, daß er dem Mann für seine Zwecke ausreichend zugesetzt hatte, der Prophet war sichtlich angeschlagen. Es hatte keinen Sinn, die Sache zu übertreiben und ihn zu provozieren, bis er wirklich gewalttätig wurde. Schließlich gab es Leute in der Wohnung, die sofort einschreiten würden, und Grants Erfahrung mit dem Fanatismus der Anhänger des Propheten sagte ihm, was ihm in diesem Falle blühen würde. Er richtete sich abrupt auf, trat einen Schritt zurück, steckte die Marke ein und verstaute die Pistole im Holster.

»Sie sind nicht der erste«, sagte er lässig, »da gibt's 'ne lange Schlange. Wenn ich für jede Drohung 'n Cent bekäme, wär ich Millionär.«

Er setzte sich wieder, nahm Notizbuch und Bleistift, die er vor seiner Aktion auf der Sitzbank deponiert hatte, schlug das Notizbuch auf und legte es sich auf die Knie.

Turner schlenderte unterdessen vom anderen Ende des Raums herbei, hob Curtis' Hut auf, drehte den Tisch um, stellte ihn zwischen die Gesprächspartner an seinen Platz und ließ den Hut neben seinem Chef auf die Sitzbank fallen. Man hätte meinen können, er sei unsichtbar, so wenig Notiz nahmen die beiden Kontrahenten von ihm. Die Luft knisterte vor Spannung, und Turner zog sich wortlos in die Tiefe des Raums zurück.

Mit gezücktem Bleistift fragte Curtis: »Ihr voller Name?«

»Martin Daniel Bishop.« Der Prophet atmete schwer, er hatte seine Stimme wieder im Griff, doch es war noch immer ein leichtes Beben zu spüren.

»Alter?«

»Fünfundfünfzig.«

»Adresse?«

»Hier.«

Curtis sah auf. »Ist dies Ihr ständiger Wohnsitz?«

»Für Sie genügt das«, erwiderte der andere.

»Für mich genügen nur Fakten, Mister«, raunzte Curtis. »Also, wo wohnen Sie, wenn Sie nicht gerade auf Werbetour in der Stadt sind ... auf Kreuzzug, wie Sie es, glaub ich, nennen?«

»Wenn ich keine Kreuzzüge führe«, – er betonte das Wort – »residiere ich im Betlehem-Haus, unserem Landsitz, den Sie bereits erwähnt haben.«

»Der liegt nördlich von Rockford, stimmt's?«

»Ja.«

»Wie lange sind Sie schon Prediger?«

»Seit über dreißig Jahren.«

»Und davor?«

»Ich war...« Der Prophet stockte und seufzte genervt. »Ist das wirklich notwendig? Offen gestanden, ich verstehe nicht, wie die Einzelheiten meines früheren Lebens für Sie auch nur von geringstem Interesse sein sollen.«

»Hintergrund«, entgegnete Curtis knapp. »Ich stelle keine unnötigen Fragen. Also, was haben Sie gemacht, bevor Sie sich aufs Predigen verlegt haben?«

»Ich bin aufs College gegangen«, antwortete der Prophet und lieferte die Antwort auf die nächste Frage gleich mit: »Andrew Carnegie College, Lincoln, Nebraska.«

Curtis sah auf. »Zum Theologiestudium, nehm ich an. Wurden Sie dort ordiniert?«

Der Prophet zögerte einen Augenblick, dann sagte er: »Um genau zu sein, ich studierte Medizin.«

»Ach was. Medizin.« Curtis sah von seinen Notizen auf. »Was war los? Haben den Prüfern Ihre Operationsmethoden nicht gefallen?«

Der Prophet ignorierte die sarkastische Bemerkung. »Ich verließ das College aus freien Stücken, als ich von Gott berufen wurde, Sein Wort zu predigen«, antwortete er spitz.

»Sie sind also nicht ordiniert?« hakte Curtis nach.

»Nicht von Menschenhand«, kam die hochmütige Antwort. »Der Herr hat mich in einer Offenbarung berufen. Er verteilt keine Diplome an die, die Er auserwählt, Sein Werk zu tun. War Jesus ordiniert? Moses? Auch nur einer von Gottes heiligen Propheten?«

»Die Zeiten haben sich geändert. Und ich kann mich nicht entsinnen, daß einer von ihnen seine Leute vom Rest der Welt abgeschnitten... oder aufgeschnitten hätte, um genau zu sein«, bemerkte Curtis trocken.

Turner, der die Szene aus der Entfernung beobachtete, dachte zuerst, der Prophet habe beschlossen, die letzte Spitze zu überhören. Das Gesicht blieb ausdruckslos, nur die blauen Augen starrten den Lieutenant feindselig an. Doch dann trat ein spöttisches Lächeln auf seine schmalen Lippen.

»Sie erwähnten vorhin meine Kreuzzüge. Sie scheinen selbst einen Kreuzzug aus Ihren Ermittlungen zu machen, Lieutenant«, sagte er sanft. »Es hat fast den Eindruck, als betrachteten Sie die Morde als Herausforderung an Sie persönlich, statt an das Gesetz, das Sie zu vertreten behaupten. Ich will doch hoffen, daß Sie sich mit demselben löblichen Eifer dem Tod normaler, anständiger Bürger widmen wie dem Ableben dieser schamlosen Isebels der Nacht.«

»Mister, wenn's um Mord geht, muß das Opfer nur ein Kriterium erfüllen, um meine ungeteilte Aufmerksamkeit zu genießen... es muß tot sein! Straßendirne oder Schickeria-Mieze, da gibt's für mich keinen Unterschied, außer daß die eine Geld dafür verlangen muß, und das ist illegal«, sagte Curtis bestimmt.

»Da irren Sie sich gewaltig«, widersprach ihm der Prophet aufgebracht. »Huren sind keineswegs mit anständigen Menschen gleichzusetzen. Sie sind die Ausgeburt des Satans. Die Bibel sagt das in aller Deutlichkeit. Das Wort Gottes, wie es in Leviticus, Neunzehn, Neunundzwanzig steht, sagt: ›Du sollst deine Tochter nicht zur Hurerei anhalten, daß nicht das Land Hurerei treibe und werde voller Laster.‹« Als er die Bibelworte zitierte, hatte seine Stimme ihr sonores Timbre wiedererlangt – er befand sich wieder auf vertrautem Boden.

Curtis sah ihn unverwandt an. »Die Heilige Schrift sagt auch, du sollst nicht töten, oder? Jedenfalls kann ich mir nicht vorstellen, daß der Herrgott einen Racheengel herunterschickt, auf daß er alle Huren in der Stadt mit dem Messer abschlachtet. Ich hab immer gedacht, er steht mehr auf Vergebung…«, entgegnete er sarkastisch.

»Sagen Sie das den Huren Babylons oder den Sündern von Sodom und Gomorrah!« tönte der Prophet. Das spöttische Lächeln auf seinen Lippen war jetzt ausgesprochen gehässig.

»Das waren völlig korrupte Gesellschaften«, sagte Curtis, ihm den Ball zuspielend – der Prophet fing ihn auf.

»Wie Amerika heute«, entgegnete er. »Seine Städte sind eine Jauchegrube von Laster und Sünde, regiert von korrupten Politikern, die sich von den Syndikaten des organisierten Verbrechens bezahlen lassen.« Seine Stimme hatte jetzt den fanatischen Tonfall des Eiferers, der bei seinem Lieblingsthema angekommen war.

»Da sind wir uns ausnahmsweise einig«, nickte Curtis. »Aber ich seh weder Feuer noch Schwefel vom Himmel regnen.« Er blickte auf seine Notizen und meinte beiläufig: »Nein… bisher hat Ihr Boss sechzehn wehrlose Nutten aufm Konto, und 'ne Schwuchtel.«

Der Prophet nahm erwartungsgemäß Anstoß an Curtis' Bemerkung. »Er unterscheidet in Seiner unendlichen Weisheit nicht zwischen Sünden oder Sündern. Denn es steht geschrieben: ›Welche ohne Gesetz gesündigt haben, die werden auch ohne Gesetz zugrunde gehen.‹«

Wie ein Neonschild in der Dunkelheit leuchteten die vertrauten Worte vor Curtis' Auge auf, und er warf Turner einen Blick zu, um zu sehen, ob auch er es mitbekommen hatte. Er hatte. Turner sah ihn scharf an, als wolle er seinem Chef zubeamen: »Haben Sie gehört, was er gesagt hat? Das ist eins von den Zitaten, das wir geknackt haben ... eine von den Botschaften auf den Opfern.«

Curtis verspürte eine gewisse Befriedigung, doch er ließ sich nichts anmerken, als er sich wieder dem Propheten zuwandte. »Heißt es an der Stelle nicht auch, daß diejenigen, die mit dem Gesetz gesündigt haben, auch mit ihm verurteilt werden?«

Die Verblüffung wischte dem Propheten das maliziöse Lächeln vom Gesicht und vertrieb für einen Moment sogar die Feindseligkeit. Er legte den Kopf schief und sagte: »Hoppla! Sie überraschen mich schon wieder mit Ihren ausgeprägten Kenntnissen, Lieutenant.« Dann wurde sein Ton wieder spöttisch. »Erzählen Sie mir nicht, bei Ihren Hausaufgaben über mich hätten Sie auch die Bibel studiert.«

Curtis erwiderte seinen Blick. Gleichzeitig griff er ins Jackett und zog einen der beiden Umschläge mit den Photos heraus, die er vor dem Verlassen des Büros eingesteckt hatte. »Nicht so sehr die Bibel, eher ... Bibelverweise, könnte man sagen.«

Dabei zog er den Stapel mit fünfzehn Schwarzweißphotos aus dem Umschlag und breitete sie auf dem Couchtisch aus, wie ein Pokerspieler sein Blatt vor dem Gegner. Dabei ließ er den Propheten nicht aus dem Auge.

»Ich studiere sie jetzt seit fünf Jahren ... seit sie zum ersten Mal auftauchten, in die Haut eines Opfers geritzt ... dieser Opfer.« Er fuhr mit der Hand über die Photos. »Haben Sie eine von diesen Frauen schon einmal gesehen?«

Der Prophet ließ den Blick über die verstreuten Abzüge wandern. Jeder Abzug, eine Vergrößerung aus der entsprechenden Polizeiakte, zeigte eine Frau, jeweils von zwei Seiten abgelichtet, einmal von vorn und einmal im Profil. Die Gesichter, die starr in die Kamera oder zur Seite blickten, einige hübsch, andere gewöhnlich, repräsentierten einen Querschnitt der New Yorker Bevölkerung: weiß, schwarz, asiatisch und hispanisch. Welcher ethnischen Herkunft sie auch waren, die Gesichter hatten eines gemeinsam – eine auffallende Härte, die nicht allein durch das harte, wenig schmeichelnde Licht zu erklären war, das die Polizeiphotographen auf der ganzen Welt verwenden.

»Na?« Wie ein Peitschenschlag knallte Curtis' Stimme in die Stille. »Erkennen Sie eine von ihnen oder nicht?«

Der Prophet hob die Augen und sah Curtis an. Seine Mundwinkel verzogen sich vor Abscheu. »Ich habe nicht die Angewohnheit, mich in Gesellschaft solcher Kreaturen aufzuhalten.« Sein Ton war vernichtend.

»Das beantwortet meine Frage nicht, Mister«, erwiderte Curtis gereizt. »Erkennen Sie sie oder nicht?«

Die Augen des Propheten funkelten, doch er sagte kalt und mit Betonung auf jedem Wort: »Nein-ich-kenne-sie-nicht!«

»Sind Sie sicher?« beharrte Curtis.

»Ganz sicher! Ich wiederhole, ich habe nicht die Angewohnheit, mich in Gesellschaft von Huren aufzuhalten«, sagte er laut und heftig.

»Tiger halten sich nicht in Gesellschaft von Rehen auf... doch das hindert sie nicht daran, sie zu töten und aufzufressen, wann immer sie die Gelegenheit dazu haben«, gab Curtis zurück.

»Was werfen Sie mir denn jetzt vor? Kannibalismus?« höhnte der Prophet, und seine Stimme triefte vor Sarkasmus.

»Niemand wirft Ihnen irgendetwas vor... noch nicht«, sagte Curtis und sah sein Gegenüber unverwandt an.

»Freut mich zu hören.« Der Prophet blickte wieder auf die Photos. »Allein der Vorwurf, ich würde mich mit Leuten wie diesen abgeben, wäre Beleidigung genug. Man braucht sie nur anzusehen, um zu wissen, wen man vor sich hat.«

»Ach ja?« Curtis klang unbeeindruckt. »Sagen Sie, wenn Sie sich nicht mit solchen Leuten abgeben, woher wissen Sie dann, daß es Huren sind?«

»Erstens haben Sie gesagt, daß Sie in einer Serie von Prostituiertenmorden ermitteln. Und zweitens muß man sich nicht mit Sündern gemein machen, um einen Sünder zu erkennen«, kam die verächtliche Antwort.

»Ach, ich weiß nicht... mir hilft es bei meiner Arbeit«, warf Curtis ein. Er sammelte die Photos ein, steckte sie in den Umschlag zurück und steckte ihn ein. Dann zog er aus einer anderen Jackentasche den zweiten Umschlag und nahm vorsichtig den zweiten Schwung Photos heraus.

»Vielleicht helfen die Ihrem Gedächtnis auf die Sprünge«, sagte er beiläufig. Diesmal breitete er die Photos nicht, wie beim ersten Stapel, auf dem Tisch aus, sondern beugte sich vor und reichte dem Propheten den ganzen Stapel, der ihn automatisch entgegennahm.

»Es sind dieselben Frauen«, klärte Curtis ihn auf. »Bloß sind die Bilder, wenn Sie so wollen, jüngeren Datums. Erkennen Sie sie jetzt?«

Der Prophet sah sich in aller Seelenruhe den zweiten Stapel an. Er legte jedes Bild auf den Tisch, um es zu studieren. Im Gegensatz zum ersten Stapel, den er mehr oder weniger überflogen hatte, verweilte er kurz bei jedem Abzug. Auch diesmal waren es zwei Abbildungen pro Blatt, allerdings handelte es sich um Ganzkörperaufnahmen einer nackten, weiblichen Leiche, photographiert auf der Bahre eines Kühlraums. Auf der oberen Abbildung lag die Leiche auf dem Rücken, auf der unteren war dieselbe Leiche mit dem Gesicht nach unten zu sehen.

Curtis, der die Reaktion des Propheten scharf beobachtete, bemerkte zuerst nur, daß sich die Augen ein wenig verengten, als er die schaurige Galerie betrachtete. Dann glaubte er, eine leichte Veränderung in der hölzernen Maske des Propheten zu entdecken. Für einen flüchtigen Moment entdeckte er den Ausdruck von ... Genugtuung? ... Vielleicht sogar Triumph? Dann war es weg.

Als der Prophet jedoch achtlos das letzte Photo auf den Tisch fallen ließ und sich seine Augen mit dem forschenden Blick seines Gegenübers trafen, jubelte der Lieutenant innerlich auf. Die Pupillen des Mannes waren geweitet und verliehen ihm einen dunklen, leicht wirren Blick.

Das Schwein geilt sich an den Bildern auf, dachte Curtis, und die Worte des Arztes fielen ihm ein, der eine Stunde zuvor im Apartment der ermordeten Menotti gesagt hatte: »Kann gut sein, daß Sie es mit einem klassischen Sexualsadisten zu tun haben.« Doch er ließ sich nichts anmerken.

»Nun, Herr Prophet?« fragte er provokant, »erkennen Sie sie jetzt?«

Der Blick des anderen wurde wieder klar. »Ich finde Ihre Fragen und Ihr Benehmen äußerst anstößig, Lieutenant ...«, begann er pikiert.

»Und was ist damit?« unterbrach ihn Curtis und deutete auf den verstreuten Stapel auf dem Tisch. »Das hier scheinen Sie nicht besonders anstößig zu finden. Was ich wiederum äußerst merkwürdig finde.«

»Ich habe Ihnen, glaube ich, gesagt, daß ich einmal Medizin studiert habe«, erwiderte der Prophet gelangweilt. »Wenn Sie einmal Leichen seziert und kleingeschnipselt haben, bis sie in Einmachgläser mit Formalin passen, kann man Sie mit so etwas ...«, er machte eine geringschätzige Handbewegung, »nicht mehr beeindrucken.«

»Ach ja?« bemerkte Curtis gereizt. Der überhebliche Ton ging ihm auf die Nerven. »Ich habe fast den Eindruck, Sie haben die Pathologie nebenbei als Hobby weiter betrieben.«

Der Prophet funkelte ihn an. »Und ich habe den Eindruck, Ihre impertinente Voreingenommenheit gegen mich offenbart Ihre abgrundtiefe Ignoranz, Lieutenant.« Dann sagte er mit geradezu beleidigender Geduld, wie zu einem geistig behinderten Kind: »Pathologie, zu Ihrer Information, beschäftigt sich mit Toten, nicht mit Lebendigen.«

»Ach ja?« sagte Curtis und meinte seelenruhig: »Wer sagt, daß diese Verletzungen Lebenden beigebracht wurden?«

Sein Vorstoß löste bei dem anderen lediglich ein verächtliches Schnauben aus. »Ach, Lieutenant. Kommen Sie mir nicht mit dem alten Trick ... ›ich hab ihn nicht erschossen‹, protestiert der Verdächtige. ›Wer sagt, daß er erschossen wurde?‹ fragt der clevere Detektiv.« Dann sagte er pikiert: »Ich nehme an, daß Ihre Opfer an diesen Verletzungen gestorben sind. Wenn ich mir die Photos so ansehe, würde ich sagen, die Sache ist ziemlich eindeutig ... auch wenn man nichts von Medizin versteht wie Sie. Also vergeuden Sie bitte nicht meine Zeit und beleidigen Sie meine Intelligenz nicht mit Ihren kindischen Versuchen, mir eine Falle zu stellen.«

Curtis schien durch den höhnischen Ton etwas angeschlagen zu sein. »Okay, Sie Ex-Medizinstudent. Was ist mit den anderen Verletzungen? Auf dem Rücken? Die könnten sehr wohl nach dem Tod beigebracht worden sein. Behaupten Sie bloß nicht das Gegenteil, denn das können Sie aus einem Photo gar nicht erkennen.« Kampflustig warf er ihm den Fehdehandschuh hin.

Zum ersten Mal in diesem Gespräch hatte der Prophet das Gefühl, das Steuer übernommen zu haben. Er genoß die Überlegenheit im Wortgefecht mit dem ignoranten, aggressiven Affen. Er hatte jetzt sicheren Boden unter den Füßen. Auf medizinischem Gebiet kam dieser Cop mit seinem Spatzenhirn nicht gegen ihn an. Er blickte zu den Photos auf dem Couchtisch hinab.

»Ach ja … die Bibelverweise, die Sie angeblich studiert haben«, sagte er herablassend: »Sie gehen meiner Meinung nach nicht tief genug, um als Todesursache in Frage zu kommen.«

»Bibelverweise? Was für Bibelverweise?« fragte Curtis freundlich.

Der Prophet bemerkte den Schnitzer sofort und versuchte, ihn zu vertuschen. Er lachte verächtlich. »Kommen Sie, Lieutenant, treiben wir immer noch kindische Spielchen?« In den herablassenden Ton zurückfallend, sagte er: »Na gut, lassen Sie mich meine Aussage berichtigen. Ich nehme an, daß es sich bei diesen Verletzungen um die Bibelverweise handelt, auf die Sie vorhin angespielt haben. Gefällt Ihnen das besser?«

»Nein«, sagte Curtis unumwunden. »Sie nehmen viel zuviel an, Mister. Wir haben zwei Morde gebraucht, um die Verletzungen als römische Ziffern zu erkennen, und vierzehn weitere, bis wir draufgekommen sind, daß es sich um Bibelverweise handelt. Und Sie erkennen das auf den ersten Blick, einfach so!« sagte er und schnalzte mit den Fingern. Er beugte sich vor und schnipste die Photos quer über den Tisch. »Nun, vielleicht sagen Sie mir, wie Sie … zu der Annahme kommen … daß es sich um Bibelverweise handelt?« Seine Augen bohrten sich in die Pupillen seines goldschimmernden Gegners.

Jetzt arbeitete das Gehirn des Propheten auf Hochtouren. Er hatte den energischen, ungehobelten Bullen gefährlich unterschätzt, wie sich herausstellte. Um Zeit zu gewinnen, gab er einen Stoßseufzer von sich und sammelte die Photos ein. Er blätterte sie durch, als suche er etwas Bestimmtes. Auch wenn er scheinbar lässig wirkte, durchsuchte er die Bilder fieberhaft nach einer Aufnahme, auf der die klaffenden, ausgefransten Wunden das beabsichtigte Muster einigermaßen klar erkennen ließen. Beim fünften Bild wurde er fündig, dann entdeckte er ein zweites und weiter unten noch eines. Ohne sich seine Erleichterung anmerken zu lassen, drehte er die drei Photos um und hielt sie Curtis vor die Nase, bevor er sie zu den anderen auf den Tisch legte.

»Was sonst hätten die römischen Ziffern bedeuten sollen als die von Ihnen erwähnten Bibelverweise?« fragte er trocken.

»Mir waren sie ziemlich unerklärlich«, beharrte Curtis. Er beugte sich über den Tisch und legte die Bilder zu einem ordentlichen Stapel zusammen, wobei er darauf achtete, die Photos nur am Rand anzufassen, steckte sie wieder in den Umschlag, und verstaute sie in seinem Jackett.

»Weil Sie nicht bibelfest sind, Lieutenant«, erwiderte der Prophet, der seine Selbstsicherheit wiedergewonnen hatte.

»Aber Sie«, nickte Curtis. »Ja, das ist mir nicht entgangen. Apropos bibelfest, derjenige, der diese widerlichen kleinen Epitaphe hinterlassen hat, kennt die Bibel so genau, daß er in der Lage war, nicht nur die gewünschten Bücher, Kapitel und Verse zu zitieren, sondern sogar die Nummern aus dem Inhaltsverzeichnis... in beiden Testamenten!«

»Das beweist gar nichts«, gab der andere zurück. »Ich bin sicher, in einer Metropole wie dieser gibt es viele, die dazu in der Lage sind.«

»Zweifellos«, gab Curtis zu. »Doch ich wette mit Ihnen, nicht alle haben jedesmal, wenn ein Mord geschah, eine religiöse Veranstaltung abgehalten. Wie Sie! Was mich zu der Frage veranlaßt, wo Sie sich zu den fraglichen Zeiten aufgehalten haben...«

Der Prophet merkte, daß die Falle am Zuschnappen war, krallte die Finger in die Armlehnen und machte Anstalten, sich zu erheben. »Jetzt reicht's!« herrschte er Curtis an. »Sie sind zu weit gegangen. Sie beschuldigen mich wahrhaftig, Ihre kostbaren Huren umgebracht zu haben. Tun Sie was Sie wollen, ich betrachte die Unterhaltung als beendet...«

Auch Curtis machte Anstalten sich zu erheben, allerdings drohend. Der gestreckte Zeigefinger schnellte nach vorn und machte nur wenige Zentimeter vor dem Gesicht seines Widersachers Halt.

»Rührn Sie sich nicht vom Fleck, Mister!« befahl er, zum Sprung bereit, und bannte sein Gegenüber mit drohendem Blick in den Sessel. »Die Unterhaltung ist zu Ende, wenn ich es sage und keine Sekunde früher. Reizen Sie mich nicht, sonst haben Sie 'n häßlichen Unfall. Und nicht nur das, ich und mein Partner da drüben haben noch viele häßliche Unfälle parat für die Tigerkralle und Ihre Kungfutruppe, sollten sie uns daran hindern wollen, Sie im bewußtlosen Zustand abzutransportieren … zwei Dienstwaffen voller häßlicher Unfälle, um genau zu sein.«

Die Luft knisterte vor Spannung. Dann sank der Prophet langsam in seinen Sessel zurück. In seinen Augen stand blanker Haß. Curtis entspannte sich etwas, doch er blieb sprungbereit auf der Sofakante sitzen.

»Hören Sie zu, Sie scheinheiliger Bruder! Wenn Sie glauben, ich hätte Sie als Mörder in Verdacht, dann liegen Sie völlig richtig.« Die Wut, geschürt durch den jahrelangen Frust bei der Jagd nach dem zynischen, sadistischen Killer, drohte mit ihm durchzugehen. Er kämpfte sie nieder, doch sie war seiner Stimme noch deutlich anzuhören. »Und noch was … wenn Sie, wie ich vermute, der sind, den ich suche, dann krieg ich Sie, so oder so! Also fangen Sie lieber an, mich vom Gegenteil zu überzeugen!«

Sie starrten sich haßerfüllt an. Turner, der vom anderen Ende des Raumes zusah, konnte die knisternde Spannung zwischen den beiden förmlich spüren. Allmählich wurde ihm bei der stummen Konfrontation unwohl. Er merkte, daß sein Chef in Gefahr war auszurasten. Doch es war nicht das einzige, was ihm Unbehagen bereitete. Die Wut von Curtis war groß und kaum zu bändigen, doch es war eine gesunde Wut. Was Turner beunruhigte, war der starre Blick, mit dem der komische Heilige seinen Chef ansah. Der Texaner wußte, wenn er noch nie Mord in den Augen eines Menschen gesehen hatte, jetzt sah er ihn. Und Wahnsinn. Da gab's keinen Zweifel. Dann brach der Prophet den Bann, der alle drei ergriffen zu haben schien.

»Wieder falsch, Lieutenant«, sagte er mit belegter Stimme. »Ich muß niemanden von irgendetwas überzeugen. Das Gesetz besagt, ein Mensch ist so lange unschuldig, bis das Gegenteil bewiesen ist. Und die … Beweise … die Sie hier vorgebracht haben, würden von jedem Gericht in diesem Lande verworfen. Mit ihren plumpen Tricks legen Sie mich keine Sekunde herein. Und ein Gericht schon gar nicht.«

Curtis wußte, daß der Mann recht hatte. Er war mit seinem Bluff aufs Ganze gegangen, und es war ihm nicht gelungen, irgendeine Art von Schuldgeständnis zu bekommen. Doch er wußte auch, daß er richtig lag mit seinem Verdacht und ärgerte sich noch mehr über sich selbst. Jetzt war sein Gegner gewarnt und dadurch doppelt gefährlich – darauf konnte er sich verlassen. Der scharfe Geschmack von Galle brannte ihm im Hals – bitter wie der Geschmack der Niederlage. Er beschloß, das Gespräch zu einem Ende zu bringen.

»Das werden wir ja sehen«, sagte er grimmig. Er zückte Notizbuch und Bleistift. »Jetzt zu Ihrem Alibi für die fraglichen Tatzeiten …«

»Das ist einfach lächerlich!« stieß der Prophet hervor. »Sie sagten vorhin, daß Sie seit fünf Jahren ermitteln. Ich weiß nicht, was für ein Gedächtnis Sie zu haben behaupten, doch meines erlaubt mir mit Sicherheit nicht zu erläutern, wo ich mich über eine so lange Zeit zu einem bestimmten Zeitpunkt aufgehalten habe. Sogar jemand, der so unvernünftig ist wie Sie, wird mir das zugestehen müssen.«

»Okay. Ich versuche also, vernünftig zu sein.« Curtis fixierte den Mann kalt. »Wie steht's mit gestern nacht? Und der Nacht davor? Reicht Ihr Gedächtnis so weit zurück? Erstens, wo waren Sie vorletzte Nacht, zwischen dreiundzwanzig Uhr und, sagen wir, ein Uhr morgens? Zweitens, wo waren Sie letzte Nacht zwischen Mitternacht und zwei Uhr? Also, schön der Reihe nach …«

Der Prophet machte eine herablassende Handbewegung. »Ich kann beide Fragen mit einem einzigen Wort beantworten. Hier. Hier in meiner Wohnung war ich, in diesem Raum. Sehen Sie, ich habe die Angewohnheit, wenn ich auf Kreuzzug bin, nach einer Abendveranstaltung einige Stunden zu meditieren und in stiller Zwiesprache mit dem Herrn meine spirituellen Batterien aufzuladen, sozusagen«, antwortete er blasiert.

Curtis schnaubte ungläubig. »Wer beleidigt hier wessen Intelligenz? Da müssen Sie sich schon was Besseres einfallen lassen.

Sogar der Supreme Court hat noch keinen Weg gefunden, Gott als Zeugen vorzuladen.«

»Wie wär's dann mit meinem Stab?« schlug der Prophet blasiert vor. »Glauben Sie, Ihre Gerichte werden es akzeptieren, wenn meine Leute unter Eid aussagen, daß ich nach meiner Rückkehr vom Washington Centre das Apartment in den letzten beiden Nächten zu keinem Zeitpunkt verlassen habe? Oder wollen Sie sich weigern, Beweise anzuerkennen, die nicht zu Ihrem vorgefertigten Urteil passen?«

Curtis ignorierte die Spitze und sah sich um. »Gibt es hier noch andere Ausgänge außer der Tür, durch die wir hereingekommen sind?« fragte er.

»Nein«, rief der Prophet emphatisch.

Da mischte sich Turner plötzlich in die Unterhaltung. »Und was ist mit der da drüben? Vielleicht haben Sie die komplett vergessen, weil sie so gut versteckt ist...« Dabei drehte er sich um und durchquerte den Raum.

Curtis sah, wie sein Kollege auf einen Gobelin zuging, der am anderen Ende der Wand hing, in der sich auch die Tür befand, durch die sie hereingekommen waren. Turner zog den Gobelin zur Seite und es kam eine zweite, identische Tür zum Vorschein. Er drehte sich um und blickte durch den langen Raum zu seinem Chef hinauf.

»Die da«, sagte er lässig.

Curtis wandte sich wieder zum Propheten und sah ihn kalt an. »Nun?« fragte er.

Bevor er auf die Frage des Lieutenant einging, giftete er Turner an: »Ihre Inspektion meiner Kunstgegenstände war in der Tat sehr gründlich.« Dann wandte er sich Curtis zu und sagte ruhig: »Sie haben nach Ausgängen gefragt. Die Tür da drüben führt zu meinem Bad und meinem Schlafzimmer. Und auch auf die Gefahr hin, daß ich Ihre überhitzte Phantasie enttäusche, es gibt auch keine geheime Hubschrauberrampe nach draußen... wir sind hier im achten Stock, wissen Sie...«

Curtis steckte Notizbuch und Bleistift ein. »Das schaun wir uns mal an, wie?« Im Aufstehen griff er nach seinem Hut und wies den Propheten an vorauszugehen.

Bishop zögerte einen Moment, dann stand er achselzuckend

auf und ging mit flatterndem Goldgewand voraus. Als sie die drei flachen Stufen hinabstiegen, die die beiden Ebenen des Raums voneinander trennten, sah Curtis kurz nach unten, und es entging ihm, daß der Prophet blitzschnell mit der rechten Hand an die Wand neben sich faßte.

Durch Turners »Hey« gewarnt, sah Curtis auf, doch er konnte nicht mehr verhindern, daß der Prophet die Klingel drückte, die unter einem goldgerahmten Gemälde angebracht war. Fast gleichzeitig ertönte aus einem anderen Raum Alarm – ein beharrlicher, pulsierender Ton, bei dem sich dem Lieutenant die Nackenhaare sträubten.

Der Prophet sah ihn triumphierend an. »Sie haben Ärger gesucht«, fauchte er, »jetzt kriegen Sie mehr, als Ihnen lieb ist.«

41

Bei diesen Worten flog die Tür auf, und mehrere Gestalten stürzten herein. Mit ihnen drang der gellende Pfeifton der Alarmanlage in den Raum.

Curtis sprang mit zwei großen Schritten die Stufen hinauf. In einer einzigen, blitzschnellen Bewegung drehte er sich zu den Gestalten um, zog die Pistole und ging mit beidhändig gestreckter Waffe in die Hocke.

»Stehenbleiben!« brüllte er den ohrenbetäubenden Lärm der Sirene übertönend. »Wer sich rührt, hat 'ne Kugel im Leib!«

Die vordersten Angreifer bremsten angesichts der gestreckten Pistole in den Händen der Gestalt oben auf den Stufen und blieben unvermittelt stehen. Die zweite Reihe lief auf sie auf, es herrschte einen Augenblick Verwirrung in ihren Reihen. Dann verteilten sie sich – es waren zehn, wie Curtis blitzschnell zählte – und standen ihm gegenüber, jeder auf seine Weise bereit, bei der erstbesten Gelegenheit anzugreifen.

Jetzt mischte sich auch noch die Stimme des Propheten in den schrillen Ton der Sirene. Außer sich vor Wut brüllte er den Trupp an: »Schnappt ihn! Er blufft! Er schießt nicht! Ich befehle euch anzugreifen! Ihr seid ihm zahlenmäßig überlegen. Angreifen, hab ich gesagt!«

Plötzlich verstummte der Alarm und die hysterische Stimme des Propheten, der seine Truppen zur Attacke aufforderte, stand allein im Raum. Seine Wut stachelte die Sektenleute an, und sie zuckten, doch sie scheuten sich ganz offensichtlich, es mit der drohenden, schwarzen Mündung der kleinen Kanone in Curtis Fäusten aufzunehmen. Der Prophet wurde dadurch nur noch wütender und für einen Augenblick sah es so aus, als wolle er sich in seiner besinnungslosen Wut selbst auf Curtis stürzen, um seine Leute mitzureißen und den Lieutenant zu einem selbstmörderischen Angriff zu verleiten, den dieser nicht mehr würde stoppen können.

Die goldschimmernde Gestalt machte auch tatsächlich einen Schritt auf den Kommissar zu, da knallten kurz hintereinander zwei ohrenbetäubende Schüsse. Glas klirrte, als eine der großen, deckenhohen Fensterscheiben am anderen Ende des Raums explodierte und sich auf den Balkon ergoß, getroffen von zwei Kugeln aus Turners Pistole.

Curtis wurde von den Schüssen völlig überrascht. Er hatte sich gerade gefragt, wie lange sein Bluff noch funktionieren würde. Die übrigen Anwesenden waren noch weniger darauf vorbereitet. Der Prophet schrie panisch auf, als die Kugeln so nahe an seinem Gesicht vorbeipfiffen, daß er den heißen Luftstrom spürte, und preßte sich mit einem Satz rückwärts platt gegen die Wand. Drei seiner Anhänger warfen sich zu Boden. Die anderen wirbelten herum und starrten in die Mündung der Pistole, die Turner ihnen, wie sein Chef in Deutschußposition, mit grimmiger Miene entgegenstreckte.

»Runter mit euch! Gesicht auf den Teppich!« Um seinem Befehl Nachdruck zu verleihen, deutete Turner mit der Pistole auf den Boden, und die sieben, die noch standen, gesellten sich rasch zu ihren Kollegen.

Auch Turners nächster Befehl: »Hände hinter den Kopf« wurde prompt befolgt.

Die beiden Polizisten erhoben sich, die Pistolen auf die ausgestreckten Figuren gerichtet. Curtis sah zu seinem jüngeren Kollegen hinüber.

»Gutes Timing, Tex«, sagte er und nickte dankbar. »Ich bin dir was schuldig!«

»Ich werd Sie dran erinnern«, flachste Tex und fragte mit Blick auf die am Boden Liegenden: »Und jetzt, Chef? Nehmen wir die Knaben mit zum Verhör?«

Die Antwort auf seine Frage ertönte von der Tür – mit starkem, nasalem Akzent. »Und jetzt werden Sie gehen ... und zwar ohne Begleitung.«

Die beiden Polizisten drehten sich nach dem Besitzer der Stimme um. Es war der Asiate, der sie hereingelassen hatte. Er stand in der geöffneten Tür – und er war nicht allein. Zwei große, muskulöse Begleiter flankierten ihn schweigend und mit stoischem Blick. Sie überragten ihn an Größe, aber nicht an Präsenz. Er führte eindeutig das Kommando, auch wenn seine beiden Begleiter je eine kurzläufige Maschinenpistole in der Hand hielten, während er selbst unbewaffnet war. Die Waffen waren auf die Cops gerichtet. Wie um seine Autorität unter Beweis zu stellen, bellte der Asiate einen Befehl, worauf die Sektenleute sich aufrappelten und zur Seite, aus der Schußlinie gingen.

»Moment mal, Mister«, begann Curtis. »Sie behindern Polizeibeamte in der Ausübung ihres Dienstes. Ich rate Ihnen, als erstes die Waffen herunterzunehmen.«

»Ausübung ihres Dienstes, Lieutenant?« Der Asiate zog fragend eine Augenbraue hoch. »Haben Sie einen Haftbefehl? Ich glaube nicht. Tatsache ist, als ich hier hereinkam, hatten Sie die Waffe auf unsere Leute gerichtet. Und damit nicht genug, Sie haben auch noch auf Reverend Bishop geschossen. Glücklicherweise haben Sie nicht getroffen, allerdings haben Sie sein Eigentum beschädigt. Sie können sich darauf verlassen, daß wir uns bei Ihren Vorgesetzten beschweren werden. Wenn Sie jetzt bitte mitkommen würden. Ich werde Sie persönlich hinausbegleiten, um sicherzustellen, daß Ihnen nichts zustößt.«

Bevor Curtis reagieren konnte, hatte der Prophet, der in eine Art Schock gefallen zu sein schien, nachdem Turners Schuß ihn nur knapp verfehlt hatte, plötzlich seine Stimme wiedergefunden.

»Man hat auf mich geschossen«, stammelte er, »mein Gott ... man hat versucht, mich umzubringen ...« Er war kreidebleich, sein Blick starr und leer.

»Wenn ich die Absicht gehabt hätte, Sie zu töten, Mister, würden Sie jetzt nicht hier rumstehen und jammern«, versicherte ihm Turner in aller Gemütsruhe. Curtis war froh, daß der jüngere Kollege in dieser potentiell explosiven Situation einen kühlen Kopf bewahrte. Eine einzige falsche Bewegung und sie würden beide von den Maschinenpistolen durchlöchert.

»Ich sage euch, man wollte mich umbringen.« Der Hysterie nahe, kippte die Stimme des Propheten über.

»Du bist jetzt in Sicherheit, Erhabener.« Der Asiate sprach beruhigend auf ihn ein wie auf ein verstocktes Kind. »Sie können Dir nichts mehr tun, ich bin ja jetzt da.« Auf seinen Wink gingen zwei Sektenmitglieder zu ihrem Führer hinüber und führten den immer noch von einem Attentat Murmelnden behutsam zu seinem Sessel zurück.

Curtis entschied, daß es keinen Sinn hatte, die Konfrontation weiterzutreiben. Die Sache war schiefgelaufen. Er nickte Turner auffordernd zu und steckte seine Pistole ruhig und demonstrativ in das Holster, um die Scharfschützen, die ihn und seinen Kollegen noch immer in Schach hielten, nicht zu erschrecken.

»Jetzt werden Sie endlich vernünftig«, meinte der Asiate zufrieden. »Wenn Sie bitte mitkommen würden ...« Er hielt ihnen die Tür auf.

Die beiden Scharfschützen traten zur Seite, doch sie hielten die häßlichen Mündungen ihrer Maschinenpistolen weiter auf die beiden Kommissare gerichtet. Im Vorbeigehen warf Curtis einen kurzen Blick auf die Waffen. Es hätten umgebaute israelische Uzis sein können. Auf jeden Fall sahen sie tödlich aus und so, als ob sie keinen Widerspruch duldeten.

An der Wohnungstür blieb Curtis stehen und drehte sich zu dem Asiaten um. »Nur noch eines, bevor ich gehe«, sagte er. »Ich sage Ihnen das zu Ihrem eigenen Wohl. Sie mögen persönlich nichts mit der Sache zu tun haben. Aber der da drinnen«, er machte eine Kopfbewegung auf die Privatgemächer des Propheten, aus denen sie soeben gekommen waren, »ist der Hauptverdächtige in siebzehn Mordfällen. Drei davon wurden in den letzten zwei Nächten begangen. Überlegen Sie jetzt genau, bevor Sie meine Frage beantworten, Sie decken unter Umständen einen schwerkranken und äußerst gefährlichen Mann. Soweit Sie davon Kenntnis haben, hat er das Apartment zu irgendeinem Zeitpunkt während der letzten beiden Nächte verlassen?«

Der Asiate zog die Stirn in Falten und dachte einen Moment angestrengt nach. Dann schüttelte er langsam den Kopf. »Nein ... nicht daß ich wüßte«, antwortete er.

»Was ist mit Butch Cassidy und Sundance Kid?« fragte er und deutete auf die beiden schweigenden Schützen, die ihnen bis zur Tür gefolgt waren und noch immer mit erhobenen Knarren neben ihrem Boss standen.

»Wer?« fragte der Asiate verständnislos.

»Ihre beiden Revolverhelden da. Vielleicht haben die ihn weggehen sehen?«

»Ach.« Das Gesicht des Asiaten hellte sich auf, und er sah die beiden an. »Nun?« fragte er. Sie schüttelten beide wortlos den Kopf. Der Asiate wandte sich um. »Da haben Sie die Antwort.«

»Könnte er ohne Ihr Wissen das Haus verlassen haben?« beharrte Curtis.

»Nein, das ist unmöglich«, antwortete der Asiate bestimmt. »Jeder, der hier ein- oder ausgeht, muß an unseren Wachleuten vorbei, und die würden mich informieren. Ich befürchte, Sie irren sich, Lieutenant.«

Curtis spürte, daß der Asiate die Wahrheit sagte ... oder zumindest sagte, was er wußte. Doch er war sich ebenso sicher, daß Reverend Bishop sein Mann war. Also mußte sich der Asiate irren, was bedeutete, daß der Sektenführer irgendwie unbemerkt das Apartment verlassen konnte. Er machte einen letzten Versuch.

»Gibt es irgendeine andere Möglichkeit, das Apartment zu verlassen? Eine Feuerleiter vielleicht?«

»Es gibt eine Feuerleiter«, bestätigte der Asiate nickend. »Doch sie befindet sich vor dem Korridorfenster gegenüber den Fahrstühlen. Sie können sie ja beim Hinausgehen inspizieren«, meinte er spitz und schlug Curtis die Tür vor der Nase zu.

Doch die besagte Feuerleiter gab auch keine einleuchtende Antwort auf die Frage, wie der Verdächtigte das Apartment ohne Wissen seiner Anhänger verlassen haben könnte. Vom nächsten Balkon, der zur Suite des Propheten gehörte, war sie gute vier

Meter entfernt. Zu weit, um sie mit einem Sprung aus dem Stand erreichen zu können. Ein knapp zwanzig Zentimeter breiter Sims lief zwischen dem Balkon und der Plattform der Feuerleiter an der Hauswand entlang. Doch das Risiko, vom achten Stock in die Lieferanteneinfahrt zu stürzen, würde wohl nur ein potentieller Selbstmörder eingehen.

Ein eisiger Wind blies den beiden um die Ohren. Sie vergruben sich in ihre Mäntel und begutachteten stumm den Abstand zwischen Plattform und Balkonfenster. Nach kurzer Prüfung beschlossen sie, ins Präsidium zurückzufahren.

»Kann mir nicht vorstellen, daß er da rauskommt«, bemerkte Turner, als sie in die wohlige Wärme des Korridors zurücktraten und zu den Fahrstühlen gingen. »Die lügen, wenn sie behaupten, er hätte das Haus nicht verlassen, wenn Sie mich fragen.«

»Neenee.« Curtis schüttelte nachdenklich den Kopf. »Ich glaub nicht, daß sie lügen. Ich glaub, er entwischt, ohne daß jemand was merkt. Für ihn ist es das beste Alibi, wenn jeder sagt, was er für die Wahrheit hält. Wenn sie gezwungen sind zu lügen, verplappert sich einer früher oder später. Das Schwein ist vielleicht wahnsinnig, aber doof ist er nicht.« Er drückte auf den Knopf zum Erdgeschoß und die Tür des Fahrstuhls ging zischend zu. »Ich weiß auch nicht, wie er's macht, und offengestanden ist es mir scheißegal, ob er sich abseilt, schwebt oder mit dem Fallschirm abspringt – aber eins sag ich dir, wenn er das nächste Mal aus seinem Loch kommt, warten wir schon auf ihn.«

42

Bevor sie in die Zentrale zurückfuhren, überprüfte Curtis die von ihm angeordnete Observierung des Eldorado Apartment Buildings. Das Einsatzkommando bestand aus vier Mann, je einem am Vorder- und Hintereingang, einem in der Lieferanteneinfahrt und dem vierten als Springer bzw. Verstärkung, je nach Bedarf. Er ermahnte die Männer, aufzupassen und Bishop zu folgen, falls er das Gebäude verlassen sollte – besonders, wenn er allein wäre. Abschließend erinnerte er sie daran, ihn per Funk über alle Vorkommnisse auf dem laufenden zu halten.

Auf der Fahrt zurück ins Büro saß Curtis zusammengesunken neben Turner, der den Wagen steuerte, und stierte griesgrämig in den grauen, bewölkten Tag, der zu seiner Laune paßte. Ein pochender Kopfschmerz machte sich dumpf hinter seinen Augen breit. Er fischte das zerknautschte Päckchen hervor und zündete sich eine Zigarette an. Schon nach wenigen Zügen drückte er sie verärgert im Aschenbecher aus.

»So eine verdammte Scheiße!« knurrte er. »Ich hatte das Schwein schon mürbe. Er fing gerade an auszuspucken. Herrgott nochmal, ich wünschte, ich könnt ihn mir im Revier vorknöpfen. Ich hätt ihn im Handumdrehen soweit, daß er singt – und keine Kirchenlieder!«

Turner zog auf die linke Spur und schnitt dabei einen Taxifahrer, der wütend auf die Hupe drückte. »Entweder das«, bemerkte er trocken, »oder ihr wärt beide reif für die Klapsmühle.« Er schielte zu Curtis hinüber. »Ich hätt 'ne Zeitlang nicht wetten wollen, wer von euch zuerst ausrastet, wenn Sie mich fragen.«

Curtis lachte rauh, und seine Laune besserte sich ein wenig. »Guter Schauspieler, wie? Hätte 'n Oscar verdient.«

»Ja... als Ausgleich für die verlorene Pension, wenn Elrick Sie abschießt, weil die Vögel sich darüber beschweren, daß Sie ihren Boss in die Mangel genommen und die Bude kurz und klein geschossen haben«, entgegnete Turner mit unbewegter Miene.

»Ich? Die Bude kurz und kleingeschossen? Ha! Das ist ja die Höhe!« protestierte Curtis mit gespielter Empörung. »Ich hab gedacht, du bewirbst dich für 'ne Rolle in Rauchende Colts. Und ausgerechnet in dem Moment, als ich die Lage im Griff hatte. Hab keine Angst, mein Junge, ich halte zu dir, wenn's dir an den Kragen geht... wir müssen nur bei der gleichen Version bleiben...«

Sie flachsten noch eine Weile weiter und lösten so ihre Anspannung. Doch auch wenn sie nicht darüber sprachen, wußten beide, daß die heikle Lage entstanden war, weil Curtis den Bogen überspannt hatte. Curtis gestand sich selbst ein, daß er in diesem Fall allmählich zu emotional wurde. Er hatte so lange nach einem ernstzunehmenden Verdächtigen gesucht, daß er, als er ihn endlich hatte, seine Urteilsfähigkeit von seinem Übereifer, ihn in die Mangel zu nehmen, hatte trüben lassen. Er hatte seine jahrelange Erfahrung beiseite geschoben und sich blind hineingestürzt, ohne das Entscheidende für die Lösung eines Falles in der Hand zu haben: stichhaltige Beweise, die für eine Verhaftung und einen Prozeß ausreichten.

Als Turner in der Tiefgarage des Präsidiums den Motor abstellte, blieb Curtis stumm sitzen. Dann pochte er mit der Faust auf das Armaturenbrett.

»Er isses, Tex«, sagte er ernst. »Ich weiß, daß ich recht hab. Er isses. Bei ihm stimmt alles ...« Er zählte die Argumente an den Fingern ab. »Erstens: Er ist bärenstark. Er hat mir fast das Handgelenk gebrochen. Zweitens: Er ist groß. Insofern paßt er auf Doc Eastons Theorie. Drittens: Er ist ein bigottes Schwein mit einem gigantischen Hurenkomplex, was die religiösen Sprüche auf den Leichen erklärt. Viertens: Doc Friedman sagt, er glaubt unser Killer ist ein sadistischer Triebtäter. Ich hab Bishop genau beobachtet, als er sich die Bilder aus dem Kühlhaus ansah, und bin mir ganz sicher, er hat sich fast einen runtergeholt. Und fünftens: Er gehört eindeutig ins Irrenhaus ... bei dem ist mehr als eine Schraube locker!«

Turner nickte. »Ganz Ihrer Meinung, Chef. Ich glaub auch, daß er unser Mann ist. Vielleicht klappt's ja noch. Vielleicht haben Sie ihm so zugesetzt, daß er ausrastet. Vielleicht ist er so scharf drauf, sich an Ihnen zu rächen, daß er wieder auf die Pirsch geht, je früher desto besser.«

»Ja ... gute Idee.« Jetzt nickte Curtis. »Vielleicht sollte ich den Männern am Eldorado für die Nacht Verstärkung schicken. Damit er uns auf seinem Rachefeldzug nicht durch die Lappen geht. Das fehlte gerade noch«, schloß er grimmig.

»Apropos Photos aus dem Kühlhaus ... haben Sie seine Fingerabdrücke?« fragte Turner.

Curtis grinste ihn an und tippte auf die Manteltasche. »Und ob! Ich geb sie gleich zum Entwickeln – express! Dann jagen wir sie durch den Computer und schaun uns an, wer der Herr Prophet Bishop wirklich ist. Wenn wir 'n bißchen Glück haben, reicht seine Akte für'n Haftbefehl, und dann holen wir uns das Schwein. Also los, Partner ...«

TEIL SIEBEN

MORD UND TOTSCHLAG

43

Angel Four schloß die Tür hinter dem Störenfried und stand eine Weile nachdenklich da. Dann entließ er abrupt die beiden Wachen, ging schnurstracks in seine Privaträume und schloß die Tür hinter sich ab.

Er griff zum Telefon, wählte die Nummer des Betlehem-Hauses und verlangte Angel One, worauf man ihm mitteilte, dieser sei im Moment unabkömmlich, da er ein Gespräch zwischen der Polizei und dem jungen Miller beaufsichtige. Angel Four betonte die Wichtigkeit seines Anrufs und bestand darauf, daß das Gespräch unterbrochen und Angel One ans Telefon geholt werde.

Kurz darauf hatte Angel Four seinen Vorgesetzten in knatterndem Kantonesisch über den Vorfall in der Suite unterrichtet. Er schloß seinen Bericht mit dem letzten Wortwechsel zwischen ihm und dem Detective Lieutenant an der Wohnungstür und der beunruhigenden Bemerkung des Kommissars, der Prophet stehe unter dem dringenden Verdacht, siebzehn Morde begangen zu haben. Es folgte eine kurze Stille, dann sagte Angel One trocken: »Jetzt reicht es aber! Er ist zu einer Belastung geworden und muß beseitigt werden. Bei unserem letzten Gespräch warst du der Meinung, er sei verwirrt genug, diese sinnlosen Morde begangen zu haben. Jetzt ist die Polizei anscheinend auch der Meinung. Wir müssen die Behörden in der Sache mit diesem Bengel abwimmeln, doch das, was du da erzählst, ist wesentlich gravierender. Uns droht eine großangelegte polizeiliche Ermittlung mit katastrophalen Folgen.« Er dachte einen Moment nach, dann fragte er: »Wie viele Tage dauert der Kreuzzug noch?«

»Sechs, mit heute.«

»Na schön. Er soll die Veranstaltungen im Washington Centre wie geplant abhalten. Ich werde einen Techniker schicken, der heute abend, während er außer Haus ist, Wanzen in seinen Privaträumen installiert. Dann kannst du jede seiner Bewegungen überwachen und weißt jederzeit, wo er sich aufhält. Er darf das Apartment auf keinen Fall unbemerkt verlassen. Am letzten Abend, wenn er seinen Kreuzzug beendet hat… beseitigst du ihn! Sorg dafür, daß es wie ein Unfall aussieht. Mein Vorschlag ist, daß er vom Balkon stürzt. Dann könnte man in der Presse bekannt geben, der tragische Absturz sei die Folge eines Herzinfarkts gewesen oder so etwas in der Art. Verstanden?«

»Verstanden«, sagte Angel Four. »Ich bin auch der Meinung, daß wir unseren verehrten Reverend nicht mehr brauchen. Unsere Organisation steht inzwischen fest auf eigenen Füßen. Darf ich fragen, wie das Gespräch zwischen der Polizei und dem Millerjungen läuft?«

»Es verläuft planmäßig. Miller hält sich an die Anweisungen und an die Story, die ich ihm vorgegeben habe«, antwortete Angel One. »Aber dem Privatdetektiv traue ich nicht. Er ist gerissen... und für meinen Geschmack weiß er ein bißchen zu viel. Kann sein, daß wir ihm einen Denkzettel verpassen müssen, falls er uns weiter Ärger macht. In diesem Falle werde ich mich selbst um ihn kümmern...«

Angel One legte den Hörer auf, nickte dem im Kontrollraum diensthabenden Apostel zu und ging hinaus. Er stieg die Kellertreppe hinauf, überquerte rasch die große Halle und lief durch einen Korridor zu dem Besucherzimmer hinüber, in dem das Gespräch zwischen dem Millerjungen und den unliebsamen Gästen stattfand.

Unliebsam wie alle, die von draußen kamen, hatten die Gäste doch das Leben des ganzen Hauses und seiner Gemeinde durcheinandergebracht. Das Erdgeschoß – und einige Bewohner – hatten ihr Äußeres verändern müssen, um der offiziellen Bezeichnung eines von der Sekte geführten Privatsanatoriums zu entsprechen.

Verschwunden waren Trainingsanzüge und bunte Kutten, statt dessen gab es weiße Kittel über Zivilkleidern für das »medizinische Personal«, sowie Schlafanzüge und blaue Krankenkittel für die Sektenmitglieder, die die Rolle der Patienten übernahmen. Zwei größere Zimmer im Erdgeschoß waren in Krankenzimmer verwandelt worden, indem man schlicht ein paar Betten aus den Schlafsälen im Dachgeschoß geholt hatte und Patienten hineingelegt hatte.

Der Sheriff und der Privatdetektiv waren bei ihrer Ankunft

an den geöffneten Krankenzimmern vorbei zum Besucherzimmer geführt worden. An der Tür zum zweiten Krankenzimmer hatten sie sogar warten müssen, bis eine attraktive Schwester in weißer Tracht mit einem glänzenden Edelstahlwagen voll medizinischer Instrumente herausgekommen war, was ihnen Gelegenheit gegeben hatte, den Betrieb in Augenschein zu nehmen.

Als das Gespräch mit dem Millerjungen schließlich beginnen sollte, hatte der Detektiv plötzlich gebeten, ein zweites Sektenmitglied namens Karen Larsen im Auftrag ihrer Eltern sprechen zu dürfen. Angel One hatte die Bitte mit der Notlüge abgewehrt, das Mädchen helfe im Moment in einem der Meditationszentren in der Stadt aus.

Angel One, in dem weißen Arztkittel, aus dessen Tasche ein Stethoskop baumelte, kaum wiederzuerkennen, war froh, endlich den irreversiblen Schritt getan und das Todesurteil über den Propheten ausgesprochen zu haben. Mit diesem Entschluß war nicht nur die Gefahr gebannt, daß die Polizei bei ihren Ermittlungen in der Mordsache den Drogenhandel aufdeckte, er konnte dem Direktor auch weismachen, die Hinrichtung sei auf dessen Anregung vom Vorabend erfolgt.

Angel One öffnete die Tür zum Besucherzimmer und trat ein. Seine gute Laune verschwand sofort. Als er zu Angel Four ans Telefon gerufen worden war, hatte er zu seiner Vertretung einen ebenfalls als Arzt verkleideten Apostel kommen lassen. Sein weißgekleideter Vertreter war noch da, wie auch der Sheriff und Miller – doch der Privatdetektiv fehlte!

Sofort fragte er, wo der Mann sei. Es hieß, Grant hätte auf die Toilette gemußt und sei zu den Waschräumen am anderen Ende des Gangs geführt worden, kurz nachdem Angel One hinausgegangen war. Angel One konnte seine Verärgerung über die Dummheit seines Untergebenen, der zugelassen hatte, daß Grant ohne Eskorte den Raum verließ, nicht verbergen. Er griff zur Klinke, um dem aufdringlichen Detektiv nachzulaufen.

»Doktor Sung.« Die ruhige Stimme des Sheriffs, der ihn mit dem Titel ansprach, mit dem Angel One sich zu Beginn vorgestellt hatte, stoppte ihn auf dem Weg nach draußen.

»Ja?« Die Hand an der Tür, drehte er sich halb um und sah den Sheriff an.

»Verzeihen Sie, aber ich glaube, Sie brauchen sich keine Gedanken zu machen, daß Mister Grant sich verläuft«, sagte Springfield. »Als Detektiv sollte er in der Lage sein, vom Klo zurückzufinden.« Er lächelte, um jeden Anflug von Zweifel zu verwischen.

»Täuschen Sie sich nicht, Sheriff«, erwiderte Angel One ungerührt. »Dies ist ein altes Haus mit vielen, verwinkelten Gängen. Man biegt leicht um die falsche Ecke, wenn man sich nicht auskennt. Wenn Sie mich kurz entschuldigen, werde ich mich darum kümmern, daß Mister Grant heil zurückfindet.«

»Heil zurückfindet?« fragte Springfield und grinste. Doch seine blauen Augen waren alles andere als humorvoll. »Selbst wenn er um die falsche Ecke biegen sollte, wie Sie sagen, könnte er höchstens einer schnuckeligen jungen Schwester in die Arme laufen.«

Angel One erwiderte sein Lächeln genauso humorlos. »Leider ist dies nicht die einzige Gefahr, falls er ohne Begleitung herumlaufen sollte.« Der Sheriff zog erstaunt die Augenbrauen hoch, doch der Asiate fuhr ungerührt fort: »Ich darf Sie daran erinnern, daß dies ein Sanatorium für geistig Verwirrte ist. Viele unserer Patienten neigen zu Gewalttätigkeiten. Als derjenige, der für Ihre Sicherheit verantwortlich ist, könnte ich es mir nicht verzeihen, wenn einem von Ihnen etwas zustoßen würde.«

Springfield sah den Arzt in seinem weißen Kittel gleichmütig an. Er wußte nicht warum, aber er spürte eine instinktive Abneigung gegen den Mann. Er hatte etwas, das so gar nicht zu einem Arzt paßte – eine latente Bedrohlichkeit. Der Sheriff beschloß, nicht länger um den heißen Brei herumzureden.

»Wenn einem von uns etwas zustößt, Doktor, würde Ihnen das noch jemand nicht verzeihen – der Haftrichter!« sagte er locker, doch die Drohung in seinen Worten war unmißverständlich.

»Wenn ich es nicht besser wüßte, würde ich das für eine Drohung halten, Sheriff.« Die höfliche Antwort zeigte, daß die Warnung angekommen war ... und angenommen wurde.

»Ach wo«, beteuerte Springfield und schüttelte feierlich den Kopf. »Nur 'n offenes Wort. Ich bin 'n überzeugter Anhänger von offenen Worten. Erspart einem 'ne Menge Mißverständnisse, finde ich.«

»Zumindest darin sind wir uns einig, Sheriff. Ich will also auch offen sprechen. Sie und Ihr Freund sind hier, weil Sie um ein Gespräch mit dem Jungen gebeten haben«, sagte Angel One mit einer Kopfbewegung zu Jim, der blaß und still an der Wand saß, »weil seine Eltern wilde Beschuldigungen aufgestellt haben. Sie haben keinen Durchsuchungsbefehl für das Haus. Ihr Freund hat also kein Recht, ohne Erlaubnis herumzuschnüffeln. Wenn ihm etwas zustößt, hat er es sich selbst zuzuschreiben. Doch wenn Sie mich jetzt nicht länger aufhalten, werde ich dies verhindern und ihn auf schnellstem Wege zurückbringen. Sie entschuldigen mich...« Angel One wandte sich zur Tür, doch die Stimme des Sheriffs stoppte ihn ein zweites Mal.

»Wie wär's, wenn ich Ihnen dabei helfe?« sagte er und ging auf ihn zu.

»Nein danke, Sheriff, das ist nicht nötig«, entgegnete Angel One kalt. »Warum unterhalten Sie sich nicht mit Jim? Deshalb sind Sie doch hier, oder? Ich kümmere mich darum, daß Mister Grant zurückfindet...«

»Heil, haben Sie, glaube ich, gesagt«, warf Springfield ein, um Zeit zu schinden, bevor der Asiate hinausging. Er und Grant hatten zuvor, gegen den anfänglichen Widerstand des Sheriffs, ausgemacht, daß sich der Privatdetektiv, falls sich die Gelegenheit ergab, auf eigene Faust ein wenig umsehen würde. Der Sheriff rieb sich mit seiner großen, schwieligen Hand nachdenklich das Kinn. »Ich weiß Ihre Sorge um Mister Grants Sicherheit durchaus zu schätzen. Um ehrlich zu sein, ich hatte selbst gewisse Bedenken. Sehen Sie, sollten wir in...«, er sah auf die Uhr, »...einer Stunde nicht wieder heil in meinem Büro sein, hat mein Vertreter den Auftrag, die State Troopers zu rufen und hier 'ne Razzia zu veranstalten.«

Er sah den Weißkittel an und meinte achselzuckend: »Is 'ne Routinemaßnahme, sich Verstärkung für den Notfall zu sichern, wissen Sie. Und mein Vertreter«, sagte er und schüttelte bedauernd den Kopf, »ist nicht grad 'n Mensch mit viel Eigeninitiative. Er nimmt meine Befehle wörtlich und führt sie ohne viel Federlesen aus.«

Springfield wußte, daß er die Suche nach Grant nicht länger aufhalten konnte, und gab dem Doc eine letzte Bemerkung mit auf den Weg. »Wenn Sie Mister Grant ... heil ... zurückgebracht haben, verkrümeln wir uns. Damit ersparen wir uns allen 'ne Menge Ärger«, sagte er mit einem gnadenlosen Grinsen.

Wortlos, doch innerlich kochend, ging Angel One hinaus und zog die Tür hinter sich zu. Er lief zu den falschen Krankenzimmern und befahl dem dortigen Sektenpersonal, das Haus nach dem Eindringling zu filzen. Wenn sie ihn gefunden hätten, sollten sie ihm im Kontrollraum Bescheid sagen.

Die Sektenmitglieder schwärmten unverzüglich aus und verteilten sich über das Labyrinth von Gängen in allen vier Etagen, vom Keller bis zum Dachgeschoß. Die Suchaktion breitete sich aus wie die sensiblen Fäden eines gigantischen Spinnennetzes, in dessen Zentrum Angel One saß, die giftige Spinne, die geduldig darauf wartete, daß einer der Fäden ein Signal gab, um sich auf den Eindringling stürzen zu können.

44

Grant war von Anfang an mit dem Verlauf ihres Besuchs unzufrieden gewesen. Zuerst die Mitteilung, daß Karen Larsen nicht im Haus sei. Sodann schien Jim Miller, als man ihn hereinführte, im Gegensatz zu Grants Erwartung von dem Besuch nicht gerade begeistert zu sein. Der Junge war blaß und wortkarg gewesen, außer, als Grant verlangt hatte, ihn allein sprechen zu dürfen. Da hatte er eilig – zu eilig, nach Grants Geschmack – auf Doktor Sungs Anwesenheit bestanden, worauf sich der Arzt eingemischt und erklärt hatte, der Junge, der sich derzeit in einem labilen Zustand befinde, betrachte ihn als eine Art Ersatzvater und fühle sich in seiner Gegenwart sicherer.

Der Junge hatte Grants Fragen höflich beantwortet. Er hatte erklärt, sein Entschluß wegzulaufen und der Anruf bei seinen Eltern sei die Folge einer psychischen Krise gewesen, ausgelöst durch einen Krach mit seiner Freundin, die ebenfalls Mitglied der Sekte sei. Grant ließ sich davon nicht überzeugen, besonders, da Jim immer wieder nervös zum Doc geschielt hatte, als wolle er dessen Reaktion prüfen. Allen nachfolgenden Fragen und Beteuerungen, wie besorgt seine Eltern um ihn seien, begegnete der Junge mit einer entmutigenden Gleichgültigkeit.

Zuletzt hatte ihn Grant offen gefragt, ob in irgendeiner Weise Druck auf ihn ausgeübt werde, damit er seinen Wunsch auszusteigen bestritt. Der Junge hatte traurig den Kopf geschüttelt und verneint. Doch er hatte dabei die Augen niedergeschlagen und Grants prüfendem Blick nicht standgehalten.

In diesem Moment war der Arzt zum Telefon gerufen und von einem jungen Kollegen abgelöst worden. Miller hatte keine Spur von Nervosität an den Tag gelegt, als sein »Ersatzvater« den Raum verließ, was Grant auf den zynischen Gedanken brachte, daß sie wahrscheinlich vergessen hatten, diesen Teil einzustudieren.

Noch bevor der neue Aufpasser Platz genommen hatte, hatte Grant ihn nach den Toiletten gefragt, nicht ohne zuvor Springfield einen vielsagenden Blick zuzuwerfen. Ohne zu zögern hatte der Neue erklärt, sie befänden sich ein paar Türen weiter rechts am Ende des Korridors. Grant hatte sich mit einem »Dankeschön« entschuldigt und war verschwunden, bevor der Mann protestieren konnte.

Draußen fand er problemlos die Toiletten und tat so, als wolle er sie betreten. Mit einem kurzen Blick über die Schulter vergewisserte er sich, daß ihn niemand beobachtete. Er ließ die Tür links liegen, lief ans Ende des Korridors und verschwand rechts um die Ecke. Er wollte sich das Haus so gründlich wie möglich ansehen, bevor die unvermeidliche Verfolgung einsetzte.

Vor ihm erstreckte sich ein Quergang, der sich offensichtlich über die gesamte Breite des Gebäudes zog. Links und rechts gingen in unregelmäßigen Abständen Türen ab, in der Mitte und an beiden Enden kreuzten weitere Korridore. Es war niemand zu sehen. Kommt sicher daher, dachte Grant, daß alle Sektenmitglieder, die nicht zum Personal- oder Patientenspielen eingeteilt sind, die Order haben, sich nicht blicken zu lassen, solange der Besuch im Haus ist.

Im Vorbeigehen riß er kurz die Türen auf und warf einen Blick in die Zimmer. Falls ihn jemand fragen sollte, konnte er sagen, er hätte sich auf der Suche nach den Toiletten verlaufen. In

diesem Trakt war offensichtlich das gehobene Personal untergebracht. Die Zimmer auf diesem Abschnitt des langen Korridors
waren komfortabel, wenn auch ähnlich eingerichtet, mit Teppichboden, säuberlich gemachten Betten, Sesseln, Tischen und
Bücherregalen.

Die letzte Tür vor dem Mittelgang entpuppte sich als geräumige Wäschekammer, mit Regalen voll frischgewaschener Bett-
wäsche. Er hatte die Tür gerade wieder zugemacht, als eine
weißgekleidete Gestalt um die Ecke bog und fast in ihn hinein-
gerannt wäre.

Der große, junge Schwarze blieb stehen, überrascht, einem
der fremden Besucher ohne Begleitung zu begegnen. Wenn die
Suchaktion nach Grant bereits eingesetzt hatte, so hatte er offensichtlich noch nichts davon erfahren. Grant lächelte ihn
freundlich an. »Hi«, sagte er vergnügt, »ich bin auf der Suche
nach den Toiletten, aber ich bin wohl daran vorbeigelaufen.
Können Sie mir helfen?«

Der Mann entspannte sich sichtlich und deutete in die Richtung, aus der der Fremde gekommen war. »Hier um die Ecke,
junger Mann, erste Tür links.«

Grant wandte sich halb um, als wolle er dem ausgestreckten
Finger folgen. Dann wirbelte er herum und verpaßte seinem Gegenüber einen saftigen Kinnhaken. Der junge Schwarze wußte
nicht wie ihm geschah und fiel um, als hätte ihm jemand die
Füße weggezogen.

Grant riß die Tür zur Wäschekammer auf und zog den Bewußtlosen hinein. Er machte die Tür hinter sich zu, tastete nach
dem Lichtschalter und knipste ihn an. Hastig zog er dem Mann
den Arztkittel aus und schlüpfte selbst hinein. Dann schnappte
er sich ein zusammengefaltetes Bettuch, schüttelte es auseinander und riß es in Streifen. Damit knebelte er sein Opfer und fes-
selte es an Armen und Beinen.

Grant ließ den zusammengekrümmten Mann liegen und trat
wieder in den stillen, verlassenen Korridor. Instinktiv bog er in
den Gang, aus dem der Mann gekommen war und gelangte an
eine Treppe, die zu den oberen Etagen führte.

Als er in den ersten Stock kam, hörte er Stimmen. Zwei weißgekleidete Gestalten kamen auf ihn zu. Er blieb gar nicht erst

stehen, sondern lief den nächsten Absatz hinauf zum zweiten Stock. Ein kurzer, prüfender Blick in einige Zimmer sagte ihm, daß diese Etage vorwiegend Erholungszwecken diente.

Es gab weniger Zimmer als im Erdgeschoß, sie lagen weiter auseinander und waren erheblich größer. Hier bekam er, mit Aktivitäten wie Billard, Tischtennis, Lesen oder Fernsehen beschäftigt, die ersten in Kutten gekleideten Sektenmitglieder seit Betreten des Betlehem-Hauses zu Gesicht. Grant fiel auf, daß sie wegsahen, sobald sie die Gestalt im weißen Kittel entdeckten.

Er beschloß, daß er genug gesehen hatte, und lief zur Treppe zurück, mit der Absicht, einen Blick ins Dachgeschoß zu werfen. Er tat gut daran, denn kaum war er an der Treppe, hörte er Stimmen in den Gängen, die hinter ihm zusammenliefen.

So leise wie möglich sprang er, zwei Stufen auf einmal nehmend, die Treppe hinauf und tauchte unter der Dachschräge in einem kurzen Gang auf, der den langen, über die gesamte Breite des Dachgeschosses laufenden Hauptflur unterteilte. Am anderen Ende des Gangs befand sich eine zweite Treppe, die, wie Grant vermutete, in den vorderen Trakt des Hauses hinabführte.

Grant schlich sich vor an die Stelle, wo sich der Gang mit dem Hauptflur kreuzte und spähte vorsichtig nach links und rechts. Da niemand zu sehen war, trat er in den Flur und sah sich gründlicher um. Über ihm befanden sich zwei Dachluken, in jeder Dachschräge eine. Sie waren von außen vergittert. Rechts und links von ihm zogen sich symmetrisch, in regelmäßigen Abständen, identische Türen bis an die Enden des Dachgeschosses.

Grant ging auf die nächstgelegene Tür zu, machte sie auf und sah hinein. Es handelte sich um eine enge Schlafkammer, deren spartanische Einrichtung nur das Allernötigste enthielt, verglichen mit den eher fürstlichen Räumlichkeiten der Führungsriege im Erdgeschoß. Zwei schmale Betten, eines auf jeder Seite, nahmen die Hälfte der Kammer in Anspruch. An jedem Bettende stand ein Nachttisch mit einer Lampe und einem kleinen Transistorradio. Zwischen den Betten war so wenig Platz, daß die beiden Nachttische fast aneinanderstießen. Ein kleiner Teppich vervollständigte die spärliche Einrichtung. Ein kurzer Blick hinter vier weitere Türen ergab fast identische Kammern, alle leer. Hinter der sechsten Tür hatte Grant Glück.

Die Bewohnerin der Kammer, ein etwa siebzehnjähriges Mädchen, lag auf ihrem schmalen Bett. Das Kissen im Nacken, stützte sie den Kopf gegen das niedrige Kopfende. Sie hatte die Augen geschlossen, und auf ihrem hübschen Gesicht stand ein verträumtes Lächeln. Über Kopfhörer drang Popmusik in ihre Ohren. Mit den Fingern den Rhythmus der Musik klopfend, bemerkte sie Grant nicht.

Grant trat in die Kammer und schloß die Tür hinter sich. Um sie mit seinem unangemeldeten Erscheinen nicht zu erschrekken, setzte er ein freundliches Lächeln auf und tippte ihr leicht auf den Fuß, um auf sich aufmerksam zu machen. Zu seiner Überraschung erschrak sie kein bißchen, sondern ignorierte ihn. Er tippte sie noch einmal an – mit dem gleichen Ergebnis. Amüsiert schüttelte er den Kopf. Sie mußte seine Gegenwart bemerkt haben, wenn sie nicht schlief, wogegen das rhythmische Klopfen der Finger sprach. Er erinnerte sich, daß Rocky O'Rourke gesagt hatte, Jim Miller hätte etwas von Drogen erzählt, und er vermutete, daß sie high war.

Er trat ans Kopfende des Betts und sah auf sie hinab. An ihrer Kutte war ein kleines Namensschild aus Plastik befestigt, ähnlich dem, das Louise an der Suppenküche getragen hatte. Er nahm ihr vorsichtig die Kopfhörer ab. Aus den baumelnden Enden in seinen Händen drang dünn und schwach Musik in die Stille der Kammer.

»Schwester Carol.« Ruhig und mit freundlichem Lächeln sprach er sie mit ihrem Namen an. Er hatte den Eindruck, es sei mehr das Verschwinden der Musik als der Klang ihres Namens, das sie erreichte. Das Mädchen schlug die Augen auf und blinzelte ihn verträumt an. Die Pupillen waren zu schwarzen Löchern geweitet, von der braunen Iris war fast nichts mehr zu sehen. Sie hatte Mühe, sich auf ihn zu konzentrieren. Dann lächelte sie und winkte ihm zu.

»Hallo Junge. Hol dir 'n Kick«, begrüßte sie ihn und ihre Hand fiel schlaff aufs Bett zurück. Dann legte sich ihr hübsches Gesicht in Falten. »Hey, wo is'n die Musik hin?«

Ihre langsame, unartikulierte Sprechweise und die unkontrollierten Handbewegungen sagten Grant, daß er recht gehabt hatte mit der Vermutung, sie stünde unter dem Einfluß irgendwelcher Drogen. Wahrscheinlich ein Opiat, dachte er.

In dem Moment ertönten draußen auf dem Gang Stimmen und Schritte, begleitet von Türenschlagen. Offenbar wurden die Räume abgeklappert – und er brauchte keine detektivischen Fähigkeiten, um herauszufinden, wonach! Die Freundlichkeit des Mädchens ausnutzend, legte er verschwörerisch den Finger auf den Mund und deutete mit dem Daumen auf die Aktivitäten draußen vor der Tür.

Trotz seines benebelten Zustands begriff das Mädchen, worum es ging. Ihr hübsches Gesicht legte sich in Falten, als sie angestrengt nach den Geräuschen lauschte, die immer näher kamen, dann erwiderte sie träge die stumme Geste und lächelte ihn an. Grant antwortete mit einem Augenzwinkern, beugte sich vor und setzte ihr die Kopfhörer wieder auf. Dann legte er sich auf den Boden und rollte sich unters Bett.

Den Rücken gegen die Wand gepreßt hörte Grant, wie die Tür aufging. So leise wie möglich atmend, sah er, wie ein Paar Turnschuhe wenige Zentimeter vor ihm stehenblieb.

Plötzlich klapperte es. Der Kopfhörer, der dem Mädchen unsanft vom Kopf gezogen worden war, flog auf den Nachttisch. Die Bettfedern tanzten nur knapp über Grants Kopf, als der Mann das Mädchen schüttelte. »Na komm schon... wird's bald... komm zu dir, blöde Kuh!« bellte er.

Das Mädchen wimmerte und stieß einen lauten Schrei aus. »Du tust mir weh«, jammerte sie.

Grants Muskeln spannten sich vor Wut, als es knallte und die Federn unter der Wucht der Ohrfeige quietschten.

»Ich tu dir noch viel mehr weh, wenn du nicht sofort zu dir kommst und mir eine Antwort gibst», fauchte die Stimme. Noch ein Knall. Noch ein Schrei.

»Laß mich in Ruhe«, wimmerte das Mädchen. »Ich hab doch nichts getan.«

»War jemand hier? 'n großer, fremder Mann?« fragte der Mann barsch und schüttelte sie.

»Nein, ich hab keinen Fremden gesehn«, protestierte sie.

»Das Gefühl hab ich auch«, höhnte der Mann. »Und damit du

nicht vergißt, uns Bescheid zu sagen, falls du ihn doch noch siehst...« Wieder quietschte das Bett auf, als das Mädchen zusammenzuckte und einen lauten Schrei ausstieß.

Die Wut übermannte Grants nüchternen Verstand, und er stemmte sich gegen die Wand, um dem Mann mit gestreckten Beinen die Füße wegzustoßen. Doch in diesem Moment ging die Tür auf, und eine zweite Stimme rief in die Kammer: »Komm schon, hör auf mit dem Quatsch. Austoben kannst du dich 'n andermal. Angel One will Ergebnisse sehen.«

Die Füße bewegten sich vom Bett zur Tür, und als sich die Tür hinter den Männern schloß, sagte die zweite Stimme: »Sieht nicht so aus, als ob er hier oben wär, aber du bleibst an der Treppe, während wir im dritten Stock mithelfen.«

Grant krabbelte unter dem Bett hervor und stand auf. Das Mädchen lag auf der Seite, die Knie ans Kinn gezogen, und ihr Körper wurde von stummen Schluchzern geschüttelt. Er setzte sich auf die Bettkante und legte schützend die Arme um sie, drückte sie an sich und strich ihr beruhigend übers Haar. Er zog den Kopfhörer aus der Buchse und die Kammer füllte sich mit der sanften Musik aus dem Radio.

Schon bald entspannte sich das Mädchen, und das krampfhafte Schluchzen legte sich. Er legte ihr sanft den Kopf auf das Kissen und nahm ihre Hand. Auf dem blassen, tränenüberströmten Gesicht zeigten sich rote Striemen an der Stelle, wo die Ohrfeige gelandet war, das Auge darüber schwoll bereits zu und verfärbte sich. Als sie zu ihm emporsah, schien die benebelnde Wirkung der Droge etwas nachgelassen zu haben.

»Geht's wieder?« fragte er leise, damit die Musik seine Stimme übertönte. Das Mädchen nickte und lächelte ihn dankbar an. »Tut mir leid, daß du wegen mir Ärger hast.« Er drückte ihre Hand. »Du hast wahrscheinlich gemerkt, daß ich der Fremde bin, hinter dem der Typ her war.«

Sie nickte. »Ja, ich hab mir so was gedacht«, sagte sie. Ihre Stimme war klar und angenehm, wenn auch die Aussprache noch etwas undeutlich war. »Es hieß, wir sollten uns verdrükken, weil Fremde rumschnüffeln wollten. Also hab ich 'n paar Pillen eingeworfen und mich verdrückt«, meinte sie kichernd. Mit der Widerstandsfähigkeit eines Teenagers schien sie sich rasch von der rüden Behandlung zu erholen. Dann wurde sie wieder ernst. »Hören Sie, Sie Fremder, Sie verdrücken sich besser auch. Wenn man Sie erwischt, bekommen Sie mächtig Ärger. «

»Ich paß schon auf mich auf«, versicherte er. In der Absicht, sie nach Karen Larsen zu fragen, begann er: »Hör mal, Carol –«

Doch sie unterbrach ihn, bevor er weiterreden konnte. »Nicht, wenn die Engel Sie erwischen ... dann haben Sie nichts zu lachen, Mister ... besonders, wenn Erzengel Michael Sie erwischt ... der wirft Sie den Höllenhunden zum Fraß vor«, beteuerte sie feierlich und blinzelte ihn mit großen Augen an.

Grant sah sie leicht belustigt an. Was sie sagte, klang wie Gefasel im Drogenrausch, doch bei der Erwähnung der Höllenhunde klingelte es – Jim Miller hatte sie in dem Telefongespräch mit seinem Vater auch erwähnt. Und Millers Angaben zufolge war auch der Name Erzengel Michael gefallen.

Während ihm diese Gedanken durch den Kopf gingen, fielen Carol langsam die Augen zu. Die Wirkung der Droge schien sich wieder einzustellen, deshalb ließ er, bevor sie ihm ganz in ihre Traumwelt entwischte, ihre Hand los und rüttelte sie sanft an der Schulter.

»Carol«, drängte er mit gedämpfter Stimme. »Kennst du eine Schwester Karen Larsen? ... Karen Larsen. Wo ist sie? Wo finde ich sie? Carol?«

Er wollte schon aufgeben, da er sie verloren glaubte, als sie benebelt antwortete: »Schwester Karen werden Sie nicht finden ... sie is in den Turkey Pens ... arme Karen ... hat 'n cold turkey ...« Ihre Stimme versagte und ein Speicheltropfen trat in ihren schlaffen Mundwinkel. Grant wischte ihn sanft mit dem Ärmel seines weißen Kittels weg und legte ihr die Hände über dem Bauch zusammen. Er steckte den Kopfhörer wieder in das Radio und setzte ihr die Kopfhörer auf, strich ihr eine Strähne aus dem Gesicht und stand auf.

Er wußte, mehr war aus ihr nicht herauszuholen, doch er hatte erfahren, was er wissen wollte. Auch Louise hatte den Ausdruck »Turkey Pens« in der Nachricht, die sie ihm am Vormittag durch Champ zugespielt hatte, gebraucht, mit dem Hinweis, daß diese »irgendwo im Keller« lägen. Er beschloß, sich auf die Suche zu machen. Damit wäre die Erkundung des Betlehem-Hauses erfolgreich abgeschlossen – falls er nicht zuvor erwischt würde. Seine Kenntnisse würden ihm bei späteren Missionen, wenn er Jim Miller und Karen Larsen aus den Klauen der Sekte befreite, zugute kommen.

Er schlich an die Tür, preßte das Ohr gegen die Kante und horchte einen Augenblick angestrengt nach draußen. Da nichts Verdächtiges zu hören war, machte er die Tür einen Spalt auf und spähte mit einem Auge durch die Öffnung. In dem begrenzten Blickfeld war niemand zu sehen. Ganz langsam öffnete er die Tür so weit, daß er den ganzen Flur überblicken konnte. Nur der einsame Wachposten war zu sehen, er lehnte fünf Türen weiter mit dem Rücken zu Grant an der Ecke, wo sich die Flure kreuzten.

Grant schlich hinaus und schloß lautlos die Tür hinter sich, um das Mädchen nicht zu verraten. Flach gegen die Wand gedrückt schlich er sich von hinten an den ahnungslosen Posten heran. Der Mann rauchte und behielt, abwechselnd nach links und rechts blickend, beide Treppen im Auge.

Im letzten Moment, als Grant ihn schon mit einem Genickschlag außer Gefecht setzen wollte, warnte ein sechster Sinn den Mann vor der Gefahr. Plötzlich stieß er sich von der Wand ab und drehte sich um. Doch beim Anblick des weißen Kittels machte er ein verdutztes Gesicht und zögerte einen Moment. Das bedeutete sein Ende.

Grant ließ ihm keine Zeit, den Fehler wettzumachen. Er änderte blitzschnell die Taktik und stieß dem Posten die gestreckten Finger wie einen Pfeil in die Kehle. Japsend taumelte der Mann rückwärts, Grant setzte ihm nach, packte ihn an der Schulter, riß den Zusammensackenden herum und versetzte ihm zwei heftige Nierenschläge. Ein letzter, harter Schlag gegen den Nacken ließ das Opfer mit dem Gesicht nach unten bewußtlos zu Boden gehen.

Grant schleifte den Bewußtlosen an den Fersen in die nächste leere Kammer und stieß ihn unsanft unters Bett, wo er nicht mehr zu sehen war. »Das ist für Carol, du Dreckschwein!« murmelte er und zog die Tür hinter sich zu.

Er entschied sich für die zweite Treppe und schlich sich nach unten, in der Annahme, damit in den vorderen Trakt des Hauses zu gelangen. Auf dem ersten Absatz blieb er stehen und spähte vorsichtig in das darunterliegende Stockwerk. Dort herrschte hektische Aktivität, einige der Umherrennenden hatten die gleichen weißen Kittel an wie er. Er beschloß, sein Glück zu versuchen und sich darauf zu verlassen, daß er in seiner Tarnkleidung nicht genauer inspiziert werden würde – unter der Voraussetzung, daß sein erstes Opfer in der Wäschekammer im Erdgeschoß noch nicht entdeckt worden und damit bekannt war, daß ein weißer Kittel fehlte.

Mit gesenktem Kopf, um niemandem ins Gesicht sehen zu müssen, lief er lässig die verbleibenden Stufen ins Erdgeschoß hinunter, ohne von irgend jemandem angesprochen zu werden. Keiner der vorbeihastenden Sucher auf den beiden mittleren Stockwerken schenkte der eiligen Gestalt mehr als einen kurzen Blick, und er gratulierte sich zu seiner Verkleidung. Sie schützte ihn wie eine feindliche Uniform.

Auch bei der Ankunft im Erdgeschoß hielt sein Glück noch an. Er landete in der großen Halle gegenüber der Eingangstür, durch die Springfield und er das Haus betreten hatten. Vor ihm und rechts von ihm führten zwei geöffnete Türen in die falschen Krankenzimmer, die eigens für sie eingerichtet worden waren. Unmittelbar zu seiner Rechten befand sich noch eine Tür. Sie war geschlossen und trug ein kleines Schild mit der Aufschrift: ZUTRITT NUR MIT SONDERGENEHMIGUNG. Grant überlegte, ob sie wohl in den Keller führte.

Er hörte Schritte aus dem Korridor, der zum Besuchszimmer führte, und hatte keine Zeit mehr, lange zu überlegen. In der Hoffnung, daß die Tür nicht abgesperrt sei, drückte Grant auf die Klinke und stemmte sich dagegen. Zu seiner Erleichterung ließ sich die Tür öffnen, er schlüpfte hindurch und drückte sie rasch hinter sich zu. Vor ihm führte eine steile Betontreppe nach unten. Jetzt wußte er den Weg in den Keller. Er hatte es geschafft. Kaum zu glauben, er hatte tatsächlich einen Rundgang durch das gesamte Haus gemacht, auch wenn es sich keineswegs um eine gründliche Inspektion gehandelt hatte. Er beschloß, sein Glück auszureizen und solange weiterzumachen, bis man ihn entdeckte.

Leise stieg er die Treppe hinab und gelangte in einen heller-leuchteten Gang, der sich nach zwei Seiten erstreckte. Links en-dete er schon nach wenigen Metern an einer grauen Stahltür. An der Tür befand sich ein Schild, auf dem in großen roten Buchstaben stand: KONTROLLRAUM – ZUTRITT NUR FÜR AUTORI-SIERTES PERSONAL. Kontrollräume sind normalerweise bemannt, dachte Grant, also verzichtete er darauf hineinzuschauen und erkundete statt dessen die andere Richtung.

Die weißgekalkten Ziegelwände des Korridors liefen t-förmig auf einen zweiten Gang zu. Dort befanden sich in beiden Rich-tungen mehrere schwere Holztüren in den Wänden und Grant beschloß, sich nach links zu wenden. Als er um die Ecke bog, entging ihm, daß hinter ihm aus einer Tür am anderen Ende des Korridors eine Gestalt trat. Sie beobachtete, wie er eine abge-sperrte Tür zu öffnen versuchte und zur nächsten lief, dann zog sie sich wieder in den Raum zurück, aus dem sie gekommen war.

Ahnungslos pirschte sich Grant im Zickzack den Korridor entlang und probierte sämtliche Türen auf beiden Seiten aus. Sie waren alle abgeschlossen. Auf halber Strecke gelangte er an eine, die sich öffnen ließ. Die Klinke gab nach und an der Kante zeigte sich ein heller Spalt. Von drinnen hörte er Stimmen und Geräusche.

Grant drückte vorsichtig die Tür auf, bis er mit einem Auge in den dahinterliegenden Raum spähen konnte. In dem Ausschnitt sah er etwas, was ein langer Edelstahltisch hätte sein können. Auf dem Tisch lagen ein paar Plastikgegenstände, die er schon mal irgendwo gesehen hatte. Dann wurde sein Blick auf zwei Bewegungen gleichzeitig gelenkt.

Die erste fand vor ihm in dem Raum statt. Eine weißgeklei-dete Gestalt trat mit einer großen Schachtel in der Hand in sein Blickfeld. Die zweite Veränderung nahm er nur aus den Augen-winkeln heraus wahr, als sich hinter ihm etwas bewegte. Er spürte die Gefahr mehr, als sie zu sehen. Doch bevor er reagie-ren konnte, hatte Grant das Gefühl, die drei darüberliegenden Stockwerke seien ihm in den Nacken gestürzt. Ein kurzes schmerzhaftes Feuerwerk explodierte in seinem Gehirn und ver-losch, als er vornüber in ein tiefes schwarzes Loch kippte.

45

Grant kam mühsam zu sich. Kalt... etwas Kaltes am Kopf... Ihm war, als ob er gleich neben seinem Kopf Wasser rauschen hörte. Dann nahm er verschwommen etwas Weißes wahr. Einen Augenblick später kam er schlagartig zu Bewußtsein, als ein Schwall eiskaltes Wasser auf seinem Hinterkopf landete und ihm über Ohren und Gesicht floß. Dumpf merkte er, daß er mit dem Gesicht nach unten über einem Waschbecken hing, während ihm jemand eiskaltes Wasser über den Kopf goß.

Grant versuchte sich aufzurichten, doch die beiden Männer, die ihn an den Armen festhielten, hinderten ihn daran. Er gab den Widerstand erst auf, als die betäubenden Güsse ein Ende nahmen und er wieder Luft holen konnte. Eine Stimme stieß einen barschen Befehl aus, Grant wurde von seinen Bewachern hochgehievt und mit dem Gesicht nach unten aus dem Waschraum geschleift. Noch völlig benommen, versuchten seine Beine vergeblich, mit dem Oberkörper Schritt zu halten.

Ein paar Türen weiter wurde er in einen zweiten Raum gebracht und unsanft auf einen Stuhl gesetzt. Seine Schläfen pochten wie wild, er hatte das Gefühl, sein Gehirn wolle sich mit Fußtritten aus dem Schädel befreien. Er kippte vornüber, doch eine Hand packte ihn von hinten am Schopf und riß ihn hoch. Alles drehte sich vor seinen Augen. Als sich das Schwindelgefühl legte, blickte er in ein bekanntes Gesicht. Vor ihm stand, ihn mit einer Mischung aus Verachtung und Feindseligkeit musternd, der Asiate, der Jim Miller begleitet und sich mit Doktor Sung vorgestellt hatte.

Grant faßte sich an den Nacken und massierte ihn vorsichtig. »Ihr seid nicht gerade zimperlich«, krächzte er. Seine Stimme funktionierte also noch. »Erinnert mich dran, daß ich was in euren Opferstock stecke, bevor ich gehe.«

»Wir können noch ganz anders«, versicherte Angel One nüchtern. »Besonders mit lästigen Schnüfflern, die uns Schereien bereiten und harmlose Mitarbeiter überfallen.« Die schmalen, schwarzen Augen sahen Grant mit der Ausdruckslosigkeit eines Reptils an, und die nasale Stimme fragte sarkastisch: »Apropos Opferstock, unterschreiben Sie Spendenschecks immer mit Chester D. Calhoun?«

Grant blinzelte ihn an. »Sieht so aus, als sei ich nicht der einzige Schnüffler«, bemerkte er mit einem schiefen Grinsen.

»Haben Sie wirklich geglaubt, irgend jemand würde auf Ihre dilettantische Vorstellung hereinfallen?« höhnte Angel One. »Vor allem, wenn Sie danach im eigenen Wagen wegfahren?«

Grant, der sich noch immer den Nacken massierte, zuckte, doch seine Beschwerden waren mehr mentaler als physischer Natur. Im Geiste versetzte er sich einen Tritt in den Arsch für seine Fahrlässigkeit. Es war immer ein Fehler, den Feind zu unterschätzen, und bei einem Gegner wie diesem konnten solche Fehler gefährlich sein. Ihm wurde mulmig bei der Erinnerung daran, daß er den Mustang auch am Abend davor bei der Verfolgungsjagd im Washington Centre gefahren hatte, die so katastrophale Folgen für die Sekte gehabt hatte. Fast, als hätte der Asiate seine Gedanken gelesen, sagte er:

»Und ich kann Ihnen auch versichern, Mister Grant, daß Ihre Aktion im Washington Centre gestern abend die letzte Einmischung war, die wir uns von Ihnen gefallen lassen haben. Sie sind nicht der erste, der uns kurzfristig belästigt – allerdings kommt uns die Belästigung durch Sie teuer zu stehen.« Er hob drohend den Zeigefinger. »Noch eine solche Aktion ...«, der Zeigefinger war jetzt direkt auf Grants Gesicht gerichtet, »... und die Kosten übernehmen Sie!«

»Soll das 'ne Drohung sein?« fragte Grant.

Die Hand des Asiaten stieß blitzschnell zu. Ein betäubender Stich fuhr Grant in die Wange, als sich der Zeigefinger zielsicher in das Nervenzentrum des linken Backenknochens bohrte. Im nächsten Moment rammte sich der Knöchel desselben Fingers in das zweite Nervenzentrum direkt unter der Nase und Grant konnte den Schrei nicht länger unterdrücken, als mitten in seinem Gesicht ein unerträglicher Schmerz explodierte. Langsam legten sich die flammendroten Funken, sein schmerzverschleierter Blick erholte sich, und er nahm seine Umgebung wieder wahr. Instinktiv zuckte er zusammen, als er sah, daß sein Peiniger sich über ihn gebeugt hatte. »Ja, Mister Grant. Genau das ist

es ... eine Drohung«, sagte der Asiate maliziös. »Eine Drohung ... und eine Warnung. Und zwar die letzte!«

»Ja ... sowas ähnliches hab ich mir gedacht«, krächzte Grant,
obwohl ihm gar nicht nach Flapsen zumute war. Dann nahm er
seinen Mut zusammen, blickte zu dem bedrohlichen Asiaten
hoch und sagte trotzig: »Sie scheinen nur eines zu vergessen.
Ich bin nicht der einzige, der sich für eure Aktivitäten interessiert. Dasselbe gilt für die State Police. Wenn Sheriff Springfield und ich Bericht erstattet haben, veranstaltet sie hier wahrscheinlich eine Razzia, um rauszufinden, wieviele Minderjährige Sie und Ihr Verein hier gegen deren Willen festhalten.
Und die Polizei kauft Ihnen Ihre Krankenhausshow nicht ab,
oder Pseudogespräche wie das, das Sie für uns inszeniert haben.«

Angel One sah Grant mit kalter Berechnung an. Dieser hier
war aus härterem Material als andere Vertreter seines Metiers,
mit denen er es in der Vergangenheit zu tun gehabt hatte. Und
was er da über das Interesse der Polizei sagte, wurde durch den
Besuch des Sheriffs nur bestätigt. Dieser Umstand hielt ihn auch
davon ab, mit Grant kurzen Prozeß zu machen. Angel One beschloß, die Taktik zu ändern und den Gegner nach einem schwachen Punkt abzuklopfen.

»Nein, Mister Grant, es wird gar nicht erst dazu kommen,
daß ich mich mit der Polizei beschäftigen muß«, sagte er trok-
ken. »Im Gegenteil, Sie werden sie von uns fernhalten.«

»Den Teufel werd ich!« protestierte Grant.

»Oh doch«, entgegnete Angel One zuversichtlich. »Glauben
Sie mir, Sie werden es freiwillig tun ... wenn ich Ihnen erst gezeigt habe, was es für Folgen hätte, sollten Sie je so töricht sein,
uns Ihre Freunde von der Polizei auf den Hals zu hetzen.«

Er machte den beiden Wachen ein Zeichen, drehte sich auf
dem Absatz um und ging hinaus. Grant wurde an den Armen
gepackt, vom Stuhl hochgezogen und hinter dem Asiaten herge-
schleift. Im Vorwärtsstolpern versuchte er verbissen, das
Schwindelgefühl loszuwerden und seinen knieweichen Beinen
Kraft einzuflößen. Die kleine Prozession zog durch die Keller-
korridore, bis sie vor einer schweren, grauen Stahltür Halt
machte. Der Asiate sperrte sie auf und trat in den Vorraum zu

den vier Zellen, in die Jim Miller nach seiner Gefangennahme gebracht worden war.

Angel One drehte sich zu Grant um. »Bei Ihrer Ankunft haben Sie gefragt, ob Sie ein Sektenmitglied namens Karen Larsen sprechen könnten. Ich habe beschlossen, Ihrer Bitte stattzugeben...« Er schloß die erste Zelle auf, stieß die Tür auf und trat zurück. Er befahl den Wachen, Grant loszulassen und wies ihn an, näherzutreten.

Als die Wachen seine Arme losließen, verlor Grant zunächst das Gleichgewicht und konnte nur vorwärtsstorkeln. Verärgert, daß er sich eine Schwäche anmerken ließ, stützte er sich mit einer Hand am Türrahmen ab und konterte: »Das sind wohl die Turkey Pens?«

Er wurde mit einem kurzen überraschten Blick belohnt. Dann entgegnete der Asiate sanft: »Ich habe mich nicht in Ihnen getäuscht, Grant. Ihre Neugier verheißt nichts Gutes... vor allem für Sie selbst!«

Grant trat auf die Schwelle und blickte in die Zelle. Er hatte sich die Photos, die Karens Vater ihm gezeigt hatte, genau angesehen, doch für einen Moment glaubte er, der Asiate habe ihm absichtlich das falsche Mädchen gezeigt. Die jämmerliche Gestalt, die da mit glasigen Augen und wirrem Haar zusammengekrümmt in der Ecke lag, die Knie an die Brust gezogen, um die unaufhörlichen Schüttelkrämpfe zu lindern, hatte keine Ähnlichkeit mit dem fröhlichen jungen Mädchen auf den Bildern.

Er rümpfte die Nase, als ihm der widerliche Gestank von Erbrochenem, Exkrementen und Schweiß entgegenschlug. Das Mädchen sah ihn mit glasigen Augen an und versuchte etwas zu sagen, doch sie klapperte so heftig mit den Zähnen, daß ihre Worte nicht zu verstehen waren. Sie schien nicht zu merken oder sich nichts daraus zu machen, daß Krusten von Erbrochenem an Kinn und Kutte klebten. Grant zweifelte, ob ihre eigenen Eltern sie in diesem jämmerlichen Zustand wiedererkannt hätten.

»Karen? Karen Larsen?« sprach er sie sanft an. Wieder versuchte das Mädchen etwas zu sagen und streckte ihm die zitternde Hand entgegen. In den rotumränderten Augen war kein wirkliches Verständnis zu erkennen, nur die vage Dämmerung, daß er... irgendwer... da war. Grant versuchte angestrengt, sich einen Reim auf ihr Gemurmel zu machen. Dann verstand er es.

»'n Schuß... bitte... 'n Schuß, bitte... 'n Schuß...«

Die Wut verlieh Grant Kraft. Er drehte den Kopf und warf seinem Nebenmann einen verachtungsvollen Blick zu. »Ihr widerwärtigen Schweine!« knirschte er. »Macht euch das Spaß? Gibt euch das 'n Kick?«

Angel One warf einen Blick auf die jämmerliche Gestalt in der Zelle und meinte achselzuckend: »Sie ist diejenige, die einen ›Kick‹ braucht, wie Sie es nennen. Sie war schon heroinabhängig, bevor sie zu uns kam. Aber das tut nichts zur Sache. Ihr momentaner Zustand hat zwei Gründe. Ihre Aktion von gestern abend... und die ihres Vaters... noch so eine lästige Plage.«

»Sie lassen das arme Kind leiden für das, was ihr Vater getan hat... und ich?« rief Grant empört. »Wer hat das angeordnet? Sie selbst? Oder war es dieser verrückte Wichser, den ich mir gestern abend angehört hab, der glaubt, er sei der neue Messias?«

»Er hat es angeordnet«, antwortete Angel One unbeeindruckt. »Doch in diesem Fall läßt sich dies durchaus als gerechte Strafe betrachten. Befiehlt euer Gott nicht, daß die Kinder für die Sünden der Eltern büßen? Gar nicht dumm, euer Gott. Er ist offensichtlich ein Experte in menschlicher Psychologie.«

»Sie sind ein sadistisches Schwein! Wissen Sie das?« schrie Grant ihn an. »Sie sind genauso krank wie der Perverse, dem dieser Laden hier gehört. Und ich hab geglaubt, Ihr hättet euch alle unter euren Shinto-Schreinen verkrochen, nachdem wir Hiroshima atomisiert haben.«

Angel One lächelte kalt. »Man braucht nur ein wenig an einem weißen Amerikaner zu kratzen, und schon kommt der unverbesserliche Rassist zum Vorschein.« Seine Stimme triefte vor Verachtung. »Zu Ihrer Information, ich bin kein Japaner, sondern Chinese. Und wir haben uns die Art und Weise, wie sich dieses Mädchen selbst zerstört, nicht ausgesucht... das hat sie selbst getan. Aber Sie können Ihrem Vater ausrichten, daß ihr zukünftiges Wohlergehen von ihm abhängt. Von jetzt an wird sie jedesmal, wenn er Ärger macht, eine Woche hier verbringen.« Er deutete auf das schluchzende, sich wiegende Etwas, das sich den Bauch hielt und vergeblich versuchte, die schmerzhaften Krämpfe zu lindern. »Es wird noch schlimmer«, versicherte er Grant, »viel schlimmer.«

Grant hatte seine eigene körperliche Schwäche angesichts der Not des Mädchens vergessen. Er spürte, wie sich sein Zorn gegen ihren Peiniger aufbäumte, doch er sagte sich, daß er unter den gegebenen Umständen weder in der Position noch in der körperlichen Verfassung war, etwas auszurichten. Karen zuliebe beschloß er zähneknirschend, sich geschlagen zu geben... für den Moment.

»Wenn ich mich bereit erkläre, Ihre Nachricht weiterzuleiten, würden Sie dann jetzt sofort was für Sie tun?« fragte er. »Würden Sie ihr das Mittel geben, das sie braucht, damit das aufhört?«

Angel One gönnte sich, von seinem Gegner unbemerkt, ein kleines, triumphierendes Lächeln. So weit, so gut. Es sah so aus, als hätte die Drohung gewirkt. Er hatte die Schwachstelle des Mannes erraten – die Sorge um das Wohl anderer. Jetzt wußte er, der nächste Schock, den er geplant hatte, würde Grant endgültig ruhigstellen.

Inzwischen gratulierte er sich, zwei Fliegen mit einer Klappe geschlagen zu haben. Mit dieser kleinen Vorstellung hatte er auch den vergleichsweise harmlosen Belästigungsfaktor, den der Vater des Mädchens darstellte, eliminiert.

Eine der Wachen wurde weggeschickt, um eine Heroinspritze für das leidende Mädchen zu holen, und kam kurz darauf mit einer Einwegspritze zurück, die mit einer durchsichtigen Flüssigkeit gefüllt war. Angel One nahm sie dem Mann ab, trat an Grant vorbei in die Zelle und kniete sich neben die stöhnende, schlotternde Gestalt. Er packte sie am Oberarm und drückte zu, damit die Adern in der Ellbogenbeuge hervortraten. Gekonnt stach er die Nadel in eine Vene und verabreichte ihr das Mittel. Jetzt sah Grant deutlich die alten Einstiche an dem dünnen Arm, der schlaff im Griff des Asiaten hing.

In Sekundenschnelle begann das Rauschgift zu wirken, noch während die Nadel es in ihren Körper pumpte, und die Verwandlung setzte unverzüglich ein. Das Mädchen gab einen Seufzer von sich und entspannte sich. Der Kopf kippte nach hinten gegen die Wand, die Augen fielen ihr zu, und ein euphorisches Lächeln trat auf ihr Gesicht. Der gequälte Ausdruck wurde in einer Woge hinweggespült wie Sand von der Brandung. In gnädiger Unwissenheit um ihre vor Schmutz starrende Erscheinung versank sie mit herabhängendem Unterkiefer im Drogenrausch.

Angel One zog die Nadel heraus, stand auf, gab sie der Wache zurück und verließ die Zelle. Grant machte keine Anstalten, ihm zu folgen, sondern deutete auf den Schmutz in der Zelle, die den Namen Turkey Pen wahrlich verdiente.

»Sie wollen sie doch nicht so liegen lassen«, protestierte er.

Angel One blieb im Vorraum stehen. »Zwei unserer weiblichen Mitglieder werden sie saubermachen«, sagte er knapp. »Zu gegebener Zeit darf sie dann zu den anderen zurück, doch ich erinnere Sie daran, daß ihr künftiges Wohlergehen davon abhängt, ob Sie ihren Vater zur Räson bringen.«

»Sie haben sich deutlich ausgedrückt«, erwiderte Grant reserviert. »Und ich habe Ihnen mein Wort gegeben, daß ich dies tun will.«

»Sie werden noch viel mehr tun«, versicherte ihm der Chinese mit beunruhigender Selbstsicherheit.

»Das behaupten Sie«, entgegnete Grant grimmig, doch es kam keine Antwort.

Nachdem sie die Turkey Pens verlassen hatten und Angel One hinter ihnen abgeschlossen hatte, nahmen sie Grant wieder in ihre Mitte – diesmal brauchte er nicht von der Eskorte gestützt zu werden – und marschierten durch die labyrinthartigen Kellergänge, bis sie vor einer zweiten Metalltür anhielten, auf der in großen, roten Buchstaben stand: Vorsicht! Feuergefahr! Rauchen und offenes Feuer strengstens verboten!

Der Asiate drehte sich zu Grant um. »Ich hatte Ihnen prophezeit, Sie würden jede Einmischung in unsere Angelegenheiten ab sofort unterlassen und auch die Polizei davon abhalten, gegen uns vorzugehen. Sie hatten etwas von einer Razzia gesagt.« Er machte eine Pause und sah Grant an, der seinen Blick grimmig erwiderte. »Ich werde Ihnen jetzt zeigen, welche Konsequenzen eine derartige unüberlegte Aktion hätte.«

Angel One schloß die Metalltür auf, drückte die Klinke herunter und zog die schwere Tür langsam auf. Grant war einiger-

maßen überrascht, als er sah, daß die Tür aus fünfzehn Zentimeter dickem, massivem Stahl bestand. Der Chinese trat zur
Seite und wies ihn an, einen Blick hinter die Tür zu werfen.

Dort wartete die nächste böse Überraschung auf ihn. Der da-
hinterliegende Raum war, mit Metall verkleidet, zu einer zwei
mal zwei Meter großen, dreieinhalb Meter hohen Stahlkammer
ausgebaut. Er enthielt nur einen einzigen Gegenstand, der genau in der Mitte der Kammer auf dem Betonboden stand – einen
unheimlichem Stahltank von etwa 50 Liter Inhalt. Aus einer am
Deckel befestigten Vorrichtung – ganz offensichtlich irgendein
Zündmechanismus – kamen Kabel, die in einem Loch in der
Rückwand verschwanden. Auf dem Tank stand in denselben,
feuerroten Buchstaben wie an der Tür die Warnung: VORSICHT
– EXPLOSIONSGEFAHR.

Grant warf dem Chinesen einen Blick über die Schulter zu.
»Sehr beeindruckend. Fast so gelungen wie die falschen Krankenzimmer«, sagte er verächtlich. »Erwarten Sie allen Ernstes,
ich nehme Ihnen ab, daß Sie und Ihre Schlägertypen Selbstmord
begehen, nur um einer Razzia zu entgehen? Sie geben sich ja
große Mühe, aber das kaufe ich Ihnen nicht ab.«

Sein Instinkt war allerdings anderer Meinung. Irgendetwas
sagte ihm, daß der Finsterling nicht bluffte. Angel Ones nächste
Worte bestätigten den Verdacht.

»Das ist kein Bluff, Grant«, versicherte ihm der Chinese. »Ich
habe nicht im entferntesten die Absicht, mich oder meine Leute
zu einem Himmelfahrtskommando zu verdammen. Sollte es jemals nötig werden, dieses Instrument zu aktivieren, können Sie
beruhigt davon ausgehen, daß ich mit meinen Leute außer
Reichweite sein werde. Sicher enttäuscht Sie das maßlos.« Ein
maliziöses Lächeln huschte über seine Lippen.

»Ich will Sie vollständig ins Bild setzen. Es gibt vier solcher
Vorrichtungen, an jeder Ecke des Hauses eine. Falls Sie immer
noch glauben, ich würde Ihnen etwas vormachen, können Sie
gern die anderen drei begutachten. Jeder Tank ist mit der hoch-
explosiven Flüssigkeit gefüllt, die im Volksmund Napalm heißt,
und die Bomben sind scharf. Sie sind so programmiert, daß ich
genügend Zeit habe, mit meinem Stab das Gebäude zu verlassen, die Zeit reicht jedoch nicht für irgendwelche Versuche, das

418

Ding zu deaktivieren ... oder die übrigen Hausbewohner zu evakuieren.«

Dann deutete er an die Decke über dem Tank mit dem tödlichen Inhalt. »Sie sehen, die Decke ist der einzige Teil des Raums, der nicht aus Stahl ist.« Grant folgte dem ausgestreckten Finger und sah, daß der Chinese recht hatte.

Unbeirrt fuhr die schneidende Stimme fort. »Ich brauche Ihnen kaum zu sagen, welche Folgen dies für die bei der Explosion des Napalms entstehende Druckwelle hat. Zweifellos wird Ihnen bei Ihrer unerlaubten Inspektionstour der hohe Anteil an Holz und anderen leicht entzündlichen Materialien in den oberen Stockwerken dieses alten Gebäudes aufgefallen sein. Die ursprüngliche Vierfachexplosion wird den Ort sehr schnell in ein flammendes Inferno verwandeln. Wenn Sie ein Liebhaber von Wetten sind, können Sie sich die Chancen auf Überlebende ja ausrechnen.«

Grant blickte mit grimmigem Gesicht auf den unheilvollen Tank mit seiner anstößigen Füllung. Er hatte die grauenhaften Auswirkungen bei der Armee hautnah miterlebt, öfter als ihm lieb war. Und er konnte mit widerwärtiger Sicherheit davon ausgehen, daß der Chinese seine Drohung wahrmachen und die unschuldige, irregeführte Mehrzahl der Sektenmitglieder eher in ein reales Höllenfeuer schicken würde, als sich einer genauen Überprüfung durch die Behörden zu unterziehen. Doch warum diese übersteigerte Reaktion? Es mußte mehr dahinterstecken, wenn diese Leute bereit waren, zu so drastischen Mitteln zu greifen ...

»Nun, Grant?« unterbrach Angel One seine düsteren Gedanken. »Möchten Sie die anderen drei Vorrichtungen sehen, bevor wir nach oben zu Ihrem Kollegen zurückkehren?«

Grant schüttelte den Kopf. »Nicht nötig«, sagte er mit belegter Stimme und gab sich geschlagen. »Ich werde die Polizei von einer Razzia abhalten.« Er hatte unerträgliche Kopfschmerzen und war völlig erledigt. Der bittere Geschmack der Niederlage brannte ihm wie Galle in der Kehle.

»Und Sie werden die Eltern des Millerjungen davon überzeugen, daß ihr Sohn nicht mehr aussteigen will ... daß er freiwillig zurückgekehrt ist?« beharrte der Chinese unbarmherzig.

Grant nickte wortlos und starrte wie hypnotisiert den schwarzen Tank an. Kalte Schauer liefen ihm in Erinnerung an die verkohlten Leichen und schreienden menschlichen Fackeln den Rücken hinab, bis das Ungetüm aus seinem Blick verschwunden war, da der Chinese die Tür wieder geschlossen hatte.

»Kommen Sie, Mister Grant«, sagte er fast heiter und bot ihm im Moment des Sieges großzügig an: »Machen Sie sich rasch etwas frisch und trinken Sie einen Schluck Wasser, bevor Sie nach oben gehen ... und verschwinden.«

Auf der Fahrt nach Rockford saß ein schweigsamer, nachdenklicher Grant neben Springfield. Die Fragen des Sheriffs nach dem Erfolg der Inspektionstour hatte er pariert, indem er einen Teil der Wahrheit erzählt hatte – den Teil bis zu und inklusive seiner Entdeckung. Nun dachte er über den Rest der Geschichte nach und überlegte, wieviel er Springfield davon gefahrlos erzählen konnte, ohne daß dieser die ganze Angelegenheit als Bluff und als Affront gegen seine Autorität betrachtete.

Andererseits wußte Grant, er würde die Zustimmung und Unterstützung des Sheriffs brauchen – ob offiziell oder inoffiziell – wenn er erst einen Weg gefunden hatte, die furchterregenden Verteidigungsanlagen des Betlehem-Hauses auszuschalten. Einen Weg, wohlgemerkt, der die katastrophalen Folgen, die dieser verbrecherische Doktor Sung in Aussicht gestellt hatte, vermied. Er beschloß, dem Sheriff volles Vertrauen zu schenken. Schließlich, dachte er, vertraute Ben Curtis ihm auch. Das sollte Empfehlung genug sein.

Grant wendete sich seinem Nebenmann zu, der schweigend am Steuer gesessen und ihn seinen Gedanken überlassen hatte. »Nate, halten Sie irgendwo an, ich muß mit Ihnen reden.«

Springfield bremste, brachte den Wagen am Straßenrand zum Stehen und erwiderte lakonisch: »Hab mir schon gedacht, daß Sie was auf dem Herzen haben. Sie wirken so verschreckt, seit Sie mit Dr. Fu Manchu wieder aufgetaucht sind. Als wärn Se zum Scheißen ins Heu gegangen, hätten sich mit 'ner Hand voll Stroh den Arsch abwischen wollen und gemerkt, daß Sie 'ne Klapperschlange am Schwanz halten.«

Grant lächelte grimmig. »Kein schlechter Vergleich. Hören Sie, Nate, ich hab Ihnen nicht erzählt, was passiert ist, nachdem man mich erwischt hatte. Das war nämlich so...«

Zehn Minuten später hatte er Springfield ins Bild gesetzt. Als Grant seinen Bericht abgeschlossen hatte, stopfte sich der Sheriff wortlos eine Pfeife und zündete sie an. Dann meinte er bedächtig: »Naja, 'n Frontalangriff ist da wohl zwecklos. Viel zu riskant. Ich schlage vor, wir halten uns 'n Weilchen bedeckt, zwei Wochen vielleicht. Lassen sie in dem Glauben, sie hätten gewonnen. In der Zwischenzeit planen wir sorgfältig den nächsten Schritt. Denken uns was aus, wie wir reinkommen und sie rausholen, bevor sie noch kapiert haben, was los ist.«

Grant sah den großen, grauhaarigen Sheriff an. »Meinen Sie das im Ernst?« fragte er. »Sie würden Ihren Job aufs Spiel setzen, um mir zu helfen?« Er schüttelte lachend den Kopf. »Und ich sitz hier wie auf Kohlen und überleg, wie ich Ihnen beibringen soll, daß ich den Laden aufmischen will, sobald ich weiß wie, und hab die Hosen voll, daß Sie mich wegen geplanter Unruhestiftung zur Schnecke machen. Danke, Nate. Das höchste, worum ich Sie gebeten hätte, wäre gewesen, im entscheidenden Moment wegzuschauen.«

»Keine Ursache«, erwiderte Springfield, klopfte die Pfeife im Aschenbecher aus, steckte sie in die Tasche und ließ den Wagen an. »Ich werde Ihnen helfen, weil ich es so will. Und dafür brauch ich meinen Job nicht aufs Spiel zu setzen. Ich tu meinen Job. Was bedeutet, daß ich den Laden da hinten dicht machen werd.«

Mit einem Blick in den Rückspiegel steuerte er den Wagen auf die Fahrbahn zurück und fuhr los. »Ich werd nämlich sauer, wenn jemand Jugendliche terrorisiert, wie diese Arschlöcher den Millerjungen. Und Arschlöcher, die damit drohen, Leute in meinem Revier hopsgehen zu lassen, kann ich schon gar nicht leiden.«

Sie fuhren schweigend weiter, bis die Lichter von Rockford auftauchten, dann sagte Grant mutlos: »Im Moment ist mir schleierhaft, wie wir da mit genug Power reinkommen wollen, um die Kids rauszuholen, ohne daß sie dabei alle in die Luft fliegen.«

»Uns wird schon was einfallen, Brett«, meinte Springfield zuversichtlich, als er vor dem Sheriff's Office hielt. »Spontan würde ich sagen, wir sollten 'nen zwei bis drei Mann starken Trupp in Betracht ziehen, der reingeht und als erstes den Kontrollraum ausschaltet. Ich nehme an, die Bomben werden von dort gezündet. Und wir stehen draußen mit 'ner ganzen Kompanie inklusive Löschgerät bereit, den Laden auf ein Signal hin zu stürmen.«

»Hört sich gut an«, meinte Grant. »Aber Löschgerät? Mann, Nate, wenn der Alarm ausgelöst wird und der Laden in die Luft fliegt, brauchen wir 'ne komplette Brigade, um den Brand in den Griff zu kriegen.«

»Davon red ich ja«, erwiderte Springfield. »Bob Wallace, der Chef unserer freiwilligen Feuerwehr, ist 'n guter Kumpel von mir. Ich bin sicher, er und seine Jungs würden gern mal 'ne Nachtübung veranstalten.«

Grant suchte im gegerbten Gesicht seines Nebenmanns nach einem Hinweis, daß der Sheriff ihn auf den Arm nahm, doch er erkannte, daß Springfield es ernst meinte. Er schüttelte lachend den Kopf. Die Schmerzen in Kopf und Nacken hatten bereits nachgelassen, und die nüchterne Haltung des Sheriffs machte das, was vor einer halben Stunde noch unmöglich schien, plötzlich denkbar.

»Sicher haben Sie sich noch nicht entschieden, wie Sie Ihre Armee durch die Tore schleusen?« fragte Grant schmunzelnd. Dann meinte er ernst: »Es gibt zwei Tore, und sie sehen ziemlich massiv aus. Da werden wir Schmackes brauchen, wenn wir sie nicht gleich sprengen wollen.«

Springfield biß sich nachdenklich auf die Unterlippe. Dann nickte er. »Nein, Sprengstoff würd ich nicht verwenden. Macht viel zuviel Lärm, außerdem könnten sich die Tore verklemmen.« Er sah Grant an. »Aber Sie haben mir doch neulich erzählt, Ihr Trucker-Freund hätte seine Hilfe angeboten, oder?«

Grant nickte verwirrt, und Springfield fuhr mit einem schelmischen Zwinkern in den stahlblauen Augen fort: »Naja, Brummis sind ja ganz schön schwer, da steckt Power dahinter. Besonders im ersten Gang, bei dem Gewicht, das sie ziehen. Wenn sich nun einer von denen aus Versehen im äußeren Tor verheddert, vielleicht sogar mit 'n paar Haken und Ketten, müßte das Ding doch aufgehn wie 'n Hühnerstall. Dann hätte Bob Wallace mit seinem Löschwagen freie Bahn zum Innentor ... und ich würde keinen Cent mehr wetten, daß einer den fiesen alten Zehntonner stoppt!«

Als Grant kurze Zeit später auf dem Weg zurück in die Stadt war, war er mit dem Ergebnis des Nachmittags einigermaßen zufrieden, trotz des äußerst enttäuschenden Anfangs. Das Gepräch mit Miller hatte nichts gebracht. Die Inspektion des Hauses war einigermaßen erfolgreich und informativ gewesen, bis zu ihrem abrupten Ende.

Von da an hatte sich die Sache immer mehr zugespitzt. Von dem jämmerlichen Zustand, in dem Karen Larsen sich befand, und der Aussicht, ihre Eltern davon in Kenntnis setzen zu müssen, bis zur letzten, bitteren Niederlage, als er mit den mörderischen Absichten der Sektenführung konfrontiert wurde, falls die Polizei ihnen auf die Pelle rücken sollte.

Doch die tatkräftige Unterstützung des Sheriffs und seine besonnene Einschätzung der Chancen, einen erfolgreichen Angriff zu unternehmen, hatten die Dinge in ein etwas positiveres Licht gesetzt. Sie hatten vereinbart, ihre jeweiligen Hilfsmannschaften zu mobilisieren und sich bis zur nächsten Lagebesprechung über den Fortgang der Dinge telefonisch auf dem laufenden zu halten.

Dann kam ihm wieder der chinesische »Arzt« in den Sinn. Die Erinnerung an die latente Brutalität des Mannes sträubte ihm die Nackenhaare. Doch als er daran dachte, wie er hatte klein beigeben müssen angesichts der Skrupellosigkeit, mit der der Chinese von der Möglichkeit gesprochen hatte, das Haus mit Mann und Maus dem Flammentod auszuliefern, packte ihn die kalte Wut. Wenn es nur einen Weg gäbe, die Siegessicherheit dieses arroganten Widerlings zu erschüttern, zurückzuschlagen, ohne daß an einer der Geiseln, ob Jim Miller oder Karen Larsen, Vergeltung geübt würde!

Plötzlich hatte er eine Idee – Louise! Wenn er sein Versprechen einlöste und Louise den Klauen der Sekte entriß, hätte er einen kleinen Sieg errungen. Außerdem konnte er im Falle

eines Erfolgs die Wut des Chinesen vielleicht auf sich lenken, weg von Jim oder Karen. Jetzt mußte er nur noch herausfinden wie.

46

Wie sein Freund Grant empfand auch Ben Curtis eine gewisse
Befriedigung über das Ergebnis einer Serie unerfreulicher Ereignisse. Doch unterschwellig kochte er noch immer vor Wut
aufgrund der heftigen Auseinandersetzung, die er mit Deputy
Commissioner Elrick gehabt hatte.

Etwa eine Stunde nach ihrer Rückkehr von dem Besuch beim
Propheten waren er und Turner zum D.C. zitiert worden. Als sie
Elricks Büro betreten hatten, war Curtis' Chef, Captain Joseph
Devlin, bereits anwesend und hatte einen äußerst reservierten
Gesichtsausdruck. Privat verstand sich Curtis gut mit Devlin,
und sein Vorgesetzter hatte ihm bei seinem Eintreten einen war-
nenden Blick zugeworfen.

Ohne lange Vorrede hatte der Deputy Commissioner ihnen
mitgeteilt, daß ihnen der Fall entzogen würde und sie aufgrund
eines Disziplinarverfahrens wegen schwerwiegender Vorwürfe –
Überfall, widerrechtlichem und nicht gemeldetem Schußwaf-
fengebrauch sowie vorsätzlicher Sachbeschädigung während der
Vernehmung eines unbescholtenen Bürgers namens Reverend
Martin Bishop – vom Dienst suspendiert würden. Daraufhin
war Curtis explodiert.

In den folgenden Minuten war es turbulent zugegangen. Curtis, der sich auf den Schreibtisch stützte und von Devlin festgehalten werden mußte, hatte dem verschreckten, leichenblassen
Elrick die Meinung gesagt – laut, farbig und ausführlich. Auf
dem Höhepunkt seiner Kanonade hatte er ein Blatt Papier aus
der Tasche gezogen und es dem D.C., der augenblicklich in Dek-
kung ging, auf den Schreibtisch geknallt.

»Lesen Sie das, Sie gottverdammter Dummschwätzer!« hatte
er geschrien. »Da haben Sie Ihren ›unbescholtenen Bürger‹, den
Sie so eifrig vor Ihren ungehobelten Beamten schützen.«

Er hatte mit dem Finger auf das Blatt gehämmert, als wolle er

Löcher in die dicke, hölzerne Schreibtischplatte bohren, und hatte lautstark verkündet: »Der Reverend Martin Bishop, daß ich nicht lache! Wir haben seine Fingerabdrücke. Haben Sie sie überprüfen lassen? Haben Sie mich nach meiner Meinung gefragt? Nur zu Ihrer Information, er taugt als Pfaffe so viel wie Sie als Cop! Sein wirklicher Name ist Durbridge, und er ist als Medizinstudent von der Uni geflogen, weil er an seiner Freundin 'ne Abtreibung durchgeführt hat, nachdem er sie vergewaltigt hatte. Sie ist dabei draufgegangen. Und Ihr aufrechter Bürger hat acht Jahre in Nebraska State Pen gesessen. Das einzig ›Aufrechte‹ in diesem Fall sind Sie... Sie Wichser!«

An dieser Stelle hatte der aschfahle Deputy Commissioner zu unterbrechen versucht, um das Ruder wieder an sich zu reißen. Genausogut hätte er versuchen können, einen angreifenden Stier mit einem Staubwedel zu stoppen. Curtis hatte ihn mit ein paar Wahrheiten über fettärschige Zivilisten, die das Maul aufreißen, um sich in ein Amt wählen zu lassen, und es, wenn sie einmal gewählt sind, nicht mehr halten können, niedergebrüllt. Dann hatte er die Lautstärke auf ein normales Schreien reduziert und mit der Bemerkung geschlossen: »Ich geb Ihnen noch 'ne Gratisinformation... ich weiß, daß er unser Mann ist – der Killer, hinter dem wir die ganze Zeit her sind. Und mit etwas Unterstützung von Ihrer Seite, statt Opposition, überführen wir das Schwein.«

Elrick, der noch nie einen Fehler zugegeben hatte und dessen Würde unter Curtis' Tirade schwer gelitten hatte, war stur geblieben und hatte einen letzten, vergeblichen Versuch unternommen, sich mit Drohungen aus der Affäre zu ziehen und den schwarzen Peter abzuschieben. Gereizt hatte er zurückgekreischt, Curtis wolle nur seinen Arsch retten, weil er seine Befugnisse überschritten habe, und zu dem Zeitpunkt hätte er von der Bishop/Durbridge-Sache noch nichts gewußt. Außerdem, schloß er, würden die neuen Informationen nichts beweisen und nichts an den Tatsachen ändern. Curtis solle sich weiterhin als suspendiert betrachten bis zum Abschluß des Disziplinarverfahrens, das jetzt auch den Vorwurf der Beleidigung eines Vorgesetzten beinhalte.

Woraufhin Curtis gebrüllt hatte: »Lecken Sie mich mit Ihrem

Scheißdisziplinarverfahren am Arsch! Sie können mich gar nicht suspendieren, Mister, weil ich kündige – fristlos!« Er hatte sich die Marke von der Brusttasche gerissen und sie auf den Schreibtisch gepfeffert, von wo sie abgeprallt und dem verblüfften D.C. an die Brust geflogen war. Einen Augenblick später hatte sich Turner, der die ganze Zeit stumm daneben gestanden hatte, nach vorne gebeugt und seine Marke dazugeworfen.

Diese Geste der Solidarität hatte Curtis' Wut etwas gedämpft. »Tex, das ist nicht nötig. Du hast nur meinen Befehlen gehorcht...«

Doch Turner hatte achselzuckend erwidert: »Wir gehören zusammen, Chef.«

Dann hatte sich Curtis seelenruhig aus Devlins Griff befreit, sich umgedreht und war zur Tür marschiert, gefolgt von Turner. Er hatte die Tür aufgerissen, Turner den Vortritt gelassen und sich noch einmal zu dem schäumenden Elrick umgedreht. »Ein letztes Wort, Mister. Ich gehe jetzt direkt zu meiner letzten Pressekonferenz. Warten Sie, bis die Öffentlichkeit erfährt, warum ich gekündigt habe. Ich würde keinen müden Cent darauf setzen, daß Sie bis zur Wahl im Amt bleiben, von einer Wiederwahl ganz zu schweigen.«

Elrick war dunkelrot angelaufen, aufgesprungen und hatte geschrien: »Ich verbiete Ihnen, mit der Presse zu reden. Haben Sie mich verstanden?« Sein Finger zitterte, als er drohend auf Curtis deutete und mit bebender Stimme sagte: »Ich befehle Ihnen, Ihren Schreibtisch zu räumen und das Gebäude unverzüglich zu verlassen! Ist das klar?«

Curtis hatte ihn mit gebleckten Zähnen angegrinst. »Sie befehlen mir gar nichts mehr, Mister. Ich bin jetzt Zivilist. Und Sie hüten besser Ihr Maul, sonst reich ich Beschwerde ein wegen Beleidigung. Und was die Pressekonferenz angeht – wenn es Ihnen nicht paßt, was ich erzähle, können Sie mich ja verklagen. Wir sehen uns vor Gericht!« Dann hatte er dem D.C., der vor Wut fast zu platzen schien, den Finger gezeigt und die Tür hinter sich geschlossen.

Eine Viertelstunde später, als Curtis dabei war, seinen Entschluß wahrzumachen, und seinen Schreibtisch ausräumte, bevor er

das Präsidium ein letztes Mal verlassen würde, war die Tür aufgegangen und ein grimmiger Captain Devlin war hereingekommen. Er hatte sich wortlos auf eine Ecke des überquellenden
Schreibtischs gesetzt und ihm die Marke hingeworfen.

»Hör zu, Joe…«, hatte Curtis im Aufstehen protestiert.

»Nein, Ben, jetzt hörst du zu«, hatte Devlin ihn unterbrochen, mit dem leichten irischen Akzent, den er in den dreißig
Jahren seit dem Verlassen seiner alten Heimat nie ganz abgelegt
hatte. »Du hast dich vorhin ausgekotzt, jetzt bin ich dran. Ich
mach's kurz, ich will nur drei Sachen sagen. Erstens: Du bist ein
Idiot. Zweitens: Ich stimme dir in allem, was du da drinnen gesagt hast, zu. Und drittens – das hab ich ihm gesagt und jetzt
sag ich's dir –: Wenn du glaubst, daß ich tatenlos mit ansehe,
wie ich zwei meiner besten Leute verliere, dann hast du dich
getäuscht.«

Curtis hatte stur den Kopf geschüttelt. »Ich weiß, was ich tu,
Joe. Außerdem könnt ich mich bei dem Fettsack unmöglich entschuldigen. Ich hab jedes Wort, das ich da drinnen gesagt hab,
ernst gemeint.«

»Um zu wissen, was man tut, braucht man Grips, mein Junge.
Und da sieht's bei dir zappenduster aus«, erwiderte Devlin – so
konnte er nur seinen alten Freund necken. »Und es steht gar
nicht zur Debatte, daß du dich bei Elrick entschuldigst. Als du
draußen warst, hab ich seiner Eminenz die Flügel gestutzt und
ihm gesagt, daß seine Prioritäten falsch sind.«

Auch wenn er noch immer nicht von seinem Entschluß abzubringen war, war Curtis neugierig geworden. »Was hat er dazu
gesagt?«

»Er wollte mich wegen Insubordination zur Schnecke machen.«

»Dieser Scheißer! Und was hast Du darauf geantwortet?«

»Ich hab meine Marke zu der Deinen gelegt«, hatte Devlin
feixend geantwortet. »Das hat gesessen, kann ich dir sagen. Er
hat ganz schnell den Schwanz eingezogen und sich einverstanden erklärt, daß ich die Sache mit dir ins Reine bringe.« Devlin
hatte Curtis tief in die Augen gesehen und gefragt: »Also, was
is? Ich frage dich, nicht der Herr Graf. Bist du noch dabei?«

»Das ist unfair«, hatte Curtis halbherzig protestiert. Innerlich hatte er bereits beschlossen, mit möglichst guter Miene einen Rückzieher zu machen.

»Ach was, wie sie in der alten Heimat sagen, das Boxen macht auch keinen Spaß mehr, seit der Marquis of Queensbury die Boxregeln aufgestellt hat«, hatte Devlin sarkastisch bemerkt. »'n harten Gegner schlägt man nur, wenn man unter die Gürtellinie zielt, am besten, wenn er grad nicht hinschaut!«

Sie hatten gelacht, und Curtis war geblieben. Dann war Devlin gegangen, um Turner zu suchen, ihm die gute Nachricht zu überbringen und ihm seine Marke zurückzugeben.

Jetzt, als seine Wut über Elrick allmählich verrauchte, war Curtis also in zweierlei Hinsicht zufrieden. Einmal, weil er etwas getan hatte, wovon er seit Jahren geträumt hatte – dem eingebildeten D.C. mal gehörig die Meinung zu sagen. Und zum Zweiten, weil sich sein Verdacht bezüglich des Propheten bestätigt hatte.

Die Fingerabdrücke auf den Photos der Opfer, die er dem Mann abgeluchst hatte, waren in den Computer eingegeben worden und hatten sich als Volltreffer erwiesen. Der Prophet war aktenkundig – wenn auch nicht unter dem Namen Martin Daniel Bishop.

Curtis studierte den Computerausdruck, der vor ihm auf dem Schreibtisch lag. Unter der jeweiligen Aktennummer des Federal bzw. State of Nebraska Criminal Records Departments identifizierte er die zu den Fingerabdrücken gehörende Person als einen gewissen Milton Bartholomew Durbridge, 55 Jahre alt, aus Omaha, Nebraska. Der dazugehörige Eintrag war kurz, aber aufschlußreich:

1952 am Andrew Carnegie College, Lincoln, Nebraska, für Medizin immatrikuliert. 1955 ausgeschlossen. Umstände des Ausschlusses wie folgt: Hat an schwangerer Freundin und Kommilitonin Laura Jane Drysdale Abtreibung durchgeführt, woran Drysdale starb. Durbridge wurde vor Nebraska Supreme Court wegen Mordes angeklagt. Bekannte sich des Totschlags schuldig. Zu Haftstrafe zwischen fünf und fünfzehn Jahren verurteilt. Acht Jahre verbüßt, 1963 aus der Haft entlassen.

Sonstiges: Entwickelte während der Haft starkes Interesse an Religion. Legte Fernstudium in Bibelkunde und Theologie ab, das von der Pfingstkirche des Jüngsten Tages, ansässig in Lincoln, Nebraska, angeboten wurde. Wurde nach der Entlassung Laienprediger bei o.g. Kirche. Zwei Jahre später verschwand Durbridge. Bei einer Buchprüfung stellte sich heraus, daß zwanzigtausend Dollar aus dem Kirchenvermögen fehlten. Es gab keine Beweise, es wurde keine Anzeige erstattet. Derzeitiger Aufenthaltsort unbekannt.

Zwanzig Minuten intensiven Nachdenkens und zwei Zigaretten später faßte Curtis einen Entschluß. Er verließ das Büro und begab sich in den Trakt des Polizeipräsidiums, in dem das Rauschgiftdezernat untergebracht war. Wie erhofft, war Lieutenant Scotty Cameron da und erfreut, ihn zu sehen. Curtis' Abrechnung mit dem allgemein unbeliebten Elrick hatte sich bereits herumgesprochen. Mit jedem Mal, das die in Umlauf befindliche Version weitererzählt wurde, hatte sie an Substanz und Farbe gewonnen, und Curtis war innerhalb einer Stunde zum Volkshelden aufgestiegen.

Natürlich wollte Cameron nun die offizielle Version aus erster Hand hören, und Curtis mußte sich die Zeit nehmen, die Unterredung in allen Einzelheiten zu schildern. Cameron wieherte vor Lachen und gratulierte seinem Kollegen zu dem Coup. Dann bot er Curtis eine Zigarette an und fragte: »Und was bringt jemanden aus der Mord-Elite in die Niederungen der Rauschgiftfahndung?«

Curtis zündete sich die Zigarette an und stieß den Rauch durch die Nase aus. »Du mußt mir 'n Gefallen tun. Es geht um folgendes... Seit wir uns das letzte Mal unterhalten haben, hab ich, glaub ich, 'ne heiße Spur. Hier, lies mal...« Er reichte Cameron den Ausdruck.

Cameron überflog das Papier und pfiff durch die Zähne. »Du meinst, das ist dieser Prophet, wegen dem sich Elrick so aufgeführt hat?«

»Genau der«, bestätigte Curtis.

»Dann wird Elricks Kampagne das nächste Mal auf einen Sponsor verzichten müssen«, lachte Scotty. »Also, was für'n Gefallen soll ich dir tun?«

»Dazu komm ich gleich«, antwortete Curtis. »Laß mich erklären. Du hast doch gesagt, du hast den Verdacht, daß die Triaden hinter dem chinesischen Heroin stecken, das bei uns im Umlauf ist.«

Cameron nickte. »Mehr als 'n Verdacht, Ben. Ich bin mir ziemlich sicher«, bestätigte er.

»Naja«, fuhr Curtis fort, »vielleicht ist es Zufall, aber bei meinem heutigen Gespräch mit Durbridge, als die Sache brenzlig wurde und seine Gorillas mit den Knarren herumgefuchtelt haben – der Typ, der sich dann eingeschaltet hat, war 'n Asiate. Hätte 'n Chinese sein können. Auf jeden Fall war er 'n hohes Tier, weil sie ihm alle gehorcht haben, ohne Widerrede. Nun, Brett Grant sagt, die Sektenmitglieder hätten freien Zugang zu allen Drogen, und es gäbe drei oder vier Schlitzaugen, die im Sektenzentrum, irgendwo upstate, das Regiment führen. Ich weiß, es ist 'n bißchen weit hergeholt, aber vielleicht gibt es 'ne Verbindung zwischen dem Verein dieses Propheten und den Triaden.«

»Ja, könnte sein«, meinte Cameron nachdenklich. »Die Chinesen haben im Straßengeschäft mit Sicherheit zugelegt. Angeblich wird die Mafia langsam nervös. Die Triaden nehmen ihnen das Geschäft weg. Bei der Mafia ist allmählich die Schmerzgrenze erreicht, und das mögen die gar nicht.« Er nickte Curtis zu. »Okay, gekauft. Was ist nun mit dem Gefallen. Spuck's aus!«

»Ich möchte, daß wir uns für'n paar Tage zusammentun, damit ich 'n paar von deinen Leuten haben kann«, gestand Curtis. »Ich brauch nämlich 'n paar Mann mehr, um dieses Schwein von Bishop zu beschatten – ihn und seine Gorillas. Weil sich die Ermittlungen in der Mordsache schon fünf Jahre hinziehen, hab ich mein Sonderkommando auf acht Mann reduziert. Nach dem Krach mit Elrick hab ich nicht die geringste Chance, meine Mannschaft zu vergrößern, besonders, da ich sie auf den unbescholtenen Bürger und speziellen Freund Reverend Martin Bishop ansetzen will.

Naja, ich dachte mir, wenn du den Verdacht hättest, daß seine Asiaten zu den Triaden gehören und einen Drogenring betreiben, dann würdest du doch das Eldorado observieren lassen, oder? Kommst du mit?«

»Mitkommen?« lachte Cameron. »Ich bin schon viel weiter,

alter Fuchs. Kein Problem, Ben. Geht klar. Man kann nie wissen, vielleicht stellt sich tatsächlich raus, daß deine Chinks mit den Triaden zu tun haben. Allein das ist einen Versuch wert. Okay, wann solls losgehen?«

»Sofort«, antwortete Curtis. »Und danke, Scotty, ich werd mich revanchieren.«

»Nicht der Rede wert«, winkte Cameron ab. »Ich hab nichts zu verlieren... außer meinen Eiern, wenn Elrick spitzkriegt, daß ich dir helfe, den Prediger zu überführen.« Er stand auf, ging um seinen Schreibtisch herum und klopfte Curtis auf die Schulter. »Na dann mal los... ach, übrigens, ich nehm deine Einladung auf 'n Bier gern an, als Dank für meine Hilfe.«

Curtis brummte gutmütig, warum ausgerechnet er immer etwas springen lassen müsse. Aber gegen dieses Bier hatte er nichts. Das war ihm die dringend benötigte Verstärkung wert, mit der er den Verdächtigen rund um die Uhr beschatten konnte. Endlich hatte er das Gefühl, in seinen Bemühungen, den Mörder, den er seit fünf Jahren jagte, zu überführen, den längst überfälligen Durchbruch erreicht zu haben.

47

Der Tag verging mit Gesprächen und Sitzungen. Kurz nach halb acht Uhr abends versammelten sich die Caporegimes des Neroni-Clans im palastartigen, gutbewachten Wohnsitz ihres Dons auf Long Island. Jeder Caporegime fuhr in Begleitung eines zweiten Wagens mit Leibwächtern vor. Ein unbeteiligter Zuschauer hätte meinen können, ein hohes Tier aus der Geschäftswelt treffe zu einer wichtigen Konferenz ein, begleitet von einer Reihe gutgekleideter Abteilungsleiter.

Die drei Mafiosi – der kleine, stämmige, quadratschädelige Paolo Scaglione, der ebenfalls kleine, aber dickliche und engelsgesichtige »Fat Pete« Bonello mit seinen sinnlichen Lippen und der große, dünne, dunkelhäutige Sandro »Lupo« Lucarelli – trafen innerhalb weniger Minuten mit ihren Leuten ein. Die Capos wurden sofort in das Arbeitszimmer des Dons geführt, wo sie vom Consigliere Emilio Falcone höflich empfangen wurden,

Platz nahmen und Drinks serviert bekamen. Ihr Gefolge wurde in ein Vorzimmer gebeten, wo es auf die Chefs wartete und von zwei Hausbediensteten ähnlich bewirtet wurde.

Punkt acht öffnete sich die Tür des Arbeitszimmers und Bruno Neroni trat herein. Die große, elegante, eindrucksvolle Erscheinung mit dem Silberhaar beherrschte sofort den Raum. Er begrüßte jeden seiner drei Gäste mit einer Umarmung und nahm die respektvollen Beileidsbekundungen anläßlich des Verlusts seiner Mätresse entgegen, nahm hinter dem riesigen, blankpolierten Schreibtisch Platz und bedeutete allen, wieder Platz zu nehmen. Falcone nahm seinen Stammplatz neben ihm ein, die anderen setzten sich in lockerem Halbkreis dem Don gegenüber.

Sie kamen sofort zum Geschäft. Neroni informierte sie präzise und ohne erkennbare Emotion über die Einzelheiten rund um die Entdeckung der Morde, das Ausmaß der Verletzungen an den Leichen, die mutmaßlichen, in die Leichen geritzten chinesischen Schriftzeichen und zuletzt die Tatsache, daß Scirea um die fragliche Zeit »Schlitzaugen« gesehen hatte, was darauf hindeutete, daß die Triaden hinter der Sache steckten.

Keiner der drei Capos verschwendete Zeit darauf, Schock oder Entsetzen über die grausigen Details vorzutäuschen – sie hatten alle Schlimmeres gesehen oder angerichtet auf ihrem Weg an die Macht innerhalb der Familie. Die einzig sichtbare Emotion war allgemeine Entrüstung über die Frechheit der verhaßten Konkurrenz, die es wagte, ihrem Don in einer so verabscheuungswürdigen und feigen Weise eins auszuwischen. Doch, da waren sie sich einig, was war von den chinesischen animales schon anderes zu erwarten? Sie hatten keine Ehre im Leib, im Gegensatz zu ihnen!

Dann schilderte Neroni den geplanten Vergeltungsschlag, der in Form einer Reihe von koordinierten Anschlägen gegen Einrichtungen, die erwiesenermaßen oder vermutlich den Triaden gehörten, bestehen sollte und gegen alle Straßendealer, die erwiesenermaßen oder vermutlich mit der finsteren Konkurrenz in Verbindung standen.

Die Caporegimes wurden aufgefordert, individuelle Vorschläge zu möglichen Zielen in ihren jeweiligen Revieren zu machen, was sie der Reihe nach taten. Die Vor- und Nachteile, die mit jedem Vorschlag verbunden waren, wurden offen diskutiert, und mittels eines Selektions- und Eliminierungsverfahrens wurde schließlich eine kurze Liste mit den Zielen erstellt, die man für am geeignetsten hielt und die dem Gegner den größten Schaden zufügen würden.

Auf Vorschlag von Lucarelli – seine skrupellose Brutalität als ehemaliger Killer, gepaart mit den schlanken, wölfischen Zügen, hatte ihm den Spitznamen Lupo, Wolf, eingebracht – wurde das Golden Lotus, ein Lokal mitten in Chinatown, einem Gebiet, das für die Mafia tabu war, für einen exemplarischen Schlag bestimmt. Es war bekannt, daß das Lokal den Triaden gehörte und von ihnen frequentiert wurde, wodurch es sich als erstklassiges Ziel qualifizierte. Zwei weitere chinesische Restaurants wurden ebenfalls wegen ihrer erwiesenen oder vermuteten Verbindung zu den Triaden anvisiert. Die übrigen Anschläge sollten sich gegen einzelne Dealer richten, wodurch man versuchen wollte, die Chinesen von der Straße zu vertreiben.

Das Timing wurde soweit wie möglich koordiniert und der Zeitpunkt der Anschläge auf den frühen Nachmittag des nächsten Tages gelegt, um maximale Wirkung zu erzielen und die Organisation von Gegenwehr zu verhindern. Völlige Überraschung sollte einen vollkommenen Erfolg garantieren. Die ganze Aktion lief unter dem Code-Namen Operation Carla, im Gedenken an die ermordete Mätresse des Dons. Der Nachruf auf die massakrierte Hure sollte mit Blut geschrieben werden, ihr Tod lieferte den Vorwand für eine längst überfällige Attacke gegen die rivalisierende Untergrundorganisation. Der eigentliche Grund war, wie bei den meisten Kriegen, zynischer – es war Gier. Gier nach Macht und Profit.

Nach zwei Stunden ließ der Don Erfrischungen kommen, und die Sitzung näherte sich ihrem Ende. Falcone bekam die Anweisung, dafür zu sorgen, daß rivalisierende Mafia-Familien, deren Territorien an von der Operation betroffene Gebiete grenzten, über die Vergeltungsaktion des Dons informiert würden, damit sie sich nicht selbst angegriffen fühlten. Auch die von der Mafia geschmierten Polizisten in den Gebieten, in denen Anschläge auf Einrichtungen oder Personen geplant waren, mußten angewiesen werden, sich zum fraglichen Zeitpunkt rar zu machen.

Nachdem die Stellvertreter ausgeschwärmt waren, um die notwendigen Vorkehrungen zu treffen und die Befehle auszuführen, war Bruno Neroni zeitig zu Bett gegangen und hatte seelenruhig geschlafen. Als er den Vergeltungsschlag gegen Angel Ones Organisation anordnete, konnte er nicht ahnen, wie falsch er mit seiner Vermutung über die Täter lag. Paradoxerweise ahnte er ebensowenig, wie nah er trotz allem dem wahren Schuldigen kam – dem Propheten.

48

Spät am selben Abend begleitete Angel Four den Propheten persönlich vom Washington Centre zurück ins Apartment nach einer weiteren, erfolgreichen Runde des Sammelns von Seelen und Spenden. Er sorgte dafür, daß der Sektenführer wohlbehalten in seine Privatgemächer gelangte und stellte zwei Wachposten an die Tür, zusätzlich zu den beiden regulären Posten vor der Wohnungstür. Dann testete er die Videoüberwachung, die in ihrer Abwesenheit installiert worden war. Über Kopfhörer hörte er, wie sich der ahnungslose Prophet in seinen Gemächern bewegte.

Zufrieden, daß er sein Opfer für die Nacht unter Kontrolle hatte, rief er im Betlehem-Haus an und verständigte Angel One. Er berichtete auch, daß die Polizei anscheinend vier Wachposten ums Haus herum aufgestellt hatte. Im Gegenzug erfuhr er von dem erfolgreichen Ausgang des Gesprächs mit Miller und daß man dem Detektiv einen Denkzettel verpaßt hatte. Angel Four legte den Hörer auf, beschloß, die erste zweistündige Schicht an den Kopfhörern selbst zu übernehmen, und sorgte dafür, daß er um zwei Uhr morgens abgelöst würde.

Zwei Stunden später erschien auch prompt die Ablösung. Sie wurde eingewiesen, wie die verschiedenen Abhörgeräte in den Privatgemächern des Propheten anzuwählen und einzustellen waren. Mit dem Kopfhörer gab Angel Four auch die Information weiter, daß der Prophet zu Abend gegessen, geduscht und religiöse Musik aufgelegt habe und danach zu Bett gegangen sei, ohne die leise im Hintergrund laufende Musik auszuschalten.

Als der Posten allein war, testete er rasch die einzelnen Wanzen, doch das einzige, was zu hören war, war sanfte, harmonische Chormusik. Er schlug das Taschenbuch auf, das er sich mitgebracht hatte, zündete sich eine Zigarette an und machte es sich im Sessel bequem. Beim Lesen klopfte er unbewußt im Takt von »Abide With Me«, das aus dem Kopfhörer in sein Ohr drang, auf das Buch.

In der spärlich beleuchteten Gasse seitlich des Eldorado-Hochhauses drückte sich Detective Bob Paton in dem vergeblichen Versuch, vor dem kalten Novemberwind Schutz zu finden, in einen Lieferanteneingang. Eisige Böen wirbelten den Müll auf, erweckten Papierfetzen zu kurzem, flatterndem Leben wie verlorene Seelen, die in der Gasse spukten, und jagten ihm Angst ein. Irgendwo kullerte eine herrenlose Bierdose herum, und zu den papierenen Gespenstern klang das ferne metallische Scheppern so unheimlich wie das Rasseln von Geisterketten.

Paton warf einen Blick auf die Leuchtziffern seiner Armbanduhr. Zwanzig vor drei. Himmel! Noch zwanzig eisige Minuten, bevor er mit einem seiner Kollegen tauschen konnte, die jetzt gemütlich in der warmen Zivilstreife saßen und die anderen drei Seiten des riesigen Blocks im Auge behielten. Wer sollte ihn ablösen? Ach ja, Stan Kaminski. Der Scheißpolacke sollte sich bloß nicht verspäten, sonst würde er ihn zur Schnecke machen. Er hielt schützend die Hand vors Feuerzeug und zündete sich eine Zigarette an. Die sechste, seit er auf Posten war, oder war es die siebte? Seine Zunge war pelzig, und er hatte einen Geschmack im Mund, als hätte er mit Silberpolitur gegurgelt. Er sog den Rauch tief in die Lungen und versuchte sich einzureden, daß er ihn wärmte. Verfluchte Kälte! Und der Scheißwind! Scharf wie ein Messer... wie das Messer, das die ganzen toten Nutten aufgeschlitzt hatte...

Der grausige Gedanke riß ihn aus seinem Selbstmitleid und erinnerte ihn daran, warum er hier war. Unwillkürlich sah er nach oben und folgte dem Zickzack der Feuerleiter, die in der Dunkelheit verschwand. Nichts rührte sich auf ihr, soweit er feststellen konnte. Das Blöde war, wenn er in den eisigen Wind spähte, fingen seine Augen an zu tränen. Er beschloß, etwas auf- und ab zu laufen, was strikt gegen die Anweisung war, da er ja unsichtbar bleiben sollte.

Scheiß Anweisungen! Er zog den Mantel über die Ohren und drückte den Hut fest in die Stirn. Er schnipste die halbgerauchte Kippe in einem Funkenrad weg, vergrub die Hände in den Taschen, drückte das Kinn in den Kragen und begann langsam auf- und ab zu marschieren, je zwanzig Schritte links und rechts der Feuerleiter. Bei der Kälte und seinem Groll kam Paton nicht auf den Gedanken, daß er sich durch die Mißachtung der Anweisung jedesmal, wenn er unter der Feuertreppe durchmarschierte, für volle zwanzig Schritte in Lebensgefahr brachte.

Acht Stockwerke über ihm machte sich das Observierungsobjekt wieder einmal bereit, die Nacht nach einem weiteren, glücklosen Opfer zu durchstreifen. Diesmal war er nicht nur von seiner zunehmend unkontrollierbaren Blutgier getrieben, sondern auch von brennendem Haß und Rachegelüsten – Haß auf den unverschämten Kommissar, der ihn heute vernommen hatte, und dem Verlangen, sich für erlittene Angst und Erniedrigung zu rächen.

Lautlos zog sich der Prophet den schwarzen Mantel an. Kleine Knistergeräusche wurden von der Musik im Hintergrund übertönt. Natürlich wußte er nichts von den Wanzen in seiner Suite, doch als junger Milton Durbridge hatte er sich während der Haft die unter Gefangenen weitverbreitete Paranoia angeeignet, die ganze Welt sei verwanzt. Seit der Zeit verhielt er sich, wenn er in einem Raum allein war, automatisch so, als würde er abgehört. Jetzt tat ihm seine Paranoia, ohne daß er es ahnte, gute Dienste. Er traf seine Vorkehrungen so leise, daß das zum Abhören der Wanzen eingeteilte Sektenmitglied nichts davon mitbekam.

Der Prophet knöpfte den dicken Mantel bis zum Kinn zu, drückte sich den Homburg tief in die Stirn und zog ein Paar dünne, schwarze Lederhandschuhe an. Dann traf er die letzte Vorkehrung für die nächtliche Jagd. Er steckte die Finger der rechten Hand in den linken Mantelärmel und prüfte, ob das rasierklingenscharfe Messer in der Scheide steckte und fest am Unterarm saß. Zufrieden trat er vor die schweren Vorhänge, zog sie auseinander und schob lautlos die hohe Glastür in der gutgeschmierten Laufrinne auf. Er schlüpfte auf den schmalen Balkon

hinaus, ließ die Vorhänge hinter sich zufallen und zog die Bal-
kontür wieder zu.

Die Nachtluft war erfrischend kalt in seinem Gesicht, er blieb
ein paar Minuten auf dem Balkon stehen, um die Augen an die
Nacht zu gewöhnen. Das Raubtier, in das er sich verwandelt
hatte, streckte die Nase in den eisigen Wind und war überzeugt,
daß die Luft nach Schnee roch.

Er sah sich um und vergewisserte sich, daß er nicht beobachtet wurde. Zu seiner Rechten verschwanden unter und über ihm
lange Reihen mit ähnlichen Balkonen in der Dunkelheit. Zu seiner Linken, etwa vier Meter entfernt, wand sich eine eiserne
Feuerleiter im Zickzack an der Hauswand empor. In dem Büro-
gebäude direkt gegenüber, auf der anderen Seite der Gasse, waren zu dieser nächtlichen Stunde alle Fenster dunkel.

Als sich seine Augen ausreichend an die Dunkelheit gewöhnt
hatten, wurde er aktiv. Er trat zwischen die Blumenkübel, lehnte
sich über das hüfthohe Metallgeländer, griff nach unten und zog
eine ausziehbare Leiter aus ihrem Versteck am Sockel des Geländers. Die Leiter bestand aus einer äußerst stabilen Leichtme-
tall-Legierung und war in der Farbe des Geländers gestrichen.
Die hakenförmigen Enden waren mit Gummi überzogen, um
keinen Lärm zu machen, wenn sie mit Stein oder Metall in Berührung kamen.

Er zog die Leiter aus und legte das andere Ende vorsichtig auf
die Brüstung an einem Absatz der vier Meter entfernten Feuerleiter – derselben Plattform, auf der Curtis und Turner wenige
Stunden zuvor gestanden hatten. Er zog die Leiter zu sich heran,
bis sich die gekrümmten Enden fest verhakt hatten, und vergewisserte sich, daß sie ebenso fest an der Balkonbrüstung vor ihm
saß. Dann stützte er sich mit der schwarzbehandschuhten Hand
an der Wand ab, sprang mit routinierter Leichtigkeit und Sicherheit auf das Geländer und trat auf die Sprossen. Er zauderte
keinen Augenblick, als er über den schwindelerregenden,
schwarzen Abgrund unter seiner gefährlichen Brücke schlich,
obwohl ihm der Wind ins Gesicht blies und ihm die Mantel-
schöße um die Knie flatterten.

Er erreichte die Feuerleiter, ging in die Hocke, hielt sich mit
einer Hand am Geländer fest und schwang sich mit athletischer

Geschmeidigkeit auf den eisernen Absatz hinunter. Ohne zu verschnaufen, stieg er die Feuerleiter hinab. Seine dicken Gummisohlen waren auf den eisernen Stufen nicht zu hören. Auf der dritten Plattform von unten blieb er stehen. In seiner schwarzen Kleidung verschmolz er perfekt mit der tintenschwarzen Dunkelheit über dem spärlichen Licht der weit auseinanderstehenden Laternen. Er spähte vorsichtig über die Brüstung, ob die Luft rein war, bevor er ganz nach unten stieg... und erstarrte. In der Gasse unter ihm bewegte sich etwas.

Der Prophet kniff die Augen zusammen und beobachtete die Gestalt, die unter der Feuerleiter auf- und abmarschierte und ihm dadurch den Weg versperrte. Er überlegte blitzschnell. Ein normaler Bürger würde mit Sicherheit nicht des Nachts in einer Seitengasse lauern. Der Schmiere stehende Komplize eines Einbrechers? Der Zuhälter einer Hure, die irgendwo in der Nähe einen Kunden bediente? Oder jemand, der einen Deal vorhatte?

In dem Moment sah der Mann auf die Uhr, blickte die Feuerleiter empor und schien ihm direkt ins Gesicht zu sehen, dann steckte er das Kinn wieder in den Mantel und nahm seinen Marsch wieder auf. Wie jemand, der Wache schob... ein Wachposten? Ein Bulle! Die Augen des Propheten funkelten wie zwei glühende Kohlen. Der ignorante Bastard, der ihn verhört und mißhandelt hatte, mußte ihn unter Observation gestellt haben.

Doch bei diesem Schluß kam ihm ein zweiter, noch alarmierenderer Gedanke. War es möglich, daß sie seinen Fluchtweg aus dem achten Stock entdeckt hatten? Nein, das konnte nicht sein, denn dann wäre er mit Sicherheit inzwischen verhaftet und in Gewahrsam genommen worden. Er vermutete ganz richtig, daß der Posten zu einem Observierungsteam rings um das Gebäude gehörte, das den Zweck hatte, alle Fluchtwege zu blockieren. Seine Wut und sein Haß wuchsen und schürten den blutgierigen Dämon in ihm.

Regungslos beobachtete der Prophet den frierenden Posten, der unablässig unter ihm auf und ab ging. Die Minuten verstrichen, während er überlegte, was zu tun sei. Dann funkelten die schmalen Augen auf. Ein verführerischer Gedanke formte sich in der Glut, die sein krankes Hirn verzehrte – konnte er sich

eine geeignetere Rache wünschen, als den Posten seines verhaßten Gegners abzuschlachten? Ein besseres Mittel, seine Macht
und Überlegenheit zu demonstrieren? Diesmal würde er allerdings keine kryptische Botschaft in sein Opfer ritzen. Er wollte
dem verblüfften Kommissar, wie hieß er doch gleich – Curtis,
genau – keinen Beweis hinterlassen, nur einen Verdacht.

Der Prophet griff in den Ärmel, löste das Messer und ließ es
so weit aus der Scheide gleiten, daß das Heft in seiner linken
Hand lag. Aus dieser Position konnte er es sofort in die rechte
Hand nehmen – die tötende, reinigende Hand.

Langsam und lautlos begann er zu seinem ahnungslosen Opfer hinabzusteigen. Er hatte die ersten vier Stufen hinter sich,
als sich seine Theorie, daß der Mann zu einem Observations-
team gehörte, als zutreffend erwies. Noch einmal blieb er regungslos stehen, da eine zweite Gestalt in die Gasse trat und auf
den Auf- und Abmarschierenden zuging. Mit einem leisen, fru-
strierten Fauchen zog sich der Prophet auf die dritte Plattform
zurück und verschwand im Schatten.

Paton sah die Ablösung kommen und blieb stehen. Er drückte
sich wieder in seinen Lieferanteneingang und wartete auf Kaminski. »Hi Stan«, begrüßte er den Neuen. »Bin heilfroh, daß
ich wegkomm aus dem verfluchten Windkanal. Freu dich drauf.
Ihr habt mir hoffentlich was vom Kaffee übriggelassen.«

»Hi Bob«, erwiderte Kaminski den Gruß. »Ja, es sind noch
zwei Thermosflaschen da. Und Sandwiches auch.« Dann meinte
er mit leichtem Tadel: »Hey, Mann, du hast Glück, daß Curtis
dich nicht beim Spazierengehen erwischt hat. Er hat sich vor
kurzem per Funk gemeldet, er treibt sich also irgendwo hier
rum. Wir sollen uns so unsichtbar wie möglich machen. Er will
den Kerl um jeden Preis schnappen.«

»Scheiß Curtis! Das einzige, was ich hier aufgeschnappt hätt,
wär 'ne Scheiß Lungenentzündung, wenn ich noch 'ne Minute
länger in dem Scheiß Eingang gestanden hätte«, beklagte sich
Paton. »Curtis hat gut reden, von wegen unsichtbar bleiben. Er
sitzt in einem warmen Wagen auf seinem fetten Arsch und
friert sich nicht hier draußen die Eier ab. Ich sag dir, wo früher
mal meine Füße waren, hab ich jetzt zwei Eisklumpen.« Vor sich
hin schimpfend, trottete er davon.

»Ach, hör auf zu jammern«, rief ihm sein Kollege nach. «Wenn du den ganzen Tag auf deinem Hintern hocken willst, mußt du dich zur Verkehrswacht versetzen lassen, dann hast du deinen eigenen Wagen und kannst acht Stunden gelangweilt durch die Gegend kutschieren.«

Paton blieb stehen und drehte sich um. »Was?« rief er mit gespieltem Entsetzen. »Und das glanzvolle Leben eines Kommissars aufgeben, der in Ausübung seines Dienstes in einer verdreckten Hintergasse erfriert? Niemals! Bis dann, Eskimo!« Er hob die Hand und rief seinem Kollegen im Weggehen über die Schulter zu: »Halt nach Eisbären Ausschau, was anderes wirst du heut nacht nicht zu sehen kriegen.«

Patons Stimme wurde immer schwächer, als er schimpfend die Gasse hinunterstapfte, doch Kaminski schnappte den letzten Kommentar im Nachtwind auf. »Curtis sagt, der Kerl hat 'n Dachschaden... 'n Dachschaden!... Der liegt da oben in seinem warmen Bett, und wir frieren uns hier unten den Arsch ab... möcht wissen, wer hier 'n Dachschaden hat.«

Kaminski schüttelte schmunzelnd den Kopf und beobachtete von seiner Stellung im dunklen Lieferanteneingang, wie Paton um die Ecke bog und verschwand. Dann inspizierte er die Feuerleiter so weit, wie die spärliche Straßenbeleuchtung reichte, das heißt, bis zu einem Punkt zwischen dem zweiten und dritten Stock. Darüber verschwanden die Eisenstufen in stygischer Finsternis, nur ab und zu fiel irgendwo in der großen, kahlen Hauswand ein Streifen Licht aus einem vorhanglosen Fenster auf sie.

Als er den Blick gerade wieder senken wollte, entdeckte er etwas da oben auf der Feuerleiter, kurz oberhalb des Lichtkegels der Laterne. Er wußte nicht genau, was es war... hatte sich etwas bewegt?... Etwas Dunkles in der Dunkelheit?... Oder war es nur ein Schatten, noch schwärzer als seine Umgebung?

Kaminski blickte angestrengt nach oben. Der eisige Wind trieb ihm die Tränen in die Augen. Er blinzelte und wischte sie rasch mit dem Handrücken ab. Wieder glaubte er, etwas Undefinierbares in der Dunkelheit gesehen zu haben. Irgendetwas bewegte sich da oben. Schwarz auf Schwarz. Den Blick starr auf die verdächtige Stelle gerichtet, fummelte er in seinem Mantel nach der kleinen, flachen Taschenlampe. Die andere Hand kroch zum Sprechgerät hinauf, das er sich ans Revers gesteckt hatte, um bei Bedarf per Knopfdruck Verstärkung zu holen.

Mit einer schnellen Bewegung zog Kaminski die Taschenlampe heraus und richtete den dünnen Strahl nach oben auf die verdächtige Stelle. Es war der Absatz zwischen dem dritten und vierten Stock, doch auf diese Entfernung fiel nur noch wenig Licht darauf. Soweit Kaminski feststellen konnte, war die Plattform leer. Plötzlich huschte etwas durch den Schein der Taschenlampe... noch einmal... immer öfter. Schneeflocken. Es begann zu schneien. Das hatte ihm gerade noch gefehlt. Paton würde sich im warmen Wagen ins Fäustchen lachen.

Er knipste die Taschenlampe aus und steckte sie wieder ein. Er war ein wenig verlegen... und sehr erleichtert. Er schlug den Kragen hoch, vergrub die Hände in den Taschen und machte sich auf eine lange, kalte Wache gefaßt. Überrascht stellte er fest, daß ihm trotz der Kälte der Schweiß auf der Stirn stand, und beschloß, sich zur Beruhigung der Nerven eine Zigarette anzuzünden. Noch eine ganze Weile wurde Kaminski das Gefühl nicht los, daß ihn jemand beobachtete, doch er redete sich ein, daß die Phantasie aufgrund einer optischen Täuschung mit ihm durchgegangen war. Nach einer Weile verschwand das ungute Gefühl.

Kaminskis Wachsamkeit rettete ihm in dieser Nacht das Leben, so wie Patons Nachlässigkeit ihn fast das seine gekostet hätte, wäre die Ablösung nicht gerade noch rechtzeitig aufgetaucht. Der Prophet hatte sich für kurze Zeit in den vierten Stock zurückgezogen, um dem neuen Posten Zeit zu geben sich einzugewöhnen und, wie sein Vorgänger, nachlässig zu werden. Die kurze Unterhaltung zwischen den beiden hatte den Verdacht bestätigt, daß es sich um Cops handelte, die im Auftrag eines Kommissars Curtis Wache schoben – des Mannes, für den er seit dem heutigen Zwischenfall solch brennenden Haß entwickelt hatte.

Der Prophet war gerade langsam und lautlos auf dem Weg nach oben, als er an der Art, wie der Posten heraufsah, merkte, daß er ihn gesehen hatte. Als der Mann im eisigen Wind zwinkerte und sich die Augen wischte, nützte er die Gelegenheit aus, duckte sich, schlich, zwei Stufen auf einmal nehmend, zum vierten Stock hinauf und ging in Deckung. Gerade noch rechtzeitig, denn jetzt wurden der Absatz und die Stufen unter ihm von einer Taschenlampe angestrahlt. In diesem Moment streifte etwas Kaltes seine Wange, dann sah er an den Flocken, die im schwachen Licht nach unten schwebten, daß es begonnen hatte zu schneien. Kurze Zeit später wurde die Taschenlampe ausgeknipst, und es war nichts Alarmierendes mehr zu hören oder zu sehen.

Der Prophet richtete sich auf und spähte vorsichtig über die Brüstung. Zuerst konnte er den neuen Posten nirgends entdekken, obwohl er die Gasse mit den Augen von einem Ende zum anderen durchforstete. Dann flackerte in einem Eingang direkt unter ihm ein Feuerzeug, und eine Zigarette glühte rot auf.

Mit der Geduld eines Raubtiers wartete der Prophet auf die Gelegenheit zuzuschlagen, sobald seine Beute unachtsam werden würde. Doch nach einer langen, kalten Stunde wurde ihm klar, daß dieser Posten nicht unaufmerksam und nachlässig war wie sein Vorgänger. Inzwischen hatten auch die ständig fallenden nächtlichen Temperaturen, mit Untätigkeit gepaart, seine lodernde Blutgier auf ein erträgliches Schwelen heruntergekühlt. Er beschloß, die Jagd abzubrechen.

Er steckte das Messer wieder in die Scheide, schlich auf umgekehrtem Wege lautlos zu seiner Höhle im achten Stock zurück und befestigte die Leiter wieder in ihrem Versteck. Im Bett lag er noch eine Weile wach und taxierte die Lage. Er beschloß, bis zum letzten Abend des Kreuzzugs zu warten. Bis dahin wären die Wachen aus Langeweile nachlässig geworden. Dann würde er zuschlagen. Mit dieser tröstlichen Aussicht und der sanften Hintergrundsmusik wiegte er sich alsbald in den Schlaf.

49

Brett Grant war wütend. Harry Sherman auch. Zornig funkelten sie sich über Grants Schreibtisch hinweg an. Wie sooft zwischen den beiden Starrköpfen war eine harmlose Meinungsverschiedenheit zu einer immer hitzigeren Auseinandersetzung eskaliert. Die Freundschaft, die sie neben der geschäftlichen Beziehung füreinander empfanden, gab ihnen Freiheiten, die unter reinen Geschäftspartnern nicht möglich gewesen wäre. Trotzdem hörte Anna im Vorzimmer innerhalb von fünf Minuten mehrmals zu tippen auf und schüttelte mißbilligend den Kopf, da die Dezibel ihrer Auseinandersetzung neue Rekordhöhen erreichten.

In Grants Büro, dem Schauplatz des lautstarken Wortgefechts, war die kurze, gespannte Stille, die den Streit wie ein Unentschieden zwischen zwei Platzhirschen zum Stillstand gebracht hatte, vorbei, als Sherman unter Aufbietung aller Kräfte in normaler Lautstärke sagte:

»Ich glaub ich hör nicht recht. Du hast heute morgen einem Klienten erzählt, daß du gar nicht daran denkst, seinen Jungen innerhalb einer Woche aus den Klauen irgendwelcher religiösen Spinner zu retten?« Schon war es mit Shermans Beherrschung wieder vorbei. »Obwohl dir der Klient fünftausend Dollar Prämie anbietet!« rief er. »Seit wann können wir's uns leisten, solche Summen abzulehnen? Kannst du mir das mal verraten?«

Grant schob bockig das Kinn nach vorn und antwortete gepreßt: »Ich hab dem Klienten gesagt, daß ich seinen Sohn loseisen werde... aber erst, wenn ich sicher bin, daß es nicht zu gefährlich ist. Ich hab ihm auch erklärt, daß es innerhalb der von ihm vorgeschlagenen Spanne zu gefährlich ist. Er hat meinen Standpunkt akzeptiert, warum zum Teufel kannst du das nicht?«

»Zu gefährlich«, spottete Sherman, und seine Stimme triefte vor Sarkasmus. »Zu gefährlich, sagt er. Nur, weil dir irgendein Bruce-Lee-Verschnitt einen verkabelten Öltank zeigt und dir weismachen will, daß er damit den ganzen Laden in die Luft jagt. Und du fällst drauf rein! Oy vey!« Er schlug die Hände über dem Kopf zusammen. »Ich sag dir, der Trick ist so faul, daß er bis hierher stinkt. Tu dir 'n Gefallen und spiel bloß nie Poker. Du würdest mit 'm Full-House auf der Hand von 'nem Schwachkopf mit 'm einsamen As und einigermaßen guten Nerven flachgelegt.«

Grant wurde bei dieser Bemerkung rot. »Willst du damit sagen, ich hätte die Nerven verloren? Willst du das sagen?«

»Du hast den Verstand verloren, das will ich damit sagen«,

herrschte Sherman ihn an. »Und uns gehen fünftausend Dollar
flöten. Wenn du nicht die Nerven verloren hast, dann Sinn und
Verstand. Das will ich damit sagen.«

»Fünf läppische Scheinchen. Ist das alles, was dich kratzt?«
Grant verzog spöttisch den Mund und sagte in vernichtendem
Tonfall: »Du wärst also bereit, das Leben all dieser Kids wegen
fünf läppischer Scheinchen aufs Spiel zu setzen? Nun, ich bins
nicht. Ich hab mich mit den Spinnern bereits angelegt, du nicht.
Das sind verfluchte Fanatiker. Und ich bin überzeugt, daß das
schlitzäugige Schwein nicht geblufft hat. Das ist 'n astreiner
Psychopath. Ich hab 'n paar von der Sorte kennengelernt, ich
weiß wovon ich rede. Und deshalb kann sich dieser Miller sein
Bankkonto sonstwohin stecken. Ich laß mich nicht kaufen. Von
niemandem!«

»Ach, verschon mich mit deiner Saubermann-Nummer.«
Sherman breitete die Arme aus und schlug die Augen zur
Decke. Dann knallte er beide Hände auf den Schreibtisch, reckte
kämpferisch den Kopf nach vorn und sagte hitzig: »Hör zu,
Schmock, wir sind hier nicht Elliot Ness und die Unbestechli-
chen! Wir haben 'ne Firma. Und falls du es noch nicht bemerkt
hast, Firmen brauchen Geld ... verstehst du, diese kleinen grünen Lappen, an denen du dir deine schneeweißen Händchen
nicht schmutzig machen willst. Nur zu deiner Information,
Schneewittchen, unsere Klienten kaufen uns sowieso. Wir kriegen 'n Hunderter pro Tag plus Spesen für unsere Dienste.«

»Unsere Dienste ... genau! Sie bezahlen uns für unsere Arbeit«, gab Grant stur zurück. »Doch ich versteh darunter keine
Bestechungsgelder, damit wir gegen das Gesetz verstoßen.«

»Bestechungsgelder? BESTECHUNGSGELDER? Wer sagt was von
Bestechungsgeldern?« schrie Sherman. »Und wieso Gesetzes-
verstoß? Du hast mir selbst erzählt, daß du glaubst, der Junge
wird gegen seinen Willen festgehalten, und daß sein alter Herr
schon ganz krank vor Sorge ist. Der Kerl bietet uns fünftausend
Dollar Prämie, wenn wir den Knaben in einer Woche zurückbringen – und für dich ist das Bestechung. Weißt du was? Du
hast nicht alle Tassen im Schrank! Das einzige, was dich interessiert, ist dein Saubermann-Image, und du glaubst auch noch
selbst daran!«

444

Grant wurde unter der Standpauke seines Partners knallrot. »Ich habe Bestechung gesagt und genau das meine ich auch. Miller macht sichs leicht. Bietet mir 'ne fette Prämie an und markiert den besorgten Vater. Wo war seine Sorge in den letzten sechs Monaten, seit der Junge von zu Hause ausgezogen und bei der Sekte ist? Glaubst du vielleicht, der sagt für uns aus, wenn ich wegen Hausfriedensbruch und bewaffnetem Überfall vor Gericht steh … vielleicht sogar wegen Mordes? Denn mach dir nichts vor – das hab ich ihm auch gesagt –, da komm ich nur mit Gewalt rein – mit Waffengewalt! Und wenn sie nicht bluffen und den verdammten Laden tatsächlich in die Luft jagen, mitsamt seinem wertvollen Sprößling? Glaubst du vielleicht, der ehrenwerte Herr Miller wird vortreten und zugeben, daß er uns angestiftet hat? 'n Scheißdreck wird er!«

Sherman stieß sich vom Schreibtisch ab und hob beschwichtigend die Hände. »Langsam … langsam.« Mit aller Kraft zwang er sich zu einem ruhigen, vernünftigen Ton. »Wir reden nicht von einem Kriegszug. Wir reden davon, daß ein dummer kleiner Junge widerrechtlich festgehalten wird von religiösen Spinnern, die in bunten Umstandskitteln rumrennen, verdammt nochmal! Wir reden davon, daß du ihn innerhalb einer Woche aus einem großen, verwinkelten Landhaus holen sollst, das besagten Spinnern gehört. Sei vernünftig, der Mensch verlangt von dir nicht, daß du den KGB austrickst und den Jungen aus der Lubjanka entführst. Und er bietet uns fünftausend gute Gründe, es zu versuchen. Kannst du mir einen bieten, warum wir's nicht versuchen sollten … einen, der nicht auf einem durchsichtigen Bluff beruht?«

»Wie wär's mit Geschäftsmoral – ist das ein akzeptabler Grund?« fragte Grant pikiert. »Ich verstoße nicht gegen das Gesetz und bringe das Leben Unschuldiger in Gefahr, bloß weil ein stinkreicher Klient mit dem Scheckbuch wedelt. Ich habe noch Skrupel, auch wenn das bei dir anders ist. Ich war 'n ehrlicher Cop und habe nicht die Absicht, 'n krummer Detektiv zu werden. Ich habe meine Prinzipien und bin stolz darauf!« sagte er trotzig.

»Prinzipien, Schminzipien!« brüllte Sherman, und die leidgeplagte Anna zuckte im Vorzimmer erneut zusammen. »Verstößt es vielleicht gegen das Gesetz, wenn man dem Dieb sein Diebesgut abnimmt? Und sag, kann man Prinzipien essen? Kann man Skrupel anziehen? Kannst du deine Schulden mit Moral begleichen? Soll ich diesen Winter zu meiner Familie sagen, ›es ist kalt draußen, zieht euch eure Skrupel an, damit ihr nicht friert‹? Und wenn sie Hunger haben, soll ich zu ihnen sagen, ›beißt von euren Prinzipien ab, mein Partner sagt, sie machen satt – und übrigens, fangt schon mal an zu packen, wir fliegen morgen raus. Die Bank läßt das Haus versteigern... sie akzeptiert Bretts Geschäftsmoral nicht als Ratenzahlung!‹«

Hätte Grant in seinem Ärger nicht Haltung bewahren und seinen Standpunkt verteidigen wollen, wäre er in schallendes Gelächter ausgebrochen bei der Vorstellung, Shermans wohlbeleibte Frau und Töchter könnten verhungern. Statt dessen stellte er sich stur. Er kam hinter seinem Schreibtisch hervor und marschierte an Sherman vorbei zur Tür. Mit der Hand an der Klinke drehte er sich um und sagte ruhig und bestimmt: »Spar dir deine Worte, Harry. Ich mach's nicht. Ende der Diskussion.«

»Ende der Diskussion, ach ja? Meinst du?« schnappte Sherman wütend. »Vergiß nicht, wer hier Senior Partner ist. Wenn wir uns nicht einigen können, gibt mein Votum den Ausschlag. Deshalb bestimme ich, wann eine Diskussion beendet ist. Wenn du den Fall nicht annimmst, setze ich einen Mitarbeiter darauf an.« Falls Sherman gehofft hatte, Grant würde sich dadurch umstimmen lassen, hatte er sich getäuscht.

»Vergiß es. Der kommt nicht mal bis zur Tür, und du erreichst nur, daß der arme Kerl auch noch zusammengeschlagen wird.« Und nach einer Pause fügte er sarkastisch hinzu: »Außerdem geht es uns nicht so schlecht, daß wir wegen dem schnöden Mammon Leute in Gefahr bringen müssen.« Er machte die Tür auf und ging hinaus.

Sherman lief dunkelrot an. »Was soll das heißen, schnöder Mammon?« schrie er Grant hinterher. »Habt ihr Goym nicht den Spruch, ›von koscherem Fleisch ist noch kein Schwein fett geworden‹?«

Grant war schon an der Eingangstür, als er sich umdrehte. »Ja,« gab er zurück, »und ist das nicht der Grund, warum ihr kein Schweinefleisch eßt?«

Mit dieser Bemerkung stürmte er hinaus und knallte die Tür hinter sich zu. Anna, die von einem Kampfhahn zum anderen gesehen hatte wie ein Zuschauer beim Tennismatch, zuckte zusammen. Einen Augenblick später zuckte sie noch einmal, da Sherman die Tür zu Grants Büro zuknallte.

Als der Lärm verklungen war, öffnete sich die dritte Tür und ein junger Schwarzer streckte den Kopf heraus. »Hey, Anna, was is'n hier los?« fragte er. Es war Sam Ellis, den Sherman scherzhaft Sam Spade nannte.

Fast gleichzeitig ging die Eingangstür auf und ein schmächtiger, südländisch wirkender junger Mann in T-Shirt und ausgebleichten Jeans trat ein. Miguel Perez, der zweite Angestellte der Firma und die andere Hälfte des Mike Hammer/Sam Spade-Duos blickte erstaunt in die Runde, deutete mit dem Kopf auf den Flur und fragte: »Was ist denn mit Brett los? Er hätte mich fast umgerannt.«

Anna zuckte die Achseln und beugte sich über ihre Schreibmaschine, um einen Tippfehler zu verbessern. »Ich glaube, Brett und der Boss hatten 'ne Meinungsverschiedenheit«, antwortete sie.

»Das war 'ne Meinungsverschiedenheit?« Ellis verdrehte demonstrativ die Augen. »Mann, ich hab gedacht, der Dritte Weltkrieg bricht aus. Ich wollt schon meinen Armeeausweis verbrennen.«

»Ja, im Flur klang das Türenknallen wie 'ne wilde Schießerei«, kicherte Perez und verschwand in dem Büro, das er sich mit Ellis teilte. Als sich die Tür hinter den beiden geschlossen hatte, nahm Anna das Diktiergerät ab, legte es neben der Schreibmaschine auf den Tisch und drückte auf einen Knopf der Sprechanlage.

»Ja, was gibt's, Anna«, krächzte Shermans Stimme aus dem Lautsprecher.

»Ist es okay, wenn ich jetzt Mittagspause mache, Mister Sherman? Ich hab ziemliches Ohrensausen, mein Trommelfell macht nicht mehr mit«, sagte sie spitz.

Ein trockenes Lachen ertönte. »Peng! Ich fürchte, das hab ich verdient«, gestand Sherman. »Okay Anna, gehen Sie ruhig. Tut mir leid wegen des Lärms. Unsere Sitzungen geraten manchmal

'n bißchen aus dem Ruder. Sind unsere beiden Recken schon da?
Mike Hammer und Sam Spade?«

»Ja, Mister Sherman«, antwortete sie, »sie sind beide da.«

»Sag ihnen, einer von ihnen soll 'n Auge aufs Vorzimmer
werfen, solange Sie weg sind«, befahl Sherman.

»Selbstverständlich, Mr. Sherman, das tue ich immer«, erwiderte sie pikiert und ließ den Knopf los.

In Gedanken versunken nahm Sherman wahr, daß die Eingangstür kurz darauf hinter der Sekretärin zufiel. Er saß in
Grants Sessel und überlegte, ob es nicht doch irgendeine Möglichkeit gab, die fünftausend Dollar Prämie zu ergattern, die
Miller am Morgen geboten hatte, falls sein Sohn innerhalb einer
Woche wohlbehalten zurück sei. Das Angebot, um das es in der
hitzigen »Sitzung« mit seinem Juniorpartner gegangen war.

Doch es ging nicht nur ums Geld. Grant hatte recht, wenn er
sagte, daß sie es nicht brauchten. Die Firma stand finanziell gut da.
Nein, was Sherman ärgerte, war Grants Bemerkung über Prinzipien. Na bitte, jetzt ging es ihm auch ums Prinzip. Seiner Meinung
nach war Brett übervorsichtig, und sein Stolz beeinträchtigte sein
professionelles Urteil, sobald das alte Schreckgespenst auftauchte,
man könne ihn in irgendeiner Form bestechen wollen. Der Knabe
brauchte eine Lektion! Von wegen Geschäftsmoral! War es etwa
keine Geschäftsmoral, für den Klienten sein Bestes zu tun? Er
würde es seinem Junior Partner zeigen – schließlich hatte er die
Detektei schon erfolgreich geführt, als der Streifen-Cop Brett
noch mit dem Schlagstock auf Leute eindrosch.

Sherman faßte einen Entschluß. »Solly Levenson«, murmelte
er sich zu und schlug sanft mit der Faust auf den Schreibtisch.
»Der wird die Sache übernehmen. Wenn der alte Fuchs kein
Schlupfloch in und aus dem Bau findet, dann keiner!« Mit
selbstzufriedenem Lächeln griff er zum Telefon.

50

Grant brachte den Mietwagen zurück, holte den Mustang aus
der Reparatur und fuhr quer durch die Stadt zu Pete Larsen nach
Brooklyn. Er wollte ihm einen vollständigen Bericht über seine

Begegnung mit Karen geben, ihn um Unterstützung bei der geplanten Rettung von Louise ansprechen und ihn bitten, ein paar Freunde als Verstärkung für einen Kidnapping-Versuch zusammenzutrommeln. Aufgrund seiner Erfahrung, wie die Sekte auf Einmischung von außen reagierte, konnte er so viele schlagkräftige Männer brauchen wie Larsen nur auftreiben konnte. Er beabsichtigte auch, Larsen über die von Springfield vorgeschlagene Operation gegen das Betlehem-Haus zu informieren. Er wußte, Larsen und seine Kumpels wären willige Verbündete, da es auch um Karens Rettung ging.

Grant konnte nicht wissen, daß die geplanten Aktionen gegen die Sekte nicht besser hätten getimt sein können, dank einer Reihe von Ereignissen, die zur gleichen Stunde an anderer Stelle ihren Lauf nahmen. Krieg war zwischen der Mafia-Familie Neroni und Angel Ones Sektion der Gold Dragon Triade ausgebrochen. Operation Carla war angelaufen.

Schlag zwölf traf es gleichzeitig die drei über die Stadt verteilten Hauptziele. Eines in Chinatown, eines in Harlem, das dritte an der Lower East Side. Jeder Schlag wurde mit systematischer Genauigkeit ausgeführt. Alle drei hatten verheerende Folgen.

Das Golden Lotus Restaurant im Herzen von Chinatown war mit Gästen voll besetzt, viele davon asiatische Geschäftsleute aus der Nachbarschaft, als zwei große, schwarze Wagen mit gefälschten Kennzeichen im Abstand von zwanzig Metern anrollten und an den Straßenrand steuerten, als wollten sie vor der verzierten Fassade des beliebten Lokals parken. Als der elegante chinesische Türsteher die beiden vollbesetzten Limousinen bremsen sah, nahm er an, es handle sich um eine Gesellschaft, die vorbestellt hatte, und trat vor, um die Gäste im ersten Wagen zu begrüßen. Die Aussicht auf ein dickes Trinkgeld machte sein professionelles Begrüßungslächeln noch breiter als sonst.

Beim Griff an die Beifahrertür erfror das Lächeln zu einer Grimasse des Schreckens, da seine entsetzten Augen in die stumpfen Mündungen der Maschinenpistolen blickten, die plötzlich aus den Fenstern ragten. Es war das letzte, was er sah. Im nächsten Augenblick eröffneten die MPs mit ohrenbetäubendem Lärm das Feuer, und er wurde von einem mörderischen

Kugelhagel, der die gesamte Front des Restaurants überzog, in Stücke gerissen.

Die breiten Scheiben und Türen des Golden Lotus zerstieben unter dem donnernden Ansturm weißglühenden Metalls, ebenso die Bambusjalousien dahinter. Messerscharfe Splitter spritzten aus den zerschmetterten Scheiben und machten, menschliche Leiber blendend, verstümmelnd und in blutige Fetzen reißend, das Blutbad im Bund mit dem tödlichen Hagel aus Blei, dem sie ihre Existenz verdankten, noch größer. So plötzlich es angefangen hatte, so plötzlich war es vorbei. Ein Crescendo von Schreien erscholl aus dem zerstörten Restaurant und unterbrach die korditgeladene Stille.

Zwei Gestalten sprangen auf der Fahrerseite aus dem ersten Wagen und liefen auf den Bürgersteig. Seelenruhig hielten sie brennende Feuerzeuge an die Molotow-Cocktails in ihren Händen. Dann schleuderten beide gleichzeitig ihre tödlichen Geschoße durch die leeren Fensterrahmen. Es krachte zweimal, unmittelbar danach leuchtete ein heller Feuerschein auf, und die Schreie wurden noch lauter. Als die beiden Bombenattentäter in den bereits anfahrenden, ersten Wagen sprangen, prasselte eine zweite Salve auf das in Flammen stehende Restaurant nieder, diesmal aus dem zweiten Wagen, um die Flucht zu sichern.

Der ganze Zwischenfall dauerte nicht mal eine Minute. Nicht mal eine Minute, um fünfundvierzig Leute zu töten oder zu verstümmeln. Die meisten von ihnen starben in dem höllischen Inferno, das dem Anschlag folgte. Nur vierzehn Menschen entkamen dem Tod, die meisten von ihnen verletzt, einige schwer. Nur zehn der Getöteten waren Triadenleute, in irgendeiner Funktion Mitglieder von Angel Ones Sektion Tiger Control, sei es als Kuriere, Aufpasser oder Staßendealer.

Unter den Verletzten befand sich auch Angel Two, der im Golden Lotus wie gewöhnlich Geld abholen wollte, das ein Kurier dort deponiert hatte. Er hatte Glück und erlitt nur oberflächliche Schnittverletzungen durch umherfliegende Glassplitter. Sein Überlebensinstinkt hatte ihn vor weiteren Verletzungen durch das darauffolgende Bombenattentat bewahrt, da er sich sofort durch die Schwingtür in die Küche des Restaurants geworfen hatte und von dort durch den Lieferanteneingang nach draußen gestürzt war. So hatte Angel One wenigstens für einen der Anschläge des Tages einen Augenzeugen.

Der Anschlag auf das Bamboo Garden in Harlem verlief mehr oder weniger exakt nach demselben Muster. Das Lokal war aus zweierlei Gründen ausgewählt worden; man wollte nicht nur einen bekannten Treffpunkt der Triaden vernichten, sondern zugleich die schwarzen Drogenbarone des Ghettos an die Macht des Neroni-Clans erinnern. Trotz Kugelhagel und Brandbomben war die Zahl der Toten und Verletzten niedriger als beim Golden Lotus, schon allein deshalb, weil sich nicht viele Ghettobewohner den Luxus leisten konnten, auswärts zu Mittag zu essen. Wie bei dem Anschlag in Chinatown war die Zahl der getöteten Triadenmitglieder minimal – in diesem Fall ganze vier, alles Angestellte des Restaurants.

Der dritte Anschlag, gegen das Silver Dragon Restaurant an der Lower East Side, forderte im Vergleich zu den beiden anderen wenig Opfer, und diese beschränkten sich auf die asiatische Belegschaft. Das Ziel war nur auf Verdacht hin ausgewählt worden. Da es kein gesicherter Treffpunkt des Rivalen war, hatte man den Anschlag begrenzt – trotzdem sollte er tödliche Folgen haben.

Zwei Wagen mit Mafiosi fuhren vor das Lokal, sechs mit Maschinengewehren und den obligatorischen Sonnenbrillen bewehrte Mafiosi sprangen heraus und stürmten in das Lokal. Eine kurze Salve in die Decke bewirkte sofortige Aufmerksamkeit und erstickte jeden Widerstand.

Während zwei Mafiosi die chinesischen Kellner mit vorgehaltener Waffe in die Küche zu den Köchen trieben und sie in Schach hielten, befahlen die anderen vier den Gästen, das Lokal zu verlassen, und gaben ihnen sechzig Sekunden Zeit. Der letzte verschreckte Gast stolperte fünf Sekunden vor Ende der Frist auf den Gehweg hinaus. Die Gäste hielten sich nicht lange vor dem Lokal auf. Dafür sorgten zwei weitere, schwerbewaffnete Gangster.

Das Finale war kurz und brutal. Sobald der letzte Gast draußen war, gab der Anführer den Kollegen, die in der Küche das chinesische Personal in Schach hielten, ein Zeichen, worauf diese das Feuer aus ihren Maschinengewehren eröffneten und ihre Opfer in einem mörderischen Bleiregen niederstreckten. Die zerfetzten Leiber der Unglücklichen in ihrem Blut liegenlassend, zog sich das Killerkommando zurück und jagte auf dem Weg nach draußen den Laden in die Luft. Es raste in den beiden Fluchtautos davon, einen flammenden Scheiterhaufen hinterlassend, wo noch Minuten zuvor ein gutbesuchtes Restaurant gestanden hatte.

Wäre ein interessierter Beobachter in der Lage gewesen, die drei synchronen Anschläge zu verfolgen, hätte er eine merkwürdige Gemeinsamkeit entdeckt. Es war jedesmal keinerlei Polizei in der Nähe, weder zu Fuß noch in Streifenwagen, und sie tauchte auch erst auf, als Feuerwehr und Notärzte längst am Unfallort waren, obwohl die Verbrechen nicht gerade zur Kategorie »Bagatellfälle« gehörten.

Weitere Ermittlungen des hypothetischen Beobachters hätten ergeben, daß sämtliche Streifenwagen in den betroffenen Gebieten sich irgendwo anders um Lappalien, falsche Alarme, in manchen Fällen sogar fingierte Anrufe kümmerten. Jeder Versuch, gründlicher nachzuforschen, wäre still, aber erfolgreich von Beamten in Schlüsselpositionen gestoppt worden – die allesamt auf der Gehaltsliste der Neroni-Familie standen und von denen ein jeder später eine Sonderprämie für seine Kooperation einstecken würde.

Ebenfalls Schlag zwölf wurden über die gesamte Stadt verteilt Anschläge auf die Sekundärziele verübt – auf Personen statt auf Einrichtungen; in manchen Vierteln zogen sie sich bis in den späten Nachmittag. Dabei wurden insgesamt sechsunddreißig Straßendealer, die erwiesenermaßen oder vermutlich mit den Triaden in Verbindung standen, systematisch aufgespürt und auf unterschiedliche Weise hingerichtet. Mit ihnen kamen weitere achtundzwanzig, zum Schutz der Straßendealer eingeteilte Leute um, die entweder mutig oder töricht genug waren einzugreifen. Es war eine Mordorgie, die sogar für eine Stadt mit einer der höchsten Verbrechensraten der Welt spektakuläre Ausmaße erreichte.

Die verwendeten Hinrichtungsmethoden waren effektiv und in vielen Fällen brutal, mit dem Ziel, Terror in den unteren Rängen der rivalisierenden Organisation zu verbreiten. Pistole, Messer und Garotte waren die am häufigsten verwendeten Waffen, je nach persönlicher Vorliebe des betreffenden Mafiosi. Wo man die Opfer, nachdem man sie auf der Straße oder in Bars aufgestöbert hatte, an weniger belebte Orte bringen konnte, unterzog man sie einer Spezialbehandlung. Zehn Unglücksraben, die von Lupo Lucarellis Truppe aufgestöbert worden waren, wurden qualvoll und blutig mit Kettensägen oder Äxten zerstückelt. Andere wurden den unterschiedlichsten, obszön phantasievollen Hinrichtungsmethoden unterzogen.

So erhielt unter anderem ein chinesischer Straßendealer, ein vielversprechender Protegé von Angel One, der einem seiner Kidnapper mit einem Karateschlag noch schnell das Genick brach, bevor er überwältigt wurde, eine Spezialbehandlung, bei der der Wolf persönlich die Oberaufsicht übernahm. Spielende Kinder entdeckten die Leiche am selben Abend in einem leerstehenden Lagerhaus. Man hatte den Mann an eine Hochspannungsleitung angeschlossen. Als Kontakte dienten zwei Metallstifte, die an einem Starkstromkabel hingen, einer am Pluspol, der andere am Minuspol. Den Minuskontakt hatte man dem Opfer in den Mund gesteckt und mit Klebeband befestigt – die ausgeschlagenen Zähne und der gebrochene Kiefer waren ein stummer Beweis für seinen vergeblichen Widerstand gegen die brutalen Schläge, mit denen man die Elektrode an ihren Platz befördert hatte. Den Pluskontakt hatte man ihm in den After gerammt und dann den Strom eingeschaltet.

Am Abend nahm ein hocherfreuter Bruno Neroni bei einem feierlichen Umtrunk im Hause des Dons die Glückwünsche seiner gleichfalls jubelnden Caporegimes entgegen. Von ihrem Standpunkt aus war Operation Carla ein fast uneingeschränkter Erfolg, was die Zerschlagung des Straßenvertriebssystems der Triaden auf Familienterritorium betraf. Fast. Von dem Mann mit dem gebrochenen Genick abgesehen, hatte sich ein zweiter Mafioso nach der Aktion nicht mehr bei seinem Caporegime gemeldet.

Doch es herrschte die einhellige Meinung, daß dies kein Grund zur Besorgnis sei. Der Betreffende, ein junger Soldat aus Paolo Scagliones Truppe namens Dino Biancomano, hatte vor zwei Jahren sein Gesellenstück abgeliefert und seitdem vier weitere Killeraufträge für die Familie erfolgreich erledigt. Er galt als zuverlässig. Er war an diesem Nachmittag auf einen jungen, chinesischer Straßendealer angesetzt worden, der am äußersten Rand von Chinatown in der Nähe der Canal Street operierte und begonnen hatte, Stammkunden aus dem Neroni-Territorium an der Lower East Side abzuwerben.

Eine Nachfrage bei einem Kontaktmann von der Polizei hatte ergeben, daß der Dealer an Schußwunden gestorben war. Doch es gab keinerlei Hinweis darauf, daß dem eigenen Mann etwas zugestoßen war – eine Überprüfung der Krankenhäuser verlief negativ. Er war einfach spurlos verschwunden. Das war eigenartig, doch vorerst kein Grund zur Besorgnis...

Wären Bruno Neroni und seine Stellvertreter über den Verbleib von Dino Biancomano informiert gewesen, hätten sie sich erhebliche Sorgen gemacht. Angel Ones Organisation war durch die blutigen Ereignisse des Tages in der Tat schwer angeschlagen, doch bei weitem nicht so schwer, wie die Mafiabosse glaubten.

Keine Frage, die Anschläge hatten verheerende Folgen gehabt, vor allem, weil sie so überraschend kamen. Außer in einem Fall hatte der Gegner jedesmal angegriffen, getötet und war dann spurlos verschwunden, ohne den kleinsten Hinweis auf den Grund des Massakers zu hinterlassen. Die eine Ausnahme sollte ihn allerdings teuer zu stehen kommen – sehr teuer!

Die erste Phase des Anschlags war planmäßig verlaufen. Dino Biancomano, als motorradfahrender Telegrammbote getarnt, hatte sein Opfer am anvisierten Ort angetroffen, bei seiner normalen Tätigkeit auf dem belebten Gehweg. Er war an den Straßenrand gefahren, hatte neben dem Dealer angehalten und aus kurzer Entfernung dreimal abgedrückt – zweimal in den Bauch, einmal in den Kopf. Dann hatte er Gas gegeben und war davongebraust, vergeblich zu Fuß verfolgt von den beiden Leibwächtern des Opfers, die dazu da waren, den Straßendealer vor Angriffen gewalttätiger Dealer oder verzweifelter Junkies zu schützen – einer ständigen Gefahr.

Von da an war die Sache gründlich schiefgegangen. Der junge

Biancomano war seinen Verfolgern mühelos entkommen, als er vor sich plötzlich einen Stau bemerkt hatte. Spontan hatte er das Motorrad herumgerissen und war nach links in eine Seitenstraße gebogen. Bei dieser Aktion hatte er jedoch mit dem Hinterrad den Randstein gestreift, war vom Motorrad geflogen und hatte beim Sturz das Bewußtsein verloren.

Per Telefon hatte man einen Sektentransporter herbeigerufen und den bewußtlosen Attentäter mit seiner Maschine darin verstaut. In Begleitung der beiden Leibwächter war der Gefangene, zusammen mit dem verletzten Angel Two, aus der Stadt in die Abgeschiedenheit des Betlehem-Hauses gebracht worden.

Mit steigender Wut hatte Angel One die sich häufenden Berichte über die katastrophalen Ereignisse des Tages entgegengenommen. Es war ziemlich bald klar geworden, daß der Anschlag dem gesamten Straßengeschäft galt. Sofort vermutete er, daß die Mafia dahintersteckte, doch es mußte sich noch herausstellen, welche Clans oder Familien beteiligt waren. Dann kam, worauf er geduldig gewartet hatte – die Nachricht von der Gefangennahme eines gegnerischen Attentäters.

Beim Eintreffen des Transporters aus der Stadt hörte er sich zunächst den Augenzeugenbericht seines verletzten Stellvertreters über den Anschlag auf das Golden Lotus an. Dann ließ er sich von Biancomanos Kidnappern über den Mord an dem Dealer berichten. Zuletzt wandte er sich der Kriegsbeute zu.

Als Dino Biancomano wieder zu Bewußtsein kam, entdeckte er, daß er nackt, mit gespreizten Armen und Beinen, an einen Tisch geschnallt war. Und als er die Gestalt Angel Ones mit ihren kalten Augen über sich stehen sah und sein entsetzter Blick auf die langen, glänzenden Akupunkturnadeln in der Hand des Asiaten fiel, wußte er, daß er ein toter Mann war.

Doch der Tod kam in dieser endlosen Nacht sehr langsam zu Dino Biancomano. Langsam und äußerst schmerzhaft. Zeitgefühl ist etwas Relatives. In Wirklichkeit dauerte es nur eine gute Stunde, bis er starb, von dem Moment, als sich die erste Nadel in seine Hoden bohrte. Doch für Dino Biancomano war diese Stunde eine Ewigkeit. Lange bevor ihm der Tod gewährt wurde, hatte sich seine Treue zur *omerta* – dem Mafiagesetz der Verschwiegenheit – zusammen mit seiner Männlichkeit unter unsäglichen Qualen und Schreien in Luft aufgelöst. Zu diesem Zeitpunkt hatte Angel One alle wissenswerten Fakten, soweit sein Opfer sie kannte, über die Zusammensetzung der Neroni-Familie und ihrer Kommandospitze erfahren, einschließlich Namen und Gewohnheiten.

Aufgrund dieser Kenntnisse ordnete Angel One kurzerhand die vorübergehende Einstellung aller Straßenaktivitäten an, mit Ausnahme der vier Suppenküchen, die die Sekte betrieb. Ihnen war nichts passiert, also waren sie dem Gegner offenbar nicht bekannt. Dann rief er für den nächsten Morgen um acht einen Kriegsrat zusammen, Angel Four wurde aus der Stadt dazubestellt.

Der Plan zum Gegenschlag nahm in seinem kreativen Kopf bereits Formen an, als er Dragon Control telefonisch Bericht erstattete über die katastrophalen Ereignisse des Tages, die Zahl der Opfer und den völlig unerklärlichen Grund für die Anschläge, den er aus dem gefolterten Mafioso herausgepreßt hatte.

Er erhielt die uneingeschränkte Erlaubnis, nach eigenen Maßgaben einen Vergeltungsschlag durchzuführen. Im Laufe der nächsten Tage bekäme er außerdem Ersatzleute geschickt, um den dezimierten Bestand aufstocken zu können. Nach dem Gespräch verbrachte Angel One zwei weitere Stunden am Telefon, bis er überzeugt war, alles in seiner Macht Stehende getan zu haben, um sich vor weiteren Verlusten zu schützen, sollten erneute Anschläge erfolgen, bevor er selbst zum Gegenschlag bereit war.

Um Mitternacht erhielt er eine weitere, unerfreuliche Meldung, die allerdings mit den Ereignissen des Tages nicht das geringste zu tun hatte. Die Nachtpatrouille habe eine zwielichtige Gestalt aufgegriffen, die um den Begrenzungszaun geschlichen sei. Bei der Durchsuchung des Mannes habe sich herausgestellt, daß es sich um einen Privatdetektiv namens Levenson handelte. Er würde zum Verhör ins Haus gebracht.

Eine Stunde später hatte Solly Levenson, der freiberufliche Ermittler, der von seinem Freund Harry Sherman engagiert worden war, um sich das Betlehem-Haus samt Umgebung nach Schwachstellen anzuschauen, ausgepackt. Angel One erfuhr zu seiner Befriedigung, daß Grant den Fall offenbar niedergelegt hatte. Jetzt hatte anscheinend sein Partner Sherman einen Denkzettel nötig. Den sollte er bekommen.

Geschunden und benommen von diesem hochnotpeinlichen Verhör stolperte Solly Levenson auf dem langen, gekiesten Weg vorwärts. Er war kaum mehr fähig, klar zu denken. Nur schwach war ihm bewußt, daß man ihn nach einer Stunde Folter und Verhör durch den Teufel in Menschengestalt freigelassen hatte.

Levenson war nur halb bei Bewußtsein gewesen, als man ihn unsanft aus dem Haus gestoßen hatte. Daher hatte er, als er in die Nacht stolperte, nicht gemerkt, daß jemand vor dem Haus stehengeblieben war, in etwas hineingeblasen hatte, das nur ein Zischen von sich gab, und sich dann schnell ins Haus zurückgezogen und die Tür geschlossen hatte. Hätte er Bescheid gewußt und erkannt, um was es sich handelte – eine Ultraschall-Hundepfeife –, hätte ihn wohl ein ungutes Gefühl beschlichen. Doch so sagte ihm sein benommener Verstand nur, daß er von diesem Ort der Qual und des Bösen irgendwie weg mußte, um Harry zu warnen. Grant hatte recht. Diese Leute waren gefährlich.

Sein Kopf wurde in der Kälte etwas klarer und erlaubte ihm, sich grob zu orientieren. Humpelnd steuerte er Richtung Tore. Falls sie verschlossen wären, schaffte er es vielleicht darüberzuklettern, da er beim Gehen wieder etwas zu Kräften gekommen sein würde. Eigenartig, daß ihn niemand begleitete, dachte er, um sicherzustellen, daß er Haus und Grund verließ. Warum nur? Sein benebeltes Gehirn konnte sich den Grund nicht erklären.

Dann hörte er ein Rascheln aus der Dunkelheit zu seiner Rechten und daß etwas zwischen den Bäumen durchs Unterholz lief. Jetzt kannte er den Grund. Hunde! Harry Sherman hatte was von Wachhunden gesagt ... doch der Alarm, den die Erinnerung in seinem trägen Verstand auslöste, kam zu spät – den Bruchteil einer Sekunde, bevor er die entsetzlichen dunklen Gestalten mit ihren bernsteinfarbenen Augen und weißen Fängen auf sich zukommen sah. Mit Satan an der Spitze stürzte die Killermeute aus dem Wald und fiel über ihn her.

51

Der mörderische Vernichtungsfeldzug hatte bei der Polizei die sofortige Streichung aller Urlaubs- und Ruhetage zur Folge gehabt. Soweit möglich, patrouillierten auf sämtlichen Straßen der betroffenen Stadtgebiete uniformierte Beamte und Streifenwagen.

Es war nicht nur eine symbolische Maßnahme, um den unvermeidlichen Aufschrei in den Medien abzuwenden. Sogar die korrupten Einsatzleiter, die mittels Manipulation ihren Zahlmeistern bei der Mafia den Weg freigemacht hatten, waren entsetzt, als das Ausmaß des Blutbads bekannt wurde. Allein was den Verlust an Menschenleben betraf, wirkte Capones berüchtigtes Valentinstag-Massaker in Chicago im Vergleich dazu wie einen Schulbubenstreich.

Die verstärkten Polizeikontrollen bedeuteten für Brett Grant, Pete Larsen und seine sechs Kumpel, die in der Absicht, Louise dem Sektenpersonal unter der Nase wegzuschnappen, einen Schlagtrupp gebildet hatten, einen frustrierenden, ergebnislosen Tag. Grant hatte Larsen, der sich schnell vom Überfall erholt hatte, auch wenn noch einige Technicolor-Effekte übriggeblieben waren, mühelos für seinen Plan gewinnen können. Nachdem Grant ihm die Nachricht vom Zustand seiner Tochter überbracht hatte, hatte er sogar darauf bestanden mitzumachen.

Larsen wiederum hatte die nicht weniger enthusiastische Unterstützung eines halben Dutzends kräftig gebauter Kneipenkumpel gewinnen können, die alle im Schrotthandel tätig waren und auch so aussahen. Um zu verhindern, daß Larsen erkannt und seine Tochter erneuten Repressalien ausgesetzt würde, trugen er und seine Freunde wollene Schimasken, die das Gesicht verbargen, mit Löchern für Mund und Augen.

Gewarnt durch Grants unangenehme Erfahrung, wie leicht die Sekte den Mustang anhand des Kennzeichens identifiziert hatte, hatte Larsen zur Lösung des Transportproblems zwei nicht registrierte Fahrzeuge besorgt. Er hatte ganz einfach – und absolut illegal – zwei Gebrauchtwagen flott gemacht, die von den Händlern als unverkäuflich ausrangiert und daraufhin abgemeldet worden waren.

Nun saßen Grant und Larsen in einiger Entfernung vom Sektentransporter in einem unauffälligen dunkelblauen Ford aus den frühen Achtzigern. Er sollte nach der Entführungsaktion als Fluchtwagen dienen. Die Kiste sah aus, als könne sie nicht einmal einen Verfolger zu Fuß abhängen, geschweige denn ein anderes Fahrzeug, doch das Äußere täuschte. In Larsens Truppe befand sich ein erstklassiger Mechaniker, er hatte den Motor so frisiert, daß der schrottreife alte Ford jedes verfolgende Sektenfahrzeug auf Trab halten würde.

Larsens Kumpel standen nicht weit entfernt mit einem ausgedienten Lieferwagen in einer Seitenstraße. Sie hatten Bänke eingebaut, mit einem am Boden befestigten Tisch in der Mitte, an dem sie sich die Zeit mit Kartenspielen vertrieben, während sie auf das Startsignal aus dem Observationswagen warteten. Es sollte über Walkie-Talkies kommen, die freundlicherweise von der Detektei Sherman & Grant zur Verfügung gestellt worden waren – zugegebenermaßen ohne Wissen des Seniorpartners.

Die Taktik war simpel. Bei der erstbesten Gelegenheit wollte Grant das Mädchen in Sicherheit bringen, die anderen sieben, mit Knüppeln und Baseballschlägern bewaffnet, sollten ihm Deckung geben und ein Eingreifen der Sektengorillas verhindern.

Der Plan hatte sich gut angehört, doch am ersten Tag war jede günstige Gelegenheit durch das ständige Auftauchen der Polizei, zu Fuß oder motorisiert, vereitelt worden. Die Streifen waren in unregelmäßigen Abständen erschienen, was jeden Versuch, die Intervalle zu kalkulieren, schier unmöglich machte.

Am Ende des frustrierenden ersten Tages hatte Grant befürchtet, die anderen hätten die Lust verloren, doch seine Befürchtung erwies sich als unbegründet. Länger als zwei Tage konnte er die Männer, die sich alle krankgemeldet hatten, allerdings kaum von der Arbeit abhalten. Deshalb hatte er ihnen am Abend des ersten, ergebnislosen Tages versprochen, daß sie, komme was wolle, am folgenden Tag unmittelbar nach einer Polizeipatrouille zuschlagen würden. Jetzt war der Tag gekommen, und Grant war sich nur allzu sehr bewußt, daß die Zeit Minute für Minute untätig verstrich. Er beschloß, nicht mehr lange zu warten, selbst auf die Gefahr hin, daß ihnen die Polizei dazwischenfunkte.

Wenn das erhöhte Polizeiaufgebot auf den Straßen Brett Grant das Leben schwer machte, so kam es für Ben Curtis wie gerufen. Zum ersten Mal in seiner fünfjährigen Jagd nach dem Killer konnte er beruhigt schlafen.

Dank der Verstärkung durch Camerons Rauschgiftfahnder hatte er seinen Mann nicht nur umzingelt und rund um die Uhr unter Bewachung, er hatte jetzt auch genügend Leute zur Verfügung für den Fall bzw. den Moment, in dem der Drang zu töten den Killer auf der Suche nach einem neuen Opfer hinaustrieb. Wenn er den Schutz seines gutbewachten Schlupfwinkels verließe, würden sie ihn auf offener Straße verhaften.

Curtis war wild entschlossen, das nächste Verhör auf eigenem Territorium im Präsidium stattfinden zu lassen. Sich beim D.C. beschweren, er sei angegriffen worden! Dem verfluchten Killerschwein würde er die Hölle heiß machen... nach der Belehrung über seine Rechte, natürlich!

52

Am Tag nach der Operation Carla startete der Don Phase Zwei seines Plans. Die Familie begann still und leise, eigene Straßendealer einzuschleusen und die Lücken zu füllen, die durch die Zerschlagung der Konkurrenz entstanden waren. Um Gegenangriffe zu verhindern, wurde jeder Dealer mit schwerem Begleitschutz versehen – einer vierköpfigen, schwer bewaffneten, strategisch positionierten Leibgarde. Doch es passierte nichts. Bei Einbruch der Dunkelheit konnte man einen stattlichen Tagesumsatz verbuchen, ohne daß der Gegner auch nur den geringsten Widerstand gegen die Übernahme seines Territoriums gezeigt hätte. Auch wenn es für ein endgültiges Urteil noch zu früh war, schien der Don auf ganzer Linie gesiegt zu haben.

Doch jetzt durfte niemand selbstgefällig werden. Der Don schärfte allen Leuten ein, in nächster Zeit besonders wachsam zu sein. Man mußte damit rechnen, daß eine so mächtige Organisation wie die Triaden ein Comeback versuchen würde, falls

460

sie beim Gegner eine Schwachstelle oder mangelnde Vorsicht entdeckte. Die Familie durfte unter keinen Umständen der eigenen Strategie des verheerenden Überraschungsangriffs zum Opfer fallen.

Doch Bruno Neroni wäre kein Mensch gewesen, wenn er sich privat nicht eine gewisse Selbstzufriedenheit darüber gegönnt hätte, einen gefährlichen Gegner verjagt und persönlich Rache genommen zu haben am Tod seiner Mätresse. Doch der Friede an diesem Tag sollte sich als trügerische Ruhe vor dem Sturm erweisen – einem Sturm in die entgegengesetzte Richtung.

Am folgenden Abend gegen halb acht hatte es sich der Don nach einem exzellenten Abendessen, das seine Frau nach alter sizilianischer Sitte zubereitet hatte, bei einer Flasche alten Brandys und einer guten Zigarre im Arbeitszimmer bequem gemacht und studierte Geschäftsunterlagen. Die Familie hatte mehrere offizielle Firmen, deren Gründung über klug investierte Profite aus den kriminellen Aktivitäten finanziert worden war. Alle Firmen waren selbst eigenständige, profitable Unternehmen und dienten überdies der Wäsche »heißer« Gelder aus denselben illegalen Quellen, die ihnen das Startkapital geliefert hatten. Neronis Zufriedenheit stieg, als er die erfreulichen Bilanzen und Berichte der Buchhalter durchsah.

Da klopfte es leise an die Tür. Der Don blickte auf. Er hatte Emilio Falcones schnellen Doppelklopfer erkannt und hieß ihn eintreten. Doch als er das Gesicht seines Consigliere sah, verschwand sein Wohlbefinden und eine böse Vorahnung beschlich ihn. Das blasse, angestrengte Gesicht des sonst unerschütterlichen Falcone verhieß nichts Gutes.

Als Falcone ihm die Neuigkeiten unterbreitete, übertraf die Wirklichkeit Neronis schlimmste Vermutungen. Seine drei Caporegimes, seine treuen, erfahrenen Paladine und Truppenführer waren tot. Alle innerhalb weniger Minuten an verschiedenen Stellen der Stadt ermordet. Binnen einer halben Stunde hatte der Gegner in einem vernichtenden dreifachen Gegenangriff seine gesamte Führungsspitze ausgelöscht. Mit den Caporegimes waren sechzehn weitere verdiente Leute, ihre Leibwächter, umgekommen.

Falcone hatte mehrere Anrufe mit bruchstückhaften Meldungen über die einzelnen Desaster erhalten. Er hatte nur noch abgewartet, bis die Meldungen durch einen Kontaktmann bei der Polizei überprüft waren, bevor er dem Don die Fakten präsentierte. Knapp aber präzise berichtete er nun, was er über die unerfreulichen Tatsachen wußte.

Angel Ones Gegenschlag hatte an jenem Abend um halb acht begonnen. Paolo Scaglione sollte als erster sterben. Er hatte die Angewohnheit, sich allabendlich nach Verlassen der Immobilienfirma, die er für die Familie als Tarnunternehmen leitete, in seinem Fitneßclub einen Saunagang mit Massage zu gönnen. Es war ein teurer Club, doch er garantierte eine exklusive Klientel. Die dort angestellten attraktiven jungen Männer und Frauen waren Experten in jeder erdenklichen Art von Massage und wußten die meisten Wünsche nach körperlicher Stimulation und Entspannung zu erfüllen. Man konnte sogar eine ganz normale Massage bekommen, wenn man wollte! Der Club lag in einer seriösen Geschäftsgegend in Queens.

Kurz vor halb acht traten plötzlich zwei Mafiosi aus dem Club und postierten sich zu beiden Seiten des Eingangs. Mit geübtem Blick prüften sie die Straße nach allen Himmelsrichtungen. Als sie sich vergewissert hatten, daß die Luft rein war, hob einer der beiden die Hand.

Sofort fuhren zwei Wagen, die etwas weiter unten am Straßenrand standen, los und kamen auf den Club zu, vor dem sie, das Parkverbot ignorierend, hielten. Zwei finstere Gesellen stiegen aus dem zweiten Wagen und stellten sich an beiden Enden des Konvois auf, um ihre Kollegen bei der Überwachung der Straße zu verstärken.

Doch es war keinerlei Gefahr in Sicht. Lediglich ein paar Fußgänger waren unterwegs, darunter auch ein Blinder, der sich mit seinem weißen Stock vorwärts tastete. Wenige Schritte hinter ihm schob eine attraktive junge Frau einen Kinderwagen, beladen mit einem gefüllten Einkaufskorb vor sich her.

Der erste Wagen stand direkt vor dem Eingang zum Club. Der Fahrer stieg aus, lehnte sich an das Dach des Fahrzeugs und wartete darauf, seinem Boss bei dessen Erscheinen die Tür zu öffnen. Überzeugt, daß die Luft rein war, verschwand eine der beiden Wachen, die sich am Eingang postiert hatten, nach drinnen, um Scaglione und seinem persönlichen Leibwächter zu melden, daß sie herauskommen könnten.

Der Fahrer, der mit den anderen zusammen die Straße im Auge behielt, sah, daß sich der Blinde wenige Meter vor ihm an den Randstein tastete, wo er offenbar warten wollte, bis ein hilfsbereiter Passant ihn über die Straße führte. Die junge Frau mit dem Kinderwagen blieb stehen und bot ihre Hilfe an, die der Blinde mit dankbarem Nicken annahm. Sie wollte den Kinderwagen schon unbeaufsichtigt stehen lassen, als sie sich plötzlich eines Besseren zu besinnen schien.

Sie steuerte auf den Fahrer zu, der noch immer nonchalant am Wagen lehnte, lächelte ihn freundlich an und stellte den Kinderwagen neben den vorderen Kotflügel.

»Entschuldigen Sie«, bat sie, »wären Sie so freundlich und würden kurz auf meinen Junior aufpassen, während ich dem Herrn über die Straße helfe?«

Verlegen sah sich der Fahrer nach seinen grinsenden Kollegen um. Als er sich wieder der jungen Dame zuwenden wollte, war die, ohne auf seine Antwort zu warten, bereits wieder zu dem Blinden unterwegs.

»Hey, Miss…«, begann er indigniert, doch dann sah er, daß sie den Blinden schon beim Arm genommen hatte. Als sie sich zu ihm umdrehte, zuckte er mit den Achseln und sagte resignierend: »Na… meinetwegen. Aber beeilen Sie sich, wir fahren gleich los. Wenn Sie nicht rechtzeitig zurück sind, müssen wir Ihren Junior meistbietend versteigern.«

»Ach, Sie können ihn ruhig behalten«, rief sie lachend. »Aber Vorsicht, er braucht wahrscheinlich frische Windeln.« Die junge Frau belohnte ihn mit einen erneuten, entwaffnenden Lächeln, trat mit dem Blinden auf die Fahrbahn und führte ihn über die Straße.

Prompt wurde der Fahrer von seinen feixenden Kollegen aufgezogen. »Sag mal, Junge, könntest du kurz drauf aufpassen?« flötete einer im Falsett. »Paß auf, daß er dir nicht ans Knie pißt, wenn du die Windeln wechselst«, frotzelte ein anderer. »Hey, Mann, und was erzählst du dem Boss?« rief der Dritte. »Der glaubt noch, du verdienst dir 'n Zubrot als Kidnapper, da wird er 'n Teil abhaben wollen.«

In diesem Moment trat der untersetzte Paolo Scaglione aus dem Club, in Begleitung seines persönlichen Leibwächters, eines bulligen, einsneunzig großen ehemaligen Schwergewichtsboxers. Der junge Mafioso, der das Signal zum Aufbruch gegeben hatte, bildete die Nachhut. Als der Capo den Kinderwagen neben dem Wagen stehen sah, runzelte er unter dem Hut die Stirn. Amüsiert bemerkte er die Verlegenheit seines Fahrers, der nach dem Blinden und seiner Begleitung, der Besitzerin des Kinderwagens, Ausschau hielt. Der Fahrer entdeckte das Paar, das gerade hinter einem Transporter auf der anderen Straßenseite verschwand. Die junge Frau drehte sich in dem Moment um, als Scaglione seinen sichtlich nervösen Fahrer fragte: »Hey, Reno, was ist los? Hat dich 'ne abgelegte Flamme abgepaßt und dir den bambino in den Arm gedrückt? Na, dann wollen wir doch mal schauen, ob er dem Papi ähnlich sicht.« Er beugte sich über den Kinderwagen, schob das Dach vorsichtig zurück und sah dem Baby ins Gesicht … bzw. der lebensgroßen Puppe, die im Kinderwagen lag!

Die Überraschung war noch kaum in Scagliones Gehirn angekommen, als die Paketbombe, die zwischen den Päckchen im Einkaufskorb lag, in seinem Gesicht detonierte. Die Explosion schleuderte den zerfetzten Körper fast zwanzig Meter vom Wagen weg, der sich überschlug und in Flammen aufging. Auch von den Leibwächtern überlebte niemand, sie wurden zusammen mit drei unglücklichen Passanten vom tödlichen Hagel der Bombensplitter und umherfliegenden Teilen des zerfetzten Kinderwagens niedergemäht. Mehrere Fußgänger und vorbeifahrende Autofahrer erlitten Verletzungen.

Auf der gegenüberliegenden Straßenseite kamen die junge Frau und der Blinde, jetzt ohne dunkle Brille und weißen Stock, hinter dem mit Sandsäcken beladenen Transporter hervor, den sie zuvor zu ihrem Schutz dort abgestellt hatten. Er war am selben Tag bei einem Gebrauchtwagenhändler gekauft worden und nicht registriert. Auf der Flucht vom Tatort, der mit den Flammen und schreienden Opfern inzwischen einer Szene aus einem Kriegsfilm glich, blieb die junge Frau an einem Mülleimer ste-

hen und warf das Funkgerät hinein, mit dem sie die Bombe gezündet hatte. Zehn Minuten später saßen die Attentäter in einem Wagen, der sie zum Betlehem-Haus brachte. Dieses war
der erste Streich.

Pietro Bonnello war das zweite Opfer auf Angel Ones Rachefeldzug. Gegen halb sieben hatte er Feierabend gemacht nach einem arbeitsreichen Tag als Chef einer Spedition, die der Familie
gehörte. Die letzten zwanzig Minuten hatte er Papierkram erledigt, die Rechnungen des vergangenen Tages und die Fracht-
briefe für den folgenden Tag kontrolliert. Dann hatte er abgeschlossen und war in den wartenden Wagen gestiegen, um sich
nach Hause in den Nobelvorort Richmond chauffieren zu lassen.
Wie beim Don persönlich und seinen drei Caporegimes üblich,
folgten die Leibwächter in einem zweiten Wagen.

Es war zwanzig vor acht, als der Konvoi in die ruhige, von
Bäumen gesäumte Avenue bog, in der Bonnellos Haus stand.
Nach etwa der Hälfte der Strecke geschah etwas Merkwürdiges
– merkwürdig für diese abgeschiedene Gegend. Vor dem Mafia-
Konvoi kam ein Cop auf einem Motorrad von links aus einer
Seitenstraße heraus, stellte sich mitten auf die Fahrbahn und
forderte sie auf stehenzubleiben. Als die Wagen zum Stehen kamen, wurden die Insassen merklich nervös, die Augen verengten
ten sich, die Hände griffen nach den Waffen. Uniformierte Cops
waren in in dem exklusiven Nobelvorort eine Seltenheit.

Dann fuhr ein Leichenwagen aus der Seitenstraße und
bog langsam vor ihnen in die Avenue ein. Der Sarg in seinem
Inneren war mit Blumen und Kränzen bedeckt. Bonnello be-
kreuzigte sich im Fond des ersten Wagens. Die Insassen beider
Fahrzeuge atmeten auf, lehnten sich zurück und sahen mit
morbidem Interesse zu, wie der Cop nacheinander die zwei
großen, schwarzen Limousinen, die dem Sarg folgten, auf die
Straße winkte; die getönten Scheiben der Fahrzeuge sicherten
der unsichtbaren Trauergemeinde ein gewisses Maß an Diskretion.

Die erste Limousine fuhr mit der Schnauze in die Kreuzung,
als wolle sie dem Leichenwagen in die Avenue folgen, dann blieb
sie plötzlich stehen. Alle Augen beobachteten sie verwirrt. Mit

Ausnahme von Bonnellos Fahrer. In den Augenwinkeln sah er vor sich Bremslichter aufleuchten, blickte zum Leichenwagen und sah, daß der auch stehengeblieben war. Dann ging alles sehr schnell. Zu schnell, als daß er mit seinem Warnruf jemanden hätte retten können.

Vor den verblüfften Augen des Fahrers wurden Windschutzscheibe und Heckscheibe des Leichenwagens gleichzeitig heruntergeklappt. Im selben Moment sprangen Fahrer und Beifahrer heraus, gingen neben dem Wagen in die Hocke und hatten urplötzlich Pistolen in den Händen. Noch während die beiden aus dem Wagen stürzten, flog vor den Augen des geschockten Bonnello plötzlich der Berg von Kränzen und Blumengebinden auseinander und im Sarg kniete eine alarmierend lebendige »Leiche«.

Doch Bruno Bonnellos Schock rührte nicht so sehr von der Auferstehung des Toten als von dem kurzen metallenen Rohr an seiner Schulter, das er direkt auf ihn richtete, ein Auge an die seitlich vorstehende Kimme gelegt.

Bevor irgend jemand im Wagen auf den Warnschrei des Fahrers reagieren konnte, spieh die Bazooka eine Flamme durch die Öffnung, die die heruntergeklappte Scheibe hinterlassen hatte, und schleuderte ihnen ihr tödliches Geschoß entgegen.

Der Wagen des Capos war wie die der anderen Führungskräfte der Neroni-Familie gegen Angriffe rivalisierender Clans unempfindlich gemacht worden, indem man die Karosserie mit Stahlplatten verstärkt und kugelsichere Scheiben in alle Fenster eingebaut hatte. Doch der Sprengkopf der Rakete, die jetzt auf ihn abgefeuert wurde, war darauf angelegt, einen Panzer in die Luft zu jagen, nachdem er zuvor zwanzig Zentimeter Panzerplatte durchschlagen hat. Die Wirkung war verheerend. Das Fahrzeug explodierte in einem donnernden Inferno, Türen, Kofferraum und Haube flogen auf, als die Sprengladung im Bund mit dem Inhalt des Benzintanks das Wageninnere in einen weißglühenden Ofen verwandelte und alle drei Insassen in Flammen aufgingen, der Capo, sein persönlicher Leibwächter und der Fahrer.

Kaum war der erste Feuerball verpufft, als die hinteren Türen des ersten Trauerwagens aufflogen und vier Gestalten heraussprangen. Sie rannten auf die Straße, liefen um das brennende Wrack herum und umzingelten den Begleitwagen des verstorbenen Mafiabosses. Sie waren unterhalb der Augen mit weißen Seidenschals maskiert und hielten kurzläufige Maschinenpistolen in den Händen.

Die Opfer des Killerkommandos, vier verblüffte Leibwächter, hatten nicht die geringste Chance. Durch die Explosion, die Bonnellos Wagen zu einem ausgebrannten Skelett reduziert hatte, waren sie einen Moment lang völlig konfus. Die Maskierten eröffneten das Feuer, und die Insassen wurden von einem mörderischen Kugelhagel durchlöchert; ihre zerfetzten Leiber drehten sich wie Marionetten in einem blutigen Todestanz.

Das Feuer hörte so plötzlich auf, wie es begonnen hatte. Das gesamte Killerkommando einschließlich des falschen Cops warf sich in die beiden Limousinen und brauste davon, Leichenwagen und Motorrad am Tatort zurücklassend – zwei weitere, nicht registrierte Fahrzeuge, die die Polizei mit vergeblichen Nachforschungen beschäftigen würden.

Im Inneren der geräumigen Limousinen, die bereits mehrere Meilen Abstand zueinander hatten und unterschiedliche Ziele ansteuerten, zogen sich die Attentäter eilig um. Von dem insgesamt zehnköpfigen Kommando entpuppten sich die vier Insassen des ersten Wagens als Mitglieder der jugendlichen Schlägerbande des Betlehem-Hauses, auch Apostel genannt. Zwei von ihnen hatten die beiden Limousinen gesteuert, die übrigen hatten den Cop und den Chauffeur des Leichenwagens gespielt.

Die vier Männer im zweiten Wagen dagegen stellten sich, nachdem sie die weißen Schals abgenommen hatten, als Chinesen heraus. Wie auch die »Leiche«, die die Panzerfaust mit derart schlagkräftiger Wirkung bedient hatte. Alle vier waren 426er – Krieger – der Gold Dragon Triade, allerdings aus der Hongkong-Sektion. Sie waren auf Antrag von Angel One eingeflogen worden, der alten Triadentradition folgend, spezielle oder besonders wichtige Hinrichtungen durch importierte Attentäter vollstrecken zu lassen, um anschließende polizeiliche Ermittlungen zu vereiteln.

Binnen zwei Stunden nach dem Massaker an Bonnello und seinen sechs Gefolgsleuten hatte sich das fünfköpfige Killerkommando der Triaden verstreut und befand sich in getrennten Maschinen auf dem Heimflug nach Hongkong. Der zweite Streich!!

Als dritter und letzter starb der Wolf, Sandro Lucarelli. Er war von Angel One für eine Spezialbehandlung ausersehen worden, nachdem der Chinese durch anschauliche Presseberichte vom qualvollen Tod einer seiner Männer durch elektrischen Strom erfahren hatte. Bei diskreten Nachforschungen war Lucarellis Name in Zusammenhang mit dem Mord gefallen, als sich zwei betrunkene junge Mafiosi in einer einschlägigen Bar mit dem Fall gebrüstet hatten.

Wie seine beiden Kollegen sah auch der Caporegime an diesem Abend keinen Grund, an seinen Gewohnheiten etwas zu ändern, auch wenn er und seine Männer erhöhte Wachsamkeit walten ließen. Insgeheim hegte er jedoch Verachtung für die Reisfresser. Für ihn waren sie nichts als opportunistische Parvenüs, und obwohl auch er der Meinung war, die Zerschlagung ihres Ringes sei längst überfällig gewesen, fand er persönlich, daß der Don ihre angebliche Macht überschätzte. War das etwa ein Zeichen dafür, daß Neroni allmählich weich wurde? Seine Verachtung für den Feind und die daraus resultierende Weigerung, die eigenen Gewohnheiten zu ändern, sollten Lucarelli das Leben kosten.

So betrat er also kurz vor acht sein Lieblingsrestaurant, das Lombardi's in der Broome Street, im Herzen von Little Italy. Als Witwer aß Lucarelli hier regelmäßig zu Abend, ihm behagten sowohl die heimelige, heimatliche Atmosphäre als auch die sizilianische Küche. Wie immer hatte sein Begleitschutz das Lokal zuvor sorgfältig unter die Lupe genommen. Zwei Leibwächter blieben draußen bei den Wagen, die übrigen vier begleiteten Lucarelli ins Lokal.

Einer von ihnen nahm in einer Ecke neben der Tür Platz, die anderen setzten sich zu ihrem Boss an seinen Stammtisch im hinteren Teil des Lokals. Nach bewährtem Muster setzten sich die beiden Jüngeren mit dem Rücken zum Eingang, um ihrem Capo als menschliches Schild gegen einen Überraschungsangriff aus dieser Richtung zu dienen. Der dritte, Lucarellis persönlicher Leibwächter, saß neben seinem Boss und hatte das Lokal im Blick. So beschützt bestellte Lucarelli sein Abendessen, machte es sich mit einem Drink bequem und wartete auf die Vorspeise.

Als der Kellner mit der Bestellung in die Küche kam, sah er gerade noch, daß das gesamte Küchenpersonal und die meisten seiner Kollegen, von zwei Maskierten mit Maschinenpistolen in Schach gehalten, mit erhobenen Händen an der Wand standen, bevor kaltes Metall seine Schläfe berührte und ihm eine Stimme ins Ohr zischte: »Keine Bewegung, oder du bist tot!« Er erstarrte.

Ein Stoß in den Rücken beförderte den entsetzten Kellner zu den anderen, die stumm und verängstigt an der Wand standen. Als er über die Fliesen stolperte, sah er seitlich noch mehr bewaffnete Maskierte stehen. Der kurze Blick genügte, um zu erkennen, daß sie in ihren roten Fräcken mit eingesticktem, silbernen LR auf den Brusttaschen über blütenweißen Schürzen als Lombardi-Kellner getarnt waren. Dann bekamen sie alle den Befehl, sich mit dem Gesicht zur Wand zu stellen.

Jetzt wurden die falschen Kellner aktiv. Wenige Minuten zuvor waren sie von der Lieferanteneinfahrt durch den Hintereingang in die Küche gestürmt, hatten das entsetzte Personal überwältigt und waren rasch in die Fräcke und Schürzen geschlüpft, die als Reserve im Umkleideraum des Personals gelegen hatten. Jetzt gab einer von ihnen ein Zeichen, worauf sie ihre Masken abnahmen. Sieben entpuppten sich als junge Südamerikaner, alle aus den Reihen der Sektenjünger, die leicht als italienische Kellner durchgingen. Der achte war Chinese. Es war Angel One persönlich.

Auf ein zweites Zeichen von ihm legten sich die sieben Kellner eine weiße Serviette über den rechten Unterarm, nahmen ein Tablett in die Hand und marschierten nacheinander in die Gaststube hinaus. Angel One folgte als letzter. In der Küche herrschte Schweigen. Das Personal stand mit dem Gesicht zur Wand, in Schach gehalten von den MPs der drei zurückgebliebenen Maskierten. Einer davon stand direkt hinter der Tür zum Restaurant, um etwaige echte Kellner, die in die Küche wollten, abzufangen.

Im Speiseraum des gut besuchten Restaurants steuerten die acht falschen Kellner an den Tischen vorbei direkt auf ihr Opfer zu. Die Beleuchtung in Lombardi's bestand lediglich aus den Tischlampen, was den Gästen eine diskrete, intime Atmosphäre bescherte. Aus den Lautsprechern unter der Decke tönte leise, herzzerreißende italienische Musik. Die schummrige Beleuchtung trug dazu bei, daß niemand Verdacht schöpfte, als sich die Mitglieder von Angel Ones Killerkommando gekonnt zwischen den Lichtkegeln der Tischlampen hindurchschlängelten.

Als erster bemerkte der Oberkellner, daß etwas nicht stimmte. Er stand wie gewöhnlich in der Nähe der Eingangstür, um ankommende Gäste zu begrüßen und sie an freie Tische zu führen. Ohne Vorwarnung versetzte ihm plötzlich etwas Hartes einen Stoß in die rechte Nierengegend, und eine Stimme zischte ihm, wie zuvor dem Kellner, ins Ohr: »Keine Bewegung, oder du bist ein toter Mann.« Dann klärte sie ihn auf: »Das ist 'ne Mafia-Sache. Du hältst dich raus. Tu so, als wär alles normal und halte die Gäste bei Laune. Wenn du Fisimatenten machst, bist du 'n Fall fürs Leichenschauhaus. Capito?«

Der Kellner blickte starr geradeaus und nickte, da seine Kehle vor Angst ausgedörrt war. Er war selbst Sizilianer. Er hatte sehr wohl kapiert.

Auch der junge Leibwächter am Tisch neben dem Eingang beschloß, keinen Widerstand zu leisten, als er in die häßliche Schnauze eines Schalldämpfers blickte. Sie ragte unter der gefalteten Serviette über der Hand des Kellners hervor, der plötzlich neben ihm aufgetaucht war. Auch ohne Befehl legte er langsam die Hände auf den Tisch und rührte sich nicht.

Ein dritter Sektenmann postierte sich am Eingang des Lokals, um Störversuche von draußen abzufangen.

Lucarelli in seiner abgeschiedenen Ecke sah erstaunt auf, als vier Kellner an seinen Tisch kamen. Er hatte nichts für seine Leute bestellt, sie waren zu seiner Bewachung da und nicht dazu, sich vom Essen ablenken zu lassen. Warum also vier Kellner? Verwundert, doch nicht alarmiert, öffnete er den Mund, um eine entsprechende Bemerkung an den Kellner, der neben ihm stehengeblieben war, zu richten, und klappte den Mund wieder zu, als der Kellner die Ecke der Serviette zurückschlug und das stumpfe Rohr eines Schalldämpfers zum Vorschein kam. Den drei Leibwächtern erging es ähnlich. Keiner gab einen Laut von sich.

Lucarelli machte sich auf die unvermeidliche Kugel gefaßt. Sein Verstand war in Aufruhr. Wer hatte den Anschlag angeordnet? Er konnte sich nur denken, daß ein rivalisierender Mafia-Clan Neroni einen Schlag versetzen wollte, während der mit seinem Straßenkrieg gegen die Triaden beschäftigt war. Wenn dem so war, wer hatte ihn verpfiffen?

Dann trat eine fünfte Gestalt aus der Dunkelheit in den Lichtkegel. Lupo Lucarelli, der Wolf, dessen Brutalität in der gesamten Unterwelt legendär war, blickte in das Gesicht des Mannes – und bekam Angst. Er sah in die glitzernden schwarzen Augen des Asiaten und wußte instinktiv, daß dieser ihm an Brutalität ebenbürtig war. Die Grausamkeit, die der Mann ausstrahlte, war greifbar. Sie umgab ihn wie ein eisiger Nebel und jagte ihm die kalte Angst in die Knochen. Lucarelli wußte, das war keine Mafia-Angelegenheit.

Er war so paralysiert, daß er nicht reagierte, als sein persönlicher Leibwächter, der dicke, primitive Enzo Pertini, plötzlich den unsinnigen Versuch machte, seine Waffe aus dem Schulterholster zu ziehen. Der Schalldämpfer an seiner Schläfe gab lediglich ein Husten von sich, Pertini bäumte sich auf und sackte nach hinten gegen die Wand.

Der Killer schirmte mit seinem Rücken die Aktion vom restlichen Lokal ab, auch bemerkte niemand die Blut- und Hirnspritzer an der gemusterten Tapete hinter der zusammengesackten Gestalt. Niemand außer Lucarelli natürlich, der ein paar Spritzer abbekommen hatte, als die tödliche Kugel aus Pertinis Hinterkopf austrat und in der Wand steckenblieb. Die anderen beiden Mafiosi, kreidebleich und sichtlich erschüttert, saßen regungslos da und hatten die Hände flach auf das Tischtuch gelegt.

Der Asiate sagte langsam und drohend: »Mister Lucarelli, Sie werden Ihrem Don eine persönliche Nachricht von mir überbringen. Es betrifft den Tod seiner Mätresse, Miss Menotti. Die Nachricht ist nur für Ihre Ohren bestimmt und wird hoffentlich eine weitere Eskalation der für beide Seiten nachteiligen Feindseligkeiten verhindern. Kommen Sie bitte mit. Und machen Sie keine Dummheiten, sonst bin ich gezwungen, mir einen anderen Boten zu suchen... unter den Lebenden.«

Lucarelli schöpfte Hoffnung. Der unvermutete Aufschub vom bevorstehenden Tod stieg ihm zu Kopf, seine Angst verging und entließ ihn aus der beschämenden Paralyse. Beim zweiten Versuch gelang es ihm sogar, vom Stuhl aufzustehen und Pertinis Henker wie befohlen zu folgen, trotz der schlotternden Knie. Beim Gang zur Küche trat der Asiate hinter ihn und sperrte ihm damit die Flucht nach hinten ab. Die beiden übriggebliebenen Leibwächter blieben zurück, Blut und Wasser schwitzend unter den bedrohlichen Mündungen der Pistolen, die die beiden Kellner auf sie richteten.

Lucarelli war durch die Schwingtür getreten und bereits ein paar Schritte in der Küche, als er die bewaffneten Maskierten und die mit dem Gesicht zur Wand stehenden Angestellten sah. Sofort überfiel ihn wieder die Angst. Der Asiate hatte angedeutet, er wolle keine fremden Ohren bei seiner Nachricht an den Don dabei haben. Doch hier standen potentielle Mithörer einer vertraulichen Unterhaltung. Abrupt blieb er stehen.

Angel One hatte diese Reaktion vorausgesehen, und noch bevor Lucarelli einen Schritt rückwärts machen konnte, versetzte er dem Mafiaboss einen Schlag in die linke Niere, worauf dieser zu Boden ging. Er beugte sich über sein japsendes Opfer, stopfte ihm eine Serviette in den Mund und band sie mit einer zweiten Serviette fest. Dann schlug er dem wimmernden, sich krümmenden Gangsterboss links und rechts auf den Bizeps und paralysierte damit dessen Arme.

Er zog eine Maske aus der Tasche, setzte sie auf und forderte Pertinis Henker auf, es ihm gleichzutun. Dann befahl er den Küchenangestellten sich umzudrehen. Für den nächsten Akt wollte er Zeugen, die ihm garantieren würden, daß sich diese Warnung bei allen künftigen Feinden seiner Organisation herumsprach.

Er ging zum Herd hinüber, packte einen großen, dampfenden Topf an den Henkeln, nahm ihn mühelos vom Herd und hielt ihn über den wehrlosen Lucarelli. Das gesammelte Personal brach in entsetztes Protestgemurmel aus, als es erkannte, was er vorhatte. Der Protest erstarb unter dem glitzernden Blick des maskierten Asiaten, und sie schlugen, einer nach dem anderen, die Augen nieder.

Angel One sah zu Lucarelli hinab, der ihn entsetzt anstarrte. Dann sprach er sein Opfer an, die schneidende Stimme erscholl laut und deutlich in der stillen Küche. »Ich habe beschlossen, deinem Boss eine besondere Botschaft zu übermitteln, als Antwort auf das, was du einem meiner Leute angetan hast. Dem, den du mit Starkstrom hingerichtet hast. Du hast ihm im Tod die Würde genommen, das Gesicht. Dafür nehme ich dir jetzt das deine. Und bevor du stirbst, sollst du wissen, daß deine Kollegen Scaglione und Bonnello, dasselbe sizilianische Ungeziefer wie du, in der letzten halben Stunde ebenfalls hingerichtet wurden. Hier ist der erste Teil meiner Botschaft an Neroni...«

Mit diesen Worten kippte er den schweren Topf um und goß das siedende Öl über die wild um sich schlagende Gestalt am Boden. Viehische Schreie gurgelten aus dem Knebel hervor, da Lucarelli, halb wahnsinnig vor Schmerz, die Qualen der Verdammnis erlitt. Aber es sollte noch schlimmer kommen.

Angel One bückte sich und stellte den leeren Topf auf den Boden. In der Hocke bleibend schnipste er mit den Fingern, worauf der Maskierte, der Pertini erschossen hatte, einen Schritt nach vorn machte und ihm zwei benzingetränkte Fetzen reichte, die Angel One dem verbrühten Mafiaboss um die zuckenden Waden band. Dann richtete sich der Chinese auf und hievte den krebsroten, geblendeten, ölgetränkten Lucarelli mit einem Ruck auf die Beine.

»Und hier ist der zweite Teil meiner Botschaft«, tönte es unerbittlich, »ich hoffe, Neroni versteht ihn...«

Die Worte waren für die Ohren des geschockten Publikums an der Wand gedacht. Lucarelli selbst war nicht mehr in der Lage, etwas anderes als seine eigene Hölle zu verstehen. Nachdem Angel One das Urteil gesprochen hatte, bückte er sich noch einmal und hielt ein brennendes Feuerzeug an die benzingetränkten Wadenwickel. Und als die Flammen von den Beinen nach oben züngelten und der skrupellose Mafiaboss in hellen Flammen stand, stieß ihn der Chinese mit einem Schubs durch die Tür ins Lokal.

Sechs der Küchenangestellten fielen vor Entsetzen in Ohnmacht. Die meisten anderen übergaben sich da, wo sie gerade standen. Zwei Tellerwäscherinnen fingen gleichzeitig an zu schreien und preßten sich die Fäuste auf den Mund. Doch ihre hysterischen Schreie gingen sofort im Lärm, der aus dem Lokal kam, unter, da die Gäste unter lautem Gekreische Hals über Kopf von den Tischen aufsprangen, als die gespenstische, menschliche Fackel blindlings durch die Menge taumelte.

Entsetzen und Panik waren so groß, daß niemand bemerkte, wie die Kellner drei Gäste mit gezielten Kopfschüssen aus schallgedämpften Automatikwaffen niederstreckten und in der Küche verschwanden. Die Leichen der vier Leibwächter Lucarellis wurden erst entdeckt, als die Polizei das Lokal räumte, um mit den Ermittlungen zu beginnen. Sogar der noch immer schlotternde Oberkellner, dem für gewöhnlich nichts entging, konnte sich nicht erinnern, wann sein bewaffneter Bewacher verschwunden war. Das war der dritte Streich!

All jene, die unfreiwillig Zeugen der Ereignisse in der Küche geworden waren, gaben der Presse am nächsten Tag anschauliche Berichte über die schrecklichen Vergeltungsmaßnahmen, einschließlich des Wortlauts von Angel Ones Botschaft an Bruno Neroni. Einige von ihnen hatten Fernsehkameras vor der Nase, und mit Hilfe gekonnter Fragestellungen durch erfahrene, sensationslüsterne Reporter wurden ihre Schilderungen immer farbiger.

Von den Tätern fehlte jede Spur. Aufgrund der Anschläge auf Scaglione und Bonnello führte die Aussage des Oberkellners, man hätte ihm gesagt, es handle sich um eine Mafia-Angelegenheit, zunächst, wie beabsichtigt, auf eine falsche Spur.

Das völlige Fehlen von Hinweisen aus dem Milieu verwirrte die mit dem Fall betrauten Kommissare. Die Killer hatten sich einfach in Luft aufgelöst. Allerdings stellte schon bald jemand einen Zusammenhang her zwischen den Anschlägen auf den Neroni-Clan und den Angriffen auf von Chinesen geführte Einrichtungen ein paar Tage zuvor. Natürlich war äußerst unwahrscheinlich, daß sich dieser Verdacht bestätigen würde. Der Fall war dazu bestimmt, mit allen anderen ungelösten Morden, die auf das Konto der New Yorker Bandenkriege gingen, zu den Akten gelegt zu werden.

Selbstverständlich erhielt Bruno Neroni Angel Ones Botschaft, und im Gegensatz zur Polizei, die sich mit Spekulationen begnügen mußte, wußte er genau Bescheid. Er hatte den Goldenen Drachen verwundet, doch nicht vernichtet. Und der hatte jetzt zurückgebissen – oder, im Falle Sandro Lucarellis, Feuer gespuckt!

Auch war dies nicht die einzige Botschaft, die der Don in dieser Nacht erhielt. Gegen zwei Uhr morgens war er erschöpft ins Bett gefallen, nachdem er stundenlang hektisch telefoniert und hastig einberufene Sitzungen geleitet hatte. Er und Falcone hatten nach langem Hin und Her aus den dezimierten Reihen aufgrund ihrer Verdienste drei neue Caporegimes ernannt. Darüber hinaus hatten sie den strategischen Rückzug aus den besetzten Triadengebieten angeordnet, zumindest bis zur nächsten Lagebesprechung.

Ein gravierendes Problem blieb freilich nach wie vor ungelöst – wie die Triaden an die detaillierten und streng vertraulichen Informationen gekommen waren, die für Planung und Timing der Anschläge nötig gewesen waren. Es gab nur zwei Möglichkeiten. Entweder war der vermißte Biancomano gefangen und zum Sprechen gebracht worden, oder es gab einen Verräter in den eigenen Reihen. Die Suche nach der undichten Stelle sollte am folgenden Tag beginnen.

Um vier Uhr morgens wurde Neroni von Falcone, der sich allmählich zum Unheilsboten entwickelte, aus dem Bett geholt. Kurz darauf erfuhr der Don, dessen Gesicht vom Schlaf noch ganz verquollen war, in seinem Arbeitszimmer vom Consigliere, daß sie jetzt die Antwort auf die beiden Rätsel hätten – die undichte Stelle und das Schicksal des vermißten Soldaten. Die Antwort sei ein und dieselbe.

Kurz zuvor sei ein Motorrad am Gartentor vorbeigerast und hätte im Vorbeifahren einen unhandlichen Gegenstand über das Tor geworfen. Die Wachposten seien in dem Glauben, es handle sich um eine Bombe, in Deckung gegangen. Als nach einer Weile gespannten Wartens keine Explosion erfolgt war, hätten sie sich ein Herz gefaßt und das Paket untersucht. Es hätte sich um eine verpackte, mit Klebeband verschlossene Hutschachtel gehandelt, die an den Don persönlich adressiert war.

Man habe Falcone verständigt, der eine gründlichere Untersuchung angeordnet hatte, um sicherzugehen, daß es sich nicht um eine Paketbombe handelte. Daraufhin war die Hutschachtel in sichere Entfernung gebracht und von einem der Männer, der beim Militär Erfahrung in solchen Dingen gesammelt hatte, geöffnet worden. Als dieser vorsichtig den Deckel abgenommen hatte, war im Strahl der Taschenlampe nicht der tödliche Mechanismus einer Bombe zum Vorschein gekommen, sondern der abgetrennte Kopf Biancomanos, das Gesicht zu einem stummen Schrei unsäglicher Qual erstarrt. In die Stirn über den toten Augen war feinsäuberlich das Symbol der Triaden geritzt!

53

Jetzt oder nie, entschied Grant. Die Menschentraube am Sektentransporter war mit circa zwanzig Leuten auf dem geringsten Stand, seit sie am Vortag die lange Wache begonnen hatten. Kurz zuvor war ein Streifenwagen vorbeigefahren, und es war nicht vorherzusehen, wann der nächste auftauchen würde. »Pete«, sagte er leise zu Larsen, »'ne bessere Gelegenheit werden wir wohl nicht kriegen. Was meinst du?«

»Von mir aus, Brett«, erwiderte Larsen. Er hatte die Skimaske wie eine Wollmütze auf dem Kopf, um sie sich jederzeit über das Gesicht ziehen zu können. Er beugte sich nach hinten, zog einen Baseball-Schläger unter der Reisedecke auf dem Rücksitz hervor, legte sich den Schläger auf die Knie und fletschte die Zähne wie ein Wolf. »Ich bin bereit. Ruf die Jungs, und dann auf sie mit Gebrüll!«

Grant hielt das Walkie-Talkie an den Mund und drückte auf den Sendeknopf. »Hier spricht der Pfarrer. Die Andacht fängt gleich an.« Das war die vereinbarte Losung zum Angriff. »Also, Leute, auf geht's. Raus!« Er warf das Walkie-Talkie ins Handschuhfach und ließ den Wagen an. Aus den Augenwinkeln verfolgte er, wie sich Larsen die Skimütze übers Gesicht zog.

Schon nach wenigen Sekunden, als Grant kurz vor dem Transporter am Straßenrand hielt, bog der Dodge mit Larsens Truppe aus einer Seitenstraße. Dreißig Meter vor dem Sektentransporter flogen drei kleine Gegenstände aus dem Beifahrerfenster. Der größte, eine kleine, knallbunte Pappschachtel, prallte an einem verrammelten Schaufenster ab, kullerte auf den Gehweg und blieb neben den beiden Knallkörpern liegen, die mit aus dem Fenster geflogen waren. Im nächsten Augenblick quoll eine dicke, orangefarbene Rauchwolke aus der Schachtel und die Straße war vom Knattern der explodierenden Kracher erfüllt. Sämtliche Köpfe drehten sich um, um zu sehen, woher der Lärm und die Rauchwolke kamen. Grant stupste Larsen an.

»Das Ablenkungsmanöver funktioniert. Los!«

Als Grant und Larsen auf den Gehsteig traten, war der Dodge gerade hinter dem Ford zum Stehen gekommen, und Larsens bullige Kumpel sprangen kampfbereit heraus. Mit Ausnahme von Grant, der unmaskiert war und die Hände frei hatte, bot die Truppe mit den bunten Skimasken vor den Gesichtern und den Baseballschlägern und Knüppeln in den Pranken einen furchterregenden Anblick. Acht Mann stark steuerten sie auf die Menschentraube zu, die ihnen den Rücken zukehrte, da sie gebannt auf die hüpfenden, lärmenden Knallkörper starrte, die durch die beißenden Rauchschwaden gerade noch zu erkennen waren.

Planmäßig blieb Larsen mit seinen Männern kurz vor dem Transporter in loser Reihe stehen. Mit scharfem Blick suchten sie aus der Menge diejenigen heraus, die wie Sektengorillas aussahen und wahrscheinlich Ärger machen würden. Grant hatte Louise etwa im Zentrum der Menge entdeckt und ging mit schnellen Schritten auf sie zu. Er schlängelte sich zu ihr durch, nahm sie beim Arm und raunte ihr ins Ohr: »Louise, ich bin's ... Brett Grant. Ich bin gekommen, dich zu holen, wie versprochen. Also nichts wie weg. Schnell!«

Überrascht drehte sie sich um und riß die Augen auf, als sie ihn erkannte. Dann wich die Überraschung einem alarmierten Blick, sie sah sich hastig um und flüsterte: »Verschwinden Sie, Mister Grant. Die warten schon auf Sie, Sie sollen Dresche kriegen ...«

»Mach dir um mich keine Sorgen, ich hab Verstärkung mitgebracht«, versicherte er rasch. »Jetzt komm, bevor sie was merken.« Er zog sie sanft, aber bestimmt hinter sich her.

Sie schlängelten sich durch die Umstehenden und Louise
erschrak, als sie die Reihe knüppelschwingender Maskierter
sah. Im selben Moment rief hinter ihnen jemand: »He!
Scheiße! Das ist der verdammte Grant! Haltet ihn ... er hat das
Mädchen.«

»Lauf, Louise!« befahl Grant und spurtete los, sie hinter sich
herziehend.

Als sie zwischen Larsens Postenkette durchliefen, hörte Grant
hinter sich Schritte. Dann rief eine zweite Stimme: »Vorsicht!
Da sind noch mehr ...«, und die Schlacht ging los. Das Krachen
von Holz auf Knochen, Wutgebrüll und Schmerzensschreie
kündeten von der Begeisterung und dem Erfolg, mit dem Larsens Truppe die Verfolger aufhielt.

Nach dem tagelangen Planen und Warten war die Aktion
selbst in knapp drei Minuten vorüber. Als sie am Fluchtwagen
ankamen, verfrachtete Grant Louise auf den Rücksitz und befahl
ihr, die Türen von innen zu verriegeln. Dann lief er zu den anderen zurück, für den Fall, daß sie Verstärkung brauchten. Doch
die Sorge war unberechtigt.

Der sieben Mann starke Kordon befand sich auf geordnetem
Rückzug, den Gefechtsschauplatz mit gezückten Schlägern im
Rückwärtsgehen im Auge behaltend. Vor ihnen lagen mehrere
Gestalten am Boden, einige bewußtlos, andere untersuchten
stöhnend ihre Wunden.

Grant zählte etwa ein Dutzend Verwundete und vermutete,
daß die Mutigeren oder Törichteren aus der Menge versucht
hatten, zugunsten der Sektenleute einzugreifen, als sie sahen,
was sie für die Entführung eines hübschen jungen Mädchens
durch eine Bande knüppelschwingenden Schläger hielten. Jetzt
allerdings, das schmerzhafte Schicksal der anderen vor Augen,
wollte niemand mehr den freiwilligen Helden spielen. Zufrieden
wandte sich Grant ab und wollte zum Wagen.

Im selben Moment flog die Hecktür des Sektentransporters
auf, eine braune Gestalt sprang mit einem Satz heraus und
stürmte auf Grant zu. Es war Bruder Mark, der große, schwarze

Apostel. Er legte die kurze Entfernung im Laufschritt zurück und warf sich mit einem tödlichen, auf den Kopf des Opfers zielenden *sokuto* auf den verblüfften Grant.

Einer aus dem Rückzugstrupp stieß einen Warnruf aus, doch es war schon zu spät. Völlig überrumpelt, hatte Grant keine Chance, den Angriff abzuwehren oder ihm auszuweichen. Nur die blitzschnelle Reaktion von Pete Larsen rettete ihn vor schweren Verletzungen. Larsen trat mit einem Schritt auf die Straße, schwang den Baseball-Schläger in einem flachen Bogen und traf den Angreifer im Sprung.

Der vernichtende Schlag stoppte den großen Schwarzen im Flug und ließ ihn zu Boden gehen, wo er benommen und nach Luft schnappend liegenblieb. Bevor der Mann wieder zu sich kam, schwang Larsen den massiven Schläger nach oben und ließ ihn auf das ausgestreckte Bein krachen. Fast gleichzeitig mit dem deutlich hörbaren Splittern von Knochen und dem anschließenden Schrei hörte man Larsen fauchen: »Von wegen Kung-Fu, du Schwein!«

Sekunden später war die achtköpfige Kidnapperbande in die Fluchtautos gestiegen und brauste ohne weiteren Zwischenfall davon. Nachdem Grant der immer noch zitternden Louise versichert hatte, daß sie auch außer Gefahr und frei war, wandte er sich Larsen zu, der die Maske vom Gesicht gezogen hatte und sich mit den Fingern durchs Haar fuhr. »Danke, daß Sie das schwarze Schwein erledigt haben. Wenn er mich erwischt hätte, wär's aus gewesen mit mir.«

»Keine Ursache«, grinste Larsen. »Das war ich Ihnen schuldig, wegen neulich im Washington Centre.« Dann sagte er, mit einer Kopfbewegung auf Louise, die mit großen Augen auf dem Rücksitz saß: »Nummer eins hätten wir, jetzt fehlen noch zwei, wie? Wann stürmen wir die Klapsmühle und holen Karen und den Sohn Ihres Klienten raus?«

»Sobald ich es verantworten kann, Pete«, erwiderte Grant und wechselte erneut die Spur im dichten Verkehr, um etwaige Verfolger zu irritieren, so unwahrscheinlich dies angesichts des Erfolgs ihrer Blitzaktion auch war. »Aber das kann ich Ihnen versprechen«, knurrte er, »das wird nicht so'n Spaziergang wie eben!«

Zu Hause angekommen, stellte Grant eine Flasche Whisky und mehrere Sixpacks auf den Tisch und lud Larsens Truppe auf einen Siegesumtrunk ein. Pam teilte die allgemeine Freude über den Erfolg der Mission, doch sie war vor allem ungeheuer erleichtert und kümmerte sich rührend um die noch immer völlig verwirrte Louise.

Das Adrenalin vom erfolgreichen Abenteuer noch in den Adern, tranken und lachten die Männer und gaben ihre Versionen der kurzen, aber gewaltsamen Aktion zum Besten. Obwohl sie die Geschehnisse herunterspielten, hörte Pam mit steigender Sorge zu. Ihr insgeheimes Unbehagen über die Tatsache, daß Brett immer tiefer in die Sache mit der fanatischen Sekte hineingezogen wurde, wuchs sich zu ernster Besorgnis aus, als einer der Männer den letzten Zwischenfall erwähnte.

»Hey Pete, der schwarzen Tigerkralle, die Brett den Schädel eintreten wollte, hast du's aber gezeigt, was?« Dann schilderte der Redner mit leuchtenden Augen einer zunehmend beunruhigten Pam, die krampfhaft versuchte, sich nichts anmerken zu lassen und gebührend beeindruckt zu wirken, wie Larsen mit Grants lebensgefährlichem Gegner fertig geworden war.

Doch bei der farbigen, von anschaulichen Gesten begleiteten Schilderung sah Grant das alarmierte Flackern in Pams Augen und versuchte rasch, die Sache zu verharmlosen, indem er scherzhaft behauptete, er hätte die Situation bereits im Griff gehabt, als Larsen sich eingemischt hätte, um seine Schlagtechnik zu demonstrieren, in der Hoffnung, ein Talentsucher der Yankees wäre in der Nähe.

Larsen durchschaute Grants Absicht und sagte wie aufs Stichwort: »He, Moment mal! Wieso Yankees? Ich red von 'nem Baseballteam – nicht von 'nem Angeberhaufen – ich bin Dodgers-Fan!«

Die Bemerkung hatte den beabsichtigten Effekt. Sie löste unverzüglich eine freundschaftliche Auseinandersetzung über die Stärken und Schwächen der unterschiedlich favorisierten Teams aus. Kurz darauf blies Larsen zum Aufbruch und bugsierte seine Kumpel diplomatisch aus der Wohnung, nicht ohne zuvor mit Grant auszumachen, daß dieser ihn verständigen würde, wenn er zum Sturm auf das Betlehem-Haus bereit wäre. Einhellig bestanden die sechs anderen darauf, mit von der Partie zu sein, was Grant gern versprach. Wenn es soweit wäre, dachte er, könnten sie wahrscheinlich alle nur erdenkliche Hilfe brauchen.

Als sich die Tür hinter Larsens ausgelassenem Trupp geschlossen hatte, legte Pam beschützend den Arm um Louise, drückte sie an sich und führte das Mädchen mit den Worten aus dem Wohnzimmer: »Komm, junge Dame. Du nimmst jetzt erstmal ein schönes, heißes Bad, während ich uns allen was zu essen mache. Und dann geht's ab in die Heia. Ich denke, du hast für heut genug Aufregung gehabt, mit all den tollen Typen, die sich um dich geprügelt haben... du bist 'n richtiges Glückskind!«

Louise kicherte, und ihre Augen glänzten vor Glück, endlich aus der Sekte befreit und unter normalen Menschen zu sein, zum ersten Mal seit einer Ewigkeit.

Grant, der die leeren Bierdosen einsammelte, sah Pam schelmisch an. »Du bist ja nur eifersüchtig, weil wir uns nicht wegen dir geprügelt haben«, rief er ihr nach.

»Ach ja? Sei beruhigt, auch um mich haben sich die Männer schon geprügelt!« rief Pam nach hinten und zwinkerte Louise zu.

»Ja, ich und dein alter Herr, als ich ihm das Schießeisen abnehmen wollte«, konterte Grant. »Und dann kam deine Mutter dazu, und sie haben mich so lange verprügelt, bis ich versprochen habe, dich zu nehmen.«

»Ha! Das hättest du wohl gern!« erwiderte Pam mit gespielter Empörung. Dann sagte sie zu Louise, die völlig verwirrt neben ihr stand: »Ignorier ihn einfach, Liebes. Er ist ein unverbesserlicher Chauvi. Vielleicht haut er ab, wenn wir so tun, als sei er Luft. Komm, wir gehn ins Bad.«

54

Bei Einbruch der Dunkelheit am Tag nach dem vernichtenden Gegenangriff war Angel One überzeugt, daß kein Vergeltungsschlag von der Mafia zu erwarten war. Trotz des einschneidenden Effekts, den die Ausschaltung der Führungsspitze auf den

Neroni-Clan gehabt haben mußte, hatte er mit einer Reaktion gerechnet – und sei es nur eine Geste, um das Gesicht zu wahren. Schließlich gab es andere Clans, die Neroni sicherlich um Hilfe bitten könnte. Er war denn doch etwas überrascht, daß nichts dergleichen geschehen war.

Wie sich herausstellte, war der kurze, blutige Krieg zwischen der Mafia und den Triaden zu Ende. Drei Faktoren hatten zusammengewirkt, um das gegenseitige, vernichtende Blutbad zu stoppen.

Da war zunächst die deutliche Warnung einschlägiger Polizeibeamter an Neroni, daß jede Protektion aufgehoben würde und, falls er nicht spurte und unverzüglich die Feindseligkeiten einstellte, sämtliche kriminellen Unternehmungen der Familie unter Druck gerieten – wie auch die jedes Clans, der sich mit Neroni verbündete.

Als direkte Folge davon war eine ebenso deutliche Botschaft vom hastig zusammengerufenen Rat der New Yorker Mafia-Familien an Neroni ergangen, er habe keinerlei Unterstützung zu erwarten, falls es zu weiteren Feindseligkeiten zwischen ihm und den Chinesen käme.

Und drittens hatte Angel One einen Anruf im Betlehem-Haus erhalten – er kam von Dragon Control und war kurz und unmißverständlich. Der kantonesisch sprechende Anrufer hatte sich mit einem Codewort ausgewiesen und dann kryptisch gesagt: »Drache und Tiger gehen morgen auf Wanderschaft. Treffpunkt Nummer acht. Uhrzeit Stunde der Ziege. Bitte wiederholen.«

Nachdem Angel One der Anweisung gefolgt war, hatte der Anrufer kommentarlos aufgelegt. Die Botschaft sollte Angel One davon in Kenntnis setzen, daß die doppelte Lieferung Heroin in der folgenden Nacht über die kanadische Grenze kommen und er den Transport zum genannten Zeitpunkt am vereinbarten Treffpunkt, einer abgelegenen triadeneigenen Tankstelle ein paar Meilen südlich der Grenze, übernehmen sollte.

Jetzt saß der Chinese gedankenverloren im leeren Konferenzraum des Betlehem-Hauses. Auf der kurz zuvor zu Ende gegangenen Versammlung hatte er die Anweisung gegeben, die Straßendealer sollten sich diskret und im Schutze schwerbewaffneter Leibwächter wieder auf die Straßen begeben. Vom Feind besetzte Territorien sollten infiltriert und zurückerobert werden, auch wenn eine direkte Konfrontation mit Mafialeuten so weit wie möglich zu vermeiden war, es sei denn, es würde Widerstand geleistet.

Nachdem der Wiederaufbau des Straßenvertriebs in die Wege geleitet war, wandte sich Angel One zwei verhältnismäßig harmlosen Problemen zu. Nichtsdestotrotz mußte er sich dazu etwas einfallen lassen, bevor er sich voll und ganz auf den bevorstehenden Herointransport konzentrieren konnte.

Das erste Problem war die Meldung, daß das Mädchen, mit dem Privatdetektiv Grant am Sektentransporter in Harlem gesprochen hatte, Schwester Louise Wyatt, am Nachmittag von einer achtköpfigen, Baseballschläger schwingenden Gang auf hellichter Straße gekidnappt worden war. Sie hatten zugeschlagen, nachdem sie zuvor mit einem simplen Ablenkungsmanöver, einer Rauchbombe und ein paar Knallkörpern, allgemeine Verwirrung gestiftet hatten.

Bei der Aktion waren sechs Sektenleute verletzt worden, einschließlich des verantwortlichen Apostels Bruder Mark. Sämtliche Angreifer waren maskiert gewesen, außer einem, und der verletzte Apostel war sicher, daß es sich um Grant gehandelt hatte. Man würde der Sache nachgehen, und sollte sich bewahrheiten, daß Grant sich erneut eingemischt hatte, würde eine Vergeltungsaktion erfolgen.

Das zweite Problem war Grants Geschäftspartner, dieser Sherman. Es sah ganz so aus, als ob auch er davon überzeugt werden mußte, künftig jede Einmischung in Sektenangelegenheiten zu unterlassen. Angel One überlegte einen Moment. Vielleicht sollte man Sherman einen kleinen Denkzettel verpassen… um jeden Zweifel zu beseitigen, welches Schicksal den von ihm engagierten Schnüffler ereilt hatte.

Da er sich nun über die weiteren Schritte im Zusammenhang mit besagten Problemen im klaren war, stand er auf und ging hinaus. Er beabsichtigte, die Pechsträhne, die seiner Organisation zu schaffen machte, ein für alle mal zu stoppen und zugleich das Feld freizumachen für den größten und wichtigsten Drogentransport, den er je abgewickelt hatte. Mindestens ebenso wichtig war es, beim Direktor durch einen deutlichen Beweis seiner Kompetenz eine gute Figur zu machen. Nichts und niemand sollte ihn daran hindern.

55

Der folgende Tag verstrich für die meisten Betroffenen ereignislos. Draußen im Betlehem-Haus verbrachte Jim Miller einen weiteren, endlosen Tag in Einzelhaft in seinem Kerker. Die Sorge um sein Schicksal ließ ihn abwechselnd unruhig dösen und nervös im Kreis laufen. Sein Racheengel, Angel One, traf unterdessen die letzten Vorkehrungen für den am späten Abend erwarteten Transport.

Auf den Straßen von New York hatte sich die Verbrechensrate in den zwei Tagen seit dem Waffenstillstand zwischen den rivalisierenden Unterweltorganisationen auf ein von der Polizei als normal erachtetes Maß reduziert. Curtis' Männer observierten noch immer frierend und gelangweilt das Eldorado, während die restlichen Beamten zum Alltag übergegangen waren und sich wieder mit der täglichen Ausbeute an Mord, Vergewaltigung, Raub und Einbruch befaßten, die die Verbrecher bei guter Gesundheit, die Gerichte in Arbeit und die Presse bei Laune hielt.

Brett Grant übergab die übrigen Fälle Perez und Ellis und nahm sich den Rest des Tages frei, um ihn zu Hause mit Pam und Louise zu verbringen. Er hatte seine Gründe. Er wollte Louise detailliert zur Sekte und deren Organisation befragen, doch vor allem wollte er alles erfahren, was sie zum Lageplan und den Sicherheitsanlagen des Betlehem-Hauses wußte.

Außerdem könnte er die beiden Frauen vor unerwünschten Besuchern schützen, falls er beim Anschlag auf den Sektentransporter erkannt worden war. Er war sich ziemlich sicher, daß der große Schwarze, Bruder Mark, ihn erkannt hatte bei der Attacke, vor der Pete Larsen ihn gerettet hatte.

Und schließlich hätte seine Abwesenheit vom Büro den Effekt, seine Mißbilligung dessen zu demonstrieren, was er nach wie vor als Söldnermentalität seines Seniorpartners betrachtete, in der Angelegenheit mit der von Virgil Miller ausgesetzten Prämie.

Für Harry Sherman, dem die Mißbilligung galt, sollte der Tag alles andere als ereignislos enden. Am späten Nachmittag, kurz vor Feierabend, erledigte er gerade den letzten Papierkram, als Anna klopfte und hereinkam. Sie hatte den Mantel an und hielt in der einen Hand die Post, die sie wie gewöhnlich auf dem Heimweg aufgeben würde. In der anderen Hand hielt sie ein kleines Päckchen, säuberlich in braunes Papier gewickelt, das etwa die Größe eines dicken Taschenbuchs hatte.

Anna ging auf Sherman zu und legte ihm das Päckchen auf den Schreibtisch. Dabei verkündete sie mit ihrem charmanten Akzent: »Das hat vor ein paar Minuten ein Kurier abgegeben, Mister Sherman, ohne Absender.« Sie sah auf die Uhr an der Wand. »Es ist kurz nach fünf, wenn Sie nichts mehr für mich haben, geh ich jetzt heim.«

Sherman sah das Päckchen einen Moment verwundert an, dann erhellte sich sein Gesicht. »Ach, es ist wahrscheinlich von Solly Levenson. Ich warte schon auf eine Nachricht von ihm. Ja, Anna, gehen Sie ruhig. Ich brauch Sie nicht mehr, danke.« Als sie sich zum Gehen wandte, sagte er augenzwinkernd: »Und diesmal verkneif ich mir die Bemerkung übers Abschließen, versprochen.«

Anna fuhr wütend herum, doch als sie seinen schelmischen Blick sah, machte sie gute Miene zum bösen Spiel. »Vielleicht vergeß ich's ja heut abend, weil Sie mich nicht erinnert haben«, konterte sie. »Servus.« Sie winkte und zog die Tür hinter sich zu.

Sherman begann, das Päckchen auszuwickeln, das Anna auf seinen Schreibtisch gelegt hatte. Dabei hörte er die Eingangstür in Schloß fallen. Die beiden Mitarbeiter, Ellis und Perez, waren bereits gegangen, er war allein im Büro. Nur er ... und die kleine Zigarrenschachtel vor ihm auf dem Schreibtisch, in ihrem Nest aus zurückgeschlagenem, braunen Packpapier. Er wollte gerade das Gummiband abziehen, das den Deckel geschlossen hielt ... als er, die Hand über der Schachtel, innehielt.

Plötzlich sträubte sich etwas in ihm, das Gummiband abzustreifen und den Deckel zu öffnen. Er wußte nicht, was. Eine böse Ahnung? Unsinn! Er schüttelte das Unbehagen ab. Bei all den Verrückten heutzutage war es nur normal, vorsichtig zu sein, sonst nichts.

Leicht verlegen über seine Zaghaftigkeit hob er die Schachtel nichtsdestotrotz mit einer Hand vorsichtig hoch und prüfte ihr Gewicht. Sie war leicht, fast als ob sie leer wäre. Er neigte sie etwas nach einer Seite. Es schien nichts Loses darin zu sein. Er neigte sie nach der anderen Seite, mit demselben Ergebnis. Dann schüttelte er sie vorsichtig. Wieder nichts.

Den Kopf über sein närrisches Benehmen schüttelnd, stellte er die Schachtel auf den Schreibtisch, streifte das Gummiband ab und klappte den Deckel auf. Bei dem Anblick, der sich seinen entsetzten Augen bot, wurde er kalkweiß. Die Schachtel enthielt nur zwei Gegenstände, die friedlich in der Wattierung lagen. Shermans Umgebung versank, als sie seinen Blick in ihren Bann zogen.

Der erste Gegenstand war ein plastikverschweißter Ausweis. Er besagte, daß der Besitzer ein zugelassener Privatdetektiv war. Aus dem Lichtbild sah Solly Levenson ihn vorwurfsvoll an. Die Plastikhülle war mit eingetrocknetem Blut verschmiert.

Der zweite Gegenstand war ein menschlicher Finger. Selbst wenn der blutverschmierte Ausweis nicht daneben gelegen hätte, hätte Sherman die furchtbare Gewißheit gehabt, daß es sich bei dem obszönen menschlichen Überrest um Levensons rechten kleinen Finger handelte. Der Ring, der noch am Finger steckte, hätte es ihm gesagt. Es war ein goldener Siegelring mit ovaler, blauer Gemme, in die eine kleine, goldene Menora, der siebenarmige Leuchter des Judentums, eingraviert war. Sherman trug den gleichen Ring am rechten kleinen Finger.

Die Zeit hatte aufgehört zu existieren, minutenlang starrte er auf das grausige Zeugnis von Levensons vorzeitigem Tod. Es bestand kein Zweifel, daß Levenson tot war. Doch was viel schlimmer war, es bestand ebensowenig ein Zweifel daran, daß er seinen alten Freund in den Tod geschickt hatte.

Blind zog er eine Schreibtischschublade auf, nahm den Scotch heraus, den er für seine Kunden bereithielt, und ein Glas. Wie eine Maschine goß er sich etwas ein und trank, goß und trank, goß und trank... Er nahm den scharfen Geschmack des Scotch kaum wahr, als er ihm die Kehle hinablief. Vage spürte er eine Wärme, doch sie konnte den eisigen Winter der Trauer, der seine Seele erfaßt hatte, nicht zum Schmelzen bringen.

Wie hypnotisiert starrte er beim Trinken auf den Ring an dem fahlen, blutlosen Finger... und die Erinnerung kam zurück. Die Erinnerung daran, daß es auf der ganzen Welt nur sechs solcher Ringe gab. Die Erinnerung an die sechs starken, braungebrannten, noch nicht einmal zwanzigjährigen Männer, die der Lauf der Geschichte gezwungen hatte, Freiheitskämpfer der Hagana, der Armee des jungen Staates Israel zu werden. Die Erinnerung an gefährliche Tage in einem von der Sonne ausgedörrten Land, als Kameradschaft alles war angesichts allgegenwärtiger Todesgefahr.

Die sechs engen Freunde hatten sich zu einem geheimen Todeskommando verschworen, um die arabischen Terroristen zu jagen, die jüdische Zivilisten bis zur Unkenntlichkeit verstümmelt und ermordet hatten, in jenen fernen, schrecklichen Tagen des gegenseitigen Genozids, als der neugeborene Staat Israel gegen eine riesige Übermacht verzweifelt um seine Existenz kämpfte. Sie hatten ihrem Kommando den Decknamen »Die sechs Makkabäer« gegeben, nach den Helden der Antike, die das alte Judäa 175–164 v. Chr. von der Herrschaft der Syrer befreit hatten.

Als Symbol ihres geheimen Bundes hatten sie bei dem alten jüdischen Goldschmied in einer Gasse von Jaffa sechs identische Ringe in Auftrag gegeben. Die Menora hatten sie wegen der Verbindung zu Chanukka gewählt, dem achttägigen jüdischen Lichterfest, das der Makkabäer gedenkt.

Lange nach der erfolgreichen Beendigung des Unabhängigkeitskrieges von 1948, viele Morde und Tode später, waren nur noch zwei der ursprünglich sechs Ringe übrig gewesen. Sherman und Levenson waren enge Freunde geblieben und Ende der Fünfzigerjahre in die Vereinigten Staaten emigriert, da sie die fortwährenden Attentate von Terroristen, gefolgt von den unvermeidlichen israelischen Vergeltungsschlägen und Overkills, diesen scheinbar unaufhaltsamen Mechanismus nicht mehr ertrugen.

Die beiden Überlebenden waren als amerikanische Staatsbürger getrennte Wege gegangen und schließlich beide im Ermittlungsgewerbe gelandet. Levenson hatte freiberuflich gearbeitet, während der unternehmerisch versiertere Sherman eine Detektei gegründet hatte und ständig neue Aufträge an Land zu ziehen wußte.

Und nun, nach all den gemeinsam erlebten und überlebten Gefahren hatte Sherman, Grants wiederholte Warnungen vor den Sektenfanatikern in den Wind schlagend, seinen alten Freund in den Tod geschickt. Heiße Tränen stiegen ihm in die Augen, liefen ihm über die faltigen Wangen und tropften auf den Schreibtisch, der sie so gierig aufsog wie Shermans Körper den Whisky.

Plötzlich klingelte das Telefon neben ihm und riß ihn aus dem alkoholisierten Selbstmitleid, das die ursprünglich echte Trauer um den ermordeten Freund allmählich ablöste. Es war seine Frau Miriam, die wissen wollte, warum er noch nicht zu Hause sei oder zumindest angerufen habe. Sherman riß sich zusammen und entschuldigte sich mit der Erklärung, er sei durch eine unerwartete Entwicklung in einem wichtigen Fall aufgehalten worden und hätte darüber die Zeit vergessen.

Als sich Miriam durch seine etwas unartikulierte Aussprache zu der Frage veranlaßt sah, ob in diesem »wichtigen Fall« Flüssiges eine Rolle spiele, zwang er sich zu einem Lachen und erklärte, sein Kontaktmann in diesem Fall sei Solly Levenson, und er habe mit ihm ein Gläschen getrunken. Bevor sie protestieren konnte, fügte er rasch hinzu, daß sie die Einzelheiten des Auftrags noch zu besprechen hätten und dies bei einem Snack im nächsten Deli täten, danach würden sie wahrscheinlich bei ein paar Bierchen in alten Zeiten schwelgen, und sie solle nicht auf ihn warten.

Miriam murrte etwas wegen des Abendessens, das sie gekocht hatte, doch sie war nicht ernsthaft böse über seine Ankündigung, einen Abend lang zu sumpfen. Harry ging nicht oft aus, und sie wußte, es wäre eine willkommene Abwechslung für ihn. Sie ermahnte ihn nur, »für eine gute Grundlage« zu sorgen. »Und vergiß nicht, wie du nach Hause kommst – ich kenne dich und Solly, wenn ihr über alte Zeiten redet«, scherzte sie und legte auf.

Sherman stülpte die Flasche ins Glas und merkte, daß er sich soeben den letzten Schluck eingegossen hatte. Als er zu trinken begonnen hatte, war sie dreiviertel voll gewesen. Er kippte den Rest hinterher. Das Gespräch mit seiner Frau hatte ihn nicht gerade nüchterner gemacht – er war eher stockbesoffen als stocknüchtern –, aber er hatte jetzt wieder einen klaren Kopf. Er hatte sie ohne genauen Grund angeschwindelt. Jetzt wußte er warum... er wußte es längst... er würde im Auftrag der Sechs Makkabäer eine letzte Mission durchführen. Für Solly. Er würde den mörderischen Schweinen zeigen, was es hieß, sich mit alten Waffenbrüdern der Hagana anzulegen. Das war schon vielen arabischen Terroristen teuer zu stehen gekommen!

Er schob den Sessel zurück, stand auf, durchquerte leicht schwankend sein Büro und blieb vor der Reproduktion eines Wasserfalls von Constable stehen. Er stellte das leere Glas auf den grauen, metallenen Hängeregisterschrank zu seiner Linken, fummelte an einer Ecke des Gemäldes herum, klappte es an den Scharnieren auf und enthüllte einen geheimen Wandsafe. Mühsam gegen die Wirkung des Whiskys ankämpfend, gab er die Kombination ein, machte die massive Tür auf und griff hinein. Als er die Hand wieder herauszog, kam ein Colt, Kaliber 38 zum Vorschein, der friedlich in seinem Inside-Holster aus dünnem Leder lag.

Sherman zog das Jackett aus und schnallte sich das Holster um. Als er die Schlaufen festzurrte und das tröstliche Gewicht der Waffe an seiner Brust fühlte, spürte er wieder das Prickeln des Kampffiebers, das ihn stets befallen hatte, wenn sie auf Terroristenjagd gegangen waren, damals, in einer anderen Welt – einem anderen Leben, wie es ihm jetzt mit dem Abstand der Jahre schien.

Er griff wieder in den Safe, nahm eine Schachtel Patronen heraus und setzte sich damit an den Schreibtisch. Er zog den Colt aus dem Holster, schwenkte die Trommel heraus und begann sie zu laden. Seine Bewegungen waren fahrig und schwerfällig, und zweimal fielen ihm die Patronen aus der Hand, doch schließlich hatte er es geschafft. Er ließ den Revolver zuschnappen, drehte die Trommel, sicherte die Waffe und steckte sie zurück ins Holster. Er sammelte die überzähligen Patronen ein und steckte sie griffbereit in die Hosentasche.

Einen Augenblick lang starrte er auf die geöffnete Zigarrenschachtel und ihren grausigen Inhalt. Diesmal verschwamm ihm der Blick nicht angesichts des schmerzlichen Verlusts, er verhärtete sich unmerklich. Sherman klappte den Deckel zu und zog das Gummiband darüber, schloß die Schachtel in der mittleren Schreibtischschublade ein und griff zum Telefon.

Privatdetektive sind wie ihr Pendant bei der Polizei gezwungen, Kontakte zum Milieu zu pflegen. Und wie überall kriegt man in der Unterwelt für Geld alles – oft sogar billiger. Nach einem fünfminütigen Telefongespräch hatte Sherman einen Handel vereinbart und sich mit einem Kontaktmann des Verkäufers in einer Bar an der East Side verabredet, den vereinbarten Preis würde er ihm in gebrauchten Scheinen mitbringen. Er holte die benötigte Summe aus dem Safe, verschloß ihn und ging.

Zwanzig Minuten später traf er den Kontaktmann in der dunklen Nische einer schummrigen, verräucherten Bar. Sie nippten so lange an ihrem Bier, bis sie sicher waren, daß sich niemand ungebührlich für sie interessierte, dann gab Sherman dem Mann die Scheine und erhielt dafür ein kleines, schweres Päckchen. Der kleine, mausgesichtige Mann zählte gekonnt die Scheine unter dem Tisch und steckte sie in eine Innentasche. Dann meinte er mit verschwörerischem Zwinkern:

»Ich soll Ihnen von Enrico ausrichten, er hätte gar nicht gewußt, daß Sie 'n Obstladen aufmachen wollen.« Er grinste, wobei eine stattliche Galerie Goldzähne zum Vorschein kam, dann fügte er mit gedämpfter Stimme hinzu: »Es geht ihn nichts an, sagt er, aber wenn Sie die Dinger benutzen, solln Sie dran denken, daß Ananas nach allen Seiten spritzen. Die scheren sich nicht drum, wen's trifft, sagt er.«

Sherman blickte ihn kühl an. »Sag Enrico, er hat vollkommen recht. Es geht ihn einen feuchten Dreck an. Doch zu seiner Information, der Kunde, für den die Dinger sind, hat sowas schon öfter benutzt als Enrico Spaghetti gegessen hat.«

Das Mausgesicht hob beschwichtigend die Hände. »Klar… klar… war nicht so gemeint, Mister Sherman. Ich kann Ihnen sagen, ich bin heilfroh, daß ich die Scheißdinger los bin. Mir wird immer ganz blümerant. Wenn Sie nichts dagegen haben, verzieh ich mich, solang ich noch ganz bin.«

Zwei Stunden später stand Sherman, eine Tüte mit angebissenen Sandwiches und eine halbleere Flasche Scotch auf dem Ne-
bensitz, auf einem menschenleeren Rastplatz nördlich von New
York und hatte das kleine, schwere Päckchen auf dem Schoß liegen. Er riß das Klebeband und das braune Packpapier ab, worauf
eine Schuhschachtel in Kinderschuhgröße zum Vorschein kam.
Auch die Schachtel war zugeklebt.

Er kratzte das Klebeband mit dem Fingernagel auf und nahm
den Deckel ab, um an die zwei Handgranaten aus Beständen der
US-Army heranzukommen, die friedlich zwischen dem zusam-
mengeknüllten Zeitungspapier lagen. Im schwachen Licht des
Armaturenbretts, das stumpf auf dem Bakelitmantel reflektierte, prüfte Sherman, ob die Sicherheitsstifte mit den Zugrin-
gen auch richtig saßen.

Geistesabwesend griff Sherman zum Whisky, schraubte den
Deckel auf und nahm einen langen Zug aus der Flasche. Ihm
wurde warm ums Herz, er hob die Handgranate hoch, wog sie in
der Hand und machte sich wieder mit Form und Gewicht vertraut. Noch einen Schluck Whisky, und die Erinnerungen tauchten wieder auf in seinem trunkenen Gedächtnis, das auf den Nebelschwaden der golden schimmernden Flüssigkeit dahinglitt.
Lange saß er da und starrte durch die Windschutzscheibe nach
draußen, sein inneres Auge wanderte von der schwarzen, frost-
kalten Nacht zurück zu den sonnigen Hügeln von Galiläa und
dachte an damals...

Dann riß er sich zusammen, legte die Handgranate in die
Schachtel zurück und schob die Schachtel ins Handschuhfach.
Noch ein Drink, dann schraubte der letzte Überlebende der
Sechs Makkabäer die Flasche zu, bog auf den Highway und fuhr
das letzte Stück zum Betlehem-Haus... seiner Vergeltungsmis-
sion für Solly Levenson entgegen.

56

Es war gegen zwei Uhr morgens, als Sherman, dessen schwelende Wut durch reichlich Whisky geschürt war, seine kurze Inspektion der Haupttore und des langen, auf beiden Seiten an-

grenzenden Maschendrahtzauns beendete. Beide waren zu hoch, um darüberzuklettern, deshalb beschloß er, mit Hilfe des Drahtschneiders aus dem Werkzeugkasten seines Wagens ein Loch in den Zaun zu schneiden.

Er watete durch das hüfthohe Gras am Straßenrand, überquerte den Highway und ging zu seinem Wagen zurück, den er hinter einem Gebüsch, etwa vierzig Meter weiter auf der gegenüberliegenden Straßenseite abgestellt hatte. Dort war das Gestrüpp stellenweise brusthoch, so daß vom Wagen nicht einmal das Dach zu sehen war.

Kurz darauf stapfte er erneut mit unsicherem Schritt über den schwarzen Asphalt, diesmal mit Drahtschneider in der Hand und schweren, von den Handgranaten ausgebeulten Manteltaschen. In seinem vom Whisky benebelten Kopf hatte er keine klare Vorstellung davon, wie er eigentlich vorgehen wollte, nur eine wilde Entschlossenheit, sich irgendwie Zutritt zu dem Anwesen zu verschaffen und Rache zu üben für den Tod seines alten Freundes und Kameraden, indem er die Verantwortlichen ins Jenseits beförderte.

Kaum war er im Gebüsch, das am Zaun entlang wuchs, verschwunden, als der eisige Nachtwind ihm Motorengeräusch zutrug. Er blickte nach Norden auf den langen, geraden Highway, der sich von der fernen kanadischen Grenze kommend durch die Catskills wand, und entdeckte in der Ferne Scheinwerferlicht. Er hielt sich gegen den eisigen Wind die Hand vor die Augen und erkannte schon bald, daß zwei dicht hintereinander fahrende Fahrzeuge auf ihn zukamen.

Auch wenn Sherman sturzbetrunken war, so besaß er doch noch einen Rest professioneller Vorsicht. Ob die heranfahrenden Fahrzeuge nun zur Sekte gehörten oder nicht, sein Instinkt riet ihm, sich besser nicht blicken zu lassen, und er duckte sich ins Gestrüpp. Kaum saß er in seinem Versteck, verriet ihm das Aufheulen der Motoren, daß die Fahrzeuge das Tempo drosselten, um in die Einfahrt zu biegen.

Geduckt rannte Sherman bis auf zwanzig Meter vor die Tore. Ab hier war der Seitenstreifen auf beiden Seiten der Einfahrt gemäht. Durch die dichten Zweige eines Busches blinzelnd, beobachtete er die ankommenden Fahrzeuge. Das erste war gedrungen und viereckig, etwa von der Größe eines Wohnmobils. Das zweite war wesentlich größer, es handelte sich um einen Sattelschlepper mit Anhänger.

Shermans Herz klopfte, teils vor Aufregung, teils aufgrund der ungewohnten körperlicher Anstrengung. Für einen Moment wurde ihm schwindlig, er glaubte sich übergeben zu müssen, und der kalte Schweiß trat ihm auf die Stirn. Als das Schwindelgefühl vorüber war, hielt der Truck gerade mit zischenden Bremsen vor dem Tor, der Transporter dagegen fuhr langsam an Shermans Versteck vorbei. Dabei schimmerte ein kleines, goldenes Kreuz im Mondlicht auf.

Sherman folgte dem Transporter mit den Augen. Fünfzig Meter weiter, fast auf der Höhe, wo Sherman seinen Wagen abgestellt hatte, hielt er an, machte kehrt und kam zurück. Offensichtlich prüfte er aus irgendeinem Grund, ob die Luft rein war.

Merkwürdiges Manöver, dachte Sherman, für Mitglieder einer religiösen Sekte, mitten in der Nacht. Doch sein alkoholgeschwängerter Furor und sein Verlangen nach Rache verschob die Befriedigung seiner detektivischen Neugier auf später. Jetzt interessierte ihn an den Sektenfahrzeugen einzig und allein, wie er in ihrem Schlepptau durch das Tor schlüpfen konnte. Den Protest seiner eingerosteten Gelenke und untrainierten Waden- und Rückenmuskeln ignorierend, blieb Sherman mit eingezogenem Kopf in der Hocke sitzen und sah, wie der Transporter an den Straßenrand fuhr und auf seiner Seite des Tors, mit der Schnauze zum Sattelschlepper, stehenblieb. Plötzlich flog die Hecktür des Transporters auf und fünf Männer kletterten heraus. Sie waren alle bewaffnet, zwei mit Maschinenpistolen, die anderen trugen M16-Gewehre mit klobigen Nachtsichtgeräten. Rasch stellten sich die Bewaffneten mit dem Gesicht nach außen im Halbkreis auf.

Sobald sie sich postiert hatten, blinkte der Transporter seinen Gefährten an, worauf der Truck anfuhr, langsam in die kurze Zufahrt bog und vor den Toren stehenblieb. An der Seite las Sherman die Aufschrift NATIONAL BIBLE SOCIETY OF AMERICA.

Das Tor öffnete sich lautlos und der kleine Transporter fuhr an, um die Lücke zwischen sich und dem Truck zu schließen.

Gleichzeitig zogen die offensichtlich routinierten Bewaffneten den Kreis enger und begannen den Rückzug auf das Anwesen.

In diesem Moment kletterte eine sechste Gestalt aus dem Transporter, diesmal aus der Beifahrertür, und inspizierte sorgfältig die Umgebung. In seiner rechten Hand baumelte eine Pistole. Im blassen Mondlicht sah Sherman, daß der Mann, der offensichtlich das Kommando führte, Asiate war. Wahrscheinlich Sung, schoß es Sherman durch den alkoholisierten Kopf, das Schwein, das Brett eingeschüchtert hatte... und wahrscheinlich auch das Schwein, das Solly Levenson auf dem Gewissen hatte!

Bei diesem Gedanken verwandelte sich seine schwelende Wut in blinden Haß gegen den mutmaßlichen Mörder seines alten Waffenbruders. Er merkte nicht, daß er die beiden Handgranaten aus der Tasche zog. Sie lagen plötzlich in seiner Hand, als er in seiner Rage, die ihm den Rand des Blickfelds verschleierte, sah, wie das Objekt seines Hasses dem Trucker signalisierte, durchs Tor zu fahren.

Als der Sattelschlepper mit wummerndem Motor anrollte, schrie der Dämon in Shermans Kopf: »Jetzt!« Sherman richtete sich auf, zog den Stift aus der ersten Handgranate und schleuderte sie auf den Feind.

»Das ist für Solly Levenson, ihr verdammten Mörder!« brüllte er... riß den Stift der zweiten Granate ab und warf sie hinterher.

Er sah noch kurz, wie sich sechs Köpfe umdrehten, sechs Augenpaare in seine Richtung starrten und sich sechs Gewehre auf ihn richteten, um ihn wegzupusten, dann warf er sich flach auf die Erde und hielt sich die Ohren zu.

Einen Augenblick später explodierten kurz hintereinander die beiden Handgranaten und verwandelten die Nacht in ein tosendes Flammenmeer.

Die erste prallte vom Dach des Transporters ab, landete dahinter auf der Fahrbahn und detonierte. Alle sechs Bewaffneten fielen um wie die Fliegen, da ihnen die zerfetzten Beine unter dem Leib weggerissen wurden. Die zweite kullerte unter den anrollenden Sattelschlepper und explodierte direkt hinter der Fahrerkabine.

Die Doppelexplosion hatte eine verheerende Wirkung auf beide Fahrzeuge. Der Transporter wurde in die Luft gewirbelt und flog dem Sattelschlepper in die Anhängertüren. Die Granate unter dem Truck zerriß die Sattelkupplung, die Fahrerkabine wurde mit zerfetzten Reifen in einen der Torpfosten geschleudert und vom nachkommenden Auflieger fast zerdrückt.

Wie durch ein Wunder fing keines der Fahrzeuge Feuer. Doch an den Unterseiten hatten sich ölgetränkte Klumpen gelockert und lagen, wie die Totenlichter bei einer Aufbahrung, als brennende Häufchen auf der Fahrbahn verstreut. Zwei in tödlicher Umarmung ineinander verkeilte Fahrzeuge, von sternförmig hingestreckten, blutig verstümmelten Leichen und flackernden Feuerpunkten umgeben – dies war der Anblick, der sich Sherman bot, als er sich aufrichtete. Er zog den Colt aus dem Holster, um das Blutbad zu inspizieren.

Seine erste Reaktion war wilde Genugtuung. Mit schnellen Schritten lief er zur Unglücksstelle – die Ohren dröhnten ihm noch vom Donner der beiden Explosionen –, in der Absicht, dem Asiaten eine Kugel durch den Kopf zu jagen, falls er den Anschlag überlebt haben sollte. Die Mühe blieb ihm erspart. Der Mann war offensichtlich tot. Ein Auge und ein Teil des Gesichts fehlten, von einem Granatsplitter zerfetzt. Plötzlich verflog Shermans alkoholbedingtes Hochgefühl und ihm wurde schlecht.

Doch nicht alle verstümmelten Opfer waren tot. Schwach, doch immer deutlicher hörte Sherman, dessen Ohren sich langsam erholten, die Schreie zweier Verwundeter, die sich wenige Meter entfernt in gräßlichen Schmerzen auf der Straße wanden. Er beschloß, daß er genug gesehen hatte. Es würde bald Hilfe kommen. Zweifellos hatte man die beiden Explosionen im Haus gehört.

Im Weggehen fiel Shermans Blick auf den offenen Anhänger, dessen Türen anscheinend aufgeflogen waren, als der Transporter dagegengeschleudert wurde... und auf circa zwölf Pappkartons, die herausgefallen waren. Einer der Kartons war geplatzt und hatte seinen Inhalt verstreut – Bücher und längliche, mit bräunlichem Pulver gefüllte Plastikbeutel.

Alarmglocken schrillten in Shermans Kopf. Er lief hin und kniete sich zwischen die Beutel und Bücher auf den Boden. Auf dem Packzettel seitlich am Karton stand – MIT FREUNDLICHER UNTERSTÜTZUNG DER NATIONAL BIBLE SOCIETY OF AMERICA, und er sah, daß es sich bei den verstreuten Büchern tatsächlich um Bibeln handelte. Doch sein Interesse galt dem Pulver in den Plastikbeuteln, die dazwischen versteckt gewesen waren. Mit dem Korn des Colts riß er einen Beutel auf.

Schon als er den angefeuchteten Finger in das Pulver steckte, wußte er, was es war. Es erklärte auch den schwerbewaffneten Begleitschutz. Sherman erkannte den bitteren, pelzigen Geschmack sofort – die Kenntnis gefährlicher Drogen war in seinem Metier von Nutzen. Es war reines Heroin.

Schnell riß er einen Karton auf, der noch unversehrt daneben lag. Sein Verdacht bestätigte sich. Eine doppelte Schicht Bibeln purzelte auf den Boden und darunter kamen, dicht gepackt, Kilobeutel Heroin zum Vorschein. Ein Blick in den geöffneten Anhänger erklärte, warum Grant und Levenson so viel scheinbar sinnloser, tödlicher Gewalt begegnet waren. Der Anhänger war bis unters Dach mit solchen Kartons beladen, die alle angeblich Kopien der Heiligen Schrift enthielten. Grob geschätzt, dachte er, hatte er Heroin in einem Wert von mehreren hundert Millionen Dollar vor sich, wenn es erst verschnitten und unter die Leute gebracht war.

Plötzlich beschlich ihn ein äußerst ungutes Gefühl, das mehr zu seiner Ernüchterung beitrug als eine kalte Dusche. Ihm wurde bewußt, daß er und Brett in einer verdammt gefährlichen Lage steckten... und sich mit verdammt gefährlichen Leuten angelegt hatten. Deshalb sollte er schleunigst verschwinden, bevor die Sektenfanatiker auftauchten. Er schnappte sich einen Plastikbeutel und richtete sich auf.

An den Toten vorbei, die Ohren vor den qualvollen Schreien der beiden Verletzten schließend, trat Sherman an die Straße und sah automatisch nach links und rechts, bevor er sie überquerte. Im Süden war nichts zu sehen. Doch als er nach Norden blickte, krallte sich die kalte Hand der Angst in seine Eingeweide. In der Ferne waren zwei helle, schnell größer werdende Punkte zu sehen. Er konnte wetten, daß das Fahrzeug zum Feind gehörte.

Die Angst machte ihm Beine. Er zwang seine alternden Knochen zu einem watschelnden Galopp, überquerte den Highway und ging im Gebüsch des Seitenstreifens in Deckung. Gegen die aufkommende Panik ankämpfend, kroch er geduckt durch das hohe Gras zu der Stelle, an der er seinen Wagen versteckt hatte. Er wollte nur noch weg und Ben Curtis das Beweisstück präsentieren. Auf diese Weise ließe sich die ganze Sache den Behörden übergeben. Er und Brett saßen bis zum Hals in der Scheiße, und er mußte sie da rausholen – solange sie noch Hälse hatten!

Seine Angst verscheuchte die Schleier des Alkohols aus seinem Kopf und trieb seine müden Knochen voran, als er sich durch das Gestrüpp zu seinem Wagen durchkämpfte. Was immer mit Solly Levenson geschehen war – und der blutlose, abgehackte Finger, den sie ihm geschickt hatten, deutete darauf hin, daß sie ihn nicht gerade zu einer Teeparty eingeladen hatten – wäre nichts im Vergleich zu dem, was ihm blühte, sollte er von diesen Leuten geschnappt werden.

Seine Angst war äußerst berechtigt. Denn in diesem Augenblick näherte sich Nemesis, in Gestalt von Angel One, in einem dritten, mit dem Begleitfahrzeug identischen Wagen, dem Schauplatz. Er war den ersten beiden Fahrzeugen mit wenigen Minuten Abstand gefolgt, um jeden Versuch, den Konvoi zu beschatten, zu vereiteln.

Japsend, mit Rücken- und Beinmuskeln, die vom geduckten Laufen brannten, erreichte Sherman seinen Wagen und riß die Tür auf. Bereit, auf den Fahrersitz zu springen, streckte er den Kopf aus dem hohen Gras und sah zurück auf die Straße. Das Herz schlug ihm vor Angst und Erschöpfung bis zum Hals, als er die rechteckige Silhouette des Nachzüglers neben den Wracks anhalten sah. Im selben Moment sprangen mehrere Bewaffnete aus dem Transporter und verteilten sich, um den Anhänger und die am Boden Liegenden zu inspizieren.

Sherman beobachtete sie einige Sekunden. Er fragte sich, ob sie wieder einsteigen und in seine Richtung fahren würden, um die Verfolgung desjenigen aufzunehmen, der ihre Kameraden angegriffen hatte. Kurz darauf war klar, daß sie nichts derartiges vorhatten, da der Anführer einen Befehl erteilte und sich der Rest unverzüglich um die beschädigten Fahrzeuge postierte.

Er beschloß abzuhauen, solange er noch konnte. Er warf den Plastikbeutel auf den Beifahrersitz, kletterte hinters Steuer und zog die Tür zu. Er konnte sich jetzt nur auf die Schnelligkeit seines großen, PS-starken Chevy verlassen, um etwaigen Verfolgern zu entkommen. Er schickte ein stilles Dankgebet gen Himmel, als der Motor sofort ansprang und ließ den Wagen in schrägem Winkel durch den Grasvorhang Richtung Highway rollen, bis er nur noch wenige Zentimeter vom Asphalt entfernt war.

Mit einem kurzen Blick nach hinten vergewisserte er sich, daß ihm niemand auf den Fersen war, stieg aufs Gas und preschte auf die Straße. Die Reifen drehten kurz durch, als sie auf dem vereisten Belag Halt suchten, dann schoß der schwere Chevy los. Sein hinteres Ende schlingerte ein paar Meter, daß Sherman schier das Herz stehen blieb, dann hielt der Wagen die Spur und trug seinen Fahrer, der schwitzend und mit eingezogenem Kopf am Steuer saß, dem sicheren Hafen der Stadt entgegen.

57

Angel One war außer sich vor Wut, als er in der Zufahrt zum Betlehem-Haus stand. Er war nur wenige Minuten nach dem Herointransport und seinem schwerbewaffneten Begleitfahrzeug eingetroffen, um zu gewährleisten, daß ihn niemand bis zum Bestimmungsort beschattete, und nun fand er die Verwüstung vor, die Sherman mit seinem tödlichen Überraschungsangriff angerichtet hatte. Das allerwichtigste war zunächst Schadensbegrenzung, die Lieferung sicher ins Haus zu schaffen, für den Fall eines zweiten Angriffs... die Toten und Verletzten mußten ebenfalls geborgen werden, wie auch die beschädigten Fahrzeuge.

Er befahl den fünf Sektenleuten, die mit ihm angekommen waren, sich um die Wracks herum aufzustellen. Als sie Posten bezogen und sich mit Hilfe der Gewehre gegen weitere Attacken aus der Dunkelheit gewappnet hatten, rief er über Funk den Kontrollraum und ließ sofortige Hilfe aus dem Haus kommen.

Plötzlich stieß einer der Verletzten einen markerschütternden Schrei aus, worauf Angel One zu den zerfetzten Leibern hinübersah. Bei seiner ersten Inspektion hatte er entdeckt, daß sein Stellvertreter Angel Three unter den Toten war. Da Angel Two vorübergehend nicht einsatzfähig war – aufgrund der Verletzungen, die er beim Anschlag auf das Golden Lotus erlitten hatte, konnte er lediglich den Kontrollraum hüten –, war Angel Ones Kader schwer dezimiert.

Wer steckte hinter dem jüngsten Anschlag auf seine Organisation? Es konnte nur der Abschaum der verhaßten, gegnerischen Mafia sein. Dann stellte sich Angel One die Reaktion des Controllers vor, wenn er die Nachricht vom jüngsten Desaster erhielt, und das Blut kochte in seinen Adern, trotz der kalten Nacht.

Der Gedanke wurde schlagartig hinweggefegt, als Shermans Wagen aus dem Gebüsch schoß und mit quietschenden Reifen und schlingerndem Hinterteil Richtung New York davonraste. Der Wagen tauchte so überraschend auf, daß keiner von ihnen einen Schuß abfeuerte, als er in der Dunkelheit verschwand. Im selben Moment jedoch rasten hellerleuchtete Scheinwerfer auf dem Kiesweg vom Haus heran und kündigten die Ankunft von vier Bergungsfahrzeugen an.

Angel Ones Wut verwandelte sich sofort in Jubel. Die Rache würde die Täter dieser jüngsten Freveltat schnell einholen. Und falls sich herausstellte, daß sie tatsächlich auf das Konto der Neroni-Familie ging, schwor er sich, den Clan bis zur völligen Vernichtung zu bekriegen. Er würde das Ungeziefer ausrotten und gleichzeitig den anderen Mafia-Clans die unvergeßliche Lektion erteilen, daß Krieg gegen die Triaden Selbstmord war!

Er beschloß, zwei Mannschaften zu den Bergungsarbeiten abzukommandieren, die ersten beiden Transporter hingegen winkte er an den verkeilten Fahrzeugen vorbei zu sich auf die Straße. Auf die immer kleiner werdenden Rücklichter in der Ferne deutend, gab er den Befehl zur Verfolgung. Der Feind war, wenn möglich, lebend gefangenzunehmen ... falls jedoch aus irgendeinem Grund eine Gefangennahme unmöglich oder unratsam war, war er unter allen Umständen zu liquidieren. Die frisierten Motoren heulten ihr Mitgefühl in den Nachthimmel, und die beiden Wagenladungen menschlicher Jagdhunde nahmen die Verfolgung auf.

Wenige Minuten später wußte das aschfahle, schwitzende Opfer, dem die Angst den Alkohol aus den Poren trieb, aufgrund der beiden ominösen Scheinwerferpaare im Rückspiegel, daß sie hinter ihm her waren. Er drückte das Gaspedal durch und konzentrierte sich verbissen auf die Fahrbahn, die Tachonadel kroch allmählich ans Ende der Anzeige.

Während die weißen Markierungen auf ihn zuschossen, betete er um ein Quentchen der göttlichen Unterstützung, die Moses, als er beim Auszug aus Ägypten vom Heer des Pharao verfolgt wurde, aus einer ähnlichen Klemme geholfen hatte. Es müssen ja nicht gleich Wolken- und Feuersäulen sein, flehte Harvey Sherman den Gott Israels an... nur ein paar PS mehr. Doch Jahwe muß in dieser Nacht verärgert gewesen sein über die Kampfhähne Seines auserwählten Volkes im Nahen Osten, denn die verzweifelte Bitte eines einsamen, verängstigten Juden im besten Alter blieb unerhört.

Eine Viertelstunde später wußte Sherman mit wachsender Verzweiflung, daß er es nicht schaffen würde. So schnell sein leicht bejahrter Chevy auch war, die Fahrzeuge hinter ihm waren eine Spur schneller. Seit sie durch das schlafende Rockford gedonnert waren, hatten sie beständig aufgeholt. Seine Hoffnung, eine eifrige Highway Patrol würde die Raser entdecken, schwand mit jeder Meile auf der endlosen, verlassenen Straße, die im Licht der Scheinwerfer unter ihm durchhuschte.

Er hatte nur eine Überlebenschance, wenn er die Verfolgerfahrzeuge daran hindern konnte, neben ihn zu fahren bzw. ihn zu überholen. Sie waren zu zweit – und damit in der Lage, ihn in die Zange zu nehmen und zum Anhalten zu zwingen. Vielleicht suchten sie sich auch eine geeignete Stelle aus, um ihn bei voller Geschwindigkeit von der Straße zu stoßen. Die gedrungenen Transporter waren schwerer als sein Chevy. Sie würden jedes Kräftemessen in einem Rammwettbewerb gewinnen.

Bald würde ihn das Scheinwerferlicht im Rückspiegel blenden und seine Nachtsicht beeinträchtigen, da der erste Verfolger unerbittlich aufholte. Um dem zuvorzukommen, verstellte er den Rückspiegel. Die beiden Fahrzeuge waren schon fast in Überholnähe... fast in Reichweite! Das Innere des Chevy war von ihren Scheinwerfern hell erleuchtet.

Wenige Sekunden später wurden seine Befürchtungen wahr. Er wurde in den Sitz zurückgeworfen, da sein Verfolger ihn an der hinteren Stoßstange rammte. Er versuchte, den Wagen, der auf dem vereisten Straßenbelag gefährlich zu schlingern begann, unter Kontrolle zu halten. Der Transporter rammte noch einmal die Stoßstange... und noch einmal! Dann wurde die Fahrbahn neben ihm hell. Der Angreifer setzte zum Überholen an.

»Nichts da, du Dreckschwein!« rief Sherman mit zusammengebissenen Zähne und zog rücksichtslos nach links. Der Chevy schnitt den überholenden Transporter und wurde mit einem lauten Knirschen belohnt, diesmal in der Gegend des hinteren Kotflügels. Wieder hatte er Mühe, die Kontrolle über den ausbrechenden Wagen zu behalten, doch jetzt sah er mit Genugtuung, daß die Scheinwerfer hinter ihm ebenfalls schlingerten, da der feindliche Transporter auf der vereisten Straße ins Schleudern geriet und zurückfiel.

Doch Shermans Erleichterung war nur von kurzer Dauer. Nach einigen weiteren, für beide Seiten gefährlichen Zusammenstößen änderte der Feind seine Taktik. Die gesamte Fahrbahn hinter und neben ihm wurde hell, als der zweite Transporter nach links ausscherte und neben den ersten zog. Seite an Seite rasten sie auf dem langen, geraden Highway hinter ihm her. Sherman wußte, jetzt war es nur noch eine Frage der Zeit, bis es einem von ihnen gelänge zu überholen, während der andere dafür sorgte, daß er alle Hände voll mit seinem Wagen zu tun hatte, indem er ihn immer wieder von hinten rammte.

Sherman wurde flau im Magen, als seine Verfolger weiter erhöhten. Er warf einen Blick auf den Tacho – die Nadel zitterte an der 120-Meilen-Marke vorbei. Als er wieder auf die gerade, leicht abfallende Straße vor sich blickte, regte sich neue Hoffnung in seiner Brust. Da, etwa hundert Meter vor ihm, tauchten Rücklichter auf, die offensichtlich zu einem großen Lastwagen gehörten, nach den Begrenzungsleuchten seitlich und an den oberen Ecken zu schließen, die nachfolgende Verkehrsteilnehmer über die Abmessungen des Trucks informieren sollten.

Vielleicht könnte er eine Zeitlang neben dem Truck her fahren, ihn quasi als Schutzschild benutzen, so daß seine Verfolger keine Gelegenheit bekämen, ihn zu schnappen oder umzubringen, bis er einen Weg gefunden hätte, sie abzuschütteln. Er spekulierte darauf, daß sie ihn nicht unbedingt vor den Augen eines Zeugen attackieren wollten. Alle Trucker hatten CB-Funk, also bestand die Gefahr, daß die Polizei verständigt würde.

Sherman fuhr dicht auf den Laster auf, dessen Fahrer ihm mit dem Blinker signalisierte, daß er gefahrlos überholen könne. Er scherte gerade noch rechtzeitig aus, bevor der Transporter schräg hinter ihm neben ihn ziehen und ihn einklemmen konnte. Der Verfolger mußte nachgeben, ließ sich zurückfallen und ordnete sich wieder hinter seinen Gefährten ein. Sherman kroch die scheinbar endlose Längsseite des turmhohen, fünfachsigen Monsters entlang. Dabei ging er vom Gas, den Überholvorgang absichtlich verzögernd, um solange wie möglich neben dem donnernden Riesen herzufahren.

Irritiert durch das endlose Überholmanöver fing der Trucker schon nach kurzer Zeit an zu hupen, und Sherman hörte, wie die Luftdruckbremsen zischten. Der große Truck fiel zurück, da der Fahrer, wohl in der Annahme, der Chevy habe nicht genug Power, ihn zügig zu überholen, das Tempo drosselte.

Im selben Moment entdeckte Sherman auf der gegenüberliegenden Fahrbahn die Lichter eines entgegenkommenden Fahrzeugs. Da ihm nichts anderes übrigblieb, als die Obhut des Lasters zu verlassen, trat er aufs Gas. Prompt schoß sein braver, alter Chevy vorwärts und hängte die anderen Fahrzeuge ab.

Als das entgegenkommende Fahrzeug, auch ein Laster, vorbeigedonnert war und die gegenüberliegende Spur vor ihm wieder frei war, erwog Sherman kurz, dicht vor dem Truck, den er überholt hatte, herzufahren, doch er verwarf die Idee schnell wieder. Er kam zu dem Schluß, daß dies die Fanatiker, die hinter ihm her waren, nicht davon abhalten würde, ihre Attacke wieder aufzunehmen. Er hatte ihnen großen Schaden zugefügt und zu viel gesehen. Mit seinem gefährlichen Wissen über ihren Drogenhandel und andere Aktivitäten würden sie ihn unter keinen Umständen entkommen lassen. Wenn er den Trucker in die Sache hineinzog, würde der nur auch noch draufgehen. Diese Leute würden vor nichts Halt machen. Das hatten sie mit Solly Levensons Ermordung bewiesen.

Schon allzu bald waren sie ihm wieder auf den Fersen. In wilder Jagd durch die Nacht manövrierten sich die Transporter in eine günstige Ausgangsposition und setzten ihre Versuche fort, ihn von der Straße zu drängen bzw. zum Anhalten zu zwingen. Die Verfolgung war zu einem erbitterten Nervenkrieg geworden, auf dessen Verlierer der Tod wartete. Die Lichter des Trucks lagen bereits weit zurück, und es waren keine anderen Fahrzeuge auf dem langen, schnurgeraden Highway zu erkennen. Jetzt verdoppelten die Sektenfahrer noch einmal ihre Anstrengungen, mit wachsender Dreistigkeit und Entschlossenheit.

Sherman spürte, daß er müde wurde und seine Konzentration nachließ, jetzt, da sein flüssiger Kampfgenosse, der ihm zuvor so viel Mut und Kraft auf seiner gefährlichen Mission eingeflößt hatte, ihn im Stich ließ. Mit der körperlichen Erschöpfung begann auch die Verzweiflung in ihm emporzukriechen und seinen Widerstandswillen zu brechen. Er würde nicht mehr lange durchhalten. Ein Fehler von seiner Seite, eine Unachtsamkeit, und sie hätten ihn. Er spürte, daß es bald zu Ende wäre, so oder so. Und so war es auch.

Ihm fiel sein Revolver ein. Ein plötzlicher Hoffnungsschimmer löste die Verzweiflung ab. Sein altes Kriegergehirn funktionierte wieder. Wenn er einen der Transporter neben sich kommen ließ, konnte er den Fahrer durchs Fenster erschießen, noch bevor der Gelegenheit hatte, den Chevy von der Straße zu drängen. Dann hätte er es nur noch mit einem Transporter zu tun, und seine Chancen würden sich drastisch erhöhen.

Er kurbelte das Fenster herunter. Der eisige Wind blies ihm die letzten Schleier seiner alkoholbedingten Lethargie aus dem Hirn und vertrieb die selbstzerstörerische Müdigkeit, die an seinem Kampfgeist gezehrt hatte. Ein heiliger Zorn packte ihn auf die gottlose, verbrecherische Organisation, die bereit war, immer weiter zu morden, um ihr dreckiges Geschäft zu schützen, das darin bestand, den Jugendlichen auf den Straßen Amerikas den schleichenden Tod anzudrehen.

Im Seitenspiegel sah er, wie der zweite Transporter ausscherte, seinen Zwilling überholte und näher kam. Sherman wußte, sie erwarteten, daß er ausscheren würde, um sie am Überholen zu hindern, doch diesmal sollten sie sich verrechnet haben. Er würde den Transporter neben sich kommen lassen und ihm eine Überraschung bereiten. Als die Schnauze des Transporters langsam von hinten ins Blickfeld kam, nahm er eine Hand vom Lenkrad, griff ins Schulterholster und zog den Revolver.

Genau in diesem Moment, als er mit der einen Hand steuerte und mit der anderen die Waffe aus dem Holster zog, rammte ihn der hintere Transporter erneut. Das Lenkrad rutschte ihm aus der Hand und fing an wild zu rotieren, da sich der Wagen mit quietschenden Reifen und hundert Sachen um die eigene Achse drehte.

Verzweifelt versuchte Sherman, das Lenkrad festzuhalten, dabei glitt der Colt unbemerkt zu Boden. Seine einzige Chance bestand darin, gegenzulenken, doch bevor er auch nur den Versuch unternehmen konnte, wurde der Chevy schon wieder gerammt. Diesmal war der Angriff richtig getimt. Der Chevy kam von der Fahrbahn ab, zerfetzte die Leitplanke, als ob sie aus Balsaholz wäre und stürzte die lange, felsige Böschung hinunter.

Der Wald hatte sich an dieser Stelle von der Straße zurückgezogen, und aufgrund des felsigen Bodens gab es nur wenige, vereinzelte Bäume. In seinem Todeskampf buckelte der Chevy wie ein wilder Hengst, als er von Fels zu Fels katapultiert wurde, und warf Karosserieteile, eine Tür und ein Rad ab.

Drinnen wurde Sherman wie eine Stoffpuppe umhergeworfen, bevor er mit Schwung über das Lenkrad flog. Er knallte mit der Stirn an den Rahmen der Windschutzscheibe und prallte mit dem Oberkörper gegen die Lenksäule. Ein höllischer Schmerz durchfuhr ihn, und er spürte, daß in seiner Brust etwas brach. Irgendetwas floß ihm in die Augen und legte einen roten Schleier über seine Umgebung. Während ihm die Sinne schwanden, merkte er, daß es sein eigenes Blut war. Sein letzter Gedanke, bevor ihn die Nacht verschlang, war, ob Miriam ihm die Lüge wohl verzeihen würde ...

Dann geschah das Unvermeidliche. Noch immer etwa 60 Meilen schnell, drehte sich der Wagen um die eigene Achse, landete auf einer abschüssigen Felsplatte und kippte auf die Seite. Funken und Glasscherben sprühend, schlitterte der Chevy die kurze Schräge hinab, schoß wie von einer Skischanze über die drei

Meter hohe Kante am Ende der Platte, überschlug sich zweimal in der Luft und prallte schließlich kopfüber gegen den Stamm einer einsamen Fichte.

In der anschließenden Stille – die Räder drehten sich noch – war deutlich ein unheilvolles Tröpfeln zu hören. Aus dem zerstörten Tank lief das Benzin aus. Dann zuckte der Wagen auf seinem eingedrückten Dach, explodierte und stand innerhalb von Sekunden in Flammen.

Das tanzende Licht des Hochofens, in den sich das Wageninnere in kürzester Zeit verwandelt hatte, erhellte die schattenhaften Gestalten der acht Sektenleute, die die hohe Böschung heruntergelaufen und -gerutscht kamen. In lockerer Reihe blieben sie circa zwanzig Meter vor dem Wrack stehen und hielten sich zum Schutz vor der gewaltigen Hitze die Arme vors Gesicht.

»Kann einer von euch sehen, ob der Wichser noch drin ist?« rief der Anführer.

Einige der Männer gingen in die Hocke und versuchten, mit zusammengekniffenen Augen über die erhobenen Arme spähend, den Flammenvorhang zu durchdringen, der aus den aufgerissenen, verbeulten Türen und zerschlagenen Fensterscheiben schlug, und die verkohlte Leiche ihres Opfers im weißglühenden Wageninneren zu entdecken.

»Nee, ich seh rein gar nix«, rief einer zurück und richtete sich auf. »Soll ich die Feuerlöscher aus dem Wagen holen?«

Der Anführer schüttelte den Kopf. »Pure Zeitverschwendung. Bis du wieder da bist, ist er ausgebrannt.« Er sah sich in der wild zerklüfteten Landschaft um. »Während wir das abwarten, könnt ihr euch verteilen und nachschauen, ob der Idiot vielleicht rausgeschleudert worden ist. Sollte das der Fall sein und er lebt noch, will Erzengel Michael ihn unbedingt haben. Wenn wir ihn nicht finden, warten wir, bis die Kiste ausgebrannt ist, und schauen dann nach, was von ihm übrig ist. So oder so, wir müssen wissen, was Sache ist, bevor wir Meldung machen. Also los!«

Einen Augenblick später liefen sie auf ein »Hier!« wieder zusammen und umringten den ausgestreckten Sherman, der zu Füßen seines Entdeckers lag, etwa dreißig Meter weiter links und etwas oberhalb, wohin er durch die Öffnung der fehlenden

Tür geschleudert worden war, als sich der Wagen im Flug von der abschüssigen Felsplatte überschlagen hatte. Einer der Männer untersuchte Sherman kurz und stellte fest, daß er noch atmete. Dann richtete er sich auf und gab dem Anführer die Brieftasche des Bewußtlosen.

Den Inhalt inspizierend, zog der Apostel Shermans Lizenz und die I.D. heraus. Als er die Ausweise im flackernden Schein der Flammen begutachtete, verzog er das Gesicht.

»Da schau an ...«, sagte er und sah triumphierend auf. »Noch 'n Privatdetektiv! Aber nicht irgendeiner. Der da ...«, er spuckte auf Sherman und trat der wehrlosen Gestalt brutal in die Seite, »ist rein zufällig ein Partner von diesem Scheiß Grant, der uns in letzter Zeit so viel Ärger gemacht hat.«

Er grinste sein bewußtloses Opfer böse an und trat noch einmal zu. »Erzengel Michael wird dich Arschloch mit Genuß auseinandernehmen ... und dein Freund Grant ist als nächster fällig ...«

Er deutete mit dem Kopf auf die ausgestreckte Gestalt. »Okay ... hebt ihn auf«, befahl er, »wir müssen ihn zurückbringen, bevor er uns abkratzt, damit Erzengel Michael noch was von ihm hat.«

Vier der Sektenleute bückten sich, um ihn an Armen und Beinen zu packen, als der ganze Trupp schlagartig erstarrte, da ganz in der Nähe ein Schuß losging und ihnen die tödliche Ladung um die Ohren pfiff. Die anschließende, überraschte Stille wurde vom bedrohlichen Knacken einer Schrotflinte beim Nachladen zerrissen. Wie auf Kommando drehte sich der Trupp nach der unerwarteten Gefahr um – da sagte eine Stimme in der Dunkelheit über ihnen klar und seelenruhig: »Entschuldigt die Störung, Jungs, aber der erste, der sich ohne meine Erlaubnis rührt, wird gleich vor 'nem ganzen Chor Erzengeln stehn ... den O-ri-gi-nalausgaben!«

Als sie in die Dunkelheit nach dem Besitzer der Stimme spähten, fuhr diese unerbittlich fort: »Und jetzt tretet ihr schön langsam zurück. Ich bin verdammt nervös, und das Baby hier hat noch vier Patronen im Bauch und eine in der Schnauze. Wenn einer versucht, den Schlaumeier zu spielen, ist er 'n toter Mann.«

Endlich konnte der Trupp den Besitzer der Stimme erkennen. Ihre Augen hatten sich an die Dunkelheit gewöhnt, da sie nicht mehr in die hellen Flammen blickten. Kurz hinter der Stelle, bis zu der der flackernde Schein des brennenden Wagens reichte, stand über ihnen eine breitbeinige, alles andere als nervös wirkende Gestalt an der Böschung. Der Mann hatte sich an der Kante der Felsplatte postiert, über die der Wagen abgestürzt war, der rote Schein der Flammen reflektierte auf der schwarzen Lederjacke und der Schirmmütze. Sie konnten auch den abgesägten Lauf der Schrotflinte erkennen, mit der er sie in Schach hielt.

Der Fremde stand fest und gebieterisch da, einen Fuß leicht nach vorn gestellt, um den Rückstoß des Gewehrs abzufangen. Auch die Waffe hatte er fest in der Hand, trotz der scheinbar lockeren Art, mit der er sie hielt, was sie an dem reglosen schwarzen Auge der Mündung ablesen konnten, das so bedrohlich auf sie herabsah.

Die furchteinflößende Gestalt – von den Stiefeln über die Jeans und die unverwechselbare Lederjacke bis hin zur Mütze, welche fest auf dem hageren, fahlen Gesicht mit den langen Koteletten und dem Burt-Reynolds-Schnurrbart saß, ganz in Schwarz – wäre von Jim Miller sofort wiedererkannt worden. Er hätte ihn als einen der vier Trucker identifiziert, die er in der Nacht seines gescheiterten Fluchtversuchs am Truck Stop getroffen hatte – als den schweigsamen, den die anderen Chuck genannt hatten.

Chuck, vor 32 Jahren auf den Namen Carl Beaufort Wood getauft, war in der Kabine seines Sattelschleppers thronend zügig und zufrieden dahingebraust, eine Ladung gefrorener Rinderhälften aus Kanada für die Fleischmärkte von New York im Auflieger. Die Langeweile der langen Nachtfahrt hatte er bekämpft, indem er mit anderen Truckern über CB-Funk plauderte.

Bei der Anfahrt auf Rockford war ihm eingefallen, daß sein Freund und Kollege Rocky O'Rourke ihm von einem Privatdetektiv namens Grant erzählt hatte, der den Jungen in der merkwürdigen Kluft, den sie neulich im Truck Stop getroffen hatten, ausfindig machen wollte. Der Detektiv hatte gebeten, die Augen offenzuhalten, ob ihnen in der Umgebung etwas Ungewöhnliches auffiel, was unter Umständen mit der komischen Sekte zu tun haben könnte, die seiner Überzeugung nach den Jungen gegen seinen Willen festhielt.

Er hatte absichtlich wieder am selben Truck Stop Halt gemacht, doch diesmal waren seine Kumpels entweder woanders unterwegs oder hatten frei, deshalb war er allein. Er hatte seine Mahlzeit beendet und sich auf die letzte Etappe der langen Fahrt gen Süden gemacht. Dabei hatte er, wie versprochen, die Augen offengehalten. Doch nachdem er Rockford passiert hatte, war er zu der Überzeugung gelangt, daß an diesem Abend nichts Unerquickliches zu erwarten war.

Dann hatte Chuck im Rückspiegel drei Scheinwerferpaare heranpreschen sehen. Die beiden hinteren Fahrzeuge waren dem vorderen offenbar auf den Fersen und lieferten sich mit ihm ein bescheuertes Wettrennen. Sie fuhren sogar nebeneinander her, in dem Versuch, ihn in die Zange zu nehmen und sich gewaltsam an ihm vorbeizudrängen, doch der Vordermann hatte sich nicht einschüchtern lassen und bei jedem Versuch Haken geschlagen. Das Spielchen hatte ihn vom Funkverkehr abgelenkt.

Als der erste Wagen, ein großer Chevrolet, in Überholnähe gekommen war, hatte Chuck den Blinker eingeschaltet, um dem Fahrer zu signalisieren, daß er gefahrlos auf die linke Spur gehen und überholen könne. Der Fahrer hatte zum Überholen angesetzt, doch dann hatte er wieder mit seinem idiotischen Spielchen begonnen und war neben dem Laster hergefahren, anstatt an ihm vorbeizuziehen.

Chuck wußte, daß seinem 20-Tonner bei einem Zusammenstoß mit dem Chevy nichts passieren konnte, doch er hatte keine Lust, sich stundenlang von der Polizei löchern zu lassen, wie irgendein Idiot es geschafft hatte, sich und seine Kiste von sechzehn Rädern zu Mus quetschen zu lassen. Deshalb hatte er auf die Hupe gedrückt und war auf die Bremse gestiegen, um den Fahrer zum Überholen zu zwingen. Sollte der Chevyfahrer andere Pläne gehabt haben, so waren diese von den Scheinwerfern des entgegenkommenden Fahrzeugs schnell zunichte gemacht worden.

Als der Chevy vorbeizog, hatte Chuck einen kurzen Blick auf

den Fahrer geworfen, der sich über das Lenkrad beugte und eher einen verzweifelten Eindruck machte als den eines fröhlichen Rennfahrers. Die resolute Art und Weise, wie die beiden Verfolgerfahrzeuge an seinem Truck vorbeigeschossen waren, ihn geschnitten hatten, so daß er erneut auf die Bremse treten mußte, und den Rücklichtern des Chevys hinterhergerast waren, hatte seinen Eindruck bestätigt.

Die beiden identischen Transporter hatten etwas Bedrohliches bekommen ... wie Wölfe, die eine Beute erlegen wollen, dachte Chuck. Wieder hörte er Rocky sagen, sie sollten die Augen offen halten nach seltsamen Vorkommnissen in der Gegend ... also war er aufs Gas gestiegen und hinterhergebraust, die drei Fahrzeuge vor sich in der Ferne nicht aus den Augen lassend.

Auf den folgenden Meilen hatte er das Hin und Her der Rücklichter beobachtet, da die Verfolger, offensichtlich immer noch in der Absicht, den Chevy zu überholen, ständig die Spur gewechselt hatten. Plötzlich hatte Chuck den Atem angehalten und die Lippen um sein Zigarillo gepreßt. Das Unvermeidliche war geschehen. Das zwei-, dreimalige kurze Aufleuchten von Scheinwerfern hatte angezeigt, daß sich eines der Fahrzeuge unkontrolliert um die eigene Achse drehte. Dann waren die schaukelnden Lichter nach rechts gedriftet und in hohem Bogen durch die Nacht geflogen – das Fahrzeug war von der Straße abgekommen.

Sekunden später war am Fuße der Böschung eine häßliche Stichflamme aufgegangen, die auch auf die Entfernung durch die lichter werdenden Bäume klar zu erkennen war. Aufgrund dessen, was er von dem nächtlichen Wettrennen mitbekommen hatte, war Chuck davon überzeugt, daß der Chevy absichtlich von der Straße gedrängt worden war.

Ohne zu überlegen, worauf er sich da einließ, ging Chuck vorsichtshalber vom Gas, um den Truck rechtzeitig zum Stehen bringen zu können. Gleichzeitig griff er zum Mik seiner CB-Funkstation hoch, wartete die nächste Schaltpause ab und mischte sich in das Gespräch seiner über die Straßen von New York State verstreuten Kollegen.

»QRX auf 509«, rief er, und alle wußten, daß es sich um etwas Dringendes handelte. »Hier ist der Schwarze Ritter, Kollegen.

Ich hab hier 'n VU mit Personenschaden. Hat einer von euch vielleicht 'ne 600?« erklärte er im Funker-Code. »QTH mit meinen Zwanzigtonner circa fünf Meilen südlich von Rockford. Wär euch dankbar, wenn einer von euch Breakern die Bullen und 'n NAW herschicken könnte. Drei Pkws haben hier aufm Highway 'ne Sause veranstaltet und der dritte hat soeben 'n Abflug gemacht. Die Kiste brennt wie 'n Christbaum. Ich hoffe bloß, er ist nicht mehr drin, sonst Friede seiner Asche. Ich werd mir die Sache gleich mal aus der Nähe ansehen. Over.«

Auf den letzten hundert Metern hatte Chuck gesehen, wie mehrere schattenhafte Gestalten aus den Transportern gestiegen und die felsige, baumbestandene Böschung zu dem brennenden Wrack hinabgelaufen waren. Während er gebremst hatte, hatten ihm die Kollegen über Funk zugesichert, daß die angeforderte Hilfe unterwegs sei.

Er hatte seinen Truck unter leisem Zischen der Luftdruckbremsen sanft zum Stehen gebracht, hatte hinter den Fahrersitz gegriffen und die abgesägte Schrotflinte aus der Halterung gelöst, die er zum Schutz vor der allgegenwärtigen Gefahr von Überfällen dort verwahrte. Er war aus der Kabine geklettert und routiniert von der letzten Stufe auf die Straße gesprungen. Ein kurzer Blick in die beiden Transporter, die zwanzig Meter weiter vorn standen, hatte ergeben, daß sie leer waren.

Durch das Loch in der Leitplanke war Chuck im Schein der Flammen schnell und sicheren Fußes die dunkle Böschung zu der Stelle hinabgestiegen, wo sich acht Männer um eine am Boden liegende Gestalt versammelt hatten. Er hatte sich bis an die Kante der Felsplatte geschlichen, als einer der Männer dem Bewußtlosen brutal in die Hüfte getreten hatte. Dann hatte er gehört, wie der Rohling den anderen befahl, das bewußtlose Opfer aufzuheben.

Aus den Worten »Erzengel« und »Grant« hatte er geschlossen, daß die Typen wahrscheinlich zu der Sekte gehörten, nach der er Ausschau halten sollte, und dem unglücklichen Privatdetektiv in ihren Händen nicht gerade grün waren. Anhand der Bemerkung des Anführers hatte er erkannt, daß das Opfer ein Kollege des besagten Grant sein mußte, der Rocky besucht hatte. An diesem Punkt hatte er sich bemerkbar gemacht und eingegriffen.

Chucks Worte hingen in der Luft, sonst war nur das Grollen und Knistern der Flammen zu hören, die die Szene in ein rot-flackerndes Licht tauchten. Dann bewegte sich der Anführer, ein stämmiger Latino mit pechschwarzen Augen. Er sah an Chuck vorbei den Hang hinauf zur Straße. Offenbar wollte er prüfen, ob der Trucker Verstärkung mitgebracht hatte. Dann sah er ihm in die Augen und deutete drohend mit dem Zeigefinger auf ihn.

»Mister, Sie wissen nicht, auf was Sie sich da einlassen. Das geht Sie nichts an. Ich geb Ihnen 'n guten Rat, wenn Sie heil nach Hause kommen wollen. Gehen Sie zu Ihrem Brummi zu-rück und machen Sie, daß Sie wegkommen. Dann vergessen wir vielleicht, daß wir Sie gesehen haben... wenn Sie Glück haben.«

Als Antwort hob Chuck die Flinte etwas an und zielte genau auf das Gesicht des Mannes. »Jetzt geb ich Ihnen 'n Rat, Mister. Man droht nicht, wenn man 'ne Flinte vor der Nase hat!«

Seine freundliche Stimme wurde keine Spur lauter, doch sie bekam etwas stahlhartes, als er hinzufügte: »Und zu Ihrer Infor-mation, es geht mich sehr wohl was an, wenn ich seh, daß 'n paar Jesusfreaks jemanden von der Straße drängen und mit Fuß-tritten bearbeiten und dann verkünden, daß sie ihn mitnehmen, damit sich irgendein Verrückter an ihm austoben kann, der sich einbildet, er sei 'n Erzengel oder sowas. Ach... und übrigens... lassen Sie die Brieftasche fallen.«

Bei der Anspielung auf die Sekte und ihren chinesischen Füh-rer war der Trupp zusammengezuckt und hatte nervöse Blicke gewechselt. Die Augen des Anführers verengten sich, doch er tat wie befohlen und ließ die Brieftasche auf Sherman fallen. Dann blickte er demonstrativ in die Runde, bevor er sich trotzig Chuck zuwandte.

»Wenn ich du wär, Brummifahrer, würd ich meine Zunge hü-ten. Sonst kostet sie dich noch das Leben. Wir sind zu acht und du bist allein. Und bald kommen noch mehr von uns. Ich geb dir eine letzte Chance, von hier zu verschwinden, bevor es zu spät ist. Oder bist du zu doof, um weiterleben zu wollen?«

Chuck schüttelte den Kopf. »Irrtum, Mister. Ich bin nicht al-lein. Ich hab die nötige Verstärkung.« Dabei hob er demonstrativ das Gewehr. »Und bevor Ihr bei mir seid, hab ich abgedrückt. Ihr könnt es gern ausprobieren, wenn Ihr mir nicht glaubt. Und wenn du mir noch einmal drohst, du Wichser, puste ich dir dein vorlautes Maul durch den verdammten Schädel!«

Das kalte Glitzern der Augen unter der Lederkappe, das zum eisigen Ton der Stimme paßte, und das schwarze Loch an der Spitze des Gewehrs, das genau auf sein Gesicht gerichtet war, überzeugten den Anführer des Kommandos, daß er nur einen Fingerdruck von einem unappetitlichen Tod entfernt war. Keiner rührte sich. Regungslos standen sie sich gegenüber. Im flackernden Schein der Flammen, die langsam weniger wurden, sahen die Sektenleute, wie die schwarzgekleidete Figur den Kopf zur Seite drehte und lauschte. Dann überzog ein kleines, zufriedenes Lächeln seinen Mund.

»Apropos Verstärkung«, sagte er beiläufig, »das hatte ich doch glatt vergessen ... ich hab auch Verstärkung bestellt. Hört mal ... ich glaub, das gilt uns ...«

Sie hörten es alle. Schwach, doch unüberhörbar trug ihnen der kalte Nachwind das Heulen eines Streifenwagens zu.

»Verdammte Scheiße, was mußt du Arschloch dich da einmischen!« schrie der Anführer mit hervorquellenden Augen und ballte in ohnmächtiger Wut die Fäuste. »Das wirst du uns büßen ... wir kriegen dich noch!« Dann drehte er sich ohne Rücksicht auf das Gewehr zu seinen Mannen um und rief: »Nichts wie weg hier. Schnell!«

Der Trupp stürzte los, schlug einen großen Bogen um den Felsen, auf dem Chuck stand, und kletterte die Böschung hinauf zu den Transportern. Vor Erleichterung aufatmend, drehte sich Chuck um und sah ihnen nach. Sie warfen sich in die Transporter, dann hörte er Türen schlagen und Motoren aufheulen und die zwei Fahrzeuge brausten davon, in die entgegengesetzte Richtung zu der, aus der die Sirenen kamen.

Chuck wandte sich ab, ging in die Knie, stützte sich mit der Hand auf den Fels und sprang von der Platte. Er vergewisserte sich, daß Sherman noch am Leben war und hielt Wache, bis Polizei und Rettungswagen eintrafen. Als der erste Wagen mit Blaulicht vor seinem Truck hielt, und die Sirenen verstummten, seufzte er erleichtert auf.

Kurz darauf kamen uniformierte Gestalten mit tanzenden Taschenlampen zu ihm herabgeklettert. Jetzt folgte der unangenehme Teil der Samariter-Rolle in diesen Zeiten protokollsüchtiger, formularseliger Bürokratie. Es würde wohl eine lange Nacht werden.

Wenige Minuten später wurde Sherman, noch immer bewußtlos, auf einer Trage in den soeben eingetroffenen Rettungswagen geschoben. Auf der Fahrt zur Unfallstation des nächsten Krankenhauses, angeführt von einem Wagen mit Blaulicht, wurde er von routinierten Notärzten an ein Sauerstoffgerät und eine Blutplasmainfusion angeschlossen und provisorisch verarztet.

Von allen unbemerkt, bog etwa zwei Meilen von der Unfallstelle entfernt hinter dem Rettungstrupp ein dunkelblauer Transporter aus seinem Versteck am Straßenrand. In gebührendem Abstand folgte er ihm an seinen Bestimmungsort.

Unterdessen hatte Angel One vor dem Betlehem-Haus die Bergung der beschädigten Fahrzeuge, inklusive ihrer kostbaren Fracht, beaufsichtigt. Die Opfer, ob tot oder lebendig, wurden ins Haus geschafft und alle Spuren des Angriffs, einschließlich des Kraters im Asphalt der Einfahrt, so gut es ging beseitigt.

Als alles zu seiner Zufriedenheit erfolgt war, war Angel One ins Haus gegangen, wo man ihm mitteilte, daß Angel Two ihn sofort nach seinem Eintreffen im Kontrollraum sprechen wolle. Dort hatte ihn sein Stellvertreter über eine Funknachricht informiert, die der für die Verfolgerfahrzeuge zuständige Apostel durchgegeben hatte. Er hatte die Ereignisse der nächtlichen Jagd, den Teilerfolg und das unbefriedigende Ende geschildert und seinen Bericht mit der Nachricht von Shermans Identität und dessen Transport ins Dawson County Hospital geschlossen.

Angel One hatte dem Apostel durch seinen Stellvertreter ausrichten lassen, er solle auf weitere Befehle warten und Sherman folgen, falls dieser verlegt werde. Dann hatte er sich in seine Privaträume zurückgezogen und eine Weile angestrengt darüber nachgedacht, wie er Sherman endgültig zum Schweigen bringen konnte. An Sherman heranzukommen, war nicht das Problem –

dafür hatte er genügend fanatische Anhänger. Das Problem war,
es so zu tun, daß der Verdacht nicht auf die Sekte fiel.

Schließlich fiel ihm eine Lösung ein, und er entwarf einen
Plan. Er griff zum Haustelefon und rief im Kontrollraum an.
Dann lehnte er sich zurück und wartete. Kurz darauf klopfte es
an der Tür und auf seine Aufforderung trat ein junges, weibli-
ches Sektenmitglied ein.

»Du hast nach mir gerufen, Erzengel Michael?« fragte sie
ehrerbietig.

»Ja.« Er bedeutete ihr, Platz zu nehmen. »Ich habe eine wichtige Aufgabe für dich, mit der du unserer Gemeinschaft einen
großen Dienst erweisen kannst. Also paß auf...«

58

Das beharrliche Klingeln des Telefons direkt neben dem Bett beförderte den widerwilligen Grant unsanft aus dem Schlaf. Er tastete nach der Nachttischlampe, knipste sie an und blinzelte ver-
schlafen in das gedämpfte Licht, um auf das Zifferblatt seiner
Armbanduhr zu sehen, die daneben auf dem Nachttisch lag. Es
war halb vier Uhr morgens. Pam regte sich neben ihm im Schlaf,
und da es schon wieder klingelte, nahm er rasch den Hörer ab.
Wer zum Teufel rief ihn da zu dieser unchristlichen Zeit an,
dachte er im Halbschlaf, und was war so verdammt wichtig, daß
es nicht bis zu einem gnädigeren Zeitpunkt warten konnte?

»Ja? Hier Grant. Wer is dran?« sagte er leise, um Pam nicht
zu wecken.

»Hier spricht Nate Springfield, Brett.« Irgendetwas in der
Stimme des Sheriffs ließ ihn hellwach werden. Es war etwas
passiert. Der unerschütterliche Springfield würde nie um diese
Zeit anrufen, wenn es nicht ein Notfall war. Der kalte Hauch einer bösen Vorahnung fegte den letzten Schlaf aus seinem Kopf.

Als er hörte, was Springfield ihm zu berichten hatte, straffte
sich sein Gesicht und dokumentierte das Wechselbad seiner Gefühle – erst Überraschung, dann eine Mischung aus Sorge und
Wut.

Als der Sheriff fertig war, fragte Grant: »Und wie geht es

ihm?« Mit finsterer Miene hörte er sich die Antwort an und sagte dann: »Verstehe. Okay, Nate, danke für den Anruf. Ich komme, so schnell ich kann. Darf ich Sie um einen Gefallen bitten? Könnte einer Ihrer Leute dort bleiben, bis ich da bin?«

Die Stimme am anderen Ende der Leitung krächzte ihm etwas ins Ohr, dann sagte Grant: »Danke, Nate. Ich hätte wissen sollen, daß Sie schneller sind. Sehr freundlich von Ihnen. Ich bin schon auf dem Weg. Ich brauche etwa eine Stunde. Bis dann.« Er legte auf und schlüpfte aus dem Bett. Als er aufstand und sich anzuziehen begann, fragte Pam schlaftrunken: »Brett? Wie spät ist es?«

»Halb vier.«

»Hä? Halb vier?« Ihr zerzauster Kopf tauchte aus dem Kissen auf. »Wer war das? Is was passiert?«

Grant beantwortete die Frage, während er sich eilig anzog. Er sprach leise, doch selbst im Halbschlaf fiel ihr eine merkwürdige Anspannung in seiner Stimme auf.

»Das war Nate Springfield, Schatz. Er hat vom Dawson County Hospital angerufen. Offenbar hat unser guter alter Harry genau das getan, wovor ich ihn gewarnt habe. Der alte Narr ist rausgefahren und hat sich mit Louises Verein angelegt, und dabei hat er sich verletzt...«

»Verletzt? Harry? Ist es schlimm?« Pam war jetzt hellwach. Sie stützte sich auf die Ellbogen und sah ihn scharf an, ob er ihr eine ausweichende Antwort gab.

Grant schlüpfte in seine warme Jacke und zog den Reißverschluß zu. Einen Moment lang zögerte er, ihr in die Augen zu sehen. Er war immer ehrlich zu Pam gewesen, wenn sie ihn nach seiner Arbeit gefragt hatte. Als er ihr schließlich antwortete, hielt er seinen Ton absichtlich neutral, um sie nicht zu erschrekken.

»Nate sagt, er ist 'n bißchen groggy«, gestand er. »Er hatte offenbar 'n Unfall bei einer Verfolgungsjagd. Sie operieren ihn gerade an der Brust. Ich fahr raus und schau mir die Sache an. Schlaf weiter. Du brauchst dir keine Sorgen zu machen.«

Pam saß kerzengerade und mit weit aufgerissenen Augen im Bett. »Weiterschlafen?« rief sie. »Ich brauche mir keine Sorgen zu machen? Jetzt reicht's, Brett. Erzähl mir, was du willst, ich mache mir Sorgen. Ich mache mir Sorgen um dich, weil ich dich liebe. Alle warnen dich, daß diese Typen gefährlich sind... Verdammt nochmal, ich hab selbst gesehen, wie gefährlich sie sind, weißt du das nicht mehr? Also sag nicht, ich brauch mir keine Sorgen zu machen!«

»Pam, Schatz...«, unterbrach Grant.

»Nein, Brett. Laß mich ausreden...«, entgegnete sie und schnitt ihm energisch das Wort ab. »Ich hab mich noch nie in deine Arbeit eingemischt, aber ich will nicht, daß du mitten in der Nacht allein gegen diese Leute losziehst, weder heute... noch ein andermal... nie mehr. Nur weil Harry Sherman dabei halb draufgegangen ist, sehe ich nicht ein, warum auch du dein Leben aufs Spiel setzen willst. Warum kannst du nicht zugeben, daß sie 'ne Nummer zu groß für dich sind, und das Ganze der Polizei übergeben?«

Sie saß da und sah ihn an. Das vom Schlaf zerzauste Haar umrahmte ihr Gesicht, das vor Erregung gerötet war, und in ihren Augen standen Tränen. Sein Herz war von Liebe erfüllt. Er ging um das Bett herum und setzte sich neben sie auf die Bettkante. Er nahm sie zärtlich in die Arme und wiegte sie. Pam klammerte sich an ihn und vergrub ihr Gesicht in seiner Schulter. Nach einigen Sekunden machte er sich los, faßte sie an den Schultern und sah ihr in die Augen.

»Pam, ich ziehe nicht allein gegen sie los. Weder jetzt noch sonst irgendwann. Ich fahre raus ins Dawson County Hospital, um Nate Springfield abzulösen. Ich will nur bis morgen früh bei Harry bleiben. Dann werde ich Anna anrufen, damit sie Ellis oder Perez rausschickt, um mich abzulösen. Das bin ich Harry schuldig, ich glaube, das siehst du genauso. Er würde dasselbe für mich tun. Er ist nicht nur mein Partner, er ist auch mein Freund... unser Freund, stimmt's?«

Er zog die Augenbrauen hoch und wartete auf ihre Zustimmung. Als sie widerstrebend nickte, sagte er: »Ich bin ganz deiner Meinung, daß diese Leute gefährlich sind. Aber ich habe die Erfahrung gemacht, daß religiöse Spinner nichts mit der Polizei zu tun haben wollen. Meine Anwesenheit im Trubel des Krankenhausbetriebs wird sie davon abhalten, auf dumme Ideen zu kommen und dem alten Narren den Garaus machen zu wollen.

Ich werde dafür sorgen, daß er sobald wie möglich an einen sichereren Ort hier in der Stadt verlegt wird, bis er wieder gesund ist. Okay?« Er beugte sich vor und küßte sie zart auf den Mund.

Pam drückte die Tränen weg. »Versprich mir, daß du nicht versuchst, den Helden zu spielen«, beharrte sie.

»Ich verspreche es«, erwiderte er feierlich. Dann grinste er schelmisch. »Mein Superman-Kostüm kann ich heute nacht sowieso nicht anziehen, die Strumpfhosen sind in der Wäsche.« Er küßte sie noch einmal zart, ließ ihre Schultern los und wollte aufstehen.

Doch Pam packte ihn am Arm und zog ihn zu sich zurück. Ernst und bestimmt sagte sie: »Nein, Brett. Ich mache keine Witze. Diese Sache ist kein Witz! Versprich mir, daß du keinen Unsinn machst und allein gegen diese Verrückten losziehst. Wenn du mich so liebst wie ich dich, dann versprich es mir bei unserer Liebe!«

Er nahm ihre Hände. »Okay, okay... ich verspreche es. Ich meine es ernst. Ehrlich. Ich will mich nur ein paar Stunden zu Harry ans Bett setzen, sonst nichts. Ich muß jetzt los, Schatz. Nate Springfield wartet auf mich.«

Er küßte sie noch einmal. Diesmal erwiderte sie den Kuß leidenschaftlich und umarmte ihn so fest, als wolle sie ihn nie mehr gehen lassen. Doch als sie ihn losließ und aufsah, war sie sichtlich ruhiger.

»Vergiß nicht, ich mache mir nur Sorgen um dich, weil ich dich liebe«, sagte sie.

Grant stand auf und ging zur Tür. Die Hand an der Klinke, drehte er sich noch einmal um. »Und weil ich dein Sugar Daddy bin«, sagte er und öffnete die Tür.

»... und weil du mein Sugar Daddy bist«, echote sie, ohne eine Miene zu verziehen. Dann feixte sie und blies ihm einen Kuß zu. »Komm schnell zurück, Sugar Daddy.«

Er feixte zurück. »Hab dich lieb«, sagte er zärtlich und zog die Tür von außen zu. »Ich dich auch«, antwortete sie.

Grant brauchte fast eineinhalb Stunden zum Dawson County Hospital. Als er die weißgekachelte, aseptische Umgebung betrat, stach ihm der allesdurchdringende Geruch von Desinfek-

tionsmittel in die Nase, der so typisch ist für Krankenhäuser auf
der ganzen Welt. Es war ein Geruch, der an vieles gleichzeitig
erinnerte: geschäftige Schwestern, Ärzte in weißen Kitteln,
Krankenzimmer, in denen nur geflüstert wird, OPs, Krankhei-
ten und Schmerzen. Vor allem Schmerzen. Als hätten die steinernen Wände die Qualen sämtlicher Patienten, die das Gebäude je betreten haben, unauslöschlich in sich aufgenommen.

Grant schob den beunruhigenden Gedanken beiseite, stellte
sich an der Aufnahme vor und gab den Zweck seines Besuchs an,
worauf er zu dem Privatzimmer im dritten Stock geschickt
wurde, in das man Sherman gelegt hatte. Als er aus dem Fahrstuhl trat und auf Springfield zuging, der vor dem betreffenden
Krankenzimmer stand, sah er, daß der Sheriff nicht allein war.

Ein junger, schmächtiger Mann in schwarzem Mantel und
schwarzem, steifkrempigem Hut, der neben der großen, knochigen Gestalt des Sheriffs wie ein Zwerg wirkte, unterhielt sich
leise mit Springfield. Trotz des sorgfältig gestutzten Barts und
der rasierten Oberlippe hatte der Mann eine starke Ähnlichkeit
mit Harry Sherman. Obwohl Grant ihn erst einmal gesehen
hatte, erkannte er ihn wieder. Es war Isaac Sherman, Harrys
Sohn.

Sein gedecktes Äußeres und der Bart kündeten von seinem
Beruf. Zum unendlichen Stolz des Vaters hatte Isaac die Hoffnungen seiner Eltern erfüllt – den geheimen Wunschtraum aller
jüdischen Eltern – und das Amt zugesprochen bekommen, das
ihrem Glauben zufolge den Gipfel des Erreichbaren darstellte.
Isaac Sherman war Rabbi.

Die drei begrüßten sich, und Grant sprach Isaac sein Mitgefühl aus. Dann erkundigte er sich, ob sich der Zustand des
Vaters gebessert habe. Isaac schüttelte den Kopf.

»Bis jetzt nicht, Brett. Er ist ja noch nicht lange aus dem OP,
wir müssen uns gedulden. Genau gesagt haben sie ihn erst vor
zehn Minuten hierher gebracht.«

»Welche Verletzungen hat er genau?« fragte Grant. »Nate
hat mir nur gesagt, er sei ziemlich übel durchgebeutelt worden,
als sein Wagen von der Straße abkam.«

»Er hat einen Schädelbruch, mehrere Rippenbrüche und ein
gebrochenes Schlüsselbein. Unglücklicherweise hat sich eine

Rippe in die Lungen gebohrt.« Isaac zählte die grausige Liste nüchtern auf. Doch Grant spürte, daß sich der junge Mann trotz seiner gefaßten Haltung Sorgen machte.

Kein Wunder – Grant war selbst in heller Aufregung, als er erfuhr, wie schwer Sherman verletzt war. »Haben sie ihn wieder zusammenflicken können?« fragte er ängstlich.

»Die Operation, mit der der Druck der eingedrückten Schädeldecke auf das Hirn gesenkt werden sollte, war erfolgreich«, beruhigte ihn Isaac. »Doch der Arzt sagt, das größte Problem ist die Rippe, die sich in die Lunge gebohrt hat. Er hatte starke innere Blutungen, und jetzt versuchen sie, eine postoperative Lungenentzündung in dem unbeschädigten Lungenflügel zu verhindern, da der andere kollabiert ist. Die Ärzte geben ihm bestenfalls eine Fifty-fifty-Chance, daß er durchkommt. Aber er ist stark, mein Vater. Und ich werde für ihn beten. Er schafft es, da bin ich ganz sicher.« Ein trauriges kleines Lächeln begleitete diese letzte Bemerkung, doch sie war mit stiller Zuversicht gesprochen.

»Sie haben sicher recht«, nickte Grant. Dann sagte er, um die Stimmung etwas aufzuheitern: »Keine Sorge, wenn er erstmal herausgefunden hat, was der Krankenhausaufenthalt kostet, werden sie ihn ans Bett ketten müssen, damit er dableibt!« Die beiden Jüngeren lachten über die Anspielung auf Sherman seniors erklärte – und legendäre – Knauserigkeit. Springfield verstand die Spitze und lachte mit.

Auf Grants Nachfrage informierte Springfield ihn sodann über die Einzelheiten, die der Trucker, der den Unfall beobachtet und Sherman gerettet hatte, ihm berichtet hatte. Dann erzählte er, er sei kurz beim Betlehem-Haus vorbeigefahren, um nachzusehen, ob sich in der Umgebung etwas Ungewöhnliches tat, bevor er ins Krankenhaus gefahren sei, um bei dem Verletzten Wache zu stehen, bis Grant käme. Der Abstecher sei umsonst gewesen. In der Umgebung des Hauses sei alles ruhig gewesen.

»Also«, meinte er abschließend, »sieht so aus, als könnten wir im Moment nichts beweisen. Wir werden warten müssen bis Harry zu sich kommt, um rauszufinden, was heut nacht da draußen los war.«

Die drei Männer unterhielten sich noch eine Zeitlang bei einem dampfenden Becher Kaffee, den eine hübsche, rothaarige Krankenschwester gebracht hatte. Grant ließ sich die Personalien des Truckers geben, der Sherman das Leben gerettet hatte, um mit dem Mann Kontakt aufzunehmen und sich über die nächtlichen Ereignisse aus erster Hand zu informieren. Auch Isaac notierte sich die Angaben, um ihm persönlich zu danken. Dann warf der Rabbi einen Blick auf die Uhr und stand auf.

»Nun, meine Herren, wenn Sie mich jetzt entschuldigen wollen, ich mache mich auf den Weg. Ich habe versprochen, auf dem Nachhauseweg bei unserer Mutter vorbeizuschauen, um sie über Vaters Zustand auf dem Laufenden zu halten. Nur so konnte ich sie überreden, nicht die ganze Nacht an seinem Bett zu sitzen.« Er lächelte traurig. »Ich glaube nicht, daß das Personal begeistert wäre, wenn ihm jemand vorschreiben wollte, was es zu tun hat.«

Sherman gab Grant und Springfield die Hand, dankte ihnen, daß sie um das Wohl seines Vaters besorgt waren, und ging. Kaum war die schmächtige Gestalt im Fahrstuhl verschwunden, drehte Springfield sich zu Grant um. Er machte ein ernstes Gesicht. »Ich muß auch los, Brett. Doch bevor ich gehe, es gibt da 'n paar Dinge, die ich vor Isaac nicht erwähnt habe. Er muß nicht alles wissen, wenn Sie wissen, was ich meine...«

»Sie meinen, es ist ernster als Sie vorhin gesagt haben?« fragte Grant.

»Ich befürchte ja«, antwortete Springfield. »Als ich Ihnen sagte, daß um das Betlehem-Haus herum alles ruhig war, war das nicht gelogen. Was ich Ihnen nicht gesagt hab – ich hab angehalten und mich 'n bißchen umgesehen. Als erstes fielen mir zwei Krater in der Torzufahrt auf, die provisorisch aufgefüllt worden waren. Man hatte auch versucht, die Zufahrt zu reinigen, sie muß erst kurz zuvor abgespritzt worden sein, sie war nämlich noch feucht. Reichlich merkwürdig, mitten in der Nacht, finden Sie nicht? Dann habe ich frische Farbe entdeckt, an einem Torpfosten, der leicht schief stand. Als letztes hab ich mich 'n Stückchen weiter auf dem Seitenstreifen umgesehen und das hier gefunden...«

Springfield griff in die Hosentasche. Als er die Hand wieder herauszog und öffnete, blickte Grant ungläubig auf den Gegenstand in der schwieligen Hand. Es war der Zündstift einer Handgranate. Grant schüttelte langsam den Kopf und sah dem Sheriff in die Augen.

»Kommen Sie, Nate«, sagte er und lachte verlegen. »Wollen Sie allen Ernstes behaupten, Harry hätte da draußen mit Handgranaten um sich geworfen? Wofür halten Sie ihn? Meine Güte, er ist ein alternder Privatdetektiv und nicht Mister Rambo persönlich! Ganz abgesehen davon, wo sollte er Handgranaten herkriegen, und warum würde er sowas tun?«

»Das müssen Sie mir sagen!« entgegnete Springfield grimmig. »Ich weiß nur, daß sie ihn fast 30 Meilen verfolgt haben, bevor sie ihn von der Straße gedrängt haben. Was immer er getrieben hat, er muß sie mächtig geärgert haben, das steht fest.« Er zuckte mit den Achseln und steckte den Zündstift wieder ein. »Wie gesagt, wir werden warten müssen, bis Harry uns selbst sagen kann, was da draußen los war.«

Die Zeit drängte. Springfield bat Grant, ihn im Laufe des Tages anzurufen. Dann verschwand er, und Grant stellte sich auf eine einsame Nachtwache ein.

Vor Shermans Zimmer stand ein Stuhl. Grant ließ sich nieder und machte es sich bequem, um die restlichen Nachtstunden in der schwach beleuchteten Stille des Krankenhausflurs zu verbringen. Zehn Minuten später tauchte die rothaarige Schwester wieder auf, um nach Sherman zu sehen. Sie zögerte, als Grant fragte, ob er den Patienten sehen könne, dann ließ sie sich erweichen, ermahnte ihn, leise zu sein, und machte ihm ein Zeichen, ihr zu folgen.

Er trat nach ihr ins Zimmer, stellte sich leise an die Seite und sah zu, wie sie die Infusionen überprüfte, die Temperatur des Patienten notierte und zuletzt die Werte der unaufhörlich piepsenden Zackenlinie auf dem grün leuchtenden Bildschirm, der Shermans Herzschläge und Gehirnströme aufzeichnete.

Von Sherman selbst war praktisch nichts zu sehen. Sein Partner war nur noch eine anonyme, von Verbänden zusammengehaltene Gestalt unter der Bettdecke. Hätte auf der Tafel am Fußende des Betts nicht Shermans Name gestanden, hätte Grant ihn gar nicht erkannt.

Die vertraute Hakennase war im geschwollenen, bunt schillernden Fleisch um die Augen herum fast verschwunden. Oberhalb der Augenbrauen war der Kopf mit einem Verband umwickelt, der auch Gesicht und Kinn umrahmte. Die Umgebung der geschlossenen Augen war blau von postoperativen Blutergüssen. Mit Kanülen gespickt und an Schläuche angeschlossen lag er da, umgeben von einer Riege chromglänzender Ständer, an denen Plastikbeutel mit Plasma, Blut und intravenösen Infusionen hingen. Man hatte ihm Elektroden auf die Brust und unter den Kopfverband geklebt, die über dünne Drähte mit den Apparaten verbunden waren, die still den Rhythmus seines flakkernden Lebenslichts überwachten.

Beim Anblick seines alten Freunds und Geschäftspartners, der so hilflos dalag, sein Leben abhängig von hochkomplizierten medizinischen Apparaten, vergaß Grant seine Verärgerung über Shermans Dummheit, sich auf eigene Faust mit der Sekte anzulegen. Statt dessen packte ihn ein heiliger Zorn auf die brutalen Schweine, die seinen Freund so zugerichtet hatten.

Wie ein Film stand der schwadronierende, goldschimmernde Prophet wieder vor seinem geistigen Auge, mit seiner demagogischen Art, in einer clever inszenierten Atmosphäre der Massenhysterie mit Emotionen zu spielen; die alptraumhafte Verfolgungsjagd in der Tiefgarage des Washington Centres und der Fanatismus, den die Sekte bei ihren Attacken bewiesen hatte; und schließlich der Chinese mit den kalten Augen, der ihm die mörderische Brandbombe gezeigt und gedroht hatte, ein paar Dutzend Menschen zu einem grauenhaften Flammentod zu verdammen, falls die Vertreter von Gesetz und Ordnung versuchen sollten, eine Razzia im Betlehem-Haus zu veranstalten. Grant wußte, diese Leute waren abgrundtief böse und gefährlich, und als er so da stand und stumm den zerschundenen Sherman betrachtete, schwor er sich, ihnen das Handwerk zu legen... egal wie.

Die Schwester holte ihn mit einem Lächeln in die Gegenwart zurück. Sie zog ihn leise aus dem Zimmer und setzte ihn auf seinen Stuhl im Flur. Kurz darauf kam sie mit frischem Kaffee und einem Stapel Zeitschriften aus dem Wartezimmer. Er bedankte sich bei ihr und begann mit einer vier Wochen alten

Ausgabe des *Time-Magazin* seine einsame, selbst auferlegte Nachtwache.

Eine halbe Stunde verstrich friedlich. Dann hörte Grant Schritte und sah auf. Es war eine Krankenschwester. Nicht die freundliche, rothaarige, die ihm Kaffee gebracht hatte und ihn einen Blick auf Sherman hatte werfen lassen. Diese war zierlich und dunkelhaarig. Irgendwie kam sie ihm bekannt vor, doch er nahm an, er hätte sie wahrscheinlich unten an der Rezeption gesehen.

Als sie an ihm vorbeiging und zu Sherman ins Zimmer wollte, nickte er zum Gruß. Sie lächelte ihn mit geschäftsmäßiger Freundlichkeit an und zog die Tür leise hinter sich zu. Es war das Lächeln. Die übertriebene, professionelle Freundlichkeit einer hoffnungsvollen Verkäuferin ... bzw. einer hoffnungsvollen Novizin, die einem potentiellen Spender die Sammelbüchse unter die Nase hält!

Grant hatte ein gutes Gedächtnis für Gesichter. Wie ein Blitz streifte ihn die Erkenntnis, wo er die Schwester schon einmal gesehen hatte. Das Foyer des Washington Centres, der Kreuzzug-Abend. Sie war die Kuttenträgerin gewesen, die versucht hatte, ihn und Pam aufzuhalten, als sie dem Trupp, der Larsen abschleppte, nachgelaufen waren.

Wie von der Tarantel gestochen, sprang er auf, riß den Stuhl um und stürzte ins Krankenzimmer. Die »Schwester« drehte sich erschrocken um, eine aufgezogenen Spritze in der Hand. Sich blitzschnell von ihrem Schreck erholend, wirbelte sie herum und stürzte sich, mit der Spritze auf das Bein unter der Decke zielend, auf Sherman.

Grant machte einen Satz nach vorn, erwischte sie am Kragen und riß sie mit aller Kraft zurück. Er spürte, wie der Stoff riß, doch zu seiner Erleichterung flog die zierliche Gestalt quer durch das Krankenzimmer gegen die Wand, gleich neben der geöffneten Tür.

Sie atmete schwer, doch sie war zäher als sie aussah. Grant hätte sich denken können, daß sie aufgrund ihres Fanatismus und der nötigen körperlichen Kondition für die gefährliche Mission qualifiziert war.

Grant, der durch den Schwung, mit dem er sie von dem wehrlos im Bett liegenden Sherman weggerissen hatte, einen Augenblick das Gleichgewicht verloren hatte, war auf ihre schnelle Reaktion nicht gefaßt. Plötzlich schwirrte etwas durch die Luft. Die Zähne zu einer haßerfüllten Grimasse gebleckt, die Spritze wie einen Dolch gezückt, stürzte sie sich auf ihn. Aus der Art und Weise, wie sie die Spritze schwang, wußte er, daß sie ein tödliches Gift enthielt. Und wenn sie jetzt ihn damit attackierte, konnte er wetten, daß der Inhalt ausreichte, ihn und Sherman umzubringen – schließlich war letzterer das eigentliche Ziel der Attentäterin.

Instinktiv warf er sich zur Seite, um der Spritze auszuweichen. Doch das Mädchen bremste nicht ab, sie behielt die Stoßrichtung bei und zielte jetzt erneut auf die reglose Gestalt im Bett. Verzweifelt stürzte sich Grant dazwischen, diesmal erwischte er sie am Handgelenk. Dabei machte er eine halbe Drehung und nützte nach Judo-Manier ihren Schwung aus, um sie mit Gewalt durchs Zimmer zu schleudern, weg von sich und dem Bett.

Beide rollten sich ab, sprangen auf und standen sich nun gegenüber. Grant stand vor dem Bett, um Sherman abzuschirmen. Das Mädchen, mit verrutschter Haube über dem brünetten Haar und zerrissenem Kragen, starrte ihn von der gegenüberliegenden Wand aus an. Sie hatte Schaum in den Mundwinkeln und keuchte, obwohl sie von der körperlichen Anstrengung keineswegs außer Atem war. Grant fiel auf, daß ihre Pupillen nur stecknadelgroß waren. Offenbar hatte sie sich mit einer kokainähnlichen Droge aufgeputscht, daher auch ihre Schnelligkeit und Kraft.

Als er die zierliche, kampfentschlossene Gestalt so ansah, kam sich Grant ein bißchen lächerlich vor. Sie wirkte so zart und feminin im Vergleich zu seiner eigenen Statur. Doch die Art, wie sie wie ein Messerstecher in die Hocke ging, die todbringende, glänzende Nadel in der gesenkten rechten Hand, die linke Hand ausgestreckt, um die Balance zu verbessern, hatte nichts auch nur entfernt Feminines.

Der kampfsporterprobte Grant ging automatisch in die Hocke, als stünde ihm ein Gegner auf dem Karate-Dojo gegenüber. Zentimeter für Zentimeter kam das Sektenmädchen auf ihn zu, wobei sie die Nadel von einer Hand in die andere wechselte und so tat, als wolle sie jederzeit zustoßen. Sie sammelte sich zum nächsten Sprung, er rüstete sich dagegen. Um jeden Preis würde er versuchen, zwischen ihr und Sherman zu bleiben. Er beobachtete ihre Augen, um ein erstes Anzeichen der bevorstehenden Attacke zu erhaschen, immerhin war die glänzende, tödliche Waffe genau auf seinen Bauch gerichtet. In diesem Moment fragte, völlig überraschend, eine weibliche Stimme an der Tür: »Ja zum Donnerwetter, was ist denn hier los? Raus, alle beide! Aber sofort!«

Das Sektenmädchen ließ sich für eine Sekunde ablenken, ihre Augen flackerten kurz zu der rothaarigen Schwester hinüber, die mit strengem Blick in der Tür stand, die Hände in die Hüften gestemmt. Sie kam Grant wie gerufen. Bevor die hoffnungsvolle Attentäterin sich von ihrer nur den Bruchteil einer Sekunde dauernden Unaufmerksamkeit erholen konnte, attackierte er sie, nicht ohne ihr das zweifelhafte Kompliment zu machen, sie als würdigen und gefährlichen Gegner zu behandeln. Mitten im Sprung drehte er sich, streckte das rechte Bein durch und trat ihr mit voller Wucht in den Magen.

Die Schwester an der Tür stieß einen entsetzten Schrei aus, als das Mädchen rückwärts gegen die Wand prallte und als gekrümmtes Häuflein zu Boden fiel. Kaum war sie gelandet, bäumte sie sich auf und strampelte wild mit den Beinen, um wieder auf die Füße zu kommen. Doch dann verlor sie offenbar das Gleichgewicht und fiel um, mit dem Gesicht zum Boden.

Mit einem Satz war er bei ihr und rammte ihr das Knie in die Nieren, um ihr die Luft zu nehmen und sie zu überwältigen. Ihr ganzer Körper verkrampfte sich, bäumte sich nach hinten, und sie ließ ein merkwürdig blubberndes Stöhnen los. Doch Grant war nicht nach Mitleid zumute – das Miststück hatte weder für ihn noch für Sherman welches gehabt. Er drehte sie auf den Rücken und packte sie am rechten Handgelenk, um ihr die tödliche Spritze abzunehmen. Zu spät. Die Hand war leer.

Blitzschnell packte er die linke Hand in der Annahme, sie hätte die Spritze in die andere Hand genommen. Doch die linke Hand war auch leer. Dann fiel sein Blick auf etwas Glänzendes an ihrer Hüfte. Es war die Spritze. Die Nadel steckte im Fleisch, das Mädchen mußte beim Sturz in die Spritze gefallen sein.

Obwohl er spürte, daß es zu spät war, da der verkrampfte Körper bereits zu zucken begann, zog er die halbleere Nadel heraus und hielt sie der Schwester hin, die noch immer geschockt in der Tür stand.

»Hier Schwester, nehmen Sie das an sich. Und seien Sie vorsichtig damit«, warnte er. »Wahrscheinlich ist Gift drin. Was für eines, weiß ich nicht, aber so wie die Dame hier aussieht, wirkt es ziemlich schnell. Das Miststück wollte Ihren Patienten damit umbringen, jetzt hat sie sich die Arznei selbst verabreicht. Rufen Sie lieber Ihren Notdienst, obwohl ich bezweifle, daß er noch viel ausrichten kann.«

Mit diesen Worten stand er auf und blickte auf die sich windende, stöhnende Gestalt zu seinen Füßen. Er fühlte sich leer, emotional wie physisch. Seine verhinderte Attentäterin sah so jung und verletzlich aus, er wußte, eigentlich sollte er Mitleid mit ihr haben. Doch er hatte keines. Der Kontakt mit der fanatischen Sekte machte ihn noch zum Unmenschen, dachte er. Andererseits wußte Grant sehr wohl, auch wenn sie die Tracht eines barmherzigen Engels trug, war sie als Todesengel gesandt worden – zweifellos von dem kaltblütigen Chinesen, den Louise und Jim Erzengel Michael nannten. Dem obersten Todesengel der Sekte!

Die Dringlichkeit in Grants Stimme riß die junge Schwester aus der Erstarrung. Blaß aber tapfer nahm sie ihm die Spritze ab, mit weit von sich gestreckten Armen und spitzen Fingern, als hielte sie einen lebendigen Skorpion am Schwanz, und lief zum Bett hinüber, um auf die Klingel zu drücken, unter der, auf einem kleinen Schild, in roten Buchstaben »Notruf« stand.

In Sekundenschnelle herrschte fieberhafte Aktivität. Zwei Notärzte und vier Krankenschwestern eilten im Laufschritt herbei und versuchten in einem verzweifelten Wettlauf gegen die Zeit das Leben der Attentäterin zu retten. Das Mädchen war jetzt blau angelaufen und bekam kaum noch Luft, sie wurde von Konvulsionen geschüttelt, und wo sie sich in die Lippen gebissen hatte, war ihr Mund mit blutigem Schaum verschmiert. Einer der Ärzte roch versuchsweise an dem Tropfen, den er aus der Spritze auf einen Wattebausch gedrückt hatte, und als der Geruch von Bittermandel die Luft durchzog, sagte der Arzt mit finsterem Gesicht nur ein einziges Wort zu seinem Kollegen.

»Zyanid!«

Inzwischen hatten zwei Sanitäter im Gefolge des Notarzt-teams eine fahrbare Trage herbeigeschafft, auf die die zuckende, stöhnende Gestalt gelegt wurde. Während der eine Arzt sie fest-hielt und auf die Trage schnallte, schnitt ihr der andere in aller Eile an der Hüfte die Kleider weg. Er nahm ein Skalpell und machte über dem winzigen Einstich einen tiefen Schnitt in die freigelegte Haut, eine drastische Methode, um das vergiftete Blut abfließen zu lassen. In der Zwischenzeit hängten die ande-ren sie an einen Tropf. Dann lief der Troß mit der Trage da-von.

Als die Notärzte gegangen waren, begann die rothaarige Schwester, noch immer sichtlich erschüttert, nach ihrem eige-nen Patienten zu sehen. Grant wollte sie allein lassen und ging zur Tür, um sich draußen wieder auf den Stuhl zu setzen, als er mitten im Schritt von Shermans Stimme gestoppt wurde. Schwach und heiser, kaum mehr als ein Flüstern, rief sie seinen Namen.

»Brett?... Bist du das?«

Grant drehte sich um und war mit drei Schritten am Bett. Er nickte der Schwester zu, als sie ihn eilig ermahnte, Sherman nicht zu überfordern, und sprach leise und beruhigend auf sei-nen verletzten Partner ein.

»Harry? Ich bin's, Brett. Hör zu, alter Knabe, wir kriegen dich wieder hin. Aber du brauchst Ruhe. Du bist im Krankenhaus, und der Arzt sagt, du darfst nicht sprechen. Du mußt deine Kräfte schonen, okay?« Er drückte Shermans Hand, die schlaff auf der Bettdecke lag.

Die blaugeschlagenen, geschwollenen Augen öffneten sich. Einen Augenblick schien Sherman Mühe zu haben, Grants Ge-sicht zu erkennen, ein Nebeneffekt der Schmerzmittel, die er bekommen hatte, dann wurden seine braunen Äuglein etwas klarer, und er sagte langsam und offensichtlich unter größter Anstrengung: »Brett... sie haben... Solly... umgebracht.«

Die Schwester erwischte Grants Blick und schüttelte energisch den Kopf. Er nickte, beugte sich über Shermans ramponiertes Gesicht und sagte besänftigend: »Okay, okay... laß gut sein, Harry. Du brauchst Ruhe. Wir können morgen darüber reden...«

Grant merkte, daß Sherman versuchte, seine Hand festzuhalten. »Nein... zu spät!« schnitt er Grant mit unerwarteter Kraft das Wort ab. Dann schloß er die flatternden Lider, und in der Stille des Krankenzimmers war sein röchelnder Atem laut zu hören. Die Schwester begann eilig, eine Injektion vorzubereiten, die ihren Patienten in einen heilsamen Schlaf schicken würde, da schlug er die Augen noch einmal auf und begann stockend, aber in der Stille deutlich hörbar zu flüstern: »Brett... es geht um Drogen... Heroin... sie haben Solly umgebracht... der Beweis liegt in meinem Schreibtisch... mittlere Schublade.... die Schweine... haben mir 'n Finger geschickt... meine Schuld... ich hab ihn losgeschickt... sie wollten... mich auch umbringen.... ich hab zu viel gesehen... bleib weg, Brett... das is 'n großes Ding... zu groß für uns...«

Die Stimme erstarb im röchelnden Atem, und die flatternden Lider schlossen sich wieder. Als die Schwester sah, daß die schwachen Kraftreserven ihres Patienten bereits über Gebühr beansprucht worden waren, übernahm sie energisch das Kommando. Sie winkte Grant vom Bett weg, fühlte Sherman den Puls, zog ein Augenlid hoch und runzelte besorgt die Stirn. Von der Tür sah Grant ihr zu, wie sie mit geübten Handgriffen eine Spritze aufzog und sie dem schlaffen, keinen Widerstand leistenden Arm seines Partners verabreichte. Leise schloß er von draußen die Tür.

Als er wieder im Flur saß, lief sein Verstand auf Hochtouren. Die Information, die Sherman ihm unter Aufbietung all seiner Kräfte gegeben hatte, brachte Licht in die Angelegenheit. Sie erklärte die Brutalität der Sekte und die völlige Gleichgültigkeit gegenüber menschlichem Leben. Sie erklärte, warum entlaufene Sektenmitglieder gejagt und wieder eingefangen wurden... vielleicht hatten sie ja, wie Sherman, zu viel gesehen! Und es würde erklären, warum der chinesische Doktor Sung – alias Erzengel Michael alias Angel One oder wie er sich auch nennen mochte – lieber den ganzen Laden in die Luft jagen würde, als sich einer Ermittlung zu stellen.

Jetzt viel es ihm wie Schuppen von den Augen. Natürlich … das erklärte auch den großen Raum mit dem langen Edelstahltisch im Keller des Betlehem-Hauses. Und die flachen Plastikdinger auf dem Tisch, das waren Spachtel gewesen, wie sie die Bäcker zum Einsammeln von verschüttetem Mehl und anderen gemahlenen Substanzen verwenden. Das mußte der Raum sein, indem das Heroin mit Milchpulver, Zucker oder Bicarbonat verschnitten und abgepackt wurde.

Er war sicher, Louise wußte nichts von Transaktionen diesen Ausmaßes, sonst hätte sie ihm davon erzählt. Wahrscheinlich war sie noch nicht lange genug dabei, als daß man ihr derlei Brisantes anvertraut hätte. Gewiß, sie hatte davon gesprochen, daß den Sektenmitgliedern Drogen aller Art – einschließlich Heroin – frei zugänglich seien, in der Absicht, sie von der Sekte abhängig zu machen, der Bezugsquelle für den Stoff. Andererseits war es auch durchaus sinnvoll, die überwiegende Mehrheit der einfachen Mitglieder über den Drogenhandel im Dunkeln zu lassen. So konnten sie gegenüber Außenstehenden überzeugend die Ahnungslosen spielen. Er beschloß, Louise am Abend genauer zu dem Thema zu befragen.

Trotz aller Versuche von seiten der Ärzte, das Leben der Attentäterin zu retten, starb sie unter schrecklichen Qualen wenige Minuten, nachdem sie sich mit dem für ihr Opfer bestimmten Zyanid versehentlich selbst vergiftet hatte. Tod und Todesursache wurden der Polizei gemeldet, die zur Aufnahme der Personalien und Zeugenaussagen ins Krankenhaus kam. Routinemäßig wurde auch der County Sheriff geholt, und so plauderte Grant zum zweiten Mal in dieser Nacht bei einem Becher Kaffee mit Nate Springfield. Diesmal hatte der Sheriff seinen Stellvertreter Cal Fenton mitgebracht.

»Wenn ich schon nicht ins Bett komm, seh ich nicht ein, warum er das Vergnügen haben soll«, lautete der trockene Kommentar des Sheriffs. »Wurde sowieso mal Zeit, daß er sieht, wie die Dinge in der Dunkelheit aussehen.«

Worauf sein freundlicher, bärtiger Stellvertreter grinste und dem Detektiv erklärte: »Er meint, er ist zu alt, um hübsche, junge Ganovinnen in den Schwitzkasten zu nehmen, das soll ich für ihn erledigen. Im Umgang mit Damen bin ich nämlich unschlagbar, wenn man mich läßt.«

Nach diesem scherzhaften Schlagabtausch rief Grant auf Springfields Vorschlag Shermans Privatarzt an, schilderte ihm die nächtlichen Ereignisse und bat ihn, dafür zu sorgen, daß sein Patient umgehend in seine Privatklinik in der Stadt verlegt werde. Der Doktor war einverstanden und versprach, Sherman innerhalb der nächsten Stunde persönlich mit dem klinikeigenen Krankenwagen abzuholen.

Der Sheriff bestand darauf, mit Fenton dazubleiben, bis der Krankenwagen eingetroffen wäre, und ihm hinterherzufahren, um etwaige Anschläge oder Beschattungsversuche durch Sektenfahrzeuge zu vereiteln. Grant sollte vorausfahren und dem Konvoi den Weg weisen.

Aus medizinischen Gründen hatten die Ärzte des Dawson County Hospitals starke Bedenken gegen die geplante Verlegung. Springfield konnte sie jedoch überzeugen, daß es das kleinere Risiko wäre verglichen mit der Gefahr, daß ihr Krankenhaus zum Schlachtfeld würde, sollten weitere Anschläge auf Shermans Leben erfolgen.

Während sie auf den Krankenwagen warteten, erzählte Grant von Shermans Bemerkung über den mutmaßlichen Tod von Levenson und seiner Entdeckung, daß die Sekte in den Drogenhandel verwickelt sei. Er schlug vor, die Sekte anzugreifen, wenn sie am empfindlichsten war – das heißt, bevor sie das Heroin loswerden konnte, das Sherman offenbar gesehen hatte. Springfield verfiel eine Weile in nachdenkliches Schweigen. Als er das Wort wieder ergriff, war sein Ton so ruhig und gelassen, als spräche er von einem Ausflug ins Grüne.

»Ich seh die Sache so. Nach dem, was heut nacht passiert ist, sowohl draußen bei der Villa als auch hier drinnen, werden sie im Laufe des Tages mit einem Vergeltungsschlag oder polizeilichen Ermittlungen rechnen. Deshalb unternehmen wir in den nächsten vierundzwanzig Stunden gar nichts. Wir lassen sie in dem Glauben, sie hätten gewonnen – daß Sie und Sherman die Schnauze vollhaben, okay? In der Zwischenzeit sagen Sie Ihren Freunden, sie sollen sich für morgen Abend bereithalten, und ich trommle ein paar Leute aus dem Ort zusammen. Morgen abend schlagen wir zu. Und zwar so hart und so schnell, daß unser Dr. Fu Manchu nicht mal Zeit haben wird, das Streichholz zu zücken, geschweige denn, den Laden in die Luft zu jagen. Hier ist mein Vorschlag...«

In seiner ruhigen, nüchternen Art setzte Springfield seine Ausführungen fort, bis Shermans Arzt in Begleitung einer strammen Schwester in weißer Tracht mit seinem Krankenwagen eintraf. Als Grant kurze Zeit später Richtung New York unterwegs war, um seinen verletzten Freund in Sicherheit zu bringen, war er in Hochstimmung. Zum ersten Mal seit seiner Begegnung mit dem brutalen Chinesen im Keller des Betlehem-Hauses hatte er Hoffnung, die mörderische Sekte mit ihren verbrecherischen Führern und fanatischen Anhängern doch noch zu besiegen.

Im Betlehem-Haus dagegen trug die Nachricht vom mißglückten Attentat auf Sherman nicht gerade zu Angel Ones Zufriedenheit bei. Offenbar war der Anschlag durch den Partner des Opfers, Privatdetektiv Grant, vereitelt worden. Der Sektentransporter, der die Meldung über Funk durchgegeben hatte, hatte auch berichtet, sie hätten keine Möglichkeit, den aus drei Fahrzeugen bestehenden Konvoi, der Sherman aus dem Krankenhaus geschafft habe, zu verfolgen, da der County Sheriff mit seinem Wagen die Nachhut bilde. Angel One ließ den Transporter vom Kontrollraum zurückrufen, zusammen mit dem Wagen, der die falsche Schwester ins Krankenhaus gebracht hatte.

In seinem spartanischen Quartier auf- und ablaufend, brütete er über dem nächsten Schritt. Dieser Grant erwies sich als würdiger Gegner. Allerdings erwies er sich auch als Dorn im Auge, und als solcher mußte er entfernt werden. Jetzt gingen bereits drei Anschläge auf sein Konto – die Einmischung im Washington Centre, die Entführung von Louise und zuletzt die Episode mit seinem Partner Sherman. Das Maß war voll. Grant mußte ausgeschaltet werden.

Das Problem war, daß Grant zu gute Verbindungen zu den Gesetzeshütern hatte. Deshalb durfte er bei einem Vergeltungsschlag nicht ums Leben kommen. Dann fiel Angel One ein, wie

Grant auf die Drohung reagiert hatte, daß die Sektenmitglieder geopfert würden, falls die Polizei im Betlehem-Haus eine Razzia veranstaltete. Er blieb stehen, und ein zufriedenes Lächeln trat auf seine Lippen. Das war die Schwachstelle seines Gegners – über die Sorge um das Wohl anderer war er in Schach zu halten. Na bitte! Der einfallsreiche Angel One hatte bereits einen Plan.

Zehn Minuten später hatte er die sieben im Haus anwesenden Apostel zu einem Kriegsrat zusammengerufen. Zunächst erklärte er ihnen seinen Plan, dann teilte er sie in seinem typischen barschen Ton in zwei Gruppen auf, eine Vierer- und eine Dreiergruppe, und erteilte jedem Kommando die entsprechenden Befehle. Dann kündigte er an, daß er die kleinere Gruppe selbst anführen werde, und hob die Sitzung auf.

Keine halbe Stunde später waren die Teams für ihre unterschiedlichen Missionen ausgerüstet und rasten in separaten Transportern gen Süden in die ferne Stadt. Angel One hatte sich im Laderaum seines Transporters eine Matte ausgerollt und streckte sich darauf aus. Er schlief sofort ein. Mehr als zwei Stunden Schlaf würden nicht herausspringen, doch das würde genügen. Ein Triadenkrieger hatte gelernt, auf Rachefeldzügen ohne Schlaf auszukommen.

Die dunklen Silhouetten rasten durch die Nacht, um Vergeltung über Angel Ones ahnungslose Gegner in der schlafenden Stadt zu bringen. Operation Nemesis war angelaufen.

TEIL ACHT

NEMESIS

59

Pam wachte auf, als das Telefon klingelte. Es stand auf Bretts Seite, und sie streckte den Arm aus, um ihn anzustoßen. Er war nicht da, seine Hälfte des Betts war leer. Jetzt war sie endgültig wach und erinnerte sich wieder an den nächtlichen Anruf, nach dem Brett weggefahren war, um die Nacht beim verletzten Harry Sherman zu verbringen. Sie hoffte, daß Brett am Telefon wäre, um ihr zu sagen, wann er nach Hause käme.

Sie griff quer übers Bett, knipste die Nachttischlampe an und sah, daß der Wecker halb acht zeigte. Beim nächsten Klingeln nahm sie ab.

»Hallo?« sagte sie erwartungsvoll. Doch zu ihrer Enttäuschung war am anderen Ende der Leitung nicht Brett, sondern eine unbekannte männliche Stimme.

»Spreche ich mit Miss Mason?«

»Ja, Miss Mason am Apparat«, antwortete Pam zurückhaltend. Sie erkannte die Stimme des Anrufers nicht, doch immerhin klang er höflich. »Wer spricht denn bitte?«

»Hier spricht Officer Davis von der New York State Highway Patrol, Miss Mason. Entschuldigen Sie die Störung, aber ich müßte mit Mister Grant sprechen. Es geht um den Verkehrsunfall von heute morgen, in den sein Partner, Mister Sherman, verwickelt ist.«

Als Pam erwiderte, daß Brett noch nicht zu Hause, aber im Dawson County Hospital zu erreichen sei, erklärte der Anrufer, dort hätten sie es bereits versucht, doch man hätte ihnen gesagt, er sei kurz zuvor von dort weggefahren und würde einen Krankenwagen begleiten, der Sherman in eine Privatklinik in der Stadt brächte. Der Name der Klinik sei im Dawson County nicht hinterlegt worden, doch man hätte gehofft, daß Grant inzwischen zu Hause wäre. Er entschuldigte sich noch einmal für die Störung, bat Pam, Grant auszurichten, er möge doch nach seiner Rückkehr die Zentrale der State Police anrufen, und hängte ein.

Pam legte auf und ärgerte sich über sich selbst. Sie hatte nicht daran gedacht zu fragen, wann Brett vom Krankenhaus weggefahren war. Ihre Stimmung besserte sich bei dem Gedanken, daß

Brett bald zurück wäre, da die Klinik, in die Sherman verlegt wurde, in der Stadt lag. Sie beschloß, rasch zu duschen und Frühstück zu machen, schwang sich aus dem Bett und zog den Morgenmantel an.

Unten in der Eingangshalle trat der Apostel, der den Anruf getätigt hatte, aus der Telefonzelle und nickte seinen drei Begleitern zu.

»Er ist noch nicht zurück«, verkündete er triumphierend. »Das erledigen wir mit links.«

Unverzüglich steuerte das vierköpfige Kommando das Treppenhaus an und lief in den fünften Stock hinauf, wo sein Opfer wohnte. Sie nahmen nicht den Fahrstuhl, um von niemandem gesehen zu werden.

Im fünften Stock hatten sie das bewußte Apartment schnell gefunden. Wie bei den Nachbarn befand sich in der Wohnungstür ein Spion, der den Bewohnern erlaubte, die Besucher in Augenschein zu nehmen, bevor sie die Tür öffneten. Darauf waren sie vorbereitet. Einer von ihnen trug eine Botenuniform, komplett mit Schirmmütze, und war mit einem Geschenkpaket und einem Quittungsbuch ausgestattet.

Der Bote stellte sich gut sichtbar vor die Tür, seine drei Begleiter standen seitlich, außerhalb des Blickwinkels des Spions. Auf ein Nicken des Anführers hin betätigte der falsche Bote die Klingel und wartete. Einige Sekunden später klingelte er noch einmal. Diesmal rührte sich etwas in der Wohnung, der Bote legte ein freundliches Gesicht auf und blickte in den Spion. Die anderen drei machten sich sprungbereit.

Pam wollte gerade unter die Dusche steigen, als sie die Klingel hörte. »Verdammt!« murmelte sie und wollte das Klingeln zuerst ignorieren. Dann klingelte es wieder. Die Neugier siegte, sie band sich den Bademantel zu, schlüpfte in ihre Slipper und ging an die Tür.

Im Spion sah sie die uniformierte Gestalt mit dem Geschenkpaket und dem Quittungsbuch. Wer konnte ihr so früh am Morgen ein Geschenk schicken?... Dann wich ihre Verwirrung einer Mischung aus Freude und Amüsement... Brett natürlich, wer sonst! Damit wollte er wohl wiedergutmachen, daß er sie in der Nacht so aus der Fassung gebracht hatte. Ihr wurde warm ums Herz, sie schüttelte den Kopf und mußte lächeln.

Sie wollte schon die Tür öffnen, als ein Rest Vorsicht sie warnte, dem Anschein nicht blind zu vertrauen. In den letzten Tagen hatte Brett in ein wahres Wespennest an Brutalität und Unbarmherzigkeit gestochen. Die eigene Erfahrung sagte ihr, daß Vorsicht besser sei als Nachsicht. Sie legte die Sicherheitskette an, machte die Tür einen Spalt weit auf und peilte um die Ecke.

»Ja?« fragte sie.

»Ein Päckchen für Miss Pamela Mason von ...«, der Bote tat so, als schaue er in seinem Buch nach, » ... einem Mister Grant.« Er sah sie verschmitzt an und fragte: »Sind sie Miss Mason?«

»Das bin ich«, antwortete Pam. »Einen Moment, bitte ...« Sie drückte die Tür zu, bis sie die Kette lösen konnte.

Sie kamen schnell und brutal. Unter dem Tritt des falschen Boten flog die Tür nach innen und knallte Pam gegen Stirn und Nase. Vor Schmerz und Schreck aufschreiend, taumelte sie rückwärts, verlor das Gleichgewicht und fiel um. Sie hatte keine Zeit mehr, Louise zu warnen – es hätte auch nichts genützt.

Dann geschah alles mit brutaler Sachlichkeit. Pam, der vom Stoß ins Gesicht der Schädel brummte, nahm verschwommen wahr, daß die Männer an ihr vorbei in die Wohnung liefen, dann wurde die Tür zugeschlagen. Sie wurde gepackt und auf die Beine gehievt, Blut tropfte ihr aus der Nase, und sie wurde von ihren beiden Kidnappern ins Wohnzimmer geschleift. Dort wurde eine vor Angst fast ohnmächtige Louise bereits von demjenigen festgehalten, der sie aus dem Bett gezerrt hatte.

Pam hatte kaum Zeit, die zerzauste Louise zu registrieren, als sie selbst in einen Stuhl neben dem Eßtisch gestoßen wurde. Bevor sie sich wehren konnte, hatten sie die Kidnapper mit dem Fernsehkabel an den Stuhl gefesselt. Dabei banden sie nur den rechten Arm mit fest, den linken ließen sie frei. Pam wollte sich gerade darüber wundern, als Louise ein Wimmern puren Entsetzens von sich gab. Soeben hatte eine vierte Gestalt den Raum betreten.

Pam japste, als sie von einem hinter ihr stehenden Kidnapper an den Haaren gepackt und gezwungen wurde, dem Neuankömmling ins Gesicht zu sehen. Ihre Augen weiteten sich vor Angst, da sie den Grund für Louises Entsetzen erkannte – der Asiate, der mitten im Zimmer vor ihr stand, fixierte sie mit wilder Genugtuung.

Sie wußte, es war der Mann, über den Brett mit Louise gesprochen hatte, der Mann, dem Brett im Keller des Betlehem-Hauses in die Hände gefallen war. Von dem Louise unter dem merkwürdigen Sektentitel Erzengel Michael sprach, und der, wie sie sagte, obwohl er offiziell dem Propheten unterstand, in Wahrheit das Regiment führte.

Als sie den Mann ansah und spürte, mit welcher Macht sich seine schmalen Augen in die ihren bohrten, dachte sie, Luzifer wäre ein passenderer Titel für ihn. Brett und Louise waren sich einig gewesen, was das Eindrucksvollste an ihm war: seine Augen. Von ihrem bösartigen Glitzern auf dem Stuhl festgenagelt, hatte Pam das Gefühl, noch nie solch kalte Grausamkeit in einem menschlichen Augenpaar gesehen zu haben.

Plötzlich bellte der Asiate einen Befehl. Der Mann hinter Pam ließ ihre Haare los und verließ den Raum. Obwohl sie den Kopf jetzt frei bewegen konnte, vermochte sie den Blick nicht von den hypnotisierenden, schwarzen Augen zu wenden, die sich an ihrer Angst zu weiden und sich zugleich über sie lustig zu machen schienen.

Das Schädelbrummen ließ nach, und sie fragte sich, was die Männer vorhatten. Mit rasender Geschwindigkeit ging ihr Verstand die Möglichkeiten durch. Vergewaltigung? Wenn das die Absicht war, stellten sie sich merkwürdig an. Raub? Sie hatten nichts verlangt, offenbar hatten sie auch kein Interesse daran, die Wohnung zu durchsuchen. Was dann? Rache? An Brett? Wegen dem Ärger, den er ihnen bereitete? Angst um Brett krallte sich in ihr Herz, und sie räusperte sich nervös.

»Was haben Sie mit uns vor?« fragte sie so selbstbewußt wie sie konnte. Der Asiate machte sich nicht die Mühe, ihr zu antworten. Er fixierte sie unaufhörlich mit seinem kalten Blick, der dem einer Echse glich.

Bevor sie weitersprechen konnte, wurde ihre Aufmerksamkeit auf die Rückkehr des Mannes abgelenkt, der auf Befehl des Asiaten hinausgegangen war. Er hatte ihre große, verchromte

Küchenschere mit den zwanzig Zentimeter langen, schmalen, spitzen Blättern in der Hand. Eine namenlose Angst schnürte ihr den Magen zu, als der Mann dem Asiaten wortlos die Schere reichte.

Pams Mund war trocken, und sie mußte sich erst die Lippen befeuchten, bevor sie sprechen konnte. »Was ... was haben Sie vor?« fragte sie zitternd.

Als Antwort deutete der Asiate mit der Schere auf sie und bellte: »Knebelt sie!«

Pam hörte, wie hinter ihr Stoff zerrissen wurde. Sie protestierte und wehrte sich vergebens, als ihr ein Stück Stoff in den Mund gestopft und mit einem Stoffstreifen zugebunden wurde, den man hinter ihrem Kopf verknotete. Der Asiate deutete erneut mit der Schere auf sie.

»Die Hand!«

Trotz verzweifelten Widerstands hatte Pam gegen die vereinten Kräfte ihrer beiden Kidnapper keine Chance. Innerhalb von Sekunden hatten sie die freie Hand vor Pam auf die Tischplatte gelegt und hielten sie fest. Dann sprach sie der Asiate zum ersten Mal an. Er hatte einen starken, nasalen Akzent.

»Sie fragen, was ich vorhabe. Ich werde Ihrem Freund Grant eine Lektion erteilen. Er wurde schon einmal gewarnt, doch offenbar benötigen er und seine Freunde eine Gedächtnisauffrischung, sich aus Angelegenheiten herauszuhalten, die sie nichts angehen. Sie werden Grant eine Nachricht von mir übergeben. Richten Sie ihm aus, wenn er uns noch einmal in irgendeiner Weise dazwischenfunkt, komme ich wieder. Doch beim nächsten Mal werde ich ihn töten ... und Sie dazu!«

Mit diesen Worten kam er auf sie zu. Pam wich zurück und versuchte verzweifelt, ihre Hand aus dem schraubstockartigen Griff zu befreien. In dem Moment überwand Louise ihre Angst vor dem brutalen Asiaten und versuchte, für die neue Freundin Fürsprache einzulegen.

»Nein! Nein ... bitte, Erzengel Michael«, stieß sie hervor. »Tu ihr nichts ... sie hat nichts getan ...«

Die Antwort des Asiaten war schnell und brutal. Er wirbelte herum, war mit zwei Schritten bei dem sich duckenden Mädchen und verpaßte ihr mit dem Handrücken eine schallende

Ohrfeige. Als sie wie betäubt ihrem Bewacher in die Arme fiel, packte sie der Asiate am Hals und zischte ihr ins tränenüberströmte Gesicht: »Ich habe mich noch nicht entschieden, ob du weiterleben darfst. Halt den Mund und schau zu, sonst steht dir Schlimmeres bevor ... viel Schlimmeres! Hast du mich verstanden, du Wurm?«

Unter trockenem Schluchzen nickte das gepeinigte Mädchen ergeben. Als der Asiate sie losließ, war sie dem Kollaps nahe und sackte mit trübem Blick in die Arme, die sie von hinten festhielten.

Der Asiate kam zu Pam an den Tisch zurück. Er öffnete die Schere zu einem Kreuz und nahm das horizontale Blatt fest in die Hand. Das zweite Blatt ragte zwischen Mittelfinger und Ringfinger heraus wie ein zwanzig Zentimeter langer Spieß. Wieder bohrten sich die glitzernden schwarzen Augen in die ihren.

»Denken Sie dran, sagen Sie Ihrem Freund Grant, dies ist die letzte Warnung«, knirschte er.

Bei diesen Worten beugte er sich vor und hielt die Schere auf Schulterhöhe über die Hand. Das Wohnzimmerlicht reflektierte auf dem tückischen, nadelspitzen Stahl. Verzweifelt versuchte Pam gegen den Knebel anzuschreien und warf flehentlich den Kopf hin und her.

Umsonst. Plötzlich schwirrte der glänzende Stahl in der Faust des Asiaten herab, und Pams Welt explodierte in namenloser Qual, bevor die Dunkelheit sich ihrer erbarmte.

60

Nachdem sie sich vergewissert hatten, daß Sherman sicher in der Privatklinik untergebracht war, hatten sich Grant und Springfield getrennt. Zuvor hatten sie ausgemacht, am Abend die Taktik für den Angriff auf das Betlehem-Haus zu besprechen, den sie vorläufig für den folgenden Tag anberaumt hatten. In der Zwischenzeit wollte jeder seine Truppen mobilisieren. Dann hatte sich Springfield auf den langen Heimweg nach Rockford gemacht, während Grant durch die Stadt nach Hause fuhr.

Es war noch vor acht, und er überlegte, ob er ins Büro fahren sollte, bevor Anna und die anderen kämen, um Shermans Äußerung über den Tod von Levenson zu überprüfen. Wenn es wahr war, was sein Partner behauptete, und nicht nur wilde Phantasie, ausgelöst durch die schweren Schmerzmittel, mit denen man ihn vollgepumpt hatte, würde er den Beweis für die Ermordung Levensons in der mittleren Schublade von Harrys Schreibtisch finden – in der grausigen Gestalt eines abgetrennten Fingers.

Doch er war müde, und es fehlte ihm die Energie, die nächtlichen Anstrengungen machten sich bemerkbar. Er beschloß, zuerst nach Hause zu fahren, um mit einer Dusche und einem kräftigen Frühstück die Batterien wieder aufzuladen. Dann wäre immer noch Zeit, ins Büro zu fahren, die anderen drei über die nächtlichen Ereignisse zu informieren und den Inhalt von Shermans Schreibtisch zu überprüfen. Zu Hause angekommen, stellte er den Wagen ab und betrat das Apartmenthaus. Er fuhr in den fünften Stock, ging durch den Korridor zu seiner Wohnungstür und schloß auf.

Das erste, was ihm auffiel, war das Fehlen der üblichen Frühstücksaktivitäten. Er hängte die Jacke in der Diele auf und horchte. Er wunderte sich, daß Pam noch nicht auf war. Sie mußte zur Arbeit und war eher eine Frühaufsteherin. Vielleicht schlief sie länger, weil sie durch Springfields nächtlichen Anruf Nachholbedarf hatte.

Das schwache Rauschen der Dusche bestätigte ihn. Er ging zur Badezimmertür, um ihr zu sagen, daß er zu Hause sei. Doch als er den Kopf ins Bad steckte, wunderte er sich über die Dampfmenge im Bad. Offensichtlich lief die Dusche schon eine ganze Weile – doch die Duschkabine war leer.

Seine Verwunderung verwandelte sich in Unbehagen. Aus unbestimmtem Grund hatte er das Gefühl, daß etwas nicht in Ordnung war. Er ging zur Dusche hinüber und drehte sie ab. Es herrschte Stille. Nichts rührte sich. Die Wohnung schien leer zu sein. Endgültig alarmiert, drehte er sich um und trat in die Diele, um im Schlafzimmer nachzusehen.

Plötzlich erstarrte er, und seine Nackenhaare stellten sich auf. Er hatte etwas gehört... einen Laut... aber einen, bei dem es ihm eiskalt über den Rücken lief. Es hatte geklungen wie ersticktes Stöhnen. Da war es wieder. Kein Zweifel, da hatte jemand Schmerzen, konnte sie aber aus irgendeinem Grund nicht hinausschreien.

Er drehte sich zur Wohnzimmertür um, von wo der Laut gekommen war. Die Tür war angelehnt. Angst um Pam packte ihn. Irgendetwas war passiert ... etwas Grauenhaftes.

Bei dem Gedanken, daß diese Fanatiker irgendwie an Pam herangekommen waren und ihr wehgetan hatten, packte ihn die Wut. Ohne Rücksicht auf die Gefahr für sich selbst zog er die Pistole, duckte sich und warf sich gegen die Tür.

Er stürzte ins Wohnzimmer, tauchte seitlich weg, ging in die Hocke und inspizierte den Raum mit der Waffe. Es befand sich nur eine Person im Wohnzimmer, und es war offensichtlich, daß sie keinerlei Gefahr bedeutete. Langsam richtete Grant sich auf. Er war wie gelähmt angesichts der grausamen Rache, die Angel One geübt hatte.

Pam saß nach vorne gesackt am Eßtisch, gehalten von einem Kabel, mit dem ihr Oberkörper und der rechte Arm an den Stuhl gefesselt waren. Sie war mit einem Stoffetzen geknebelt, der fest um ihren Mund gebunden war. Das Haar hing ihr wirr ins Gesicht und verdeckte nur teilweise die blauen Flecken an der Stirn und das Blut an Mund und Kinn, das ihr aus der geschwollenen Nase getropft war.

Das alles registrierte er beim ersten Blick, doch was ihm den Schock versetzte, war der Anblick ihrer linken Hand. Sie lag flach vor ihr auf dem Tisch, die gespreizten Finger in einer Blutlache, und war mit der glänzenden Klinge einer geöffneten Küchenschere festgenagelt. Die Spitze des Scherblatts war mit solcher Gewalt hineingerammt worden, daß sie Hand und Tischplatte durchbohrt hatte und gute fünf Zentimeter unter dem Tisch herausragte.

Sein Instinkt schrie ihn an, ihr zu Hilfe zu kommen. Doch als Profi wußte Grant, daß dies eine Falle sein konnte, um ihn einem versteckten Feind in die Hände zu liefern – mit Pam als Köder. Auch wenn seine Erstarrung nur wenige Sekunden gedauert hatte, so war er doch für jemanden, der sich auf ihn stürzen wollte, ein leichtes Ziel.

Mit übermenschlicher Kraftanstrengung zwang er sich, zuerst rasch, aber gründlich den Rest der Wohnung zu untersuchen. Es gab keine Spur von den Eindringlingen, die bestialisch Rache an seiner wehrlosen, unschuldigen Pam geübt hatten. Es gab auch keine Spur von Louise. Im Gästezimmer war die Decke vom Bett gezogen worden und lag als Haufen auf dem Boden. Man hatte sie in die Klauen der Sekte zurückgeholt – mit an Verachtung grenzender Ungeniertheit.

Kurz darauf erschien Curtis auf einen Anruf von Grant, der eine bewußtlose Pam in den Armen hielt, während die Notärzte unter Narkose vorsichtig die Schere durchsägten, um die festgenagelte Hand zu befreien.

Viel später, nachdem sie aus der Unfallstation des nächsten Krankenhauses entlassen worden war, brachten sie die unter starken Schmerzmitteln stehende Pam im gegenseitigen Einverständnis in Curtis' Wohnung, als Vorsichtsmaßnahme gegen eventuelle Wiederholungsaktionen der Sektenleute. Dann schenkte Curtis sich und Grant einen doppelten Scotch ein, während Ruth das Gästezimmer für Pam bereitete.

Anschließend informierte Grant Curtis über die nächtlichen Ereignisse, angefangen bei Springfields Anruf, der ihn ins Krankenhaus geholt hatte. Er beschrieb den gescheiterten Anschlag durch die falsche Krankenschwester, der ihn dazu veranlaßt hatte, Sherman in die Sicherheit einer Privatklinik in der Stadt zu bringen. Zuletzt berichtete er, wie er den Anschlag auf Pam entdeckt hatte und was sie ihm von ihrem Martyrium erzählt hatte. Er hatte sie zum Reden ermuntert, um sie von den Schmerzen abzulenken, während sie auf den Notarzt gewartet hatten.

Sie war ohnmächtig geworden, nachdem der Asiate ihr die Klinge durch die Hand gerammt und sie am Tisch festgenagelt hatte. Sie konnte sich nicht daran erinnern, wie die Angreifer mit Louise die Wohnung verlassen hatten. Zwischen qualvollen Wach- und gnädigen Dämmerzuständen wechselnd, war es ihr wie Stunden vorgekommen, bis sie plötzlich merkte, daß Grant sie in den Armen hielt und beruhigend auf sie einsprach. Dann waren die Notärzte gekommen und hatten ihr die magische

Spritze gegeben, die sie von ihrer Qual erlöste und sie in das ersehnte Vergessen eintauchen ließ.

Curtis ließ Grant ausreden, damit er sich das traumatische Erlebnis vom Herzen reden konnte. Dann allerdings mußte er seine gesamten Überredungskünste aufwenden, um Grant davon abzubringen, noch am selben Abend einen selbstmörderischen Ein-Mann-Rachefeldzug zu starten. Der Vorschlag, bis zum geplanten Angriff mit Springfield zu warten, fruchtete nichts. Grants Wut und sein Schuldgefühl wegen dem, was mit Pam passiert war, waren so groß, daß er fast den Verstand verloren hatte.

Was ihn schließlich zur Besinnung brachte, war Curtis' resignierte Bemerkung: »Ach ... was red ich mir den Mund wäßrig? Wenn du unbedingt hopsgehen willst, okay ... nur zu ... dann tu's doch! Solche Typen haben nichts lieber als Ein-Mann-Missionen. Ein gefundenes Fressen für sie! Wenn du Glück hast, bringen sie dich nur halb um, wie deinen Partner. Wenn nicht ...«, schloß er brutal, »... sag ihnen, sie sollen Pam deinen Schwanz schicken. Dann hat sie wenigstens 'n Erinnerungsstück!«

Grimmig starrten sich die beiden Freunde an. Dann verrauchte die Wut in Grants Augen, und er schüttelte den Kopf, als wäre er soeben aufgewacht. Er grinste Curtis schuldbewußt an und hob zum Zeichen der Ergebung die Hände.

»Du hast recht«, gestand er. »Ich war nicht ganz bei Trost. Danke, daß du mir den Kopf zurecht gerückt hast. Und danke, daß Pam und ich bei euch übernachten können. Schließlich wärt ihr auch in Gefahr, wenn sie es herausfinden würden. Ich bin dir was schuldig.«

»Ach ... vergiß es«, winkte Curtis ab. »Nicht der Rede wert. In die Wohnung eines Privatdetektivs einzudringen ist eine Sache – aber die Wohnung eines Cops, das wär nochmal 'n ganz anderes Ding. Außerdem«, fügte er hinzu, »mach ich das nur, damit du keine Ausrede hast, beim nächsten Treffen den Sprit zu bezahlen.« Er grinste und knuffte Grant in die Schulter.

In diesem Moment kam Ruth herein und verkündete, daß das Frühstück fertig sei. Als Grant meinte, ihm sei nicht nach Essen und er wolle gleich ins Büro, weil er was Wichtiges zu erledigen habe, war er an die Falsche geraten.

»Brett Grant, reden Sie keinen Unsinn, von wegen Sie hätten keinen Hunger. Sie waren die ganze Nacht auf, Sie müssen Hunger haben. Sie haben es nur noch nicht gemerkt!« konstatierte sie mit mütterlicher Resolutheit, die keine Widerrede duldete. »Ich lasse meinen Ben nie mit leerem Magen in die Arbeit, und solange Sie unter meinem Dach weilen, gilt das auch für Sie.«

Grant bat Curtis halbherzig um Unterstützung, doch sein Freund grinste nur und meinte achselzuckend: »Tu, was sie sagt, Brett. Ich hab es eine Woche nach der Hochzeit aufgegeben. Solang hab ich gebraucht, bis ich gemerkt hab, daß sie gar nicht zuhört.«

Später, als Ruth den Frühstückstisch abgeräumt und die Männer mit einer Kanne Kaffee allein gelassen hatte, kam das Gespräch auf Shermans Behauptung, die Sekte sei in Drogengeschäfte und Mord verwickelt. Was den Drogentransport betraf, waren sie sich einig, daß eine Razzia durch die State Police bedauerlicherweise nicht in Frage kam. Auch ohne das Risiko, daß Angel One das Anwesen in die Luft jagte – nur auf Shermans Ausage hin bekämen sie keinen Durchsuchungsbefehl. Vor allem, da das Betlehem-Haus im Besitz einer sogenannten religiösen Vereinigung war, wodurch es besonderen Schutz durch die Verfassung der Vereinigten Staaten genoß.

Das gleiche galt für Shermans Beweis, daß Levenson wahrscheinlich ermordet worden war. Auch hier stützte nur Shermans Aussage die Theorie, daß Levenson überhaupt zum Betlehem-Haus hinausgefahren war. Curtis meinte, am besten würde er Grant ins Büro begleiten und Shermans Beweisstück in Verwahrung nehmen. Vielleicht ließ es sich mit weiterem Belastungsmaterial zu einem späteren Zeitpunkt gegen die Sekte verwenden.

In diesem Moment klingelte das Telefon im Flur. Curtis stand auf und ging hinaus. Als er kurz darauf zurückkam, machte er ein ernstes Gesicht.

»Das war die Zentrale, Tex«, verkündete er heiser.

Grant sah ihn mißtrauisch an. »Noch mehr Ärger?« fragte er.

»Könnte man sagen«, erwiderte Curtis düster. Dann sagte er, mit einer Kopfbewegung auf Grants halbvolle Kaffeetasse: »Du brauchst den Kaffee nicht hinunterzustürzen, um ins Büro zu kommen. Du hast nämlich kein Büro mehr. Tex sagt, vor 'ner Stunde sind vier Männer aufgekreuzt, haben eure Angestellten mit vorgehaltener MP rausgescheucht und eine Bombe gezündet.«

»Was?« Grant schob den Stuhl zurück und stand auf. Seine Muskeln spannten sich vor Wut.

Curtis hob die Hand. »Das ist noch nicht alles. Sieht aus, als hätten sie eure zwei Mitarbeiter bearbeitet, Ellis und Perez, als sie versuchten, sie aufzuhalten. Tex meint, sie hätten nicht allzuviel abgekriegt, nur 'n paar blaue Flecken. Eure Sekretärin hat leichte Verbrennungen erlitten, als sie Sachen aus dem Feuer holte, aber es geht ihr gut. Ach ... und die Bombenleger haben 'ne Nachricht hinterlassen. Einer von ihnen läßt dir ausrichten, sie hätten es getan, damit ihr keine Beweise habt!« Er schüttelte angewidert den Kopf. »Wenn du mich fragst, hast du dich mit 'n paar Kranken angelegt, mein Freund.«

Grants Augen flackerten so wild wie das Feuer, das sein Büro zerstört hatte. »Dieses Schwein von Sung!« knirschte er. »Erst Harry, dann Pam und jetzt das. Ich sage dir, Ben, das wird er mir büßen ... und zwar zehnfach!«

»Naja, im Moment sieht's wirklich so aus, als ob nur du und Springfield was gegen sie ausrichten könntet«, gab Curtis zu. Er ging auf Grant zu und packte ihn bei den Schultern. »Jetzt hör mal gut zu. Was ihr auch geplant habt für morgen nacht, seid bloß vorsichtig! Laßt euch zu nichts hinreißen. Ein bißchen Haß ist gut, wenn man einen gefährlichen Feind bekämpft. Aber nicht Wut. Wut macht blind für Gefahren und läßt einen unvorsichtig werden. Also immer cool bleiben, okay?«

Grants Wut verpuffte ein wenig, und er grinste Curtis schief an. »Da schau an, der kleine Philosoph. Du klingst wie jemand aus einem Kung-Fu-Film.«

»Naja, ich weiß, wovon ich rede«, entgegnete Curtis. »Ich will damit nur sagen ...«

»Ich weiß, was du sagen willst, Buddy«, unterbrach ihn Grant. »Aber du brauchst dir um mich keine Sorgen zu machen«, meinte er lässig. »Ich hab ja deinen alten Freund Springfield dabei, der wird mich schon an die Kandare nehmen, falls ich anfange, Dirty Harry zu spielen.«

»Verlaß dich drauf«, knurrte Curtis. »Nate und ich sind da ganz einer Meinung… wir waren Platoons in der gleichen Einheit.«

»Das hab ich nicht gewußt«, sagte Grant, wirklich überrascht.

»Es gibt vieles, was du nicht weißt«, entgegnete Curtis. »Und das wird sich auch nicht ändern, wenn du nicht lange genug am Leben bleibst. So, wollen wir den ganzen Tag hier rumstehen und ein Schwätzchen halten oder was?«

Eine halbe Stunde später inspizierten Grant und Curtis die ausgebrannten Büros der Detektei. Die rußgeschwärzten Böden und Wände waren noch feucht vom Löschwasser der Feuerwehr. Grant stand in den Überresten des Vorzimmers, rümpfte die Nase gegen den scharfen Geruch von verkohltem Holz, verbranntem Papier und versengtem Metall und hörte sich Annas Bericht über den Anschlag an, mit Einwürfen von Perez und Ellis.

Anna hatte Verbände an den Händen. Sie verdeckten die Brandblasen, die sie sich zugezogen hatte, als sie Akten, Floppy Disks und anderes Inventar vor den hungrigen Flammen in Sicherheit gebracht hatte. Ellis und Perez hatten ramponierte Gesichter. Auf Perez gebrochener Nase prangte ein Pflaster, ein Auge von Ellis war völlig zugeschwollen, seine Oberlippe geplatzt und geschwollen. Perez hatte überdies einen Gips am linken Handgelenk und Ellis trug eine Schlinge, die den gebrochenen rechten Arm und das gebrochene Schlüsselbein stützten.

Nach der übereinstimmenden Schilderung waren die vier Angreifer offenbar kurz nach neun durch die Eingangstür ins Büro gestürmt. Einer der Männer hatte, mit einer schallgedämpften Automatic bewaffnet, die drei Angestellten im Vorzimmer in Schach gehalten, während seine Komplizen die Büroräume durchwühlt hatten.

Als sich der Bewacher umgedreht hatte, da es plötzlich besonders laut krachte, hatte Ellis die Gelegenheit ergriffen und sich auf ihn gestürzt, eine Zehntelsekunde später gefolgt von Perez. Allerdings hatte der Mann noch einen Warnschrei abgeben können, worauf ihm seine Komplizen sofort zu Hilfe gekommen

waren. Die beiden Detektive hatten sich gewehrt, so gut sie
konnten, doch an Kraft und Zahl unterlegen, waren sie nach
Strich und Faden zusammengeschlagen worden. Anna war in
dem Chaos zur Eingangstür gelaufen, um Alarm zu schlagen,
doch die Gangster hatten so etwas erwartet und sie an den Haaren zurückgerissen.

Als Ellis und Perez ruhiggestellt waren, hatten die Angreifer
drei mit Zünder versehene Geräte aus einem Sack gezogen, den
Zeitzünder aktiviert und eines davon in jedes Büro gestellt.
Dann hatten sie Anna und die Detektive aus dem Büro getrieben
und sie mit vorgehaltener MP an den Fahrstühlen in Schach gehalten, bis die Bomben explodiert waren. Das vierköpfige Kommando war über die Treppe nach unten geflohen, und Ellis hatte
im Nachbarbüro Alarm geschlagen, während Anna und der
leichter verletzte Perez ins brennende Büro zurückgelaufen waren und versucht hatten, so viel wie möglich zu retten, bevor die
Hitze unerträglich geworden war.

Die Feuerwehr war in Minutenschnelle gekommen, doch inzwischen hatten sich die Flammen ausgebreitet und einen Großteil des Inventars verzehrt. An dieser Stelle berichtete Anna
stolz, daß es ihr und Perez gelungen sei, den Computer vor den
Flammen zu retten. Auf der Festplatte befänden sich sämtliche
Akten und die gesamte Korrespondenz, und sobald sie neue
Räume gefunden hätten, wäre es nur eine Frage der Zeit, bis sie
neue Hard Copies für die Unterlagen der Detektive ausgedruckt
hätte.

Grant dankte den Mitarbeitern für ihren Einsatz für die Firma
und bot ihnen an, den Rest des Tages freizunehmen und sich
von den Anstrengungen und Verletzungen zu erholen. Er war
gerührt, als alle drei vehement erklärten, dableiben zu wollen,
um beim Aufräumen zu helfen und das gerettete Inventar in die
neuen, provisorisch eingerichteten Räumlichkeiten im Stockwerk darüber zu bringen, die von der Versicherung bereits zur
Verfügung gestellt worden waren.

Während der Umzug vonstatten ging unter der Leitung von
Anna, die aus den umliegenden Büros freiwillige Helfer zusam-
mengetrommelt hatte, inspizierten Grant und Curtis eingehend
die verkohlten Überreste von Shermans Büro. Die metallenen

Schreibtischschubladen waren offensichtlich vor Ausbruch des Feuers aufgebrochen worden, der gesamte Inhalt war verbrannt. Kurz darauf verabschiedete sich Curtis und bat Grant, ihn zu verständigen, falls er irgend etwas entdecken sollte.

Grant ging zu seinen Mitarbeitern hinauf in die neuen, provisorischen Büroräume im sechsten Stock, wo Anna ihn mit einer Tasse Kaffee empfing, die sie in einem benachbarten Büro besorgt hatte, zusammen mit einigen geliehenen Tassen. Die nächste Stunde verbrachte er am Telefon.

Als erstes rief er Nate Springfield an und informierte ihn über den jüngsten Anschlag des Gegners. Sie unterhielten sich eine Weile, und der Sheriff skizzierte, was an Männern, Waffen und Ausrüstung seiner Meinung nach für die bevorstehende Operation gegen das Betlehem-Haus nötig war. Die restliche Zeit verbrachte Grant damit, Rocky O'Rourke und Pete Larsen ausfindig zu machen und mit ihnen zu verabreden, daß sie ihre Kumpel zusammentrommeln und sich am nächsten Abend um neun in Rockford einfinden sollten.

Als Grant schließlich den Hörer aus der Hand legte, lehnte er sich in den Sessel zurück und ließ die Ereignisse der letzten, hektischen Tage Revue passieren. Immer wieder tauchte dasselbe Gesicht vor seinen Augen auf und lachte ihn aus. Es war das Gesicht des Chinesen, von dem er wußte, daß er es war, der hinter all der Gewalt gegen ihn, Pam und seine Freunde stand. Es war das Gesicht von Angel One.

Aber Grant war froh, daß der Countdown bis zum Untergang des Gegners bereits lief. Morgen abend würde die zusammengewürfelte Armee in Rockford zusammenkommen und sich mit Springfields Truppen vereinen. Dann würde er den Spieß einfach umdrehen.

61

Nachdem sie Louise Wyatt geschnappt hatten, glaubte Angel One, sein Schicksal wieder voll im Griff zu haben. Seine sorgfältig aufgebaute Organisation hatte in der letzten Woche mehr als eine Krise erfolgreich gemeistert. Sicherheitsrisiken durch Aussteiger und neugierige Schnüffler waren zur Zufriedenheit eliminiert worden. Sogar einen Frontalangriff auf das Straßenvertriebssystem durch einen mächtigen Gegner hatten sie abgefangen und erfolgreich abgewehrt. Im Anschluß war besagter Gegner Opfer eines blutigen Gegenschlags geworden und nun für absehbare Zeit als Bedrohung ausgeschaltet.

Trotz eines Überraschungsangriffs durch einen Geistesgestörten hatte der Transport der doppelten Menge an Drogen geklappt. Tiger Control in Chicago hatte die Ware am folgenden Tag abgeholt, die übrigen vier Zellen von Dragon Control hatten ihre Zuteilungen noch am selben Tag erhalten. Der Erfolg hatte ihm die Anerkennung des Direktors eingebracht. Zuletzt hatte er sich persönlich um die Rache an Grants Freundin und die Gefangennahme der Wyatt gekümmert. Mit dem Bombenattentat auf das Büro Sherman & Grant hatte er seiner Lektion Nachdruck verliehen und zugleich die Gefahr beseitigt, daß der Seniorpartner den abgetrennten Finger, den man ihm als Warnung geschickt hatte, aufbewahrte und gegen ihn verwenden konnte.

Jetzt war nur noch ein Problem zu lösen: der Prophet. Darum würde sich noch am selben Abend sein Stellvertreter Angel Four kümmern. Ja, die Lage hatte sich beruhigt, und er verbrachte den restlichen Tag damit, das Verschneiden, Verpacken und Ausliefern des für seine eigene Sektion bestimmten Anteils der Drogen zu beaufsichtigen.

Seine Gedanken wanderten kurz zu den beiden Delinquenten, die in den Kellerzellen auf ihr Schicksal warteten. Miller und Wyatt. Um sie würde er sich später kümmern, jetzt gab es Wichtigeres zu tun. Erst die Arbeit, dann das Vergnügen, wie ein westliches Sprichwort lautete.

Doch Angel Ones Zuversicht war fehl am Platz und seine Glückwünsche an sich selbst voreilig. In der Dunkelheit der kalten Novembernacht versammelte sich die zusammengewürfelte Armee von Grant und Springfield. Einzeln und in Gruppen, mit unterschiedlichen Fahrzeugen, vom Dreißigtonnen-Sattelschlepper bis zu Privatautos, fanden sie sich im Hauptquartier ein – das auffällige Ähnlichkeit mit dem Büro des County Sheriffs in Rockford besaß!

62

Der erste Teil des Tages nach dem Anschlag auf Pam und die Büroräume der Detektei verlief für alle Beteiligten ereignislos. Doch es war die trügerische Ruhe vor dem Sturm – bei Einbruch der Dunkelheit sollte er mit neuer Gewalt ausbrechen.

An diesem Abend, als Grants und Springfields Truppen in Rockford zum Kriegsrat zusammentraten, kehrte der Prophet von der letzten Veranstaltung seines jüngsten, höchst erfolgreichen und profitablen Kreuzzugs in sein luxuriöses Stadtapartment zurück, wie üblich in Begleitung seiner persönlichen, aus Sektengorillas bestehenden Leibwache. Stimuliert durch die Massenhysterie, die er erst provoziert und dann angeheizt hatte, wie ein Vampir, der seiner eigenen Brut das Blut aussaugt, pulste das Adrenalin noch immer in seinen Adern.

Seine Euphorie wurde auch durch die Erwartung eines köstlichen Vergnügens genährt. Heute nacht würde er Detective Lieutenant Curtis dafür bestrafen, daß er es gewagt hatte, ihn zu beleidigen. Heute nacht würde er einen aus seinem Observierungsteam abschlachten. Allein der Gedanke erregte ihn sexuell und entfachte die schwelenden Glut seines Blutwahns zu neuem Feuer.

In der Abgeschiedenheit seines Schlafzimmers zog er sich schnell und leise die schwarzen Kleider an, die er stets trug, wenn er auf die Pirsch ging. Mit dem Mormon Tabernacle Choir im Hintergrund, der ahnungslos »The Battle Hymn of the Republic« zum Besten gab, bereitete er sich auf seine Tat vor. Es war eines seiner Lieblingslieder, besonders die dritte Zeile der ersten Strophe hatte es ihm angetan – »Er hat die Rache seines schicksalhaften Schwerts gesandt.« In seinem kranken Kopf hielt er sich für das schicksalhafte Schwert des Herrn – auserkoren, die Welt von der Sünde der Hurerei zu reinigen.

Er schnallte sich sein Instrument zur Säuberung der Welt um den linken Arm. Fleischliche Erregung überkam ihn bei der Aussicht auf neue Beute, die Blutgier übermannte ihn und vertrieb den letzten Rest Vernunft aus seinem kranken Hirn. Wieder erfuhr er die Bewußtseinserweiterung und Sinnesschärfung, die seine Verwandlung in einen animalischen Killer jedesmal begleitete.

Er war gerade mit den Vorbereitungen fertig – »todchic« sozusagen – als er plötzlich innehielt und die Ohren spitzte. Unter dem sanften Rhythmus der Musik hatten seine geschärften Ohren ein leises Klicken vernommen. Die Eingangstür zu seinen Privatgemächern hatte sich geschlossen. Jemand hatte sich in seine Höhle geschlichen. Reflexartig knipste er das Deckenlicht aus, so daß der Raum nur noch von dem schwachen Schein der Nachttischlampe erleuchtet war. Wie ein in die Enge getriebenes Wild suchte er mit den Augen nach einem Versteck.

Angel Four stand einen Augenblick da, den Rücken an die Tür gepreßt. Er inspizierte den langen, geteilten Raum, der sich vor ihm bis zu den französischen Fenstern am anderen Ende erstreckte. Wie erwartet, war der Raum leer. Die Geräuschkulisse der sanften Musik ausnutzend, schlich er an der Wand entlang bis vor die Schlafzimmertür.

Er drückte das Ohr an den Türschlitz und lauschte. Er ließ drei volle Minuten verstreichen. Sein Ohr bestätigte, was ihm die Wanze gemeldet hatte, bevor er die Privatgemächer des Propheten betreten hatte – im Schlafzimmer und im angrenzenden Bad war nichts zu hören.

Zufrieden, daß sein Opfer schlief, faßte er an den Türknopf und drehte ihn langsam herum. Tagsüber hatte er vorsorglich das Schloß und die Scharniere geölt, um jedes Geräusch zu vermeiden, das den Bewohner der Räumlichkeiten hätte warnen können.

Angel Four drückte die Tür so weit auf, daß er hindurchschlüpfen konnte. Dann blieb er stehen und starrte perplex auf das leere Bett. Das Bettzeug war unberührt, es hatte niemand darin geschlafen. Rasch ließ er die Augen durch den Raum wandern, dann fiel sein Blick auf die Tür zum angrenzenden Bad. Lautlos durchquerte er das Zimmer und lauschte an der geschlossenen Tür. Nichts. Verwirrt riß er die Tür auf. Im Bad war es dunkel. Er knipste das Licht an und sah im grünlichen Schein der Kacheln, daß sich keine Menschenseele dort befand.

Seine Verwirrung wich einem kurzen Unbehagen. Sollte es dem Propheten gelungen sein, unbemerkt aus dem Apartment zu entkommen, wie der Detective Lieutenant vermutet hatte?

Doch sein Unbehagen währte nur einen Augenblick. Der Prophet konnte das Apartment unmöglich verlassen haben. Er hatte die Wachposten verdoppelt, um jeden diesbezüglichen Versuch zu unterbinden. Dann kam ihm ein anderer Gedanke. Könnte sein Opfer geahnt haben, aufgrund eines unachtsamen Blicks vielleicht, daß es auf der Abschußliste stand? Und wenn, würde sich der Prophet in seiner Panik verstecken, ohne daran zu denken, wie leicht er zu finden wäre?

Erneut durchforschte er den Raum nach den naheliegendsten Verstecken. Da war, natürlich, das Bett. Vielleicht kauerte er unter dem Bett. Oder im Kleiderschrank. Er wollte schon zum Schrank hinübergehen, als er eine winzige Bewegung an dem schweren, bodenlangen Vorhang zu seiner Rechten wahrnahm. Ein triumphierendes Lächeln umspielte seine Lippen. Das war des Rätsels Lösung.

Angel Four durchquerte das Schlafzimmer, als steuere er auf den Schrank zu, änderte schlagartig die Richtung, machte zwei schnelle Schritte nach rechts, packte den Vorhang mit beiden Händen und riß ihn auf. Im selben Moment schoß eine schwarzbehandschuhte Hand aus dem Spalt und rammte ihm ein fünfzehn Zentimeter langes Messer bis zum Heft zwischen die Rippen.

Angel Four stöhnte kurz auf, als sich der grausame Stahl in den pulsierenden Herzmuskel bohrte. Seinen verlöschenden Sinnen blieb kaum noch Zeit, das Bild des Mörders zu registrieren und die schwarze Gestalt mit den glühenden Augen als den Propheten zu erkennen, dann verlor er endgültig das Bewußtsein. Als Angel Four zusammensackte, hielten seine Hände noch immer die Vorhänge umklammert. Er riß die Vorhangstange aus der Verankerung, der schwere Stoff legte sich über seinen Leichnam und lieferte ihm ein fertiges Leichentuch.

63

Der Prophet trat auf den schmalen Balkon und schob die Glastür hinter sich zu. Es war wieder neblig. Der Nebel war nicht so dick wie in der Nacht, als Mary-Lou Evans zu Tode gekommen war, doch er reichte, um die Sicht auf dreißig bis vierzig Meter zu verkürzen. Er war für seine Zwecke ideal. Die ideale Nacht für einen Mord.

In Minutenschnelle hatte er seine Leiterbrücke auseinandergeklappt und angelegt und war mit gewohnter Leichtigkeit zur Feuerleiter hinübergeklettert. Er stieg zur Plattform des vierten Stocks hinab und blieb stehen, um die schwach beleuchtete, neblige Gasse unter sich zu inspizieren. Mit scharfen Augen suchte er nach einem Hinweis auf den verborgenen Beobachter, von dem er wußte, daß er irgendwo dort unten stand.

Er entdeckte den Mann, der in einem tiefen Eingang auf Posten stand, als plötzlich eine Zigarette aufglühte, und legte sich mit der Geduld eines Raubtiers auf die Lauer, bis die Beute eine Gelegenheit zum Schlag böte. Ungeachtet der Kälte und Nebelschwaden beobachtete er regungslos den Mann unter sich und wartete darauf, daß die Langeweile seine Konzentration beeinträchtigen und ihn unvorsichtig machen würde.

Doch schließlich war es etwas ganz anderes, was dem Propheten die ersehnte Gelegenheit lieferte. Viel einfacher und simpler. Ein natürliches Bedürfnis. Der Prophet hatte sich schon fast damit abgefunden, daß der Cop zu wachsam war, um sich schnappen zu lassen, wie der andere, den er vor fünf Tagen fast zu fassen bekommen hätte, da trat der Mann unvermutet aus dem Schutz der Tür.

Der Prophet zog sich zurück und beobachtete seine Beute durch das Gitter unter den Füßen. Der Cop peilte einige Sekunden an der Feuerleiter empor, und als er sich vergewissert hatte, daß dort niemand stand, ging er über die Gasse zur gegenüberliegenden Wand. Er stand jetzt fast genau unter der untersten Plattform. Vorsichtig lehnte sich der Prophet über die Brüstung. Im Schatten der eisernen Feuerleiter konnte er die dunkle Gestalt erkennen. Der Mann pinkelte an die Hauswand.

In Erwartung leichter Beute jauchzte er innerlich auf. Lautlos schlich er auf seinen dicken Gummisohlen zur untersten Plattform hinunter. Er befand sich jetzt nur noch etwa drei Meter über dem Kopf des urinierenden Mannes. Mühelos glitt das Messer aus der Scheide in seine rechte Hand. Er schwang sich über die Brüstung, sah nach unten, um den Abstand zur Schulter seines ahnungslosen Opfers abzuschätzen, und setzte zum Sprung an. In diesem Moment zerriß ein Warnruf die Stille der Gasse. Aus irgendeinem Grund mußte sein verhaßter Gegner Curtis die Wachen verdoppelt haben.

Der Grund war ganz einfach. Curtis, der genau wußte, daß dies der letzte Abend des laufenden Kreuzzugs war, hatte geahnt, daß der Prophet ihn zu einem letzten Jagdausflug nützen würde, bevor er sich auf seinen Landsitz zurückzog. Dementsprechend hatte er das Oberservierungsteam in der Tat verdoppelt und zwei Mann für jede Seite des Eldorados eingeteilt. Er selbst stand mit drei Mann mit dem Wagen am östlichen Ausgang der Gasse, um für jegliche Aktion sofort Verstärkung liefern zu können.

In der Gasse selbst hatte Detective Gary Lomax die Feuerleiter im Auge behalten. Er hatte sich in einen schmalen Eingang gestellt, in der vergeblichen Hoffnung, etwas Schutz vor der bitteren Kälte zu finden. Dreißig Meter weiter stand sein Partner, ein junger schwarzer Cop namens Joe Foster.

Als wäre die Kälte nicht schon genug, setzte Detective Lomax nun auch noch der Nebel zu, der immer dicker wurde und die Sicht verschlechterte. Sein Unmut wuchs. Gelangweilt und genervt spähte er mit brennenden Augen in die Nebelschwaden und versuchte, die Feuerleiter im Auge zu behalten, als seine Aufmerksamkeit plötzlich auf den Kollegen gelenkt wurde, der seinen Posten verließ, die Gasse überquerte und in den Schatten unter der Feuerleiter trat. Offensichtlich wollte er seine Blase erleichtern und hatte beschlossen, dies im Schutz der Feuerleiter zu tun, statt die eigene Nische zu beschmutzen.

Plötzlich entdeckte Lomax, daß sich auf der Plattform direkt über der Stelle, an der Foster mit gespreizten Beinen stand, etwas bewegte. Dann entdeckten seine entsetzten Augen zwischen zwei Nebelschwaden die schwarze Gestalt, die sich über die Brüstung schwang, um sich auf den ahnungslosen Kollegen zu stürzen. In diesem Moment war Lomax aus seinem Versteck gesprungen, hatte die Waffe gezogen und den Warnruf ausgestoßen.

Fosters Nerven waren während der gesamten Schicht in der Gasse zum Zerreißen gespannt gewesen. Lieutenant Curtis hatte dem Oberservierungsteam unmißverständlich klar gemacht, für wie gestört und gefährlich er den Propheten hielt. Er hatte sie auch gewarnt, daß der Kerl enorme Kräfte besaß und sich daran aufgeilte, seine Opfer aufzuschlitzen. Nicht gerade das, was sich Foster unter einer leichten Schicht vorstellte, in der zugigen Nische einer schummrigen Gasse zu lauern, bei Wetterbedingungen wie in einem Horrorfilm.

Doch die Nervosität sollte ihn retten. Seine Sinne waren hellwach, so daß er sofort auf Lomax' Warnung reagierte. Ohne lang zu überlegen, duckte er sich, drehte sich um und zog die Waffe. Foster drehte sich so schnell um die eigene Achse, daß der Angreifer, anstatt wie geplant auf seinem Rücken zu landen, ihm auf die rechte Schulter krachte und beide aus dem Gleichgewicht brachte. Der senkrechte Stoß mit der messerscharfen Klinge verfehlte sein Ziel, die weiche Mulde zwischen Hals und Schulter, und schlitzte statt dessen Fosters rechten Arm bis zum Knochen auf, von der Schulter bis zum Ellbogen.

Foster stieß einen panischen Schrei aus, als er spürte, wie sich der Stahl in sein Fleisch bohrte, warf sich mit aller Kraft zur Seite, ging mit einer Judo-Rolle zu Boden und spritzte sich mit seinem eigenen Urin voll. Er landete auf dem Rücken und riß die Schußhand hoch, ohne Rücksicht auf den brennenden Schmerz in seinem aufgeschlitzten Oberarm. Mit ungläubigem Entsetzen starrte er auf die leere Hand. Er hatte die Waffe fallenlassen! Sie mußte ihm beim Stich in den Arm aus der Hand geglitten sein. Jetzt war er der glänzenden Waffe in der Faust der schwarzen Gestalt, die drohend über ihm stand, wehrlos ausgeliefert.

Nachdem der erste, tödliche Schlag fehlgegangen war, wußte der Prophet, daß er sich beeilen mußte, wenn er der Falle entkommen wollte, die sein verhaßter Gegner ihm gestellt hatte. Blitzschnell hatte er das Gleichgewicht wiedergewonnen und stürzte sich fauchend auf sein taumelndes Opfer. Im Sprung konnte er das Weiße in den angsterfüllten Augen des schwarzen Gesichts sehen.

Im selben Augenblick erfüllte der ohrenbetäubende Knall einer Schußwaffe die enge Gasse. Metall klirrte auf Metall und ein Querschläger pfiff ihm am Kopf vorbei. Dann traf ihn ein Hammerschlag unterhalb des linken Schulterblatts, und er wurde von der schweren .38er-Patrone umgerissen. Im Fallen glitt ihm das Messer aus der Hand.

Rasend vor Wut wollte er seinen kraftlosen Körper gerade wieder auf die Füße zwingen, als seine rechte Hand an etwas Hartes, Metallisches stieß. Es war ein Revolver. Mit dem Instinkt des Wahnsinnigen schloß er die Hand um die Waffe, hielt sich still und lauschte nach den Füßen, die im Laufschritt näherkamen. Er wartete, bis sie kurz vor ihm abbremsten und eine Stimme sagte: »Joe? Alles okay?« Dann rollte er sich auf die Seite, richtete den Revolver auf die vermummte Gestalt und drückte zweimal hintereinander ab.

Die mangelnde Erfahrung des Propheten im Umgang mit Schußwaffen rettete Lomax das Leben. Da der Prophet ruckartig auf den Abzug drückte, anstatt mit gleichmäßigem Druck, verzog er die Waffe beim ersten Schuß leicht nach links unten, mit dem Ergebnis, daß die Kugel Lomax in die rechte Seite traf und eine schmerzhafte Fleischwunde verursachte, statt tödlich ins Herz zu treffen. Lomax ging kreiselnd zu Boden. Der zweite Schuß, abgefeuert, als die Waffe noch vom Rückstoß des ersten bebte, ging ins Leere.

Hinter dem Propheten hatte Foster mit der Linken das Funkgerät gezückt, da ihm die Rechte aufgrund der Verletzung am Oberarm nicht mehr gehorchte. Er drückte auf den Sendeknopf und rief mit schriller Stimme hastig über den Lärm der Schüsse hinweg: »Foster hier … in der Gasse … er ist es … er ist bewaffnet …« Dann erinnerte er sich an das vereinbarte Codewort und setzte eilig hinzu, »Armageddon! Armageddon! Verdammt, kommt endlich!«

Der Prophet rappelte sich auf. Er hatte den Hut verloren, das Silberhaar war zerzaust und seine Augen glühten vor Haß. Sein Oberkörper war merkwürdig gefühllos, doch beim Atmen fühlte er tief drinnen einen stechenden Schmerz. Auf schwankenden Beinen und mit schwindelndem Kopf sah er sich nach seinem Messer um – der heiligen Waffe, mit der er im Auftrag Gottes die unzüchtigen Isebels der Nacht bestrafte und den Sodomiten. Sie hatte heute nacht noch mehr heilige

Werke zu verrichten. Noch mehr Sünder ins ewige Feuer der
Hölle zu schicken.

Bevor er es fand, erfüllte das Heulen von Sirenen die Nacht.
Einen Augenblick später leuchteten die Nebelschwaden im
Scheinwerferlicht des Wagens auf, der in die Gasse raste. Sein
Raubtierinstinkt warnte ihn, daß das Auftauchen des Wagens
mehr Gegner bedeutete, als er in seiner gegenwärtigen Verfassung bewältigen konnte. Er fletschte vor Frust und Rage die
Zähne zu einem lautlosen Fauchen, drehte sich um, floh zum
entgegengesetzten Ende der Gasse und wurde vom wabernden
weißen Nebel, der das gleißende Scheinwerferlicht reflektierte,
verschluckt.

64

Curtis hatte seinem Fahrer befohlen, so nah wie möglich an der
Einfahrt zur Gasse zu parken. Der Fahrer hatte in etwa vierzig
Meter Entfernung eine Parklücke entdeckt, und die vierköpfige
Verstärkungsmannschaft hatte ihre lange Wache begonnen. Um
sich die Zeit zu vertreiben, hatten sie sich über alles mögliche
unterhalten, vom Sport bis zu den neuesten Affären, und waren
schließlich bei der Arbeit gelandet – wie immer, wenn irgendwo
in der Welt mehr als zwei Cops zusammensitzen.

Curtis trug am wenigsten zur Unterhaltung bei, die meiste
Zeit stierte er mißmutig aus dem Fenster. Er war sich sicher, daß
der Mann in dieser Nacht etwas unternehmen würde, und war
verständlicherweise nervös, daß etwas schiefgehen könnte.
Zwanzig Jahre Polizeidienst hatten ihn zu der Überzeugung gebracht, daß Murphy's Law vor allem für Polizeioperationen galt
– egal, wie sorgfältig sie geplant waren, wenn auch nur die geringste Möglichkeit bestand, daß etwas schiefgehen konnte,
dann ging es auch schief!

Nicht, daß er das vor seinen Leuten zugegeben hätte. Er
wußte genau, daß ihr Vertrauen in ihn zum Teil auf dem Mythos beruhte, er sei für normale menschliche Schwächen wie
Angst oder Selbstzweifel immun. »Ol' Stoneballs« oder »Ol'
Iron Guts« waren zwei der freundlicheren Spitznamen, die seine

Leute ihm verliehen hatten. Curtis wußte es und war insgeheim stolz auf sein Image.

In die gedämpfte Stimmung aus Zigarettenrauch und seichter Unterhaltung krächzte plötzlich Fosters Funkruf. Die Hysterie in der Stimme des Kollegen hätte genügt, um eine prompte Reaktion zu garantieren, doch die unüberhörbaren Schüsse im Hintergrund taten ein Übriges.

Noch bevor Curtis »Schmeiß die Scheißkiste an« bellen konnte, hatte der Fahrer bereits den Rückwärtsgang eingelegt und war auf die Fahrbahn gezogen. Als sie mit heulenden Sirenen zur Gasse rasten, rief der Lieutenant in sein Funkgerät: »Curtis an alle Streifen... Armageddon!... Wiederhole, Armageddon... Standort vier... Wagen Eins und Zwei Westende der Gasse abriegeln... Wagen Drei Ostende abriegeln... der Verdächtige ist bewaffnet und gefährlich... los!«

Sie bogen mit quietschenden Reifen um die Ecke und schossen in die dunkle Öffnung der Gasse, nur wenige Meter vor dem zweiten Streifenwagen, der aus der entgegengesetzten Richtung angerast kam. Mit gleißenden Scheinwerfern schossen sie über den Randstein und preschten durch die Gasse. Curtis stemmte sich mit der Linken gegen das Armaturenbrett, in der Rechten hatte er die Waffe, und reckte angestrengt den Kopf, um mit Hilfe der Suchleuchten im Nebel etwas zu erkennen. Dann tauchte turmhoch das Gerüst der Feuerleiter aus dem Nebel auf, und sie blieben quietschend stehen.

Minuten später war die Gasse abgeriegelt und gründlich durchsucht, inklusive der Feuertreppe, wodurch die Frage geklärt wurde, auf welchem Weg der Prophet das Apartment verlassen hatte. Von den beiden Verwundeten hatte Curtis in allen Einzelheiten erfahren, was geschehen war, doch vom Propheten selbst gab es keine Spur. Er hatte es offensichtlich bis zum anderen Ausgang geschafft und war im Schutz des Nebels entwischt, bevor die Streifen die Gasse abriegeln konnten.

Vor Wut und Enttäuschung schäumend, rief Curtis sofortige Verstärkung herbei und ordnete eine großangelegte Suchaktion in der Umgebung des Apartmentblocks an. Er rief eine stadtweite Fahndung nach dem Mann aus, mit der Warnung, daß er bewaffnet und gefährlich sei. Aufgrund von Lomax' Aussage, er habe ihn angeschossen, was von Foster bestätigt wurde, erwähnte er bei der Beschreibung des Flüchtigen auch die Schußwunde, wahrscheinlich im Oberkörper.

In dem ganzen Chaos tröstete sich Curtis mit zwei Dingen – verwundet und mit hohem Blutverlust würde das Schwein zu Fuß nicht weit kommen. Außerdem hatte er sein Messer verloren – es war schon auf dem Weg in die Gerichtsmedizin, wo man zweifellos feststellen würde, daß es sich um die Tatwaffe handelte, mit der er seine Opfer abgeschlachtet hatte.

Sekunden bevor der erste Streifenwagen aus dem Nebel auftauchte und mit quietschenden Reifen vor der Gasse hielt, lief der Prophet auf die Straße. Instinktiv rannte er vom Eldorado-Block weg. Dort würden die Gegner ihn als erstes suchen.

Er rannte nicht weit. Das Atmen wurde immer schmerzhafter. Die linke Lunge fühlte sich an, als ob sie in hellen Flammen stünde. Etwa auf der Hälfte des Blocks bremste er ab und ging mit schnellen Schritten weiter. Im selben Moment wurde ihm übel, und er wankte wie ein Betrunkener. Als zu seiner Linken ein dunkler Ladeneingang auftauchte, beschloß er, sich zu verstecken, bis er sich erholt hätte und wieder Luft bekäme.

Die Gefühllosigkeit in der Schulter ließ langsam nach, er spürte etwas Warmes, Klebriges am Rücken, den Hüften und den Beinen, und der stechende Schmerz in seinem Rücken wurde stärker. Tief in seinem kranken Hirn, warnte ihn sein Überlebensinstinkt, daß die Verletzung ernst war. Er mußte einen Unterschlupf finden – wo er sich hinlegen und auskurieren konnte.

Aus seinem Versteck in der Ladentür heraus suchte er mit fiebrigen Augen die Straße ab, so weit die Sicht reichte. Die Straßenbeleuchtung war heller als in der Gasse, und der Nebel war hier draußen dünner, er bestand aus einzelnen Schwaden. Plötzlich mußte er husten, und ein stechender Schmerz durchzuckte ihn von hinten nach vorn. Als ob in seinem Inneren etwas zerrissen wäre. Und so war es auch. Der obere Lappen des linken Lungenflügels, von Lomax' Kugel getroffen, war unter dem explosionsartigen Druck des Hustens gerissen. Er spuckte

560

Blut, und ein rotes Rinnsal zog sich vom Mundwinkel zum Unterkiefer, von wo aus es auf den Mantelkragen tropfte.

Er wischte sich mit der Hand über den Mund und starrte auf den rotverschmierten Handschuh. Unterschlupf. Er mußte irgendwo unterkriechen. Damit er sich ausruhen und auskurieren konnte. Er mußte sich vor seinen Feinden verstecken, solange er geschwächt war. Wenn er wieder bei Kräften wäre, würde er die Jagd wieder aufnehmen. Dann würden sie für die Verletzung zahlen müssen. Mit Blut!

Er stieß sich von der Hauswand ab und wankte auf den Bürgersteig. Ein oder zwei Passanten glotzten den Torkelnden neugierig an. Sie hielten ihn für einen Betrunkenen mit glasigem Blick, einen feinen Pinkel, der eine aufs Maul bekommen hatte. Dann sahen sie die Knarre in seiner Hand, wandten den Blick ab und eilten davon. Als Großstadtbewohner wußten sie, daß Neugier nicht nur den Vogel in die Schlinge treibt, wie ein altes Sprichwort sagt, sondern auch Menschen!

Eineinhalb Blocks von der Gasse entfernt, entdeckte der Prophet die Lösung seiner Probleme. Unterschlupf – und eine Möglichkeit, bei sich zu Hause unterzukriechen, im Betlehem-Haus. Ein elegant gekleideter Mann mit Brille bemühte sich, die Beifahrertür seines Wagens aufzuschließen, eine große Einkaufstüte aus dem 24-Stunden-Drugstore im Arm, aus dem er soeben gekommen war. Schließlich brachte er die Tür auf und beugte sich in den Wagen, um die Tüte auf den Beifahrersitz zu stellen. Dann schlug er die Tür zu, ging vorne um den Wagen herum, schloß die Fahrertür auf und setzte sich ans Steuer.

Der Triumph verlieh dem Propheten neue Kraft, und er torkelte im Laufschritt über den Bürgersteig, stieß einen empörten Passanten beiseite, riß die hintere Wagentür auf und warf sich auf den Rücksitz. Bevor der verdutzte Wagenbesitzer reagieren konnte, hatte der Prophet die Tür zugezogen, den Arm über die Rücklehne des Fahrersitzes gestreckt und dem Mann den Revolver in den Nacken gedrückt.

»Losfahren!« fauchte er.

Der Mann war vor Angst wie gelähmt. Er war ein braver Familienvater und, obwohl gebürtiger New Yorker, nie näher mit Verbrechen in Berührung gekommen als am Fernseher seiner

Villa auf Staten Island. Im Rückspiegel sah er die stechenden Augen und den blutigen Mund des Fremden, und er spürte den Druck des Revolvers hinter dem rechten Ohr.

Er wußte ganz genau, daß sein Leben von einem Zucken des Fingers am Abzug abhing. Seine Angst konzentrierte sich auf den Stahlring an seinem verkrampften Nacken, und er stellte sich den Finger vor, der sich mit weißen Knöcheln um die kleine, metallische Sichel krümmte – und dessen kleinste Bewegung ihm das Gehirn wegpusten würde. Dann bohrte sich die Mündung schmerzhaft in seinen Nacken, und der Befehl wurde wiederholt, lauter und dringlicher.

»Losfahren, hab ich gesagt!«

Mit fahrigen Bewegungen und bleischweren Füßen würgte er in seiner Angst zweimal den Wagen ab, bevor er ihn mit einem Ruck vom Straßenrand steuerte. Dabei überlegte er verzweifelt, womit er den Wahnsinnigen hinter sich beruhigen könnte. Womit er sein Leben retten könnte. Im Fernsehen hatten sogenannte Experten Ratschläge erteilt, wie man als Geisel mit Terroristen umgehen solle – daß man versuchen solle, eine Beziehung mit den Kidnappern aufzubauen. Er versuchte es.

»Hören Sie, mein Freund«, sagte er zitternd, »ich tu alles, was Sie wollen. Ich mach Ihnen keine Schwierigkeiten. Ich habe 'ne Frau und vier Kinder. Wenn Sie Geld brauchen, ich hab nicht viel bei mir, aber Sie können es gern haben. Den Wagen auch, wenn Sie wollen ...«

Ein schmerzhafter Stoß mit dem Revolver und die fauchende Stimme hinter ihm schnitten ihm das Wort ab.

»Halt's Maul und fahr! Richtung Norden. Verstanden? Nach Norden.«

Von wegen Experten mit ihren Scheißtheorien, dachte er. Er nickte ergeben und fuhr Richtung Norden. Dazu mußte er abbiegen und dabei kreuzte sich sein Blick mit dem seines Kidnappers im Rückspiegel. Erneut packte ihn das Grauen, und er wandte rasch den Blick von den wahnsinnigen Augen ab. Er begann zu schwitzen. Und zu beten.

65

Curtis hatte bald herausgefunden, was passiert war. Er bekam seine mehr oder weniger freiwilligen Augenzeugen, indem er einfach die gesamte Umgebung abriegeln ließ und damit drohte, die ganze Nacht Vernehmungen durchzuführen, falls sich jemand weigerte auszusagen. Eine halbe Stunde später wußte Curtis, daß sein Mann in einem grünen Cadillac auf der Flucht war und den unglücklichen Besitzer mit vorgehaltener Waffe als Geisel genommen hatte. Er gab die Fahndung an alle mobilen Einheiten in der Stadt durch – mit der Anweisung, es solle kein Versuch gemacht werden, den Wagen anzuhalten, solange das Leben des Fahrers in Gefahr sei. Statt dessen sollten sie ihn verfolgen und beschatten, bis er mit seinen Leuten käme.

Curtis stand an einer der Zivilstreifen vor dem Eldorado-Block. Turner stand neben ihm. Während sie gespannt auf die erste Meldung warteten, daß der Fluchtwagen gesehen worden war, beobachteten sie mit Genugtuung, wie die Gefolgsleute des Propheten in Handschellen von uniformierten Beamten in die grüne Minna verfrachtet wurden.

Als sich die Beamten gewaltsam Zutritt zur Suite geschaffen und sie durchsucht hatten, hatte man die Leiche des ermordeten Asiaten entdeckt. Außerdem waren eine beachtliche Menge Drogen, einschließlich Heroin, und ein ganzes Arsenal an Waffen und Munition beschlagnahmt worden. Wenn die Sekte ein solches Waffenlager in der Stadtwohnung des Propheten unterhielt, dachte Curtis, dann war damit zu rechnen, daß Grant die Kugeln nur so um die Ohren fliegen würden, heute nacht draußen am Betlehem-Haus.

Plötzlich ging ihm ein Licht auf ... das Betlehem-Haus ... natürlich ... wohin sonst sollte der Prophet zu fliehen versuchen. Er hätte schon viel früher darauf kommen sollen. Wenn der Verwundete seinen Unterschlupf erreichte und es Grant mit seinem verwegenen Plan nicht gelang, den Laden dichtzumachen, dann würde das verdammte Dreckschwein weitermorden können ... immer weiter. Er mußte gestoppt werden. Curtis kam zu einem Entschluß. Er deutete auf die Gefangenen.

»Tex, übernimm du das hier, okay?« sagte er. »Schaff die

Kerle ins Revier und nimm sie in die Mangel. Ich nehm den Wagen hier. Sag Flaherty, er soll mich verständigen, wenn sie irgendwo gesehen worden sind. Ich hatte gerade eine meiner berühmten Ahnungen und will ihr nachgehen. Es geht um maximal zwei Stunden. Wenn Devlin fragt, sag ihm, ich ginge einer heißen Spur nach, okay?«

Turner warf seinem Chef einen skeptischen Blick zu. »Glauben Sie, Sie wissen, wo er hinwill?« fragte er leise. Als Curtis nickte, sah ihn der Jüngere besorgt an. »Sie wollen ihm auf eigene Faust hinterher, Chef?« Wieder bekam er ein Nicken zur Antwort. »Halten Sie das für 'ne gute Idee?«

Curtis blickte dem Jüngeren fest in die Augen. Er nickte langsam und sagte: »Ganz genau, Tex. Das Schwein muß gestoppt werden. Aber er ist kein kleiner Ganove, der irgend jemanden umgepustet hat. Den man zum Aufgeben überreden kann, der Schiß kriegt und Mitleid mit sich selbst, wenn er von bewaffneten Cops in die Enge getrieben wird.

Wir haben es mit einem eiskalten Massenmörder zu tun, der zu gestört ist, um Angst zu haben. Und er hat eine Geisel. Wenn wir den in die Enge treiben, wird er nicht verhandeln. Der jagt seiner Geisel 'ne Kugel in den Kopf. Deshalb denke ich, die einzige Chance für den armen Kerl, lebend aus dem Schlamassel herauszukommen, bin ich. Sobald unser Mann einen Fehler macht, jag ich ihm 'ne Kugel in den Kopf. Und das kann ich nicht, wenn mir das halbe NYPD und CBS Newsnight dabei zuschauen.«

Turner wollte etwas sagen, doch Curtis hob abwehrend die Hand. Er vergewisserte sich, daß niemand in Hörweite war, und sagte: »Tex, ich bitte dich nicht um dein Einverständnis. Ich bitte dich nur, mich für zwei Stunden zu vertreten. Du weißt nicht, wo ich bin ... und warum. Ich hab dir nur befohlen, dich um die Gefangenen zu kümmern und dir gesagt, ich würde einer Spur nachgehen. Okay? Du hast nichts damit zu tun. Na, was is, Partner?«

Der Jüngere nickte mit sichtlichem Widerwillen. »Verdammt, es geht mir nicht um mich. Ich halte zu Ihnen, Chef. Wie immer, das wissen Sie. Aber die Sache gefällt mir nicht. Sie sind in Gefahr, nicht ich. Sie kriegen Ihre zwei Stunden. Ich hoffe bloß, Sie wissen, was Sie tun.«

Curtis schlug Turner auf die Schulter. »Danke Tex. Bist 'n fei-

ner Kerl. Und 'n guter Partner, auch wenn ich's ungern zugeb.«
Er grinste den jüngeren Kollegen warmherzig an.

Turner erwiderte das Grinsen. »Mit Schmeicheln erweicht
man die Herzen.«

»Deshalb mach ich's ja«, entgegnete Curtis und stieg in den
Wagen. Er setzte sich hinters Steuer, zog die Tür zu und sah
durchs offene Fenster zu Turner hinauf.

»Ach, übrigens, das hätt ich fast vergessen. Ich hab heut 'ne
Empfehlung geschrieben, damit du bei der nächsten Runde zum
Detective Sergeant befördert wirst. Devlin ist auch dafür.«

Das Grinsen wich für einen Moment einem verdutzten Gesichtsausdruck. Dann kehrte es wieder und erstreckte sich von
einem Ohr zum anderen. »Hey, danke, Chef... aber vielleicht ist
das auch 'n plumper Versuch, einen Beamten in der Ausübung
seines Dienstes zu beeinflussen.«

»Darauf kannst du wetten!« erwiderte Curtis und brauste davon.

Turner sah ihm nach, bis die Rücklichter hinter der nächsten
Ecke verschwunden waren, und die Sorge trübte seine Freude
ein wenig. Er mochte Curtis und verstand dessen Motive, dem
verrückten Killer selbst nachzujagen, nur zu gut. Tollwütige
Hunde mußte man beseitigen, nicht in den Zwinger sperren, wo
immer die Gefahr bestand, daß sie entkamen und erneut zubis-
sen. Er hoffte nur, daß Curtis nichts zustieß. Der Prophet war
geistesgestört und ein gnadenloser Killer. Und er war verwundet. Verwundete Tiere waren am gefährlichsten, wenn sie sich in
die Enge getrieben fühlten. Um wieviel gefährlicher war dann
erst ein verwundetes, tollwütiges Tier?

Nach einer halbstündigen, rasanten Fahrt, mit etlichen in letzter
Minute abgewendeten Zusammenstößen in den nebligen Straßen, befanden sich der Gesuchte und sein unfreiwilliger Chauffeur außerhalb der Stadtgrenze. Jetzt fuhren sie durch dünn be-
siedeltes Gebiet immer weiter upstate. Der Fahrer wußte, je tiefer sie in das unerschlossene Gebiet vordrangen, desto weiter
entfernten sich die Oasen menschlicher Siedlungen und desto
unwahrscheinlicher würde es, daß ihm jemand in seiner Not zu
Hilfe kam.

Die Nebelbank, die über der Stadt hing, hatte sich hier draußen aufgelöst. Ein großes Schild kam aus der Dunkelheit auf sie zu, seine Botschaft leuchtete im Scheinwerferlicht auf. TANKSTELLE 2 MEILEN. LETZTE GELEGENHEIT AUF 30 MEILEN.

Der Fahrer warf einen Blick auf die Tankanzeige. Die Nadel stand auf Reserve. Hoffnung auf Rettung durchströmte ihn. Er wandte den Kopf ein wenig und sprach die zusammengesackte Gestalt auf dem Rücksitz an – sie saß jetzt unmittelbar hinter ihm und richtete den bedrohlichen Revolver durch die Lehne auf seine Wirbelsäule.

»Wir haben fast kein Benzin mehr. Das Schild sagt, die nächste Tankstelle ist die letzte auf 30 Meilen. Wenn wir noch wesentlich weiter wollen, sollten wir tanken.«

Sein Kidnapper stöhnte, als er sich nach vorn beugte, um einen Blick auf die Tankanzeige zu werfen. Nervös tippte der Fahrer auf die Anzeige, um seinen Augen nachzuhelfen. Offenbar überzeugt, lehnte sich der Mann zurück und versuchte, einen Hustenanfall zu unterdrücken. Nachdem er eine Weile gejapst und geblubbert hatte, krächzte er:

»Also gut... halten Sie an und machen Sie den Tank voll. Aber denken Sie dran... eine falsche Bewegung... und Sie sind 'n toter Mann!«

Der Fahrer nickte. »Keine Tricks. Ich verspreche es.« Dann versuchte er, seine Chancen auf eine Flucht etwas zu erweitern. Er räusperte sich.

»Kann ich aufs Klo gehen? Sie könnten mitkommen. Ich muß wirklich dringend.« Es war zwar ein Vorwand, um seinem Kidnapper zu entkommen, doch seine Blase war tatsächlich unangenehm voll.

»Nein!« Der heftige Protest löste den nächsten, schmerzhaften und schnell unterdrückten Hustenanfall aus. Dann japste es: »Keine Toilette. Pinkeln Sie in den Sitz, wenn Sie müssen. Wenn Sie versuchen auszusteigen, bring ich Sie um. Ich jage Ihnen durch die Lehne eine Kugel ins Kreuz.«

Der Fahrer erstarrte, als er die Mündung des Revolvers durch die Rückenlehne spürte. Sein Mut verließ ihn, die schwache Hoffnung, sich eine Fluchtgelegenheit verschaffen zu können, war zunichte. Als er vom Highway in die Tankstelle bog, wußte er, seine letzte Chance bestand jetzt darin, daß dem Tankwart etwas seltsam vorkam und er die Polizei rief, nachdem sie weggefahren waren.

Er fuhr an die Zapfsäulen. Der Tankwart, ein junger Schwarzer in grünem Overall und einem Käppi mit dem Logo der Erdölgesellschaft, kam an den Wagen und beugte sich zum geöffneten Fenster hinab.

»Volltanken?« fragte er.

»Ja, bitte«, sagte der Fahrer und nickte verkrampft.

»Welches Sternzeichen, Mister?« fragte der junge Schwarze.

»Hä?« Der Fahrer verstand nicht, er war mit den Gedanken woanders – hauptsächlich bei dem Revolver wenige Zentimeter von seiner Wirbelsäule entfernt, der sich auch prompt durch einen Stoß in Erinnnerung brachte.

»Ihr Sternzeichen … Sie wissen schon … was woll'n Sie denn haben? Nichts für ungut, kleiner Witz meinerseits«, erklärte der Tankwart mit freundlichem Grinsen.

»Ach so … ähm … Four Star, bitte«, antwortete der Fahrer verwirrt. Er versuchte, den Blick des Tankwarts auf sich zu lenken, doch der Mann hatte sich schon abgewandt und griff nach dem Zapfhahn.

Er trommelte nervös auf das Lenkrad, während der Tankwart in aller Seelenruhe den Tank füllte, den Ölstand prüfte und die Windschutzscheibe putzte. Währenddessen tönte unaufhörlich der rasselnde Atem des Passagiers auf dem Rücksitz durch die Stille im Wagen. Als der Tankwart fertig war, stopfte er mit Schwung das beige Fensterleder in den Gürtel und beugte sich ans Fenster.

»Macht fünfzehn vierzig«, verkündete er und streckte die Hand aus. »Brauchen Sie 'ne Quittung?«

Der Fahrer schüttelte geistesabwesend den Kopf und fischte eine Handvoll zerknitterter Scheine und Münzen aus der Tasche. Sein Gehirn arbeitete wie wild, Schweißperlen standen ihm auf der Stirn, da er verzweifelt nach einem Weg suchte, wie er den Tankwart auf seine Notlage aufmerksam machen konnte, ohne sie beide in Gefahr zu bringen. Ein erneuter Stoß mit dem Revolver ließ ihn zusammenzucken, und es fielen ihm ein paar Münzen aus der Hand. Der Tankwart sah ihn verwundert an.

»Alles okay, Mister?« fragte er. »Entschuldigen Sie den Ausdruck, aber Sie sind käseweiß.« Wieder überzog ein freundliches Grinsen sein Gesicht.

Der Fahrer murmelte etwas und drückte dem Tankwart einen Zehner und zwei Fünfer in die Hand. »Hier. Behalten Sie den Rest.«

Als der Tankwart die Scheine mit einem erfreuten »Hey, danke, Mister« in Empfang nahm, fing der Fahrer seinen Blick auf und hielt ihn fest. Er schielte blitzschnell nach hinten, und sein Herz machte einen Sprung, als der Schwarze die Augen zusammenkniff und die Gestalt auf dem Rücksitz bemerkte. Der Fahrer war überzeugt, daß der Tankwart begriffen hatte, und hoffte, daß er weggehen würde, ohne sich etwas anmerken zu lassen.

Der clevere Schwarze hätte genau das getan, wenn er die Gelegenheit dazu gehabt hätte. Aus dem seltsamen Verhalten des Fahrers, seiner Nervosität, dem kreidebleichen, schweißgebadeten Gesicht und dem kurzen Blick zum Rücksitz hatte er tatsächlich gespürt, daß der Mann in Schwierigkeiten steckte. Als sein Blick nun ahnungslos über die Schulter des Mannes wanderte, wurde klar, warum.

Zuerst sah er den Revolver an der Lehne am ausgestreckten Arm der zusammengekrümmten, dunklen Gestalt auf dem Rücksitz. Dann traf sein erstaunter Blick auf die flammenden Augen über dem Taschentuch, das der Mann sich vor den Mund hielt. Plötzlich wollte der Tankwart nichts mehr mit der Sache zu tun haben. Er senkte den Blick ... und blickte in den Revolver, der plötzlich auf ihn gerichtet war.

Es war das letzte, was er sah. Die Kugel traf ihn genau zwischen den Augen und blies ihm das Gehirn aus dem Schädel. Der leblose Körper bäumte sich rückwärts, fiel mit ausgebreiteten Armen in ein Regal und ging in einer Kaskade von Ölkanistern zu Boden.

Als es hinter ihm knallte, spürte der Fahrer die Hitze der Explosion an seiner Wange. Er schrie vor Angst und Panik auf, stemmte sich mit seinem ganzen Gewicht gegen die Tür und faßte an den Türgriff.

Er schaffte es nicht. In seinem verzweifelten Versuch zu ent-

kommen, fummelte er am Hebel herum, und die Tür ver-
klemmte sich. Es krachte noch einmal, und der Körper des braven Familienvaters sackte gegen die tückische Tür – bis auf die
Schädeldecke, die durch das geöffnete Fenster geflogen war.

Der Prophet saß ein paar Minuten da, um Kraft zu sammeln.
Dann öffnete er die Tür und hievte sich mühsam aus dem Wagen. Schwankend stand er da. Rücken und Brust brannten wie
Feuer. Er atmete flach, jeder Atemzug war jetzt eine Qual, der
Hustenreiz war kaum noch zu unterdrücken, da er innerlich
blutete. Und jeder Huster, der sich den Weg nach oben bahnte,
förderte mehr hellrotes, schaumiges Blut zutage, das schneller
aus seinen Mundwinkeln tropfte, als das rotgefärbte Taschentuch es aufsaugen konnte. Jeder normale Mensch wäre längst
zusammengebrochen. Nur sein Wahn ließ ihn durchhalten.

In Fetzen drangen die Gedanken aus den dunklen Tiefen seines kranken Verstandes an die Oberfläche. Er mußte weiter...
zum Betlehem-Haus... in Sicherheit... vor seinen Verfolgern... seinen Feinden... den Schmerzen...

Plötzlich flackerte Curtis' grimmiges Gesicht klar und deutlich vor seinem inneren Auge auf, und der Zorn verlieh ihm die
Kraft, den Schmerz zu überwinden. Er packte den schlaffen Körper der Fahrers am blutgetränkten Mantelkragen und hievte ihn
mit einer Hand aus dem Wagen. Dann setzte er sich, langsam
und unter großen Schmerzen, selbst auf den Fahrersitz und zog
die Tür zu.

Im Sitzen, mit abgestütztem Rücken, waren die Schmerzen
etwas erträglicher, nur das unaufhörliche, pulsierende Brennen
bei jedem Atemzug blieb. Mit der warmen, blubbernden Flüssigkeit in seiner Kehle glich sein Körper einem brodelnden
Schmerzensvulkan, der auszubrechen und einen Lavastrom von
Lebenssaft aus der Krateröffnung seines Mundes zu spucken
drohte.

Wieder wurde er von einem Hustenanfall geschüttelt, der ihn
vornüberfallen ließ und erst aufhörte, als er einen Schwall von
Schleim und Blut erbrach. Als der Krampf vorbei war, saß er
völlig geschwächt und naßgeschwitzt da, das Kinn auf der Brust.
Nach einer Weile hob er den Kopf. Eine sonderbare Ruhe hatte
ihn ergriffen. Der Schmerz hatte etwas nachgelassen, als wären

beim letzten Krampf einige Sicherungen seines Schmerzzentrums durchgebrannt. Er fühlte sich klar genug, den Rest der langen Reise nach Norden zurückzulegen.

Er griff nach dem Zündschlüssel, ließ den Motor an, legte den Gang ein, steuerte den Wagen um die Zapfsäulen und seine jüngsten Opfer herum und bog auf den Highway. Er fuhr zunächst etwas vorsichtig, um ein Gefühl für den großen, PS-starken Wagen zu bekommen. Bald jedoch legte er an Tempo zu, da sein Selbstvertrauen wuchs. Bei einem gleichmäßigen Tempo von 80 Meilen die Stunde war sein Verstand auf das eine, brennende Ziel fixiert – die Zuflucht des fernen Betlehem-Hauses zu erreichen.

66

Zehn Minuten, nachdem die Rücklichter des gestohlenen Cadillacs auf dem langen, geraden Highway verloschen waren, fuhr Curtis in die verlassene Einfahrt der einsamen Tankstelle. Verlassen – bis auf die ausgestreckten Leichen der beiden Ermordeten, die noch dort lagen, wo der Tod sie ereilt hatte. Der Tod in Gestalt des Propheten.

Curtis stieg aus und warf einen Blick auf das Blutbad seines Feindes – denn als solchen betrachtete er den Propheten jetzt. Er wußte, er hatte einen Weg eingeschlagen, den kein Cop je einschlagen durfte – er hatte zugelassen, daß aus der Verfolgung eines Verbrechers ein persönlicher Rachefeldzug wurde. Doch als er vor den jüngsten Opfern des geisteskranken, blutgierigen Killers stand, steigerte sich sein Zorn in einen alles verzehrenden Haß auf den Mann, der dies getan hatte.

Ein kurzer Blick auf die beiden Opfer sagte ihm, daß jede ärztliche Hilfe zu spät käme. Er beschloß, der Verfolgung des Täters Priorität einzuräumen.

Er blickte nach Norden und überlegte, was als nächstes zu tun sei. Es würde nicht lange dauern, bis der nächste Kunde käme und die Polizei rufen würde. In der Zwischenzeit hätte er die kurze Verzögerung wettgemacht und den Wahnsinnigen eingeholt, bevor er erneut zuschlagen konnte.

Er wollte schon in den Wagen steigen, als er plötzlich innehielt. Er machte auf dem Absatz kehrt und suchte die Umgebung der Zapfsäulen nach einem Gegenstand ab, den er zuvor dort liegen gesehen hatte. Er fand, was er suchte und hob es auf. Sein Fund würde ihm unter Umständen hilfreich sein. Kurz darauf saß er wieder am Steuer und die Nadel kletterte allmählich an die 120-Meilen-Marke heran.

Schon nach zwanzig Minuten entdeckte er die Rücklichter seines Opfers als ferne rote Punkte vor sich. Er holte stetig auf, Meile um Meile verkürzte er den Abstand zwischen den Fahrzeugen, bis sie nur noch zweihundert Meter voneinander entfernt waren.

Bald fiel das Licht der Scheinwerfer auf den Wagen vor ihm, und Curtis konnte Kopf und Schulter des Propheten erkennen, die sich als dunkle Silhouette vor der Windschutzscheibe abzeichneten. Mit Absicht ließ er das Fernlicht an, um den Mann zu irritieren und zu blenden.

Es trennten sie nur noch etwa 30 Meter, als der Prophet die Hand vom Lenkrad nahm und den Rückspiegel verstellte, um nicht länger geblendet zu werden. Curtis beschloß anzugreifen, solange die Sicht des anderen noch beeinträchtigt war.

Er drückte das Gaspedal durch, zog auf die linke Spur und begann zu überholen. Als er auf gleicher Höhe war, ging er vom Gas, bis er dasselbe Tempo hatte wie sein Nebenmann. Er warf einen Blick nach rechts und sah das schöne, löwenhafte Profil des silberhaarigen Killers, den er die letzten fünf Jahre gejagt hatte. Im selben Moment wandte auch der andere den Kopf, und ihre Blicke kreuzten sich in gegenseitigem Haß.

Für die Dauer von zwei Herzschlägen starrten sich die beiden Protagonisten, Jäger und Beute, aus nächster Nähe an, während sie mit 80 Meilen pro Stunde durch die Nacht rasten. Dann bleckte der Prophet in lautlosem Triumph die Zähne, und Curtis blickte unvermutet in die Mündung des Revolvers, den der andere auf ihn richtete.

Curtis reagierte sofort. Er riß das Lenkrad herum und rammte den Propheten von der Seite, gleichzeitig nahm er den Fuß vom Gas. In dem Moment bäumte sich der Revolver in der Hand des Propheten auf. Curtis zuckte, als das Beifahrerfenster zerbarst und seine rechte Wange mit Glassplittern bombardierte. Er spürte die Hitze der Kugel, die um Haaresbreite an seiner Stirn vorbeizischte und durch ein sternförmiges Loch im Seitenfenster wieder austrat.

Als er den schlingernden Wagen wieder unter Kontrolle hatte, hatte der Prophet einen Vorsprung von fünfzig Metern. Curtis griff nach seiner Waffe im Mantel, als er plötzlich innehielt. Wenn irgend möglich, sollte er den Propheten nicht erschießen. Man könnte es ihm bei einer späteren Untersuchung als Mißbrauch der Amtsgewalt auslegen. Er war meilenweit außerhalb seines Zuständigkeitsbereichs. Hier draußen war er Bernhard Curtis, ein einfacher Bürger ohne Befugnis, jemanden zu verfolgen und festzunehmen, geschweige denn niederzuschießen. Wollte er sich an die Vorschriften halten, müßte er die örtliche Polizei verständigen und ihr den Fall überlassen. Ganz abgesehen von der Gefahr, daß die Sektenanwälte rechtliche Schritte einleiten würden, wartete auch Deputy Commissioner Elrick begierig auf den kleinsten Fehler von ihm, um mit Hilfe eines Disziplinarverfahrens Hackfleisch aus ihm zu machen.

Curtis hatte die Idee im Hinterkopf gehabt, seit er die Verfolgung des Killers aufgenommen hatte. Die beiden Leichen in der Tankstelle hatten ihn nur noch mehr davon überzeugt, daß seine Lösung für alle Beteiligten das Beste wäre – und die Welt etwas sicherer machen würde. Er beabsichtigte, den Killer von der Straße zu drängen, und zwar so, daß es aussah, als hätte er durch den enormen Blutverlust aus der Schußwunde die Kontrolle über seinen Wagen verloren.

Aber in seinem Eifer, den Mann einzuholen, hatte Curtis vergessen, daß der Prophet im Besitz von Fosters Waffe war. Obwohl er sich kurz zuvor mit eigenen Augen von den Folgen dieser Tatsache hatte vergewissern können, in Gestalt der beiden Leichen an der Tankstelle. Der Lapsus hätte ihn fast das Leben gekostet.

Er rechnete. Aus Fosters Dienstwaffe waren jetzt mindestens fünf Schuß abgegeben worden, und ein Revolver hatte sechs Kugeln. Es war also nur noch ein Schuß übrig. Wenn er den Propheten zu einem weiteren Fehlschuß provozieren könnte, wäre das Magazin leer... immer unter der Voraussetzung, daß der Mann keine zusätzliche Munition bei sich hatte. Die Sache war riskant. Aber sie war einen Versuch wert.

Entschlossen drückte er das Gaspedal durch, und der Abstand zwischen den beiden Fahrzeuge verringerte sich wieder. Dann scherte er aus und setzte zu einem erneuten Überholversuch an. Diesmal jedoch riß er, sobald die Schnauze seines Wagens auf Höhe des hinteren Kotflügels seines Vordermanns war, schlagartig das Lenkrad herum.

Durch die Kollision gerieten beide Fahrzeuge gefährlich ins Schlingern, doch Curtis hatte als erster seinen Wagen wieder in der Gewalt, da der Prophet geschwächt und durch die Wunde gehandikapt war. Der Lieutenant erkannte, daß sein Gegner Mühe hatte, den Cadillac unter Kontrolle zu bringen, das Hinterende schaukelte noch immer verdächtig. Er nutzte die Gelegenheit und rammte ihn erneut. Dabei merkte er nicht, daß der Prophet sich halb umgedreht hatte und die Waffe direkt auf ihn richtete.

Das Krachen der beiden Kotflügel überdeckte das Knallen und Pfeifen der Kugel. Curtis spürte ein Brennen am Hals und entdeckte ein kleines, sternförmiges Loch in der Windschutzscheibe. Dann sah er plötzlich gar nichts mehr, da die gesamte Windschutzscheibe undurchsichtig wurde. Er ging sofort vom Gas und stieß mit der Faust ein großes Loch in die geborstene Scheibe.

Trotz des gedrosselten Tempos mußte er gegen den Wind anblinzeln, der ihm durch das gezackte Loch ins Gesicht pfiff, um seinen Vordermann erkennen zu können. Dabei stieß er unaufhörlich die obszönsten Flüche aus, da er wußte, daß die durch den knappen Fehlschuß zu Bruch gegangene Windschutzscheibe es schier unmöglich machte, die Verfolgungsjagd fortzusetzen.

Doch sein Frust erwies sich als unbegründet. Die Kollision, die ihn lädiert hatte, hatte auch dem Propheten das Lenkrad aus der einen Hand gerissen, wie Sherman zwei Nächte zuvor. Vor Curtis tränenden, aber hocherfreuten Augen schlingerte der grüne Cadillac völlig unkontrolliert und mit qualmenden Reifen etwa hundert Meter dahin, als der rechte Vorderreifen platzte. Der Wagen zog nach rechts in den begrünten Seitenstreifen, durchbrach die Leitplanke, schoß die holprige, dichtbewachsene

Böschung hinunter und kam abrupt zum Stehen, als er frontal auf einen Felsen prallte.

Curtis bremste, machte die Scheinwerfer aus und stellte seinen Wagen neben der zerborstenen Leitplanke auf dem Grünstreifen ab. Er stieg aus und wartete, bis sich seine Augen an das Mondlicht gewöhnt hatten. Dann stapfte er durch die Lücke in der Leitplanke und tastete sich über das unebene Terrain zu dem verunglückten Wagen hinunter. In einer Hand baumelte der Gegenstand, den er an der Tankstelle zwischen den Leichen gefunden hatte. Er verspürte keinerlei Triumph, als er sich seinem Gegner näherte – zu seiner eigenen Überraschung, nach der jahrelangen, frustrierenden Jagd. Er verspürte nur das dringende Verlangen, die ganze Sache zu einem Ende zu bringen ... zu tun, wozu er gekommen war, ohne Rücksicht auf sich selbst.

Aus dem Wrack war kein Laut zu hören. Curtis ging zur Fahrertür, die nur noch an einem Scharnier baumelte. Er stand eine geschlagene Minute da und blickte auf das bleiche, blutleere Gesicht des Propheten. Mit geschlossenen Augen hatten die ausgeprägten Züge fast etwas Friedliches. Auf dem bleichen Kinn zeichnete sich das rote Rinnsal, das ihm auf einer Seite aus dem Mund lief, deutlich ab.

Curtis konnte kaum glauben, daß er den Mörder von mindestens zwanzig Menschen vor sich hatte. Zwanzig waren jedenfalls bekannt. Wieviele er auf seiner Ein-Mann-Mission, die Straßen der Stadt von der Prostitution zu reinigen, sonst noch abgeschlachtet hatte, wußte nur Gott. Die Ironie dabei war, dachte Curtis bitter, daß dies alles in Seinem Namen geschehen war.

Der Prophet lag auf dem Fahrersitz, sein Kopf ruhte auf der Kopfstütze. Er lebte noch, wie aus dem rasselnden Atem zu erkennen war, der einen blutigen Schaum auf seinen blassen Lippen bildete. Das Blut aus dem Mundwinkel tropfte gleichmäßig vom Kinn auf den Mantel. Lomax mußte ihm einen Lungenschuß verpaßt haben, dachte Curtis nüchtern.

Er betrachtete den weidwunden Killer ohne Mitleid. Nur zu gut erinnerte er sich an die Prozession verstümmelter Leichen, die die Blutgier dieses Mannes über die letzten fünf Jahre hinweg auf den kalten Bahren des Leichenschauhauses hinterlassen hatte. Er hoffte, das Schwein möge unter Lomax' Kugel gelitten haben. Und er sollte noch mehr leiden, bevor er verreckte!

Curtis wurde aus seinen Gedanken gerissen, da der Verwundete plötzlich die Augen aufschlug. Blind vor Schmerz und Schock stierte er einige Sekunden vor sich hin. Dann wurden seine Augen klar, registrierten Curtis und kreuzten seinen unversöhnlichen Blick. Der Prophet bleckte die blutigen Lippen zu einem lautlosen, haßerfüllten Fauchen und begann zu sprechen. Stockend, mit häufigen Pausen, um rasselnd Luft zu holen, begann er zu sprechen.

»Sie ... ich hab gewußt, daß Sie es sind ... der Hurenfreund ... Ausbund der Hölle ... Glauben Sie nicht ... Sie hätten mich besiegt ... der Herr ist meine Stärke ... er wird mich stützen ... im Angesicht meiner Feinde ... ich bin sein auserwähltes Instrument ... ich werde wiederkommen ... wenn Er mich geheilt hat ... mich wieder ganz gemacht hat ... Ich werde wiederkommen ... zu Ihnen ... ich werde Sie vernichten ... Curtisss!« Ein gehässiges Zischen begleitete den Namen, als ob sein blutverschmierter Mund den faulen Geschmack ausspucken wollte, so verhaßt war er ihm.

Curtis hielt dem Blick der haßerfüllten Augen stand. Dann hob er langsam den Gegenstand hoch, den er aus dem Wagen mitgebracht hatte – den Gegenstand, den er an der Tankstelle gefunden hatte. Es war ein Benzinkanister. Der Blick des Propheten fiel auf den Kanister, und seine Augen weiteten sich, als er im Licht des Mondes erkannte, was es war. Langsam begann Curtis, den Verschluß abzuschrauben.

»Mister, wenn Sie von da wiederkommen, wo ich Sie jetzt hinschicke«, sagte er grimmig, »nennt man sie nicht mehr Prophet, sondern Lazarus!«

Er machte einen Schritt nach vorn, neigte den Kanister und goß den Inhalt über die Kleider und in den Schoß des Killers. Benzingeruch füllte die Luft, und die Augen des Propheten weiteten sich in ungläubigem Schock. Rasch verwandelte sich sein Gesichtsausdruck in Entsetzen und dann in blanke Angst.

»Was tun Sie da?« krächzte er. »Nein! ... Das können Sie nicht tun ... Sie sind Polizeibeamter ... wagen Sie es ... nein! ... mein Gott, nein! ...«

Er versuchte verzweifelt, hinter dem Lenkrad hervorzukriechen, doch sein Körper hatte die letzten Kräfte verbraucht. Der andauernde Blutverlust aus den schweren inneren Verletzungen, die Lomax' Kugel in Muskeln und Lunge verursacht hatte, hatten ihn zu sehr geschwächt, um dem entsetzlichen Tod, der ihm jetzt bevorstand, entfliehen zu können.

Ungerührt und unerbittlich, sein Flehen ignorierend, tränkte Curtis die Kleider des geifernden Mannes. Als der Kanister halb leer war, machte er die hintere Tür auf, beugte sich in den Wagen und verteilte das Benzin, bis auf einen kleinen Rest, großzügig über das geräumige Innere. Die Tür ließ er offen, um für Durchzug zu sorgen. Dann stand er wieder vor dem noch immer brabbelnden, japsenden Propheten.

Der tödlich verwundete Killer verfiel jetzt abwechselnd in flehentliches Bitten und wüste Drohungen. Paradoxerweise hatte ihn jetzt, da jeder andere dem Wahnsinn nahe gewesen wäre, sein Wahn verlassen. Sein Gegeifer wurde von einem qualvollen Hustenanfall abgewürgt, ausgelöst durch den stechend scharfen Benzindampf, da Curtis den Kanister auf den Kopf stellte und ihm die letzten Tropfen über Kopf und Schultern goß.

Curtis trat einen Schritt zurück und wartete, bis der Hustenanfall mit einem Schwall hellroten Blutes, der dem sterbenden Killer über das herabhängende Kinn floß, vorbei war. Als der Prophet die Augen wieder aufschlug, flehte er nicht mehr. Jetzt stand wieder der blanke Haß in seinen Augen und noch etwas anderes – Verachtung. Als habe er plötzlich erkannt, daß Curtis bluffte, ihm nur Angst einjagen wollte, damit er um Gnade bettelte, gedemütigt würde – oder vielleicht, um ihm ein Geständnis abzupressen über das, was der Lieutenant seine Verbrechen an den Huren nannte, die er ausgelöscht hatte. Er schluckte, um den Mund leer zu bekommen, und höhnte:

»Ihr Bluff zieht nicht … Lieutenant … wie beim letzten Mal … Sie drohen und plustern sich auf … aber Sie haben nicht den Mut … Ihre Drohungen wahrzumachen … wie Ihr alle … verblödet durch erbärmliche Gesetze … Gesetze … die mich dafür verurteilen … daß ich die Welt vom menschlichen Abschaum erlöse … dem menschlichen Abschaum … den Sie und

Ihresgleichen vor mir beschützen... vor mir... der Geißel Gottes... Seinem Auserwählten... dem Gesalbten des Herrn...«

»Mister, als wir uns das letzte Mal trafen, haben Sie mir vor-
geworfen, ich würde bluffen.« Curtis kalte Stimme unterbrach
die Tirade des geisteskranken Killers. »Damals hatten Sie recht.
Diesmal nicht. Das ist kein Bluff!«

Der gnadenlose Ton ließ einen Funken Unsicherheit in den
Augen des Propheten aufflackern. Die Unsicherheit wurde erneut zu nackter Angst, und der Prophet krümmte sich wie unter
einem eisigen Peitschenhieb, als Curtis fortfuhr: »Und wissen
Sie was? Sie sind ein erbärmlicher Prophet. Sie konnten nicht
einmal Ihren eigenen Tod prophezeien, als er vor Ihnen stand.
Und ich bin nach heute abend kein Cop mehr, Mister. Noch 'n
Irrtum! Sobald ich hier fertig bin und in die Stadt zurückgefah-
ren bin, gebe ich meine Marke ab. Dies ist mein letzter Einsatz.
Mein Schwanengesang, sozusagen... und Ihrer. Wir kehren
beide ruhmreich heim!«

Vor dem zunehmend entsetzten Blick des Propheten trat Curtis noch ein paar Schritte zurück und zog eine Schachtel Streichhölzer aus der Tasche. Mit einer Mischung aus Faszination und
Entsetzen beobachtete der Prophet, wie der Lieutenant ein
Streichholz herauszog und an die Reibefläche hielt. Da strich
eine Brise über das dürre Gras und die umliegenden Büsche. In
Curtis' Ohren klang sie wie der entfernte Applaus eines imagi-
nären Publikums. Er neigte den Kopf und lauschte.

»Hören Sie das, Mister?« fragte er. »Das sind die armen
Schweine, die Sie aufgeschlitzt haben, sie applaudieren. Das ist
für sie...«

Er zündete das Streichholz an und hielt es an die übrigen
Streichhölzer in der halbgeöffneten Schachtel. Zischend und
spritzend gingen sie in Flammen auf. Unter dem heiseren
»Neeeeiiiin!« des Propheten warf er seinem Opfer die brennende Schachtel in den benzingetränkten Schoß, machte auf
dem Absatz kehrt und stapfte Richtung Straße.

Der plötzliche Flammenschein in seinem Rücken leuchtete
ihm den Weg. Im Grollen der Flammen gingen die entsetzten
Schreie der sich windenden, menschlichen Fackel beinahe unter.
Beinahe... doch nicht ganz. Bevor Curtis die Böschung hinauf-

gestiegen und bei seinem Wagen angekommen war, hatten die Schreie aufgehört, doch die Flammen loderten heller als je zuvor, da sie jetzt von schmelzendem menschlichem Fett genährt wurden.

Curtis setzte sich hinters Steuer und legte den leeren Kanister auf den Beifahrersitz. Er fischte sein zerknautschtes Päckchen Zigaretten hervor und zündete sich eine an. Er nahm einen tiefen Lungenzug, dann erst sah er sich nach dem lodernden Scheiterhaufen um. Er verspürte keine Genugtuung. Auch kein Bedauern. Er war müde ... und leer.

Unbewegt, gelegentlich an der Zigarette ziehend, sah er dem Feuer zu, bis ein dumpfes Grollen und eine Stichflamme die Explosion des Tanks verkündeten. Er drückte die Kippe aus, zündete sich eine neue Zigarette an und ließ den Motor an. Er wendete und fuhr Richtung Stadt, ohne sich noch einmal umzusehen.

Etwa auf halber Strecke hielt er kurz an und schleuderte den leeren Kanister in die Nacht.

67

Nicht wissend, daß den Sektenführer der Tod ereilt hatte, bereiteten sich Grant, Springfield und ihre zusammengetrommelte Armee darauf vor, die wahre Macht hinter dem Imperium zu stürzen. Den finsteren Chinesen, der die Sekte als Aushängeschild für den Drogenring der Triaden benutzte. Als Gegner war er ihnen eine immer noch reichlich unbekannte Größe. Das einzige, was sie mit Sicherheit wußten, war seine Neigung zur Gewalt. Sie kannten nicht einmal seine wahre Identität. Grant und Springfield unter dem Namen Doktor Sung, den Sektenmitgliedern als Angel One und seinen Triadenmeistern als Agent Red Sixteen bekannt, war er wahrlich ein Schattenkrieger mit vielen Gesichtern.

Doch sie gingen auch nicht völlig blind in den Kampf gegen die Betreiber des Betlehem-Hauses. Dafür hatte ein Anruf von Curtis gesorgt, in dem er Lieutenant Springfield gegenüber den Verdacht geäußert hatte, daß die Sekte in Wahrheit eine Tarnung für die Drogenoperationen der Triaden sein könnte. Er hatte darauf hingewiesen, daß das Betlehem-Haus als Anlaufstelle für einen grenzüberschreitenden Drogentransport von Kanada äußerst günstig lag, und bemerkt, daß eine Verbindung mit den Triaden den offenkundlichen Fanatismus und die Brutalität der Sektenleute erklären würde, und seinen alten Freund zur Vorsicht ermahnt.

Eine halbe Stunde nach Mitternacht beendete Springfield den Kriegsrat, indem er sich hinter dem großen Schreibtisch erhob, an dem er, von Grant und Deputy Fenton flankiert, gesessen hatte. Der baumlange Sheriff blickte in die Runde und räusperte sich.

»Eine Sache noch. Ich habe euch zwar erzählt, daß der Laden vermutlich in den Händen der chinesischen Triaden ist, doch denkt immer daran, daß wir es hauptsächlich mit Kindern zu tun haben. Die Chinks haben sich ihre sogenannten Apostel und Jünger von der Straße geholt und sie zu Gewalttätern ausgebildet. Aber Brett hat euch auch gesagt, daß nur die Ärger machen, die in schwarzen, grauen oder braunen Trainingsanzügen herumlaufen. Das sind die Aufpasser, die die übrigen Mitglieder unter Kuratel haben. Von jetzt ab nennen wir sie Krieger, um sie von den einfachen Sektenmitgliedern zu unterscheiden, die bunte Kutten tragen und ungefährlich sind.

Wir werden den Laden stürmen, sobald Brett und Pete den Kontrollraum in ihrer Gewalt haben. Und daß mir keiner anfängt rumzuballern. Das ist nicht der Dritte Weltkrieg. Es gibt keine Abschußprämien. Schießt zurück, wenn Ihr beschossen werdet, und jeder Krieger mit 'ner Knarre in der Hand ist ein legitimes Ziel. Aber wenn Ihr schießen müßt, versucht kampfunfähig zu schießen, nicht zu töten, wenn das geht, ohne daß ihr dabei euer Leben aufs Spiel setzt.« Er setzte sich den Stetson auf. »Okay, ich glaub, wir haben alles besprochen. Jeder weiß, was er zu tun hat, und wenn es keine Fragen mehr gibt, sollten wir uns auf die Socken machen.«

Die Versammlung löste sich schnell auf. Jeder erhob sich von dort, wo er Platz gefunden hatte. Einige hatten auf Stühlen, die meisten jedoch im Schneidersitz auf dem Boden gesessen. Sie schnappten sich ihre Waffen und sonstigen Ausrüstungsgegenstände und marschierten einer nach dem anderen nach draußen. Bei den Waffen handelte es sich vorwiegend um Schrotflinten, viele waren abgesägt, und der Sheriff hatte reichlich Patronen mit Vogeldunst besorgt. Man ging davon aus, daß sie vorwiegend aus den Bäumen schießen würden, die die Villa umgaben, deshalb galt die Maxime, möglichst viel Lärm und Schrecken zu verbreiten und dabei möglichst wenig Verletzungen zu verursachen. Zu diesem Zweck hatte Springfield den Männern je zehn Thunderflash-Blendgranaten mitgegeben, die garantierten, daß jedem, in dessen Nähe sie detonierten, Hören und Sehen verging, besonders bei Nacht.

Grant sah ihnen zu, wie sie abzogen. Mit freundschaftlichem Geplauder und gegenseitigen Frotzeleien reagierten sie die innere Anspannung ab, da die Stunde Null näherrückte. Auch wenn sie ein gemeinsames Ziel zusammengebracht hatte, war Grant doch froh, daß sie sich so gut vertrugen.

Larsen war in Begleitung von zehn Muskelprotzen erschienen. Vier davon hatten schon bei Louises Rettung mitgemacht. Die Nachricht von Louises Enführung und der sadistischen Rache an Pam machte sie doppelt heiß, den Sektenleuten kräftig einzuheizen, und sie hatten sechs weitere Kumpel für den Feldzug mobilisiert.

Grants zweiter Verbündeter, Rocky O'Rourke, war mit neun Truckern von der Partie. Drei davon waren die Kollegen aus der Nacht, als ihnen Jim Miller auf der Tankstelle begegnet war. Rocky stellte sie als Carl Wood, Jubal Cantrell und Austen Parker vor, doch Jim hätte die beiden letzteren als Jube und Red wiedererkannt, das Pärchen, das ihn gehänselt und ihm so gemein zugesetzt hatte, bevor Rocky eingeschritten war und ihn gerettet hatte.

Neben Hilfssheriff Cal Fenton hatte sich Springfield die Unterstützung des örtlichen Feuerwehrhauptmanns gesichert, eines freundlichen, kantigen Riesen namens Bob Wallace, und seiner gesamten Crew von fünf freiwilligen Feuerwehrleuten. Mit ihren klobigen Pranken wirkten sie auf Grant, als würden sie während der Arbeit mit Bullen ringen – und gewinnen!

Alles in allem dreißig Mann nach Grants Zählung. Gegen die Sekte mit – Louises Angaben zufolge – schätzungsweise zwölf

Obergorillas, bekannt als Apostel, und weiteren vierzig bis fünfzig nicht ganz so unangenehmen Gestalten in der Hierarchie der Drangsalierer, die sich mit dem Titel Jünger schmückten. Abgesehen von den phantasievollen biblischen Titeln war nichts auch nur entfernt Christliches oder Wohltätiges an ihnen. Sie waren jung, stark und von den vier Asiaten, die die Sekte als Aushängeschild für den Drogenring der Triaden benutzten, in Kampfsportarten trainiert.

Sie mußten auch damit rechnen, den vier Asiaten selbst zu begegnen – schließlich konnten sie nicht wissen, daß zwei von ihnen bereits tot waren, dank Sherman und dem Propheten. Doch als einer aus der Mannschaft angedeutet hatte, daß sie mehr Mann gebrauchen könnten, hatte Springfield versichert, daß sie für den Job ausreichen würden, und hatte geheimnisvoll hinzugefügt, er hätte noch ein paar Asse im Ärmel, die die Erfolgschancen beträchtlich steigern würden.

Es blieb ein letztes Hindernis. Louise hatte Jims Behauptung bestätigt, daß das Anwesen von einem Rudel mörderischer Dobermänner bewacht würde, zehn, wie sie sagte. Das Pack wurde allabendlich zu Beginn der Ausgangssperre um zweiundzwanzig Uhr freigelassen, und jeder, der sich nach diesem Zeitpunkt außerhalb des Hauses aufhielt, tat dies auf eigene Gefahr.

Als sie im Gänsemarsch aus der Wache marschierten, blickte Grant auf den breiten Rücken des Sheriffs und fragte sich, was er wohl in petto habe. Zusätzlich zu der Bemerkung über die »Asse im Ärmel« hatte Grant noch eine andere Äußerung des Sheriffs irritiert.

Während der Sitzung hatte Grant die Möglichkeit einer bewaffneten Patrouille am Begrenzungszaun erwähnt, angesichts des großen Drogentransports, den Sherman in der Nacht seiner selbstmörderischen Attacke beobachtet hatte. Curtis hatte ihm erzählt, auf der Straße kursiere das Gerücht, daß die jüngste Terrorwelle nur ein Territorialstreit zwischen der Mafia und den Triaden gewesen sei. Es war also mit einiger Sicherheit davon auszugehen, daß der asiatische Kontrahent mit einem erneuten Angriff der Mafia rechnete.

Grant hatte vorgeschlagen, als erstes zwei bewaffnete Trupps loszuschicken, die den Begrenzungszaun in beiden Richtung umrunden sollten, um etwaige Patrouillen aufzustöbern und auszuschalten. Springfield hatte Grant mit der Erklärung überrascht, dies sei nicht nötig, dafür sei »bereits gesorgt«. Da der Sheriff keine weitere Erklärung herausrücken wollte, hatte Grant beschlossen abzuwarten, was Springfield vorhatte – bzw. längst getan hatte.

Der Angriff sollte einfach und geradlinig erfolgen. Grant und Larsen würden als erste in Aktion treten. Sie hatten den Auftrag, die Villa zu entern, nachdem sie durch eine Lücke im Zaun in das Feindgebiet eingedrungen wären. Sodann sollten sie sich auf schnellstem Wege in den Keller begeben, um den Kontrollraum in ihre Gewalt zu bringen und die Detonation der Bomben zu verhindern. Vom Erfolg oder Mißerfolg dieses Teils der Operation hing das Leben der über hundert Bewohner des Hauses ab, denn ob sie den Kontrollraum in ihre Gewalt bringen konnten oder nicht, würde auf jeden Fall Phase Drei erfolgen: der Frontalangriff durch Springfields restliche Truppe. Diese finale Phase würde entweder auf ein Signal des Stroßtrupps in der Villa gestartet – oder wenn das Haus in Flammen aufging.

Die Männer verteilten sich auf die Fahrzeuge, die in allen Größen und Formen vor der Wache von Rockford standen. Die Nachtruhe des kleinen Orts wurde kurzzeitig durch das Türenschlagen und das Anlassen der Motoren gestört. Dann fuhren sie einer nach dem anderen los, formierten sich auf der menschenleeren Dorfstraße zu einem losen Konvoi und fuhren Richtung Highway.

Ihre Abfahrt wurde von einer überraschenden Anzahl Rockforder Bürger hinter dem Vorhang und von anderen Aussichtspunkten mit stiller Genugtuung beobachtet. In einer kleinen Gemeinde sprechen sich Neuigkeiten schnell herum, und die spähenden Dörfler waren mehr als einverstanden, daß ihr Sheriff endlich etwas gegen die unfreundlichen, unerwünschten Fremden unternahm, die sich »im alten Bentsenhaus oben« eingenistet hatten. Als der Lärm der Motoren nach Norden verschwand, gingen die Vorhänge und Rolläden zu, und die Hauptstraße des ländlichen Ortes lag wieder still und friedlich da.

An der Spitze des aus sieben Fahrzeugen bestehenden Konvois fuhr der Streifenwagen, mit Fenton am Steuer und Grant, Larsen und dem Sheriff im Fond. Es folgte der Löschzug der Freiwilligen Feuerwehr von Rockford, zwei große Löschfahrzeuge und ein Drehleiterfahrzeug. Jedes Fahrzeug hatte zwei Mann Besatzung, mit Hauptmann Bob Wallace am Steuer des ersten Wagens.

Den Abschluß des Konvois bildeten drei schwere Sattelschlepper, gesteuert von Rocky, Chuck und Red. Im Frachtraum des ersten Lasters saß Jube mit den sechs Truckern, die Rocky mobilisiert hatte. Zwei der Laster sollten die gewöhnlichen Sektenmitglieder abtransportieren nach der Befreiung. Der dritte war für die Sektengorillas bestimmt. Er war mit Larsens bulligen Kollegen besetzt.

Eine knappe halbe Stunde später hatte der Konvoi sein Ziel erreicht und hielt kurz vor den Einfahrtstoren zum Betlehem-Haus neben dem Begrenzungszaun auf dem Seitenstreifen an. Grant stand neben dem Wagen des Sheriffs und betrachtete die lückenhafte Wolkendecke über sich mit gemischten Gefühlen. Wenn der Mond immer wieder hinter den Wolken hervorkäme, bräuchten Larsen und er beim Eindringen in das Feindgebiet die Taschenlampen nicht zu benutzen. Doch das Mondlicht konnte sich auch als fatal erweisen, falls sie beim Überqueren des offenen Geländes um das Haus, das ihm und Springfield bei ihrem Besuch aufgefallen war, entdeckt würden.

Jetzt, da die Operation angelaufen war, wartete die gesamte Mannschaft nur darauf, endlich losschlagen zu können, und versammelte sich rasch am Wagen des Sheriffs, um letzte Anweisungen entgegenzunehmen. Springfield hob die Hand, um Ruhe herzustellen, und das Gemurmel verstummte. Er hielt ein Funkgerät an den Mund und sagte:

»Ranger One an Ranger Two. Hört Ihr mich? Was macht die Jagd? Ende.«

Als er den Knopf losließ, tönte es aus dem Empfänger: »Ranger Two. Kann Sie klar und deutlich hören, Ranger One.« Die blecherne Stimme kam leise, doch für alle verständlich. »Reiche Beute. Vier Hirsche, bis jetzt. Ich kann euch von hier aus sehen. Sollen wir zu Euch kommen? Ende.«

»Roger. Kommt her. Ende.« Springfield schob die Antenne zusammen und richtete ein erleichtertes Grinsen an seine erstaunten Mannen.

»Ich hab doch gesagt, daß ich 'n paar Asse im Ärmel hab, als wir davon sprachen, daß unter Umständen Patrouillen unterwegs sind und wir vielleicht nicht genug Leute haben.« Die ruhige Stimme war gut zu verstehen. »Jetzt wirds Zeit, sie auszuspielen.«

Er drehte sich um und sah in nördlicher Richtung über die Schnellstraße. Grant und die anderen folgten seinem Blick und sahen, daß sich etwa fünfzig Meter weiter zwischen den Bäumen etwas bewegte. Zu ihrer Überraschung traten nach Grants Schätzung circa zwanzig Gestalten im Gänsemarsch aus dem Wald und kamen auf sie zu. Fahl schimmerte das Mondlicht auf den Läufen der Gewehre, die die meisten in den Händen hatten.

Grant warf Springfield einen amüsierten Blick zu. »Haben Ihre Karten immer so viele Asse?« fragte er.

»Nur wenn mir der Einsatz ein bißchen zu hoch ist«, antwortete Springfield.

Von hinten sagte jemand: »Du hast in Rockford das letzte Mal gepokert, alter Fuchs!« Die Bemerkung wurde mit leisem Gelächter quittiert.

Grant fühlte sich jetzt etwas wohler bei der ganzen Sache. Dank der weisen Voraussicht des Sheriffs standen die Chancen jetzt wesentlich günstiger. Nun lag es an Larsen und ihm, ihren Teil der nächtlichen Mission erfolgreich durchzuführen. Wenn sie scheiterten, wäre der Preis schrecklich. Denn der brutale Chinese hatte selbst ein As im Ärmel, falls sie ihm die Gelegenheit gaben, es auszuspielen. Und zwar das Pik-As – die Todeskarte.

68

Als die Gestalten den Highway überquerten, wurde deutlich, daß vier von ihnen nicht freiwillig dabei waren. Das Quartett, wie ein Rollkommando von Kopf bis Fuß in schwarzen Wollmützen, Rollkragenpullovern, Hosen und Kampfstiefeln, hatte

die Hände in Handschellen auf dem Rücken und wurde mit vorgehaltener Waffe eskortiert. Ebenso deutlich wurde, daß sie sich
ihrer Gefangennahme widersetzt hatten. Zwei von ihnen hatten
Gesichtsverletzungen, einer hinkte. Ein dritter hatte die Stirn
mit einem blutgetränkten Stoffetzen verbunden, unter dem Blut
heraussickerte und an der linken Gesichtshälfte hinablief.

Die anderen trugen unterschiedliche Kleidung, vorwiegend
Tarnanzüge aus Armeebeständen. Auch die Kopfbedeckungen
waren verschieden, vorwiegend Baseballmützen und langschir-
mige Golfmützen, einige wenige trugen Tropenhüte mit schlaf-
fer Krempe aus Armeebeständen oder ähnliche Wollmützen wie
ihre Gefangenen. Sie sahen aus wie eine Jagdgesellschaft – was
gar nicht so weit von der Wahrheit entfernt war, dachte Grant,
außer, daß viele Baseballschläger schwangen und alle sich die
Gesichter dick mit Tarncreme eingeschmiert hatten.

Der Troß blieb vor Springfields Armee stehen, und die beiden
Kompanien musterten sich einen Augenblick lang neugierig.
Dann begrüßte einer der Männer, die die Gefangenen in Schach
hielten, den Sheriff.

»Hi, Nate. Läuft alles nach Plan. Wie Sie sehen, hatten Sie
recht, es gibt 'ne Patrouille am Zaun. Die vier hier haben wir
aufgegabelt...«, er deutete mit seinem Jagdgewehr auf die düster
dreinblickenden Gefangenen, »sind hier herumgeschlichen, bis
zu den Zähnen bewaffnet!« Auf ein Zeichen traten zwei seiner
Kameraden vor und legten Springfield ein Sortiment Waffen
und Ausrüstungen vor die Füße. Der Sheriff ließ den Blick über
die Gewehre, Munitionstaschen und Messer wandern, blieb bei
einem Funkgerät hängen und stupste es mit dem Fuß an.

»Hatten sie Gelegenheit, es zu benutzen?« fragte er den Sprecher der Truppe.

Der andere schüttelte den Kopf. »Nein. Wir haben Sie überrumpelt«, versicherte er. »Klar, sie haben Widerstand geleistet,
aber der mit dem Funkgerät ist gegen 'n Baseballschläger gerannt und hatte 'ne Auszeit. Wir brauchten fünf Minuten, um
ihn wieder wach zu kriegen. Stimmt's, Sunny?« Er lachte kurz
und knuffte den bandagierten Gefangenen mit seinem Jagdgewehr in die Seite. »Sunny« quittierte die Bemerkung mit einen
haßerfüllten Blick.

»Okay, Boys, gut gemacht«, meinte Springfield anerkennend. »Ich hoffe, der Rest der Nacht verläuft ebenso glatt.« Dann sagte er über die Schulter zu Grant und den anderen: »Das sind 'n paar Kumpel von mir, wie ihr euch wahrscheinlich denken könnt. Allerdings wünschen sie aus persönlichen Gründen, anonym zu bleiben. Also keine Namen, okay?«

Bei diesen Worten spuckte einer der Gefangenen Springfield vor die Füße. »Das werdet ihr noch bereuen, ihr verdammten Wichser!« stieß er hervor. »Ihr hockt ganz schön in der Scheiße. Geht nur rein, ihr werdet nicht weit kommen!«

»Wenn ich deine Meinung wissen will, dann frag ich dich danach«, schnitt Springfield ihm das Wort ab. »Bis dahin hältst du besser das Maul und überlegst dir, was du antworten willst, wenn man dir Drogenhandel, Entführung, widerrechtliche Freiheitsberaubung und schweren Überfall vorwirft... vielleicht sogar Mord!«

»Leck mich am Arsch! Die können mir gar nichts anhängen, das wissen Sie ganz genau«, fauchte der Sektengorilla trotzig. »Und wie stehts mit widerrechtlicher Verhaftung? Ist das etwa nicht strafbar, verdammt nochmal?«

»Widerrechtliche Verhaftung? Fangen wir gleich mal hiermit an«, erwiderte Springfield und deutete auf den Waffenberg. »Habt ihr einen Waffenschein?«

»Wir haben ein privates Grundstück bewacht«, erwiderte der andere grimmig.

Springfield deutete mit dem Daumen auf den Zaun. »Der Privatgrund ist da drinnen, nicht hier draußen. Und ihr seid auf dieser Seite des Zauns erwischt worden.«

»Leck mich! Dir werden sie deine Blechmarke in den Arsch rammen, bevor du überhaupt in die Nähe eines Richters kommst, Motherfucker!« zischte der andere. »Dir und deinen Bullenschweinen.«

»Was für Bullenschweine?« fragte Springfield unschuldig. »Ich seh hier keine Bullen, außer mich und meinen Deputy.«

»Hör zu, du Hüter des Gesetzes, ich bin auf der Straße groß geworden. Ich riech 'n Bullen auf drei Meilen Entfernung, und die Arschlöcher hier stinken! Und wie erklären Sie die Armbänder?...« Er drehte sich halb herum und zeigte die Handschellen an seinen Handgelenken. »Sowas haben nur Bullen dabei.«

Springfield zuckte mit den Achseln. »Das beweist gar nichts. Die gibt's in jedem Versandhaus.« Bevor der andere etwas erwidern konnte, wandte er sich zu Fenton. »Sperr sie ein, Cal.«

Fenton trat vor und winkte vier von Larsens Kumpeln mitzukommen. Sie übernahmen die Gefangenen, die sich noch immer wehrten und wüste Drohungen ausstießen, und führten sie ab, Richtung »grüne Minna«. Grant stieß Springfield an und grinste. »Ich glaub, ich riech hier auch 'n Bullen.«

Springfield lächelte zurück. »Da kann ich nur sagen, nehmen Sie die Nase aus dem Arsch!«

Grant lachte, dann wurde er wieder ernst. »Ich nehme an, Ihre anonymen Freunde bleiben, bis die Party zu Ende ist?«

»Erraten.« Springfield nickte. »Damit haben wir die Verstärkung, die wir brauchen, um den Rest von diesen Jesustriaden- freaks festzunehmen. Besonders, falls sie den Laden in die Luft jagen oder einen Geheimgang haben, der außerhalb des Zauns rauskommt.«

Grant sah ihn überrascht an. »Sie meinen einen Tunnel? Im Ernst?«

»Na klar, warum nicht? Die Vietkong hatten welche im Krieg. Haben mehrere hundert Meilen lange Dinger gegraben«, antwortete Springfield. »Ich hab mir das überlegt, was der Chink gesagt hat, als er Ihnen die Bombe zeigte. Sie haben mir doch erzählt, als Sie seine Drohung, den Laden in die Luft zu jagen, einen Bluff nannten, weil er mitsamt seinen Gorillas mit draufgehen würde, meinte er, bis dahin wären sie längst über alle Berge. Stimmt's?«

»Ja.« Grants Gesicht verdüsterte sich bei der Erinnerung an die furchteinflößende Brandbombe im Keller des Betlehem- Hauses. Im Geiste hörte er wieder die schneidende Stimme: »...sollte es jemals nötig werden, dieses Instrument zu aktivieren, können Sie beruhigt davon ausgehen, daß ich mit meinen Leute außer Reichweite sein werde. Sicher enttäuscht Sie das maßlos.«

»Sie haben recht, Nate.« Grant nickte nachdenklich. »Und das Schwein hat sogar noch darauf hingewiesen, die Zeitzünder seien so eingestellt, daß er mit seinem Stab entkommen könne, die Zeit aber nicht ausreichen würde, um die Bomben zu deaktivieren oder die gewöhnlichen Mitglieder zu evakuieren... und die meisten sind noch Kids.«

»Genau«, pflichtete Springfield bei. »Wie gesagt, ich hab mir also überlegt, wie unser Triadenfreund sich und seinen Schlägertrupp wohl in Sicherheit bringt, wenn das Haus von Gegnern umstellt ist. Da ist mir der Fluchttunnel eingefallen. Und ich dachte mir, er müßte vom Haus zu einer Stelle außerhalb des Zauns laufen, dann wären sie vor allen Feinden, die das Anwesen in ihre Gewalt bringen, in Sicherheit.

Als nächstes habe ich mich gefragt, wo der Tunnel rauskommen könnte. Also bin ich nach Albany gefahren und hab mir auf dem Bauamt die Pläne angesehn. Und da hab ich was Interessantes festgestellt... nämlich, daß das Haus nicht genau in der Mitte des Anwesens liegt. Im Norden ist die Grundstücksgrenze nur etwa eine Viertelmeile entfernt. Wenn es einen Tunnel gibt, kommt er vermutlich irgendwo nördlich im Wald raus, nicht weit vom Zaun.

Deshalb schlage ich vor, wir stellen eine Postenkette an die Nordwestecke des Zauns, während Sie und Pete versuchen, den Kontrollraum auszuschalten. Wenn es zum Schlimmsten kommt, wenn sie das Haus in die Luft jagen und durch den Tunnel fliehen, fangen wir sie ab und treiben sie zurück zur Straße, wo das Empfangskomitee auf sie wartet! Kapiert?« Springfield sah von Grant zu Larsen und wartete auf eine Reaktion.

Grant schüttelte lachend den Kopf. »Nate Springfield, Sie sind ein alter Fuchs. Jetzt versteh ich, warum Sie und Ben ein Team waren, ihr zwei seid vom gleichen Kaliber.« Dann wurde er wieder ernst. »Aber Sie könnten recht haben. Es lohnt sich auf jeden Fall, darauf vorbereitet zu sein. Obwohl Sie schon alle Hände voll zu tun haben werden, sie zu verhaften. Aber mal was anderes, was ist, wenn bei der ganzen Aktion der vorbeifahrende Verkehr ins Kreuzfeuer gerät?«

»Lassen Sie das meine Sorge sein«, antwortete Springfield. »Es wird keinen Verkehr geben. Er wird bis morgen früh umgeleitet... wegen Bauarbeiten.«

Bevor Grant etwas sagen konnte, sah Springfield auf die Uhr. »Ich schlage vor, wir starten Phase Zwei. Das bedeutet, jetzt sind Sie und Pete dran...«

69

Die Stunde Null für den gut ausgerüsteten, zweiköpfigen Stoßtrupp war gekommen. Wie die gefangenen feindlichen Patrouillenmitglieder waren Grant und Larsen von Kopf bis Fuß dunkel gekleidet, nur sahen sie nicht so martialisch aus. Keiner von beiden trug eine Kopfbedeckung, allerdings hatten sie sich die Gesichter mit Tarncreme beschmiert. Sie trugen dunkle Windjakken mit Reißverschlüssen, Jeans und Turnschuhe.

Jeder hatte ein Repetiergewehr bei sich, mit gekürztem Schaft und Trageriemen, um beide Hände frei zu haben, eine Pistole am Gürtel und ein Messer. Dazu eine Leuchtpistole mit zwei Patronen, eine rote und eine grüne, eine Taschenlampe, die so zugeklebt war, daß sie nur einen bleistiftdünnen Lichstrahl durchließ, und ein Funkgerät, das auf eine Empfangsstation in Springfields Wagen eingestellt war. Zusätzlich hatte sich Grant ein Seil um die Schulter geschlungen, das alle fünfzig Zentimeter einen Knoten hatte, damit man an ihm hochklettern konnte. An einem Ende des Seils war ein Enterhaken befestigt.

Springfield und Fenton zogen den Maschendraht auseinander, den sie soeben durchtrennt hatten, damit Grant und Larsen ins feindliche Gebiet eindringen konnten. Die beiden Gesetzeshüter wünschten ihnen viel Glück, Grant und Larsen bedankten sich mit einem Wink und verschwanden schnell und lautlos im Wald.

Die Gewehre im Anschlag, bahnten sie sich mit Hilfe des dünnen Lichtstrahls vorsichtig den Weg durch die dichten Bäume. Schon nach wenigen Metern umschloß sie die stille, klaustrophobische Welt aus turmhohen Stämmen und dichtem Unterholz und schnitt sie vom Rest der Menschheit ab. Angestrengt lauschten sie über dem leisen Knacken ihrer vorsichtigen Schritte nach etwaigen fremden Geräuschen, und Grant ertappte sich dabei, daß sich immer häufiger Bilder von springenden schwarzen Schatten und glänzenden Fängen in seine Gedanken schlichen.

Sie hatten das Grundstück absichtlich in der Nähe der Einfahrt betreten und versuchten nun, so schnell wie möglich auf den Hauptweg zu gelangen. Beide waren erleichtert, als sie schon bald an der Auffahrt standen, und betraten vorsichtig den Kies. Sie folgten dem gewundenen Lauf und hielten sich stets in der Nähe der Bäume, falls ihnen ein Fahrzeug entgegenkommen sollte, das die Patrouille ablösen oder kontrollieren wollte.

Grant voran, bewegten sie sich im Laufschritt auf die Villa zu. Es war nichts zu hören, außer dem sanften Rauschen der Bäume im Nachtwind, doch für ihre nervösen Ohren hatte das Rauschen etwas Bedrohliches, vor allem, wenn sie an die umherstreunende Killermeute dachten.

Beide hatten die Taschenlampen eingesteckt, um das Gewehr besser fassen zu können. Sie blieben immer wieder stehen und horchten angestrengt in die wispernde Dunkelheit nach den fürchterlichen Hunden. Als sie das zweite Mal stehenblieben, begriff Grant, welche Angst Jim Miller und sein Freund, unbewaffnet und wehrlos, in der Nacht ihres Fluchtversuchs ausgestanden haben mußten. Larsen und er waren ausgewachsene Männer, mit allem ausgerüstet, und doch war ihnen mehr als unwohl bei dem Gedanken, den wilden Bestien zu begegnen.

Dann kamen sie aus der letzten weiten Kurve der Auffahrt heraus und sahen im wechselnden Mondlicht den dunklen Schatten der Villa vor sich. Sobald das Haus in Sicht kam, blieb Grant stehen, winkte Larsen, ihm zu folgen, und lief in den Schatten der Bäume zu ihrer Linken. Sie bahnten sich den Weg durch die Bäume, bis sie an die Stelle kamen, wo der Wald an die gepflegte, mit vereinzelten Blumenbeeten und Sträuchern durchsetzte Rasenfläche grenzte. Kurz vor dem Waldrand blieben sie stehen und studierten die Grünfläche zwischen sich und dem Haus. Sie waren vor einer Ecke des Hauses aus dem Wald gekommen, doch wenn sie den Schutz der Bäume erst verlassen hätten, gäbe es keine Deckung mehr bis zu der breiten Hecke, die parallel zum Haus verlief. Die Hecke war gute sechzig Meter von der Stelle entfernt, an der sie jetzt standen. Vom Waldrand weiter links dagegen nur halb so weit.

Grant sah auf die Uhr. Bis hierher hatten sie nur zehn Minuten gebraucht. Er tippte Larsen auf den Arm und deutete nach links auf eine Stelle im Wald. Leise sagte er: »Wie wär's, wenn wir linksrum gehen? Da ist das Risiko geringer, daß man uns vom Haus entdeckt, wenn wir die Deckung verlassen.«

Larsen räusperte sich. »Äh... Brett... hören Sie. Wenn's Ihnen recht ist, warten wir lieber, bis der Mond wieder weg ist, und rennen von hier los... anstatt den ganzen Weg im Wald zu laufen, meine ich. Wegen der Hunde. Die Scheißviecher gehen mir nicht aus dem Kopf. Ehrlich gestanden, ich hab mir jedesmal, wenn Sie stehengeblieben sind, fast in die Hosen gemacht. Wenn sie uns angreifen, dann lieber auf offenem Gelände. Verstehen Sie, was ich meine?«

Grant überlegte einen Moment und nickte. »Okay, Pete. Wir probieren's. Wenn wir den Hunden begegnen, müssen wir wahrscheinlich die Dinger benutzen...« er hob das Rohr seines Gewehrs, »...dann wollen wir auch sehen, was wir da abknallen.«

»Ja... und nicht uns gegenseitig!« bemerkte Larsen trocken.

Grant zog das Funkgerät aus der Tasche, fuhr die Antenne aus und sagte ins Mikrophon: »P1 an Rearguard. Hört Ihr mich? Ende.«

Das Mikrophon begann zu rauschen: »Hier Rearguard. Wir hören dich klar und deutlich, P1«, ertönte Springfields Stimme aus dem Lautsprecher. »Was macht der Wüstensturm? Ende.«

»Alles ruhig, soweit. Kein Hinweis auf feindliche Aktivitäten«, meldete Grant. »Wir verlassen jetzt gleich die Deckung, um uns zum Fort Apache durchzuschlagen. Wir geben Bescheid, wenn wir dort sind. Ende.« Grant schob die Antenne zurück und steckte das Walkie-Talkie in die Brusttasche. Dabei knackte es noch einmal kurz.

»Viel Glück, P1. Rearguard steht parat. Over.«

Den dunklen Schatten der Villa nach irgendwelchen Lebenszeichen absuchend, traten die beiden Männer an den Waldrand. Dabei unterbrachen sie, ohne es zu ahnen, die unsichtbare Lichtschranke zwischen den Bäumen. Hoch über ihren Köpfen wurde die Ultraschallpfeife aktiviert und rief mit leisem Sirren, das in der nächtlichen Brise nicht zu hören war, die Killermeute herbei.

Ohne etwas von der drohenden Gefahr zu ahnen, stand Grant

unter den letzten Baumkronen und spähte nach der Wolke, die sich soeben vor den Mond schob. Er drehte sich zu Larsen um. »Okay, Pete. Los jetzt.«

Geduckt rannten sie über den Rasen auf die Hecke zu, die sich an der Südseite des Hauses entlangzog. Wenn sie gewußt hätten, daß Jim Miller und sein Freund zu Beginn ihrer unglückseligen Flucht in denselben Büschen Deckung gesucht hatten!

Keuchend kauerten sich die beiden Männer in die Hecke und spitzten Augen und Ohren nach etwaigen Aktivitäten der Gegner ... zweibeiniger und anderer! Nichts rührte sich. Das Glück war ihnen hold. Jetzt trennten sie nur noch dreißig Meter Rasen von der Südseite der Villa. Grants Augen wanderten das massive, dreistöckige Gebäude hinauf bis zum Dach. Er lächelte zufrieden, tippte Larsen am Arm an und deutete nach oben.

»Da mach ich den Haken fest. An dem großen Schornstein da oben. Sieht aus, als ob er massiv genug wäre, unser Gewicht auszuhalten«, flüsterte er.

Larsen fuhr sich mit der Zunge über die trockenen Lippen und nickte, und seine Augen wanderten sofort wieder zum Waldrand hinüber, ob sich dort etwas bewegte ... die Hunde. Er hatte eine tiefe, an Phobie grenzende Abneigung gegen Hunde, die proportional zur Größe der Rasse stieg. Er hatte es nicht zugegeben, aus Angst, sich dadurch für diesen Teil der Mission zu disqualifizieren, außerdem hatte er geglaubt, sich im Schutz einer Repetierflinte sicher fühlen zu können.

Doch als er jetzt in der dunklen, raschelnden Hecke kauerte, fühlte er sich alles andere als sicher. Aber er tat es ja für sein kleines Mädchen, seine Karen, und für Ruthie, ihre Mutter.

Genau in diesem Moment nahm die Killermeute, die dem Ruf der Ultraschallsirene auf leisen Sohlen gefolgt war, die Fährte der Eindringlinge auf. Satan, wie gewohnt an der Spitze, stoppte, als er die erste Spur von Menschengeruch witterte. Aufgeregt schwärmten die Hunde aus und suchten die Umgebung mit den Schnauzen nach weiteren Hinweisen ab. Verwirrenderweise verlief die Fährte zunächst in zwei Richtungen, zum Zaun und zur Auffahrt.

Satan lief die Fährte ein paar Mal auf und ab, und seine

Schnauze bebte von der köstlichen Witterung. Schnell hatte seine Hundenase entdeckt, daß die Fährte zur Auffahrt hin stärker wurde. Sekunden später, die Fänge glitzerten schon vom Speichel in Erwartung eines mit schmackhaftem Menschenfleisch gefüllten Magens, waren die Höllenhunde ihrer ahnungslosen Beute auf der Spur...

Erleichtert, daß sich auf der weiten Rasenfläche zwischen ihnen und dem dunklen Waldrand nichts regte und sich kein Licht in den schwarzen Fenstern des Hauses zeigte, nahm Grant das zusammengerollte Seil von der Schulter. Er tippte Larsen an, um die Aufmerksamkeit auf sich zu lenken, und macht ihm Zeichen, im Versteck zu bleiben, während er versuchen würde, den Enterhaken auszuwerfen. Die Hecke war der ideale Ort, um Schmiere zu stehen.

Larsen streckte den Daumen nach oben und nickte zum Zeichen seines Einverständnisses, ohne auch nur eine Sekunde die dunkle Umgebung aus dem Auge zu lassen. Grant atmete tief durch und schoß so geduckt wie möglich, ohne auf allen Vieren zu laufen, aus dem Versteck. Sofort fühlte er sich nackt. Es schien schier unmöglich, daß ihn niemand entdeckte, und bei jedem Meter, den er zurücklegte, erwartete er, daß der Alarm im Haus losginge. Doch Sekunden später war er am Haus und duckte sich in den tiefen Schatten am Fuß der Hauswand.

Er vergewisserte sich, daß sich der Enterhaken nicht verheddert hatte, nahm die Seilrolle in die linke Hand und ließ den Haken in seiner Rechten baumeln. Er richtete sich auf, schwang den Haken dreimal im Kreis, um Schwung zu nehmen und ließ ihn beim dritten Mal los. Wie eine Rakete schoß der Haken nach oben und zog das Seil hinter sich her, dessen lockere Windungen sich rasch aus Grants Hand lösten.

Von oben ertönte ein leises Klappern, dann ein metallisches Klicken. Grant duckte sich wieder und wartete mit angehaltenem Atem, ob jemand auf das Geräusch aufmerksam geworden war. Es verstrich eine zähe Minute, dann richtete er sich langsam auf und zog vorsichtig am Seil. Er hatte mit dem Haken nach dem massiven Schornstein auf dem Dachgiebel gezielt, und es schien, als sei er erfolgreich gewesen, denn das Seil straffte sich, als er daran zog. Er zog fester, doch es gab nicht nach. Offenbar war Fortuna ihnen immer noch hold. Hoffentlich würde sie nicht launisch werden, wenn er an der Wand hing.

Er stemmte einen Fuß gegen die Hauswand, hielt sich am Seil fest und lehnte sich zurück. Dann hob er den zweiten Fuß vom Boden und setzte ihn fest neben den ersten auf die Mauer. Er hing jetzt mit seinem ganzen Gewicht am Seil, doch es hielt. Er atmete tief durch und begann, die Hauswand hinaufzuklettern. Dabei dienten ihm die Knoten als Steighilfe. Auf halber Strecke machte er kurz Rast, damit sich seine Arm- und Schultermuskeln etwas erholen konnten, dann setzte er die anstrengende Klettertour fort.

Grant war immer stolz gewesen auf seine Kondition und ging regelmäßig ins Kraftstudio, doch als er den Dachsims erreichte, hatte er das Gefühl, als stünde jeder Muskel seiner Arme und Schultern in hellen Flammen. Die Finger wurden vom rauhen Seil und dem Gewicht seines Körpers allmählich gefühllos. Aber er schaffte es. Mit einer letzten Kraftanstrengung hievte er sich über die Traufe und ließ sich dankbar auf den Dachziegeln nieder.

Als er so dalag und verschnaufte, wanderten seine Augen an der steilen Dachfläche entlang. Etwa auf halber Strecke entdeckte er die vergitterte Dachluke, die er auf seiner Inspektionstour als Einstiegsmöglichkeit ausgemacht hatte. Er rollte sich zur Seite, setzte sich auf und schob sich mit den Fersen nach oben, bis er rittlings auf dem Dachfirst saß. Von dort hatte er einen Rundblick auf das Anwesen, so weit das Auge in der Dunkelheit reichte. Nichts rührte sich.

Er beugte sich zur Seite, leuchtete mit der Taschenlampe nach unten auf die schwarze Hecke, in der Larsen hockte, und blinkte zweimal. Sofort schoß ein dunkler Schatten aus den Büschen und rannte zum Haus. Grant hatte den Eindruck, Larsen hatte schon auf das Signal gewartet, wie ein Sprinter im Startblock.

Das Seil neben Grant straffte sich und quietschte an der Stelle, wo es über die Kante verschwand, unter dem Gewicht des Kletterers. Im selben Moment nahm er weit draußen auf dem Grundstück eine Bewegung wahr. Er spähte in die Richtung und erstarrte. Mehrere wellenförmige Schatten huschten vom Waldrand über den Rasen auf das Haus zu. Die Killermeute kam.

Die Schnauzen dicht über dem Boden, kamen die Hunde rasch näher. Sie liefen direkt auf die Hecke zu, in der er und Larsen Deckung gesucht hatten. Die Bestien hatten offensichtlich Wind von ihnen bekommen und folgten ihrer Fährte.

Das Seil vibrierte und quietschte noch immer unter Larsens Gewicht. Grant rutschte über die Dachziegel zum Sims hinab, hielt sich am Kamin fest und beugte sich vorsichtig vor, bis er über die Kante sah. Larsen war bereits gute sechs Meter über dem Boden und kletterte stetig höher.

Im selben Moment hielt Larsen an, um Atem zu schöpfen, sah nach oben und entdeckte Grants Kopf gegen den Nachthimmel. Er blies die Backen auf, um die Anstrengung zu signalisieren und grinste. Seine Zähne leuchteten weiß aus dem geschwärzten Gesicht.

Grant blickte an der baumelnden Gestalt vorbei auf die Rasenfläche. Dreißig Meter weiter bahnte sich die Meute soeben den Weg durch die Hecke. Das letzte, was Grant wollte, war Larsen in Panik versetzen, doch er mußte ihn warnen, bevor die Hunde ihn entdeckten und anschlugen. Mit Sicherheit würde ihn dies noch mehr in Panik versetzen als jedes Wort von ihm. Grant legte die Hände um den Mund und rief flüsternd hinab:

»Pete, machen Sie weiter. Die Hunde kommen. Aber keine Angst, sie erwischen Sie nicht. Sie sind außer Gefahr.«

Larsen reagierte sofort. Er riß den Kopf herum und sah auch schon, wie das Pack aus der Hecke stürzte und auf das Haus zulief, nur dreißig Meter entfernt, die Schnauzen noch immer an die unsichtbare Fährte geheftet. Als er den Kopf nach oben riß und Grant ansah, waren es nicht mehr die Zähne, die leuchteten, sondern das Weiße seiner weit aufgerissenen, panischen Augen.

Einen grauenhaften Moment lang baumelte er unkontrolliert am Seil und rutschte mit einem Fuß ein paar Zentimeter nach unten. Grant wurden die Knie weich, er war überzeugt, daß Larsen zuerst die Nerven und dann das Seil verlieren und in einen unvorstellbaren Tod stürzen würde. Doch dann schien sich sein Partner zu fangen, denn im nächsten Moment kletterte er das Seil hinauf, als hätte er eben erst gemerkt, daß sein Leben davon abhing.

Sekunden später warf sich Larsen atemlos über den Dachfirst. Grant packte ihn mit einer Hand am Kragen und zog ihn hoch. Die Hunde hatten inzwischen das Ende der Fährte am Fuße der Hauswand erreicht, sie liefen verunsichert im Kreis und knurrten ihre Verwirrung in die Nacht.

»Danke Brett«, keuchte Larsen und ließ sich auf die Ziegel fallen. »Das war knapp. Und wenn sich der Schuppen als Draculaschloß entpuppt, ich geh da nicht mehr runter!«

Vor dem Anstieg hatte sich Larsen das Ende des Seils in den Gürtel gesteckt. Die Hundenasen rochen die Fährte an der Hauswand, so hoch die Hinterbeine reichten, doch das Seil, das sie auf die Zweibeiner auf dem Dach aufmerksam gemacht hätte, gab es nicht mehr. Die Fährte war andererseits so frisch, daß die Hunde nicht so schnell abziehen würden, daher beschloß Grant, sie zu ignorieren und zum nächsten Stadium der Operation überzugehen. Die Anwesenheit der Killermeute bedeutete allerdings, daß dieser Fluchtweg im Ernstfall abgeschnitten war.

Die beiden Männer arbeiteten sich lautlos zur Dachluke vor und spähten von zwei Seiten in den Flur. Sie zogen ihre Schraubenzieher aus der Tasche und lösten die Schrauben, mit denen das Stahlgitter am Fensterrahmen befestigt war. Sie legten das Gitter beiseite, stemmten die dünne Bleiverwahrung um die Scheibe auf und drückten den Kitt heraus, der die Scheibe hielt. Jetzt konnten sie jederzeit einsteigen. Grant zog das Funkgerät heraus und nahm flüsternd Kontakt mit Springfield auf.

»P1 an Rearguard. Gipfel genommen. Pluto ist aufgetaucht, allerdings keine Feindberührung. Er ist immer noch da, also seid vorsichtig, wenn ihr reinkommt. Wir werden jetzt Fort Apache entern. Countdown ab jetzt zehn Minuten. Wenn bis dahin kein Kontakt mehr, stürmt ihr die Bude. Ende.«

Grants Empfänger rauschte, dann antwortete Springfields ruhige Stimme: »Hier Rearguard. Nachricht erhalten und verstanden, P1. Zehn Minuten bis zum Start. Countdown läuft. Wir sind bereit. Viel Glück. Over.«

70

Vorsichtig hoben sie die rechteckige Scheibe aus dem Rahmen, und Larsen lehnte sie sich gegen das Knie. Grant steckte den Kopf durchs Loch und vergewisserte sich, daß der Flur unter ihnen leer war. Dann schlängelte er sich durch die enge Öffnung und ließ sich zu Boden fallen. Larsen reichte Grant die Scheibe und kam hinterher.

Jetzt standen sie in dem langen Korridor, von dem die Schlafräume abgingen, die Grant bei seiner Aufklärungstour inspiziert hatte. Larsen sah, daß sich die Dachluke, durch die sie hereingekommen waren, in der Mitte der Dachfläche befand und es in der gegenüberliegenden Dachschräge eine zweite, identische Luke gab. An der Stelle, wo sie standen, kreuzte ein kurzer Gang den Korridor und verband die beiden Treppenaufgänge des Hauses.

In diesem Moment hörten sie Schritte auf einer der Treppen heraufkommen. Schnell machten sie sich unsichtbar, indem sie sich links und rechts vom Gang flach an die Wand drückten. Grant nahm das Gewehr von der Schulter und packte es mit beiden Händen. Larsen tat es ihm nach. Dann warteten sie.

Die Schritte liefen locker die Treppe herauf und kamen auf sie zu. Als der Betreffende von der Treppe in den Korridor bog, stieß ihm Grant den Kolben in den Bauch. Der graugekleidete Apostel, der heraufgekommen war, um einen routinemäßigen Kontrollgang durch die Schafräume zu machen, knickte mit einem Stöhnen ein. Einen Moment später landete der Schaft von Larsens Gewehr auf seinem Hinterkopf, und er sackte bewußtlos zu Boden.

Larsen grinste Grant an und machte mit Daumen und Zeigefinger einen Kreis. »Das nenne ich Teamwork«, sagte er. »Fast wie Fliegen klatschen.«

»Ja«, antwortete Grant, »bloß sind diese Fliegen Killerbienen, und sie werden sich nicht alle so leicht klatschen lassen.«

Er lauschte kurz, ob das Handgemenge auf dem Stockwerk darunter Aufmerksamkeit erregt hatte. Als er sich vom Gegenteil überzeugt hatte, sagte er leise zu Larsen:

»Okay, Pete, Sie warten hier und geben mir Deckung. Ich wecke die Kids auf.«

Grant ließ Larsen als Wachposten an der Treppe stehen, betrat eine Kammer nach der anderen und arbeitete sich bis zum Ende des Korridors vor. Er weckte die Bewohner auf und befahl ihnen, sich anzuziehen und eine warme Decke mitzunehmen. Zur Erklärung sagte er den erstaunten Sektenmitgliedern, es handle sich um eine Polizeiaktion, sie sollten sich im Flur versammeln und ruhig auf weitere Anweisungen warten. Die besonnensten, offensichtlich erleichtert über die Aussicht, der verbrecherischen Sekte zu entkommen, die sie mit List in ihre Fänge gebracht hatte, halfen sogar mit. Die selbsternannten Hilfskräfte liefen den Flur auf und ab, weckten ihre Leidensgenossen und verbreiteten die gute Nachricht.

Eines bereitete Grant allerdings Kopfzerbrechen. Als er die Kinder weckte, entdeckte er, daß in den meisten Kammern vier Insassen schliefen, und zwar in Doppelstockbetten. Dies bedeutete, daß sich die Zahl der Jugendlichen auf circa hundertzwanzig erhöhte. Als sie alle in Decken gewickelt im Schneidersitz im Flur saßen und die beiden grimmig aussehenden Bewaffneten mit großen Augen ansahen, meldete sich Grant ein letztes Mal bei Springfield.

»P1 an Rearguard. Hört ihr mich? Ende.«

»Rearguard hier. Hören dich, P1. Ende.«

Die Antwortet des Sheriffs war im stillen Flur klar zu hören, beeindruckte die Kinderschar und schien Grants Behauptung, Teil einer Polizeiaktion zu sein, zu bestätigen – wenn es noch einer Bestätigung bedurft hatte, nachdem einer der gefürchteten Apostel vor ihren Augen bewußtlos in eine der Kammern geschleift worden war.

»Fort Apache, Dachgeschoß erfolgreich besetzt. Ein Krieger ausgeschaltet. Alle Zivilpersonen bereit zur Evakuierung. P2 wird bei ihnen bleiben. Ich starte jetzt die Gehirnoperation.« Er sah auf die Uhr. »Neuer Countdown. Wartet auf das Feuerwerk oder platzt in zehn Minuten in die Party. Ende.«

Das war der vereinbarte Code, mit dem Grant Springfield mitteilte, daß er sich jetzt um den Kontrollraum kümmern würde. Falls sie innerhalb der nächsten zehn Minuten keine rote oder grüne Leuchtpatrone sahen, abgefeuert aus Larsens Pistole, sollten sie die Villa stürmen. Grün bedeutete, daß der Kontrollraum erfolgreich besetzt und die Detonation der Bombe verhindert worden war. Rot bedeutete, daß etwas schief gelaufen war und Bob Wallace' Feuerwehrleute gefragt waren.

»Nachricht erhalten und verstanden, P1«, bestätigte Springfield. »Weiter viel Glück. Countdown... läuft! Ende.«

Grant und Larsen verglichen die Uhren und sahen sich an. Grant atmete tief durch, um seinen rasenden Puls zu beruhigen, dann streckte er spontan die Hand aus. »Okay, Pete. Das war's. Egal, was passiert, Sie sorgen dafür, daß die Kids nach draußen kommen. Wir sehen uns, wenn alles vorbei ist.« Nur mit Mühe konnte er sich ein »Hoffentlich!« verkneifen.

Larsens Handschlag war kurz, aber fest. »Viel Glück, Brett«, entgegnete er. »Wir sind ein gutes Team. Die Arschlöcher bringen uns nicht auseinander. Bis später, Partner.«

Grant drehte sich um und lief mit dem Gewehr im Anschlag die Treppe hinunter. Jetzt war Eile angesagt. Der Erfolg der gesamten Operation hing davon ab, daß er den Keller erreichte und den Kontrollraum ausschaltete. Ohne Zwischenfall schlich er am dritten und zweiten Stock vorbei. Doch als er ins Erdgeschoß kam und nur noch wenige Schritte von der Kellertür entfernt war, versagte Fortuna ihre Gunst.

Er war auf halbem Weg zwischen Treppe und Kellertür, als er hinter sich Stimmen und Schritte hörte. Ein überraschter Ausruf sagte ihm, daß man ihn entdeckt hatte. Er fuhr herum und stand vier Gestalten in schwarzen Kampfanzügen mit Schußwaffen und Taschenlampen gegenüber. Es war die zweite Schicht der nächtlichen Patrouille auf dem Weg zu ihren Kollegen. Offensichtlich wußten sie noch nicht, daß die erste Schicht verhaftet worden war.

Vor Überraschung erstarrten sie einen Augenblick, dann rief der Anführer: »Was zum Teufel...« Und gleichzeitig rissen alle vier die Waffen hoch.

Aber Grant reagierte den Bruchteil einer Sekunde schneller. Im Gegensatz zu ihnen war er auf eine solche Begegnung gefaßt gewesen. Außerdem hatte er im Umdrehen das Gewehr bereits auf sie gerichtet. Er mußte nur noch abdrücken.

Das Gewehr bäumte sich in seinen Händen und verursachte einen ohrenbetäubenden Lärm in der Eingangshalle. Dank der kurzen Entfernung streckte das Feuer aus dem verkürzten Rohr alle vier Patrouillenmitglieder nieder. Sie wurden nach hinten geschleudert, prallten mit dem Rücken von der Wand ab und landeten als blutüberströmter, zuckender Haufen auf dem Boden.

Doch im Fallen drückte einer von ihnen auf den Abzug. Die Waffe, eine Maschinenpistole gab eine kurze Salve von sich und verspritzte ein halbes Dutzend Patronen in Grants Richtung. Fünf Patronen pfiffen an ihm vorbei und blieben hinter ihm in der Wand stecken. Die sechste traf ihn an der Innenseite des linken Oberschenkels. Als hätte ihm jemand ein Bein gestellt, fiel er krachend zu Boden.

Grant rollte sich blitzschnell zur Seite und und kam mühsam auf die Beine, der linke Oberschenkel war breits taub vom Schock der Fleischwunde. Er repetierte mit aller Kraft, um die verbrauchten Patronen loszuwerden und nachzuladen. Doch er sah, daß es keinen Grund gab, ein weiteres Mal abzudrücken. Die vier am Boden liegenden Gestalten gaben keinen Laut mehr von sich. Im selben Moment hörte er Rufe und Schritte aus verschiedenen Richtungen herbeieilen. Er mußte weg, bevor Verstärkung anrückte.

Er spürte etwas Nasses, Klebriges am linken Bein, sah nach unten und fluchte, als er den Blutfleck entdeckte, der sich um das Einschußloch in seiner Jeans ausbreitete. Obwohl das Bein taub war, trug es sein Gewicht. Er humpelte zur Kellertür, riß sie auf und verschwand dahinter.

Als Grant die engen Stufen hinunterlief, spürte er den ersten, warnenden Stich im Oberschenkel. Im selben Moment schrillten überall Alarmglocken. Der Schmerz im Bein wurde stärker und zwang ihn, langsamer zu gehen, er stützte sich mit einer Hand an der rauhen Ziegelwand ab und humpelte die restlichen Stufen hinunter. Als er unten ankam, sah er, daß sich im Korridor rechts von ihm etwas bewegte, doch er ignorierte es und hechtete zwei Meter nach links zur Tür mit der Aufschrift KONTROLLRAUM.

Er drückte die Klinke herunter und stürzte in den Raum. Der schwarzgekleidete Asiate am Schaltpult wandte den Kopf, überrascht von dem unangemeldeten Besucher in der verbotenen

Zone. Aber diesmal kehrte sich die Schreckensherrschaft der Triaden gegen sie selbst. Es war so unvorstellbar, daß jemand es wagen könnte, den Kontrollraum ohne die Erlaubnis von Angel One zu betreten, daß Angel Two für einen Augenblick vor Verblüffung erstarrte.

Ihre Blicke kreuzten sich für die Dauer eines Herzschlags. Grant ließ sich von der sauberen, weißen Binde um die Stirn des Mannes und dem Pflaster auf der Wange täuschen, und die Wut stieg in ihm hoch, da er glaubte, dem brutalen Chinesen gegenüberzustehen, der Pam gemartert hatte. In diesem Moment schnellte Angel Two hoch und verblüffte nun seinerseits Grant mit seiner schnellen Reaktion.

Der Asiate stürzte sich mit ausgestreckter Hand auf ihn und zielte mit einem tödlichen, pfeilartigen *nukite*-Stoß auf seine Luftröhre. Hätte er getroffen, hätte der Stoß den Knorpel zertrümmert und Grant wäre sofort tot gewesen. Doch in dem Bruchteil der Sekunde, die Angel Two für seine zwei Schritte benötigte, drückte Grant reflexartig ab.

Die Ladung traf den Asiaten in die rechte Schulter, riß ihn um und schleuderte ihn ans andere Ende des Raums, wo er krachend zu Boden ging und mit Kopf und Schultern an der Wand liegen blieb. Sofort breitete sich eine Blutlache um ihn herum aus und er starrte voller Entsetzen auf seinen abgerissenen rechten Arm, der in seinem schwarzen Ärmel einen Meter weiter lag.

Alarmiert durch den Schuß, wurde ein Ruf aus dem Korridor laut. Grant wirbelte herum, lud Patronen nach, machte die Tür ein Stück weit auf und spähte hinaus. Jetzt wußte er, daß der Asiate, den er soeben niedergeschossen hatte, nicht der war, an dem er sich wegen Pam rächen wollte – denn am anderen Ende des Korridors stand sein verhaßter Gegner Angel One und sah ihn mit glitzernden Augen an. Hinter ihm standen zwei graugekleidete Gestalten, mit Tod verheißenden Maschinenpistolen bewaffnet.

»Sie!« zischte es aus dem Mund des Chinesen, und seine Stimme bebte vor Wut. Blitzschnell registrierten die Augen den tödlich verwundeten Angel Two am Boden des Kontrollraums, dann richteten sie sich wieder auf Grant.

»Diesmal sind Sie zu weit gegangen. Heute abend werden sich

die Höllenhunde an Ihrer Leiche laben!« Dann deutete er mit ausgestrecktem Finger auf Grant und fauchte: »Tötet ihn!«

Dem Befehl gehorchend, rissen die beiden Apostel die Waffen hoch. Grant ging mit einem Satz rückwärts hinter der schweren Metalltür in Deckung, drückte gleichzeitig ab und feuerte in den Korridor. Das Krachen seines Schusses fiel mit der Antwort der gegnerischen Waffen zusammen. Doch sie verfehlten beide ihr Ziel. Die gegnerische Salve prallte an der Tür ab und ging pfeifend in die Decke des Kontrollraums, Putz fiel herab und hinterließ eine dicke Staubwolke. Grant spürte, wie die Tür an seiner Schulter im Kugelhagel vibrierte.

Er repetierte und wartete, bis die feindlichen Magazine leergepumpt waren. »Sung... Angel One... wie Sie sich auch nennen... hören Sie mir zu«, rief er in die plötzliche Stille. »Ich bin heute nicht allein. Ich gehöre zu einer Polizeiaktion. Das Anwesen ist umzingelt. Es wird in wenigen Minuten gestürmt. Ich hab den Kontrollraum in meiner Gewalt. Das mit der Bombe können Sie vergessen. Legen Sie die Waffen nieder und ergeben Sie sich. Sie haben keine Chance...«

Seine Worte gingen im MP-Feuer unter, eine neue Salve prasselte gegen die Tür und blieb in der gegenüberliegenden Wand stecken. Grant war klar, eine andere Antwort würde er nicht bekommen.

Als die Salve verklungen war, schob er das Gewehr mit der rechten Hand um die Tür herum und drückte ab. Der Rückstoß war so heftig, daß er ihm fast die Waffe aus der Hand gerissen hätte, doch er wurde mit einem Schrei des Gegners belohnt. Rasch lud Grant die Patronenkammer mit neuen Patronen aus der Tasche nach und repetierte.

Vorsichtig spähte er um die Tür. Mitten im Flur lag eine graue Gestalt reglos am Boden, die zweite kroch stöhnend ans entgegengesetzte Ende. An der Ecke tauchte ein Kopf auf und zog sich schnell wieder zurück, als Grant einen neue Salve in seine Richtung feuerte. Er mußte um jeden Preis den Kontrollraum in seiner Gewalt halten und dem Gegner weitere Attacken vergällen.

Er lud nach und trat mit der Waffe im Anschlag in die offene Tür, um den leeren Gang in Schach zu halten. Er hörte, wie Angel One etwas Unverständliches rief. Grant überlegte noch, was der Mann gerufen hatte, als sich plötzlich am anderen Ende des Korridors etwas bewegte und der schwarzgekleidete Chinese hervorsprang, mit einer der MPs im Anschlag.

Grant erstarrte für den Bruchteil einer Sekunde, als er die tödliche Mündung auf sich gerichtet sah. Dann löste sich seine Erstarrung, er drückte ab und sprang wieder in Deckung, alles in ein und derselben Bewegung. Zu spät. Denn gleichzeitig feuerte der Chinese.

Grant spürte einen Hammerschlag gegen die rechte Brust und einen brennenden Schmerz im rechten Oberarm. Er taumelte rückwärts Richtung Schaltpult und hörte sein Gewehr zu Boden fallen, seine tauben Finger konnten es nicht mehr halten. Er wußte, er war getroffen, und Panik überkam ihn. Doch als er einen Blick auf seine Brust warf, bemerkte er zu seiner unbeschreiblichen Erleichterung, daß aus dem Loch in der Windjacke das zerfetzte Gehäuse und die Kabel seines Funkgeräts ragten. Das kleine Gerät hatte ihm das Leben gerettet, es hatte die Kugeln in den Arm abgelenkt. Allerdings hatte er jetzt keinen Kontakt mehr nach draußen zu Springfield und den Verstärkungstruppen.

Er biß die Zähne zusammen gegen den stechenden Schmerz im Oberschenkel, ging in die Knie und grapschte mit der linken Hand nach dem Gewehr, darauf gefaßt, daß der Gegner jeden Moment hereinstürmen würde, um ihm den Garaus zu machen. Als er die Finger um das Gewehr schloß, bewegte sich etwas in seinen Augenwinkeln, und es ertönte ein heiseres, blubberndes Stöhnen hinter ihm. Er fuhr herum. Was er sah, ließ ihm das Blut in den Adern gefrieren.

Wie eine auferstandene Leiche in einem Horrorfilm war der Sterbende irgendwie auf die Knie gekommen, das Blut schoß aus dem zerfetzten Stumpf. Die alptraumhafte Erscheinung kippte nach vorn über das Schaltpult und tastete mit der verbleibenden Hand nach dem roten Knopf.

Jetzt verstand Grant, was Angel One gerufen hatte. Es war nur für seine westlichen Ohren unverständlich gewesen – Angel One hatte chinesisch gesprochen! Der Chinese hatte erkannt, daß sein tödlich verwundeter Stellvertreter noch bei Bewußtsein war und hatte ihm, in der Hoffnung, daß der Sterbende noch in der Lage wäre, ihn zu verstehen, befohlen, den fatalen Knopf zu drücken, während er Grant mit einem Schußwechsel ablenken wollte.

Kniend hob Grant das Gewehr auf, repetierte ohne Rücksicht auf den Protest seines rechten Arms und feuerte auf die gespenstische Erscheinung. Der Lärm in dem engen Raum war ohrenbetäubend, als die tödliche Ladung Angel Two in den Brustkorb traf, ihn fast in Stücke riß und quer durch den Raum schleuderte. Der zerfetzte Körper prallte gegen die Wand und sackte zu Boden, eine breite Blutspur an der Wand hinterlassend.

Der Knall raubte Grant vorübergehend Orientierung und Gehör, doch er spürte, wie der Boden unter ihm bebte, und ein verdächtiges Grollen sagte ihm, daß das Befürchtete eingetreten war. Entsetzt begriff er, daß er es nicht geschafft hatte. Mit dem von einem Triadenkrieger geforderten fanatischen Gehorsam hatte der sterbende Asiate in einem Kamikaze-Akt den brutalen Befehl seines Vorgesetzten ausgeführt und die Bomben gezündet.

71

Grant rappelte sich hoch. Die Schmerzen in Brust und Arm verbündeten sich mit dem Pochen im Oberschenkel und machten ihn schwerfällig. Mit einem kurzen Blick stellte er fest, daß der Korridor leer war. Angel One hatte sich mit seinem Stab abgesetzt.

Im selben Moment hörte er, daß die Kellertür aufging und Schritte die Treppe herunterliefen. Mit einem Sprung nach hinten drückte er die schwere Metalltür des Kontrollraums zu, packte das Gewehr und machte sich schußbereit, falls jemand hereinkäme. Doch das Getrappel auf der Treppe lief ohne Unterbrechung an ihm vorbei in den Korridor.

Es dauerte mehrere Minuten, bis die letzten Schritte verklungen waren, dann zog er vorsichtig die Tür auf und spähte um die Ecke. Der Korridor war menschenleer, doch er füllte sich allmählich mit Rauchschwaden. Grant drückte die Tür wieder zu und humpelte zu dem toten Chinesen hinüber. Rasch schnitt er sich ein paar Stoffstreifen aus der Kleidung des Toten.

Er streifte die Jeans bis zu den Knien hinab und zuckte, als sich der blutgetränkte Stoff von der Wunde löste. Sofort begann die Wunde wieder zu bluten, doch er stellte zu seiner Erleichterung fest, daß es sich um einen glatter Durchschuß handelte. Er hatte Glück gehabt. Das Geschoß hatte weder den Knochen noch die Schlagader getroffen und hatte sich nicht geöffnet, daher war die Austrittswunde kaum größer als die Eintrittswunde. Mit drei Stoffstreifen legte er sich einen strengen Verband um das Bein, um die Blutung zu stoppen.

Dann kümmerte er sich um seinen Arm. Die abgelenkte Kugel war nicht ins Fleisch gedrungen, sie hatte den Muskel nur oberflächlich gestreift. Er bandagierte sich den Arm mit dem letzten Streifen und stellte fest, daß der Schmerz durch die Stützverbände etwas nachgelassen hatte.

Nach dieser Erste-Hilfe-Maßnahme machte er die Tür wieder auf. Vom Gegner war noch immer nichts zu sehen, aber jetzt drang der Rauch in dicken Schwaden herein. Seine Augen fingen an zu brennen, und er mußte husten. Grant glaubte, ganz schwach das Heulen von Sirenen zu hören. Larsen mußte Springfields Truppen gerufen haben, oder sie hatten selbst beschlossen, das Haus zu stürmen.

Er zog sich den Pullover über Nase und Mund, um den schlimmsten Rauch abzuhalten, verließ den Kontrollraum und wollte die Kellertreppe hinauf, um Larsen bei der Evakuierung zu helfen, bevor die Kids in den oberen Stockwerken in der Falle saßen. Plötzlich blieb er stehen.

In der Falle... die Turkey Pens... Jim Miller und Louise Wyatt waren noch eingesperrt... vielleicht auch Karen Larsen... zu einem fürchterlichen Tod verdammt... wenn er sie nicht rechtzeitig befreien konnte...

Ohne Rücksicht auf sich selbst humpelte er so schnell er konnte durch die raucherfüllten Gänge. Als er an der verschmorten Metalltür mit der ominösen Warnung vorbeikam, schlug ihm eine Hitzewelle ins Gesicht. Jetzt hörte er von oben das Grollen und Knistern der Flammen, die begierig das alte Gebäude über ihm verschlangen.

Er konnte kaum noch etwas sehen, die Hitze und der Qualm raubten ihm den Atem und trieben ihm die Tränen in die

Augen. Blind stolperte er vorwärts und versuchte sich an die Route zu erinnern, die der Chinese mit ihm als Gefangenem gegangen war.

Dann kam er an die gesuchte Ecke, bog ab und stand vor der grauen, glatten Tür, die zu den vier Turkey Pens führte. Plötzlich ging das Licht aus.

Grant fummelte nach der Taschenlampe. Als er sie ertastete, erbebte auch schon der Boden unter ihm und ein donnerndes Krachen ertönte in dem Korridor, aus dem er soeben gekommen war. Er knipste die Taschenlampe an, drehte sich um und sah im dünnen Lichtstrahl eine Ladung Staub und Rauch auf sich zuschießen. Dann erhellte ein tanzender Feuerschein aus dem Hauptgang weiter hinten die Dunkelheit.

Er hielt sich den Arm vors Gesicht, um sich vor dem Staub und der Hitze zu schützen, humpelte zurück und sah um die Ecke. Die Hitze, die von dem Wall aus brennenden Trümmern zwanzig Meter vor ihm ausging, zwang ihn, den Kopf zurückzureißen und sich hinter die Tür zu den Turkey Pens zurückzuziehen. Angst und Verzweiflung überkamen ihn. Selbst wenn er die Schlösser aufschoß und die Kids freiließ, konnten sie nirgends hin. Das Erdgeschoß war in den Keller gestürzt. Sie saßen in der Falle.

Wie gelähmt blickte er mit brennenden Augen auf das Gewehr in seiner Hand. Vielleicht wäre das ein gnädigerer Tod… mit Sicherheit wäre er schneller. Er riß das Klebeband von der Taschenlampe und richtete den starken Strahl auf die graue Metalltür. Er trat einen Schritt zurück in den beißenden Rauch, richtete das Gewehr auf das Schloß und drückte ab.

72

Als Grant verschwunden war, um den Kontrollraum in seine Gewalt zu bringen, hob Larsen die Hand und stoppte das Gemurmel der aufgeregten Schar im Gang.

»Okay, Kids, nicht so laut«, mahnte er. »Nicht, daß eure Aufpasser gewarnt werden, bevor unser Haupttrupp hier ist. Es kann nicht mehr lange dauern.«

Der Geräuschpegel reduzierte sich prompt zu einem Wispern, und Larsen ließ die Augen über das Meer von Gesichtern wandern, auf der Suche nach Karen. Es war ein unmögliches Unterfangen. Er unterdrückte das Verlangen, ihren Namen zu rufen. Es wäre besser, wenn sie ihn jetzt in seiner Verkleidung nicht erkannte. Die Kids hätten mehr Vertrauen zu ihm, wenn sie glaubten, er sei ein Cop und nicht nur der alte Herr von einer aus ihren Reihen, der den starken Mann markiert.

Plötzlich ertönte von unten der unverkennbare Lärm von Schüssen, erst das Dröhnen eines Gewehrs und unmittelbar darauf das kurze, scharfe Krachen einer MP.

Einige der Mädchen kreischten auf. Larsen bekam weiche Knie. Es war passiert. Brett hatte Ärger bekommen. Er bemühte sich, ruhig und gefaßt zu wirken, damit die Kids nicht in Panik gerieten.

»Keine Panik! Euch passiert nichts. Bleibt ruhig sitzen und tut, was ich sage, es besteht keine Gefahr für euch.«

Den Kopf nach links und rechts wendend wie ein Zuschauer bei einem Tennismatch, behielt Larsen beide Aufgänge im Auge und wartete. Das Gewehr hielt er schußbereit nach oben. Von unten ertönten Rufe und hastige Schritte, und von weiter weg Schüsse.

Dann spürte Larsen, wie der Boden unter seinen Füßen zu zittern begann, und von ganz unten kam ein tiefes Grollen. Putz rieselte von der Decke, und die Lampen begannen zu flackern. Einige Kids schrien vor Angst auf und klammerten sich aneinander.

Die kalte Hand des Grauens packte ihn. Brett hatte es nicht geschafft, die Bomben waren detoniert. Jetzt mußte er seine Schützlinge ins Freie bringen, bevor sie hier oben bei lebendigem Leib verbrannten. Zuerst mußte er dafür sorgen, daß keine Panik aufkam. Er rief laut und vernehmlich über das aufgeregte Schnattern hinweg: »Okay, Ruhe jetzt. Man versteht ja sein eigenes Wort nicht mehr.«

Der gewünschte Effekt stellte sich ein, es herrschte für einen Moment Ruhe. Er beeilte sich, solange er die Kinder noch unter Kontrolle hatte, lud die Leuchtpistole mit der roten Patrone, zielte durch die offene Dachluke und drückte ab. Die schwere Pistole bäumte sich in seiner Hand, und ein grellroter Blitz zischte in den Nachthimmel. Larsen drückte auf den Sendeknopf seines Funkgeräts.

»P2 an Rearguard«, bellte er. »SOS! Ich wiederhole, SOS! Schickt die Kavallerie. Ende.«

Knapp und bestimmt ertönte Springfields Stimme aus dem Lautsprecher, von dem gemütlichen Landpolizisten war nichts mehr zu spüren. »Rearguard an P2. Wir haben verstanden und können das Rotlicht sehen. Sind schon unterwegs. Evakuierung starten! Ende.«

Larsen wandte sich wieder dem Meer von Gesichtern zu, das links und rechts von ihm den Korridor bevölkerte. Um sie zu beruhigen, legte er eine Zuversicht in seine Stimme, die er selbst nicht hatte. »Also Leute, Ruhe bewahren. Wenn ihr die Nerven verliert, ist niemandem geholfen. Ich möchte, daß ihr jetzt nach unten geht, Richtung Haupteingang. Geht in Zweierreihen und nehmt euch bei der Hand. Bewegt euch zügig, aber rennt nicht. Wenn hier keiner verrückt spielt, sind wir in Nullkommanix draußen. Also, aufgestanden und raus mit euch!«

Er winkte ein paar Ältere nach vorn und ließ sie vorausgehen, damit der Zug geordnet nach unten marschierte. Er selbst blieb oben, zur Beruhigung derer, die warten mußten und erst als letzte hinuntergehen konnten. Außerdem, dachte er, kannten sie den Weg ins Freie besser als er. Er hatte jetzt dafür zu sorgen, daß sie ruhig und geordnet nach unten gingen. Wie ein Schutzmann stand er da und lenkte den Verkehr, und dabei sprach er ununterbrochen ermutigend auf sie ein.

»Prima macht ihr das… helft euch gegenseitig… nicht drängeln da drüben… nicht stehenbleiben… so ists richtig… immer mit dem Strom gehen… nicht stehenbleiben, bevor ihr draußen seid…«

Inzwischen stiegen die ersten Rauchschwaden nach oben, begleitet von einem dumpfen Grollen und dem Knistern von Flammen. Die Evakuierung lief gut, und er sah, daß schon mehr als die Hälfte unterwegs war. Plötzlich stürzte sich ein Mädchen auf ihn und schlang die Arme um seine Hüfte. Sie klammerte sich an ihn, begrub ihr Gesicht an seiner Brust, und die schmächtigen Schultern schüttelten sich, als sie erleichtert

schluchzte: »Daddy, du bist es. Ich hab dich an der Stimme erkannt. Ach, Daddy… ich bin so froh, daß du gekommen bist…«

Larsen drückte seine Tochter an sich und strich ihr zärtlich
übers Haar. Er schluckte den Klumpen in seinem Hals hinunter
und sagte leise: »Es ist alles gut, Prinzessin. Es kann dir nichts
mehr passieren.«

Während er sie im Arm hielt, rief er ununterbrochen in den
dicker werdenden Qualm: »Schön weitergehen… so gefällt mir
das… ihr kommt alle nach draußen…«

Dann schwappte die letzte Menschenwelle an ihm vorbei, und
er folgte als letzter, den Arm schützend um Karens Schulter gelegt. Als sie die Treppen hinunterliefen, kämpfte Larsen mit einer aufkommenden Rührung, und die Tränen in seinen Augen
kamen nicht nur vom beißenden Rauch.

73

Während Grant und Larsen den feindlichen Stützpunkt infil-
trierten, organisierte Springfield den Hauptangriff. Er teilte
etwa ein Dutzend Mann als Begleitung für die Fahrzeuge beim
Sturm auf das Gelände ein, den Rest schickte er in zwei Gruppen
los, um das Gebiet nördlich des Begrenzungszauns zu sichern.

Springfields Vermutung über den wahrscheinlichen Verlauf
der Fluchtroute folgend, betrat die erste Gruppe den Wald und
folgte dem Zaun bis zu dessen nordwestlichem Ende. Dort sollten sie eine Postenkette bilden, auf sein Funksignal warten und
den Rückzug zur Straße antreten. Dabei sollten sie mit ihren
Taschenlampen, Flinten und Blendgranaten soviel Unruhe wie
möglich stiften, um etwaige flüchtige Sektenführer vor sich her-
zutreiben.

Die Mitglieder des zweiten Trupps postierten sich am Highway und würden die Falle zuschnappen lassen, in die ihre Kollegen die Flüchtigen trieben. Die Geschnappten würden zur bereits verhafteten Patrouille in die »grüne Minna« gesperrt werden.

Als die Infanterie auf Posten war, hatte sich Springfield um die
motorisierten Truppen gekümmert. Rocky O'Rourke stand mit

seinem Sattelschlepper zwanzig Meter nördlich der Einfahrt. Am Heck des Lasters hingen zwei schwere Ketten, die mit den Stahlpfosten der Einfahrtstore verbunden waren. Der Motor des Monsters brummte mit seinen geballten PS ungeduldig vor sich hin.

Südlich der Einfahrt standen die drei Feuerwehrfahrzeuge mit ihren zweiköpfigen Besatzungen. Auf der gegenüberliegenden Straßenseite war der zweite Sattelschlepper mit laufendem Motor und einem von Rockys Kumpeln am Steuer postiert. Der dritte Laster, in dem Deputy Fenton mit seiner vierköpfigen Wachmannschaft und den Gefangenen saß, stand vor Rocky auf dem breiten Seitenstreifen und wartete auf weitere Gefangene, falls alles nach Plan lief.

Springfield selbst stand an der geöffneten Tür seines Wagens, den er so abgestellt hatte, daß die Scheinwerfer die Einfahrtstore in grelles Licht tauchten. Seine Mitstreiter sahen, daß er den Kopf einzog, um die neuesten Nachrichten von Grant und Larsen in Empfang zu nehmen. Im nächsten Moment wandten sich alle Köpfe gen Himmel, da ein leuchtend roter Stern über dem Betlehem-Haus aufging.

Heftiges Hupen lenkte ihre Aufmerksamkeit wieder auf den Sheriff. Springfield hob den Arm, ließ ihn fallen und rief Rocky ein einziges Wort zu.

»Los!«

Rockys Laster heulte auf, das Auspuffrohr über der Fahrerkabine stieß eine Wolke aus, und der Laster setzte sich in Bewegung. Die schweren Ketten hoben sich, strafften sich, und die massiven Stahlpfosten der Einfahrtstore neigten sich nach außen. Dann hielten sie dem Zug nicht mehr stand, brachen aus der Verankerung und stürzten krachend um. Rocky steuerte den Laster auf den Seitenstreifen, um die verbogenen Tore von Einfahrt und Fahrbahn zu schleppen. Unterdessen fuhr der Löschzug dröhnend durch die Lücke.

Das Fahrzeug an der Spitze, mit Feuerwehrhauptmann Bob Wallace am Steuer, verlor dank des angeschweißten Rammschutzes kein Jota Schwung, als es die inneren Tore durchbrach. Weit geöffnet baumelten sie in den verzogenen Scharnieren. Dann donnerte der Löschzug über den breiten, geschwungenen Kiesweg hinauf zum Sturm auf das feindliche Bollwerk.

Der Fahrer des zweiten Sattelschleppers schlug scharf ein und stieg aufs Gas, um im Gefolge des Löschzugs durch die Einfahrt zu fahren. Rocky folgte als letzter, nachdem Springfield die Ketten mit den zerstörten Toren von der Hinterachse gelöst hatte.

Als der Konvoi aus dem bewaldeten Abschnitt auf die sechzig Meter lange Gerade kam, war der Grund für die rote Leuchtkugel klar. Das Haus brannte an zwei Seiten, auf allen drei Etagen züngelten Flammen aus den Eckfenstern und arbeiteten sich hungrig zum Dach empor.

Bob Wallace ließ die Sirenen heulen, um den Insassen zu signalisieren, daß Hilfe kam. Seine beiden Hintermänner scherten nach links und rechts aus, und der Löschzug verteilte sich mit heulenden Sirenen vor der Vorderfront der Villa. Kaum hatten sie angehalten, hatten die Mannschaften bereits die Schläuche ausgerollt und hielten den Strahl in die lodernden Flammen.

Die beiden Sattelschlepper machten eine 180-Grad-Wendung und fuhren rückwärts bis etwa dreißig Meter an das brennende Haus heran, wo sie nebeneinander stehenblieben. Aus Sicherheitsgründen wagten sie sich nicht näher heran. Rocky und sein Kumpel sprangen aus den Kabinen, rannten nach vorn und rissen die Hecktüren auf. Aus dem Frachtraum von Rockys Laster sprangen vier bewaffnete Männer heraus, fuhren die Laderampen herab und postierten sich sofort zu beiden Seiten, um eventuelle Attacken abzuwehren.

Kaum waren sie soweit, flog die Eingangstür der Villa auf und ein Strom in Decken gehüllter Gestalten kam heraus. Sie waren alle ziemlich verwirrt, manche der Panik nahe. Rocky wedelte mit den Armen, um auf sich aufmerksam zu machen, und brüllte in den Lärm der prasselnden Flammen, schreienden Kinder und rauschenden Wassermassen: »Hierher, Leute... alle Mann an Bord... 'n bißchen dalli... wir haben nicht die ganze Nacht Zeit...«

Die verunsicherte Schar stürzte ihm entgegen und kletterte die Rampe hinauf in die großen Frachträume. Plötzlich kam irgendwo von hinten ein Warnruf, es ertönte ein Schuß, dann knallte es noch dreimal. Siegesgeheul erscholl und eine Stimme rief aufgeregt: » Hast du gesehen, was das für Mordskerle sind? Die sind direkt auf uns zugerannt.«

Rocky, der alle Hände voll zu tun hatte, seine Schützlinge an Bord zu winken, warf einen Blick über die Schulter und sah gerade noch, wie ein paar Schatten im Galopp hinter der Kurve der Auffahrt verschwanden. Vier weitere lagen in dreißig Meter Entfernung reglos auf dem grünen Rasen verstreut.

Befriedigt, daß seine Männer die Sache im Griff hatten, konzentrierte er sich darauf, seinen Teil der stolpernden, hustenden, verwirrten Flüchtlinge in den riesigen Anhänger zu verfrachten. Die Böden der beiden Laster waren mit Stroh gepolstert, und die Kinder ließen sich dankbar und einigermaßen geordnet darauf nieder.

Auf beiden Seiten warfen die Pumpen unterdessen zischende Wassermassen in die Zimmer, die in Reichweite der Flammen lagen, um ein weiteres Ausbreiten des Feuers zu verhindern. Doch der Kampf war verloren.

Erstaunlich schnell waren die letzten Gestalten vom Haus zu den Rampen der Laster gelaufen, die jetzt fast bis zum letzten Platz besetzt waren. Dicker Rauch quoll aus der Tür, und Rocky wunderte sich, daß noch niemand vom Personal aufgetaucht war. Da taumelte Larsen mit tränenüberströmtem Gesicht heraus, einen Arm schützend um seine Tochter gelegt, das Gewehr locker in der anderen Hand.

»He, Pete, hierher, geradeaus«, rief Rocky ihm zu und winkte, um ihn auf sich aufmerksam zu machen. Als Larsen bei ihm war, fragte Rocky: »Bist du der Letzte?«

Larsen hustete, um die Lungen frei zu bekommen, und spuckte aus. »Ja«, krächzte er, da er kaum noch Luft bekam, »ich hab sie alle vor mir nach unten geschickt.«

»Okay, wir müssen die Kids wegbringen, bevor das Dach wegfliegt.« Rocky rief seine vier Männer zusammen, die dem Fahrer des zweiten Sattelschleppers halfen, die Rampe hochzufahren und die Hecktüren zu schließen. Dann kletterten sie in Rockys Anhänger und Larsen half, den Sattelschlepper mit der kostbaren menschlichen Fracht startklar zu machen.

Als Rocky, Larsen und Karen in der Fahrerkabine saßen, das Mädchen in der Mitte, legte der Trucker den ersten Gang ein, fuhr sanft an und folgte seinem Kollegen, weg von dem donnernden Inferno hinter ihnen. Dabei ließ er die Hupe kräftig heulen, um den anderen zu signalisieren, daß alles in Ordnung war. Unverzüglich gaben die Feuerwehrleute den ungleichen Kampf gegen die Flammen auf. Sie stellten die Pumpen ab, rollten die Schläuche ein und bereiteten ihrerseits den Rückzug vor.

»Is das deine?« fragte Rocky und deutete mit dem Kopf auf das Mädchen zwischen ihnen. Larsen sah liebevoll auf das hohlwangige, rußverschmierte Gesicht hinab und nickte. »Das isse«, antwortete er. »Das ist Karen. Karen, darf ich dir Rocky vorstellen?«

Das Mädchen lächelte scheu zu dem großen Mann am Steuer hinauf und bekam ein freundliches Lächeln zur Antwort. »Freut mich, Karen«, sagte er. »Dein alter Herr und sein Partner haben sich mächtig ins Zeug gelegt, um dich da rauszuholen. Ich hoffe, du weißt das zu schätzen, Mädchen.«

Sie nickte und sah stolz zu ihrem Vater hinauf. Doch der sah sie nicht an. Statt dessen sah er mit wildem Blick über ihren Kopf hinweg zu Rocky hinüber.

»Jesus, Rocky!« stieß er hervor. »Brett... wo ist Brett? Hast du ihn rauskommen sehen?«

Der Kies spritzte unter den blockierten Rädern, als Rocky voll auf die Bremse stieg und den Laster zum Stehen brachte.

»Verdammt, nein, ich hab ihn nicht gesehen.« Seine Augen und seine Stimme bewiesen, daß er genauso alarmiert war wie Larsen. »Oh Gott! Er muß noch drin sein...«

Im nächsten Moment waren die beiden Männer aus der Kabine gesprungen und sprinteten zum brennenden Haus zurück. Der andere Laster, der nichts von dem Problem wußte, fuhr weiter und verschwand hinter der nächsten Biegung. Die Löschfahrzeuge befanden sich bereits auf dem Rückzug, als die beiden Männer winkend auf sie zugerannt kamen. Die drei nebeneinanderherfahrenden Fahrzeuge hielten ruckartig an, Rocky und Larsen blieben keuchend neben der Kabine von Bob Wallace stehen.

»Was gibt's«, fragte er zu ihnen hinunter.

»Brett... Haben Sie Brett gesehen?« Sie richteten die Frage an alle drei der Besatzung. Kopfschütteln, Ergebnis negativ.

»Verdammte Scheiße«, stöhnte Larsen. »Er ist noch drin. Ich

hol ihn raus.« Wildentschlossen rannte er auf den qualmenden Hauseingang zu.

»Pete, machen Sie keinen Unsinn. Sie kommen da nicht lebend raus«, brüllte Rocky, und mit überraschender Schnelligkeit für jemanden seiner Größe und Statur rannte er hinterher. Aus seinen Jahren als Boxer hatte er noch immer flinke Beine und holte Larsen zwanzig Meter vor dem Haus ein. Er packte den Wahnsinnigen an den Schultern und schleppte ihn aus der Gefahrenzone. Auf diese Entfernung war die Hitze der Flammen, die sich jetzt rasend schnell ausbreiteten, fast unerträglich. Unter Aufbietung seiner überlegenen Körperkräfte gelang es ihm, den wild um sich schlagenden Larsen weitere zwanzig Meter vom Haus wegzuzerren und die Distanz zu dem Flammenmeer zu verdoppeln.

Plötzlich löste sich das Problem mit grausamer Endgültigkeit von allein, da die Innendecken nachgaben und krachend einstürzten. Die Flammen loderten jetzt aus jeder Öffnung, und die beiden Kampfhähne warfen sich flach auf den Boden, um der Hitzewelle zu entgehen.

Sie rappelten sich auf und wankten zurück zu den Löschfahrzeugen, stellten sich zu ihren wartenden Kameraden und blickten düster auf das prasselnde Inferno. Nach einigen Minuten brach einer das Schweigen und sagte in dem Versuch, wenigstens einen kleinen Hoffnungsschimmer zuzulassen:

»He, wißt ihr was? Wir haben auch keinen von den Kerlen gesehen, vor denen uns Springfield gewarnt hat. Vielleicht sind sie tatsächlich durch den Tunnel entkommen... naja, und Brett vielleicht auch...«

Keiner antwortete etwas. Der schwache Hoffnungsschimmer erstickte in der Hitze des Flammenmeers. Dann explodierte das Dach, und eine riesige Säule aus Feuer und Funken stieg in den Nachthimmel.

Einer nach dem anderen wandten sie sich ab und gingen schweigend zu ihren Fahrzeugen. Larsen und Rocky gingen als letzte.

74

Als sich die Feuerwehrleute und Rettungsmannschaften vor dem Grundstück versammelt hatten, erstatteten Wallace, Rocky und Larsen Springfield kurz Bericht über die erfolgreiche Mission. Nur zwei Fragen blieben ungeklärt – das mysteriöse Fehlen jeglicher Sektenleute und Grants beunruhigendes Verschwinden. Eine ganze Weile dachte der Sheriff schweigend über die Berichte nach. Dann lüpfte er seinen Stetson, fuhr sich mit den Fingern durchs stahlgraue Haar und zog sich den Hut in die Stirn.

»Gut gemacht, Männer, alle miteinander«, begann er. »Die Evakuierung der Kids hatte Vorrang vor allem anderen, nachdem die verrückten Schweine das Haus angezündet hatten. Was das Ausbleiben der Chinks und ihrer Gorillas angeht, so bestätigt das nur meine Theorie, daß es einen Fluchtweg gibt. Wie ich die Sache sehe, ist Brett ihnen wahrscheinlich gefolgt und hat denselben Ausgang benutzt.« Dann fügte er leise hinzu: »...jedenfalls hoffe ich es.«

Die Männer pflichteten ihm bei. Dann erkundigte sich Springfield nach den Schüssen, die er gehört hatte, kurz nachdem sie in das Gelände eingedrungen waren, und erfuhr, daß man damit einen Angriff der Hundemeute abgewehrt hatte.

»Wir haben vier von ihnen erwischt«, berichtete einer der Männer. »Riesenviecher. Die anderen haben's kapiert und sind abgehauen. Haben uns nicht mehr belästigt.«

Springfield nickte. »Ja, sie sind nämlich beim Tor raus und die Straße entlanggeflitzt. Riesige, gemeine Biester, kann ich nur bestätigen. Wo der Zaun aufhört, sind sie in den Wald gebogen. Kurz danach hab ich noch 'n paar Schüsse gehört. War wohl keine erfreuliche Nacht für sie.«

Wie aufs Stichwort knallten erneut Schüsse durch den Nachtwind. Wenn auch gedämpft durch die Entfernung und die dichten Bäume, so war doch deutlich zu hören, daß die Schüsse aus nordwestlicher Richtung aus dem Wald kamen.

»Ich denke, wir starten Phase Vier«, sagte Springfields leise und lenkte die Aufmerksamkeit wieder auf sich. Er hob das Funkgerät an den Mund und drückte auf den Sendeknopf. »Rearguard an Blue Leader. Wie sieht's aus? Ende.«

Sie warteten ungeduldig auf eine Antwort, doch es schien keine zu kommen. In die fernen Schüsse mischten sich jetzt Trillerpfeifen und das Krachen von Leuchtmunition. Springfield wollte seine Meldung schon wiederholen, als der Lautsprecher zu rauschen begann.

»Blue Leader an Rearguard. Wir veranstalten hier 'n fröhliches Halali, Sheriff.« Rocky zog amüsiert die Braue hoch, als er die gemütliche Stimme seines Truckerkumpels Chuck erkannte. Vor einer gut hörbaren Geräuschkulisse aus Schüssen, Explosionen, Trillerpfeifen und jubelndem Kriegsgeheul sagte die unsichtbare Stimme: »Bis jetzt besteht die Ausbeute in zwei Hunden und etlichen Kriegern. Leider sind nur die Hunde endgültig k.o. Wir haben ein paar Verwundete in unseren eigenen Reihen, aber nichts Gravierendes, sie sind alle noch auf den Beinen. Der Wald ist voller Krieger, und wir treiben sie wie geplant auf die Straße zu. Ich hoffe, ihr steht bereit. Ende.«

»Rearguard an Blue Leader. Empfangskomitee steht bereit. Laßt sie kommen. Weidmannsheil! Ende.« Springfield steckte das Funkgerät ein und wandte sich an die anderen, die bereits ihre Magazine überprüften. Dann sagte er zu Wallace:

»Bob, du bleibst mit deinen Leuten hier und bewachst die Fahrzeuge. Der Rest kommt mit mir.«

Kurz darauf hatten sie sich der bewaffneten Postenkette angeschlossen und verteilten sich im Abstand von fünf Metern am Straßenrand. Die Schüsse, Explosionen, Trillerpfeifen und Rufe waren jetzt erheblich näher. Fenton rückte mit der grünen Minna an, in Erwartung eines neuen Schwungs Gefangener. Der ließ nicht lange auf sich warten.

Schon bald gingen die ersten Gestalten in Trainingsanzügen ins Netz. Sobald sie aus dem Schutz der Bäume traten, wurden sie von den Taschenlampen geblendet und aufgefordert, die Waffen fallenzulassen, so sie welche bei sich hatten, und sich zu ergeben.

Die meisten ergaben sich sofort, da sie merkten, daß sie in eine sorgfältig ausgelegte Falle getappt waren. Vielen machten bereits die Schrotkörner zu schaffen, mit denen Chucks Jäger ihnen den Pelz versengt hatten, und der letzte Widerstand zerbröckelte angesichts der bedrohlichen Kette Bewaffneter.

Nur wenige spielten den Helden. Als sie schießen wollten, wurden sie mit Vogeldunst niedergemäht. Irgendwann verebbte der Strom und als der letzte Gefangene im Laderaum der grünen Minna saß, zählte man zweiunddreißig Gefangene, einschließlich der vierköpfigen Patrouille.

Springfields Befriedigung über den Erfolg der nächtlichen Operation wurde etwas gedämpft durch den Umstand, daß nur drei Gefangene aus den Rängen der grauen Sektengorillas, der Apostel, stammten. Alles andere waren Jünger. Es war wohl nicht anders zu erwarten gewesen. Nach ihren Mentoren, den schwarzgekleideten Chinesen, waren die Apostel am besten ausgebildet und daher die wertvollsten Mitglieder in der Kommandostruktur der Sekte. Außerdem bestand die Möglichkeit, überlegte Springfield, daß sich einige Mitglieder in der Stadt befanden oder Opfer des Brandes geworden waren. Von den vier Chinesen war nicht einer gesehen oder in irgendeiner Weise bemerkt worden.

Die Postenkette blieb noch eine Weile stehen, um Nachzügler abzufangen, und warteten auf die Kollegen, die den Wald durchkämmten. Der Lärm im Wald wurde weniger, je näher er rückte und je weniger Zielscheiben übrigblieben. Schon bald tauchte eine Kette schwankender Lichter auf, dann feierten die beiden Postenketten mit gegenseitigem Schulterklopfen und Gratulationen lautstark das Wiedersehen.

Bei den Verwundeten, von denen per Funk die Rede gewesen war, handelte es sich um sieben Mann. Sechs hatten kleinere Schußverletzungen, der siebte war über einen Baumstamm gestolpert und hatte sich den Arm gebrochen. Sie wurden provisorisch verarztet.

Springfield organisierte einen Zählappell, um festzustellen, ob jemand fehlte. Jeder Anführer eines Trupps sollte die eigenen Mannen zählen. Rockys Trucker waren vollzählig, mit Ausnahme von Chuck, Jube und Red. Er versuchte noch immer, sie unter den geschwärzten Gesichtern zu entdecken, als die Aufmerksamkeit aller auf ein flackerndes Licht gelenkt wurde, das durch die Bäume auf die Straße zu kam. Minuten später tauchte eine kleine sechsköpfige Gruppe aus dem Wald auf.

An der Spitze zwei bibbernde Teenager in dünnen, wadenlangen Kutten, ein langhaariger Junge und ein dünnes, elfengesichtiges Mädchen. Der Junge hatte eine Taschenlampe in der Hand und legte den Arm schützend um das Mädchen, das mit tränenüberströmtem Gesicht leise vor sich hin schluchzte. Die Nachhut bildeten Rockys Kumpel Chuck, Jube und Red. Sie trugen die sechste Gestalt, den leblosen, aschfahlen Grant.

Jube trug die Füße, die anderen beiden hatten den Oberkörper zwischen sich gebettet und stützten den Kopf mit ihren überkreuzten Armen ab. Als Springfield und die anderen angelaufen kamen, blieb der Troß stehen.

Mit einer Kopfbewegung auf ihre stumme, reglose Last beantwortete Chuck die unausgesprochene Frage. »Wir haben ihn dem Chink abgenommen. Aber ich glaub, wir waren zu spät. Ich kann seinen Puls nicht spüren.« Chuck klang müde. Er blickte in die Runde, und seine Augen machten bei Springfield halt. »Ich glaube, er ist tot.«

Die Stille, die dieser Bemerkung folgte, wurde nur von Louises leisem Schluchzen unterbrochen.

75

Zwei Schuß waren nötig, um das Schloß der massiven Stahltür wegzupusten. Grant riß die Tür auf, trat in die saubere Luft dahinter und zog die schwere Tür rasch hinter sich zu, um Hitze und Qualm abzuhalten. Er ließ die Taschenlampe über den kurzen Vorraum wandern und sah, daß die beiden Zellentüren zu seiner Linken angelehnt waren.

Grant befürchtete das Schlimmste. Er trat an die erste Tür und stieß sie mit großer Überwindung auf, überzeugt, einen leblosen Körper am Boden liegen zu sehen. Doch die Zelle war leer, abgesehen von etwas Bettzeug und ein paar verstreuten Gegenständen. In der zweiten Zelle war es genauso. Die beiden Zellentüren gegenüber waren verschlossen, doch ein kurzer Blick durch den Spion ergab, daß sie ebenfalls leer waren. Offenbar hatte der Chinese, als er sich mit seinen Leuten absetzte, die Gefangenen aus den Zellen geholt und mitgenommen.

Grant war verwirrt. Angel One hatte keinerlei Sorge um die

Sektenmitglieder in den oberen Stockwerken bewiesen, warum wollte er ausgerechnet diese beiden retten? Geiseln? Trümpfe für Verhandlungen? Wahrscheinlich. Doch wie hatte er sie nach draußen geschafft? Ihm war niemand begegnet. Er konnte die Frage nicht beantworten. Sie war sowieso rein theoretisch, denn in diesem Moment erschütterten erneut einstürzende Mauern dumpf grollend das Fundament, bombardierten ihn mit Putz von der Decke und erinnerten ihn daran, daß er in der Falle saß.

Plötzlich verließ Grant der Mut, und er spürte die Schmerzen in Arm und Oberschenkel wieder. Er ging ans andere Ende des Vorraums und ließ sich an der Wand hinabgleiten, bis er mit dem Gesicht zur Tür, an der noch das zerschossene Schloß baumelte, auf dem Boden saß. Er stierte auf das Loch in der Tür und sah dahinter das Feuer flackern. Allmählich drang der Rauch durch das Loch und die Schlitze am Türrahmen. Auch die Hitze wurde größer, da das Feuer sich der Abseite seines provisorischen Brandwalls näherte. Schon begann der Lack auf dem Metall Blasen zu werfen.

Grants Augen und Kehle brannten vom Qualm, und ihm fiel nichts Besseres ein, als den Mechanismus seines Gewehrs zu überprüfen. Grimmig repetierte er, um die Patronen auszuwerfen und verdrängte die Vorstellung von dem mit seinem Gehirn bespritzten Vorraum, wenn er jetzt die Mündung in den Mund stecken und abdrücken würde.

Er beugte sich vor, um eine der ausgeworfenen Patronen aufzusammeln, die auf dem gefliesten Boden um seine Füße verstreut lagen. Dabei fiel sein Blick auf ein kleines, messinggefaßtes Loch im Boden von etwa einem Zentimeter Länge. Es sah verdammt nach einem Schlüsselloch aus. Er untersuchte es näher, und dabei fiel ihm die feine Fuge auf, die zwischen den Bodenfliesen verlief.

Ein Funken Hoffnung überkam ihn, als er der dünnen Linie folgte und entdeckte, daß sie ein sechzig mal sechzig Zentimeter großes Quadrat bildete. Er war sicher, eine raffiniert versteckte Falltür entdeckt zu haben. Wenn er recht hatte, und er schickte ein stummes Stoßgebet zum Himmel, daß dem so sei, war er vielleicht auf Angel Ones geheimen Fluchtweg gestoßen.

Müdigkeit und Verzweiflung waren wie weggeblasen. Er rappelte sich auf und stampfte mit der Ferse des unverletzten Beins auf den Boden. Im Vergleich zur Umgebung klang es, als befände sich unter dem Quadrat ein Hohlraum.

In seiner Hast etwas fahrig, lud er das Gewehr mit frischen Patronen. Auch der brennende Schweiß in den Augen behinderte ihn, Hitze und Rauch waren in dem engen Vorraum allmählich unerträglich. Dann richtete er das Gewehr auf das Messingloch. In seinem Eifer, den züngelnden Flammen zu entkommen, feuerte er dreimal kurz hintereinander.

Der beißende Geruch von Schießpulver stieg ihm in die Nase, seine betäubten Ohren pochten, und ein Rinnsal auf Mund und Kinn sagte ihm, daß seine Nase blutete. Doch die Unannehmlichkeiten hatten sich gelohnt. In den Fliesen zu seinen Füßen klaffte ein Loch von fünfzehn Zentimeter Durchmesser.

Er griff mit der linken Hand hinein, packte die Fliesen und zog an. Die massive Falltür löste sich und fiel krachend auf den Boden. Sein Herz machte einen Luftsprung, als das Licht der Taschenlampe die Sprossen einer hölzernen Leiter offenbarten, die nach unten in die Dunkelheit führte. Kühle, modrig-feuchte Luft stieg ihm in die Nase, doch für Grant roch es süß nach Leben und Freiheit. Hatte der gute Nate Springfield doch recht gehabt mit seiner Theorie, daß es einen Tunnel geben mußte!

Er trat auf die oberste Sprosse und stieg hinab in den Schacht. Keinen Augenblick zu früh. Sein Oberkörper ragte noch aus dem Loch, als eine Flamme durch das zerschossene Schloß züngelte. Im nächsten Augenblick war das Innenblatt der Tür eine Flammenwand, da die aufgeworfene Farbe Feuer fing. Grant stieg schnell in den Untergrund hinab und zog die Falltür über sich zu.

Als er am Fuß der Leiter ankam, wandte er sich um und richtete die Taschenlampe in den Tunnel vor sich. Zu seiner Überraschung konnte er das andere Ende nicht erkennen, trotz des starken Strahls. Er sah, daß Boden, Wände und Decke des Tunnels mit rohen, ohne Mörtel zusammengesetzten Betonplatten verschalt waren. Ein dumpfes Beben von oben löste Wassertropfen aus den Fugen der Deckenplatten, die kurz im Schein der Taschenlampe glitzerten.

Grant befürchtete, daß der Tunnel unter dem Gewicht des zusammenbrechenden Gebäudes einstürzen könnte und pirschte sich voran. Die Deckenhöhe betrug etwa einsachtzig, und Grant mußte den Kopf einziehen, um seine zusätzlichen fünf Zentimeter unterzubringen. Schon bald fing der Beton unter seinen Füßen im Schein der Taschenlampe an zu glänzen, da Feuchtigkeit aus der Erde über den Deckenplatten tropfte. Er schloß daraus, daß der unterirdische Gang das Fundament des Hauses hinter sich gelassen hatte und zum Begrenzungszaun führte.

Grant fröstelte, da die feuchtkalte Luft in seine Knochen kroch, und beschleunigte seine Schritte. Dann glaubte er vor sich das Ende des Tunnels zu erkennen. Doch als er sich der glatten Betonwand näherte, entdeckte er eine Öffnung zu seiner Rechten und erkannte, daß er lediglich an einer 90-Grad-Kurve angekommen war, hinter der der Tunnel sich wieder so weit erstreckte wie seine Taschenlampe reichte. Wenn man davon ausging, daß die Turkey Pens unter dem rückwärtigen Trakt des Hauses lagen, kalkulierte er, dann steuerte er jetzt nördlich der Villa auf den Begrenzungszaun zu.

Kurz darauf, als Grant nach eigener Schätzung gute vierhundert Meter zurückgelegt hatte, versperrte ihm wieder eine graue Wand den Weg. Diesmal war es wirklich das Ende des Tunnels, und als er näherkam, erkannte er die Silhouette einer Leiter, die gegen den Beton gelehnt war.

Am Fuße der Leiter knirschte frische Erde unter seinen Füßen. Er blickte nach oben und sah, daß er unter einem kurzen, senkrechten Schacht stand, an dessen oberem Ende sich eine zweite Falltür befand. Er zuckte kurz, als sein Bein schmerzhaft protestierte, dann kletterte er die Sprossen empor, bis er mit dem Kopf an die Unterseite der Holzklappe stieß. Er knipste die Taschenlampe aus und steckte sie ein, um das Gewehr in beide Hände nehmen zu können.

Es war jetzt stockdunkel. Er zog den Kopf ein, stieg eine Sprosse weiter nach oben und stemmte sich mit der Schulter gegen die Falltür. Er spürte die kalte, frische Luft im Gesicht, als sich die schwere Holzklappe ein paar Zentimeter hob. Gleichzeitig hörte er Schüsse, Explosionen und Rufe, irgendwo rechts von ihm in der Ferne, gedämpft durch die dichten Bäume.

Er drückte die Falltür weiter auf, um hinausschauen zu können, streckte vorsichtig das Gewehrrohr nach oben und inspizierte die Umgebung nach Anzeichen des Feindes, soweit es ihm bei seinem begrenzten Sichtfeld möglich war. Im Mondlicht, das durch die Bäume fiel, konnte er nichts entdecken.

Er wußte, wenn irgendwer im toten Winkel hinter ihm stand, war er in Schwierigkeiten. Aber dagegen war nichts zu machen. Er beschloß, keine Zeit zu verlieren, und stieß die Falltür mit den Schultern nach hinten auf. Sie war schwer, da sie mit einer Erdschicht bedeckt war. Sofort sah er über die Schulter, um sich zu vergewissern, daß niemand hinter ihm stand, dann stieg er ganz aus dem Loch und ließ die Klappe wieder zufallen.

Er stand einen Moment da, das Gewehr in einer Hand, und versuchte sich zu orientieren. Er befand sich mitten im Wald und konnte den Begrenzungszaun, unter dem der Tunnel durchlief, nirgends entdecken. Die Schüsse und der Lärm zu seiner Rechten entfernten sich. Das war wohl Springfields Postenkette, dachte er, die die Sektengorillas zur Straße trieb, und machte sich in dieselbe Richtung auf.

Das wechselhafte Mondlicht war hell genug, so daß er die Taschenlampe nicht brauchte, als er sich den Weg durch die Bäume bahnte. Schon bald gelangte er auf eine kleine, mondhelle Lichtung, etwa zwanzig Meter breit. Eine plötzliche Bewegung zwischen den Bäumen auf der anderen Seite ließ ihn innehalten. Er ging in die Hocke und riß das Gewehr hoch. Dabei wurde ihm schmerzlich bewußt, daß ihn seine steifen, verletzten Gliedmaßen bei einer Konfrontation mit dem Gegner behindern würden.

Er verfluchte sein Schicksal, auf offenem Gelände entdeckt worden zu sein, als drei Gestalten ins Mondlicht traten und ihn vom anderen Ende der Lichtung ansahen. Die beiden vorderen standen nebeneinander und trugen Sektenkutten. Die dritte stand dicht dahinter.

Im hellen Mondlicht erkannte Grant alle drei. Vorne standen Jim Miller und Louise Wyatt. Zwischen ihnen, die Hände um ihre Nacken gekrallt, stand der schwarzgekleidete Chinese, Angel One.

76

Die Zeit schien stillzustehen, als sich die Blicke der Kontrahenten über die gespenstisch beleuchtete Fläche hinweg aneinander festsaugten. Die sporadischen Schüsse, Explosionen und Rufe in der Ferne schienen einer anderen Welt anzugehören. Was in gewisser Weise zutraf – ihre Feindschaft war eine persönliche Sache innerhalb des größeren Konflikts.

Grant wußte, er mußte die Angst bekämpfen, die ihm über den Rücken lief, den Solarplexus zusammenzog und den Puls beschleunigte. Angst machte schwach, und er würde allen Verstand und alle verfügbaren Kräfte und Fähigkeiten brauchen, wenn er diese Begegnung überleben wollte.

Angel One spürte Grants Angst und wußte, daß er den verhaßten Gegner in seiner Gewalt hatte... sobald er ihn entwaffnet hatte. Er würde ihn zwingen, die Waffen fallen zu lassen. Kenne deinen Gegner, lautete eine der wichtigsten Nahkampfregeln. Jetzt wandte Angel One sie an. Aus Erfahrung wußte er, daß Grant eine Schwachstelle hatte, die er ausnützen konnte – seine Sorge um das Wohl anderer –, und diese Schwäche würde ihm jetzt zum Verhängnis werden.

Grant zwang sich, dem herausfordernden Blick der glitzernden Augen eine Ewigkeit lang standzuhalten. In Wirklichkeit waren es nur wenige Sekunden. Dann unterbrach ein verängstigtes Wimmern von Louise, die wehrlos dem stählernen Griff des Chinesen ausgesetzt war, die gespannte Stille. Der winzige Laut löste den Bann, Grant machte unwillkürlich einen Schritt nach vorn und richtete das Gewehr auf das Gesicht von Angel One.

Ohne mit der Wimper zu zucken, schob der Chinese die beiden Jugendlichen vor sich zusammen und stellte sie als Schutzschild zwischen sich und die tödliche Salve. Dann durchschnitt die messerscharfe Stimme die mondhelle Stille der Lichtung.

»Ich glaube, es wird Zeit für einen Handel, Grant.«

Langsam senkte Grant das Gewehr. Er hatte keine andere Wahl, als die Freilassung der Jugendlichen auszuhandeln. Er war überzeugt, daß der brutale Chinese die feste Absicht hatte, sie umzubringen, welche gegenteiligen Versicherungen er auch abgeben mochte. Sie hatten ihm zu viel Ärger beschert. Ihre einzige Chance bestand in dem Wunsch des Chinesen, statt ihrer ihn umzubringen. Bevor Grant antwortete, fuhr er sich mit der Zunge über die trockenen Lippen.

»Okay, ich schlage Ihnen einen Handel vor«, rief er, um dem Chinesen zuvorzukommen, und bemühte sich positiv zu klingen. »Lassen Sie sie frei und Sie können gehen. Ich gebe Ihnen mein Wort, daß niemand...«

»Sie sind nicht in der Position, mir einen Handel vorzuschlagen«, unterbrach ihn Angel One kühl. »Ich diktiere die Bedingungen... und sie stehen nicht zur Verhandlung. Werfen Sie die Waffen weg und stellen Sie sich zum Zweikampf, dann lasse ich die beiden frei. Wenn Sie sich weigern, breche ich ihnen das Genick und bin verschwunden, bevor Sie abdrücken können. Das sind meine Bedingungen. Akzeptieren Sie sie oder nicht?«

Grant sah seinen Gegner finster an. »Also deshalb haben Sie auf mich gewartet!«

»Sie schmeicheln sich selbst, Grant«, höhnte Angel One. »Ich habe lediglich gewartet, bis Ihre Freunde von der Polizei mit ihrer umständlichen Suchaktion im Wald fertig waren.«

Er neigte den Kopf und lauschte auf den Lärm in der Ferne, dann sagte er: »Ich habe die beiden Geiseln als Garantie für meine Freiheit mitgenommen, für den Fall, daß ich feindlichen Truppen begegnen würde.« Unter dem stählernen Griff um ihren Hals verzerrten die Geiseln vor Schmerz das Gesicht. »Doch jetzt bietet sich ein anderer Handel an.«

Grants Gehirn arbeitete auf Hochtouren, als er verzweifelt nach einem Ausweg suchte. Er hatte sofort erkannt, daß Angel One unbewaffnet war. Die MP, die er im Keller abgefeuert hatte, hatte er offensichtlich weggeworfen. Doch das machte keinen Unterschied – er wußte, im Zweikampf hatte er gegen den Chinesen keine Chance. Wenn er ihn noch ein wenig hinhalten könnte, würde Springfield vielleicht merken, daß der Triadenmann bei der Suchaktion nicht ins Netz gegangen war, und einen neuen Trupp losschicken.

»Woher weiß ich, daß Sie Ihr Wort halten und sie freilassen, wenn ich auf Ihre Bedingungen eingehe und die Waffen weglege?« fragte er. »Warum sollte ich Ihnen vertrauen?«

»Weil ich Chinese bin«, erwiderte Angel One schlicht. »Bei uns verliert ein Mann, der sein Wort bricht, das Gesicht. Doch genug Zeit verschwendet. Entweder Sie akzeptieren meine Bedingungen und stellen sich zum Zweikampf, oder ich lasse Sie hier mit Ihren Waffen stehen... und zwei Leichen.«

»Ihr habt einen eigenartigen Humor«, konterte Grant bitter. »Ihr verliert euer Gesicht, wenn ihr euer Wort brecht, aber nicht, wenn ihr wehrlose Kids als Geisel nehmt, um einen verletzten Gegner zum Kampf zu zwingen!« Im selben Moment hätte sich Grant die Zunge abbeißen können, da er merkte, daß die Bemerkung seine Schwäche verriet.

Der Chinese blickte auf Grants bandagierten Arm und zuckte die Achseln. »Na schön, Sie können Ihr Messer behalten, wenn Ihnen das den Mut gibt, meine Herausforderung anzunehmen.« Unverhohlene Verachtung lag in seiner Stimme.

Grant wußte, dies war das einzige Zugeständnis, das er bekommen würde, und nickte zum Zeichen seines Einverständnisses. Das Messer würde die Waage nicht zu sehr zu seinen Gunsten ausschlagen lassen, aber eine hauchdünne Chance war besser als keine.

»Gut. Beginnen wir mit dem Austausch«, befahl Angel One. »Zuerst die Pistole. Dann lasse ich das Mädchen frei.«

Das Gewehr so starr wie bei dem pochenden Schmerz im rechten Oberarm möglich auf Angel One richtend, faßte Grant mit der linken Hand an die rechte Hüfte, öffnete die Lasche am Gürtel, zog die Pistole heraus und hielt den Kolben zwischen Daumen und Zeigefinger.

»Werfen Sie sie weit von sich weg«, befahl Angel One.

Grant gehorchte und schleuderte die Pistole mit ausgestrecktem Arm zur Seite. Als die Waffe in die Dunkelheit wirbelte, ließ Angel One Louise los und stieß sie zur Seite. Gleichzeitig zog er Jim Miller direkt vor sich, um den menschlichen Schutzschild aufrecht zu halten.

»Jetzt das Gewehr«, befahl er, Grant keine Sekunde aus den Augen lassend.

Grant zögerte einen Moment, es widerstrebte ihm, die wichtigste Waffe aus seinem Arsenal abzugeben. Er wußte, Angel One würde seinen Teil des Handels erfüllen und den Jungen freilassen. Doch er wußte auch, daß er in dem Augenblick, in dem er das Gewehr wegwarf, die letzte Hoffnung auf Überleben fahren ließ. Selbst wenn er voll einsatzfähig wäre, hätte er wenig Chancen gegen den Chinesen, der ein Experte im Nahkampf war. Mit einem verletzten Bein und Arm waren die Chancen gleich null.

Doch er wollte Jim Millers Leben retten, nicht sein eigenes. Mit einer plötzlichen, schnellen Bewegung nahm er das Gewehr in die linke Hand und schleuderte es der Pistole hinterher in die Nacht.

Als die Waffe irgendwo zu seiner Linken im Gebüsch landete, sah Grant, daß der Chinese Jim Miller beiseite schob und vortrat. Grant biß die Zähne zusammen gegen den Schmerz im Oberarm und zog mit der rechten Hand das Messer aus der Scheide. Als er das Messer unbeholfen in die linke Hand wechselte, wußte er, daß er es nicht schaffen würde. Er hatte die unglaubliche Schnelligkeit seines Gegners bereits kennengelernt, wie die des chinesischen Kollegen, den er im Kontrollraum erschossen hatte. Daher war er überrascht, daß es ihm gelungen war, das Messer zu ziehen und sein vertrauenerweckendes Gewicht in der linken Hand zu spüren, bevor der Gegner ihn angriff.

Dann sah er warum. Angel One hatte sich nicht bewegt. Der Mann spielte mit ihm und bekundete seine Verachtung, zeigte ihm, wie wenig er ihn als Gegner fürchtete. Dahinter steckte eindeutig die Absicht, einen erdrückenden psychologischen Vorteil zu gewinnen, noch bevor der erste Schlag fiel.

Paradoxerweise hatte es auf Grant den entgegengesetzten Effekt. Demütigung und Angst wurden angesichts dieser offen zur Schau gestellten Verachtung von einer Welle des Zorns hinweggespült. Dann bewegte sich etwas am Rand der Lichtung, und er sah, daß die beiden Jugendlichen noch immer verunsichert herumstanden.

»Macht, daß ihr wegkommt!« schrie er. »Lauft zur Straße. Los ... lauft schon!«

Die Wut machte seine Stimme schärfer, als er beabsichtigt hatte. Doch es hatte den gewünschten Effekt, sie aus ihrer Lethargie zu wecken und ihnen Beine zu machen. Grant sah, wie Jim Louise an der Hand packte und losrannte. Im nächsten Augenblick waren sie wie zwei aufgescheuchte Rehe zwischen den Bäumen verschwunden.

Jetzt war Grant mit seinem furchterregenden Widersacher allein in der Nacht. Es trennte sie nur wenige Meter vom Mond beschienenen Waldboden. Er zückte das Messer und ging in die Hocke. Die scharfe Klinge glänzte im Mondlicht gefährlich und machte ihm Mut, auch wenn er wußte, daß ihm die Waffe gegen die Mordmaschine in Menschengestalt nur eine winzige Chance gab.

Er beschloß, sich eines Mittels aus der Trickkiste des Chinesen zu bedienen und es mit psychologischer Kriegsführung zu versuchen. Er winkte Angel One mit dem ausgestreckten Messer heran und schleuderte ihm eine verbale Herausforderung entgegen, um ihn aus der Reserve zu locken.

»Na los, worauf wartest du? Ich bin der, der dir den Laden versaut hat. Hoffentlich hab ich dich 'ne Stange gekostet. Ihr Drogenhändler seid der Abschaum der Welt. Und ich wette, deine Triadenbosse werden auch nicht sonderlich zufrieden mit dir sein. Ich hab gehört, sie haben was gegen Versager. Und ich bin schuld an deinem Versagen...«

Grant hatte keine Ahnung, wie nahe er damit der Wahrheit kam. Angel One, der genau wußte, welche Konsequenzen sein Bericht über die katastrophalen Ereignisse dieser Nacht haben würde, war unwillkürlich irritiert. Langsam drohend nahm er die *zingi-tu'ii*, die Kampfstellung des Kung-Fu ein, in perfektem Gleichgewicht auf den Fußballen balancierend, die Hände zur Doppelaxt geöffnet.

Grant spürte, daß es ihm gelungen war, den Gegner zu reizen, und spannte die Muskeln an. Trotzdem wurde er von der rasenden Schnelligkeit, mit der Angel One ihn angriff, kalt erwischt. Doch das Kampfsporttraining hatte auch Grants Reaktionsgeschwindigkeit geschult, dies kam ihm jetzt zugute. Er warf sich nach rechts und entging nur knapp dem berüchtigten Drachentritt, mit dem der Chinese auf sein Gesicht gezielt hatte. Dabei stieß er reflexartig mit dem Messer nach dem ausgestreckten Bein des Gegners und spürte mit Genugtuung, daß das Messer sein Ziel nicht verfehlte.

Im selben Moment jedoch traf Grant ein lähmender Schlag an der linken Schulter, da Angel One blitzschnell reagierte und ihm im Flug einen Stoß versetzte. Der Hieb brachte Grant aus dem Gleichgewicht, und er fiel nach rechts um. Beim Abrollen stöhnte er auf, da sich sein verletzter rechter Arm schmerzhaft bemerkbar machte.

Er wirbelte herum, um den Gegner vor sich zu haben, und hielt das Messer vor sich. Von dem blitzschnellen, eisenharten Stoß schmerzte jetzt auch die linke Schulter. Er war auf einen unmittelbaren Folgeangriff gefaßt, doch es kam nichts. Nach diesem überraschenden Ausrutscher hatte sich Angel One wieder voll im Griff. Er hatte Grants Reaktionsgeschwindigkeit unterschätzt und eine schmerzhafte, wenn auch oberflächliche Fleischwunde im linken Oberschenkel davongetragen.

In der Doppelaxt-Hocke verharrend, verlangsamte Angel One seinen Atem. Er tat einen tiefen *kapalabhati*-Atemzug und konzentrierte sich auf die Sammlung seines Ch'i, der inneren Energie, die Körperkraft und Reaktionsgeschwindigkeit steigert und größere Geschmeidigkeit verleiht. Beim nächsten Angriff würde er mit der Schnelligkeit einer Schlange, der Kraft eines Büffels und der Wildheit eines hungrigen Tigers zuschlagen.

Grant beobachtete Angel One genau und wartete auf den Angriff. Mit gezücktem Messer pendelte er hin und her, um jederzeit ausweichen zu können. Doch als der Chinese ihn angriff, war er so schnell, daß er Grant beinahe ein zweites Mal überrumpelt hätte.

Gerade war Angel One ihm noch wie eine Statue regungslos gegenübergehockt, im nächsten Moment schien er binnen eines Wimpernschlags mehrere Meter nähergerückt zu sein wie in einem schlecht geschnittenen Film. Grant warf sich zur Seite... doch diesmal eine Zehntelsekunde zu spät. Der tückische *maegeri* traf ihn oberhalb der rechte Hüfte statt mitten in der Leistengegend, doch die Wucht riß ihn mit einer Drehung zu Boden, und Grant fiel mit seinem ganzen Gewicht auf das verletzte Bein.

Verzweifelt rollte er sich außer Reichweite eines eventuellen Folgeangriffs, als er spürte, daß sich ihm etwas Hartes, Dickes ins Kreuz bohrte. Für einen Moment glaubte er, er sei über einen Stein gerollt, der aus dem Erdboden ragte, dann erkannte er, was es war, und sein Herz machte einen Luftsprung. Es war die Leuchtpistole. Er hatte sie völlig vergessen, da er sie nicht als Waffe betrachtet hatte. Als er sich unbeholfen aufrappelte, wechselte er das Messer in die rechte Hand und griff mit der Linken nach hinten an den Kolben der Leuchtpistole.

Angel One hatte bemerkt, daß Grant auf einem Fuß lahmte und wußte, daß der zur Hälfte geglückte *maegeri* ihn noch langsamer gemacht hatte. Er konnte es kaum erwarten, sich ein letztes Mal auf Grant zu stürzen und ihm mit Genuß den Garaus zu machen. Plötzlich sah er, daß der Gegner hinter sich griff. Im nächsten Moment tauchte Grants Hand wieder auf, mit einer stumpfen, großkalibrigen Waffe. Der Chinese hatte gerade noch Zeit zu registrieren, was es war – eine Leuchtpistole –, bevor ihm eine grüne Flamme entgegenschoß.

Angel One wurde nur durch seine exzellenten, jahrelang geschulten Reflexe gerettet. Blitzschnell tauchte er seitlich weg. Trotzdem zischte die Signalrakete so nah an seinem Gesicht vorbei, daß sie ihm die linke Wange versengte. Die Rakete schoß über ihr Ziel hinaus in einen Baumstamm auf der anderen Seite der Lichtung, explodierte und fiel funkensprühend zu Boden, wo sie giftgrüne Rauchwolken ausstieß.

In gespenstisch grünes Licht getaucht, war die ganze Lichtung jetzt taghell. Vom grellen Feuerschein der Leuchtrakete noch geblendet, spürte Grant, wie sein Widersacher erneut anrückte. In seiner Verzweiflung wechselte er das Messer in die unverletzte linke Hand und stürzte sich mit gezücktem Messer nach vorn. Im nächsten Moment schrie er auf, da seine Unterarmknochen wie eine Spanschachtel an der Brechstange von Angel Ones Unterarmblock zersplitterten.

Grant fiel das Messer aus den gefühllosen Fingern, er riß den rechten Arm vors Gesicht und taumelte rückwärts. Im nächsten Moment zerbarsten seine Rippen, und die Welt um ihn herum versank. Angel One hatte ihm einen vernichtenden *seiken*-Fauststoß gegen die Brust versetzt. Grant begriff noch, daß er den ungleichen Kampf – und damit sein Leben – verloren hatte, bevor der finale *uraken*-Schlag mit dem Faustrücken ihm Nase und Wangenknochen zertrümmerte und ihn endgültig k.o. schlug.

Er merkte nicht mehr, daß Angel One sich über ihn beugte.
Der Chinese sah auf den zertrümmerten Körper seines geschlagenen Gegners hinab. Sekundenlang gönnte er sich den Luxus,
seine Rache auszukosten, bevor er Grant den Gnadenstoß versetzen und ihm mit einem *heti'i*-Tritt das Genick wie einen dür-
ren Zweig brechen würde.

77

Auf Grants Aufforderung hin hatte Jim Louise bei der Hand genommen und sich mit ihr in den Schutz des Waldes gestürzt –
Schutz vor Angel One, der, davon war Jim überzeugt, die Absicht gehabt hatte, sie zu töten, wenn Grant nicht rechtzeitig
aufgetaucht wäre.

Der Chinese hatte sie kurz zuvor aus den Zellen geholt und
ihnen befohlen, vor ihm durch eine geöffnete Falltür in einen
geheimen Fluchttunnel zu steigen. Dort waren sie zu einer
Gruppe von Aposteln und Jüngern gestoßen, viele davon bewaffnet. Die ganze Gesellschaft war im Licht von Taschenlampen durch den langen, feuchten Tunnel gewandert, bis sie am
anderen Ende im mondbeschienenen Wald außerhalb des Begrenzungszauns aufgetaucht waren.

Die anderen hatten den Befehl erhalten, sich in kleine Gruppen aufzuteilen und das Weite zu suchen. Falls sie durchkämen,
sollten sie sich an den vereinbarten Treffpunkten in der Stadt
melden. Dann waren die Apostel und Jünger in den schwarzen
Lücken zwischen den Bäumen verschwunden. Jim und Louise
mußten neben der geöffneten Geheimtür stehenbleiben, bis ihr
Kidnapper sich vergewissert hatte, daß die Luft wirklich rein
war.

Seine Vorsicht sollte sich auszahlen. Kurz darauf waren im
Wald Schüsse, Explosionen, Rufe und Tumult zu hören, und
zwar aus der Richtung, in die die meisten seiner Leute geflohen
waren. Sofort hatten die beiden Jugendlichen zurück in den
Tunnel steigen müssen, wo sie sich im Dunkeln bibbernd anein-
andergeklammert hatten, während Angel One auf der Leiter
stand und durch einen Schlitz der leicht geöffneten Falltür nach

draußen spähte, bis die feindliche Postenkette vorbeigezogen war.

Als sie wieder aus dem Tunnel aufgetaucht waren, hatte Angel One Jim und Louise am Hals gepackt und war schweigend mit ihnen durch den Wald gelaufen. Schon kurz darauf waren sie an eine kleine Lichtung gekommen. Plötzlich hatte der Kidnapper sie zurückgerissen und seinen Griff verstärkt.

Der Grund wurde sofort deutlich. Etwa zwanzig Meter entfernt, auf der anderen Seite der Lichtung, hockte eine Gestalt und richtete ein Gewehr auf sie. Erst als der Chinese den Mann mit dem geschwärzten Gesicht ansprach, hatten sie ihn als den Privatdetektiv Brett Grant erkannt.

Als sie nun im wechselnden Mondlicht durch den Wald rannten, keuchte Louise: »Jim... was sollen wir tun?... Wir können Brett nicht mit diesem Ungeheuer allein lassen.«

»Hast verdammt recht!« antwortete Jim atemlos, ohne seine Schritte zu verlangsamen. »Laß uns die Leute suchen, die da vorn rumballern... vor denen wir uns im Tunnel verstecken mußten... wenn Angel One nicht wollte, daß sie uns finden... müssen es Freunde von ihm sein... vielleicht Cops oder sowas...«

»Halt! Stehenbleiben!« Vom Strahl einer Taschenlampe erfaßt, blieben sie stehen. Die Hände schützend vor die Augen haltend, entdeckten sie eine dunkle Gestalt vor sich. Beim nächsten Satz des Unbekannten machte Jims Herz einen Luftsprung, den er wenige Tage zuvor noch für völlig unmöglich gehalten hätte – er erkannte den näselnden, gedehnten Akzent des Redneck-Truckers Jube.

»Na, da schau an... wenn das nicht unsre Prinzessin is. Wir müssen aufhörn mit unsern nächtlichen Rendezvous, Puppe, sonst kommen wir noch ins Gerede...«

»Jube!« jauchzte Jim und lief ihm mit Louise im Schlepptau entgegen. »Jube, Brett Grant ist in Schwierigkeiten. Er hat uns von dem Chink befreit, der die Sekte leitet. Aber er ist verletzt und hat keine Chance gegen ihn. Das schlitzäugige Schwein bringt ihn um. Du mußt ihm helfen. Bitte! Beeil dich!«

Die Dringlichkeit in seiner Stimme überzeugte Jube. Er senkte die Taschenlampe. »Kein Problem, Junge. Führ mich hin.«

Er brüllte seinen Kameraden zu, sie sollten ihm folgen und bekam ein paar Schüsse zur Antwort. Dann rannten sie los, Jim und Louise voraus, Jube stampfte hinterdrein. Diesmal fiel den beiden das Rennen wesentlich leichter, da ihnen der tanzende Strahl aus der Taschenlampe ihres neuen Verbündeten den Weg leuchtete. Plötzlich glühte vor ihnen ein grünes Licht zwischen den Bäumen auf.

Als sie an den Rand der Lichtung kamen, stand Angel One über dem am Boden liegenden Grant. Jube hatte in seinem Truckerleben genug Kneipenschlägereien erlebt – und mitgemacht –, um zu wissen, daß die sicherste Methode, einen am Boden liegenden Gegner unten zu halten, ein Tritt mit der Ferse ins Gesicht war. Er nahm – ganz richtig – an, daß der Chinese dies vorhatte.

Er visierte den Oberkörper an, um zu vermeiden, daß er den am Boden liegenden Grant traf, und drückte ab. Das Klicken, als die Waffe versagte, da der Hammer auf den Blindgänger schnappte, genügte Angel One als Warnung. Er wandte den Kopf, erkannte die Gefahr, sprang mit einer blitzschnellen Bewegung von Grant weg und ging zwischen den Bäumen in Deckung.

In der Zehntelsekunde, die Jube brauchte, um nachzuladen, war die Zielscheibe verschwunden. Jube repetierte, verfolgte den davonrennenden Chinesen im Visier und feuerte kurz nacheinander zwei Schüsse ab. Genausogut hätte er versuchen können, einen huschenden Mondschatten zu treffen. Bevor das Echo des letzten Schusses verhallt war, war die Lichtung leer, mit Ausnahme des leblosen Grant.

In diesem Moment stürzten Chuck und Red mit gezogenen Waffen auf die Lichtung. Jube und die beiden Jugendlichen bewachten Grant, bis sich die anderen beiden vergewissert hatten, daß der gefährliche Chinese nicht irgendwo in der unmittelbaren Umgebung lauerte. Als sie keine Spur von ihm entdecken konnten, liefen sie zur Lichtung zurück.

Dann hatte sich Chuck neben den bewußtlosen Grant gekniet und ihn untersucht, um das Ausmaß der Verletzungen festzustellen. Was er sah, gefiel ihm gar nicht. Er diagnostizierte gebrochene Rippen und einen komplizierten Armbruch. Das blasse, übel zugerichtete Gesicht und das Blut, das aus einem Ohr lief, deuteten auf eine Schädelfraktur hin.

Ein ernstes Zeichen – das sagten ihm seine rudimentären Erste-Hilfe-Kenntnisse – war auch das hellrote, schaumige Blut am Mund und an der böse angeschwollenen Nase. Es konnte von einer punktierten Lunge herrühren. Er hatte ähnliche Symptome bei Opfern von Verkehrsunfällen gesehen. Doch was ihm die größte Sorge bereitete, war, daß er den Puls nicht spürte. Chuck richtete sich auf und blickte in die ängstlichen Augen der Umstehenden.

»Ehrlich gesagt, er gefällt mir gar nicht«, verkündete er leise. »Um genau zu sein, ich glaub, wir kommen zu spät. Trotzdem sollten wir ihn so schnell wie möglich zu einem Arzt bringen.«

Bei diesen Worten schlug Louise die Hände vors Gesicht und begann leise zu schluchzen. Auch Jim standen die Tränen in den Augen, er blinzelte, schluckte den Kloß in seinem Hals hinunter und legte tröstend den Arm um Louises Schultern.

»Hier Junge, leuchte uns den Weg«, sagte Red und drückte ihm die Taschenlampe in die Hand. »Richtung Straße. Wir folgen dir und tragen Brett. Falls wir irgendeinem von den Sektenleuten begegnen, schrei und wirf dich flach auf den Boden, damit wir freie Schußlinie haben. Kapiert?« Jim nickte.

Die drei Trucker hängten sich die Gewehre griffbereit um die Schulter und hoben Grant auf. Jube und Red verschränkten die Arme unter seinen Schultern, Chuck packte ihn bei den Füßen.

»Okay, los geht's.« Die provisorische Trage setzte sich in Bewegung, der Junge und das Mädchen voran. Jim stützte die leise schluchzende Louise und leuchtete ihnen den Weg.

Dem tödlichen Kugelhagel aus Chucks Gewehr war Angel One nur mit knapper Not entkommen, der anschließenden Suchaktion entging er mit einem müden Lächeln. Als die beiden Trucker den flüchtigen Versuch, ihn aufzustöbern, aufgaben und zu ihren Gefährten zurückkehrten, schlich er sich an den Rand der Lichtung und beobachtete sie. Nur die glitzernden Augen verrieten, daß es sich um ein lebendes Wesen handelte und keinen schwarzen Fleck im dunklen Wald.

Von seinem Aussichtspunkt aus beobachtete er die Untersuchung und den anschließenden Abtransport des leblosen Körpers. Er überlegte kurz, ob er ihnen folgen und sie überfallen sollte. Doch sein kalter, analytischer Verstand verwarf die Idee. Er hatte an seinem Hauptfeind Grant Rache geübt, jede weitere Attacke auf Randfiguren war überflüssig und daher unlogisch. Mit stiller Genugtuung beobachtete er, wie der Troß sich entfernte.

78

Springfield hatte den leblosen Grant untersucht, gründlicher, als Chuck es zuvor im Wald hatte tun können. Inzwischen hatten sich auch Rocky und Larsen zu Jim, Louise und den drei Truckern gesellt. Sie standen um den Sheriff herum und warteten schweigend auf sein Urteil.

Der Sheriff richtete sich auf und steckte den kleinen Handspiegel ein, den er an Grants Lippen gehalten hatte. Als er sich jetzt an die Runde wandte, trug sein sachlicher Ton mehr zur Beruhigung der Gemüter bei als die hoffnungsvollen Worte selbst. »Ich kann einen Puls fühlen. Er ist schwach und unregelmäßig, aber er ist da. Und der Spiegel ist angelaufen, also atmet er noch. Das ist schon mal was...«

Springfield mußte unterbrechen, da Jim vor Erleichterung in ein Indianergeheul ausbrach. Über alle Gesichter breitete sich ein erfreutes Grinsen aus. Der Sheriff hob die Hand, um die vorschnelle Feierstimmung abzuwehren. Es war jetzt nicht mehr viel von dem gemütlichen Land-Sheriff zu spüren. Statt dessen hatten sie Gelegenheit, einen Blick auf die darunterliegende Strenge und Autorität zu werfen.

»Schön langsam. Das ist noch lang kein Grund für 'ne Party. Sein Zustand ist ernst. Kann sein, daß er durchkommt, aber nur, wenn wir ihn schleunigst ins Dawson County Hospital bringen! Pete...«, sagte er zu Larsen, »hol meinen Wagen und sag dem Deputy, er soll sofort herkommen.«

Larsen war schon unterwegs, bevor Springfield seinen Satz beendete hatte. Die Erschöpfung der langen, traumatischen

Nacht war mit einem Mal wie weggeblasen. Die schwache Hoffnung, die Springfields Diagnose erlaubte, verlieh ihm Flügel, als er die Straße entlang zu den Fahrzeugen rannte, die unter Fentons Obhut an der Einfahrt standen.

Kurz darauf hatte Hilfssheriff Cal Fenton das Kommando über den Abschluß der Operation übernommen und war dafür verantwortlich, die Jagdgesellschaft nach Rockford zurückzubringen. Für die geretteten Sektenmitglieder waren im Pfarrhaus und im Gemeindezentrum Notunterkünfte vorbereitet, und für die Sektengorillas im Knast.

Der Wagen des Sheriffs, mit Springfield am Steuer, raste unterdessen an Rockford vorbei zum Dawson County Hospital. Quer über dem Rücksitz lag in tiefer Bewußtlosigkeit Grant, den Kopf auf Larsens Schoß.

Springfield wußte, daß Grants Lebenslicht bedrohlich flackerte und daß die Zeit drängte. Er glaubte bereits die Geisterschwingen flattern zu hören, da der Sensenmann dem Wagen mit dem Schwerverletzten, den sie ihm zu entreißen versuchten, auf den Fersen war.

»Okay, Freundchen«, dachte er trotzig. »Du sollst dein Wettrennen haben!« Nate Springfield drückte das Gaspedal durch und fuhr wie noch nie in seinem Leben...

79

Angel One stand reglos da und wartete, bis die schwankenden Lichter der provisorischen Trage nicht mehr zu sehen und die Stimmen in der Ferne verschwunden waren.

Er zog die Jacke seines Trainingsanzugs hoch und riß einen Streifen von dem weißen T-Shirt ab, das er darunter trug. Er streifte das blutverklebte Hosenbein ab und verband sich die schon verkrustete Wunde im linken Oberschenkel, die Grant ihm mit dem Messer beigebracht hatte. Nach dieser Erste-Hilfe-Maßnahme vergewisserte er sich ein letztes Mal, daß er allein und unbeobachtet war, und machte sich auf den Weg, tiefer in den Wald hinein und weiter weg von der Straße.

Den Zaun zu seiner Linken, lief er bis zur nordwestlichen

Ecke, dort bog er nach links und folgte dem weiten Bogen, den der Zaun nach Süden machte. Den Begrenzungszaun des riesigen Grundstücks umrundend, rannte er jetzt Richtung New York City. Durch die Lücken zwischen den Baumkronen sah er hoch über sich den karmesinroten Himmel und wußte, daß das Betlehem-Haus noch immer brannte.

Tief und regelmäßig atmend, joggte er in gleichmäßigem Tempo durch den rauschenden, dunklen Wald. Die Bewegung tat ihm gut, sie spülte die Anspannung der letzten Nacht fort. Um allzu dichtes Unterholz zu vermeiden, wählte er notgedrungen eine Zickzackroute, wobei er darauf achtete, nicht zu weit vom Zaun abzukommen, der ihm die Richtung wies.

Als Angel One das südliche Ende des Zauns passiert hatte, wollte er die Straße ansteuern. Er ging davon aus, einen weiten Bogen um alle feindlichen Postenketten geschlagen zu haben und gefahrlos ein Telefon suchen zu können. Von dort würde er einen Wagen aus der Stadt kommen lassen.

Im Laufen erforschten seine Sinne unablässig die Dunkelheit um ihn herum, damit er nicht noch einmal in eine Jagdgesellschaft stolperte wie die, die ihm dazwischengefunkt hatte, als er mit Grant beschäftigt war. Seine Radarantennen warnten ihn auch tatsächlich vor einer neuen, drohenden Gefahr. Doch mit der Jagdgesellschaft, die jetzt auf seiner Fährte war, hatte er nicht gerechnet.

Die Warnung kam kurz nachdem er mit lässigem Sprung einen Bach überquert und den gleichmäßigen Rhythmus seiner weitausholenden Schritte wiederaufgenommen hatte. Vielleicht war es eine kleine Veränderung oder Unregelmäßigkeit im nächtlichen Wispern und Rascheln des Waldes, gepaart mit seinem ultrasensiblen Überlebensinstinkt. Was den mentalen Alarm auch ausgelöst haben mochte, es pumpte Adrenalin in seine Blutbahn und versetzte Körper und Geist schlagartig in Kampfbereitschaft.

Im Laufen wandte er den Kopf nach rechts und links, um die Quelle der unbekannten Gefahr zu lokalisieren. Da war es ... es kam also von hinten. Dann schnappten seine Ohren das leise Tappen von Pfoten auf und ein Geräusch, als ob etwas eilig durchs Unterholz streifte. Wölfe? Unwahrscheinlich – sie griffen selten Menschen an – doch er wollte es nicht darauf ankommen lassen. Er erhöhte das Tempo und rannte jetzt so schnell er konnte, um Vorsprung zu gewinnen und sich in eine geeignete Verteidigungsposition zu bringen.

Sekunden später tauchte er auf einer der vielen kleinen Lichtungen auf. Im Spurt überquerte er die Lichtung und rannte auf einen besonders dicken Baumstamm zu. Er warf sich herum und ging reflexartig in die *zingi tu'ii*-Kung-Fu-Kampfstellung. Im selben Moment sah er die Gefahr.

Aus den Bäumen vor ihm stürzten drei schwarze Schatten und flitzten über die nadelbedeckte Lichtung auf ihn zu. Auch ohne das aggressive Knurren, die glühenden bernsteinfarbenen Augen und glänzenden weißen Fänge zu sehen, wußte er, daß ihm die Überlebenden der Killermeute – die Höllenhunde – auf den Fersen waren.

80

Als die Feuerwehrleute und Rettungsmannschaften das Tor eingerissen und das Anwesen gestürmt hatten, war die Killermeute nicht weit entfernt gewesen. Erst kurz zuvor waren sie der frischen Fährte von Grant und Larsen gefolgt, die sie jedoch am Fuß der Hauswand verloren hatten.

Nachdem sie eine Weile vergeblich versucht hatten, die verlorene Witterung wieder aufzunehmen, war es ihnen zu dumm geworden, und Satan hatte das Rudel nach Westen zu den Bäumen geführt. Plötzlich war die Nacht in ein Inferno aus Feuer, Lärm und Licht ausgebrochen. Zuerst ging das Haus in Flammen auf, dann kamen fünf schwere Fahrzeuge mit hellerleuchteten Scheinwerfern die kurvenreiche Auffahrt heraufgedonnert.

Verwirrt hatte sich das Rudel in den Schutz der Bäume zurückgezogen und war nervös hin und hergelaufen. Doch dann hatten sie gesehen, daß eine Anzahl Zweibeiner aus den Fahrzeugen vor dem brennenden Haus sprang und sich verteilte. Das Jagdfieber hatte ihre zitternden Leiber ergriffen und ihre blutrünstigen Hundehirne jauchzten beim Anblick so vieler Zweibeiner, die nur darauf warteten, in Stücke gerissen zu werden. Die Blutgier hatte sogar ihre primitive Angst vor dem Feuer besiegt, und Satan hatte das Signal zum Angriff gegeben.

Dann allerdings war die Sache gründlich schiefgelaufen. Einer der Zweibeiner hatte sie kommen sehen und einen Warnruf ausgestoßen. Die anderen hatten sich umgedreht, und die Stöcke in ihren Händen hatten ein fürchterliches Krachen und flammend helle Blitze ausgestoßen. Noch schlimmer, ein unsichtbarer pfeifender Todeshagel hatte Shiva, Moloch Ahriman und Loki niedergemäht. Auch die anderen waren nicht unversehrt davongekommen, sie waren alle in unterschiedlichem Maße mit zahllosen brennenden Körnern bombardiert worden.

Das war sogar für ihre wilden Hundeherzen zuviel gewesen. Angeführt von Satan, hatten die sechs Überlebenden den Schwanz eingezogen und sich aus dem Staub gemacht. Instinktiv waren sie der gewundenen Auffahrt gefolgt, Richtung Haupttore. Auf halbem Wege hatten sie einen weiteren Gefährten verloren.

Nemesis war schwerer verwundet worden als die anderen. Auf einem Auge blind und aus einer angeschossenen Arterie im Nacken blutend, fiel sie unbemerkt hinter die anderen zurück. Der Instinkt sagte ihr, daß sie sich einen Ruheplatz suchen mußte, und sie taumelte auf die Bäume zu. Mit letzter Kraft schleppte sie sich ins Unterholz, wo sie zusammenbrach. Innerhalb weniger Minuten war sie verblutet.

Die fünf übrigen Hunde waren die Auffahrt hinuntergaloppiert, an der Torruine vorbei und auf die Straße geflitzt. Am Außentor hatte Satan einen weiteren Zweibeiner stehen sehen – in diesem Falle die mächtige Gestalt Nate Springfields – und war nach links geschwenkt, um seinem dezimierten Rudel erneute Blitz-und-Donner-Attacken zu ersparen. Der Hund war dem Begrenzungszaun gefolgt, bis der plötzlich zu Ende war und sie das nächste Rudel Zweibeiner vor sich hatten. Instinktiv waren sie nach links galoppiert und hatten sich in die vertraute Deckung des Waldes begeben.

Das Tempo drosselnd, war die Meute tiefer in den Wald hinein getrabt. Sie hatten sich gerade wieder in Sicherheit gefühlt,

als ihre Nasen ihnen meldeten, daß noch mehr verhaßte Zweibeiner zwischen den Bäumen lauerten. Satan hatte sich herumgeworfen, um am Zaun entlang an ihnen vorbeizulaufen. Zu
spät. Wieder wurde die Nacht von Blitz und Donner zerrissen,
da die Feuerstücke in gefährlicher Nähe explodierten. Wie von
einer riesigen Hand waren Kali und Hades vom Feuer des abgesägten Zwölfkalibers aus ihrer Mitte gerissen und mehrere Meter zur Seite geschleudert worden.

Besinnungslos vor Angst waren die letzten drei Höllenhunde
im gestreckten Galopp davongestürzt, tiefer in den Wald hinein,
möglichst weit weg von den todbringenden menschlichen Wesen.

Nach einer Weile fielen sie in ein regelmäßiges Traben zurück.
Dann witterte Satan zu seiner Rechten Wasser und schwenkte
in diese Richtung. Kurz darauf schlapperten die drei dankbar das
kalte, belebende Naß aus einem kleinen Bach, legten sich hin
und leckten die Schrotwunden in ihren dampfenden Flanken.
Nach dem Verlust von Kali und Hades waren Baal und Set jetzt
die einzigen Begleiter Satans, des großen, schwarzen Alpha-
Hundes. Doch selbst dieser letzte Rest der einst zehn Mitglieder
starken Killermeute wäre eine tödliche Gefahr für jeden Unglücklichen, der ihr über den Weg lief.

Die drei riesigen Dobermänner leckten sich die Wunden und
knabberten an ihren Flanken, um die Schrotkörner herauszu-
puhlen. Hin und wieder hoben sie die Köpfe mit den langen
Schnauzen und spitzten die Ohren nach dem fernen Lärm der
Schüsse. Doch die Schüsse entfernten sich immer mehr und verschwanden schließlich ganz, nachdem noch einmal kurz hintereinander drei Schüsse gefallen waren. Bald dösten sie neben dem
gurgelnden Bach, die Schnauzen auf die ausgestreckten Vorder-
beine gelegt, und erholten sich von den Anstrengungen. Minutenlang herrschte Stille.

Plötzlich riß Satan den Kopf hoch und spitzte die Ohren. Etwas bewegte sich in der Nacht, ganz in ihrer Nähe. Blitzschnell
war er auf den Beinen, ebenso Baal und Set. Die schlanken
Köpfe drehten sich zielsicher nach dem Geräusch um, das ihre
Ruhe gestört hatte.

Mit geweiteten Nüstern und zitternden, feuchten Nasen schnupperten sie in den Wind nach einer Fährte. Selbst hier war die Luft noch vom beißenden Brandgeruch verpestet, doch schon bald nahmen die sensiblen Nasen den verräterischen Geruch eines Zweibeiners wahr. Die scharfen Ohren hatten ihnen bereits gesagt, daß nur ein Paar Füße unterwegs war, da der Waldboden ihnen wie eine Trommel die Vibration der Schritte zutrug.

Jetzt lauschten die gespitzten Ohren nach Hinweisen, in welche Richtung sich die Beute bewegte. Der verräterische Nachtwind wisperte ihnen schon kurz darauf die gewünschte Information zu. Ihre Erregung stieg, die Muskeln spannten sich, und die schlanken Flanken begannen zu zittern.

Dann zog Satan die Oberlippe hoch, so daß die großen glänzenden Hauer zum Vorschein kamen, stieß ein tiefes Knurren aus, und die drei Dobermänner stürzten los. Mit elegantem Sprung setzten sie über den Bach und nahmen die Verfolgung auf. Schon verblaßte die Erinnerung an die traumatischen Ereignisse der Nacht wieder, wurde verdrängt vom Jagdfieber, das von ihrem ganzen Wesen Besitz ergriff.

Schnell kamen sie der fliehenden Beute näher, die Fährte wurde stärker und steigerte ihre Blutgier. Dann sahen sie die Beute. Der Zweibeiner war allein. Und er hatte keinen Blitz-und-Donner-Stock bei sich, mit dem er ihnen das Fell versengen konnte.

Der wilde Haß, den Satan auf die Menschen hatte, war durch die nächtlichen Ereignisse nur noch geschürt worden. Rasende Wut nahm von ihm Besitz und strömte durch den muskulösen Leib. Knurrend tat er seine Blutgier kund und schoß wie ein Pfeil durch die Bäume. Den Schlachtruf erwidernd, setzten ihm Baal und Set nach.

In diesem Moment wurde die Beute auf sie aufmerksam und steigerte ihr Tempo. Im Sturmschritt rannte sie über eine kleine Lichtung. Die Zähne zum Angriff gefletscht, stürzten die Killerhunde aus den Bäumen.

Plötzlich tat der Zweibeiner etwas, das sie noch bei keinem Opfer erlebt hatten. Gerade noch war er wie ein Wilder gerannt, dann war er plötzlich stehengeblieben, hatte sich zu ihnen umgedreht und war in die Hocke gegangen. Die unerwartete Reaktion irritierte sie einen Moment, doch sie glichen noch im Sprung Tempo und Timing des Angriffs an.

81

Als Angel One seine Angreifer sah, wußte er, daß die Verteidigung aus einer statischen Position heraus so gut wie unmöglich war. Teil seines Reflextrainings als Kung-Fu-Meister war gewesen, Speere, die Kameraden auf ihn schleuderten, mit dem Unterarm abzublocken bzw. abzulenken.

Doch die Speere waren nacheinander auf ihn zugekommen, leblose Geschosse, die weder Richtung noch Geschwindigkeit ändern konnten, wenn sie einmal in der Luft waren. Die drei wütenden Geschoße, die ihm jetzt entgegenflogen, stellten ein wesentlich komplexeres Problem dar. Sie waren lebendig, wendig und ungeheuer schnell. Und sie griffen von drei Seiten an.

Im selben Moment wurde Angel One klar, daß seine einzige Überlebenschance nicht in der Verteidigung, sondern im Angriff bestand. Hätte er Vertreter der Spezies Raubkatzen vor sich gehabt mit ihrem exquisiten Arsenal an Zähnen, Krallen, Kraft und Schnelligkeit, hätte er trotz allen Kampfsporttrainings sehr wenig Chancen gehabt zu überleben, geschweige denn zu gewinnen. Doch einem Angriff von Hunden, die nur mit Zähnen bewaffnet waren, gleichgültig, wie wild sie waren, hatte sein hervorragend trainierter Körper überlegene Waffen in Form von Verstand, Händen und Füßen entgegenzusetzen.

Die Überraschung der Tiere über Angel Ones Drehung wurde durch den Kung-Fu-Schrei und einen plötzlichen Satz nach rechts noch größer. Die kurze Irritation ließ Satan und Baal die Beute um Zentimeter verfehlen, sie schnappten mitten im Sprung ins Leere.

Was Set betraf, hatte die Irritation fatale Folgen. Gerade noch hatte er sich mitten im Sprung befunden, mit gestreckten Vorderbeinen und aufgerissenem Maul auf den Mann in der Hocke gezielt, da hatte sich das Opfer blitzschnell aufgerichtet und ihm die Stirn geboten. Besser gesagt, den Fuß. Denn Sets Leben endete kurz und schmerzhaft, als ihn Angel Ones *maegeri* am Oberkiefer traf. Die Ferse des Chinesen stauchte ihm den Kopf nach hinten und brach ihm sofort das Genick.

Angel One landete elegant neben dem zuckenden Leib seines Opfers und ging sofort wieder in Kampfposition, mit dem Gesicht in die entgegengesetzte Richtung, um den nächsten Angriff abzuwehren. Der war schon im Gange, die beiden übriggebliebenen Hunde hatten sich blitzschnell von ihrem Fehlschlag gefangen und stürmten auf ihn zu.

Von zwei Seiten stürzten sie sich auf ihn wie eine weißzahnige Pfeilspitze. Doch in der Zehntelsekunde, die die Hunde für ihren Angriff benötigten, hatten Angel Ones kampferprobte Augen etwas Entscheidendes entdeckt. Einer der beiden Hunde war dem anderen ein kleines Stück voraus und hatte seine Kehle im Visier. Der andere, nur wenige Zentimeter hinter ihm, zielte nach unten, auf seine Leistengegend.

Er beschloß, den oberen Angriff abzublocken und den unteren zu kontern. Er riß den linken Arm hoch und bot Satans aufgerissenem Rachen als Alternative zur Kehle, auf die das Biest es abgesehen hatte, den Unterarm.

Satan nahm den Köder an und schnappte nach dem Arm, während Angel One bereits das Gewicht auf den linken Fuß verlagerte, in Vorbereitung des Schlags gegen den zweiten Angreifer. Mit einem blitzschnellen Tritt traf er den angreifenden Baal frontal auf der Brust.

Der *chungdan ap-chagi*-Tritt katapultierte Baal in die Luft, wo er sich rückwärts überschlug, zertrümmerte seinen Brustkorb und zerriß ihm die Lunge. Tödlich getroffen stürzte der Dobermann zu Boden und schüttelte sich mit schnappenden Kiefern und blutigem Schaum vor dem Maul im Todeskampf.

Sofort wandte Angel One sich dem letzten Gegner zu und versetzte Satan, dessen Angriff an seinem Unterarm abgeprallt war, einen Stoß in die Flanke. Der Stoß traf Satan nicht mit voller Wucht, da er sich noch im Fallen drehte und erneut zuzuschnappen versuchte. Der Hund konnte einen Teilerfolg verbuchen, da es ihm gelang, Angel One eine schmerzhafte Bißwunde am Handrücken zuzufügen.

Es folgte ein kurzes Stand-Off. In der Mitte der Lichtung drehte sich Angel One in der Kampfhocke um die eigene Achse, Satan lief knurrend um ihn herum und wartete auf eine Angriffsmöglichkeit. Der Chinese verdrängte die Schmerzen, die die Bißwunden in Hand und Unterarm und sein verletztes Bein verursachten, und konzentrierte sich darauf, das bernsteinäugige Raubtier auf Distanz zu halten.

Er mußte damit rechnen, daß die übrigen Mitglieder der Killermeute Satan jeden Moment zu Hilfe kamen. Außerdem bestand die Gefahr, daß der kurze Kampf andere, menschliche Gegner angezogen hatte, die ihn vielleicht schon umzingelten. Deshalb beschloß er, den Wettkampf zu einem raschen Ende zu bringen.

Um den Bann zu brechen, machte er eine plötzliche, bedrohliche Bewegung nach vorn. Sie hatte den gewünschten Effekt. Satan blieb stehen und warf sich zu ihm herum, mit eingezogenem Kopf, die Zähne gefletscht, und ein tiefes, wütendes Grollen entfuhr seiner Brust. Angel One provozierte ihn, indem er ebenfalls die Zähne fletschte und das Knurren des Hundes nachahmte.

Es funktionierte. Mit wütendem Gebell stürzte sich Satan auf das Gesicht seines Peinigers. Der ahnungslose Dobermann hatte genau so reagiert wie von seinem merkwürdigen menschlichen Gegner beabsichtigt.

Angel One trat Satan mit einem schnellen Schritt entgegen, und seine blutverschmierte rechte Hand schoß nach vorn, die ausgestreckten Finger hart wie ein Pfeil. Der tödliche *nukite*-Stoß rammte sich zwischen die aufgerissenen Kiefer des Hundes, bohrte sich durch den Gaumen und zermalmte ihm das Gehirn.

Der Chinese befreite die blutende Hand und wischte sie am zuckenden Fell seines jüngsten Opfers ab. Er zog sich an den Rand der Lichtung zurück, wo er volle fünf Minuten wartete und angestrengt in die nächtlichen Geräusche hineinlauschte, ob etwas Verdächtiges darunter war. Als er sich vergewissert hatte, daß keine neue Gefahr aus der Dunkelheit auftauchen würde, ging er, seinen Fußspuren folgend, zu dem kleinen Bach zurück, über den er kurz zuvor gesprungen war.

Er vergewisserte sich noch einmal, daß er allein und unbeobachtet war, zog die Trainingsjacke und das T-Shirt aus und wusch sich mit dem kalten Wasser die Bißwunden an Unterarm und Hand aus. Dann riß er das T-Shirt in Streifen und verband die Wunden, wie er es zuvor mit der Stichwunde am Bein getan hatte.

Er erfrischte sich mit einem Schluck Wasser, zog die Trainingsjacke wieder an und setzte den Marsch nach Süden fort. Beim Überqueren der Lichtung würdigte er die drei leblosen schwarzen Schatten keines Blickes.

Über die Lichtung verstreut, wo der Tod sie ereilt hatte, stierten die letzten drei Mitglieder der einst unbesiegbaren Höllenhunde mit toten Augen ihrem Henker nach – einem wesentlich effizienteren und gefährlicheren Killer als die, zu denen Mutter Natur sie mit all ihrer Wildheit gemacht hatte.

Die lockeren Schritte der menschlichen Vernichtungsmaschine verklangen in der Nacht, und die Stille des dunklen Waldes legte sich wie ein Leichentuch über den Schauplatz ihres jüngsten Blutbads.

82

Grant glitt einen langen, sanften Abhang hinunter. Ihm war, als gleite er schon unendliche Zeit so dahin. Als wäre er in einen schimmernden Nebel eingetaucht wie ein Vogel am Himmel, der durch eine sommerliche Wolke flog. Er mußte wohl träumen.

Überall um ihn herum erklang Musik. Eine Musik, wie er sie noch nie gehört hatte. Sie war sanft und beruhigend und schien ihn auf mysteriöse Weise vorwärtszudrängen. Er versuchte, sich auf die Musik zu konzentrieren, sie einzuordnen, doch sie entzog sich seinen Bemühungen. Sie hatte keine klar erkennbare Melodie, sie war einfach wunderbar melodisch, in sanften Wellen trug sie ihn voran. Er spürte sie mehr, als sie zu hören, als ob sie und das alles durchdringende Licht eins wären.

Allmählich wurde das melodische Licht stärker, lauter und heller, als nähere er sich seiner Quelle. Ein wachsendes Gefühl von Frieden und Wohlbehagen überkam ihn – wie bei einem müden Wanderer, der nach einer langen, anstrengenden Reise heimkehrt.

Dann hörte er die Stimme.

Die Musik und das Gleiten fanden ein Ende, er schwebte in einem dunstigen, lautlosen Limbo und lauschte angestrengt. Doch worauf? Auf die Stimme oder die Musik?

Dann hörte er die Stimme wieder.

Schwach und weit weg, aber eindringlicher – und sie rief immer wieder seinen Namen. Die Stimme kam ihm bekannt vor, eigentlich sollte er sie erkennen, doch zunächst nahm er sie nur als lockenden Ruf wahr, der ihn zupfte und versuchte, ihn von dem wohltuenden, einladenden Licht wegzuziehen.

Er versuchte, der Stimme zu widerstehen – sie aus seinem Gehirn zu verbannen – und sich nicht von seinem Ziel abbringen zu lassen – dem Licht. Er hatte es schon geschafft und glitt wieder dahin, als ihn die Stimme erneut stoppte. Jetzt bat sie ihn flehentlich zurückzukommen. Zurück? Wohin zurück? Er war verwirrt, wußte nicht, wo er war. Dann dämmerte es ihm.

Es war Pams Stimme.

Wenn auch schwach und ganz in der Ferne, hörte er die Worte plötzlich klar und verstand ihre Bedeutung. »Brett... ich liebe dich, Schatz... bitte komm zurück... bitte verlaß mich nicht... ich liebe dich so sehr... ich will dich nicht verlieren... bitte, Brett, Liebster, komm zurück... gib nicht auf... du darfst nicht sterben...«

»...Gib nicht auf?... Du darfst nicht sterben?...« Verwundert, unbeteiligt, dachte er über die Worte nach. Was war das, was mit ihm geschah? Lange betrachtete Grant das Licht vor sich. Es rief ihn nicht, wie Pam es tat, aber es versprach Wohlbefinden, Schmerzfreiheit, Frieden...

Widerwillig zwang er sich zur Umkehr... zurück den langen Hang hinauf, der Stimme seiner geliebten Pam entgegen, die ihn noch immer unaufhörlich rief. Dabei überkam ihn eine große Traurigkeit, das Gefühl eines bitteren Verlusts, das sein ganzes Wesen ergriff. Doch je weiter er sich von der Quelle des Lichts entfernte, desto schwächer wurde das Gefühl.

Bald wurde der Anstieg steiler, und er wurde müde. Pams Stimme lockte, ermutigte ihn noch immer, doch auf dem anstrengenden Weg nach oben wurde es immer dunkler um ihn herum, und es fiel ihm immer schwerer, zu sehen und zu atmen. Er spürte, wie sein Herz pochte, schon kurz darauf schlug es ihm bis zum Hals, und bei jedem Herzschlag durchzuckte ihn ein stechender Schmerz. Hätte Pams Stimme ihn nicht ermutigt, er hätte den Kampf aufgegeben.

Endlich, schwach und ganz in der Ferne, leuchtete in der völligen Finsternis, die ihn jetzt umgab, ein neues Licht auf. Im Gegensatz zu dem sanften Schein des vorherigen hatte das neue Licht etwas Scharfes, es lockte ihn nach oben wie der Strahl eines Leuchtturms auf dunkler, stürmischer See. Mühsam kämpfte er sich voran, dem Licht entgegen. Der Anstieg war jetzt so steil, daß er das Gefühl hatte, durch eine immer dichter und zäher werdende Finsternis hinaufzuschwimmen. Er war der Erschöpfung nahe.

Jetzt befand sich das Licht direkt über ihm, wurde immer greller und schmerzte in den Augen. Nicht, daß es darauf noch angekommen wäre. Sein ganzer Körper war ein einziges Meer von Schmerzen. Doch als er zu einer letzten, titanischen Kraftanstrengung ansetzte, um ins Helle zu gelangen, teilte sich der Schmerz und konzentrierte sich in separaten Regionen: dem Kopf, dem rechten Arm und der Brust. Er war völlig erschöpft, als hätte er soeben einen Marathon hinter sich.

Dann tauchte verschwommen ein Gesicht über ihm auf. Es war Pam. Mit Tränen in den Augen lächelte sie ihn an. Er versuchte, das Lächeln zu erwidern und zuckte, als die geschwollene Oberlippe schmerzhaft Einwände erhob.

»Hi, Darling«, sagte Pam, und ihre Lippen zitterten, als ihre Tränen mit dem Glück über sein plötzliches Aufwachen kämpften. »Schön, daß du wieder da bist.«

»Hi«, murmelte er. Der lädierte Mund machte ihm das Sprechen schwer. »Hab dich rufen hören. Kam so schnell ich konnte.« Etwas anderes fiel ihm in diesem Moment nicht ein. Er war groggy und wußte nicht, wo er war. Pams Gesicht verschwamm immer wieder. Das Hämmern in Kopf und Brust war unerträglich.

»Hast du schlimme Schmerzen, Liebling?« hörte er Pam aus der Ferne fragen.

»Ja«, murmelte er unter Aufbietung aller Kräfte. »Kann man so sagen.«

»Ich hole den Arzt. Er gibt dir was...« Pams Stimme entfernte sich.

Dann nahm er neue Gesichter über sich wahr. Unbekannte Gesichter. Eines war dünn und bebrillt, das Gesicht eines Mannes. Das andere gehörte einer Frau und war von einer kleinen Haube gekrönt.

Der Mann sprach ihn an. Er merkte es daran, daß sich seine Lippen bewegten. Doch Grant konnte nichts hören außer einem dumpfen Dröhnen in seinen Ohren. Dann spürte er einen Pikser im Arm, die Schmerzen, die Gesichter und das Dröhnen begannen zu verblassen, und er entschwebte in eine warme, erholsame Finsternis.

83

Als Grant wieder zu Bewußtsein kam, waren die Schmerzen noch da, doch sie waren jetzt einigermaßen erträglich. Er entdeckte schnell, daß er die Beschwerden lindern konnte, wenn er still liegenblieb und nur flach atmete. Zu dieser schmerzhaften Erkenntnis kam er, als er versuchte, den Kopf zu bewegen. Das Ergebnis war ein stechender Schmerz, der ihn aufjapsen ließ, was wiederum einen Stich in der Brust zur Folge hatte.

Still lag er da, bis die Schmerzen wieder zu einem dumpfen Gefühl abgeebbt waren, dann ließ er die Augen über seine Umgebung wandern, so weit er konnte, ohne den Kopf zu bewegen. Sein Blickfeld war durch die Pflaster auf der Nase und den Wangen begrenzt. Doch nach der klinisch weißen Einrichtung und dem verchromten Ständer neben seinem Bett zu schließen, an dem ein Tropf hing, der über einen Schlauch mit seinem linken Arm verbunden war, befand er sich in einem Privatzimmer irgendeines Krankenhauses. Genau wie Harry an dem Abend, als er von der falschen Schwester überfallen wurde, dachte er.

Warum bin ich hier? war sein nächster Gedanke. Für Sekunden hatte er ein Blackout, dann kam die Erinnerung zurück. Die Ereignisse der vergangenen Woche spulten sich in Sekundenschnelle vor seinem geistigen Auge ab, Schlag auf Schlag wechselten die Bilder, wie der Trailer eines Films. Virgil Miller in seinem Büro, das Treffen mit Louise am Sektenwagen, der geifernde, goldgewandete Prophet beim Kreuzzug, die alptraumhafte Verfolgungsjagd in der Tiefgarage des Washington Centres. Die Konfrontation mit Angel One nach dem Gespräch mit Jim Miller, Louises Rettung, Pams an den Tisch genagelte Hand, der bandagierte Harry und der Kampf mit der falschen Krankenschwester, wie er den Kontrollraum des Betlehem-Hauses in seine Gewalt gebracht hatte und die Schießerei im Kellergang, die Flucht vor dem Feuer durch den unterirdischen Tunnel und zuletzt der Zweikampf gegen Angel One auf der Lichtung... der Kampf... der Schlag auf die Brust war das letzte, woran er sich erinnerte...

Er wußte, daß er bewußtlos gewesen sein mußte, und fragte sich, wie groß der Schaden wohl war, den der Chinese angerichtet hatte. Der linke Arm hing am Tropf, also hob er vorsichtig den steifen rechten Arm, der von der Schulter bis zum Handgelenk in einem dicken Verband steckte, und begann, so gut er konnte, das Ausmaß seiner Verletzungen zu erkunden. Plötzlich hörte er, wie die Zimmertür aufging, Schritte auf sein Bett zukamen, und eine muntere Frauenstimme sagte: »Aha, wir haben also beschlossen aufzuwachen, wie? Hand runter, bitte, Mister Grant. Sie könnten sich wehtun.« Sein Arm wurde sanft, aber bestimmt auf die Bettdecke gedrückt. Jetzt kam die Besitzerin der Stimme in sein Blickfeld. Grant blickte zu einer brünetten Krankenschwester empor. Sie lächelte ihn an, als sie die Bettdecke glattstrich, und begann mit der Untersuchung.

Vorsichtig steckte sie ihm ein Thermometer in den Mundwinkel und fuhr im selben Plauderton fort: »Sie haben sich ein paar Knochen gebrochen, die frisch gerichtet worden sind. Wenn Sie hier herumfuchteln, kann sich etwas verschieben, und das tut weh. Außerdem hängen Sie an einer Infusion, wie Sie sehen. Sie könnten den Schlauch abreißen. Fürs erste werden Sie wohl Geduld haben und still liegenbleiben müssen. Wie fühlen Sie sich?« Die letzte Frage war anscheinend an ihre Armbanduhr gerichtet, auf die sie sah, während sie seinen Puls nahm.

»Hungrig«, erwiderte er undeutlich, das Thermometer im

Mund. Seine geschwollene Oberlippe fühlte sich riesig und taub an wie nach einer Spritze beim Zahnarzt. Beides machte das Sprechen ausgesprochen schwierig, von dem Schlauch in seiner Nase ganz abgesehen.

»Das ist ein gutes Zeichen«, sagte sie dem Klemmbrett, auf dem sie den Puls eintrug. Sie begab sich auf die andere Seite des Betts und wechselte die Infusionsflasche aus. »Haben Sie irgendwelche Schmerzen?« fragte sie die Flasche.

»Ein wenig«, antwortete Grant, für den Fall, daß die Frage an ihn gerichtet war.

Die Schwester nahm ihm das Thermometer aus dem Mund. Sie sah auf die Quecksilbersäule und machte einen weiteren Eintrag auf dem Klemmbrett.

»Ich hole den Arzt, er gibt Ihnen was gegen die Schmerzen. Er wollte Sie sowieso sehen, sobald Sie bei Bewußtsein sind.«

Sie schaute zur Tür, Grant hörte Schritte kommen, und die Schwester sagte: »Ach, da sind Sie ja, Miss Mason. Es freut Sie sicher zu hören, daß unser Patient nun endlich beschlossen hat, aufzuwachen und uns mit seiner Gesellschaft zu beehren.«

Die Schwester verschwand aus Grants Blickfeld und wurde sofort von einer aufgeregten Pam abgelöst. Erleichterung und Sorge rangen um die Oberhand in ihrem Gesicht. Sie beugte sich über ihn und küßte ihn zärtlich auf den Mundwinkel. »Hi, Sweetheart«, sagte sie. »Schön, daß du wieder da bist. Wie fühlst du dich?«

»Verarscht«, murmelte er aus den geschwollenen Lippen.

»Verarscht? Wieso verarscht?« fragte sie entgeistert.

»Weil ich 'n richtigen Kuß will«, antwortete er.

Sie lachte. »Ach ja? Naja, das geht jetzt nicht. Dein Mund ist zu geschwollen, ich will dir nicht wehtun.«

»Wenn ich keinen Kuß krieg, tut's noch viel mehr weh«, beharrte er.

»Scherzkeks!« lachte sie und schüttelte den Kopf. Doch sie beugte sich herab und legte ihre weichen Lippen zart auf seinen zerschundenen Mund. Ein Schmetterling, der auf einer Blüte landet, hätte mehr Druck ausgeübt. Grant sog ihr Parfüm ein, spürte die federleichte Wärme ihrer Lippen auf den seinen und schloß zufrieden die Augen.

Nach ein paar Sekunden richtete Pam sich wieder auf, setzte sich auf den Stuhl neben dem Bett und nahm seine rechte Hand in die ihre. Das brachte sein Gedächtnis in Schwung. »He, wie geht's deiner Hand?« fragte er.

»Gut, danke, Sweetheart. Schau«, sie hielt die Hand zur Begutachtung hoch. Nur die Fingerspitzen schauten aus dem Verband heraus, der bis zum Handgelenk reichte. »Außerdem hab ich mir solche Sorgen um dich gemacht, daß ich glatt vergessen hab, mich zu bemitleiden. Aber keine Angst, das hol ich nach, sobald ich dich nach Hause nehmen kann. Dann kannst du zur Abwechslung fünf Tage an meinem Bett sitzen und mich verwöhnen.«

»Fünf Tage? War ich fünf Tage weg?« fragte er ungläubig.

Sie nickte. »Gestern abend hast du den kritischen Punkt überwunden. Wir dachten... wir dachten schon, wir würden dich verlieren. Du schienst immer tiefer zu sinken. Als hättest du den Lebenswillen verloren, sagte der Arzt. Ich hab den verdammten grünen Punkt, der immer kleinere Zacken machte, angestarrt, bis ich fast hypnotisiert war.« Sie deutete mit dem Kopf auf das EKG-Gerät an der Wand.

»Zuletzt meinte der Arzt, sie könnten nichts mehr tun. Dann fiel mir ein, daß Leute im Koma manchmal von den Stimmen ihrer Lieblingsstars erreicht werden oder von jemandem, den sie lieben. Also hab ich angefangen, auf dich einzureden... und dich gebeten, zu mir zurückzukommen... mich nicht zu verlassen. Es hat funktioniert. Du bist zu mir zurückgekommen.«

Sie brach ab, schluckte und wischte sich eine Träne aus den Augen. Dann schniefte sie, lächelte ihn an und fuhr fort: »Etwa eine halbe Stunde, nachdem ich begonnen hatte, dir zuzureden, hast du das Bewußtsein wiedererlangt. Ach... da fällt mir ein... als du zu dir kamst, hast du was gemurmelt, du hättest mich rufen hören. Stimmt das? Kannst du dich erinnern?«

Er nickte vorsichtig. Sofort breitete sich ein stechender Schmerz hinter der Nase und den Augen aus. Doch er sagte nichts, da er genau wußte, daß Pam dann darauf bestehen würde zu gehen, damit er seine Ruhe hätte. Er tat ihr den Gefallen und erzählte ihr, so gut sein geschwollener Mund es erlaubte, seinen

Traum. Er wurde mit Pams freudigem Blick belohnt, als er sagte, er sei ziemlich sicher, daß sie ihn in der Tat vom Rand des Todes zurückgerufen habe. Die zweite Belohnung erhielt er, als sie sich vorbeugte und ihn noch einmal zärtlich auf den lädierten Mund küßte.

»Okay, ihr beiden, Schluß damit! Nate, hol einen Eimer kaltes Wasser und kipp ihn über ihnen aus«, kam Curtis' Stimme von der Tür.

Pam richtete sich auf. Ihr Gesicht war vom Glück und einer fast mädchenhaften Verlegenheit gerötet, als sie die beiden Männer angrinste, die soeben das Zimmer betreten hatten und jetzt an die andere Seite des Betts traten. Curtis wandte sich an Springfield. »Was meinst du, Sheriff«, sagte er, »soll ich sie wegen unschicklichen Verhaltens in der Öffentlichkeit festnehmen ... oder soll ich sie in ein Motel schicken, damit sie weitermachen können?«

»Schwierige Frage ...«, Springfield rieb sich nachdenklich das Kinn, »... besonders, da die Zeiten, wo du jemanden festnehmen konntest, vorbei sind ...«

»Verdammt, das hab ich ganz vergessen. Ich hätts ihm gern nochmal gezeigt, bevor ich aufhöre«, seufzte Curtis mit Bedauern, dann grinste er zu Pam und Grant hinab. »Wir wollten mal schauen, wie's den Invaliden geht, aber ich sehe, ihr befindet euch beide auf dem Wege der Besserung. Da werd ich die Trauben wohl selbst essen müssen.« Er schwenkte die dicke braune Papiertüte, die er unter dem Arm gehabt hatte. »Egal. Wie geht's euch beiden? Oder wart ihr noch nicht so weit?«

Pam wurde noch einmal rot und lachte. »Ben Curtis, werden Sie nicht unverschämt.«

»Wer ist hier unverschämt?« sagte er und breitete unschuldig die Hände aus. »Ich bin eifersüchtig, sonst nichts. Wenn ich hier läge, würde meine Ruthie das Haus nach den Versicherungspolicen auf den Kopf stellen, um nachzuschauen, ob die Prämien auch pünktlich bezahlt wurden. Warum seht ihr mich so an? Ihr seht aus, als säße euch irgendetwas quer. Oder wolltest du was sagen?« Die letzte Bemerkung galt Grant, der in der Tat auf eine Pause in Curtis' Redeschwall wartete, um das Wort zu ergreifen.

Doch in diesem Moment kam die Krankenschwester wieder

herein, in Begleitung eines jungen Arztes, der die Stirn runzelte, als er Springfield und Curtis sah.

»Ich hoffe, Sie beanspruchen den Patienten nicht zu sehr.« Stimme und Gesicht bekundeten deutliche Mißbilligung. »So kurz nach dem Erwachen aus dem Koma ist er noch nicht belastbar.«

Die Besucher traten zur Seite, damit der Arzt und die Schwester sich um Grant kümmern konnten. Curtis zog hinter dem Rücken des Arztes eine Grimasse, und Pam unterdrückte ein Kichern.

»Wir wollten ihn nur'n bißchen aufheitern, Doc«, sagte Curtis zu dem weißbekittelten Rücken, während der Arzt eine Spritze vorbereitete und die Nadel in Grants Arm stach. Der Arzt legte der Schwester die Nadel aufs Tablett und wandte sich zum Gehen.

»Mir wäre es lieber gewesen, Sie hätten mit Ihrem Besuch gewartet, bis der Patient wieder bei Kräften ist«, sagte er zu Curtis. »Aber da Sie nun mal hier sind, bleiben Sie in Gottes Namen noch ein paar Minuten bei ihm, bis das Mittel, das ich ihm gerade gegeben habe, wirkt. Mister Grant hat noch einen langen Weg vor sich, bis er sich völlig von seinen Verletzungen erholt hat. Ruhe und Erholung sind jetzt das Wichtigste. Also machen Sie's bitte kurz!«

An der Tür drehte er sich um und sagte zu Pam: »Sie können bleiben, wenn Sie wollen, Miss Mason. Aber ich empfehle Ihnen, sich selbst etwas auszuruhen. Mister Grant ist über den Berg, und Sie haben sich in den letzten fünf Tagen nicht genug Schlaf gegönnt. Wenn Sie uns hier zusammenklappen, trägt das nicht zu seiner Besserung bei.« Er nickte in die Runde und ging.

Die Schwester wuselte noch immer ums Bett herum, klopfte das Kissen zurecht, steckte Grant die Decke unter die Beine und werkelte an ihrem Patienten herum. Curtis trat wieder ans Bett. Er sah zu Grant hinab. »Na, alter Knabe, wir verschwinden dann mal. Irgend jemand muß ja arbeiten, während die anderen auf der faulen Haut liegen und sich von hübschen jungen Damen verwöhnen lassen.« Und mit einem Augenzwinkern fügte er hinzu: »Manch einer ist eben 'n Glückspilz, wie?«

Grant spürte, wie ihn eine sanfte Lethargie überkam und die

Schmerzen in seinem malträtierten Körper abebbten, da das Mittel zu wirken begann. Doch gleichzeitig wurde sein Kopf klarer, und ihm fiel wieder ein, was er Curtis hatte fragen wollen.

»Was hat Nate damit gemeint, daß deine Zeit vorüber ist?« sagte er langsam, damit der Mund nicht so weh tat. »Du hast doch nicht den Dienst quittiert, oder?«

»Und ob!« sagte Curtis fröhlich. »Als ich sah, wieviel Ärger du dem guten Nate bereitet hast, wollte ich nicht, daß du bei mir weitermachst, wenn du dich erholt hast. Deshalb dachte ich, ich kündige lieber und komm statt dessen zu euch. Schließlich muß sich ja jemand um den Laden kümmern, während ihr zwei, Harry und du, die verwundeten Helden spielt und euch von hübschen Schwestern verwöhnen laßt.«

Grant hoffte, richtig verstanden zu haben. »Heißt das, du schmeißt den Laden, bis Harry und ich wieder einsatzfähig sind?«

»Wieso bis ihr wieder einsatzfähig seid? Ich schmeiße den Laden... Punkt!« entgegnete Curtis. »Hat Pam es dir nicht erzählt?... Ach nein, ich vergaß, ihr zwei wart ja viel zu beschäftigt, um zu reden. Also hör zu. Erinnerst du dich, daß du mir mal 'n Job angeboten hast? Naja, ich hab beschlossen, dich beim Wort zu nehmen. Ich hab mit Harry geredet und steige als Juniorpartner ein... immer vorausgesetzt, daß du nichts dagegen hast. Falls doch, nehm ich dir's nicht krumm. Dann mach ich dir 'n Knoten in den Tropf und setz mich mit dem Firmenkapital ab.«

Grant wurde schwindlig, doch er konnte nicht sagen, ob es an dem Mittel lag oder an der Freude über die Neuigkeit. Er blickte von Curtis zu Nate und dann zu Pam.

»Meint der das ernst?« fragte er schwach.

Springfield und Pam nickten. Sie wußten, wie sehr er sich über die Nachricht freute, daß er und sein alter Freund und Kollege wieder ein Team wurden.

»Ich fürchte ja, Brett«, sagte Springfield mit gespieltem Mitleid. »Und das NYPD nimmt ihn nicht zurück, ihr werdet ihn nicht mehr los.«

Pam lachte. »Ja, es stimmt, Sweetheart«, bestätigte sie. »Harry ist einverstanden, wie Ben schon sagte. Es geht ihm

übrigens schon viel besser. Die Entscheidung liegt bei dir, sagt
er.«

»Nun, Partner?« fragte Curtis und grinste ihn von oben
an. »Champagner und Kaviar können noch 'n bißchen warten.
'n kleines ›Willkommen an Bord‹ und ›Danke, daß du in die Bre-
sche springst, Buddy‹ würden mir genügen. Na, was ist, Partner?« Er breitete die Arme aus, die Tüte mit den Trauben in der
einen Hand, den Schlapphut in der anderen.

Der Raum begann zu versinken, als sich Grants Geist dem
starken Schlafmittel ergab, das der Arzt ihm verabreicht hatte.
Als letztes verschwanden die Gesichter, die sich mit erstaunlicher Klarheit vor der Dunkelheit abzeichneten, die ihn umschloß. Er war so glücklich wie lange nicht mehr. Kurz bevor er
ganz wegtauchte, unternahm er eine letzte Anstrengung. Ohne
Rücksicht auf seine tauben, geschwollenen Lippen versuchte er,
Curtis' Grinsen zu erwidern, und brachte seine Abgangszeile
mit erstaunlicher Klarheit über die Lippen.

»Du bist entlassen!«

Das schallende Gelächter, mit dem die Bemerkung quittiert
wurde, belohnte ihn auf seinem Weg ins wohltuende Nichts.

84

Springfield begleitete Curtis und Pam zum Parkplatz des Krankenhauses, wo sie neben Curtis' Wagen noch ein wenig plauder-
ten. Natürlich kam die Unterhaltung auf die Ereignisse der vergangenen zwei Wochen, in die sie alle verwickelt waren. Curtis
sagte zu Springfield, in den letzten zwei Tagen sei in Rockford
wohl mehr los gewesen als in den letzten zwei Jahren.

»Könnte man so sagen«, erwiderte Springfield. »Aber Gott sei
Dank scheint sich die Lage zu normalisieren. War alles 'n bißchen hektisch, aber allein die Tatsache, daß wir das Schlangen-
nest im Betlehem-Haus ausgeräuchert haben, war's wert. Und
du kannst jeden Cent drauf wetten, daß ich den neuen Sektenla-
den nicht mehr aus den Augen lassen werde«, bemerkte er
grimmig.

»Heißt das, Sie lassen sie weitermachen?« fragte Pam

überrascht. »Nach all den Scherereien, die sie gemacht haben?«

»Berechtigte Frage, nehm ich an«, begann Springfield bedächtig. »Aber die Sache ist die... das Grundstück gehört der Sekte, und es hat sich herausgestellt, daß es in der Stadt viele anständige Sektenleute gibt, die keinen blassen Schimmer hatten von dem, was hier draußen vorging. Sie wußten nicht, daß die Sekte von den Triaden beherrscht wurde und als Aushängeschild für einen Drogenring diente.

Wer noch Zweifel hatte, und das waren etliche, wurde eines Besseren belehrt, als Ben die Suppenküchen hochgehen ließ und die Rauschgiftfahnder nachweisen konnten, daß sie als Anlaufstation für die Straßendealer dienten und die wohltätige Speisung der Armen und Obdachlosen nur 'ne Tarnung war. Jedenfalls haben sie sich neu organisiert und 'n neuen Prediger gefunden, der ihnen jetzt den Weg zur ewigen Seligkeit zeigt. Der Neue ist einigermaßen zurechnungsfähig«, fügte er trocken hinzu.

»Wird das Haus wieder aufgebaut?« fragte Curtis.

Springfield nickte. »Offensichtlich haben sie's vor, aber das wird noch 'n Weilchen dauern. In der Zwischenzeit wohnen die Mitglieder, die nicht ausgestiegen sind, in einem Zeltdorf, das sie auf dem Grundstück aufgestellt haben. Sieht aus wie'n Indianerlager, fehlen bloß noch Totempfähle und Kopfputz.

Alles in allem sind es etwa zweihundert, die meisten herrenlose Jugendliche, die kein anderes Zuhause haben. Wir haben ihnen gesagt, daß der Laden jederzeit für Inspektionen zugänglich sein muß, was die gesundheitlichen und sanitären Bedingungen betrifft. 'ne Übernahme von außen, wie geschehen, wird's also nicht mehr geben.« Er kratzte sich nachdenklich am Kinn. »Das einzige, was mich wurmt...«

»Was denn?« Curtis blinzelte durch den kräuselnden Rauch der Zigarette, die er sich gerade angezündet hatte, zu dem baumlangen Sheriff hinauf.

»Der Chinese, der Brett fast ins Jenseits befördert hätte... der, den die Kids Erzengel Michael genannt haben oder Angel One oder wie auch immer...« Springfields hellblaue Augen waren steinhart geworden. »Den hätt ich gern erwischt. Das Schwein ist gefährlich. Und wir wissen, daß er der Triadenmann war, der die die Sekte in seine Gewalt gebracht und korrumpiert hat.«

»Ja.« Curtis nickte und fügte bitter hinzu: »...und den verrückten Prophet als Strohmann benützt hat.«

»Sieht so aus«, pflichtete Springfield ihm bei. »Aber war's nicht die Ironie des Schicksals, daß es letztendlich der Prediger war, durch den die ganze Sache aufgeflogen ist, und du auf den Drogenring der Chinks gestoßen bist?«

»Poetische Gerechtigkeit«, meinte Curtis. »Und meine brilliante Ermittlungsarbeit, natürlich.«

»O ja... fünf Jahre lang!« sagte Springfield, und alle drei lachten. Dann wurde der Sheriff wieder ernst. »Jedenfalls, wie ich schon sagte, dieser Angel One läuft noch frei rum. Ist nirgends aufgetaucht. Die Fahndung läuft allerdings weiter. Er ist auch der Grund, warum ich Brett rund um die Uhr bewachen lasse, bis er so fit ist, daß wir ihn in dieselbe Klinik verlegen können wie Harry.«

»Vorsicht ist die Mutter der Porzellankiste«, pflichtete Curtis bei. »Ich persönlich glaube allerdings, er hat sich abgesetzt, nachdem sein Laden in die Luft geflogen ist. Vielleicht überschätzt du den Knaben, Nate. Ich weiß, er hat was drauf, und er hat Brett übel mitgespielt, aber deshalb ist er noch kein Superman. Vergiß nicht, Brett war gehandikapt durch die Verletzungen aus dem Kampf davor.«

Springfield wollte etwas erwidern, doch dann warf er einen verstohlenen Blick auf Pam, den Curtis sofort auffing.

»Okay, Springfield, raus mit der Sprache. Was verschweigst du uns?«

Auch Pam war Springfields Blick und sein Zögern nicht entgangen, und sie sagte beherzt: »Nate, meinetwegen brauchen Sie nichts zu verschweigen. Nach dem, was der Teufel mir angetan hat, können Sie mir kaum noch mehr Angst einjagen, als ich ohnehin schon habe.«

Springfield zuckte die Achseln. »Okay, also bitte... Ich glaub nicht, daß ich den Chink überschätze, Ben. Wir haben nämlich die Umgebung außerhalb des Zauns gefilzt, für den Fall, daß unser Mann dort irgendwo liegt. Ihn haben wir nicht entdeckt, aber todsichere Beweise, daß er da war. Wir haben die letzten drei Hunde der zehnköpfigen Killermeute gefunden, die die Sekte sich hielt. Die anderen sieben waren im Lauf der Nacht von unseren Leuten erschossen worden. Was mich beunruhigt, ist die Art und Weise, wie die Biester umgekommen sind.« Er brach ab und suchte nach Worten.

»Wie meinst du das, ›wie sie umgekommen sind‹«, hakte Curtis nach. »Wißt ihr das nicht?«

»Doch doch, wir wissen es.« Springfield nickte langsam. »Das ist es ja, was mich beunruhigt. Ich hab unseren Tierarzt 'ne Autopsie an den Kadavern machen lassen. Weißt du, was er mir erzählt hat? Dem einen sind die Rippen in die Lungen getreten worden... zumindest ist das seine Meinung, wie's wahrscheinlich passiert ist. Dem anderen ist das Genick und der Kiefer gebrochen worden – auch wieder durch 'n Fußtritt, meint er. Und dem dritten ist das Gehirn zermalmt worden – mit einem Stoß durch den Gaumen! Er hat Spuren von Menschenhaut an den Zähnen gefunden, wir können also davon ausgehen, daß die tödliche Verletzung durch eine Art Karateschlag verursacht worden ist. Neenee, mein Lieber«, schloß er, »ich glaub, ich unterschätze unsern chinesischen Freund kein bißchen. Deshalb hab ich 'n Auge auf Brett, für den Fall, daß dieser Ein-Mann-Sprengtrupp einen erneuten Versuch startet, ihm den Garaus zu machen.«

»Verstehe«, erwiderte Curtis und ließ den Wagen an. »Okay, Nate. Danke für alles. Wir müssen uns auf den Weg machen... und ich hab ein Auge auf die junge Dame hier, aus dem gleichen Grund. Ich melde mich...«

Sie fuhren eine Weile schweigend dahin. Dann sagte Pam, und sie klang besorgt: » Ben... glauben Sie, es besteht die Chance, daß der Mann... dieser Angel One... geschnappt wird? Ich weiß, daß Jim Millers Eltern für die erste Zeit Personenschutz angefordert haben, bis sie glauben, vor Racheakten sicher zu sein. Und das alles nur, weil das Scheusal entkommen ist, nachdem er Brett beinahe umgebracht hätte. Und schauen Sie, was er den armen Hunden angetan hat...«

»Arme Hunde!« kicherte Curtis, um sie aufzuheitern, auch wenn das Thema alles andere als heiter war. »Hör zu, Mädchen, diese armen Hunde waren riesige, bösartige Dobermänner, die auf Menschen abgerichtet waren. Die haben Menschen gefressen, Herrgottnochmal! Wahrscheinlich haben sie diesen Angel One für 'ne Chinapfanne gehalten... 'ne Art Karate Chop Suey... ha! Na, was sagen Sie jetzt? Die werden nicht schlecht gestaunt haben, als ihr Lunch sich umgedreht hat und sie quer durch den Wald gepfeffert hat.«

Aber Pam war nicht nach Spaßen zumute. »Ben, entschuldigen Sie, ich finde das gar nicht komisch«, beharrte sie. »Vielleicht glauben Sie, ich spinne, aber ich habe das Gefühl, er wird Brett die Schuld für seinen ganzen Schlamassel geben und sich rächen wollen.«

Sie drehte sich zu Curtis um, zeigte ihm die verbundene Hand, und ein kalter Schauer lief ihr über den Rücken. »Ich krieg' schon Alpträume, wenn ich nur daran denke, was der Mann mit mir gemacht hat.« Sie klang nervös und den Tränen nahe.

Curtis legte seine Hand auf ihren Arm und drückte ihn beruhigend. »Zerbrechen Sie sich nicht Ihr hübsches Köpfchen über den Chinesen. Und ich glaube keineswegs, daß Sie spinnen. Im Gegenteil, ich halte Sie für äußerst mutig, nach allem, was Sie durchgemacht haben. Sie sagen mir, Sie haben Angst, daß er sich an Brett rächt, und sitzen fünf Tage und Nächte fast ununterbrochen an seinem Bett. Das nenn ich tapfer.«

Sie lächelte schwach und schielte zu ihm hinüber. »Ich war gar nicht so tapfer. Ich hatte die ganze Zeit Bretts Pistole in meiner Handtasche... für alle Fälle.«

Curtis warf den Kopf zurück und brach in schallendes Gelächter aus. »Ich glaub ich spinn... Annie Oakley ist wieder da«, prustete er, als er wieder Luft bekam. Er faßte zu ihr hinüber und zog sie kurz zu sich heran. »Sie sind unbezahlbar, wissen Sie das? Brett ist ein Glückspilz. Ich hoffe nur, er weiß es zu schätzen. Sollte es mal nicht der Fall sein, sagen Sie mir Bescheid, und ich ziehe ihm die Ohren lang.«

Dann wurde er wieder ernst. »Jedenfalls, wie gesagt, ich glaub nicht, daß wir uns wegen diesem Angel One Sorgen machen müssen. Er weiß weder wo Sie noch wo Brett sich im Moment aufhalten. Ich vermute, er wird sich 'n Weilchen bedeckt halten und versuchen, die eigene Haut zu retten. Aber das eine sage ich Ihnen, wenn der im Büro auftaucht, dann macht er den größten Fehler seines Lebens ... und den letzten!«

Er klopfte auf die Wölbung unter seiner Achselhöhle und sagte: »Ich hab's nicht mit dem Kung-Fu-Kram. Ich bin wie Sie, Engelchen. Ich hab 'ne verläßliche, amerikanische Methode, mit diesen Bruce-Lee-Fanatikern umzugehen. Sie heißt Saturday Night Special und ist wirkungsvoller als alles, was sich diese Kampfsport-Freaks ausdenken können.«

Pam schmunzelte und lehnte sich in den Sitz zurück. Curtis' Zuversicht und die Tatsache, daß er jetzt zur Firma gehörte, beruhigten sie. Sie hatte das Gefühl, daß Brett – und sie selbst – mit den Fähigkeiten und dem Scharfsinn, den Curtis in die Firma Sherman & Grant einbrachte, sicherer waren ... oder hieß es ab jetzt Sherman, Grant & Curtis?

Kurz darauf fielen ihr die Augen zu, ihr Schlafmangel machte sich bemerkbar, und sie döste ein. Vage nahm sie wahr, daß Curtis sie mit einer Reisedecke zudeckte, dann schlief sie tief und fest, eingelullt vom gleichmäßigen Brummen des Motors und der behaglichen Wärme im Wagen.

Curtis wünschte, er wäre so zuversichtlich, wie er zu klingen versucht hatte. Er konnte es vor Pam nicht zugeben, doch er war äußerst beunruhigt über die Tatsache, daß der Triadenmann Springfield durchs Netz gegangen war, nachdem er Grant fast umgebracht hatte. Und die neuesten Informationen, wie er anschließend den drei riesigen Killerdobermännern den Garaus gemacht hatte, zeigte nur zu deutlich, welch tödliche Gefahr der Mann darstellte. Curtis erinnerte sich, daß es nur die Geistesgegenwart der beiden Jugendlichen und das glückliche Eingreifen Jubes gewesen waren, was seinem Freund in jener Nacht das Leben gerettet hatte. Und sonst gar nichts!

Ihm blieb nur die Hoffnung, daß der Chinese eine gute Portion des Fatalismus hatte, der Teil der asiatischen Philosophie zu sein schien, seine Niederlage akzeptierte und sich ihre Wege nicht mehr kreuzten. Doch das würde nur die Zeit erweisen.

85

Als Pam und Curtis über ihn sprachen, stand Angel One in der Arena der Dragon-Control-Zentrale. Er war barfuß, trug den weißen Kampfanzug des Herausforderers und hielt ein glänzendes Katana in der Hand, das Schwert der Samurai-Krieger im alten Japan.

Ihm gegenüber, am anderen Ende der Arena, stand der derzeitige Scharfrichter, den Angel One eine knappe Woche zuvor beim Kampf gegen seinen Vorgänger erlebt hatte. Er trug den schwarzen Kampfanzug mit dem rotgoldenen Drachenmotiv auf dem Rücken und war ebenfalls barfuß und mit einem furchteinflößenden Katana bewaffnet, auf dessen messerscharfer Klinge das helle Deckenlicht reflektierte.

Die bewaffneten Sekundanten, die die Kämpfer in die Arena geführt hatten, zogen sich zurück, schlossen die Türen und sperrten sie hinter sich ab. Einige Sekunden lang standen der Scharfrichter und sein Herausforderer unbeweglich da. Jeder taxierte den Gegner, dem er jetzt in einem Kampf um Leben und Tod gegenüberstand. Nur einer von ihnen würde die Arena lebend verlassen.

Der Scharfrichter bewegte sich zuerst. Er trat in die Mitte der Arena, wo er stehenblieb und Angel One mit einer halben Verbeugung begrüßte. Als Angel One seinerseits vortrat und die zeremonielle Begrüßung erwiderte, war er sich wohl bewußt, daß sie von der Zuschauertribüne aus beobachtet wurden. Hinter der getönten Scheibe saßen der Controller und der Direktor, und Angel One wußte, daß der Controller sich an seinem Unglück weidete und hoffte, er würde von der Hand des Scharfrichters getötet.

Als Angel One Dragon Control am frühen Morgen nach der Zerstörung des Stützpunkts Betlehem-Haus Bericht erstattet hatte, hatte der Controller seine Schadenfreude nicht verhehlen können, als er ihn für sein »schändliches Versagen« abkanzelte, durch das Angel One seine gesamte Organisation einer unerwarteten Vernichtungsaktion des Gegners ausgeliefert hatte.

Angel One hatte vergeblich angeführt, daß der tatsächliche Verlust an Heroin unbeträchtlich sei, da das meiste bereits weitergeleitet worden war, und daß der Aufbau einer neuen Basis lediglich eine Frage von Zeit und Verstand sei. Doch seine Argumente waren als inakzeptabel zurückgewiesen worden. Der Controller hatte mit dem Hinweis gekontert, daß allein durch die Zerschlagung des Straßengeschäfts in Manhattan bis zur Einrichtung neuer Anlaufstationen ein Umsatzverlust in Millionenhöhe entstehen würde.

Auch der Interventionsversuch des Direktors, der die Erfolge der Vergangenheit aufzählte, fruchtete diesmal nichts. Dazu hatte der Controller durchaus die Befugnis. Die Regeln der Gold Dragon Triade lauteten, daß er als Controller des Operationsgebietes New York das volle Recht hatte, Untergebene für gravierendes Versagen oder Verstöße gegen die Disziplin zum Tode zu verurteilen.

In diesem besonderen Fall hatte es der Controller nicht nur für angebracht gehalten, seinen Direktor zu überstimmen, er hatte dem gefallenen Agenten auch nur vier Tage Erholung von seinen Verletzungen zugestanden. So stand der kaum genesene Angel One nun am fünften Tag nach seiner Rückkehr mit dem Schwert in der Hand in der Todesarena und bereitete sich darauf vor, um sein Leben zu kämpfen.

Doch Angel One war entschlossen, seinem rachsüchtigen Vorgesetzten, wenn irgend möglich, ein Schnippchen zu schlagen. Zu diesem Zweck hatte er sich einen abgefeimten Plan zurechtgelegt. Der erste Schritt war die Wahl des Katana als Kampfwaffe gewesen. Oberflächlich betrachtet schien diese Wahl selbstmörderisch zu sein. Auch wenn Kendo, die alte japanische Kunst des Schwertkampfs, Bestandteil seiner umfassenden Meisterschaft in den Kampfsportarten war, hatte er seinen Gegner in Aktion erlebt und wußte, daß der Mann mit dem Katana besser umgehen konnte als er selbst. Deshalb schien es, als hätte er mit der Wahl der Waffen seinem Gegner einen Vorteil in die Hand gegeben, noch bevor der erste Schlag gefallen war.

In Wahrheit spekulierte Angel One darauf, seinen Gegner siegessicher zu machen. Was der Mann nicht wußte, war, daß Angel Ones Ausbildung in den Kampfsportarten auch eine dunklere Facette umfaßte, nämlich die Kenntnis des *ninjutsu*, die tödliche Kunst japanischer Attentäter – der Ninjas.

Die Ninjas hielten sich im Kampf an keinen Ehrenkodex. Ihr einziges Ziel war es zu töten, dabei waren alle Mittel erlaubt, Hauptsache, das Opfer starb. Sie waren Experten im Töten, das Morden war ihr Metier. Und so hatte Angel One also auf seine *ninjutsu*-Kenntnisse zurückgegriffen, als er sich auf die Arena vorbereitete, in der Absicht, seinen beiden Gegnern, dem Scharfrichter und dem Controller, eine häßliche Überraschung zu bereiten – falls sich die Gelegenheit ergab, bevor er selbst getötet wurde.

Nach Beendigung der Begrüßungsformalitäten nahmen die Kämpfer die Grundstellung ein, das Schwert auf den Gegner gerichtet. Durch Tai-Chi-Übungen hatte Angel One seinen steifen, schmerzenden Körper so weit gebracht, daß er ihn trotz der Verletzungen mit beinahe maximaler Effizienz einsetzen konnte. Zumindest für die kurze Zeit, die der Kampf seiner Erwartung nach dauern würde.

Mit gespreizten Beinen und gebeugten Knien, perfekt ausbalanciert, begannen die beiden langsam zu kreisen, wobei sie sich keine Sekunde aus den Augen ließen. Dann griff der Scharfrichter schnell und ohne Vorwarnung an, die Klinge ein glitzernder Bogen, und setzte mit gekonnten Drehungen aus dem Handgelenk rechts und links Schnitte. Jeder Hieb des messerscharfen Stahls hätte eine menschliche Gliedmaße so glatt und mühelos durchtrennt wie die Luft, durch die er schnellte.

Angel One sprang zurück und parierte, doch er wußte, daß der Gegner nur seine Verteidigung testete und nach Schwächen suchte. Die langen Klingen klirrten und klangen und schwirrten so schnell durch die Luft, daß ein menschliches Auge sie nicht mehr eindeutig verfolgen konnte. So plötzlich die Kämpfer begonnen hatten, so plötzlich trennten sie sich wieder, als hätten sie sich ein unausgesprochenes Zeichen gegeben, und zogen wieder lauernd ihre Kreise.

Jetzt war es Angel One, der ohne Vorwarnung angriff. Wieder klirrten die Klingen glockenhell und ließen ihr fröhliches Kampflied in der hohen Todesarena erschallen. Jetzt mußte der Scharfrichter ausweichen, doch er parierte die Hiebe seines Kontrahenten mit fast verächtlicher Leichtigkeit.

Das war genau, was Angel One wollte. Damit sein Plan gelang, mußte er seinen Gegner zu übergroßer Zuversicht verleiten. Er mußte ihn dazu bringen, in die Offensive zu gehen und ihn im Vertrauen auf seine überlegene Technik und Schnelligkeit anzugreifen, denn der beabsichtigte Überraschungsangriff mußte beim ersten Mal gelingen. Wenn er scheiterte, würde der wütende Scharfrichter keine Gnade walten lassen. Das Resultat wäre sein eigener Tod durch das Schwert des überlegenen Gegners.

Wieder griffen sie an und trennten sich. Wieder kreisten sie langsam, die Augen ineinander verbohrt, die Sinne bis zum Äußersten geschärft. Der Scharfrichter war sich seines Sieges jetzt gewiß. Doch als erfahrener Schwertkämpfer beging er nicht den fatalen Fehler, unvorsichtig zu werden, auch wenn er die Schwäche seines Gegners durchschaut hatte. Er beschloß, die Sache möglichst rasch zu Ende zu bringen.

Er täuschte zweimal kurz nacheinander einen Angriff vor, einmal rechts, einmal links. Sein Schwert schwirrte wie die Zunge einer giftigen Schlange, die zum Stoß ausholt. Dann wandte er einen alten Schwertkampftrick an. Im Sprung stieß er einen heiseren, markerschütternden Schrei aus, der den Zweck hatte, seinen Gegner zu irritieren und für eine fatale Zehntelsekunde abzulenken. Lange genug, um den tödlichen Stoß auszuführen.

Doch der Kampfschrei des Scharfrichters verwandelte sich in einen gellenden Schmerzensschrei, da Angel One die Gelegenheit ergriff und seinen eigenen, altbewährten Trick ausführte, eine alte Ninja-Technik, die den Gegner kampfunfähig macht: Mit tödlicher Treffsicherheit spuckte er dem Mann einen winzigen Stahlpfeil ins rechte Auge.

Geblendet taumelte der Scharfrichter rückwärts und hielt instinktiv, aber vergeblich, das Schwert schützend vor sich. Wie der Tiger der ermatteten Ziege setzte Angel One ihm gnadenlos nach. Sein langes Schwert schlug eine glänzende Acht und sang dem Gegner das Lied vom Tod.

Der erste Hieb trennte dem Scharfrichter feinsäuberlich die hochgerissenen Unterarme ab. Sein Schwert fiel zu Boden, die abgetrennten Hände noch immer um den Griff geklammert. Der Rückhandschwung, der die Acht vollendete, visierte zielsicher

den Hals des Todgeweihten an und im nächsten Moment flog
der abgetrennte Kopf durch die Luft, fiel auf den Boden und
blieb ein paar Meter weiter auf der Matte liegen. Der kopflose
Torso stand für eine endlose Sekunde da, das Blut spritzte in einer roten Fontäne aus dem klaffenden Hals, dann kippte er rück-
gratlos auf die Matte.

Sofort öffneten sich die Türen der Arena, und die vier bewaffneten Wachen traten ein. Wortlos wiesen sie Angel One an, das
Schwert niederzulegen, was er tat. Dann nahmen sie ihn in ihre
Mitte und eskortierten ihn aus der Arena. Angel One nickte
dem enthaupteten Leichnam seines Gegners kurz zu, um dem
altehrwürdigen Zeremoniell zu entsprechen, machte auf dem
Absatz kehrt und marschierte munter aus der Arena. Den süßen
Geschmack des Sieges auskostend, ging er auf die Anwesenheit
des Controllers mit keinem Blick ein. Ihn zu ignorieren, war die
größere Beleidigung.

86

Auf der Zuschauertribüne über der Arena war der Controller
zornig aufgesprungen. »Haben Sie das gesehen?« fragte er den
Direktor, und sein Gesicht zuckte vor Wut. »Er hat geschum-
melt! Er hat einen fiesen Trick benutzt, um den Scharfrichter zu
schlagen. Seinem nächsten Gegner wird er unbewaffnet gegen-
überstehen. Dafür werde ich sorgen...«

»Nein! Ich untersage es!« schnitt ihm der Direktor scharf das
Wort ab. Der keuchende, milde Ton, den er normalerweise an
den Tag legte, war verschwunden. Jetzt war die Autorität in
Stimme und Verhalten des Dicken unverkennbar. Doch in seiner
Wut ließ sich der Controller zu einer Unvorsichtigkeit hinrei-
ßen.

»Aber, Direktor, er hat die Regeln der Arena mißachtet«, protestierte er vehement. »Als sein Controller habe ich das Recht
zu bestimmen, in welcher Form er bestraft...«

»Genug!« explodierte der Direktor. Diesmal begriff der Controller und verfiel in dumpfes Schweigen. »Er mag gegen die
Regeln verstoßen haben, die Sie für die zugegebenermaßen un-

terhaltsame Methode der Hinrichtung durch den Zweikampf aufgestellt haben. Doch das zählt nicht.«

Er sah den Controller kalt an. Der Jüngere wand sich sichtlich unter dem Sarkasmus seines Vorgesetzten. »Was zählt, ist die außergewöhnliche Geschicklichkeit und Skrupellosigkeit von Agent Red Sixteen. Eigenschaften, die unsere Organisation dringend braucht.«

Der Controller spürte, daß ihm sein Opfer durch die Lappen zu gehen drohte, und wechselte die Taktik. Er schluckte seinen Ärger herunter, auch wenn er fast daran erstickt wäre, zwang sich zu einem ruhigen Ton und sagte: »Aber, Direktor, bei allem Respekt, sein völliges Versagen muß doch als Beispiel für andere bestraft werden –«

»Er hat nicht völlig versagt«, unterbrach ihn der Direktor ungeduldig. »Der tatsächliche Verlust an Ware war alles andere als katastrophal. Hauptsächlich das, was sich in den Suppenküchen befand, als die Polizei die Razzien veranstaltete. Und die Umstände waren allemal außergewöhnlich. Niemand hätte einen Angriff aus einer so unerwarteten Ecke vorhersehen können. Als seine Organisation von der Mafia angegriffen wurde, hat er nicht versagt, nicht wahr? Seine Antwort darauf war brillant, sowohl die Planung als auch die Ausführung. Sie war so wirkungsvoll, daß es lange dauern wird, bis einer dieser Sizilianer es wieder wagt, uns anzugreifen, wenn überhaupt jemals!«

Der Direktor machte eine Pause und beobachtete nachdenklich das Geschehen unter ihm. Eine Abordnung von Hausdienern transportierte die menschlichen Überreste ab und zog den blutgetränkten Leinenüberzug von der Matte, um ihn zu reinigen. Dann wandte er sich wieder dem Controller zu.

»Ich gebe Ihnen einen guten Rat. Sie sind zweifellos ein guter Verwaltungsmann, aber Sie sind in Gefahr, Ihr Urteil von Ihrer unübersehbaren Abneigung gegen Agent Red Sixteen verzerren zu lassen. In jeder Organisation kommt es vor, daß man mit Untergebenen arbeiten muß – und Vorgesetzten –, die man nicht mag. Doch ein guter Führer sollte niemals zulassen, daß sein professionelles Urteil von persönlichen Antipathien gefärbt wird.«

Er machte eine Pause, um seine Worte wirken zu lassen, dann

sagte er munter: »Ich habe folgenden Beschluß gefaßt ... in meinen Augen ist Angel One ausreichend bestraft worden dadurch, daß er sich einem Gegner in der Todesarena stellen mußte. Ich nehme daher das von Ihnen gefällte Todesurteil zurück und werde ihn in einer Funktion einsetzen, in der seine speziellen Fähigkeiten zur Geltung kommen können. Er bekommt die Aufgabe, externe Gegner, die eine Bedrohung für Gold Dragon Hung darstellen, zu jagen und zu vernichten. Wir werden ihn außerdem dazu benutzen, Schwachstellen innerhalb unserer Organisation aufzuspüren und zu eliminieren, da diese noch gefährlicher sein können als Feinde von außen. Ich glaube, die Amerikaner nennen das ›Troubleshooter‹. In allen Aufgaben wird er mir direkt verantwortlich sein. Ist das klar?«

»Jawohl, Direktor.« Der Controller nickte ergeben. Dann stand er auf und verbeugte sich tief vor seinem Vorgesetzten. »Ich bitte um Verzeihung für meine Dummheit und danke Ihnen für Ihren Rat. Ich verspreche, daß ich alles tun werde, um Gold Dragon Hung künftig bessere Dienste zu leisten.«

Innerlich kochte er über die Kränkung seiner Autorität, doch unter den Adleraugen seines einflußreichen Vorgesetzten ließ er sich nichts anmerken. Er wußte, von jetzt an mußte er extrem vorsichtig sein. Sein bisheriger Untergebener war in eine Position von beträchtlichem Einfluß aufgestiegen und würde sich zweifellos daran erinnern, wie wenig Gnade sein vormaliger Controller hatte walten lassen. Ja, er würde die kaum verbrämte Warnung des Direktors beherzigen müssen und aufpassen, daß er nicht selbst zur »Schwachstelle« wurde ...

Der Direktor nahm die Entschuldigung an. »Betrachten Sie die Angelegenheit als erledigt. Und jetzt lassen Sie bitte Red Sixteen kommen, damit ich ihn über meinen Beschluß informieren kann.«

Der Controller gehorchte eiligst und schickte eine der Wachen los, den neuen Troubleshooter des Direktors zu holen. Wortlos warteten sie darauf, daß die Wache mit Angel One zurückkam, bis der Direktor das Schweigen brach, um mit sanftem Sarkasmus etwas Salz in die Wunden seines Untergebenen zu reiben.

»Nehmen Sie's von der positiven Seite, Controller. Sie werden das Schauspiel genießen können, zwei unverbrauchte Anwärter um das begehrte Amt des Scharfrichters kämpfen zu sehen. Wahrscheinlich habe ich Ihnen erspart, jahrelang frustriert darauf zu warten und zu hoffen, daß einer des Weges kommt, der gut genug ist, den zu töten, den ich Ihnen genommen habe.« Kinn und Bauch des Direktors zuckten vor unterdrücktem Kichern.

Das Lächeln des Controllers war so brüchig wie geeistes Glas.

Als Angel One nach dem Kampf in einem dampfenden Bad saß und sich entspannte, ließ er die Ereignisse der chaotischen zwei Wochen Revue passieren und dachte über die Launenhaftigkeit des Schicksals nach. In kürzester Zeit war er vom Gipfel des Erfolgs in die Tiefen des Ruins gestürzt. Dann war er aus einem Open-end-Todesurteil durch Zweikampf siegreich hervorgegangen und zu einer Position mit noch größerem Prestige und noch größerer Macht aufgestiegen, die zudem eine Tätigkeit in Aussicht stellte, bei der seine speziellen Talente gefordert waren.

Doch trotz des jüngsten, phönixartigen Aufstiegs aus der Asche hatte er seinen Sturz vor allem den beharrlichen Einmischungen des Privatdetektivs Grant zu verdanken. Er rief sich das Ende des Kampfs auf der Lichtung in Erinnerung und fragte sich, ob der Tritt ins Gesicht Grant wohl getötet hatte.

Vielleicht hatte er ja einmal Zeit zwischen seinen neuen Pflichten, das zu überprüfen. Und wenn er entdeckte, daß Grant überlebt hatte? Sollte er ihn töten? Oder hieße das dem Schicksal trotzen? ... Demselben Schicksal, das in jener Nacht sein eigenes Geschick gewendet hatte? Der Gedanke, Rache zu üben war verlockend, doch ...

Angel One ließ sich tiefer in die luxuriöse Wärme des dampfenden Badewassers sinken. Es tat seinen malträtierten Gliedmaßen wohl und belebte die müden Sehnen seines stahlharten Körpers. Sein Geist rebellierte gegen weitere Entscheidungen. Vielleicht sollte er einfach seinem Karma folgen und Grant, so er noch lebte, dem seinen folgen lassen. Sollte das Schicksal je dafür sorgen, daß sich ihre Wege noch einmal kreuzten, war immer noch Zeit für eine Entscheidung.

**Bitte beachten Sie
die folgenden Seiten**

Ein Meisterwerk des Entsetzens

Frank Pollard wacht mitten in der Nacht zwischen Müllcontainern auf. Blut klebt an seinen Händen. Doch er kann sich an nichts erinnern. Woher stammt das viele Geld, das er bei sich hat? Voller Verzweiflung bittet er das Detektiv-Ehepaar Bobby und Julie Dakota, zu beobachten, wohin er geht, wenn er eigentlich im Bett liegen sollte. Gemeinsam werden sie in einen unheimlichen Strudel des Wahnsinns und übersinnlicher Kräfte hineingezogen.

Dean R. Koontz
Ort des Grauens
Roman
560 Seiten
Ullstein TB 24577
Erscheint Juni 1999

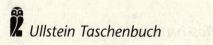

Ullstein Taschenbuch

Vom Autor des Weltbestsellers
»Gorki Park«

Der alte Hopi-Medizin-
mann Abner sagt das Ende
der Welt voraus. Niemand
glaubt ihm, doch am
nächsten Tag wird er tot
aufgefunden. Und schon
bald beginnen seine Pro-
phezeiungen grausame
Wirklichkeit zu werden:
Ein Schwarm riesiger
Fledermäuse versetzt die
Bewohner von Arizona in
Angst und Schrecken,
denn immer häufiger grei-
fen die fliegenden Vampire
Tiere und Menschen an.

Martin Cruz Smith
Flügel der Nacht
Roman
272 Seiten
Ullstein TB 24580
erscheint Juli 1999

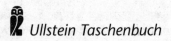

Ullstein Taschenbuch